조선 시대 한시 비평

- 조선 전기를 중심으로 -

이종건

제이앤씨
Publishing Corporation

▌머리말▐

2008년 8월 말이면 정년이다. 교사라는 이름표를 붙이고 초등학교부터 고등학교까지 19년을 살았고, 대학 전임강사로 1년을 살았고 대학 교수라는 이름표를 붙이고 25년을 살았다. 선생이라는 직업으로 45년을 산 셈이다.

대학 교수를 하자면 학자가 되어야 해서 동국대학교 대학원에 들어가 석전 이병주선생님께 배우기를 5년 박사가 되었다.

처음에는 바른 것을 밝혀 보겠다고 달려들어 고전을 살피다가 점점 남에게 뒤지지 않으려고 노력하게 되었다. 1979년 『새국어교육』에 「면앙정의 시조」를 첫논문으로 발표하기 시작하여 54편의 논문을 썼다. 논문이 모이는 대로 책을 엮은 것이 단독 저서가 8권, 공저가 3권, 공동 집필의 저서가 14권이다.

이 책은 이런 연구 결과의 종합 결과물이라고 할 수 있다. 주로 조선 전기를 살펴 보아왔기에 조선 전기 한시의 사정을 나름대로 정리할 수 있었다. 이를 바탕으로 조선시대 모두에까지 발걸음을 넓혀 보았다. 조선 전기에 가지고 있던 한시에 대한 생각은 조선시대를 넘어 지금까지 존재한다.

면앙정 송순과 사가 서거정, 권근, 김수온, 성간, 김종직, 김시습, 이현보, 성수침, 이준경, 이항복, 김상용, 허균, 이경여, 김매순에 이르기까지 그들의 시작품을 개별적으로 살펴보고 시론을 정리하고 해독하였다. 이런 고찰을 바탕으로 그 공통점을 찾아 다시 정리한 것이 이 책이다.

국학에 관심을 가진 초학자들이 이 책을 통하여 조선 전기는 물론 조선시대 전체를 흐르는 한시의 세계를 보다 쉽게 접근할 수 있었으면 하는 것이 필자의 소원이다. 한자를 한글 어휘로 바꾸고 쉽게 접근할 수 있도록 배려하였다.

한시에 접근하고 친해질 수 있다면 이런 결과로 얻어지는 부산물이 조선 전기와 조선시대의 사상이나 문화, 사회의 모습을 엿볼 수 있다는 생각이 든다. 후학들은 이점을 생각하여 필자가 서술한 것보다 더 많은 수확을 걷우어 가기를 바란다.

2006년 섣달 그믐 경운재 이종건

▌목 차▌

제Ⅱ부 | 작품의 표정

제Ⅲ부 │ 두보시의 영향

제 I 부
문학관 및 사상

1. 사조상의 변화

1) 꾸미지 않는 글의 추구

(1) 서거정

공자가 주공을 꿈에 자주 만났듯, 서거정은 주자(朱子)와 두보, 그리고 최치원을 꿈에 만나보았다.

그는 '글의 말은 통달해야 한다.'고 했다. 글이란 통달된 뜻을 취하여 그것에 머무는 것이지 억지로 가멸차고 화려하도록 공교하게 꾸밀 필요가 없다는 뜻이다. 본시 꾸미는 것을 소인의 행위로 보는 것은 『논어』에 바탕을 둔 선비의 문학관이다.

그가 스스로 말하는 자신의 시문학관을 알아보기 위하여, 먼저 시를 짓는 태도부터 살펴보기로 한다.

> 시를 짓고 스스로 웃었네

> 내가 병중에 한적하게 있을 때 술을 마실 수도 없고, 눈이 어두워서 또 책을 읽을 수도 없어 종일 단정히 앉아 홀로 읊되 단지 입으로 읊조릴 뿐이었다. 종이에 적어 놓지 않은 것이 절반이니, 하루에 짓는 것이 3, 4수 혹 6, 7수 또 10수를 넘는 수도 있었으나, 내 실력을 발휘할 수 없어 안타깝게 여기는 것은 아니었고, 이것으로 기분을 풀 수 없는 것도 아니었다. 또한 시가 다급하게 지어져서 거짓으로 꾸며지지 않았으니, 후세에 전할 것이 못됨을 알지만 오직 한두 구절은 후세에 전할 수 있을 만하다.

> 그런데, 가업을 이을 어진 자손이 없으니 마침내 간장병의 덮개로 될 것이 뻔하다. 장독의 덮개가 될 줄 알면서 또한 읊는 것을 그만두지 못하니, 아아, 서글플 따름이다.

一詩吟了又吟詩　　시 한 수 읊고 나선 또 다시 읊고
盡日吟詩外不知　　종일토록 시 읊기 말곤 아는 게 없네
閱得舊詩今萬首　　찾아보니 전에 지은 시 만 수나 되나
盡知死日不吟詩　　알고 말고 죽는 날이면 읊지 못할 걸.

<사가집 목판본 권29·4>

　이상의 예는 서거정의 작시의 단면이겠으나, 이 고백을 통하여 그가 할 일이 없을 때는 시로 소일했다는 사실을 알 수 있다. 모름지기 기분을 풀 생각이었지 잘 지으려고 신경 쓰지 않았으며, 그저 3, 4수도 짓고, 10수도 읊는 것은 일부러 꾸미거나 가다듬지 않았다는 실증이다. 이는 『논어』를 얼음에 박 밀 듯이 외며 삶의 신조로 삼았던 선비들의 뿌리 깊은 문학 태도라고 보여 진다.

　꾸미거나 가다듬지 않고 지었는데 후세에 한두 구절 전할 수 있을 것이라는 자부는 무엇인가. 지금 우리 생각에는 이렇게 속절없이 지은 시이니 간장 항아리 덮개가 될 것이 뻔하다. 이는 시가 잘못 되어서가 아니라 가업을 이을 어진 자손이 없어서라는 겸양이다. 그러나, 본 뜻은 무릇 도의 경지에서 지어진 시도 있다는 자부도 없지 않다. 그 당시에 흔히 일컫는 꾸미지 않고, 도를 꿰는 시문학관을 천명함이다.

　서거정이 시 짓기에 열심인 것은 이 시의 제2구와 제4구에 드러나 있다. 죽는 날까지 그저 시나 짓겠다는 열의로써 일부러 꾸미거나 다듬지 않아도 절로 좋은 글이 지어진다는 주장을 지켰다. 그래서 그는 스스로 그의 시가 세상에 남을 것이라는 확신을 가졌던 것이다.

　시를 지을 때의 환경을 보면, 병중이라서 술도 마시지 못하고, 눈이 어두워 책도 읽지 못하고, 종일 단정히 앉아 읊었다고 했다. 술을 마시지 않았다거나 책을 읽지 않았다는 말은 마음의 흔들림이 없는 상태라는 뜻이다. 그래서 한가를 이룬 것이다. 한시는 마음이 가라앉은 고요한 상태에서 읊조리는 것이 으뜸이다. 이는 도의 경지에 접근할 수 있는 조건이어서다. 이런 관조의 경지에서 읊은 시는 절로 도(道)에 일치해서 꾸미거나 다듬을 필요가 없다고 보았다.

　한가하여 책을 읽고자 몇 장만 뒤져 보면 고단하고 권태로워 졸립기만 했다. 시 몇 수를 일과로 삼아 단지 입으로 읊으니 피로한 줄도 모르겠다. 그러나 지으면 지을수록 시가 더욱 졸렬해 지니, 이에 시를 지어 스스로 해명한다.

老去讀書疲眼力　늘그막에 책을 읽자니 눈이 피로해
閑中得句暢情神　한가하면 시나 읊어 마음을 편다
若敎詩好方能詠　시가 좋아야만 바야흐로 읊을 수 있다면
也合終身不作人　죽을 때까지 시를 짓지 않아야 마땅하리.

<사가집 목활자본 권1·12>

　글 읽기도 싫고 고단하고 권태로워 졸립기만한, 한가한 중에도 고요하게 가라앉은 시적 이미지가 감돈다. 이 때 할 수 있는 것은 오직 시를 읽는 일이다. 이 시 제2구에서 '시를 읊어 마음을 편다.' 는 것은 작시를 마음의 수양으로 삼았던 실상이다. 시 짓기를 마음을 푸는 일로 보는 태도다. 그런데 서거정은 짓는다고 능사가 아님을 반성하진 않았다. 지금까지 지은 시가 만수나 된다는 것은 차라리 자랑이었다. 스스로 그 시의 습관을 그만 두려고도 생각하였으나, 이 지경에 이른 것은 당연한 귀결인 것이다. 짓지 않는 편이 오히려 더 낫지 않을까 하는 뜻은 어찌 좋은 시만 세상에 전하라는 풍자니, 차원이야 다르지만 '말은 하되 글로 남기지는 않는다.' 는 것을 지키는 정신이라고 보겠다.
　서거정(徐居正)은 도와 시가 일치하여 좋은 시가 저절로 될 분위기를 찾고, 그렇게 되기를 바랐으나 뜻대로 되지는 않았다. 따라서, 객쩍은 꾸밈의 중요성을 문제로 삼지 않은 것이다.
　서거정이 자신의 시를 개운치 않다고 불만을 품은 이유는 다음과 같다.

　　지은 시가 벌써 30권이 넘었다. 그러나 동헌 등 누각에서 읊은 시와 이별할 때 주고받은 것 말고는 한가할 때 술회한 것 등의 작품으로, 감히 남들에게 보일 수 없었다. 시속(時俗)에서는 시를 좋아하지도 않는데 시를 즐겨 짓는 것은 곧 여럿에게 훼방을 주는 것이니 스스로만 구하여 문득 감추어 둘 따름이다.

日日吟詩不自閑　나날이 시 짓기에 제 시간 빼앗겨도
詩成不計俗人看　지어서 남에게 보이긴 생각치 않아
一生吟苦渾閑事　평생을 애써 읊음 공연한 일일 뿐

恐把詩名落世間　　시의 명성이 세간에 알려질까 두렵다네
<사가집 목활자본 권1·12>

　시는 어떤 뚜렷한 목적에서 짓기보다는 그저 생활 속의 여력으로 짓는 다는 뜻이다. 지금 생각하면 관청 등지에서 읊은 것과 송별할 때 주고받은 것은 바쁜 벼슬살이의 일부였고, 한가할 때 술회한 것은 분위기가 좋은 데 서 지은 차원 높은 삶의 진실이다.

　서거정이 자신의 시에 만족해하지 못하는 점은 '그 때에 절실하지 못하 여 후세에 유익함이 없는' 경우였다. 이것은 글의 운세와 때의 운세는 일치 하는 것인데, 자기의 시는 그런 일치의 경지에 이르지 못했다는 겸양이다. 시의 효용성을 생각하여 그리 말한 것이다.

　서거정은 자신의 시를 속된 말이나 우스개 소리라고 겸사하면서 『시경』 이후 시가 바닥이 나서 예나 이제나 시단을 떨친 자가 없다는 사실을 곁 들였다.

　육기(陸機)와 반악의 시를 아양떠는 소실에 비유하고, 맹교(751~814) 와 가도(777~841)를 시로는 어린애 얼굴이라고 나무랐다. 이는 육기나 반 악, 맹교와 가도의 시가 그의 시문학관에 맞지 않았기 때문이다. 이런 그의 오만함은 조선 초기의 문단을 주름잡은 실력의 자부라고 본다.

刪後無詩繼亦難　　『시경』 뒤는 시가 없어 바닥났으니
何人今古擅詞壇　　이제나 예나 시단을 떨친 이가 누구란 말고
杜陵名續風騷後　　두보의 명성은 『시경』과 『초사』의 뒤를 이었고
李白才高天壤間　　이백의 재주는 세상에서 가장 높다랗다
陸海潘江皆婢膝　　육기와 반악의 시는 아양떠는 소실이고
郊寒島瘦亦兒顏　　궁한 맹교와 야윈 가도도 시로는 어린애의 낯
我今萬首將何用　　나의 시가 만수인들 대체 무엇에 쓰노
畢竟誰家冪醬看　　못내는 어떤 집 간장독이나 막을 테지
<사가집 목판본 권52·28>

　이는 겸양보다는 그가 제일로 여기는 벼슬 세계에서 임금의 시에 비해 자기의 시는 아무 것도 아니라는 실토다. 이는 소옹의 시구를 빌려 두보와

이백을 드세우고 자신은 감히 여기에선 말석도 지키지 못한다는 말이다.
그러나 글하는 신하와 더불어 손속을 과시하는 응제야말로 서거정 시의 대
표격이니 그가 힘써 지은 실상이 묻어나기 때문이다.

文章體格似詼諧　　문장의 체격은 우스개 소리 같아서
自愧才名價日低　　재명이 날로 떨어져 스스럽기 그지없다
老去放翁餘舊癖　　늙어감에 육유의 옛 버릇 남았고
愁來王粲有新題　　시름 오면 왕찬의 새로운 시가 기다려진다
閑中諷詠無非興　　한가할 때 시 짓다 보면 흥 아닌 것이 없으니
馬上推敲不用迷　　말 위에서 퇴고하느라 서성거릴 게 없다
急喚尖頭聊戲筆　　급히 붓을 가져다 장난삼아 시를 짓노라하니
硯池秋水動龍臍　　벼루의 맑은 물엔 용이 서린 듯.

자기의 시가 우스갯소리에 지나지 않아 재주와 명성이 날로 떨어져 부
끄럽다는 말에는 급히 짓는 장난의 글이라는 뜻이 내재되어 있다. 가도의
고사에서 시상을 끌어다 퇴고의 불용(不用)을 노래함은 그의 일관된 시문
학관인 도의 경지에 들면 저절로 시가 지어진다는 실토이다. 육유의 옛 버
릇이야 풍토를 사랑하여 시 짓기에 골몰하는 것이지만, 왕찬과 같이 등루
(登樓)의 망향(望鄕)으로 시름을 푸는 것은 서거정의 시인적 취향이 그렇
게 발동한 것은 아닐까 한다. 여기서도 서거정의 썩지 않는 것 3가지 입장
이 보인다. 워낙 시를 빨리 짓기로 자타가 믿는 바이니 제7구와 8구가 용
솟음쳐 읊어진 것이라고 보인다.

(2) 이준경

1938년 이병순은 『동고유고』에 발문을 쓰면서 그의 연보의 말을 인용하
여 다음과 같이 말하고 있다. "글이란 천지자연의 글이라야지, 어찌 문인들
의 붓털을 썩혀가며 하는 것과 같이 할 수 있겠는가."[1]
이 글은 이병순이 동고의 말을 인용한 대문이다. 동고가 평소에 생각하

---

1) 李秉巡, 東皐遺稿跋 "文者 天地自然之文 豈若詞人操筆 腐毫爲乎"

는 문(文)에 대한 생각의 일단을 피력한 말로 보아도 좋을 것이다. 그러면, 이 말의 의미는 무엇인가.

서거정은 「동문선서문」에서 "하늘의 문은 해 달 별들이고, 땅의 문은 산, 물과 초목이라"고 했다. 이와 같은 생각은 이제현의 글이나 정도전의 글 속에서도 보이는 바다. 말하자면 당대에 누구나 그리 생각하는 보편적 문관이다. 이 문에 대한 관점과 동고의 윗말 사이에 어떤 차이점이 있나. 같은 말이라고 생각한다. 천지(天地) 자연의 글이라는 말이 곧 해 달 별 산 물 초목 등을 가리키는 것이 아니겠는가. 사람이 조작하여 인위적으로 그려내는 글, 곧 꾸미고 치장한 글을 글로 여기는 것이 아니라, 생긴 그대로의 글 꾸밈이 없이 형상화 된 것이 참다운 글이라는 뜻이다.

이렇게 꾸미지 않고 자연스러운 상태 그대로의 형상화가 무엇인가. 이것이 바로 도(道)다. 다음 글을 보면 도는 있는 그대로 자연스러운 것이라는 사실을 알 수 있을 것이다. 다음 글은 동고의 상소에 대하여 임금이 내린 글의 일부분이다.

> 근래에 사유(師儒, 성균관 대사성)의 선발에 모두 글재주가 있는 사람을 높여, 덕을 닦고 학문을 밝힌 사람은 선발되지 않는다. 성균관에 유학(遊學)하는 선비들은 모두 문예(文藝)를 익히고 과제(科第)를 트는 것을 업(業)으로 삼아, 예양(禮讓)으로 서로 높이고 도의로 서로 바로 잡아 주지 않았다.2)

이 말은 예양과 도의(道義), 문예와 과거공부를 상대적 개념으로 해서 예양과 도의가 중요하고 본질적인 것이며, 문예와 과거공부는 못쓰는 사업이라고 말하고 있다. 왜 이같이 글재주와 덕을 상대적 개념으로 파악하고 글재주를 배격할까. 유학의 본분이 본질에 충실하고 그 근원에 성실해야 하고 자질구레한 잔재주를 좋게 보지 않는 데에 기인한다고 할 수 있겠다. 그러니까 문예도 좋아지려면 본질적인 것과 같이, 꾸미고 수식하지 않는 도와 같아야 된다는 뜻으로 글이란 천지자연의 글이어야 한다는 주장이 가능하게 된 것이라고 생각한다.

---

2) 李浚慶, 東皐遺稿 卷十二·7 "傳曰近來師儒之選 皆尙文詞之人 至於德修學明之士 則未見選黌舍遊學之士 皆以習文藝 決科第爲業 未有以禮讓相高道義相規"

暮春偶今

滿庭花片落紛紛	꽃잎은 펄펄 날려 들에 가득 지는데
新綠枝頭已九分	새로 푸른 가지 끝에 다 내민 싹
孤坐小軒成一睡	작은 난간에 외로이 깜빡 졸면서
愁邊時序任沄沄	근심 실은 세월을 물결에나 맡겨본다.

<東皐遺稿 卷一·5>

봄의 의미는 생성과 변화에 있다. 봄에는 봄답게 살아야 한다. 이것이 자연이다. 자연스런 시를 쓰는 동고의 뜻이 이 시의 봄다운 성장과 탄생과 변화에 있다. 꽃잎이 진다고 그만인 것이 아니고 또 새순이 돋아나며, 존다고 시름을 잊는 것이 아니기에 넘실넘실 계절 따라 그냥 내맡긴다. 근심도 근심다우면 반갑게 소화해내는 자연의 순리를 따르는 동고의 초연함이 보인다. 사실을 사실대로 인정하고 억지 부리지 않는 높은 자연의 이해가 동고 시문학의 한 모습이다. 실로 그의 문에 대한 이론에 맞게 지어진 초연한 자연스런 시는 종종 대할 수 있다.

동고는 글을 지을 때 미리 연습으로 초를 잡고 지은 일이 없고, 그저 선 자리에서 지었으나 의리가 밝게 나타나고 말뜻이 엄정하였다고 한다.[3] 이러한 사실은 그가 글을 잘 지으려 하여 꾸미는 이가 아니고, 그저 자연스러운 글을 짓는 이라는 사실을 설명해 주는 말이라고 본다. 그리하여 고종 원년 (1864)에 임금이 내린 제문에는, "천인(天人)의 깊은 학문으로서, 입 밖에 내면 문장이 되었다."[4]라고 칭송의 구절이 들어있는 것이 아니겠는가.

이와 같은 자연스런 글을 제일로 삼는 글에 대한 주장은 실로 글에 뜻을 둔 것이 아니라 도학에 뜻을 두고 언제나 행실을 바르게 가지려고 노력하는 그런 인물에게서 찾아 볼 수 있는 문장 이론이다. 유학자의 본분이 글 잘하는데 있지 않은 것도 모두 이와 같은 정신에서이니 여기서도 동고의 문학 사상의 바탕은 유학임을 확인할 수 있다.

---

3) 李浚慶, 東皐遺稿 卷十二·14 "文無起草 皆出立成 而義理光明 辭意嚴正"
4) 任白經, 賜祭文 "天人邃學 發爲文章" <東皐遺稿 卷十·34>

2) 소식에서 두보로

최자는 고려조의 중국 시인에 대한 숭상을 다음과 같이 말했다.

> 옛사람이 이르되, 시를 배우는 이는 율시와 절구에 두보를 본받고 악장에 이백을 본받고 고시는 한유와 소식을 본받아서 문(文)과 사(辭)의 각체가 모두 우리나라 글에 갖추고 있으니 열심히 읽고 깊이 생각하면 그 체를 얻을 수 있다. 그러나, 이백과 두보의 고시가 한유와 소식에 뒤지지 아니 한다. 그런데 이같이 이르는 까닭은 후진으로 하여금 여러 작가의 체를 두루 배우게 하고자 함이다.

이는 고려시대의 문인들이 누구의 것을 모범으로 삼았느냐에 대한 정리이다. 역시 두보와 이백, 한유와 소식이다. 그 중에서도 으뜸은 두보요 이백이다.

이인로는 『파한집』에서 우리나라 무명 인사의 시를 두 수 예로 들고, 이 시가 어법이 당나라 송나라 사람의 것과 차이가 없다고 했다. 이는 무릇 좋은 시는 당나라 송나라에 비기는 세풍(世風)을 드러냄이니, 자못 당송시의 세력을 짐작하게 하는 지론이기도 하다.

이인로는 『파한집』에서 시구절의 갈고 다듬는 조탁은 두보가 뛰어남을 역설하고, 소식과 황정견도 이에 견줄 만하다고 추키면서 특히 고사의 인용이 정교하고 빼어난다고 했다. 또 이상은(李商隱)을 중심으로 한 서곤체(서곤은 중국의 곤륜사를 말하며 11세기초 한림학사들이 낸 서곤수창집에서 비롯되는 북송초기의 시풍을 말함)를 깎아 내리고, 소식과 황정견(1045~1105)을 조어가 더욱 정교하다고 하여, 스승보다 나은 제자라 높인 이인로는 임춘을 소식의 경지에 다다른 인물로 평했다.

『파한집』에서는 두보의 우국충절을 기리어, 그 시어의 아름답고 심오함에 이어 "밥 한 술 먹는 데도 임금을 잊지 않는다."의 진실한 충성을 드높였다. 이는 유학으로 통하는 길목이니 직(稷)과 설(契)을 내세워 선비의 뜻을 세우는 자료로 좋은 교화의 텃밭을 일구었다. 이는 진작 유교로 가르침을 삼은 초기에 두보에 기우는 조짐이라 하겠다. 『파한집』 전편에 두보는 겨우 두 번에 걸쳐 논의 되었으며, 『보한집』에서도 같은 정도로 거론된 두보가 『동인시화』에서는 그 인거(引據)의 빈도가 중국 시인 중 최고로 나타나는 현상을 볼 수 있다. 이는 북송 이래 두보의 시로 기우는 풍토의 영향도 크려니와, 세종 이래 『두언시해』의 저본인 『찬주분류두시』의 영향이 컸다고 본다. 이는 고려와 조선의 시풍이 다름을 알게 하는 실마리다. 다음 표는 『동인시화』에 인용된 중국 시인의 시를 통계 낸 것이다.

인용시인	인용회수	예시시수
두 보	17	15
소 식	15	10
이 백	6	5
한 유	6	4

소식의 경우는 다르다. 이인로는 문을 닫아걸고 깊이 틀어박혀, 황정견과 소식의 문집을 읽은 뒤에 시를 짓는 진미를 터득했다고 했다. 임춘·이규보·유승단(1168~1232) 등 당시를 주름잡던 시인들도 모두 소식의 호매한 기상과 풍성한 체를 얻었다고 했다. 뿐만 아니라, 서거정은 『동인시화』에서 이색(1328~1396)도 소식과 흡사하다는 말을 논하는 이들이 있음은 물론, 이색 자신도 소식에 스스로 비유한다고 했으니, 고려와 조선 초기 당시에 소식에 대한 열풍을 짐작할 수 있다. 소식이 이렇게 많이 읽혀지는 까닭은 기(氣)와 운(韻)이 호매(豪邁)하고, 뜻이 깊고 말이 풍성하며, 남의 시상을 옮겨 씀에 해박하여 우리나라 시인들이 그 문체를 거의 본받을 수 있다고 짐작한데 있었다고 믿는다.

이는 고려 시대 시인들의 기호를 말하는 것으로 그들이 넉넉하며 아름다운 시와 기상이 있어 씩씩한 시를 즐겨 짓는다고 볼 수 있고, 선비 두보의 빈틈없는 구법(句法)과 편법(篇法)의 알찬 매듭과, 고뇌로 얼룩진 알뜰한 시는 그 체를 본받기가 어려워 멀리 하였음도 넌지시 일깨우는 바 있다.

이와 같은 고려 시대의 시풍에 대하여 『동인시화』에서는,

고려의 글 쓰는 선비는 오로지 소식만을 숭상하여 급제한 방이 나올 때마다 사람들은 33의 소식이 나왔다고 말했다. 북송의 고종 원년

(1128)에 송나라 사신이 시를 구하므로 학사 권적이 준 시에 "소식의 문장이 해외에까지 소문나자 송나라 천자가 그 글을 불살랐다. 글은 불살라 없앨 수 있지만 천고에 꽃다운 이름 태울 순 없어."라고 하여 송나라 사신이 탄복했다고 하니 소식을 숭상한 정도를 알 만하다.

소식은 변방 나라들의 문명 발달을 막기 위하여 책을 팔지 말라고 『논고려매서이해차자(論高麗買書利害箚子)』를 세 번씩이나 건의했던 인물이다. 그러나 김부식은 소식의 식(軾)자를 따서 개명했고 동생은 소철을 따라 부철로 바꿀 정도였다.

서거정과 친한 김수령(1437 ~ 1473)은 "고려의 시·문은 가(訶)가 화려하고 기가 넉넉하나 체격은 생소하다"고 했다 이는 소식의 시·문이 호매하고 풍성하여 이를 본받는 고려 시·문의 특징이 그리 나타난 것이며, 생소하다는 것은 아직 유학의 보급 발전이 덜되어 유학을 숭상하는 정책에 젖은 조선 초기 선비들에게는 고려시대 시의 경지가 생소하게 보였을 것으로 해석할 수 있다.

그런데 『동인시화』에는 고려 시대 시화에 없는 소식의 시론이 하나 소개되어 있다.

> 옛 사람이 이르되 구법은 중첩함이 부당하다. 가령 「회해소가(淮海小訶)」에 "두견새 소리 속에 비낀 해는 저물고"라고 하였으니, 소식이 이르기를 "이 글은 높고 오묘하나 다만 비낀 해라고 한 데다. 또 저물다고 말했으니 중첩이 된 것이다.

이는 소식의 이론을 빌어 시에서 중첩이 없어야 한다는 기법상의 이론으로 창작에서 주의할 점을 경계함이다.

서거정은 소식을 좋아하였다. 『동인시화』에서도 소식의 「여왕경원(與王慶源)」이라는 시를 좋아했다고 했으며, 소식의 「전·후적벽부(前·後赤壁賦)」는 만고를 쏟아내림이 있다고 세 번 탄식함을 마지않았다.

서거정은 『동인시화』에서 두보보다는 소식을 억척스럽게 읽어내던 고려시대를 지적하고, 자신이 살고 있던 15세기 말까지도 소식을 사모하는 열기가 식지 않았음을 일컫고 있다.

고려 시대의 시화(詩話)에서 두보를 거론함은 대단하지 않았지만 『동인시화』에서는 다르다. 『동인시화』 상권에는 두보를 앞세워 시의 형식과 내용에 대한 이론을 전개하여 압운(시를 지을 때 일정한 장소에 운을 다는 일), 임금에 충성하는 시, 과장에 대한 의견, 생활 속에서 시를 이용한 놀이, 임금에게 나아가 짓는 시 등 여러 경우를 적절하게 인용하며 두루 거론했다. 그러나 하권에는 귀신도 놀라게 한다는 두시의 효력과 두보의 시구를 그대로 옮겨 써서 다른 시와 대비한 대목뿐이다.

시를 인용한 표를 보면 상권은 중국 시인의 인용이 많고, 하권은 우리나라 시인을 드세움이 두드러짐을 알 수 있다. 이는 『동인시화』가 상권은 이론편의 성격이 짙고, 하권은 실제편의 성격이 강한 연유인 듯하다. 두보는 『동인시화』 속에서 시로서의 시성(詩聖)의 자리를 확고하게 확보하고 있다.

두보는 시의 모범을 보여야 할 때는 반드시 인용되었다. 압운을 거듭할 때 이를 합리화하는 데도 두보의 시를 썼으며, 과장이 두드러진 말을 그렇지 않다고 표현상의 특징을 지적할 때도 두시를 원용했다. 또 궁중에서 조회할 때 모습을 지은 응제시로는 단연 두보와 잠삼과 매지(買至)의 것을 으뜸으로 삼아 본보기의 구실을 다했다.

이렇게 시법의 표본으로 삼은 두시에 대해서 소식의 시는 대우가 묘가 뛰어나다는 모범밖엔 다루지 않은 『동인시화』다.

두시와 소식의 시 유행은 글자를 한 자 빼고 알아 맞추는 내기문제에까지 등장했으며, 게다가 두시의 세력은 귀신도 쫓았다고 기리고 있다.

> 옛 사람이 칭찬하기를 두보는 시로서 성인일 뿐 아니라, 시가 대개 우국애민에서 나왔다. 밥 한 술 먹을 때도 임금님을 잊지 않는 생각은 피난지 부주에서 임금님이 가계신 곳을 향하여 험난한 길을 달려간 것과 같은 것이다. 「애왕손(哀王孫)」·「비진도(悲陳陶)」 등의 작품은 그 뜻이 있는 데를 알 수 있는 작품이다.

이는 유학으로 해서 더욱 두보가 입맛에 맞는 시인임을 주장한 예증이다. 교화와 충성이 배어 있어야 좋은 시의 대접을 받는다는 신조다.

시문학적 견지에서 살피면, 서거정은 소식보다 두보를 더 높이 받들었음을 알 수 있다. 혼자 한 것은 아니지만 『동문선』을 찬집하고 그 외에 여러 책을 편집하고 저술했던 서거정이 두보를 더 높이 평가한 『동인시화』는 그 문학 사조상의 의의가 크다고 하겠으며, 이는 실로 고려조의 풍조와 조선 전기의 시문학에 대한 사조가 중국의 영향면에서 그 수용의 자세가 변했음을 보여주는 것이라고 하겠다.

이런 사조의 경향을 꿰뚫은 논평이 있다.

> 우리나라는 고려 중엽부터 중국의 문예사조에 따른 시가의 풍조에 따르기는 했지만, 실은 성리학 이 싹튼 말년에 이르러서야 성황을 본 두보의 시다. 더욱이 조선왕조의 유학을 높이 받드는 정책은 북송 이래로 두보를 치키는 학풍을 그대로 받아 들여, 김부식 이래 소식에 치우친 시문학의 계통을 버리고, 두시를 읽는 씨앗을 삼천리에 뿌렸다. 이 신흥의 기세는 실로 도도하여 자못 『사서삼경』에 버금가는 경전이 다시피 섬겨, 마침내는 찬란한 꽃을 보았다. 곧 수백 년 이래 소식에 반해 사 죽을 못 쓰던 문학의 풍조를 두보에로 돌려 우리의 한시문학을 가장 찬란하게 빚어내어 선조 때를 중심한 이른바 목릉성세(穆陵盛世 : 목릉은 선조의 능의 이름으로 임진왜란을 전후한 시기에 우리 한시문학이 꽃핀 것을 이르는 말)의 풍부하고, 웅장하고, 고고하고, 화려한 시문학의 경지를 자아냈던 것이다.

목릉성세가 임란전후 유교문학의 절정이라면 서거정은 그 주춧돌이 된 시화를 쓴 분이다. 소식의 풍성한 시체를 체득하여 그의 내면세계에 접맥시켰으면서도 이에 그치지 않고 두보의 예술적 경지를 이해하고 그 진가를 드러내 보이려 노력한 『동인시화』가 있어 그렇다. 이렇듯 『동인시화』는 문학사조가 소식에서 두보로 바뀌는 모습을 여실히 보여 주었다.

3) 시를 평가하는 기준

(1) 벼슬하는 이의 생각

① 서거정

이인로(1152 ~ 1220)는 시를 지을 때는 남의 시나 글에서 그 시에 관련된 일을 얻어다 표현하는 경우가 많다고 하고 시에는 그림의 요소가 있어야 한다고 했다. 최자(1186 ~ 1260)는 시를 지배하는 것은 기(氣)라고 했고 이규보는 다른 이의 시나 글에서 시상이나 시어를 얻어다 쓰면 좋지 않고, 스스로 창안하여 새로운 뜻을 시에 담아야 한다고 했다. 최자가 기를 중요시 인정한데 대하여 뜻(意)을 중요한 요소로 생각했다.

『동인시화』에서 말한 "시는 마땅히 기를 먼저 앞세우고 그 이후에 꾸미는 일을 해야 한다."는 것은 최자와 같은 생각이며, "옛사람들이 지은 시는 한 구절도 유래된 데가 없지 않다."고 한 것은 이인로의 생각과 같다. 또 "시에는 그림의 요소가 있다"는 것도 이인로와 마찬가지다. 시가 곧 그 사람을 나타냄이라고 본 것은 작자의 개성, 창의성을 높이 보는 견해이니, 이규보가 뜻을 중요하게 여기는 이론에서 한 걸음 진보한 논리이다.

이규보는 「논시(論詩 : 시를 논함」이라는 글에서 "연못에서 봄풀이 돋는다"가 왜 좋은 글귀인지 알 수 없다고 했다. 오히려 서응의 「폭포」시에 "한 물줄기가 푸른 산의 색을 갈랐네"가 더 아름다운 구절이라고 주장했다.

이에 대하여 이제현(1287 ~ 1367)은 다음과 같이 그 뜻을 짐작했다.

전에 여항이라는 곳에 나그네로 머물렀던 일이 있었다. 이 때 고맙게도 누가 난초 한 분을 보내왔다. 나는 책상 위에 난을 그냥 놓아두고 바쁘게 손님을 맞아 대접하다가, 미처 그 향기를 깨닫지 못했었다. 밤이 깊어 고요히 앉았노라니 밝은 달은 봉창에 머무는데 기막힌 향기가 코에 스치었다. 이런 맑고 그윽한 향기에 흠씬 취하여 말로는 이 정경을 드러낼 수가 없었다. 내가 즐거움에 도취하여 홀로 말하기를 "연못에서 봄풀이 돋는다." 는 구절이 나에게 베푼 은혜다.

이 글을 보면 이제현은 이규보와 다른 각도에서 시를 이해하였음을 알 수 있다. 이규보는 송(宋) 나라 시풍대로 회화적이고 이(理)를 중요시 여기는 시를 높이 친 것을 엿볼 수 있고, 이제현은 거기에 많은 뜻을 함축하는 것과 관조적 고요에 시의 가치를 두고 있음을 알 수 있다.

시대의 변천에 따라 시를 보는 각도와 태도가 달라서 그럴 수도 있으나, 이규보보다 이제현이 더 정(情)과 의미에 치우친 당(唐) 나라 시를 깊이 이해했던 것으로도 생각할 수 있다. "연못에서 봄풀이 돋는다" 에 얽힌 인간 만사의 많은 뜻과 함축이 시의 맛일 수도 있고, 그 함축으로 빚어지는 상상과 의미의 확산이 시를 보고 평가하는 묘수이기 때문이다.

서거정은 이를 모두 수렴한 입장을 『동인시화』에 밝히고 자신의 발전적 시문학관을 폈다. "내 시는 정에서 나왔다"는 것에서 출발하여 "옛날 평시자(評詩者)는 말로는 그리기 어려운 정경을 그리되 눈앞에 보는 듯이 하고, 거기에다 그 말로는 다하지 못하는 뜻을 갈무리기에 말 밖의 뜻을 알아내야 한다"는 차원 높은 시문학관을 피력했다. "능히 남들이 말로써 표현하지 못하는 데를 말했다"라고 말한 것은 이제현의 시를 보는 안목을 꿰뚫은 함축이며, 또한 시속에 갈무린 많은 의미를 짐작하는 안목으로서 이른바 글자 밖의 짐작이며, 글을 읽되 그 행간을 읽는 시를 보는 비법이다. 이는 서거정이 시를 노하는 입장에서 얼마나 높은 시적 경지를 가늠하며 분별했는가 하는 보기이며, 이것이 바탕이 되어 조선조 시문학의 발전적 틀이 마련된 것이 아닌가 한다.

이런 시를 보는 눈은 상당히 높은 수준이다. 시의 음악성과 회화성에 바탕을 둔 향기를 체득하여 말 밖의 뜻을 포착하고, "뻐꾸기의 울음과 울음 사이의 적막"을 말함이며, "도가 높은 스님이 묻는 말에 대답하지 않는 침묵"의 전달이니 이것은 시를 시인이 쓰는 것이 아니라, "시가 시를 쓴다"는 차원으로, "제주 해녀가 제일 좋은 전복은 바다 밑 바위 속에 감추어 둔다"는 진실인 것이다. 서거정은 이런 시의 경지를 이해하여 『동인시화』에 풀이해 놓은 것이다. 이는 시를 논함에 『동인시화』가 고려조 시화에서 한 걸음 나아갔음을 입증하는 보기이기도 하다.

정지상(? ~ 1135)의 경우를 어떻게 다루었는가 살펴보면, 『동인시화』가 모든 앞선 시대의 시화를 정리한 바탕 위에서 한시의 문학적 격조를 높인 사실을 알 수 있다.

이인로의 『파한집』에는 예종 때에 이름을 잊은 정이라는 뛰어난 재주꾼이 평양에 있었다고 하고 그가 어려서 지은 시로는 「대동강」이 있고, 성장하여 과거에 뽑힌 뒤 7언 율시 「장원정(長源亭)」을 지었는데, 그 말이 세속에서 빼어나 표연히 나부낌이 있다고 했다. 「동산재기(東山齋記)」를 중간 중간 인용하여, 그의 글귀가 사람들에게 널리 읽힘을 밝혀 놓았다.

이규보의 『백운소설(白雲小說)』에는 정지상과 김부식이 서로 알력이 있었음을 시의 구절 쟁탈 일화로 비유하였다. 이는 시를 논한 것이 아니고 한담이다.

최자의 『보한집(補閑集)』에는 7언 절구 「장원정」·「영죽(詠竹)」·「유제단월역(留題團月驛)」, 7언 율시 말의 운(韻)이 맑고 화려하며 구절의 격조가 호탕하고 뛰어나서 읽으면 번잡한 마음과 혼미한 눈으로 하여금 맑게 깨어나게 하나, 다만 웅장하고 깊은 거작은 못될 뿐이라고 평하였다.

이는 시의 소리와 뜻이 독자에게 어떤 감흥을 일으키는가 하는 일련의 변화를 따져 보임으로써 비평의 기준과 각도가 합리적임을 보여준다. 이렇게 최자는 이인로보다 정지상을 높이 평가했다.

또 같은 책에서 최자는 「대동강」시의 전·결구를 인용하여, 이 시가 당시에 모범이 되었다고 하고, 「신설(新雪)」은 온화하고 아리따우며 가멸차고 귀하여 소식의 시에도 걸맞을 것이라고 하였다.

이제현의 『역옹패설』에는 「대동강」·「제등고사(題登高寺)」·「제변산소래사(題邊山蘇來寺)」, 7언 율시라고 했다. 정지상은 노자·장자의 학문을 즐겨하여 동산 진(陳)선생을 위한 비문은 표연히 세상일에 구애되지 않아서, 깨끗한 산수를 대하는 느낌을 준다고 했다. 인로는 정지상의 시가 시적 긴장의 경지에 접근된 시임을 인정했고, 최자는 거기에서 한걸음 나아가 독자의 상상력을 충족시켜서 미의 세계로 인도하는 시의 굴절을 말했다. 그러나 이제현은 이에 대하여 부연하지 않고 운율에서 오는 효과만을 지적했다.

이 시평과 『동인시화』의 평을 비교 검토하고 『성수시화』의 경우도 대비해 봄으로써 조선조의 시를 보는 기준을 규명하고자 한다.

『백운소설』에 기록되어 있는 김부식과 정지상의 알력은 『동인시화』에 기록 하지 않고 『필원잡기(筆苑雜記)』에 다루되, 정지상과 김부식의 시를 논하는 입장에서 다음과 같이 썼다.

　　김부식(1075～1151)과 정지상은 시로써 한 때 이름이 나란했다. 김부식의 「결기궁(結綺宮)」이라는 시에 "요(堯)임금 계단은 석 자 밖에 안 되나, 천년 뒤에도 그 덕은 높으며, 진나라 성은 만 리나 되었어도 두 대에 나라를 잃어버렸네, 수나라 황제는 어찌 밝지 못하여 토목 공사에 인력을 모두 쓴다냐." 「등석(燈夕)」이라는 시에 "궁중 지붕은 높아 북극을 괴었고, 향로는 궁전 한가운데 마주 있네. 공손하고 말없으신 임금님 풍류와 놀이에 뜻 없으니 후궁들아 치장함을 뽐내지 마라." 글의 뜻이 엄정하고 전아하며 진실해서 곧 덕있는 이의 말이라고 하겠다. 정지상은 시어가 맑고 화려하며 구절의 격조가 호탕하고 뛰어나서 당나라 후기의 시법을 깊이 갖추었으며, 특히 요체에 장기가 있다. "바위 끝 늙은 솔에 한조각 달, 하늘 끝 구름 아래 천점의 산들." 「개성사팔척방(開聖寺八尺房)」, "지평선 저 멀리, 스님과 흰구름 마주 앉았네." 「제등고사」, 이러한 구절들은 정지상의 입에서 나와서 사람들을 놀라게 하여, 당시에 널리 사람들의 입에 오르내려서 온 무리들에 씻어낸 듯이 영향을 주니 정지상과 김부식의 기상은 닮지 않았다.

　고려조 시화에는 시 그 외적인 기록이 많은데, 『동인시화』의 경우 시 그 자체적 문제에 핵심을 두고 있다. 김부식의 시는 그 나름대로, 정지상의 시는 또 그것대로 서로 다른 장점이 있다는 논리다. 고려조 시화에서보다 시의 그 본질 문제에 충실한 『동인시화』이며, 시세계의 폭을 넓게 인정하는 경향이 뚜렷하게 보인다.

　『보한집』에서 뽑은 「장원정」·「영죽」·「유제단월역」·「월영대」·「제변산소래사」·「서도」 등이 『역옹패설』에서는 「제등고사」·「제변산소래사」 7언 율시인 「장원정」·「개성사팔척방」으로 줄었고, 『동인시화』에서는 「개성사팔척방」·「제등고사」 7언 율시인 「장원정」으로 다시 줄었으며, 『성수시화』에는 7언 율시인 「장원정」과 「개성사팔척방」으로 되었다.

　이렇게 시화에 인용되는 시가 시대의 흐름에 따라 줄어드는 이유를 생각해보고, 특히 『동인시화』의 시를 논함이 전 시대에 비하여 폭이 넓다는 점을 감안하면, 『동인시화』가 위치한 시화로서의 자리가 중요함을 알 수 있다. 이렇게 『동인시화』는 전 시대의 시화를 종합 정리했을 뿐만 아니라 후대의 시화에 끼친 영향도 적지 않았음을 생각해 볼 수 있다.

　서거정은 이어서 요체에 대한 해석도 잊지 않고 있다.

요체라는 것은 당나라 율시가 또 변한 것이니, 고금에 짓는 이가 그리 많지 않다. 그 법은 운율이 변한 곳이 있을 때를 이름이니, 평기식(平起式)일 경우는 첫구 두 번째 자를 평성으로 놔야 할 것을 측성으로 바꾸어, 시어의 기세가 기이하면서 건실하여 뛰어나게 하고자 하는 것이다. 당나라 말기의 시인이 이 체를 즐겨 사용하였으니, 정지상의 시도 그 묘수를 깊이 얻었으나, 그 뒤를 잇는 이가 없었다.

이런 견해는 정지상의 시에 운률상 특징을 밝혔다는 뜻에서, 고려조 시화의 정리이며, 조선조 시화의 바탕이 되었다고 믿어진다.

정지상의 「대동강」 시에 대하여 이인로는 시 전편을 『파한집』에 인용하고, 끝 구를 "첨작파(添作波)"로 기록하고 있으며, 최자도 끝 구를 "첨작파"로 기록하고, 두보시의 "이별의 눈물이 한없이 비단 물결에 더한다."와 이백의 "본래 구강(九江)의 물결에서 맺었더니" "만 줄기 눈물만 더하게 되었네."의 구절을 들어 "다 한 솜씨에서 나왔다."라고 평했다

그러나 이제현은 『역옹패설』 후집 2권 제일 첫머리에서 이 시 전편을 싣고 연남(燕南)의 양재가 끝 구절을 "이별의 눈물이 해마다 푸른 파도를 붉게 "창록파(漲綠波)"한다."라 하였는데, 이제현은 '작(作)'이나 '창(漲)'이 다 알맞지 않고 첨록파(添綠波)로 해야 한다고 주장했다.

『동인시화』에서 서거정은 '첨작파'로 해야 당나라 시풍이 있는 운이 된다고 주장했다. 이런 비평들도 서거정이 한갓 고려조 시화를 따르거나 인용함이 없이 그다운 입장을 밝힘이니 『동인시화』가 또 다른 시화의 경지를 개척한 것이 분명함을 알겠다.

그러나 이상에서와 같이 『동인시화』를 가지고 시를 보는 기준을 논하는 것은 서거정의 높고 깊은 시문학관을 놓치고, 한갓 통용되던 일반론에 얽매이는 폐단이 짙다. 올바른 평가는 시화보다는 문집 속에 있는 편지·논·기록 혹은 문장·시에 대한 이론이거나, 아니면 다른 문집에 곁들인 서·발이 그 정곡을 맞출 수 있다고 믿는다. 더구나 차원으로 따져도 시화는 아무래도 한가한 이야기 인지라 도사림이 부실한 주워 모은 이야기라는 사실을 감안할 때, 그것은 알뜰한 참고는 될지언정, 그것이 바로 진정한 평가나 기준일 수 없다고 본다. 이런 뜻에서 앞서 거론한 『동인시화』에서 보다는 서거정이 남긴 서·발에서 척결함이 정도가 아닌가 한다.

먼저 「동문선서」에서 당시에 주도적 입장이었던 서거정은 역대 우리나라 시문을 어떤 저울로 그 무게를 달았으며, 왜 그 방대한 작업을 벌였는가 하는 점을 살필 필요가 있다. 이것이 그의 시를 보는 기준을 실측함에 있어 가장 중요해서임은 물론이다.

서거정의 문장에 대한 해박한 지식은 이미 정평이 났지만, 그런 그의 안목이 시문을 하늘의 文, 땅의 글, 사람의 글, 그리고 성인의 글, 임금이 지은 글, 임금의 명에 의하여 벼슬하는 신하가 지은 글, 벼슬하는 신하의 시, 벼슬을 못하고 초야에 사는 이의 시, 스님의 시로 나누고, 이것들을 각각 어떻게 다루었는가 살피는 것은 문제 해결에 있어 가치 있는 일이 될 것이다.

서거정은 스스로도 그렇게 지었지만 웅장하고 넉넉하고 풍족하며 화려한 시를 높이 평가하였다. 이는 문운(文運)과 시운(時運)이 같다고 보아서이며, 시운을 통하여 글의 운세를 짐작할 수 있다는 신념에서 비롯되었고, 모름지기 풍족한 여유 있는 삶에서 우러난 글을 높이 보는 평가 기준에서 빚어졌다.

서거정은 시와 글 그것보다도 그 덕행에 더 관심을 가지고 시와 글을 가린 점이 남다르다. 이는 그가 신숙주(1417∼1475)·권홍(勸弘)·(1427∼1456)·성석린(1338∼1423)·스님 계정(桂庭)·류방선(柳方善)·최항 등 당대를 대표하는 선비와 스님들의 문집에 써 준 서문에 잘 나타나 있다. 이 중에서도 「보한당집서(保閑堂集序)」는 주목된다. 「보한당집서」는 서거정이 가장 공을 들인 것으로 보이기 때문이다.

정치적 세력으로 보나 문장으로 보나 그 공이 혁혁한 신숙주의 문집에 서문을 쓴다는 사실이 그로 하여금 붓을 가다듬게 해서였다. 임금의 주위에서 맴돌던 그는 시와 글을 평함에 있어 시와 글만을 보지 않았다. 반드시 그 인품을 보고 인맥을 짚었다. 나라를 태평하게 하고 백성을 교화하는 데 목적이 있어서 조선 초기의 임금에 대한 악장은 말할 것도 없고, 구한말에까지도 문장보국(文章報國)으로 역력히 이어왔으며, 이 계통은 신학문을 한 이들에게서조차 어엿하게 계몽이라는 이름으로 이어져 답습되었다.

이에 대하여 좀더 자세히 살펴보자. 왜냐하면 이와 같은 작품의 우열을 따지는 방식은 매우 독특하기 때문이다.

천지가 창조됨에 글이 생겨났다. 해와 달과 별들은 허공에 널려서 하늘의 글이 되고, 그 아래 산과 물이 솟고 흘러서 땅의 글이 되었다. 성인이

괘를 그려서 글자를 짓자 사람의 글이 점점 밝아졌다. 이런 원리적인 하늘의 글·땅의 글·사람의 글 중에서 정작 그 제일 으뜸인 것은 역시 임금이 지은 시문이라는 그다운 독특한 이론을 펼치었다.

하늘의 문(文) 중에서 아름다운 별들이 글의 지극함인 것처럼, 백성에게 교훈을 주고, 명령하고, 예법을 정하고, 음악을 아뢰고, 형벌을 주는 것이 다 성인의 글인데, 그 중에서도 임금의 글이 그 지극한 보기라고 했다.

해와 달과 빛을 다투는 임금의 글과 더불어 지은 신하의 글은, 원래 순임금과 우임금의 「구공지가(九功之歌)」와 「녹명장(鹿鳴章)」 등에서 비롯된다. 「소아(小雅)」와 「대아(大雅)」는 각기 잔치자리의 음악이며 조회의 음악이다. 이는 경계의 말이나 기쁨·즐김·공경 등의 기운으로 노래하는 법이다. 이에서 비롯된 임금의 시문은 동식물에 이르기까지 두루 감동하여 각각 마땅함을 얻어 태평의 기운이 퍼지게 되는 것이다. 이러한 임금의 글과 더불어 지은 글은 주나라에서만 흥성했던 것이 아니고, 어디에서나 임금의 글과 잘 다스려지는 경지의 소리는 맞수라는 주장이다. 자못 『시경』의 뜻과 같다는 소신이다.

이런 임금의 글과 주고받는 신하의 글이야말로 시의 으뜸이다. 신하로서는 영광이며 임금의 은혜에 무젖는 호강이다. 따라서 임금과 더불어 지음은 임금의 글 다음의 자리를 누리는 시격으로 평가를 받았다. 그래서 벼슬하는 이의 시문 중에도 이 임금과 더불어 지은 시문과 관청의 공식문서를 제일로 꼽았었다.

> 시는 뜻을 말하는 것이요, 뜻은 마음이 가는 바다. 그러므로 그 시를 읽으면 그 사람을 알 수 있다. 대개 높은 벼슬하는 이의 시는 기상이 호탕하고 가멸차며, 벼슬하지 못한 선비의 시는 정신과 기상이 맑디맑고, 스님의 시는 정신은 메마르고 기상이 궁핍하다. 옛날에 시를 잘 보는 이는 이에 분류 하여 보았다.

스님의 시가 제일 빠지는 이유는 채소와 죽순의 기운이 그러하게 하였다고 보았으며, 서거정이 문집의 서문을 써 준 계정 스님은 그 시가 일반 스님들의 시와는 달리 높이 나부끼고 뛰어나서 멋대로 구김 없이 탁트여 잡티가 없다고 보았기 때문에, 전해서 없어지지 않도록 해야 한다고 했다

『계정집(桂庭集)』에 서문을 쓰는 당위성이 이것이었다.

서거정은 당시의 대가인 유방선의 문집에 서문을 쓰면서 애석해 했다.

> 가령 선생으로 하여금 높은 벼슬에 오르게 하여 시 짓는 반열에 서서 나라의 흥성을 울리게 했더라면, 품위 있고 가멸차고 화려하여 아름다운 울림소리가 나는 작품이 될 뻔했는데 어찌 다만 이에 머물었겠는가.

이는 그의 시문이 아무리 아름다움을 추구하고 청신·전아·고고·간결하여 옛날 문인들에게 뒤지지 않는다 하여도 벼슬하는 이들의 풍성하고 넉넉한 풍골이 아니라 초야에 묻힌 백성의 시문이라고 규정짓고 있다. 사실 유방선은 당시 시단의 주류였으나 부모의 죄에 연좌되어 과거를 못 보아 등용되지 못했었다. 그러나, 당시의 문인이 거의 그 문하에 출입했음은 『두시언해』로도 두루 알려진 사실이다.

결국 벼슬꾼의 시가 임금의 시와 임금과 더불어 지은 시를 앞세워 버금이며, 가멸차고 화려하고 호방한 시가 으뜸이라는 견해다. 이는 서거정의 시가 가멸차고 넉넉하다는 후인의 평을 받았고, 그의 임금과 더불어 지은 시와 글이 특출하다는 사실과 걸맞는다.

시문은 그 짓는 이가 처해 있는 위치에 따라 달라진다는 평가이다. 다분히 환경의 지배를 인정하는 입장에서의 주장이다.

그러나 이에 반대되는 입장의 주장을 김종직에게서 볼 수 있다.

김종직은 문장과 운명을 다르게 보고 작자의 운명은 문장에 큰 영향을 주지 못하는 것으로 보았다. 이런 논리는 문운을 통하여 시세의 운세를 짐작한다든가, 그의 벼슬 유무가 시를 평가하는 기준이 되는 서거정과 같은 이들의 시각과는 매우 다른 점이다.

서거정은 작가가 처한 상황이 그의 시에 어떤 영향을 주는가에 대하여 거의 절대적임을 주장했다. 임금님의 글은 무조건 최고이고, 그 다음이 응제요, 그 다음이 벼슬한 선비의 글, 맨 마지막이 스님의 글이라고 평했다.

김종직은 이에 대하여 다른 입장을 밝혔다.

세상에 이르기를 문장이 명(命)에 있어 서는 서로 연관됨이 되지 못한다. 그러므로 오묘한 작품이 산림 초야의 가운데에 많이 나오고, 달한 자인 즉 기가 가득차고 뜻을 얻어서 비록 공교롭게 하고자 하나 그렇게 할 겨를이 없다고들 한다. 나로서 생각한다면 그렇지 아니 하다. 궁한 자가 된 후에 공교로움을 더함이 비록 진실로 있으나, 그러나 공후(公侯)와 귀인의 능한 자가 어찌 적으리오

문장에는 공후나 귀한 사람보다는 궁한 이가 더 낫기는 하나, 달한 자라도 문장의 능력이 있으면 뛰어날 수 있다는 주장이다. 궁함과 현달함이 문장에 그리 큰 영향을 주지 않는다는 입장이다.

② 이준경

동고의 본업은 글을 잘하는데 있는 것이 아니었고 오직 도학을 높여 세상을 경영하는데 그 목적을 둔 공부를 제일로 삼았다. 이와 같은 유학적 공리론적 문학관의 한 특징이 바로 문학을 여기(餘技)로 보는 관점이다.

동고가 「홍언필에게 한 만사」에 보면 그가 문장을 여기로 본 사실이 있다. "문장은 여기로 하는 사업이요, 깊고 맑음으로 이 평생을 사셨네"5) 이와 같은 말은 문장보다는 삶의 수양을 높이 평가하는 태도를 엿보이게 한다. 특히 선조 3년(1570) 여름에 올린 「을사・기유옥사를 풀어주기를 청하고 문묘종사를 청하는 차자」에서는

> 우리 동방이 신라 때로부터 고려에 이르도록 문장지사(文章之士)는 빈빈(彬彬)하게 배출하였으나, 의리(義理)에 관한 학문은 사실 굉필로부터 열리기 시작하였읍니다.6)

라고 하여 우리나라 도의 맥을 찾아 그 통서를 잇는데 공을 세운 일이 있다. 여기에서도 문장보다는 도를 중요히 여기는 동고의 여기론적(餘技論的)인 문학관을 찾아볼 수 있는 것이 사실이다. 노수신도 동고의 행장에서 "문장을 일삼지 않고 성리학에 힘썼다."라고 한 것을 보면, 동고가 문장에 대하여 여기로 여긴 사실을 입증하는 점을 더욱 확신 할 수 있다. 이와 같은 사실을 『동고유고』의 연보에서는 "여러 글을 널리 읽어서 식견(識見)

---

5) 李浚慶, 東皐遺稿 卷一・7 挽洪政承彦弼 "文章餘事業 冲澹是生平"
6) 李浚慶, 東皐遺稿 卷四・6, 請釋乙巳己酉獄且請從祀文廟劄, "吾東方 自羅及麗 文章之士 彬彬背出 然義理之學 實自宏弼之也"

과 지취(志趣)를 넓혔으나, 한유(韓愈) 이후의 글은 비약(卑弱)하다 하여 취하지 않았다. '문장은 단지 공장(工匠)의 일과 같을 뿐이다'라고 하여 글을 지은 것은 매우 드물었고, 사물의 이치를 궁구하는데 뜻을 두었을 뿐이다.[7]"라고 기록하고 있다.

이상과 같은 문장의 여기론은 동고에게서만 보이는 관점은 아니다. 『논어』의 문학관이 그러하다. 따라서 유학자들의 문관에는 항시 이런 관점이 지배적이다. 서거정의 경우도 "도와 시가 일치하여 좋은 시가 저절로 될 분위기를 찾고, 그렇게 되기를 바랐으나 뜻대로 되지는 않았다."[8]라고 하여 문장을 꾸미는 일보다 도에 더욱 깊은 관심을 쏟는 시 짓는 실상을 엿볼 수 있다. 이렇게 볼 때 동고의 문학 사상의 본질은 학통의 연원으로 보나, 그의 문론(文論)으로 보나, 여기론으로 보아 단연 유학적인 문학 사상임을 확인할 수 있다, 앞서 언급한 대로 유학적인 문학 사상에서 창작된 작품은 어떤 것일까. 효용적인 교화와 실제 삶에서 우러나는 진실이 깊이 바탕 되어 있을 것이다,

(2) 방외인(方外人) 김시습의 시론

김시습(金時習)은 서거정(徐居正)과 같은 관인(官人) 문학인도 아니고 길재(吉再)와 같은 처사(處士) 문학인도 아니다. 김시습은 방외적(方外的) 성격에 대해서는 이미 언급한 업적이 있다. 박선정(朴善楨)의 『점필재김종직문학연구(佔畢齋金宗直文學研究)』와 한국학 대학원에서 나온 윤주필(尹柱弼)의 학위 논문인 「조선전기(朝鮮前期) 방외인(方外人) 문학(文學) 에 관한 당대인(當代人)의 인식(認識) 연구(研究)」에서 상당히 설득력 있게 탐구해 놓았다. 일단 김시습을 방외인으로 보고 그가 시로써 시를 논한 이 시론시(以詩論詩) 것을 살펴서 방외인의 논시(論詩)가 어떤 것인가를 알아보고자 하는 것이 이 글의 취지이다. 김시습이 방외인이라는 사실은 모제(慕齋) 김안국(金安國)의 「제승학능시축(題僧學能詩軸)」이라는 시에도 잘 드러나 있다. 김안국은 이 시에서 김시습을 이인(異人)이라고 했는데

---

7) 李浚慶, 東皐遺稿 卷十二・19 參考
8) 拙著, 徐居正詩文學研究, pp. 74~76.

이 이인이라는 말이 김시습의 방외인적인 실상을 잘 말해주는 대목이다.

悦卿異人也	김시습은 이인(異人)이라
偶落海之東	우연히 우리나라에 태어 났네
雀躍又大笑	참새처럼 뛰고 또 크게 웃으며
遊戲天地中	이 세상에서 노닐고 있네
醯鷄王公尊	초파리로 왕공(王公)을 높이면서
直友造物翁	곧바로 조물주와 벗하였네
無儒亦無釋	유자(儒者)도 아니오 또한 불자(佛者)도 아닌데
擧世佐愚籠	온 세상이 어리석다네

<慕薺集 卷4>

이인(異人)의 특징이 무엇인가. 유학에서 싫어하는 행실을 일부러 지어서 경망스러이 팔짝팔짝 뛰고 또 크게 웃는다. 왕공과 같이 신분이 높은 분네를 술 항아리에나 끼는 초파리로 대접한다. 속세에서 제일로 아는 신분이 높은 사람을 하잘 것이 없다고 보고 곧바로 조물주와 상대를 하는 그런 인물이다. 이와 같은 행실이 그를 이인으로 보는 구체적인 이유다. 머리도 길게 길러서 상투를 하는 것이 아니고 더러는 짧게 깎으며, 몸에 무늬도 새긴다. 이와 같은 괴상한 행동을 하는 이들이 방외인이다. 김시습이 괴상한 차림으로 장안 한복판에 나타났다는 사실은 그도 이런 방외인이었다는 사실을 설명하는 말이다.

방외인이란 어디에 소속되지 않아야 한다. 김시습은 당시에 누구나 그런 사상체계를 가져야만 하는 유학에도 소속되지를 않았고 그렇다고 불교에도 완전히 기울어진 것이 아니다. 소속이 없는 인물이 바로 방외인이다. 이렇게 어디에도 소속이 없으면서도 세상 알기는 우습게 알아서 세상을 어리석다고 하는 이들이 바로 방외인이다. 소속이 없으니 어느 쪽에서 보든지 이단(異端)이다. 그래서 일정한 거처가 없다.

김시습과 관련을 맺고 있는 사람들을 보면 그가 세상과 등진 인물이었음을 잘 알 수 있다. 남효온(南孝溫)은 김시습의 제자다. 남효온을 중심으로 모이는 이들이 있었으니, 그들이 일종의 술꾼들이었다. 이들이 방외인 집단을 형성했는데 남효온(南孝溫)이 우두머리이고, 홍유손(洪裕孫)이 차석이다. 거기에다. 수천정(秀泉正), 정은(貞恩), 우선언(禹善言), 조자지(趙自知), 한경(韓景) 등을 포함하여 임죽칠현(林竹七賢) 으로 자처했다.

김시습은 당대뿐만이 아니라 후대에까지 방외적 인사에게는 높은 평가를 받는다. 『연려실기술(燃藜室記述)』에 보면 윤춘년(尹春年)이 김시습을 동방의 孔子(공자)라고 평한 것을 볼 수 있다. 허균(許筠)은 『학산초담(鶴山樵談)』에서 7인의 시인을 거론하면서 중국의 시인과도 맞먹는다고 평가하였다. 이는 후대에까지도 김시습이 방외인으로 평가받고 있다는 사실을 말해 준다.

김시습은 양주(楊州)의 읍절사(泣節祠), 성안(成案)의 서산서원(西山書阮), 울진(蔚珍)의 구암서원(龜巖書院) 등에서 봉향(奉饗)되고 있다. 이 사실은 김시습을 유학자로서 평가 하는 것은 아니고 그의 절의(節義)를 높이 평가한 것으로 받아들일 수 있다.

김시습이 시에 대하여 시로써 논한 작품으로는 두 편이 있다. 하나는 「희위(戲爲)」이고 또 하나는 『학시이수(學詩二首)』다. 이 세 수의 시를 차례로 살펴, 그의 방외적 시론(詩論)을 알아본다.

장난으로

文章於道未爲尊	문장이 도(道)보다 높은건 아니라도
三百餘篇學孔門	시경(詩經)에서 공자님의 가르침을 배운다네
商也起予能杜口	자하(子夏)가 일깨우나 능히 입을 다물 수 있고
大塊假我可無言	조물주에게 글 솜씨를 얻었으나 말이 없을 수 있지
風煙藹藹揮肝膽	바람 안개 가득 끼어 간담을 흔들고
珠玉琅琅入吐呑	주옥(珠玉)이 낭랑히 울리듯 입에 드나들어
千首輕侯應有分	시는 많고 벼슬은 가벼운 것이 내 분수 일거야
狂歌醉墨自瀾飜	미친 노래 취한 글씨 절로 솟구치누나

<梅月堂詩集 권4, 16>

문장과 도를 한자리에서 논하는 것부터가 유학적인 관점이 아니다. 유학에서는 문장을 말기(末技)라고 하여 천하게 생각하고 있다. "문장이 도보다 높은 건 아니라도"라고 하는 말의 속셈에는 문장과 도를 그래도 한자리에 놓고 싶은 뜻이 엿보인다. "『시경』에서 공자님의 가르침을 배운다"는

말에서 우리는 더욱 문장의 가치를 높이고 있는 김시습을 만난다. 방외적 문학관이 여실히 보인다.

그러나 유학 일색인 그 시대에 눈총을 피하기 위하여 공자님을 말하고 자하(子夏)를 말하였다. 말한 그 뜻은 뒤로 미루고 우선 유학에서 제일로 치는 두 인물을 앞세웠다는 것이 중요하다고 본다.

자하의 이야기는 『논어(論語)』에 있는 것을 용사(用事)했다. "자하(子夏) 문왈(問曰) 교소천혜(巧笑倩兮) 미목반혜(美目盼兮) 소이위현혜(素以爲絢兮) 하위야(何謂也) (자하가 물어 가로되, 예쁘게 웃어 보조개를 지으며 아름다운 눈을 예쁘게 뜸이여 하얀 깁에다 채색을 칠하는 것이라 하니 무엇을 말씀하시는 것입니까?)" 라는 자하의 질문에 공자는 이렇게 대답했다 "자왈(子曰) 회사후소(繪事後素 : 공자께서 가로되, 그림을 그리는 일은 하얀 깁의 바탕이 있어야 되느니라.)" 이 대답을 들은 자하의 다음 말씀이 문학적이라는 지적이다. "왈예후호(曰禮後乎 : 자하가 가로되 예가 그 뒤인저)" 이 말씀을 듣고 공자는 다음과 같이 칭찬 했다. "자왈(子曰) 기여자상아(起予者商也) 시가여언시이의(始可與言詩已矣: 공자께서 가로되, 나를 일으키는 자는 자하로다. 비로소 가히 더불어 시를 말할 수 있겠구나.)" 이 칭찬의 말씀으로 하여 자하는 공자의 여러 제자 중에서 제일 문학적인 인물로 평가를 받는다.

이 대화의 내용에 대하여 양씨(楊氏)는 이렇게 설명하고 있다. 맛이 단 것은 여러 사람의 입을 피하기가 어렵고, 색깔이 하얀 것은 색채를 피할 수가 없는 것처럼 충성스럽고 믿음이 있는 사람이라야 가히 써 예(禮)를 배울 수가 있으니, 진실로 그 바탕이 없으면 예가 행하여지지 않으니, 이것이 회사후소(繪事後素)의 풀이다. 바탕이 되어 있어야 가르쳐서 인간을 만들 수가 있다는 말이다. 공자께서 그림을 그리는 일은 하얀 깁이 해당하는 그 사람의 본바탕은 그냥 두고, 그림을 그리는 일에 해당하는 예(禮)에 대하여 대답을 하였다.

김시습은 이 시에서 "자하가 나를 일깨우는구나."라는 말을 사용하였다. 공자의 이 말씀은 자하가 말을 잘 알아들어서 공자 자신의 뜻을 잘 피어나게 하였다는 칭찬이다. 이렇게 시를 더불어 말할 사람이 많으나 김시습은 자신은 입을 다물어 버렸다고 했다. 『논어(論語)』에서 공자와 자하의 이야기를 가져다가 썼지만은 이 시에서의 뜻은 『논어(論語)』의 의미와는 사뭇 다르다. 세상에 통용되는 보편적인 思考(사고)에 바탕을 둔 것이 아니고 생각을 뒤집어서 표현하고 있다.

그 다음 구절도 같은 뜻이다. "대괴가아(大塊假我 : 조물주가 나에게 빌려준 것)"은 이백(李白)이 지은 「춘야연도이원서(春夜宴桃李園序)」에서 용사(用事)했다. "황양춘(況陽春) 소아이연경(召我以煙景) 대괴(大塊) 가아이문장(假我以文章 : 하물며 따뜻한 봄이 아지랑이로써 나를 불러내며, 조물주가 문장 솜씨를 나에게 빌려 주었으니)"라는 구절에 나오는 말에서 따온 것이다. 글 솜씨는 타고 났어도 나는 글을 쓸 수가 없다는 말이다. 문학적인 소양이 부족하다거나, 글을 짓는 능력이 없어서가 아니라 입을 열 수가 없는 무엇이 있다는 말을 하고 있다.

이와 같은 표현 방식도 방외인이 아니라면 하지 못하는 수법이다. 여기서 우리는 이 시의 제목이 '희위(戲爲: 장난으로)'임을 상기하게 된다. 유학자들처럼 세상을 심각하게 보고 점잔을 빼는 것이 아니고 그저 그렇게 세상을 장난처럼 살아가는 모습이 이 시 속에 드러난다.

제 5, 6구는 시란 어떤 것인가에 대하여 상징적으로 표현하였다. 이 표현을 보면 김시습이 말하는 시란 기(氣)를 중요시 하는 것임을 알 수 있다. 제5구는 시에는 기가 있어야 한다는 말이고, 제6구는 시가 맑아야 한다는 주장이다. 이 맑다는 것도 실은 기(氣)에 관계되는 것이다. 시에서 기를 중요하게 보는 관점은 관인(官人) 문학의 경우 보다는 처사(處士) 문학의 경우가 더 강하다. 이런 점에서 방외인의 글이 처사 문학쪽에 더 가까움을 알 수 있다.

마지막 구절에서 김시습은 그의 불우한 처지를 스스로 위로하고 있다. 벼슬의 노정에서 버려진 인물이 자신임을 알고 분수를 어기지 않으려고 한다. 방외인이라고 하여 그냥 멋대로 사는 것은 절대 아니다 아무데도 얽매임이 없으니까 더욱 행실을 절제 있게 해야 한다는 것이 그들의 주장이다. 그래서 그들은 세상 사람들에게 손가락질을 받지 않으려고 하였다. 김시습의 「아생(我生)」을 읽어보면 그런 심정을 알 수가 있다.

이 시의 끝을 보면 가(歌)와 묵(墨)을 한자리에서 말하고 있는 것을 알 수 있다. 노래나 글씨가 모두 광(狂)과 취(醉)의 상태에서 이루어지고 있다. 미치고 취한 상태는 정상적인 상태는 아니다. 이런 비정상의 상황에서 노래도 나오고 글씨도 써진다는 것은 관인 문학에서 말하는 침잠의 경지와는 전혀 다른 것이다.

이상에서 살펴본 김시습의 「희위(戲爲)」를 통한 시에 대한 그의 생각은 실로 독특한 바가 있다.

① 문장과 도(道)를 유학적인 관점에서보다는 동등하게 보려고 한다는 점
② 일반적으로 시는 표현이 우선인데 김시습은 입을 다무는 무표현(無表現)을 말하고 있는 점
③ 기(氣)를 중요하게 보는 점
④ 창작을 할 때의 분위기가 비정상적이라는 점

이와 같은 시(詩)에 대한 그의 생각은 그가 방외인이라는 사실과 무관하지는 않다고 본다.

김시습이 시에 대해 논의한 것을 알 수 있는 시로는 「학시(學詩)」 두 수가 있다.

學詩 二首
客言詩可學　손님의 말이, 시는 배울 수 있는 거냐기에
余對不能傳　나는 대답했지, 전할 수 없다고
但看其妙處　다만 그 묘한 데만 보고서
莫問有聲聯　시구(詩句)에 대하여 묻지를 마오
山靜雲收野　산이 고요하니 구름이 들에 걷히고
江澄月上天　강이 맑으니 달이 뜨누나
此時如得旨　이 때에 뜻을 얻는다면
探我句中仙　시구(詩句)중의 신선에서 나를 찾으리라.
　　　　　　　　　　　　<梅月堂詩集 권4, 16>

김시습(金時習)에 의하면 시는 배울 수 없는 것이다. 특히 나의 시적 소질(素質)을 설명으로는 전할 수 없다. 이런 관점은 시를 공부에 의해서 어느 경지에 이를 수 있는 것으로 보는 것이 아니라 본래 천부적(天賦的)으로 타고나야 한다는 논리를 뒷받침 해준다. 서거정(徐居正)의 경우는 시를 짓기에 좋은 분위기를 만들어주면 시가 저절로 지어진다고 했다. 김시습의 생각은 서거정(徐居正)과도 다르다. 서거정은 노력에 의하여 시가 될 수도 있다는 관점이고, 김시습은 시가 노력에 의하여 어느 경지에 도달할

수 있는 것이 아니라는 생각이다.

　이와같이 시가 천부적 재질에 의해서 쓰여지는 것이냐, 아니면 후천적 노력에 의하여 쓰여지는 것이냐는 문제는 여러 각도에서 검토 되어야 할 과제라고 생각한다. 김시습의 天賦論(천부론)은 그의 방외적(方外的) 성격과도 무관하지만은 않은 것 같다.

　사람들은 그 시가 그렇게 지어질 때까지의 시인의 고통이나 천부적 소양은 생각하지 아니하고 그저 지어져서 나온 결과만을 보고서 시가 어떻다고들 한다. 그런 식으로 시에 대하여 생각하지는 말아 달라는 말이다. 시가 그렇게 보이는 현상만으로 되는 것은 아니라는 말에는 시인으로서 타고나는 천부적 소양이 있다는 관점이 포함되어 있다.

　이 시는 율시(律詩)의 형태를 취하고 있지만 시의 의미의 흐름은 절구(絕句) 두 개를 맞추어 놓은 것과 같다. 이 시의 전반부(前半部) 4행(行)은 시의 천부성을 말했으며, 후반부의 4행은 아름다운 자연 묘사를 통하여 시창작(詩創作)의 실제를 상징적으로 설명하고 있다.

　시는 자연과 인간과의 교감에 의하여 생산된다. 산이 고요하면 들에는 구름이 걷히고, 강이 맑으면 달이 하늘에 오르는 것과 같은 이치이다. 여기서 산과 강은 자연이고, 구름이 걷히는 들과 달이 뜨는 하늘은 사람, 곧 시인(詩人)이다. 자연의 변화에 의해서 시인의 심성이 자극을 받아 시가 생산된다. 시인이 어떻게 자연을 여과시키느냐는 것이 그 시인의 역량이며 시의 수준이 된다. 시의 소재(素材)인 대상물도 아름다워야 하지만 그보다 중요한 것은 시인의 천부적 솜씨다. 이 시에서 "이때 만약 뜻을 얻는다면"이라고 한 말이 바로 자연을 어떻게 여과시키느냐는 시인의 능력을 가리키는 말이다. 이렇게 좋은 환경이라도 뜻을 얻는 시인이 있을 것이고 뜻을 얻지 못하는 시인이 있을 것이다. 뜻을 얻으면 어떻게 되는가. 나는 시(詩) 속에서 신선이 되어 있을 것이니 시(詩) 속으로 찾아와서 나를 만나라는 말이다.

　「학시(學詩)」의 첫째수는 시인의 천부적 재질과 그 천부적 소양을 가진 시인이 자연을 어떻게 걸러내느냐에 따라서 시가 된다는 주장을 폈다.

　　　客言詩可學　　나그네 말이, 시는 배울 수 있는 거냐기에
　　　詩法似寒泉　　시법(時法)은 찬 샘물과 같다고 했네
　　　觸石多嗚咽　　바위에 닿으면 많이 울부짖고

盈潭靜不喧   웅덩이에 가득차면 잠잠해지지
屈莊多慷慨   굴원과 장자는 강개(慷慨)가 많고
魏晉漸拏煩   위(魏)나라와 진(晉)나라에서 점점 번다해 졌다네
勦斷尋常格   잘라 내면 심상(尋常)한 시격이지만
玄關未易言   경지에 든다고는 쉽게 말하지 못하겠네.

<梅月堂詩集 권4, 17>

 앞의 시에서 시를 짓는 방법은 가르쳐서 되는 것이 아니라고 하고, 자연을 시인이 어떻게 해석하느냐에 따라서 시가 된다고 했다. 이 두 번째 시에서는 "시를 짓는 법은 한천(寒泉)과 같다"고 했다. 이어서 한천(寒泉)이란 어떤 물인가가 설명되었다. "바위에 닿으면 울부짓고, 웅덩이에 가득차면 고요해 말이 없는" 물이 바로 한천이다. 이는 자연의 모습에서 표현의 의욕이 생기는 것을 설명하는 것과 같은 이론이다. 자연 사물은 가득하거나 안정(安定)되어 있을 때에는 아무런 소리가 없으나, 일단 균형을 잃었을 때에는 소리를 내게 된다. 자연 사물이 균형을 잃거나 무엇에 부딪치게 되면 소리가 나게 마련인데 이 때 나는 그 소리가 바로 음악도 되고, 시도 된다는 말이다. 시인의 고요한 마음 상태에서 시가 되는 것이 아니고 시인의 흔들리는 마음 상태에서 시가 된다는 생각은 독특한 발상이다. 관각 문학을 하는 서거정 같은 이의 말을 빌면 시는 고요한 침잠의 경지에서만 지어져야 하고 그렇게 지어진 시만이 도(道)를 담고 있어서 좋은 시가 될 수 있다고 했다. 이와 같이, 입장이 서로 다른 주장은 그들이 바탕으로 하고 있는, 시에 대한 인식(認識)이 서로 다르다는 것을 말해주고 있다.
 시가 고요와 침잠의 세계에서 지어지는 것이 아니라는 구체적 설명이 그 다음 구절에 나온다. 굴원과 장자의 강개를 말하고, 위나라와 진나라의 번다함을 내세웠다. 굴원과 장자의 강개란 무엇인가. 이 두 시인은 중국의 남방(南方)사람으로 낭만적(浪漫的)인 색채와, 개인주의, 극도의 자유분방을 그 특징으로 하고 있다. 고요하고 깊은 사색의 시인들이라기보다 이들은 열정이 있고 행동하는 뜨거운 가슴을 가진 시인들이다. 강개(慷慨)라는 말이 나타내는 뜻이 이와 같은 열정과 강력한 실천성을 말하는 것이라고 생각한다. 또 위(魏)나라와 진(晉)나라의 번거로움이란 그 나라들에서 발단한 신선(神仙) 고사(故事)를 두고 하는 말이라고 생각한다. 위나라와 진나

라에서는 무제(武帝), 선녀(仙女), 서왕모(西王母), 방사(方士) 동방삭(東方朔) 등의 신비적인 고사(故事)가 많이 지어졌다. 이런 것들이 모두다 우리가 세상을 살면서 자연 사물과 부딪칠 때 생기는 반응의 결과라고 생각한다. 반응의 형태는 여러 가지여서 그것이 소리로 되는 수도 있고, 문자로 표현되기도 하고, 선과 색채로 나타나기도 한다. 이것이 음악이요, 문학이요, 미술이다. 어떤 점에서 이 시는 예술 전체에 대한 그 발생의 본질을 설명한 것과도 같이 느껴진다.

이와 같이 시의 발생적인 근원을 설명하기는 하였지만, 시 자체에 자신이 있는 것은 아니다. 그래서 김시습은 "뚝 끊어서 만들면 시가 되기는 하지만 그 본래의 깊은 경지에는 쉽게 들지 못 한다"고 했다. 이것이 시인으로서의 솔직한 말이라고 본다.

이상에서 김시습이 지은 이시론시(以詩論詩)를 통한 그의 시론(詩論)을 살펴보았다. 김시습은 방외적 시인이었음을 확인할 수 있었다.

「희위(戲爲)」를 통하여,

① 유학적인 관점에서 보다는 문장과 도(道)를 동등한 관점에서 보려고 하였다.

② 일반적으로 시는 표현이 우선인데 김시습은 입을 다무는 무표현(無表現)을 말하고 있다.

③ 기(氣)를 중요하게 보는 점이 있다.

④ 창작을 할 때의 분위기가 비정상적이라는 점

등의 생각을 엿볼 수가 있었다. 다음 「학시이수(學詩二首)」에서는

① 시를 쓰는 재주는 타고나는 것이지 가르쳐서 되는 것이 아니라는 천부론(天賦論)

② 시인은 자연을 자신이 가지고 있는 역량을 통하여 변형시켜서 표현하고 있다는 점

③ 사물에 부딪쳐서 나는 소리가 시라고 보는 점.

등의 생각을 피력한 것으로 이해할 수 있다. 여기에는 시에 대하여 누구나 가지고 있는 일반적인 것도 있지만 우리는 여기서 특히 김시습 다운 그만의 특징적인 요소를 발견할 수 있고 그것이 바로 그의 방외적인 기질과 관련이 있는 것으로 이해할 수 있다.

4) 부섬(富贍)하고 화려하며 호방한 시

「보한당집서」를 중심으로 다른 여러 서문을 참고하여 서거정이 부섬하고 화려하며 호방한 시격을 높이 평가한 실상을 밝히고자 한다.

서거정이 60세 때(1479) 지은 이 「보한당집서」는 어느 누구에게 써 준 문집의 서문보다 극찬을 아끼지 않은 명문이다. 임원준 부자가 쓴 「사가집서」에는 이색 이래 최고로 꼽힌 인물이다. 그런 서거정이 이 서문을 쓰는 자체를 대단한 영광으로 여겼다.

> 이한과 진사도(1053 ~ 1102)가 한유와 구양수(1007 ~ 1072)의 글에 서문을 써서 그 당시 사람들의 꾸지람을 받았지만은 ……(중략)…… 구양수와 한유의 글이 진사도와 이한에 인연해서 펴 드날리게 되었고, 진사도와 이한 이름이 구양수와 한유에 인연해서 유전되었으니 서거정이 이 책의 끄트머리에 이름을 붙임이 매우 다행이다. 어찌 서문을 사양하리오

이렇게 영광으로 여긴 까닭은 순전히 신숙주의 공적에 짓눌려 그런 것으로 보기 쉽지만, 실은 그의 시문학적 위치가 도도해서였다.

「보한당집서」 발단에 보면 서거정이 남의 시문을 어떤 기준으로 보았는가가 분명해진다.

> 천지 정령의 기운이 사람에 모여서 호걸도 되고 문장가도 된다. 그러나 혹 문장에 뛰어나 정사(政事)에 모자라고 정사에 뛰어나면 문장이 졸렬하니 이 2자를 둘다 잘하기는 어렵다. 이 2자의 솜씨를 겸하여 일세에 울린 이는 오직 신숙주공이 아니겠는가.

신숙주는 모든 도를 다 갖춘 완벽한 인물이라는 뜻이다. 서거정은 문집의 서를 쓰면서 대개의 서와 발문이 다 그렇지만 종합적 인물 찬양과 같은 인상을 주는 글을 썼다. 시·문은 별개의 독립된 영역이라기보다 인격의 한 구성 요소라고 보았음에서다.

다섯 임금을 섬기며 홀로 우뚝했던 신숙주의 정사에 대하여 깊이 감격한

나머지, 어린 나이 때부터 학문에 힘쓰고 문장을 전공하여 도량이 넓고 뜻
이 높아 나라 사람들이 다 그를 표준으로 삼을 정도였다고 했다. 그가 과거
에 올라 집현전에 뽑히어 들어가 세종과 문종을 차례로 섬기고 큰 그릇이
되니, 세조가 왕위에 오르기 전에 진심으로 도와서 운세를 일으킴에 공이
제일이라. 그 뒤 제상에 오르고 임금의 신임을 받아 얼굴빛을 바로하여 조
정에 서서 백관을 진정 편안하게 하니 우뚝하기가 산악과 같았다고 했다.
신숙주는 문벌도 좋아서 정인지·정창손·최항의 추천을 받았으며, 글이 뛰
어나서 두루 나라 일을 맡아 보고 높은 지위를 누렸다고 붓을 공글렸다.

> 다섯 임금을 모시는 동안 오롯이 궁궐의 중요한 일을 맡았고, 다시
> 나라 일을 맡고 예부를 겸한 것이 오래 되었으며 옛 모범적인 일에 밝
> 았다. 늘 임금을 곁에 모시어 선을 취하고 악을 버리도록 제주를 다하
> 여 도모하고 장수와 제상에 출입하기가 20여 년이니 선생의 뛰어난 공
> 훈과 위대한 열정 이 또한 선배의 빛남을 기릴만하여 독보였다.

이런 신숙주이므로 그의 문장은 훌륭할 것이 뻔하다고 보았다.
시·문이 문제가 아니라 사람됨이 문제이며, 공덕이 그 기준이다. 지금
신숙주의 시를 보면 그의 재주와 학문에 비겨 모든 역량을 시·문에만 쓴
것 같지는 않다. 그러나, 서거정은 신숙주의 글에 대하여 극찬을 했다.

> 문장의 됨됨이는 호탕하고 건실하며 풍성하고 부섬해서 뛰어나며 문
> 장을 만드는 솜씨가 대단하다. 일부러 꾸미지 않아도 공교하고, 조탁을
> 하면 옛글과 같아 그 평이한 것은 좋은 곡식이나 특별한 곡물과 같아
> 서 지극한 맛이 저절로 있다. 그 정체가 찬란한 것은 상서로운 구름이
> 나 아름다운 별과 같아서 저절로 그 빛이 드러나 봉사나 귀머거리도
> 보고 들을 수 있다.

특별하고 좋은 곡식이라는 것은 『6경』에 맞수라는 뜻이며, 상서로운 구
름과 아름다운 별이라는 것은 글 중에 이것 이상이 없다는 단언이다. 이는
모두 태평스럽게 세상에 도가 이루어진다는 상징이니 자못 일부러 추켜세
움 같기도 하다.

신숙주의 시·문이 호탕하고 건실하며 부섬하다는 평에 주목을 요한다. 서거정이 지어준 다른 서문에도 이와같은 평은 뚜렷하다. 권홍의 「쌍당집서」에서도 그 여유에 대하여 존경의 얼굴빛을 지었으며, 그의 문장이 조용해 한가하고 아름다우며 노닐어 박절하지 않으니, 유유하고 넉넉한 취향이 있다고 하여, 이를 기렸다. 물론 남의 문집에 상침한 서문이므로 아당치 않을 수 없는 처지였지만, 그렇다고 없는 사실을 고집한 그가 아니므로, 이는 그의 시문학관을 이해함에 있어 둘도 없는 열쇠가 아닐 수 없다.

성간의 「진일집서」에도 온후·아취를 드세웠다. 이런 평은 다른 문집의 서문 모두에 흐르는 경향임을 다음 표로도 짐작할 수 있다.

문　집	인　물	평가의 말	
보한당집서	신숙주	호탕하고 부섬하며 뛰어남	표현이 좋고, 꾸미지 않아도 공교하고, 다듬으면 예스럽다
쌍당집서	권홍	조용하고 한가한 아취가 있고, 여유있게 노닐며, 유연하고 넓고 탁트인 지취가 있다.	화려하게 다듬은 병이 없다.
태허정집서	최항	그 체격이 웅혼하고 빼어나며, 침울하며 깊고 부섬하면서도 사치스럽지 않고, 기발하나 불귀지지 않으니, 덕과 공과 글이 서로 하나가 되었다.	
진일집서	성간	높고 예스럽고 맑고 온후하고 부섬해서 대단한 일가를 이루었다.	옛날 작자의 풍모가 있다
독곡집서	성석린	기운이 웅장하여 얽매임이 없고 말이 부섬해서 화려하다	조탁에 급급하지 않되 정채가 찬란하다
태재집서	유방선	탁트이고 한가로운 아취와 비분격렬의 소리가 있다. 새롭고 맑으며 높고 예스럽고 간결하다.	괴이하고 기이하지 않고 꾸며서 공교로운 게 아니다
계정집서	계정스님	벼슬꾼의 시는 기상이 호탕하고 부섬하며, 스님의 시는 정신이 메마르고 기운이 궁핍하여 섬세함이 곱다. 이 시는 추워 떨며 굶주린 소리는 없다	말을 평범하고 담담하게 만들었고 꾸미지 않는데도 공교롭다.

이로 미루어 서거정 문학관의 기준이 분명해질 것으로 믿는다. 이 표에서 평가의 말 오른쪽 부분은, 시·문이란 조탁에 힘쓰지 않고 도에 바탕을 두고 지어져서 절로 절묘하고 그윽한 광채가 나야 한다는 주장을 볼 수 있다. 『6경』과 도에 합치하는 시문이라는 표백이다. 도를 꿰는 입장으로 시를 대한 사실을 알 수 있다.

5) 백사 이항복의 시문학관

백사(白沙) 이항복(李恒福)의 시문학관은 초간본 권2에 실려 있는 「청강집서(淸江集序)」와 「성소잡고서(惺所雜稿序)」 그리고 「태헌집서(苔軒集序)」에서 찾아 볼 수 있다. 「청강집서」에서 '후부론(厚賦論)'을 「성소잡고서」에서 '노일론(勞逸論)'과 '사수비빙론(思水詩氷論)'과 '해이론(解頤論)', '양기론(養氣論)'을 「태헌집서(苔軒集序)」에서 '문애론(文愛論)'을 발견할 수 있다. 이와 같은 시문학관은 꼭 시에 대한 것만이 아니지마는 문이라는 큰 테두리 속에는 시문학도 포함되어 거론 되었을 것이라는 생각을 바탕으로 한 것임을 밝혀 둔다.

(1) 후부론(厚賦論)

선생은 청강(淸江) 이성중(李誠中) 문집에 서문을 쓰면서 "청강 이선생은 후부(厚賦)해서 박발(薄發)한 사람이다."라고 평했다. '후부'라는 말의 의미는 다음의 글을 읽으면 잘 알 수 있다.

> 소리는 생각에서 말미암는 것이니 생각이 있으면 말이 있게 된다. 한갓 말만하고 실행을 하지 아니하여도 그려내어 형용하는 것이 글이니, 반드시 지향(指向)하는 데에 바탕을 두는 것이다. 이른바 두드리고 피리를 불고 움직이는 것과, 행하고 짝을 이루고 옆에 끼고 지닌 연후에 가히 그렇게 함으로써 글의 후박(厚薄)인 바를 징험할 수 있다.9)

---

9) "音由於思 有思斯有言矣 徒言不行 出而形容之者爲文 而必有資乎向 所謂 鼓而

지은 글의 두터움과 얄팍함을 시험할 수 있는 길은 고(鼓)하고 분(奮)
하고 동(動)하는 것이 그렇게 되어서 짝을 이루고 협지(夾持)하는 자질이
있은 뒤에야 가능하다고 했다. 글이 읽는 사람에게 고무적이고 흥분하게
하고 움직이게 해서 그 사람을 그렇게 하도록 하는 바탕이 있어야 한다는
말이다. 글을 읽고 아무렇지도 않다면 그런 글은 있으나 마나한 글이라고
본 것이다. 많이 고무시키고 흥분시키고 움직이게 하면 두터운 글이 되는
것이고 그렇지 못하면 얇은 글이 되는 것이다.

글이 어떻게 되어야 이렇게 읽는 이를 고무시키고 흥분시키고 움직이게
할 수 있느냐하면 어떤 목표하는 생각에 바탕을 두기 때문에 그렇게 된다
고 했다. 소리는 생각에서 말미암는 것인데, 생각이 있으면 말도 있게 마련
이다. 소리와 말은 이런 점에서 생각을 바탕으로 하는 같은 외적인 표출
형상임을 알 수 있다. 헛된 말은 행동이 되지 못하니까, 일단 나와서 형용
을 이루게 되면 일단은 글이라고 보아도 좋다는 말이다. 글은 생각을 바탕
으로 하는 것이기 때문에 행동을 수반하게 되는 것이다. 여기에 글의 현주
소가 있다. 행동이나 소리나 모두 보고 듣는 사람에게 영향을 주기는 마찬
가지인데, 글도 같은 보는 사람에게 영향을 준다는 점을 표현한 탁견(卓
見)이라고 할 수 있는 이론이다. 이렇게 생각을 바탕에 깔고 있는 글이라
야 읽는 사람을 고무시키고 흥분시키고 움직이게 해서 그와 짝하게 하고
그를 부축하게 해서 글의 두터움과 얇음을 알 수 있게 한다는 말이다.

좋은 글과 나쁜 글을 구별하는 하나의 기준이 될 수도 있을 것 같은 이
이론은 아무리 잘 써진 글이라도 사람을 감동시키지 못하면 소용이 없다는
말을 하고 있는 것으로 이해할 수가 있을 것이다. 이런 점에 있어서는 소
리와 행동도 한자리에서 논할 수 있는 것이다.

그런데 청강선생의 글은 후한 글이라는 설명이다. 그 이유는 한유(韓愈)
가 말한 "물이 많고서야 뜨는 물건이 크고 작고 간에 반드시 뜨게 된다."[10]
라고 한 것이다. 큰 물이여야 그 물위에 뜨는 것도 또한 크거나 작거나 간
에 모두 뜬다는 말이다. 작품이 좋아야 읽는 사람들의 마음을 두루 감동시
킬 수 있다는 말이다. 큰 물이 많은 물건을 띄울 수 있는 것처럼 많은 사
람을 감동시킬 수 있는 글을 후한 글이라고 했다.

奮而動之者 爲之配而夾持之 然後 可以驗所賦之厚薄矣."
10) "水大而物之浮者 大小畢浮者"

박발(薄發)이라는 말에 대한 설명은 이 글속에는 없다. 그러나 박발이라는 말은 청강선생의 문이 능히 후발(厚發)할 수 있는 것이고 그래야 마땅할 것인데 시대를 잘못 만나서 박발하게 되었다는 말로 해석해도 무방할 것 같다. 청강선생의 문을 돋보이게 하고자 하는 의도가 있는 말로 생각하면 좋을 것이라고 생각한다.

결론적으로 말해서 백사의 시문학관은 작품이 독자들에게 많은 감동을 주고 폭넓게 수용될 수 있는 것이어야 한다고 주장한 것으로 이해할 수 있을 것이다. 좋은 작품은 독자들을 두루 감동시킬 수 있는 후부(厚賦 : 두터운 작품)가 되어야 한다는 말이다.

(2) 노일론(勞逸論)

「성소잡고서」를 보면 시인과 광대와 풀벌레를 비교하면서 시인이 가장 수고하는 자라고 주장한 대목이 있다. 이는 창작에 있어 시의 가치를 말한 것으로 이해할 수 있다.

> 내가 일찍이 이르기를 '시인과 배우(俳優)는 풀벌레의 종류다.'라고 했다. 시인은 생각으로써 울리고, 배우는 입으로써 울리며, 벌레의 재주는 목으로써 울리는 놈, 날개로써 울리는 놈, 다리로써 울리는 놈, 가슴으로써 울리는 놈이 있어서, 울리는 것은 비록 다르나 사람을 기쁘게 하는 그 기량(技倆 : 재주)은 한가지다. 그래서 수고로움과 편안함을 말할 것 같으면, 벌레가 심히 편안하고 배우가 그 다음이며, 시인이 제일 수고롭다.[11]

이 글에서 시인이 제일 수고롭다는 것이 무엇을 하는데 수고롭다는 말인가 하면, 명(鳴 : 울리는데)하는데 수고롭다는 말이니, 울린다는 것은 무엇인가? 명(鳴)은 울리는 것이요 우는 것이니, 슬퍼서 우는 것이 아니고 사물이 균형을 잃었을 때 나는 소리를 말하는 것이다.[12] 물건이 균형을 잃었을 때

---

11) "余嘗謂 詩人與優人 草蟲類也 詩以思鳴 優以喙鳴 蟲之技 有以肢鳴者 以翼鳴者 以股鳴者 以胸鳴者 鳴之雖異 其伎倆悅人 一也 而言勞逸 則蟲甚逸 優次之 詩最勞."

나는 소리뿐만이 아니라, 사람에게는 마음이 있으니 이른바 생각(思)이라고
하는 것이 균형을 잃어도 소리는 나게 마련이고 이렇게 생각이 울려서 나
오는 것이 시나 노래가 되는 것이다. 생각을 울리든 입을 울리든 다리를 울
리든 날개를 울리든 하여간 울려서 나는 소리가 듣는 사람을 기쁘게 하는
것은 마찬가지다. 이 말속에는 시의 효용적인 가치를 내포하기도 한다. 울
려서 듣는 사람을 기쁘게 해야 한다는 것이 시의 효용을 말한 것이다.

이어서 왜 시인이 가장 수고로운지 설명을 하고 있다.

벌레가 우는 것은 때가 되면 저절로 그렇게 되는 것이지(예를 들면
가을에는 귀뚜라미가 울고 여름에는 매미가 우는 것과 같은 이치를 설
명한 말) 일이 생겨서 또는 마음에 느껴서 무엇을 생각해서 그렇게 우
는 것이 아니고, 배우가 좌우(左右)에 술(酒)을 지니고서 침을 튀겨서
종일 축복(祝福 : 남이 잘 되라고 비는 일)을 하는 것은 입술이 마르고
혀가 굳어질 뿐이지 마음은 아무렇지도 않아서 그 입은 비록 수고를
하나 마음은 편안하며, 시는 위와 콩팥에서 꺼내서(마음 깊은 곳에서
우러나온다는 말) 입으로 읊조리고 손으로 베끼니 눈으로 보고 귀로
들어서 겨우 한 구절을 이루니, 오관(五官 : 눈, 코, 귀, 입, 살갗)과 여
섯의 구멍(귓구멍 2, 눈 2, 콧구멍 2를 말함)이 수고하고 부지런한 것
이 몸의 3분의 2는 수고를 한 셈이 된다.[13]

벌레나 배우(俳優)는 마음을 쓰지 않기 때문에 수고로움이 덜하고 시인
은 마음과 모든 감각 기관을 쓰기 때문에 수고가 많다는 설명이다. 그래서
결론적으로 "귀한 사람은 사람을 부리고 천한 사람은 남에게 부림을 당한
다."[14]라고 말하고 있다. 시인은 남을 부리는 사람이지 남에게 부림을 당
하는 사람이 아니라는 말이다. 시는 인간의 각 기관(器官)과 생각까지, 모
든 것을 집중해서 만들어 내는 것이며 이런 수고로움에 대해서 높이 평가

---

12) 한유는 물건이 균형을 잃었을 때 울린다고 해서, 예술 작품이 창작되어 지는 연원을
설명했다. 예술가는 마음의 균형을 잃었을 때 무엇인가 표현을 하게 된다는 이론이다.
13) "蟲之鳴 時至而天機自動 非有事乎鳴也 優持酒左右 咳而終日福祝 脣焦舌强 而
心不與焉 其喙雖勞 其心逸 詩搯擢胃腎 口吐手寫 目視耳聽 而纔成一句 五官六
鑿 勞而勤者 居三分之二焉."
14) "貴者役人 賤者役於人"

하고 있다. 먼저 말한 행이나 소리도 모두 생각을 바탕으로 하지 아니하고 그저 앵무새처럼 따라 부르기만 한다면 가치가 없는 것이라고 볼 수 있다는 관점(觀點)을 말하고 있다.

노일론은 시인이 수고한 것에 대해서 귀중하고, 다른 무엇보다도 시가 가치가 있는 것임을 역설한 글이라고 볼 수 있다. 당시 유학적인 시문학관으로 본다면 시는 한갓 말기(末技 : 말단의 재주)에 속한 것인데 선생의 이런 주장은 이미 현실을 감안한 실학적인 기운을 풍기고 있는 것으로 받아들일 수 있을 것이다. 시문학의 가치를 인정하고 시인의 수고로움을 인정했다.

(3) 사수시빙론(思水詩氷論)

선생의 시문학관을 보면 생각과 시의 관계를 명료하게 설명하고 있는 부분이 주목을 끈다. 생각을 물(水)에 비유하고 시를 어름(氷)에 비유한 것은 시와 생각의 관계를 상징적으로 잘 설명하고 있다고 하겠다.

> 마음이 움직이면 시를 읊게 되니 나는 생각을 비유하자면 물이고 시를 비유하자면 어름이라고 하겠다. 물이 엉기면 어름이 되고, 어름이 녹으면 다시 물이 되니, 생각이 움직여서 시를 이루고 시를 읊어서 느낌과 생각을 돌이키는 것이 같다고 본다. 이래서 생각이 아름답지 못하면 시가 좋지 않고 마음이 맑지 못하면 생각이 아름다운데 말미암지 못한다. 그러므로 밝고 아름답게 느낀 바가 능히 사람으로 하여금 흥기(興起 : 어떤 느낌을 받아서 마음이 움직이고 결국 행동까지 일어나게 하는 것) 시킨다고 하겠다.15)

결국 생각이 밝고 고와야 좋은 시가 만들어진다는 논리다. 어름이 풀리면 물이 되듯이 시가 독자에게 읽히면 다시 생각으로 변하게 되어 감동을 주게 된다고 했다. 시와 생각은 본질적으로 하나이고 그 형태만 경우에 따라서 다르게 나타난다는 말이다. 매우 분석적이고 과학적인 방법으로 생각

---

15) "猶思動而詠於詩 余意思比 則水也 詩比則氷也 水而凝者爲氷 而氷釋還復爲水 猶思動成詩 詩詠而還感思也 是知思不睿 詩不好 心不淸 思無由睿 故明睿所感 能令人興焉."

과 시의 관계를 분석해서 이론을 정립하고 있다.

후부론이나 노일론 사수시빙론은 모두 생각과 글의 관계를 상징적으로 그리고 비유로 설명하고 있다는 점에서 공통된다. 후부론은 생각이 두터워야 좋은 글이 된다는 주장이고, 노일론은 시인이야말로 생각을 짜내느라고 수고하는 사람이라는 주장이고, 사수시빙론은 생각이 바로 시가 되는 것이니 생각이 맑아야 시도 맑다는 주장이다. 백사 시문학관이 그저 유학적인 말기론에서 벗어나 있음을 확인할 수 있다.

(4) 양기론(養氣論)

「청강집서」의 끝에 보면 뒤에 선생이 한 것을 배우고자 하는 자는 오직 그 기(氣 : 동양에서는 하나의 인격을 구성하는 중요한 무형의 요소로 취급하고 있다.)를 잘 길러야 한다."[16]라고 해서 청강선생을 배우고자하는 사람은 기를 잘 길러야 한다고 했다. 이는 양기(養氣)를 귀중하게 여기는 발언이라고 생각한다.

이 말 앞에 청강선생을 어떤 시인이라고 평했느냐하면 '물이 많으면 그 위에 크고 작은 많은 물건들을 띄울 수가 있다.'고 하면서 시는 이렇게 많은 물건을 띄울 수 있는 큰물과 같아야 한다고 설명하고 있다. 이는 상상력도 풍부하고, 함축의 미도 깊은 새롭고 무게 있는 시를 말하는 것인데 이렇게 좋은 시는 양기를 해야 지을 수 있는 것이라고 주장하고 있다. 이런 기(氣)를 중시하는 경향은 고려 이인로(李仁老)의 파한집(破閑集 : 심심풀이라는 뜻의 말)에서부터 이어 내려오는 시문학관의 하나다. 조선조에 접어들어서도 이런 생각에는 변함이 없었다. 부섬(富贍 : 넉넉하여 모자람이 없는 풍성한 상태)과 웅장(雄壯), 화려(華麗)한 시를 으뜸으로 치던 서거정(徐居正)에 있어서도 주기론(主氣論 : 시 창작에 있어 기를 제일 중요한 요소로 보는 이론)의 입장은 변함이 없었다. 이런 입장은 조선 중기를 넘어서는 임진왜란(壬辰倭亂)을 도맡은 백사에게서도 그대로 보이는 점이다.

이런 점에서 선생은 양기론(養氣論)의 입장에 있다고 생각한다. 선생의 글을 다른 사람들이 평가한 말에도 '기기(奇氣 : 기이한 기운이 있다)' '용

---

16) "後之學先生之爲者 唯善養其氣"

일(涌溢 : 보통을 넘는 힘이 있다)'과 같은 표현들은 선생의 작품 속에서도 양기론의 입장이 드러나는 점을 지적한 것이라고 생각한다.

(5) 해이론(解頤論)

「성소잡고서」의 처음은 이렇게 시작한다.

> 시에 무슨 특별히 좋은 시가 있으며, 또한 무슨 귀한 시가 있는가? 그리고 세상에서 그토록 좋아하는 것은 무엇인가? 시라는 것은 잠꼬대나 새가 지저귀는 소리를 새겨두어서 한 때 사람의 턱을 푸는 일(웃기는 일)에 지나지 않는 것이다.[17]

시의 효용과 가치가 무엇이냐는 질문에 대한 답으로 해이(解頤 : 웃으개 소리)를 들고 있다. 그리고 문학을 잠꼬대나 새의 지저귐으로 보고 있다. 자연이 내는 소리든지 사람이 내는 소리든지 모두 무늬로 생각하고 무늬가 바로 문학임을 말한 것이다. 이는 문학을 낮추어 하는 말이 아니라, 문학의 폭을 넓히는 말로 이해해야 할 것이다. 그래서 잠꼬대나 새의 지저귐 같은 것도 문학이 되는 것이다.

해이론은 시의 효용성을 말한 것이다. 문학은 무엇보다도 재미가 있어야 한다는 의미로 받아드릴 수 있다. 문학 작품에 재미가 있어야 한다는 것은 당시로 볼 때에는 독특한 주장이다. 이전의 선인(先人 : 선배)들이 웃으개 글을 쓰기는 했지만 이런 확고한 시각으로 해학적(諧謔的 : 웃기는)인 글을 대하는 태도는 새로운 각도라고 본다. 허균(許筠)의 문학을 논함에 있어서 이런 말로 시작한 것부터가 의미가 있는 일이다. 허균은 무의식적으로 관찰해 보아도 광해군에 항거한 혁명적(革命的)인 성격을 가지고 있었던 인물이다.[18] 이런 인물에 대한 글을 평한 말의 서두를 잘 음미할 필요가 있다고 생각한다. 이 문집 서문은 허균의 문집속에는 없는 글이다. 그러나 『백사집』에는 있다. 이 글을 통해서 허균 문학의 특성조차 일부(一部) 알

---

17) "詩有何好 亦何貴也 而世耆之不已 何耶 不過雕鏤哢哳 解人一時頤耳."
18) 拙稿, 許筠文學에서 外壓의 出口, 畿甸語文學 10, 11 合倂號 參照

수 있다. 당시 폐모론(廢母論)에 서로 상반된 입장에 서게 되는 두 사람이다. 어찌 역사의 아이러니가 아닐 수 있을 것인가. 백사선생의 문학은 이렇게 깊고 현실적이며 예감적(豫感的)인 면도 있다.

(6) 문애론(文愛論)

「계은집서(溪隱集序)」에 보면 정숙자(程叔子)의 말을 인용해서 "말은 글로 남기고자 하고 글이 되면 아끼나니 아끼는 까닭으로 전하게 되는 것이다."[19]라고 했다. 이 말의 앞에는 임진왜란의 병화(兵禍 : 전쟁)로 거의 모든 서적(書籍 : 책)이 불타서 전하는 것이 별로 없는데 유독 「계은집」은 남아서 마치 진(秦 : 秦始皇의 나라)나라에서 모든 글을 불살랐을 때에 어느 벽에 감추어 두었던 글이 세상에 알려지게 되어 사람들이 그 글을 다투어 보게 되었다는 이야기와 비슷하다고 했다. 『계은집』이 상당한 독자들을 가지고 있음을 이렇게 말하고 있다. 이런 말의 뉴앙스는 『계은집』이 잘된 글이라기보다는 시대를 잘 만나서 그렇게 읽혀진다고 했다.

'언욕문(言欲文)'은 말은 한번 해버리면 없어지지만 글로 남겨두면 없어지지 않아서 사람들이 모두 글로 남기고자하는 뜻이 있어서 '말은 글로 하고자 한다.'는 말이다. '문즉애(文則愛)'는 글이 곧 아껴지게 된다는 말이다. 글속에는 그 사람이 버리기에는 아까운 생각이 담겨 있다는 뜻이다. 사람의 말은 이렇게 해서 전해지고 있다고 보는 관점이다. 말 중에도 가장 정제(精製 : 알짜만 다듬은 것)된 것이 글이 아닌가. 글이 곧 그 사람이 버리고 싶지 않은 생각임을 말한 것이다. '애고전(愛故傳)'은 아끼는 까닭으로 전해진다는 말이다. 이렇게 생각이 글을 통해서 후대로 흘러 전하여 가는 것이 가장 자연스러운 모습이다. 생각이 전해지지 못하는 세상은 문화의 발달이 멈추는 세상이다.

이상의 말을 정리해 보면 글이 곧 버리기 아까운 그 사람의 생각이고 그런 생각은 전해야 하니 글도 또한 전해야 한다는 말이 될 것이다. 글을 버리기 아까운 생각으로 보는 시문학관은 매우 독특한 것이다. 글을 말기(末技)로 보는 관점(觀點)과는 너무나 거리가 먼 생각이다. 글은 아까운

---

19) "言欲文 文則愛 愛故傳"

것이고 후세에 전해야 한다고 보는 것이다. 어쩌면 글이란 역사 앞에서 그 시대 속에서 진실한 삶을 살면서 체험한 그 기록일런지도 모를 일이다. 임진왜란으로 글이 모두 없어진 상태에 그 후손이 선대(先代)의 글을 발견해서 남기고자 하는 뜻을 가상(嘉賞 : 기쁘게)하게 생각한 백사의 정신이 잘 들어난 글이라고 생각한다. 필자는 이런 글을 통해서 백사 시문학관이 매우 폭넓고 글에 대한 이해심이 남달리 깊었던 점을 알 수 있었다.

　문애론(文愛論), 이는 말기론(末技論)으로부터는 너무나 거리가 있는 관점이다.

　'애고전(愛故傳)'이라는 말 다음에는 이정립(李廷立)의 아들이 그 아버지의 문집을 간행하려고 한다는 말이 있다. 그래서 그 글을 받아서 읽어 보면서 "우리 친구들이 술 마시며 읊어 남긴 자취가 아닌 것이 없구나"[20]라고 감탄해서 과거 그 시인 즉 이정립과의 예사롭지 않았던 관계를 회상(回想)하고 있다. 글을 통해서 생각이 흐른다는 것을 역설한 논리는 뛰어난 주장이 아닐 수 없다.

　글의 함축과 독자층의 두터움에서의 후부론(厚賦論)과, 시인의 창작의 수고라는 측면에서의 노일론(勞逸論)은 글의 효용과 가치의 측면을 본 것이다. 양기론(養氣論)과 문애론(文愛論)은 문학의 본질적인 관점을 설명한 것이고, 해이론(解頤論)은 문학의 효용을 구체적으로 말한 것이다. 사람의 생각과 글과의 관계를 밝혀서 시수시빙론(思水詩氷論)을 말했다. 백사는 당시에 폭이 넓고 드높은 시문학관을 가지고 있었던 분으로 기억해도 좋을 것이다.

---

20) "無非吾儕 觴詠之遺迹"

2. 효용성의 가치

1) 사장파의 시문관

서거정이 『동문선』을 편찬할 때의 생각을 보면, 글로써 세상을 고치려는
의지가 엿보인다.

첫째, 천지 기운의 성쇠가 글의 운세에 드러나므로 시·문을 통하여 때
의 운세를 진작하자는 보람찬 논리였다.

> 옛글과 옛책을 보면 비록 『6경』에는 비할 바가 못되나 글의 운세의
> 성쇠는 볼 수 있다.
> 사람들의 글을 관찰하여 천하를 교화한다고 하였으니, 대개 천지에
> 는 자연의 글이 있으므로 성인이 천지의 글을 법 받았고, 그때의 운세
> 에 성쇠의 다름이 있으므로 문장이 높고 낮은 다름이 있다.

물론 『6경』은 글의 으뜸이요 시문의 본보기다. 서거정의 시문에 대한
목적은 『6경』이 목표이자 이상이었다. 그러나 그만 못한 글도 다 그 때의
운세는 반영하고 있다. 시대의 운세가 다름에서 생긴 글 운세를 관찰하여
천하를 교화함이 『동문선』을 찬술하는 뚜렷한 목적이었다.

둘째, 후세에 전하여 글 공부의 모범이 되도록 하자는 마련이었다.

신라 이래로 양나라 소통의 『문선』이 우리나라 글쓰는 이들의 모범이 된
것을 탄식하며 우리 말소리에 맞는 우리 글로 모범을 삼자는 생각이었다.

서거정은 「동문선서」 끝에서 "신이 비록 재주는 없으나 오히려 이 글을
써서 기다리노라"라고 후진의 분발을 기대하고 있다. 이는 서거정의 이상
에 맞는 글이 후세에 나오기를 열망하는 뜻과 상통한다.

이상과 같은 취지로 『동문선』을 편찬할 때, 어떤 글을 뽑았을 것인가도
이미 자명한 바지만, 「동문선서」의 말을 빌면, "글의 이치가 순수하고 발
라서 세상을 다스리고 교화시킴에 도움이 되는 것을 부문별 종류별로 취하

여 겨우 130권을 편성하여 올렸다."라고 조심스럽게 밝혔다. 이는 공자가
『시경』을 세상을 가르치는 거울로 생각한 이치와 같은 뜻이다.
　　『동문선』은 『삼한시귀감』의 시 중 안치민의 「자사취수선생진제운」 1수와,
홍간의 「태백취귀도」 3수만을 제외한 243수를 모조리 싣고 있다. 이 제외
된 4수의 시는 모두 그 때의 운세는 짐작할 수 있다. 하더라도 세상을 다
스리는 교훈의 감으로 적당하지 않은 시이기에 짐짓 제외하였음이 엿보인다.

　　　　有道不行不如醉　　도 있어도 행사지 않으면 취함만 못하고
　　　　有口不言不如睡　　입 있어도 말하지 못하면 잠잠만 못해
　　　　先生醉睡杏花陰　　살구꽃 그늘에서 취해 자는 선생을
　　　　世上無人知此意　　세상엔 이 뜻을 아는 사람 없다네.
　　　　　　　　　　　　　　　　　　　　　<김갑기 역주, 나려한시선>

2) 사림파의 시문관

　　김종직이 도학자라는 사실은 널리 알려져 왔고 또 상당한 연구 업적이
있다. 이에 대하여 권상로는 다음과 같이 말하였다.

　　　　문장학으로 말하면 김종직(점필재)·서거정(사가)·김시습(매월당)을
　　　비롯하야 초초 수명에 지내지 못하였지만은 성리학으로 말하면 고려의
　　　정몽주(포은)를 동방이학지조로 하고 길재(야은)가 그 물려받은 이들
　　　중 제일이 되었으며 조선에 들어와서는 강호 김숙자가 야은의 연원을
　　　이어 글을 김종직(점필재)에게 전하고 점필재 후로는 바야흐로 전성을
　　　고하게 하였으니

　　김종직이 도학자라는 인식은 그의 시문학관을 고찰하는데 커다란 기준이
된다. 『동인시화』에서도 시·문은 小技(소기)라고 하면서 오직 교화에 그
가치를 두고 있다. 김종직도 이와 뜻을 같이하는 의견을 피력한 일이 있다.

문장은 소기다. 그리고 시와 부는 더욱 문장에서도 보잘 것 없는 것이다. 그러나 성정을 다스려서 풍교를 달하게 하여, 당세에 울리고 무궁토록 전하게 하는데는 시·부가 실로 믿을 만한 것이다.

이는 『논어』에서 말하는 바와 똑같다. "덕행이 근본이요 글 솜씨는 끄트머리다."라고 한 윤씨의 주가, 문장은 소기라는 『동인시화』와 김종직의 「영가연괴집서」에 두루 통한다.

이와 같은 소기론은 이준경에서도 보인다.

동고의 본업은 글을 잘하는데 있는 것이 아니었고 오직 도학을 높여 세상을 경영하는 데 그 목적을 둔 공부를 제일로 삼았다. 이와 같은 유학적·공리론적 문학관의 한 특징이 바로 문학을 여기로 보는 관점이다.

동고는 「홍언필에게 한 만사」에 보면 그가 문장을 여기로 본 사실이 있다. "문장은 여기로 하는 사업이요, 깊고 맑음으로 이 평생을 사셨네." 이와 같은 말에서 문장보다는 삶의 수양을 높이 평가하는 태도를 엿보게 한다. 특히 선조3년(1570) 여름에 올린 「을사·기유옥사를 풀어주기를 청하고 문묘종사를 청하는 차자」에서는

우리 동방이 신라 때로부터 고려에 이르도록 문장 짓는 선비는 빈번하게 배출하셨으나, 의리에 관한 학문은 사실 꿩필로부터 열리기 시작하였습니다.

라고 하여 우리나라 도의 맥을 찾아 그 통서를 잇는데 공을 세운 일이 있다. 여기에서도 문장보다는 도를 중요하게 여기는 동고의 여기론적인 문학관을 찾아볼 수 있는 것이 사실이다. 노수신도 동고의 행장에서 "문장을 일삼지 않고 성리학에 힘썼다."라고 한 것을 보면, 동고가 문장에 대하여 여기로 여긴 사실을 입증하는 사실을 더욱 확신할 수 있다. 이와 같은 사실을 『동고유고』의 연보에서는 "여러 글을 널리 읽어서 식견과 지취를 넓혔으나, 한유 이후의 글은 비약하다 하여 취하지 않았다." "문장은 단지 기술자의 일과 같은 뿐이다"라고 기록하고 있다.

이상과 같은 문장의 여기론은 동고에게서만 보이는 관점은 아니다. 『논어』의 문학관이 그러하다. 따라서 유학자들의 문관에는 항시 이런 관점이

지배적이다. 서거정의 경우도 "도와 시가 일치하여 좋은 시가 저절로 될 분위기를 찾고, 그렇게 되기를 바랐으나 뜻대로 되지는 않았다."라고 하여 문장을 꾸미는 일보다 도에 더욱 깊은 관심을 쏟은 시 짓는 실상을 엿볼 수 있다.

이렇게 볼 때 동고의 문학 사상의 본질은 학통의 연원으로 보나, 그의 문론으로 보나, 여기론으로 보아 단연 유학적인 문학 사상임을 확인할 수 있다.

김종직은 시가 성정에서 나왔다고 했다. 이는 「시경서」에서 주자가 주장한 시의 발생설과 한가지다.

혹이 나에게 물어 가로되 시는 어찌하여 짓소? 내가 응당하여 가로되 사람이 생겨나서 고요한 것은 하나의 본성이요, 물건에 느끼어서 움직이는 것은 본성의 하고자 함이다. 대저 하고자 함이 있은 즉 능히 생각이 없을 수 없고, 이미 생각이 있은 즉 능히 말이 없을 수 없고, 이미 말이 있은 즉 말이 능히 다하지 못하는 바여서 감탄의 나머지에서 발하여 반드시 자연의 음향 마디가 있어서 능히 말지 못하니 이것이 써 시가 지어지는 바다.

시의 발생에 대한 주자의 이 주장은 자연설에 바탕을 두고 있다. 이와같은 논리는 모두 유학에 바탕을 둔 시문학관이다. 도학자의 시문학관은 당시의 지배적인 시문학관이었다.

김종직은 당시에 지배적인 시문학관을 바탕으로 하면서 결국 유학적이기는 하나 그다운 특징이 있는 논리를 폈다. 먼저 그가 지은 「윤선생상시집서」를 보면 그 첫머리부터 사뭇 도전적이다.

경술(經術)하는 선비는 문장에 졸렬하고 문장하는 선비는 경술에 어둡다고 세상 사람이 이렇게 말한다.

이렇게 전제하고 그에 대한 자기의 의견을 피력했다.

그리하여 서 내가 보니, 그렇지 아니하다. 문장이라는 것은 경술에서 나왔으며 경술도 또 문장이 근저다.

이상의 논리 전개 방식을 보면 세상에서 일반적으로 말하는 논리를 우선 반대하고 자기의 주장을 강하게 펴고 있다. 이어서 경술이 무엇인가 김종직 자신의 말을 인용하여 보면 다음과 같다.

> 詩書六藝(시서육예)는 다 경술이요 시서육예의 글은 곧 그 문장이다.

표현된 것은 문장이고 그 문장에 담고 있는 생각은 경술이라는 뜻이다. 문장이 표현해야 할 내용이 경술이면 제일 좋고 적어도 이런 생각이 혼연히 가슴에 배어 있어서 나온 글이어야 한다. 근본에 힘써야 하지 문장을 꾸미는 일에 힘쓰면 안 된다는 주장이다. 문장을 잘 지으려 해도 결국 경술을 잘 해야 한다는 주장이다. 내용이 좋지 않은 형식은 의미가 없다.

김종직은 문학의 내용은 경술이어야 하고 그 내용에 따라 언어로 표현되는 것은 지배받게 마련이라고 보았다. 이것이 그가 말하는 문장과 경술의 일치론이다.

> 진실로 그 글에 인연해서 그 이치를 궁구하되 알차게 하여 써 살피고 우수하게 하여 써 노닐면 이치와 문장이 나의 가슴속에 융합해 보인 즉 피어나서 언어와 詞賦(사부)가 되고 공교하게 하기를 기약하지 않아도 공교롭게 된다. 예로부터 문장으로써 때에 울려서 후에 전한 자는 다 이같다. 사람들이 한갓 보는 것은 대저 이른바 경술하는 자의 구두점이나 찍고 깨우쳐 해석함에 지나지 아니한 습관과, 지금의 이른바 문장하는 자의 수식하고 꾸미는 공교함만일 뿐이다. 구두점 찍고 해석하는 것이 어찌 써 대저 보불 경위의 글을 의논할 수 있으며, 수식하고 꾸밈이 어찌 능히 성리 도덕의 배움에 도움이 되겠는가? 이에 드디어 경술과 문장이 나뉘어 둘에 이름이 되어서 그 서로 이용되지 못한다고 의심하게 되었다. 아아, 그 나타남이 또한 천하구나.

이와 같이 도가 흠씬 가슴에 무젖어 있으면 일부러 꾸미지 않아도 도에 합당한 좋은 글이 된다는 생각은 김종직이나 서거정이 모두 일치하는 생각임을 알 수 있다.

지금까지 김종직이 이른바 문장을 꾸미는 일에만 전념하여 글을 버렸다고 비판한 그 대상을 서거정에게 돌려온 사실은 다시 바로 보아져야 할 사항이라고 믿는다. 김종직은 사림이요, 서거정은 관인문학자라는 생각에서 일방적으로 성급히 내린 결론이라고 보지 않을 수 없으니, 다만 김종직의 이 비판의 과녁이 꼭 서거정에게 해당될 수 없는 증거가 앞서 말한 바에 있다. 오히려 이 비판은 당대에 수준이 낮은 경학 연구에 대한 불만으로 보는 것이 좋을 것이다. 어떤 역사적 인물간의 대립은 그리 중요하지 못하다고 보고 당시 경학을 한다는 학자들이 말만 좋아하고 글짓는 일에 힘쓰고 공부해야 할 깊은 진리는 알려하지 않는 풍조를 탄식한 경종이라 보는 것이 옳겠다.

김종직이 미워한 것은 경술 하는 자의 구두점이나 찍고 해석하는 것과 문장 하는 자의 수식하고 꾸미는 일이다. 그러면 꼭 해야 하는 일은 무엇인가. 경술 하는 자의 보불 경위의 글이요, 문장 하는 자의 성리 도덕의 학이다. 경술 하는 자의 구두점 찍고 읽는다는 것은 바로 낮은 수준의 경학을 지적하는 말이다. 경술 하는 자는 말할 것도 없거니와 문장 하는 자도 성리 도덕의 학을 해야 한다. 그런데 지금 세태는 문장 하는 자는 고사하고 이른바 경술을 한다면서도 성리 도덕은 하지 않고 구두점 찍기와 해석만을 겨우 하고 있는 실정이다. 문장 하는 자는 그 근본에 돌아가서 시서육예의 글인 보불 경위의 글을 공부하고 본받아야 할 것인데 한갓 꾸미고 수식하는 일에 힘쓰니 한심한 일이다. 이는 모두 다 경술에 조예가 깊지 못한 연유이니, 이 당시 낮은 도학의 연구를 개탄한 글이라고 본다.

문장 하는 자와 경술 하는 자는 귀납적으로 일치하여야 하는 논리가 이상에 있었다. 이제 또 하나 여기에서 생각할 것은 김종직은 문장을 내용과 형식으로 파악한 점이다. 즉 사상이 언어로 표현된 것이 문장이라는 원리를 기준으로, 경술 하는 자도 문장을 잘하고 문장 하는 자도 경술을 잘 해야 하는 것이 원칙임을 주장했다. 이런 점에서 문장의 과학적 분석 파악에 있어 앞선 이론임을 알 수 있다.

그런데 한 가지 중요한 사실은 서거정에 비하여, 문장으로써 세상을 바로 잡으려는 것이 아니라, 경술로써 세상을 바로 잡으려 함이라는 사실이다. 여기서 사림과 사장의 근본적 차이가 있다. 결국 모두 나라를 요·순의 시대와 같은 나라로 만들려는 목적은 하나다. 그러나 그 실행 방법에 있어 사장은 글로써 때의 운세를 바꾸어 나라를 훌륭하게 만들려 함이요, 사림은 도를 통하여 나라를 바로 잡으려 함이다.

3) 자주 정신의 발양

「동문선서」를 보면 『동문선』을 편찬한 취지가 분명히 드러나 있다. 이는 유학의 효용적 시문학관을 살펴볼 수 있는 좋은 자료다.

"우리나라의 시와 글은 중국의 시문과 다르기 때문에 이를 모아 전해서 세상을 다스리는 교훈의 본밑으로 삼자는 것이었다."

우리나라의 글이 송나라나 원나라의 글이 아니고, 또한 한나라나 당나라의 글도 아니며, 다만 우리나라의 글이라는 점을 두드러지게 내세웠다. 그러므로 마땅히 역대의 글과 더불어 세상에 나란히 행하여야 한다고 보았다.

여기에 우리나라 고유의 특징을 인정하는 서거정의 참뜻이 있다. 『시경』의 「국풍」이 이와 같은 산 교훈들이다. 우리나라를 다스리는 교훈의 감으로는 우리나라 시와 글이어야 한다는 집념이니, 지금 생각해 보면 우렁찬 자주가 아닐 수 없다. 한시는 중국시와 우리나라 시가 율조나 시어에서 다르기 때문이다.

서거정은 또 『동인시화』에서 이색의 「정관음(貞觀吟)」을 "호탕하고 건실하며 통쾌하고 장하다"라고 높이 평가하고 있고, 이제현의 「황토점(黃土店)」을 "그 충성스럽고 분한 격한 마음은 두보라할지라도 이보다 더 아름답지는 못할 것이다."라고 목청을 돋우어 기리었다.

최자는 이와는 달리 중국의 지명이나 인명을 가지고 시를 짓는 풍속에 대하여 "하물며 다시 천하가 한 집안"이라고 변명하며 합리화함은 물론, 최사제(?~1091)가 사신이 되어 지은 시를 평하여 "최사제가 중국 조정에 가 뵙되 천 리를 멀다하지 않은 듯이 있었다."라고 두둔하는 평을 했다.

이렇게 최자가 사대적 밑바탕에서 비평을 한데 비하여 서거정은 주체의식으로 다지고 있음이 다르다. 이런 시를 평하는 차이는 중국의 간섭이 차츰 후대로 내려오면서 약화돼서 그렇다고만 볼 수 없다. 이는 주체적 사상의 발로라고 본다. 『훈민정음』의 반포와 같은 민족문화의 대 기운이 일던 이 시대다. 왕의 책봉을 명나라에 승인받아야 했던 조선이, 우리 왕을 귀양 보냈던 원나라에 지배당하던 고려 시대에 그리 변함이 없는 사정이지만은, 주체적 의식이 자라나던 당시인 만큼 그 의식을 내세워 뜨거운 충성을 열어 부른 「정관음」과 「황토점」을 높이 평가한 것은 당연하다고 본다.

민족 전통시의 맥박이 여기서 고동치며 이어져 내려왔던 것이다. 이를 서슴없이 부른 시인도 위대하지만 이런 시를 시화에 올려 높게 논의한 서거정의 평시 태도는 우리 시문학사에 빛나는 금자탑을 수립한 조짐이라 할 수 있다. 이런 태도가 면면이 이어져, 시문학계에서 우국열사의 잇달음을 만나볼 수 있는 원인이 되지 않았나 생각한다.

한시에 대한 이상과 같은 인식은 고사하고, 참으로 우리 문학에서 자주정신이 발양되어 만든 책이, 조선 후기이지만 『청구영언』 등의 가집이다. 이는 실로 한시문학과는 별개의 문제라 할 수 있겠으나, 그 자주정신의 고양이 짙게 배어있다는 점에서 간과할 수 없는 부분이기에 여기에 언급했다. 이는 곧 가집에만 국한된 문제라기보다, 한시문학과도 서로 주고받은 영향 관계가 있다고 본다. 악부를 통해서 그러함은 물론 그 저변에 흐르는 민족의 정신은 매양 한가지라고 보고 싶은 마음도 있다.

가사라면 신라가요 고려가요 시조 가사 등, 한시에 상대되는 것을 노래 부를 수 있었던 우리말로 된 노랫말을 말한다.

이런 가사는 그 줄기가 『시경』에서 비롯된다고 본 조상들이었다. 한시에는 읊을 수 있는 고시와 근체시가 있고, 노래할 수 있는 악부가 있다. 노래를 부를 수 있는 사곡을 우리나라에서 짓자고 한 것이 소악부와 우리말 가사다. 그러니까, 우리 고대 시가는 노래 부를 수 없는 한시와 노래 부를 수 있는 소악부, 그리고 우리말 가사가 있다고 보아야 할 것이다. 지금까지 국문학에서 다루어 온 대상의 주류는, 이 중 우리말 가사 부분만 야단스러운 대접을 받아왔다고 본다.

우리말 노래에 대한 연구는 광복의 기쁨과 더불어 다방면에 걸쳐 상당히 이루어졌다. 그러나 여기에 가사를 짓고 가집을 편찬한 당시 인물들의 우리만 노래에 대한 관이 중요하게 취급되어 온 것 같지는 않다.

당시의 우리말 노래관은 그들이 지은 노래나, 편찬한 가집에 붙인 서와 발에 잘 나타나 있다. 이 글에서는 이런 관점에 초점을 맞추고 우리말 가사의 실상을 조명해 보려고 한다.

가집은 어떻게 편찬되었으며, 거기에 어떤 노래를 뽑아 실었을까 하는 문제는 그 때 선조들이 우리말 노래를 어떤 생각을 가지고 보았으며 어떤 노래를 지으려 했나 하는 점을 알 수 있는 재료다.

비록 그것이 뽑은 이 자신이 지은 서발이 아니라고 해도 선자와 깊은 관계를 맺고 있던 인물들이었으며 신분이 같은 처지였던 이들이 지어 없은 글이므로 당시의 일반적 가사 관을 짐작할 수 있을 것으로 안다.

따라서 지금 남아서 전해오는 우리말 노래의 성격은 어떠하며 우리에게 그 노랫말 문학이 기여하는 바는 무엇인가도 또한 명백해 질 것이다. 고전을 현대에 되살려 우리의 얼을 찾는 일에 이바지할 수 있을 것으로 여겨진다.

우리 조상, 특히 조선조의 문학관은 효용성에 바탕을 둔 유학적 문학관이었다. 『염락』을 읽어 문장의 도 보다는 도학의 경지를 시라는 그릇에 담기에 힘을 썼던 우리 조상들이었다. 고시 근체 등, 한시는 마음의 수양을 위하여 지었으며 우리말 노래인 가사는 백성 교화를 위한 감발과 흥기의 감으로 불렀었다. 악부를 모방한 소악부는 우리 것을 영구히 잊지 않도록 하고자 하는 자각에서 생겨난 것이다.

도가 본이요 문은 말이라는 생각에 바탕을 두고 군자는 무엇이든 조작하지 않은 것이기에, 꾸미는 것을 미워한 우리 조상들이었다. 따라서 용사와 점화가 합리화 되고 신의와 조탁에 그리 용심하지 않았던 그들이었다.

『시경』은 문운을 통하여 시운을 짐작함으로써 치세의 감으로 삼은 좋은 본보기였으며 즐기되 빠지지 않는 예술관의 모범이었다. 우리말 노래를 여기다 마주대는 데서 자주와 자존이 여물었으며 망신스런 남녀상열의 노래조차 경계의 거리로 대접을 받았던 실상이었다.

일연 스님은 신라가요를 남겨 주었고 세종과 성현은 고려가요를 우리에게 전해 주었다. 김천택 김수장 박효관 안민영 등은 수만은 시조 가사를 뽑아 후세에 남겼다. 남아 있는 작품을 잘 이해하는 길은 그것을 남긴 이들의 의견을 잘 들어야 옳은 관을 갖게 될 것이 틀림없는 것이다.

『청구연언』은 가집으로는 제일 처음 체재를 갖춘 방대한 것이었다.

> 가령 조선에 이르기까지 대를 이어 노랫말을 지은 사람들이 적은 수는 아니나 주어진 노래는 전혀 남아 있지 않고, 겨우 남아 있다 해도 또한 오래 전해 질 수 없었으니 어찌 나라가 오로지 문학만을 숭상하고 음악에 소홀히 한 까닭만이겠는가.

그럼 다른 까닭은 무엇인가. 이를 모을 만한 전문 가객이 없었다는 입언인 만큼 우리는 이 말속에서 일찍이 전문적 가집이 편찬된 일이 없었음을 깨달을 수 있고, 전문적 가객을 기다려서야 가집의 편찬이 이루어 졌다는 사실을 알 수 있을 것이다.

전문적 가객은 노래책이 필요했다. 전문적 가객을 기다려서 가집이 나왔다는 사실은 가집 편찬이 노래책으로서의 구실을 해야 하는 시대적 요청 때문이었음을 입증하는 것 같다. 말하자면 노래의 수요가 급증하는 조짐인 것이다.

또 한시는 고려조부터 문집으로 오롯이 전해오는 바나 가사는 문집의 말석을 얻어 간신히 명맥을 유지한 것도 거의 조선조에 들어와서다. 노래와 시가 다른 것인데도 가사가 한시보다 대접을 받지 못했음이 사실이다. 이는 한문 문화의 강세와, 자기 것을 낮추어 보는 마음인 겸양에서 연유한 것으로 보이기도 한다.

『시경』의 시가 변하여 고시가 되고 고시가 변하여 근체가 되니 가와 시가 나뉘어 둘이 됐었다. 한위 이후로 시가 율에 맞는 것을 악부라고 불렀으나 우리나라에서는 쓸 수가 없었다. 우리나라에서는 진수 이후에 별체의 가사가 있어서 세상에 전해지기는 했어도 시가의 흥성함만은 못했었다고 믿은 조상 가객들이었다.

소악부는 속요를 시로 옮겨 놓은 것이 아니라 속요를 악부 형식으로 고쳐 본 것이다. 중국의 악부와 완전히 출발부터 달리한 작품이 아니라 바로 중국 악부를 의양한 것이었다. 이제현과 민사평이 지은 소악부는 한글 문학과 한문 문학의 접맥이 아니라 우리말 노래를 중국식으로 고쳐 보려는 높은 문화편향의 일단이었다.

이제현과 민사평의 소악부 사단을 보면 이 사실을 분명히 알 수 있다.

> 어제 곽익룡을 보니, 그가 민사평에게 내가 지은 소악부에 화답을 해보기로 했다한다. 그랬더니 민사평의 대답이 어떤 사실 하나를 가지고 말이 거듭되는 까닭에 하지 않겠다고 하더라는 것이다. 내가 이 말에 대하여 말하기를 '유우석은 「죽지가」를 지을 때 모두 기주와 삼협의 남녀들이 서로 즐기는 말로 했고 소식은 아황과 여영굴원 초 회왕 앙우의 일을 사용해서 장가를 지었으니 어찌 전인을 습용한 것이었던가. 민사평이 별곡 중에서 마음에 감동을 주는 것을 골라서 신사(新詞)로 옮기는 것은 옳은 일이다.'라고 하고 시 2편을 지어서 이끌어 냈다.

고전을 잘 울궈 내는 것이 현대의 보람이다. 두시가 『시경』을 다시 우려낸 진국임에랴, 이제현은 유우석과 소식을 예로 들어 별곡을 새 노랫말로 번역하는 일에 있어 '사물은 하나로써 말은 중첩 된다' 라는 망설임에 해답을 주었다. 같은 소재로도 여러 문학 작품이 있을 수 있다는 주장이다.

이 글에서 별곡이 쓰인 것은 우리말 가사를 지칭한 것이다. 『고려사』에는 속악이라고 하고 "고려 속악은 여러 악보를 살펴보아 실었는데 「동동」과 「서경」 이하 24편은 다 우리나라 말을 사용했다."라고 하여 우리말로 된 가사가 전해진 내력이 설명되어 있다.

이런 글을 보면 소악부와 우리말 노래인 가사는 노래로 부른다는 점에서 같으면서도 그 부르는 방식이 달랐음을 알 수 있다.

이 별곡을 신사로 옮긴다는 것은 곧 소악부로 번역한다는 뜻이다. 악부에 비하여 그 내용이 신사인 것이며 우리말 가사에 비하여 그 형식이 신사인 것이다. 중국식 성률에 완전히 맞춘 중국식 사곡인 것이다.

> 이제 그 말을 가려서 시에 넣으려 하니 그 구절을 늘이기도 하고 줄이기도 하며, 그 운을 흩어 놓기도 하여 억지로 고체라 이름하였다. 이것을 읊고 음미하는 사이에 소리가 그치고 이그러져서 껄끄러우니 사곡의 본색을 그대로 회복시키는 것은 아니었다.

이 말은 소악부로 완전히 중국식 사곡을 흉내 내기 이전에 고체라 한 한역체가 있었다는 신위의 전언이다. 따라서 소악부는 완전히 중국 어음에 맞는 노래였다.

가사와 한시가 다르다는 생각이 가집편찬의 한 이유였다.

노래하는 이는 가사를 썼으며 글을 하는 이는 한시를 지었는데, 시를 관현에 올린 것이 노래니 노래와 시는 근본적으로 한가지인 것이다. 그러나 또 완전히 똑같은 것은 아니니, 가사가 지어지는 것은 성률에 들어맞지 않으면 아니 되기 때문에 시에 능한 이라고 반드시 노래가 있는 것도 아니며 노래를 잘하는 이라고 반드시 시가 있는 것도 아닌 것이다. 따라서 노래만을 모아 둘 필요가 생겼다고 보인다.

　옛날 노래에는 반드시 시가를 썼는데 글을 하는 이는 시를 지었고 시를 관현에 올린 것이 노래가 되었으니 시와 가는 진실로 한 가지 도다. 시경시가 변해서 고시가 되고 고시가 변해서 근체가 되니 시와 가가 나뉘어 둘이 되었다. 한위 이후에 시중에서 성률에 맞는 것을 악부라 하였다. 그러나 우리나라 사람은 반드시 이것만을 쓰지는 않았다. 진수 이후에 또 별체의 가사가 있어서 세상에 전하여 졌으나 시인의 흥성함만은 못하였다. 대개 가사는 문장이 있다 해도 성률에 들어맞지 않고서는 될 수 없으니 그런 까닭으로 시에 능한 이라고 반드시 노래가 있는 것도 아니며 노랫말을 짓는 이라고 반드시 시가 있는 것도 아니다.

이와 같이 가사와 시의 차이를 인식하고 가집을 묶어 내었었다.
중국의 노래와 우리말 노래가 다르다는 인식이 가집을 편찬한 이유였다. 우리말 노래에 대한 독자성을 인식한 것은 신라가요에서부터다.
최행귀가 「보현십원가」를 한역하며 붙인 서문에 보면 시는 당나라의 말로 얽었으니 5언 7자로 탁마했고 가는 우리나라 말을 배열하였으니 3구 6명으로 절차되어 있다고 했고, 그 소리는 참성과 상성처럼 어긋나지만은 그 이치는 대립한 것이 창과 방패와 같아서 강약을 나누기 어렵다고 보았다.

　그러나 한스러운 바는 우리나라의 재자와 명공들은 당나라 글귀를 읊을 줄을 알지만 저 땅의 거유와 대덕이라도 우리 노래는 알지 못한다. 하물며 당나라 글은 그물과 같아서 우리나라에서는 읽기 쉽지만, 우리글은 마치 범서로 연철한 것 같아서 저 땅에서는 알기 어렵다.

한자를 가지고 우리말을 적는 독창성을 보인 신라 사람들의 슬기가 뜻있게 보인다. 노래를 부르려면 우리말로 해야 하는 것임을 이미 이때부터 깨달은 우리의 슬기였다.
「용비어천가 서」에서도 "민속에서 칭송하는 말을 삼가 뽑다보니 낮고 천한 말을 쓰게 되었다."는 변명을 했다. 이것은 우리말 노래는 우리말로밖엔 부를 수 없다는 실토라고 본다.
우리나라 사람이 지은바 가곡은 오로지 우리나라 말만 쓰는데 더러 한자를 섞어 글을 만들어 세상에 전하기도 했었다. 이황이 「도산십이곡 발」에서 말했듯이 대개 우리나라 말을 쓰는 것은 우리나라의 습속이 할 수 없이 그런 데에 있다. 즉 우리나라의 말로 적어야 노래를 부를 수 있는데, 그 까닭은 나라 말소리가 할 수 없이 그렇게 되어 있다는 주장이었다.

지금 시는 옛날 시와는 달라서 영(詠)은 할 수 있어도 노래로 부를 수는 없다. 만약 노래로 부르고자 한다면 반드시 우리나라의 말로 가사를 지어야 하니 대개 우리나라의 전통적 말의 음절이 그러하여 어쩔 수 없는 일이다.

김천택도 이와 같은 생각을 가지고 있었다.

우리나라 사람이 지은 가곡은 오직 방언을 쓰고 간혹 문자를 섞어 쓴 언서로써 세상에 전하여 진다. 방언을 쓰는 것은 나라의 풍속이 할 수 없이 그러한 데에 있다.
이에 대하여 신위는 대개 그 관점은 다르지만 더 자세히 그 연유를 밝혔다.

우리나라의 말은 문자와 번거로움과 간담함에 현격한 차이가 있으니, 예로부터 사곡은 모두 우리말과 한자를 섞어서 이룩되었다. 그런 까닭으로 처음부터 매끄러운 평측이 없고 구절을 떼어 읽을 만한 시가 없이 단지 목구멍을 통하는 장단의 길이와 입술과 이를 운용하는 경중이 있어서 혹은 소리가 급히 거두어 지기도 하며 혹은 길게 끌어 펴기도 하여 그 가사의 각삭의 표준이 된다.

신위는 우리말만이 가지고 있는 특성을 말하고 한시로는 노래가 도저히 되지 않음을 실토했다. 아무리 성률에 맞추어 짓는다 해도 맞추어지지 않는 다는 간파다. 이런 인식이 결국 한시로써 중국 성률에 완전히 맞춘 소악부를 짓게 하였으나 결국 노래의 뜻만을 남기는 공 밖에는 이룩하지 못하였다. 이렇게 하여 결국 한문으로 기록한 우리 나라식 정서의 표백인 이안중의 「산유화」, 「고고고(苦苦苦)」 등의 작품들이 나오도록 불을 지른 것이 아닌가 한다. 조선조 말기에 파격적인 사실적 악부의 출현이 이렇게 온 것이 아닐까 의심이 간다.
그 가사는 비록 중국의 악부와 나란히 견줄 수는 없다 해도 또한 뜻을

나타냄에는 모두 같은 이치로 보인다. 이렇게 중국과 다름을 인정하면서도
또 대국적인 견지에서 결국 같음을 부르짖은 우리 조상들이었다.

> 그 가곡은 비록 중국 악보와 견줄 수는 없다 해도 또한 볼 만하고
> 들을 만한 것이다. 중국의 이른바 가리는 것은 곧 소악부이고 대개 신
> 성이라는 것은 관현에 올린 것이 모두 이것이다. 우리나라는 변방의
> 소리로 생겨나서 문어에 어울린 것이니 이것이 비록 중국과 다르다 해
> 도 그 정경과 궁상의 소리가 어울리는 것같은 것과 사람으로 하여금
> 영탄 음영 무도하게 하는 것은 모두 한가지로 돌아가는 것이다.

우리나라 노래는 우리나라의 소리로 부르기 때문에 중국 노래와 다르다
는 인식이었다. 중국은 곧 말이 글이 되지만 우리나라 소리는 그대로 글이
되는 것이 아니라 번역을 해야 글이 되기에 소악부를 제외하면 노래 부를
수 있는 게 거의 없다는 이야기였다.

> 중국의 노래는 풍아에 갖추어 져서 책에 실려 있지마는 우리나라의
> 가라는 것은 다만 나라 손님의 오락거리로 쓰여 지기 때문에 풍아가
> 책에 실려 있듯 실려 있지는 않다. 이는 대개 어음이 다르기 때문이다.
> 중국의 소리는 말로써 글이 되지마는 우리나라의 소리는 번역을 기다
> 려서 문이 되니 그런 까닭으로 우리나라에 재주 있는 말꾼이 적은 것
> 이 아닌데도 악부나 신성 같은 것이 없어 개탄할 일이며 또 우리 것이
> 거칠다고 말할 수 있다.

이렇게 중국의 노래에 맞먹는 노래를 바로 우리말 가사라고 보았다.

우리말로 된 노래는 고려시대부터 별체의 가사인 「한림별곡」 등 노래로
부를 수 있게 지어진 모든 장단의 가사들이다.

김유기의 시조 작품에 김천택이 써준 글을 보면 그의 시조를 악부에 비
긴 것을 알 수 있고, 또 「가곡원류 서」 첫머리에도 사뭇 『시경』에 가져다
비교하는 고집이 있고, 『해동가요』서의 앞부분에서도 『시경』과 악부에 그
줄기를 대고 있다.

결국 이러한 우리말 노래는 뜻이 높고 세속의 때가 없는 사람이 그 품
은 마음을 한번 풀어서 비·부·흥과 풍영의 흥취로 지은 것과 노래 부른

것이었으니 『시경』의 시들과 더불어 서로 안팎을 이루는 것이었다.

최남선이 「대한 유학생회 회보」에 국풍이라고 시조를 칭하여 발표함은 이와 연관이 있지 않을까 한다.

노래 부르는 음악성으로나 그 내용상으로나 바르게 전해지도록 하고자 함이 또한 의의였다고 본다.

구전되어 오는 것은 불확실하며 가변성이 크다. 이에 문자상의 정착이 요구되었다. 무릇 노래 부르는 법도는 마음이 바르지 못하면 소리가 바르지 못한 것이다. 언제나 세속의 말폐는 있어서 하잘 것 없는 모리배가 부지런히 서로 다투어서 비루한 습속에 부젖어 한가한 중에는 장난질을 치며 근본이 없는 잡요로써 제멋대로 해괴한 노래를 귀천없이 머리를 싸매고 배워 숭상하기도 하는 법이다. 이런 시속의 놀이판 폐단을 바로 잡으려고 『가곡원류』는 편찬 되었다. 또 그릇된 것을 바로 잡아 잘 베껴서 만든 것이 『청구영언』이라 이름했다.

> 바르게 잡아 잘 베껴서 겨우 책 한권을 만들어 『청구영언』이라 이름했다.

전해진 것이 이미 오래되어 음률에 어긋나고 고저를 어긴 것이 사이에 많이 섞여 있어 잃은 것을 찾고 잘못된 것을 바로 잡을 뜻을 가지고 말을 고르고 깊이 궁구하며 청탁을 나누어 편찬한 것은 『해동가요』다.

후세 사람들이 분명하고 쉽게 보도록 하고자 하여 가집을 편찬하기도 했다.

> 내가 가보를 볼 때마다 시속에서 노래하는 차례와 제목이 없어, 보는 이로 하여금 자세히 알 수 없기에 제자 안민영과 더불어 상의하여 각 가보를 간략히 취하여 우조와 계면조로 나누어 제목과 차례를 삼아서 추리어 가보를 새로 만들어 뒷사람들로 하여금 분명하고 쉽게 보도록 하고자 하였다.

가집을 편찬한 참뜻은, 시속의 요구가 절실하였고 잘못 되어 가는 것을 바로 잡고, 없어지는 것을 남기고, 편리하게 볼 수 있도록 하기 위한 뜻도 있지만은 중국과 우리나라의 차이점을 인식하고 우리말 노래의 중요성을 드세워서 악부나 『시경』의 맞수로 바라본 사실이 중요한 것으로 본다. 이는 자주와 자존의 아람이라서 더욱 값지다.

4) 외교상의 실리

『동문선』 서문에 보면 글로써 나라를 위기에서 구하거나 그 힘을 떨친 예가 있다.

> 고구려에는 을지문덕이 있어 명을 받아 짓는 글에 능숙하여 수나라의 백만 대군을 막았으며, 이어 인종과 명종도 도 유학의 아름다움을 숭상하여 호걸찬 선비가 줄줄이 이어 나오니, 남송·북송·요·금들의 혼란한 때에도 여러 번 글로써 나라의 어려움을 해결했었다.

서거정은 을지문덕의 「수나라 장수 우중문에게 주는 시」를 높이 평가하고 그 이후로도 외교상에 글로써 승리한 사실을 특별히 기록하면서, 글은 이와 같이 나라의 어려움을 구하는데 큰 몫을 한다고 그 효용성을 높였다. 이런 문장보국의 실상은 조선시대 말기 김택영에 이르기까지 우리나라 문인들의 큰 임무요 보람이었다.

서거정은 이와 같은 문장보국의 인물로 이제현을 높인바 있다. 『동인시화』에서 두보가 애국 시인임을 먼저 말하고 이어 이제현의 「황토점」을 인용하였다. 「황토점」을 인용한 끝에 "이제현의 충성하는 마음과 애태우는 정신은 두보가 이 앞에 나타난다 해도 이보다 아름답게 보이지 못하리라"고 하였다.

을지문덕과 이제현을 이렇게 높인 이유는 그들이 글을 함에 나라에 도움을 주고 나라를 위하여 썼기 때문이다.

『동인시화』는 자주적 비평관을 확립하고 나라를 위한 문장보국의 글들을 높이 평가한 책이다. 이렇게 역사적 사실 중에서 나라 사랑의 시문학관을 터득한 서거정이, 그도 한 몫을 할 기회가 왔다. 다름 아닌 중국 사신 기순(祁順)과의 대결이었다. 이때의 싸움판을 목격한 이들의 기록을 보면 얼마나 불꽃 튀는 시로써의 씨름판이었으나 지금도 생생한 바 있다. 이는 나라를 어깨에 짊어진 서거정이 문장으로 報國(보국)하는 산 현장이기도 하다.

> 두 시인이 공교롭게도 신속하기가 서로 맞수를 만나서, 대진을 하고 있는 것 같아서 오래 되어도 판결이 나지 않았다. 기이함과 변화를 서로 헤아릴 수 없고, 칼이 서로 부딪쳐 여러 합을 싸우는 듯해서 번개같이 빠르며, 진격하고 물러나는 기세가 깃발과 북소리 사이에서 마치 당당히 8진을 벌이고 북채를 들고 지휘하여 제갈량의 술수로도 더할 수 없으니, 또한 쉽게 항복을 받을 수 없을 것 같았다. 기순이 말하기를 "선생이 중국에 있었다면 마땅히 4, 5인 안에 들 것이다."라고 서거정을 칭송했다.

이와 같은 김안로의 기록은 바로 서거정이 그의 문학관을 시험하는 현장의 사실이다. 우선 글로 중국 사신을 이기지 아니하고는 나라의 실리를 취할 수 없는 그 당시의 긴장된 외교 장면이다.

이렇게 일단 중국 사신의 기를 글로써 꺾은 뒤라야, 그들의 오만 불손함을 누를 수 있었다. 그들의 콧대를 꺾어 놓아야 외교적 여러 실리를 우리가 차지할 수 있으니, 이런 문인의 대결은 실로 나라를 앞세운 결전의 한마당이다.

이들 시 속에는 중국을 추키는 시가 있다고 하여 그것을 사대사상이라고 하면 안된다. 이는 실리를 얻고자 하는 속셈에서 상대편을 추켜세우는 것이니만큼, 어디까지나 나라와 나라 사이의 의례적 어투임을 알아야 할 것이다.

『황하집』은 성종 7년(1476) 명나라의 사신 기순과 장근(張瑾)이 새 황태자의 책립을 알리러 왔을 때, 그들이 우리나라의 풍속과 산천 지리를 보고 노래한 시와, 서거정 등의 수창시를 함께 엮은 책이다.

> 두 선생이 우리 조정에 와서 시를 지어 없애지 않게 하고자 하니 출간할 것을 담당관에게 명하여 찍어 간행하였다.

서거정은 이 때 원접사(사신을 배웅 나가 맞이하는 직책)로 압록강까지 가서 맞이했고, 다시 압록강에 가서 환송할 때까지 40여 일을 그들과 함께 지냈다. 이『황화집』에 서거정이 온 문단을 대표해서 서문을 썼다.

그들의 요청도 요청이지만 외교상의 실리도 생각한 간행이었다.「황화집서」를 보면, 서거정의 응제시와도 같은 지성이 두드러지게 나타나 있다.

기순과 장근을 "따뜻하고 부드럽고 돈독하고 후한 자질과 웅건하고 위대한 호걸이며 뛰어난 재주꾼"이라고 기림은 물론, 그들의 부지런한 임무 수행을「녹명장」에 비겨 찬양했다.

시는 情(정)을 바탕으로 하고 사물의 이치를 겸하여 풍속의 성쇠나 정치의 득실을 알 수 있는 것이기에 사신의 시는 중요하다. 모름지기 위로는 덕을 높이 펴고 아래의 뜻은 위로 그것이 전달되어야 하기 때문이다.

기순과 장근의 시는 "웅편 걸작이 나올수록 더욱 신기하여 풍속을 관찰한 듯이 그 사이에 우북했다." 변방을 도는 구실을 충실히 이행하였다는 이른바 칭송이다. 따라서 그들의 시도『시경』의 대물림이라는 치킴이다. 이는 외교상의 실리에 바탕을 둔 시를 보는 입장이다.

> 지금 두 선생의 재주가 아름다움은 곧『시경』아(雅)의 기록이요, 무릇 시는 곧 사모(四牡) · 황화(皇華)의 끼침이다.

이렇게 사신의 시를 추켜 놓고서도, 또 그들의 공을 치하했다.

> 이로 말미암아 성스러운 천자는 동쪽 먼 나라 사람의 큰 법도를 비루하다 않고, 우리 임금은 천자를 공경하고 두려워하여 섬기는 지성이 있었다.

사신들의 공이 아니면 우리나라와 명나라가 긴밀히 맺어질 수 없다는 사연이며, 상호의 유대 강화를 엿보임이다.

더구나 나라의 존재조차 다시 확인하는 실상이 보인다. 우리나라는 작은 나라이지만 옛날 기자 때부터 신령한 묘가 있었으니, 이런 사신들이 지어 놓은 시를 모으면「국풍」의 회나 조나라의 존재 확인보다 못할 수 없다는 외교적 자주의 비유를 풍겼다.

시가 도타 와서 편찬 간행하여 후세에 남겨야 한다는 생각이었다.

서거정이 이렇게 사신의 시를 추켜세우고 공적을 높이 기린 뜻은 순전히 섬기기 위함만은 아니었다. 서거정은 본래 글을 통하여 나라를 구하는 충성을 알고 있었다. 섬긴다는 것은 나라와 나라 사이에서는 큰 나라를 섬기거나 작은 나라를 섬기거나 마찬가지임을, 전제로 하는 대접임에서다.

5) 감발과 교화

"시에서 흥기(興起)한다"를 구태여 들먹이지 않는다 해도 시가는 감발과 흥기의 거리로 널리 사용되어 왔었다. 이황의 「도산십이곡발」에도 그 실상이 보이며, 권호문도 노래를 잘 살펴보면 가사 중에 뜻이 있고 뜻 가운데에는 지적하는 것이 있으므로 듣는 이로 하여금 감발 흥기하게 하는 점이 있다고 역설하고 있다. 곧 흥기하지 않고는 배움이 이루어지지 않기 때문에 시가가 필요하다는 논리였다.

12율의 음양은 상생의 이치며 소리의 청탁고저의 운(韻)은 그 격식을 넘지 않아야 사람의 뜻을 감발시킬 수 있다고 본 박효관이다. 즐기되 흠뻑 빠지지 않아야 함도 선비의 몸가짐이었다.

노래는 오직 그 생각을 말하고 답답함을 펴는 것에 그칠 뿐 아니라 사람으로 하여금 보고 느껴서 흥기가 그 가운데 있어야 했다. 이는 곧 사람으로 하여금 보고 느껴서 흥기가 그 가운데 있어야 했다. 이는 곧 사람으로 하여금 영탄하게 하고 마음을 흔들리게 하여 손발로 춤추게 하는 데까지 이르게 하는 것이었다.

이 감발을 위한 노래는 그 노랫말이 좋아야 한다. 시조나 가사 중에 예술적 상징과 감각적 표현으로, 산뜻하고 깊이 있게 인생을 담고 있는 것은 이런 각도에서 추려 뽑아 싣거나 지어진 것으로 보인다.

감발과 흥기는 교화를 앞세운 짐짓이다. 교화를 위하여 노래가 필요하다고 보았기 때문이다. 『시경』에는 이런 역할을 모범적으로 해냈던 시가가 담겨 있기에 공자가 그토록 중요하게 여긴 것으로 보인다. 우리말 노래를 『시경』에 비기는 것도 이런 뜻이 있음에서다.

현인과 군자가 행한 바른 소리의 여과여야 올바른 가사였다. 정윤경은 『청구영언』을 본 소감을 「청구영언서」에서, 말이 아리따워서 즐겨 구경할 만 하다고 했다. 한시에서도 부섬(富贍) 한 시를 제일로 꼽는데 이와 동궤다. 이어서 그는 우리 노랫말을 악부에 올려 쓰게 하면 또한 풍교의 한 도움이 될 것이라고 내다보고 그 노랫말이 비록 시가의 공교함을 다 드러내지는 못한다 해도 세도에 유익함은 오히려 있을 것이라고 믿었다.

> 나에게 서문을 구하기에 내가 살펴보았다. 그 말은 참으로 다 염려하여 즐겨 구경할 만하여 그 뜻은 화평하고 유쾌한 것도 있고 슬프고 원망스럽고 괴로운 것도 있다. 고운 것은 경계를 머금고 힘찬 것은 사람을 움직여서 넉히 한 시대의 성쇠와 풍속의 아름답고 악한 것을 징험함이 있다.

이는 『시경』의 찬술 목표의 하나인 민풍 국속을 짐작하는 것과 같으니 좋은 시운을 드러내려면 글이 좋아야 한다는 주장이었다.

김수장이 김천택의 우리말 노래를 보고 뽑은 것은 말이 진실·순후·청렴·효충한 것들이라고 했다. 장복소의 말을 빌면 『해동가요』는 효친·충효·수분·안졸·청정·애국·악가·喜歌(희가) 등을 뽑아 실었다고 했다. 이런 노래들은 평탄하고 느린 것과 맑고 슬픈 것과 폭풍우로 천지에 우뢰치는 것 같은 것과 솜이나 풀 칡 등의 덩굴이 얽혀 있는 숲 같은 것이 사람의 귀를 즐겁게 하고 마음을 화평하게 하니 이런 것은 모두 풍교와 관련이 있는 것이었다.

이선본 「송강가사발」을 보면 정철의 노랫말을 "그 가(詞)가 청신경발"하다. "성운이 청초"하다. "뜻이 뛰어나다." "바람에 불리어 날개가 돋아 신선세계에 오르는"것 같다. "애국우국지성이 자욱하게 배어 있다."고 했다.

이상의 언급은 모두 경계와 교화의 감으로 노래를 생각하고 있다는 증명이라고 볼 수 있을 것이다.

우리말 노래를 통한 교화의 인식은 「보현십원가」에서 부텄였다.

> 무릇 사뇌란 것은 세상 사람의 희희덕거리고, 즐거워하는 노래형식이요, 원왕이란 것은 보살들의 행을 닦는 요점이다. 그러므로 얕은 곳을 건너서 깊은 데로 들어가고자 함이며, 가까운 곳을 따라서 먼 곳에 이르고자 함이다. 세도(世道)에 의지하지 아니하고서는, 졸렬한 마음의 바탕을 끌어낼 수 없고, 누추한 말을 붙이지 않고는 넓은 인연을 나타

낼 길이 없다. 이제 흔히 아는 가까운 일에 의탁해서 도리어 생각하기 어려운 먼 종지(宗旨)를 깨닫게 하려고, 10가지 대원의 글을 의지해서 11가지 노래의 글귀를 짓는다.

사뇌를 지은 우리말을 얕고 가까운, 세상에 널린 누추한 말로 본 것은 널리 두루 아는 쉬운 말이기 때문에 그리한 것 같다.

교화를 위한 우리말 노래의 절대적 효용이 이 글에 확연하다. 구태여 「보현십원가」를 우리말로 지어 부른 것은 노래를 통한 교화의 세력을 짐작한 까닭이다. 이는 종교적 교화로서 조선조 선비들이 생각하는 치세의 교화와는 질이 다르다 해도 모두 한 가지 줄기에 열린 열매들이라고 볼 수 있을 것이다.

한시로도 흥기를 통한 교화를 꾀하지 않은 바는 아니나, 한시보다는 더욱 감발에 민감한 우리말 가사가 흥기의 감으로 꼽혔다. 정철은 「훈민가」를, 이황은 도산서원의 원가인 「도산십이곡」을, 이이는 「고산구곡가」를, 윤선도는 「오우가」를 우리말 노래로 지으니 이것은 모두 우리말 노래의 높은 흥기의 감도와 교화 효과의 우위를 인식했던 처사가 아닌가 한다.

우리말 시가에서 교화성의 우위는 폭넓은 전파력과 마음에 호소하며 쉽게 흥기시킬 수 있는 장점에 있다. 쉬운 우리말로 부르니 누구나 쉽게 알아들을 수 있었고, 배울 수 있었고, 곡조도 쉽게 익힐 수 있었다. 따라서 널리 퍼지고 깊은 감동을 주었을 것은 뻔하다. 이런 인식이 주세붕과 송순에서 싹텄음을 『면앙정송순연구』에서 이미 지적한 바다.

「청구영언서」나 「해동가요서」에서 옛날 음강씨 때에 백성들이 다리가 부어오르는 병에 걸렸는데 가무를 배워서 병을 고치니 가무의 발생은 이로부터 비롯되었다고 기록했다. 이는 노래가, 무엇인가 잘못된 것을 고치는데 사용되었던 한 원시적 비유라고 여겨진다. 이는 무가의 원형을 보는 것 같기도 하나, 전통적으로 무엇인가 바로 잡는 효력이 있다는 암시는 노래를 교화의 감으로 여겼던 생각과 일맥 통하는 것같이 보인다. 병을 고치는 것이, 바로 잡는 일이기 때문이다.

『청구영언』이나 『해동가요』는 그 작품의 수집에 있어 광범위하게, 신분에 관계없이 모았던 것으로 보인다.

「해동가요서」에서는 여러 군자의 지은 바를 널리 모으고 항간에 불리어 전해지는 것들까지에도 미치었다고 했고, 「청구영언서」에는 고려 말에서 조선에 이르기까지 명공 석사와 촌마을의 아가씨와 무명의 작가에 이르기까지 하나하나 모았다고 했다.

이렇게 모으다보니 항간에 장난질 치는 이야기와 천한 노래들도 끼어들었다. 이것을 뺄까도 생각해 보았다. 마침내 이것들을 실어도 좋을 만한 구실을 발견했다.

공자가 시를 뽑으면서 남사스럽고 천한 노래인 정과 위의 노래를 버리지 않은 것은 선과 악을 갖추어 권계를 있게 할 까닭이었다. 시가 왜 꼭 「주남」이나 「관저」처럼 건전한 것뿐이겠느냐는 생각이 앞선다. 노래도 꼭 순우의 경가가 아니더라도 성정(性情)에서 떠나지 않고 불리어져서 각각 자연의 참다운 틀에서 나오면 전해져야 한다는 당위성의 발견이었다.

공자가 『시경』을 뽑으면서 정위를 버리지 않은 것은 선악을 갖추어 권계를 있게 할 까닭이었으니 시가 왜 꼭 「주남」·「관저」 뿐이며 노래가 왜 꼭 순우의 경가 뿐이겠는가 오직 성정에서 떠나지 않음이 얼마며 각각 자연의 참다운 틀에서 나온 것이니 옛날 민풍을 살피는 이들도 거둔 바였다.

권계를 하려면 선악을 갖추어야 하는 것이니 악도 드러내 보여야 한다는 주장이다. 이는 문운을 통한 시운 짐작의 뜻도 속에 깔고 있는 것은 사실이다. 정위의 노래라도 좋지 못한 징표로 남겨 두어 후세에 경계의 감으로 삼는다는 공자의 입장을 가져다 맞춤이었다.

청구영언 뒤에

已矣周王三百詩	끝났네 시경의 300편으로
吾生生後太平詩	그 후로도 태평성센 이어 왔건만
憂深末路無懲勸	근래엔 징권감없어 시름이 깊었더니
里巷歌謳採者誰	항간의 노래를 뽑은 이 누구란 말요

〈육당본 청구영언 앞부분 소재〉

『청구영언』의 엮음은 자못 시경을 다시 만남이다. 권선징악의 감으로나 태평성세의 시운(詩運)을 노래한 것으로 보아서 마땅히 『시경』과 한가지라는 주장이다.

6) 태평성대의 구가

문운을 통하여 시운을 짐작할 수 있다고 믿은 우리 조상들은 글을 통하여 나타난 것이 바로 그 시대의 반영임을 고집했다. 그 시대를 알아보려면 또 그 시대에 써진 글을 보아야 한다는 주장이었다. 글이 태평성세의 구가여야 하는 당위성이 여기에 있었다.

노래 중에 고운 것은 경계가 스며있고 힘찬 것은 사람을 움직여서 넉히 한 시대의 성쇠와 풍속의 아름답고 악한 것을 경험함이 있으니 시가와 안팎을 이루어 나란히 행해져서 서로 없어서는 안 되는 것이 바로 가객이라고 보았다. 한 시대의 성쇠와 풍속의 아름답고 악한 것을 징험하는 시가나 가객의 기능을 생각하면 결국 흥성함과 아름다움을 기록할지언정, 어찌 쇠약함과 악함을 일부러 드러내기야 할 것인가. 결국 노래는 태평성대의 구가여야 함이 분명했다.

나라에 풍운의 경사가 있고 가정에는 물가고의 근심이 없으며 풍년이 들어 굶주림을 모르고 가멸차서 괴로움을 모른다. 이 같은 태평의 시대에는 관리와 백성이 다들 서로 나누고 바둑과 글과 그림으로 한가히 노닐어 문이나 무에 노래를 부르는 이가 모두 그 불러댐이 있으니 노래라는 것은 곧 인성의 화평한 기운이요 국풍의 맥락이었다.

소식의 「적벽부」를 읊조리는 것도 태평성세 속에 살면서 자연에서 질탕히 노닐며 표연히 물욕으로부터 떠나 선계에 노니는 기상이 있기 때문이었던 것 같다. 『해동가요』 속의 김천택이 김성기의 보(譜)에 붙인 글에도 이런 기상이 보이며, 이하조가 쓴 낭원공의 「영언발」에도 이런 아취가 어리어 있다. 결국 선비가 선계로 비유하여 즐기는 것은 치세가 요순을 넘난다는 아당이니 임금님 만세의 해바라기성이 아닌가 한다.

『가곡원류』의 맨 끝에 박효관이 붙인 「가필주대」는 당시 이런 가객의 노래관을 잘 대변해 주고 있다.

가필주대
이리 하여도 太平聖代 뎌리 하여도 太平聖代
堯之日月이요 舜之乾坤이라
우리도 太平聖代니 놀고놀녀 하노라.

<가곡원류 198면>

윗 시조의 앞에 "가필주대"란 말의 의미를 생각해 보면 이 노래의 의미가 결코 이 노래 자체에 국한되는 뜻을 가진 것만이 아님을 알 수 있다. 이 노래 다음에는 박효관의 서문이 붙어 있고 서문 다음인 『가곡원류』의 맨 끝에는 「어부사」가 실려 있다.

「가곡원류서」에서 박효관은 노래는 비록 작은 재주에 불과하지만 태평성세 기상의 근본 된 흐름이라고 규정짓고, 이어서 「어부사」를 놓은 그의 근본 생각은 무엇일까. 이는 조선조 선비들이 「어부사」를 즐겨했던 사실과 함수 관계가 없지 않을 것 같다.

말은 심성의 지선(至善)을 닦는 것이며 가는 물외지락의 뜻을 노래하는 것이라는 의미다. 따라서 「어부사」는 산림이나 호수에 숨어 살며 공명을 헌신짝처럼 생각하고 부귀를 뜬 구름처럼 버리는 뜻이 들어 있다.

이현보는 「어부가발」에서

> 내가 그 노랫말을 보니 한적한 뜻과, 심원한 맛이 있어서 음영의 여가에 사람으로 하여금 공명에 얽매임이 없이 높이 드날려 속세의 밖으로 멀리 떠나는 뜻이 있었다.

이렇게 고고하여 선비의 비위에 착 맞는 「어부가」를 베껴 놓고서 꽃 피는 아침과 달 뜨는 저녁에 벗을 불러 술잔을 건네며 작은 배 위에서 노래 부르게 하면 흥미가 진진하였을 것이다.

이황은 어려서 들은 「어부사」를 잊지 못하여 여러 해를 들여서 박준이 편찬한 가집 속에 「쌍화점」 제곡과 섞여 있는 것을 발견했다고 그 집념을 실토했다. 이는 「어부가」를 좋아했던 선조들의 산 증거라고 본다. 또 「쌍화점」 제곡과 섞여 있었다는 것에서 우리말 가사를 '별곡'으로 보았던 우리 선조들의 시가 관을 볼 수 있다.

우리나라에 옛날부터 「어부사」가 있었는데 고시를 모아서 곡조를 이룬 것으로 누가 지은 것인지는 모른다. 그러나 널리 항간에 불려졌었는데 그 뜻은 높이 나부껴서 세상을 벗어나 우뚝하게 서는 것 같았다. 이현보가 이 「어부사」를 좋아했고, 이황이 감탄해 마지않았다. 그러나 그저 고시를 모아 놓은 것이기에 안목이 높은 윤선도의 마음에는 들지 않았다. 이에 그 뜻을 부연하고 순수한 우리말을 써서 「어부사시사」를 지으니 신선세계에 뜻을 둔 것이었다. 이 선계는 도교적인 선계가 아니라 요순을 표준삼는 유학에 있어 지치(至治)의 경지임은 물론이다. 도학자의 선경은 잘못하면 노장의 도교로 착각하기 쉽다.

박효관이 「어부사」를 『가곡원류』의 맨 끝에 실은 것은 조선조 선비들이 「어부사」를 좋아한 이유와 같이, 태평성세에 유유자적하는 삶이 배어 있기 때문이었을 것으로 보인다.

「어부사」는 굴원의 것을 빼놓고 말할 수 없다. 자아를 분리시켜 작중 인물을 어부와 굴평 자신으로 설정하고 자신의 지조와 현실 타협 사이의 갈등을 표백한 이 「어부사」는 대개의 초사가 그렇듯이 충성심을 바탕으로 한 격조 높은 작품이다. 지조와 타협의 갈등은 우국의 마음이 없었다면 생기지도 않았을 것이며 초연한 어부의 실상은 고래로 내남없이 부러워하는 바였다.

굴평의 「어부사」가 잘못 만난 세상을 어렵게 산 노래라면, 우리나라의 「어부사」는 좋은 세상을 만나서 자락하는 태평성대의 구가로서 서로 안팎을 이루는 노래들이다. 따라서 「어부사」는 임금님 덕분에 잘 살고 있습니다 라는 선비들의 충성심을 헤쳐보인 자연을 소재로 한 송가다.

7) 유학의 덕목

(1) 중화(中和)

중화사상은 동고의 탁월하고도 독창적인 사상이다. 이 사상의 실머리는 동고의 「일강구목소(一綱九目疏)」에서 풀 수밖엔 없다. 이 소(疏)는 동고의 사상과 철학, 그의 정치 등 여러 분야에 관련이 많아 이미 언급된 연구물도 있다. 그러나 여기서는 문학사상의 측면에서 좀더 상세히 고찰해 보고자 한다.

이 소는 중종 36년(1541) 선생 43세 때 4월 2일 당시 동고는 홍문관 직제학으로서, 홍문관 부제학 이언적, 응교 유진동, 부응교 송세형, 교리 권철, 부교리 이황, 수찬 김반천, 부수찬 이홍남, 박사 박동량, 저작 민기, 정자 홍담 등이 함께 서명하여 올린 글이다.

『동고선생속고』에 실려 있는 이 글은「일강구목소」앞에 후대 인물의 해설로 보이는 사연이 적혀 있다. 『동고선생속고』발문은 1938년에 11대 손 이병순이 지었으니「일강구목소」의 해설도 이병순의 기록으로 볼 수 있다. 그 해설에 보면

> 소장을 상고하니 군자와 소인을 분변하고 붕당(朋黨)의 승패(勝敗)를 논해서 미리 여기에 말했다. 그리고 우리 선생의 유차에도 또한 군자와 소인을 분별하고 붕당의 사사로움을 타파하도록 말한 것은 이 소장에 기록한 것과 흡사하게 합치한다. 회재(晦齋) 퇴계(退溪) 두 부자(夫子)의 연구와 바로 잡음이 있었을 터이고, 여러분의 논의도 없지 않았을 것이다. 백세 후의 의리가 밝게 나타난다.21)

라고 해설해 놓았다. 이 해설을 통해서,「일강구목소」가 동고의 개인적인 사상의 표현이라고 하기는 어렵다고 본다. 그러나 당시 홍문관의 내노라는 인물이 모두 망라된 필진을 볼 때 이 당시에 매우 설득력 있고 지배적이었던 사상의 일단은 아닐까 생각할 수 있게는 한다. 또 이에 대한『동고유고』의 연보를 보면, "홍문관 직제학(直提學)에 초탁(超擢)되었다가 곧 부제학(副提學)으로 제수되었다. 차자를 올려 시사를 말하고, 소인의 화란(禍亂)이 다시 싹터 천변이 두렵고, 좋아함과 미워함이 공변되지 못하여, 지금 그 형적(形跡)이 이미 드러나서 후일 그가 닥침이 두려운데도, 온 조정이 입을 다물고 가을 매미처럼 하고 있음을 극단으로 논하였다. 이 때문이 이기(李芑) 등은 선생에게 더욱 깊은 원한을 품었다."22)

이 기록에 대한 정확성은 알 길이 없으나, 대개 노수신의「신도비명」이나「행장」이 동고가 돌아가신지 8, 9년 뒤에 지어진 사실과 그때 노수신의 기록도 이와 같음을 볼 때 사실을 의심할 수는 없을 것이다. 노수신의 지음인「행장」을 보면, "신축에 직제학으로 승진되었고, 오래지 않아서 본직으로서 부제학에 발탁 되었다. 그 때에 소인의 환란이 다시 싹트고 온 조정이 입을 다무는 것이 버릇으로 되었으며 천변이 두렵고 좋아함과 미워함이 공변되지 못함을 극단으로 논란하였다."23)라고 기록되었다. 1541년은

---

21) 李浚慶, 東皐遺稿 卷一·1 參考
22) 李浚慶, 東皐遺稿 卷十一·10 參考
23) 盧守愼, 行狀 "辛丑陞直提學 未久以本職 超副提學 極論 小人禍亂之復萌 舉朝

대윤과 소윤이 갈려 정쟁이 심한 때다. 이때 황헌도 또한 세상을 시끄럽게 할 때다. 송순은 사간원 대사간을 거쳐 사헌부 대사헌으로 있으면서 황헌을 공박하던 때다.[24] 이와 때를 같이 하여 홍문관에서는 동고를 중심으로 어지러운 세태에 한 중요한 시무책을 상소하고 있었다는 사실을 확인할 수 있다. 이 「일강구목소」가 이와 같은 사회 불안 현상 속에서 현실 타개책으로 나온 홍문관의 공식 태도 표명이라고 하더라도, 당시 주동적인 인물이 동고였고, 또 이병순의 해설 대로 동고의 그 뒤의 글과도 그 내용이 통함을 볼 때 이 「일강구목소」의 사상은 동고에게 중요한 의미를 띠는 점을 확인할 수 있다.

중화는 「일강구목소」의 일강에 해당하는 덕목이다.

"이른바, 열 가지 일은 그 강령(綱領)이 하나이고, 그 조목(條目)이 아홉입니다. 지금에 한 강령에 능히 종사(從事)해서 그 도리를 다한다면 이른바 아홉 조목이란 것은 특히 조치하는 도구이며, 시행하는 방법일 뿐이니 시행하기에 무슨 어려움이 있겠읍니까. 무엇을 한 강령이라 하는가 하면 중화(中和)를 이룩하는 것입니다."[25]라고 중화사상에 대한 서두를 꺼내 놓았다. 「일강구목소」에서 일강은, 그 하나는 벼리가 되어 구목의 도리를 말한 것이고, 구목은 일강의 중화사상을 실천하는 방법을 나열해 놓은 것이라는 의미를 읽을 수 있다. 중화사상은 동고의 사상에서 그 핵심을 이루는 것이며, 아니면 당시에 매우 절실했던 철학이 아니었나 생각해 본다. 구목을 거느리는 한 강령으로서의 중화, 이 사상에 대한 좀더 자세한 설명을 직접 동고의 「일강구목소」를 통하여 알아본다.

"자사자(子思子)가 이르기를, '희노애락(喜怒哀樂)이 아직 발(發)하지 않은 것을 중(中)이라 이르고, 발해서 모두 절도(節度)에 맞는 것을 화(和)라 이른다. 중이란 천하의 근본이고, 화(和)란 천하에 통하는 도리이다. 그러므로 중화가 이룩되면 천지가 제자리하고 만물이 생육(生育)된다.'고 했읍니다."[26]

含黙之成習 千變之可畏 好惡之不公" <東皐遺稿卷十三·3>

24) 拙著, 俛仰亭宋純硏究 p. 196 年譜
25) 李浚慶, 東皐續稿 卷一·3 "夫所謂十事者 其綱一 其目九 今誠能從事於一綱而盡其道則所謂九目者 特其擧措之具 施爲之方耳 何患於難行哉 何謂一綱曰致中和也"

이 말은 『중용』의 제 1장을 그대로 인용한 것이다. 『중용』의 첫머리는 도의 근본은 하늘로부터 나온 것이기에 바뀔 수 없음을 밝히고, 다음에는 도의 실체가 인간에게도 갖추어져 있어서 서로 떨어질 수가 없음을 말하고, 다음에는 사람이 그 도를 지키고 키워 도에 합당하게 사는 요점을 말하고 끝으로 도의 성스럽고 신비한 조화를 말했다. 중화라는 것이 바로 도의 성스럽고 신비한 조화를 의미하는 말이다, 이 글은 『중용』의 제 1장으로, 주자는 여기를 '총론'이라 보았다. 동고는 이 『중용』의 총론 중에서도 조화의 극치를 이루는 중화를 한 강령으로 정한 것이다. 이것을 볼 때 동고의 사상은 『중용』에 뿌리를 대고 주자의 설을 그대로 이어내려 성리학에 대한 실용의 경지까지 시도한 감이 든다.

이 총론의 앞부분은 하늘로부터 물려받은 도의 본체 그 본성에 대하여 설명하고 있으나 동고께서 일강으로 삼은 이 부분은 사람의 정(情)에 대한 설명 부분임을 지적하여 둔다. 희노애락이 아직 움직여 어떤 변화가 없는 상태가 중이요, 희노애락이 움직여 변화하되 가장 절도에 알맞게 된 것이 화(和)의 상태라고 한 것은 사람의 정이 도에 알맞게 발해야 된다는 중화의 이론이라고 보겠다.

이 논리를 거슬러 정리하면 우선 희노애락이 중화가 되어야 도가 사람에게 떠나지 아니하고, 도가 사람에게서 떠나지 않아야 하늘로부터 나온 도가 그 사람에게 적용될 수 있다는 논리다. "천명→성→도→교→합치→삼가→희노애락중→희노애락화"라는 하늘의 도가 어떻게 인간 생활에 그대로 잘 이어지는가를 보여주는 고리를 거꾸로 거슬러 생각해보면 중화사상이 사람의 삶에 중심적이고 실천적인 바탕이 되는 사상임을 알 수 있다. "화→중→교→도→성→천명"이 이르는 인간과 하늘의 본질적 만남의 고리다.

대저 도(道)의 큰 근원이 하늘에서 나오는데, 이 도가 마음에도 갖춰져서 만사에 고르게 흩어집니다. 그러므로 천지를 통해서 한 이치이며, 만물이 죄다 한 체용(體用)입니다, 아직 발하기 전에는 지극히 고요하고 지극히 발라서 치우치거나 기울어지는 바가 없음은 중(中)의 체(體)이며, 이미 말한 후에는 절도에 맞아서 어그러지거나 뒤틀림이

26) 李浚慶, 東皐續稿 卷一·3 子思子曰 喜怒哀樂之 未發謂之中 發而皆中節謂之 和 中之者 天下之大本也 和也者 天下之達道也 致中和 天地位焉 萬物育焉

없음은 화의 용(用)입니다.[27]

만물이 모두 한 체용(體用)이라는 것은 저마다 도가 갖추어져 있다는 뜻이다. 이렇게 갖추어져 있는 도가 발하기 전은 본체 그 자체이고, 일단 발하게 되면 용(用)으로 된 것이니 도가 발한다 안한다는 것은 체와 용의 차이다. 본질과 쓰임이 바로 여기서 구분된다. 그러나 본질과 쓰임 모두에 도가 갖추어져 있어서 항상 바르고 공명정대하여야 한다는 논리다. 이와 같이 실생활에 중화가 도에 맞게 실천적으로 나타난 보기가 바로 요·순 같은 임금이다. 결국 중화사상은 나라를 어떻게 좋은 나라로 만들 수 있느냐는 현실 문제에 직결된다. 그래서 이 중화의 강령을 두고 9가지의 조목을 실천해야 한다고 했다.

이와 같이 본체에는 도가 들어있고 그 도는 하늘에서 온 것이라는 논리와 그 본체가 일단 발하여 쓰이게 되면 또 하늘의 도에 맞게 되어야 한다는 본체와 쓰임의 논리는 성리학적 논리 전개 방식임을 알수 있다. 따라서 우리는 동고의 중화사상이 유학이 그 근원이며 그 중에도 주자의 성리학이 크게 작용하고 있음을 알 수 있다.

그러면 이와 같은 중화사상으로 지어진 작품을 읽어보자.

淚賦

邈昊穹之旣壁兮	멀고먼 하늘이 이미 열리니
揭兩曜而雙明	해와 달이 걸리어 쌍지어 밝네
爰麗天爲兩眼兮	이에 고운 하늘에 두 눈이 되어
司照察而凝精	밝게 살핌을 맡아서 정기가 모였네
紛兩感而陰應兮	둘로 감응하여 나뉘어 바탕이 됨이여
化萬象之膏液	만물의 기름과 진액이 되었네
惟人肖象而中立兮	오직 사람이 본받아 가운데 서니
著日月於兩目	해와 달이 두 눈에 드러나 있네
旣所視而思從兮	이미 본 바에 생각이 좇음이여
紛欣戚之來集	기쁨과 슬픔이 나뉘어 와 모이네

---

27) 李浚慶, 東皐續稿 卷一. 3 "夫道之大原 出於天而具於心 散於萬事 通天地而一理 盡萬物而一體 未發之前 至靜至正 而無所偏倚者 中之體也 已發之後 品節不差 而無所乖戾者 和之用也"

激中腸之愁悔兮	마음속의 시름 후회 요동침이여
化盈睫之隕珠	속눈썹에 가득한 구슬이 떨어지네
原亂氣之交憤兮	본래 어지러운 기운이 서로 분개함이여
竟陰血之周趨	마침내 숨어 있던 피조차 두루 내뻗네
鼓心火之炎炎兮	마음의 불이 활활 탐이여
注腎水於眼波	콩팥의 물을 눈에 쏟아 붓네
譬山蒸而礎潤兮	산 안개가 바위를 적시듯하며
亦澤上而雨沱	또한 연못 위에 비가 쏟아지듯
固外感之由目兮	진실로 밖에 느낌은 눈으로부털지니
乃潛洩於比官	여기에서 몰래 흘러 나오네
初緣情而涓滴兮	처음에는 정 때문에 방울방울지더니
漸交頤而汎瀾	점점 턱에까지 넘치는 구나
幾化烏鵲之暮兮	얼마나 오작교 저물 때마다
偏酒騷人之襟	시인의 옷소매에 눈물 적셨나
紛相感之不一兮	서로 느낌이 한결같지 않음이여
各因時而淺深	각각 때에 따라 정도가 다르네
比掘地而得泉兮	땅을 파서 샘물을 얻어내듯
隨所遇而呈露	만나는 데에 따라 모습을 드러내네
人情同於有覺兮	사람의 정은 깨달음이 한가지니
孰眼軟之能固	누가 눈의 부드러움을 능히 굳게 할까
援天地而比度兮	하늘 땅을 끌어다 대어보고 따진대도
固比情之難禁	진실로 이 정분을 그만둘 수 없어
能順性而施情兮	본성을 따라서 정을 베풀 수 있다면
又何傷乎淫淫	지나치다 해서 무엇이 상할까
句牽情而迷愛兮	진실로 정에 끌려 사랑에 빠짐이여
隨橫墮兮何觀	마구 떨어지는 눈물을 어찌 보리
憮古今而興喟兮	예와 이제를 생각하여 탄식함이여
森悲感之多端	슬픈 느낌 많기도 해 한이 없네
契不違於如愚兮	맺으면 만남에 어긋남이 없음이여
喜雨露之化育	비와 이슬에 잘 자람을 기뻐하누나
方接統於百載兮	바야흐로 100년을 살자 했더니
遽蘭摧於三十	급하게도 30에 꺾이었구나
哀蒼蒼之喪予兮	푸르고 푸른 저 하늘이 나를 망쳤도다

瀉滂滂於一慟	쏟아지는 눈물에 한바탕 통곡
慨百王之墜典兮	여러 왕의 법이 땅에 떨어짐 개탄함이여
志東周而勞夢	동쪽 주나라에 뜻을 두고 꿈에조차 애썼네
書已成於一經兮	이미 한 경전을 이룩함이여
麟孰爲乎來哉	기린은 누굴 위해 왔을까
傷已深於反袂兮	상함이 이미 깊어 소매로 눈물을 닦음이여
澳泫然之盈懷	흐르는 눈물이 가슴에 가득했네
秋深七澤之野兮	가을 깊은 일곱 연못의 들이여
雲斷蒼梧之天	창오산 하늘엔 구름이 끊겼네
攀龍髥兮不可及兮	용의 수염 잡고도 미칠 수 없음이여
傀顧影兮空自憐	내모습 바라보며 한갓 스스로 부끄럽네
洒琅玗兮千萬點兮	구슬같은 눈물 천 만점을 뿌림이여
斑至今猶娟娟	지금까지 아롱진 것 곱기도 해라
屬三國之鼎開兮	삼국이 솥발처럼 열림이여
亂兵戈之蝟起	어지러운 전쟁이 고슴도치 일어나듯
痛靈根之非命兮	아버지 비명에 감을 애통함이여
詠蓼莪而摧髓	시경 육아편 읊으면 골수가 꺾일 듯
攀墓木而哀號兮	산소에 나무 잡고 슬피 옮이여
著濺痕於故柏	말라죽은 잣나무에 눈물 흔적 보이네
邈古國之日遠兮	옛나라가 날로 멀어짐이여
哀憔悴於楚澤	초췌한 모습으로 초나라 연못가에 슬퍼하네
澹江水兮千里兮	맑은 강물이여 천리에 흐르는데
遙極目兮傷春	멀리 눈 끝 주고 봄을 슬퍼하네
攬茝蕙而掩涕兮	향기로운 혜초 잡고 눈물 흘리다
忽浪浪之沾巾	갑자기 흐르는 눈물에 수건 적신다
或義烈之相感兮	혹은 의로운 열정에 느끼기도 했고
或忠孝之能全	혹은 충성과 효도를 온전히 하려 했네
苟有動於其中兮	진실로 그 중심에 움직임이 있음이여
固智愚之同然	진실로 지혜와 어리석음이 한가지인 것을
風高塞外之草兮	바람 높은 변방의 풀이여
雪滿氊裘之鄉	눈은 갓옷 입는 오랑캐 땅에 가득하구나
望中原於日下兮	일하에서 중원을 바라봄이여
別漢節於河梁	하량에서 소무와 이릉이 이별할 때

把衫袖兮不忍別兮	소매를 부여잡고 참아 떠나지 못함이여
空垂血兮相看	한갓 피눈물 흘리며 바라 보았지
辭漢宮兮漸遠兮	한나라 궁중을 떠나 점점 멀어짐이여
恨丹靑兮汚顏	한스러워 화장이 엉망이 되었네
紫塞兮迢迢兮	자새의 까마득함이여
關山兮綿綿兮	관산의 멀고먼 길이여
膃臆兮誰訴兮	이 답답함을 누구에게 하소하리
控琵琶兮漣漣	비파를 연주하며 눈물 흘리네
渺相思兮天一涯兮	아득히 생각함이여 하늘 저끝
君江南兮接海角	그대는 강남에 나는 해각에
情紆軫其何托兮	슬픈 정을 어디에 의탁하리
遠佳期兮阻闊	좋은 기약 지났어도 돌아오지 않네
揮滿掬之淸波兮	손에 가득한 눈물 푸른 물결에 뿌리고
送潮頭兮心自知	물결 머리에서 이별하니 마음이 절로 알리
或分離而慘慘兮	혹은 이별하여 슬퍼하는데
或隨遇而能移	어떤 이는 만나서 따르다 또 헤어지네
雖膠哀而亂曲兮	비록 가까이 하려하나 곡절이 어려운 것은
亦物情之所宜	또한 만물의 뜻이 마땅한 바이네
睠全齊之沃壤兮	온 제나라의 옥토를 돌아봄이여
廣萬里之相屬	만리의 서로 이음 넓기도 하네
不達懷而蹈常兮	품은 마음 이루지 못하고 늘상 그러하니
哂牛山之沾臆	슬퍼할 일도 아닌 걸 슬퍼하니 우습구나
若有人兮寡儔兮	어떤 이는 마음 맞는 짝이 적음이여
廓獨立兮世之表	우뚝 홀로 서서 세상의 사표로다
撫長劍而悒悒兮	긴 칼을 어루만지며 근심함이여
眼長寒於廊廟	조정 대신에겐 길이 차가운 눈이로다
不瑣瑣於楚囚兮	죄수 되는 것도 번거롭고 귀찮은 일 아니거늘
肯屑屑於離筵	조정을 떠남엔 침착하여야지
慨長思而太息兮	강개하여 크게 생각하고 한숨지으며
展賈傅之遺篇	가의 남은 글을 펼쳐보노라
危治世而懼明主兮	다스려 져도 위태하고 명왕도 두려우니
空收淚而中煎	한갓 눈물 거두니 속이 끓는다

<東皐遺稿 卷一 · 1~2>

하늘이 열리어 해와 달이 걸리었고, 그 해와 달이 하늘에 두 눈이었듯이, 사람은 하늘을 닮고 사람의 두 눈이 바로 하늘의 해와 달이는 「누부」의 시작은 바로 "도의 근원이 하늘에서 나오며, 그 도가 사람의 마음에도 갖추어 진다."는 중화사상의 논리와 일치한다. 이것만 보아도 「누부」는 중화사상을 실제 문학에 적용한 작품의 예가 된다고 생각한다.

이 「누부」에서 눈물이 쏟아지고, 이별과 만남의 눈물, 안회의 요절을 애통해 하는 공자의 눈물, 전쟁의 상처로 생기는 눈물, 굴원의 눈물, 소무와 이릉의 눈물, 충신의 눈물 등을 예로 든 것은 중화사상의 실제를 문학에 적용한 것이다, 중은 발하기 전이니 그 본체이며 화는 발한 것이니 용이라는 논리로 보면 「누부」에서 열거한 여러 경우의 눈물은 이미 발한 것이며, 그 발한 것이 절도에 맞아서 어그러짐이 없는 상태로 화(和)의 용(用)이다.

「누부」의 끝은 자기 자신의 현실 정치 상황을 말함으로써 화의 사용에 맞지 못하니, 눈물을 흘려서도 안 되고 흘릴 수 도 없다는 표현을 한 것이며, 앞에 예를 든 중화사상의 용에 맞는 눈물과는 비교할 수 없음을 나타내어 끝맺었다. 이는 작품상 동고의 한 겸양의 덕이 발현된 것이라고 생각한다.

이와 같이 동고의 중화사상은 이론적으로만 「일강구목소」에 밝혀진 바가 아니고 실로 그의 그런 사상을 작품화한 「누부」가 있다는 것이 의미 깊은 사실이다. 동고가 문학에 얼마큼 관심을 쏟았는가 하는 사실도 이 근거 하나로써 우리에게 설명해 주는 바가 많다는 것은 두말이 부질없다고 본다.

(2) 인본(人本)

유학은 인본주의에 바탕을 두고 있다. 사람이 하늘의 모습을 닮았다고 보는 중화사상도 인본주의와 같은 맥락에서 이해할 수 있다. 앞서 「누부」에서도 작품화한 예지만 안회의 죽음에 흘린 공자의 눈물은 바로 용의 화 중에서 가장 진수임을 설명하고 있다.

이와 같은 생각에서 볼 때 『동고유고』의 몇편 안되는 시 중에서 유독 「만사(輓詞)」가 많다는 사실은 동고의 인본주의적 일면을 증명하는 문학적 현상이라고 본다. 더구나 동고가 죽음에 대한 특별한 의미를 늘 가지고 있었다는 사실을 알게 한다. 죽음에 대한 특별한 관심과 의미 부여는 인본주

의적 입장이라고 생각한다. 죽음은 삶의 이면이며 또 다른 형태의 생명의
모습이다. 인간에 대한 존중과 애정이 없이는 죽음에 대한 깊은 통찰은 어
렵다고 본다.

哭 子

娟娟眉目枕邊煩	곱디고운 눈매가 베개가에 맴도니
十八人間最可冤	열여덟 나이가 제일 원통하구나
善念汝應蒙福澤	착한 너에겐 복과 은혜가 끼치련마는
惡緣吾積致瘥昏	악연을 내가 쌓아 역질에 걸려 죽게 되었네
論詩說賦聲堪聽	시와 부를 논설할 땐 들을 만했고
敬長尊親學日敦	어른 공경 어버이 높임 학문은 날로 돈독했는데
臨絶數言猶在耳	죽을 때 몇마디 오히려 귓가에 남았으니
九重泉路有精魂	멀고 먼 황천길에 넋이야 있겠지

〈東皐遺稿 卷一·9〉

아들을 잃고 지은 이 만사는 아버지의 애통해하는 인간미가 너무나 애
절하게 표현되었다. 죽은 뒤에 눈에 선한 살아생전의 아들의 모습과 말, 그
리고 그의 행동, 이런 것이 꿈에 밟히고 귀에 들리는 듯하여 못 견디겠다
는 표현은 아버지의 아들 잃은 심정을 잘 표현하고 있다.

인간에 대한 사랑, 자기 자신에 대한 사랑, 가족에 대한 사랑, 그리고
다른 이웃에 대한 사랑, 자기 자신을 위하여 기도하지 않는 사람은 남을
위해서도 기도하지 않는다고 한다. 아들을 잃었을 때 이 시를 통해서 우리
는 동고가 얼마나 인간을 사랑하고 존중하는 인본주의인 사상을 가지고 있
는 사람인가를 확인할 수 있다.

그의 「유차」의 4가지 조목은

① 제왕이 힘쓸 바는 오직 학문을 제일로 삼아야 한다.

② 아래 사람과 상대할 때는 위의가 있어야 한다.

③ 군자와 소인을 분별해야 한다.

④ 붕당을 타파하는 것 등이다

이 4 가지 항목은 임금이 지켜야 할 사항을 전제로 한 것이지만, 실로
인본주의적이지 않은 것이 없다. ①에서 말하는 학문은 유학이며 유학은 사

람을 공경하는 것이 그 실천 덕목의 핵심이다. ②에서 위의가 있어야 한다는 것은 제왕으로서의 체통이며, 이것은 제왕다움을 강조한 것이니 인간의 계급적 본분에 충실 하라는 권고로 해석할 수 있다. ③과 ④는 모두 인간다움을 잘 알아서 골라 인재를 써야 한다는 진언이니, 인간 훈련과 교육의 성과를 두고 하는 말이다. 인간의 문제 아닌 것이 없는 인본주의적인 입장의 표백이라고 하겠다.

(3) 충(忠)

왕권 밑에서의 충성은 곧 나라에 대한 충성과 직결된다. 두보의 시에서도 "치군유순상(致君堯舜上) 재사풍속순(再使風俗淳)"[28]이라고 하여 임금을 요순처럼 훌륭하게 만들어서 풍속을 다시 순박하게 하자고 했다.

『동고유고』에 실려 있는 그 많은 상소문과[29] 특히 「유차」는 동고가 임금에 대한 충성이 어느 정도였는지를 웅변으로 증명하고 있다. 죽음에 임하여 자신을 돌보지 않고 진심으로 나라를 걱정한 「유차」는 제갈량의 「출사표」의 심정과 다름이 없는 것이다. 이미 세상에 널리 알려진 사실이지만 선조를 옹립하고 초연히 자기 본분에 힘써 나라를 반석에 앉힌 일 등은 동고의 충성심이 아니고는 이룩할 수 없는 큰 일 들이다. 이와 같은 정치적인 사건 말고도 왜구를 섬멸한 일은 실제 목숨을 던져 나라를 구한 본보기이다.

여기서는 그의 시문학 속에 비친 나라에 대한 근심을 작품을 통하여 알아보려고 한다. 그의 심혈을 기울인 응제시는 모두 충성심이 가득히 배어 있는 것들이 많다.

陪宴禁苑應製

寶座顯昂日色明　　보좌를 우러르니 태양처럼 밝은데
百僚陪宴屬秋晴　　신하들 임금님 모신 잔치에 가을도 맑게 축하하네
十行御札傳宣坊　　열 줄 임금님 편지가 방방곡곡 선전되니

---

28) 杜甫, 奉贈韋佐丞丈二十二韻, 杜詩諺解 初刊本 卷十九·1.
29) 필자의 조사로는 소, 봉사, 차자, 계, 경연강의 등 임금께 올린 글이 104편 있었다.

九醞仙霞醉飽榮　임금께서 내리신 술에 취하고 배부른 그 영광
壽上千年鴻業永　천 년 사시어 큰 공업 길이 소서
嵩呼三祝賀聲盈　높이 부르는 축복과 하례의 소리로 가득하여라
日斜樂闋爭扶出　날 저물고 즐김도 다하여 다투어 부축해 나와서
歸路官花滿帽傾　돌아오는 길 내리신 꽃이 모자에 가득 기울었네
<東皐遺稿 卷一·8>

　　임금님에 대한 송축과 만수무강을 빌면서 그 은덕으로 배부른 신하의
즐거움을 기록하고 있다. 오직 임금님만을 생각하는 그 일편단심이 이 시
속에 가득하여, 그저 임금님 잘 되기만을 비는 그 정성이 가득하다.
　　이와 같은 응제시는 임금에 대한 송축과 그 고마움의 표시로 대변되는
것이 보통이다. 시가 화려하고 군색한 데가 없으니 웅장한 기상을 발휘하
고 있다. 이와 같은 임금에 대한 찬송과 그 고마움의 표시는 바로 나라에
대한 송축이다, 충성을 다짐하는 진심의 표백이기도 하다.
　　『정월 초하룻날 눈이 내렸는데 오판서의 운을 따서 지는 시』에서는 "우
선 새해 첫날에 비가 내려 풍년을 점칠 수 있겠구나"라고 기쁨을 표시하고
"자기 자신은 병이 들어 조회에 참석 못 하였네"라고 스스로의 게으름을
탄식하고 있다. 이런 시의 구절을 보면 백성을 위한 나라 걱정이 항상 동
고의 머리를 떠나지 않았음을 알게 한다. 병으로 누워 있으면서도 새해 첫
날 눈이 와서 올해 풍년이 들 것을 기뻐하는 글을 남기고 있다. 물론 이
병이 의례적인 병의 표현 일 수도 있으나, 이 시의 문맥으로 보아 그렇게
생각할 수는 없다고 본다.[30]
　　이와 같은 나라 근심, 임금 송축, 자신에게 내린 은혜로움을 노래한 시
는 이외에도 여러 수 발견할 수 있다.

(4) 교화(敎化)

　　백성 교화는 선배의 의무와 같은 구실의 하나다. 유학의 본분이 자기 스
스로를 수양하고 백성을 잘 살게 하는 것인데, 백성을 잘 살게 하려면 잘

---

30) 李浚慶, 東皐遺稿 卷一·8 元日雪次吳判書祥韻 參考

가르쳐야 하는 것이 당연한 일이다.

「병인 봉사」는 임금께 올린 글이지만 교화의 목적이 뚜렷하다. 대개의 교화의 글은 시로써 나타나거나 글로 나타날 때 백성을 상대로 하는데 동고의 경우는 임금을 상대로 하고 있는 점이 남다르다. 그 이유는 평소에 그만큼 나라의 중망을 받고 있는 큰 신하였기 때문으로 보인다. 「유차」도 일종의 이런 성격의 글이며, 「녹유허태사국조선풍속」[31]은 중국 사신에게 우리나라의 풍토 사정을 알려 준 글이다.

임금이나 중국 사신에 대한 교화가 바로 백성에 대한 교화임은 두 말이 부질없다. 임금에 대한 교훈적인 것은 바로 나라 정치와 관련되며 그것은 곧 백성을 염두에 둔 임금에 대한 교훈이기 때문이다.

> 안으로는 음악과 여색에 미혹되고 밖으로는 분화(紛華)함에 이끌리며, 즐길만한 놀이와 싫지 않은 말이 어지러이 앞에 펼쳐져서 뜻이 따라 움직여 마음이 비로소 바름을 잃게 되면, 비록 정일(精一)함으로 지키고자 해도 본심을 이미 잃은 까닭에 간사한 것을 바른 것이라고 하고, 아름다운 것을 도리어 더러운 것이라 하게 됩니다. 그래서 충성이 받아들여지지 않아 간사함이 항상 바름을 이기면, 저 푸르고 푸르러 변동치 않던 하늘도 위에 감림(鑑臨)해 있다가, 사람이 부도덕(不道德)함을 굽어보고 어찌 경동(警動)하여 상(象)을 드리우지 않겠읍니까, 이것이 후세에 상풍(祥風)과 화기(和氣)가 드물게 나타나고 요얼(妖孼)과 변괴(變怪)가 자주 이르는 까닭입니다.[32]

이 글을 보면 임금에 대한 간절한 교훈이 있다. 마음을 바르게 함은 행동을 바르게 함으로부터이니, 음악과 여색에 미혹되지 말고 즐거운 일을 삼가 해서 바른 행동과 마음을 가져야 한다고 교훈하고 있다. 이와 같은 임금에 대한 교훈은 바로 백성을 잘 다스리기 위한 목적으로써 이니, 동고가 임금을 깨우치려 함이 백성 교화의 지름길임을 알고 실천한 보기라고 하겠다.

---

31) 李浚慶, 東皐遺稿 卷八·1, 이 글은 우리나라의 풍속을 자세히 적어 중국사신에게 가르쳐준 것이다.
32) 李浚慶, 東皐遺稿 卷二·封事 參考

(5) 청백(淸白)

선조 35년(1602) 동고께서 돌아가신 지 30년, 이 해에 청백리로 뽑히었다.[33] 이 때 뽑힌 사람은 11명이었는데 동고가 우두머리로 뽑히었다. 선조는 특별히 예관을 보내어 제사에 글을 내렸다. 이는 오랜 후대에까지 동고의 공업과 그의 청렴결백한 삶이 인정을 받은 보기이다.

노수신이 지은 「행장」에 보면 그의 청렴결백함에 대한 다음과 같은 기록이 있다.

"녹봉조(祿俸條)로 받은 포목으로 친족을 구호하였고, 주군의 선물을 받지 않았으며, 가사의 형편을 묻지 않았다. 제택을 건축하고 전원(田園)을 포치(布置)하기를 좋아하지 않아서, 문호(門戶)가 쓸쓸한 것이 가난한 선비 집 같았다. 평생 살던 집이 간살은 스무 간이 못 되고 터는 수십 발 넓이에 이르지 못했다. 이것도 또한 공이 과거하기 전 산사에서 글을 읽을 때에, 부인 김씨가 길쌈하여서 마련한 것이고 공은 몰랐던 것이다"[34]

이와 같은 기록은 동고가 돌아가시고 8년 뒤에 지은 글이다. 노수신의 기록으로 보아 과장이 있다 할 수 없다고 본다. 이어서 「행장」에는 또 다음과 같은 기록도 있다.

> 윤두수 형제와는 척분(戚分)이 있었고 모두 소년 적부터 재명이 있었다. 일찍 과거에 올랐는데, 첫 번 왔을 때에는 알현을 받았으나, 두 번째 왔을 때는 보지 않았고, 세 번째 왔을 때는 자제를 시켜서 전언하기를, '새로 진출한 사람이 재상집 문간에 자주 와서 명예와 절조를 손상시키는 것은 옳지 못하다.'하니 두 사람이 두려워서 물러갔다.[35]

이와 같은 기록은 모두 동고의 청렴결백함을 입증하는 재료들이다. 객관적으로 하기 어려운 일과 처신을 하여 당시의 나라의 기강을 바로 잡고 또 도학 정치를 실천하여 덕치를 이룩하는데 공이 크니, 이런 것은 그의 문학 속에서도 작품을 통하여 찾아 볼 수 있는 정신이다.

---

33) 李浚慶, 東皐遺稿 卷十二 · 21 "宣祖三十五年壬寅 先生卒後三十年後 追被淸白之選"
34) 盧守愼, 東皐行狀, 東皐遺稿 卷十三 · 1 ~ 23 參考
35) 前揭書 參考

思 歸

薄劣愍非分	못나서 분수가 아니니 부끄럽고
藩雄愧不才	변방 장수로서 재주 없으니 부끄럽네
官期何日滿	벼슬 기한이 어느 날 다되어
矛屋著吾衰	띠집에 내 쇠약한 몸을 의지할까

<東皐遺稿 卷一·3>

스스로를 겸양해하는 뜻이 강한 시다. 자기의 능력을 자랑하고 돋보이게 하면서 더 좋은 벼슬자리를 구하려하는 세상에, 스스로 맡은 일이 너무나 자신의 능력에 지나쳐서 도저히 해낼 수 없다는 말이다. 우리는 여기서 지은이의 겸손과 더불어 그가 욕심을 가지고 호화로운 삶을 살려 하지 않는 인물이라는 것을 알 수 있다.

앞서 예를 든 그의 평생의 일들과 맥을 같이 하는 청렴결백한 분수에 맞는 삶을 늘 생각하고 노력하는 점을 알 수 있다. 이와 같은 정신으로 지은 그의 시들은 동고의 청렴결백한 사상에서 나온 것임을 밝히는 바이다.

동고 이준경선생은 유학의 사상을 바탕으로 하여 당시 주류를 이루고 있던 문학 사상과 서로 맥을 같이 하는 문학 사상을 가지고 시문을 지었음은 물론 동고선생 나름대로의 독특한 문학 사상도 있었음을 지금까지의 논의에서 밝혔다.

우선 그의 학통의 연원으로 본다면, 그 조부 때부터 유학의 학통을 가지고 있었다. 그의 어머니의 가르침도 유학적인 것이었고, 특히 조광조의 죽음에 대한 동고의 당시 태도, 그리고 그 후에 조광조 등에 대한 억울한 누명을 벗긴 일 등은 모두 동고가 유학적 사상을 바탕으로 하고 있었다는 사실을 입증한 것이다.

동고의 문에 대한 생각은 문보다는 도를 앞세우는 문관(文觀)을 가지고 있었다. 도가 먼저이고 문예는 말기라는 『논어』의 주자주석의 관점을 그대로 이어받은 것이다. 글에 뜻을 둔 것이 아니고 어디까지나 도에 뜻을 두었다.

그리하여 동고는 문학을 여기라고 말하고 있다. 이 여기론도 유학적 문학사상의 일단이다. 이는 도를 앞세운 효용론적 문학관의 하나임을 확인하였다.

동고의 문학 사상에서 좀 특이한 것은 중화사상이다. 이는 중용에 바탕을 둔 사상인데 「일강구목소」에 자세히 그 이론을 전개하고 있고 실제 「누부」는 길이도 상당한 역작이면서 동고의 문학사상의 특징적 면을 작품을 통하여 찾아 볼 수 있는 매우 의미 있는 작품이었다. 이는 하늘의 도가 어떻게 인간에게 적용되어 형상화되는가에 대한 증언이다.

동고의 문학사상에는 인본주의 사상, 충, 교화, 청백 등, 유학 덕목의 실천적 면을 찾아 볼 수 있었다. 이와 같은 사상들이 실제 작품 속에 어떻게 표현되어 있는가를 작품을 예로 들어 살펴보았고 또 확인하였다.

우리는 여기서 동고선생의 문학 사상은 유학에 바탕을 둔 것이며, 실제 작품도 이러한 관점에서 지어졌다는 사실을 확인할 수 있다. 1499년에 태어나 74세를 일기로 1572년에 돌아 간 동고선생은 임란 전 한국 문학사 속에서 당시에 일반적으로 통용되던 유학적 문학관과 사상의 테두리 속에서 이를 발전 계승시킨 공이 크다고 볼 수 있다. 이는 그의 정치적 사상적 영향력으로부터 오는 당연한 귀결이라고 생각한다.

8) 김매순

먼저 대산이 말하는 문자에 대한 의견을 들어 본다.

"문자는 언어를 좇아서 생긴 것이다. 언어는 시대에 따라 다르다. 요·순·우(堯·舜·禹) 시대에 없던 글자가 상(商)나라와 주(周)나라 시대에는 있었고, 상나라와 주나라 시대에 없던 글자가 진(秦)나라와 한(漢)나라 시대에는 있었던 것은 시대가 그렇게 만든 것이다.[36]

문자는 말에 따라서 생겨나는데 말은 시대에 따라 다르기 때문에 문자도 시대에 따라 생겨난다는 주장이다. 세상이 변하면 말이 변하고 말이 변하면 문자가 새로 생긴다는 것이다. 문자는 바로 시대의 변화를 말해 주는 기능을 하기도 한다는 말이다. 문자가 모여서 문장을 이루고 문장이 모여서 생각과 정서를 전하는 문학이 이루어진다고 볼 때, 문자가 시대에 따라 변한다는 말은 문학이 시대에 따라 변한다는 말로 미루어 짐작할 수 있을

---

36) 金邁淳, 『臺山集 卷十七·35』 "文字從言語而生 言語以時代而異 虞夏所無之字 商周有之 商周所無之字 秦漢有之者 時代然也"

것이다. 이점은 문운(文運)을 가지고 시운(時運)을 짐작하고, 더 나아가서
문운을 바로 잡아서 시운도 고쳐 보려고 했던 사장(詞章)의 생각과 통한다
고 볼 수 있다. 그렇다고 김매순을 사장이라고 할 수는 없다. 이런 생각은
유학자들의 문학관에서 드러나는 하나의 예다. 대산도 유학적인 문학관을
가지고 있었다는 점은 확실하다.

일반적으로 사대부의 문학관은 도본기말(道本技末)이라는 기준을 가지
고 있다. 대산의 경우도 마찬가지다.

"덕(德)이라고 하는 것은 근본이고 말이라고 하는 것은 끝으머리다. 덕
에 나아가야 만족스럽다."[37]

이는 덕 곧 도(道)를 중요하게 생각하고 문도 도 내지 덕을 드러내고
기록해 두기 위하여 필요한 부수적인 것에 지나지 않음을 말하고 있다. 문
학을 하는 것은 문학을 위한 일이 아니라, 덕이나 도를 잘 펴고 실천하기
위한 수단에 지나지 않는 다는 것이다. 어디까지나 도와 덕이 먼저이고 그
것을 표현하는 말은 그 다음인 것이다. 따라서 이런 사고에서 나온 글은
모두 도덕을 표현한 것이어야 한다는 주장을 펴는 것이다. 이런 관점에서
경술(經術)과 문운(文章)을 대비한 글도 있다.[38]

대산은 이렇게 도와 문, 경술과 문장으로 구분 짓는 사대부의 문학관을
도와 문이 합일해야 한다고 하였다. 실천적인 문학관을 피력했다.

「삼한의열녀전서(三韓義烈女傳序)」에서 말한 그의 주장을 인용해 보면
다음과 같다. 이 글을 보면 도문합일(道文合一)에 대한 구체적인 론의를
접할 수 있다.

　　문장이 되는 체(體)는 셋이 있으니, 그 하나는 간(簡)이고, 둘는 진
(眞)이고 셋은 정(正)이다. 하늘을 말하면 하늘일 뿐이요 땅을 말하면
땅일 뿐이니, 이것을 일러 간(簡)이라고 하고, 날면 잠길 수 없고 검으
면 흴 수 없으니 이것을 일러 진(眞)이라고 하며, 옳은 것은 옳고 그
른 것은 그른 것이니 이것을 일러 正이라고 한다. 그러나 마음의 미묘
한 것은 글을 기다려서 드러나니 글이라는 것은 자기를 펴어 내서 남

---

37) 金邁淳, 『臺山集』卷十八·32, "德者本也 辭者末也 進德足矣"
38) 金邁淳, 『臺山集 卷五·16」"下敎以經術文章明示本末 所在而卒歸重於見識 夫
　　經術爲本 文章爲末"

을 깨우치는 것이다. 그러므로 간언(簡言)이 부족하면 글의 말을 번거로이 해야 뜻이 펴지고, 진언(眞言)이 부족하면 물건을 빌려야 상황이 되고, 정언(正言)이 부족하면 뜻을 뒤집어야 깨닫게 된다. 번거로이 해서 펴면 속되게 되고, 빌려서 정황(情況)을 알면 기이하게 되며, 뒤집어서 깨달으면 격렬하게 되니, 이 셋이 아니면, 용(用)이 확 뚫리지 못하고, 체(體)가 독립할 수 없다.39)

　　대산(臺山)의 문체론은 이렇다. 간언, 진언, 정언이어야 글이 된다는 것이다. 간언은 간결한 말을 사용한 글로써 '번사이창지(繁詞以暢之)'해서 '불혐기리(不嫌其俚)'하는 것은 배격한다. 만약 '번이창(繁而暢)'해서 '불혐기리(不嫌其俚)'할 것 같으면 용(用)도 부달(不達)하고 체(體)도 독립할 수 없다고 보았다. 즉 아무짝에도 쓰지 못하고 그저 그런 혼란한 문체로 남게 된다는 것이다. 간언은 번사(繁詞)의 상대적인 개념으로 이해할 수 있다. 좋은 문체는 간결한 말을 사용한 것이고, 번잡스런 말을 사용한 글은 좋은 문체가 아니라는 설명이 가능하다고 본다. 번사는 무슨 잘못이 있는가? 이에 대하여 속되기 때문이라는 이유를 제시한다. 간결하게 말을 하지 못하고 이 소리 저 소리하다 보면 속되게 된다는 지적이다. 속된 것의 상대적인 개념은 고상한 것이다. 우리나라의 언어에서는 속된 것은 우리말이고, 고상하고 품위가 있는 것은 한문이었다. 한문에서도 이른바 고문(古文), 곧 사서삼경(四書三經)과 같은 고전 문체, 그 중에서도 특히 孔子께서 지은 『춘추(春秋)』와 같은 문체가 가장 간결한 문체라고 생각했다. 결국 간결한 문체를 말한 것은 바로 유학적인 입장에서 글을 본 것이라고 생각할 수 있을 것이다.

　　간언이 번사의 상대 개념인 것처럼, 진언은 가언(假言)의 상대이고, 정언은 반언(反言)의 상대적 개념이다. 가언은 빌려온 말이나, 거짓말이다. 문체에서 피해야 하는 것이 말을 빌려오거나, 거짓말을 해서는 글이 되지

---

39) 金邁淳, 『臺山集 卷七·13』「三韓義烈女傳序」 "爲文之體 有三 一曰簡 二曰眞 三曰正 言天則天而已 言地則地而已 是之謂簡 飛不可爲潛 黔不可爲白 是之謂 眞 是者是之 非者非之 是之謂正 然心之微妙 待文而著 文者所以宣己 而曉人也 故簡言之 不足則繁詞以暢之 眞言之不足則假物以況之 正言之不足則反意以悟之 繁而暢 不嫌其俚 假而況 不厭其奇 反而悟 不病其激 非是三者 用不達而 體不 能獨立矣"

못한다는 주장이다. 반언은 그른 말이다. 옳은 말, 바른말이 진언이고, 반언은 그 상대적 개념인 옳지 못한 말을 의미한다. 사리에 닿지 못하고 그저 웃으개 소리로 하는 말은 대산선생에게는 글이라고 할 수 없었다.

이상에서 논의한 것을 정리해 보면 간언, 진언, 정언은 문장의 체격에 맞는 글이 되는 요소이고, 번언, 가언, 반언은 문장이 되지 못하는 말이다. 지금 우리가 문학에 해학과 풍자, 비유 등의 방식을 써서 독자들의 흥미를 끄는 방식은 대산선생에게서는 용납할 수 없는 일이다. 이렇게 대산선생의 문장관은 지금과 확연히 다르다. 「시경서」에 보면 마음에 느끼는 바엔 사정(邪正)이 있기 때문에 말에도 시비가 따르게 마련이라고 했다. 그러나 성인께서 위에 계시기 때문에 바르지 않은 것이 없다고 했다.[40] 이런 주장도 같은 맥락에서 이해할 수 있다.

이 글에서 또 한 가지 우리가 들을 수 있는 내용은 글의 교화적인 점을 말한 것이다. "문자소이선기이효인(文者所以宣己而曉人也)"라고 한 말에서 '曉'이라는 구절이 바로 교화성을 말한 것이다. 어떻게 남을 깨우칠 수 있을 것인가? 자기를 드러내 펴서 남을 교화시킨다는 말이다. 글이라는 것은 이렇게 교화적인 요소가 있다고 말하고 있다. 이는 효용적인 가치를 중요하게 여기는 유학적인 문관(文觀)과 같다. 앞에서 살펴 본대로 문체에 대한 요건이 바로 유학적인 문체관이고, 여기에 또 효용적인 문관이 더해진다면, 대산선생의 문장관은 유학적인 문장관이라고 말해도 어긋남이 없을 것이다.

다음 글에서도 그의 효용적인 문학관을 볼 수 있다.

> 성인의 가르침이 공자의 문하(門下)보다 더 잘 갖추어진 것은 없다. 한 말로써 가히 다할 수 있는 것은 가로되 박문약례(博文約禮)이다. 글이 아니면 도(道)를 밝히지 못하고 예(禮)가 아니면 덕(德)을 이루지 못한다. 덕이 서면 체(體)가 되고 도가 통달하면 용(用)이 되니, 체용(體用)이 구비(俱備)하고 도덕이 겸전(兼全)한 것을 명(命)하여 유(儒)라 한다. 그 이름을 충분하게 한 것은 장자(莊子)가 이른바 '노국의 한 사람뿐이다'한 이것일 뿐이다.[41]

---

40) 「詩經序」心之所感有邪正 故言之所形有是非 聖人在上 則其所感者無不正

41) 金邁淳, 臺山集 卷十八·9」 "聖人之敎 莫備於孔門 而有一言 而可盡者曰博文約禮也 非文無以明道 非禮無以成德 德立而爲體 道達而爲用 體用俱備 道德兼全者命之曰儒 充其名者莊子所謂魯國一人是已"

글은 왜 필요하냐? 도를 밝히기 위하여 필요하다. 도덕을 밝히고 공자의 가르침을 잘 알게 하기 위하여 글이 필요하다는 주장이다. 글을 다른데 사용해서는 안 된다. 오직 도덕을 밝히고 공자의 가르침을 실천하는 데만 사용해야 하는 것이다. 이것이 대산의 주장이다. 이래서 도덕은 본(本)이고 문장은 말(末)이 된다. 대산은 도문합일을 주장하면서도 도덕을 문장보다 더 우위에 두고 있다. 이렇게 보면 도문합일이라는 것은 도와 문장의 상하위 개념에는 아무런 관련이 없는 말이 될 수 있다. 도문합일은 문장이 도에 드러 맞아야 한다는 당위성을 강조한 말로 이해해야 할 것이다.

3. 철학과 종교

1) 이기(理氣) 철학과 시문학

  이기철학이 유행하던 시기는 이황과 기대승 등이 이론 논쟁을 하던 시대라고 볼 수 있다. 이 때 시를 쓰는 사람으로서 송순은 당시에 유행하던 이기철학의 이념을 시문학에도 투영시켰다. 그 실상을 자세히 살펴본다.
  송순의 사상을 살펴볼 수 있는 자료는 그리 많지 않다. 그의 시가를 통해서 짐작할 수도 있으나, 시란 원래 상징적이기 때문에 그 진상을 파악하기란 그리 쉽지 않다. 그러나 고려 말의 큰 선비 정몽주를 흠앙하여 장성에 있는 백암사 쌍계루에서 이색이 차운한 바 있는 정몽주의 시에 차운한 것이 있으니, 유학에의 기울어짐은 어쩔 수 없는 대물림이었다. 송순의 유학에 대한 열망과 공부의 모습을 알 수 있을 것 같아 시를 읽어 본다.

포은 선생 시에 차운함

宴坐淸樓共憂僧	다락에 모여 앉으니 중의 궁상 아닌가
山中勝事說猶能	山中의 좋은 일 말로 할 수 없구나
逶迤澗曲回疑斷	산골 길 험해서 비틀비틀 오르다 보면
迢遞峯巒亂若增	높은 산 봉우리 자꾸 늘어나는 듯
巖白却嫌雲妒色	바위가 너무 하예서 시기하는 구름빛
月明還與水俱澄	달 밝으니 오히려 물도 맑구나
徘徊謝盡人間夢	오락가락 속세의 꿈 다 떨쳐내고
萬丈丹梯擬一登	높다란 하늘의 사닥다리에 한번 오르고자

<면앙집 권3·30>

  정몽주의 높은 도학이 단심을 더욱 짙게 한 것으로 이해하고 그 경지를 흠모하는 마음이 간절히 표백되었다. 이런 열화 같은 도학을 향한 정은 송순의 유학에 바탕을 이루고 있다.
  56세 때는 개성이 유수였다. 회담에 노닐며 서경덕을 그리워 하여 지은

시가 있다. 여기서도 유학에 대한 열망은 거나하다.

簿書有餘暇	관청 일 하는 여가에
騎馬訪春山	말에 올라 봄 산을 찾으니
紅蕚開兼謝	붉은 꽃은 피었다 지고
幽溪咽復潺	그윽한 시내 잔잔히 울어 예누나
拂衣登釣石	옷을 떨치고 낚시터에 올라
抽手洗塵顔	소매를 걷고 속세의 낯을 씻는다
遯世人曾去	세속을 떠나는 사람이 늘어
空廬草樹間	숲 속에는 빈 초가뿐이구나.
處士名傳世	처사의 이름은 세상에 전하나
孤墳魂寄山	외로운 무덤으로 산에 깃든 넋
斷橋新草合	끊어진 다리엔 새 풀만 어울렸고
流水舊聲潺	흐르는 물은 옛소리 그대로 졸졸
有志知師孔	뜻있는 이는 공자님을 알아
安貧不愧顔	가난에도 도를 즐기니 부끄러움 없었다
百年餘業在	평생 다하지 못한 일 많으나
溪上屋三間	시냇가엔 집이 초라할 뿐.

<면앙집 권2, 20>

옛사람과 물소리를 통하여 대화하는 송순이다. 꽃이 피었다 진다는 것은
선배 선비가 왔다 감을 이름이다. 거기는 속세의 때를 씻어 주는 화담이다.
사람들이 속세를 자꾸 떠나니 초가가 빌 정도다. 도에 대한 열망을 그렸다.
주자의 「무이구곡가(武夷九曲歌)」를 연상하게 하는 학통이 끊김을, 끊어진
다리에 봄 풀이 어우러진 것으로 나타냈다. 선현이 간 후 학통이 끊김을
말한 것이니, 새 풀이 유자를 상징하는 시어라고 할 수는 없다. 다만 흐르
는 물에서 고인의 말씀을 들을 뿐이다. 안회의 가난에도 편한 마음을 서경
덕에까지 잇대어 그가 이룩하지 못한 도학의 끝없음과, 고인이 없는 현실
의 공허함을 말하고 있다. 이 시는 서경덕을 흠앙하는 송순이 유학에 대한
열망 또한 대단함을 잘 나타내주고 있다 하겠다.
　송순의 사상을 비교적 분명히 알 수 있는 귀중한 자료는 37세 때의 피
력인 「상눌재박선생상(上訥齋朴先生祥)」과, 77세 때 상소한 「치사시면성

학차주(致仕時勉聖學劄奏)」와, 78세 때 이황에게 보낸 편지 「여이경호황
(與李景浩榥)」과, 86세 때 논한 「수월론(水月(論)」과, 언제 지었는지는
알 수 없으나 그의 문집 속집에 실려 있는 「경차주자존덕성재명(敬次朱子
存德性齋銘)」과 「우차주자구방심재명(又次朱子求放心齋銘)」과 「차주자
경재잠(次朱子敬齋箴)」이 전부다. 이상의 편지·상소·논설·명·잠에 보
이는 논의를 바탕으로 하고, 그의 도학시와 경계의 시가를 파헤쳐보면 송
순의 유학자로서의 모습이 확연히 떠오른다.

　송순이 유학자임은 그 학통으로 보아도 분명하지만 사상의 진면목을 천
착하기에는 막연함 감이 없지 않다. 우선 「여이경호황(與李景浩榥)」을 인
거하여 이기(理氣)와 사단칠정(四端七情)에 대한 송순의 주장을 밝혀본다.

　일찍이 송순이 중국에 갔을 때, 여관에서 『사서(四書)』를 얻어 보았었
다. 이때 품었던 의문을 이황에게 질의하였었는데, 이황은 곧 그에 대한 답
을 써 보내주었다. 이황은 송순보다 9년 후배다. 그러나 그 학문의 높깊이
는 송순이 늘 우러르는 바가 없진 않았던 것 같다. 이황에게서 온 답을 베
껴 두었다가 송순이 한가할 때 이를 낱낱이 추구해 보았다. 이기(理氣)와
4단 7정에 대한 상당한 공부인 듯 싶다.

　송순의 작품은 연보에도 보이는 것처럼 늘그막에는 비교적 적다. 그 의
문의 한 실마리를 벼슬을 그만 둔 후 도학에 깊이 빠지는 것에서 찾을 수
는 없을가한다. 그렇다고 송순의 늘그막 작품들이 도학가가 거의이냐 하면
「5륜가」를 제외하고 그런 것도 아닌 듯 싶다. 시가에서 마음을 돌려 도학
에 관심을 보이는 증거는 충분하나 작품으로 더불어 설명할 도리는 없다.

　매우 열심히 의문을 풀어 거의 분명해졌는데 한두 군데 납득이 안되는
점이 있었다. 송순이 이에 대한 질문의 편지를 쓴 것이 바로 이 「여이경호
황」이다. 그 질문의 첫 번째는 형이상과 형이하를 구별함에 대한 것이다.
질문이 매우 날카롭고 천착이 잘 되어 있다.

　도는 기(器)에서 떠나지 아니 하고 모양이 없고도 지향하는 바를 가리
킬 수 있으니 형이상(形而上)이라고 하고 기(器)도 도에서 떼어 놓을 수
없으나 형상이 있어 볼 수 있으니 형이하(形而下)라고 한다.

　이것은 이황이 송순에게 답한 내용이다. 이 답에 대해서 송순은 의문을

품고 다시 편지를 썼다.

> 도는 器에서 떠나지 아니하고 기는 도에서 떠나지 아니한다. 라고 하면서 또 다시 무형과 유형으로 나누어 형상, 형하하니 그 뜻을 알 수 없다.

이런 의문을 적고 나서 자기 나름대로 주장을 편 소론을 보면 송순의 의문점이 무엇인가 분명히 떠오른다.

> 도는 진실로 무형이요 기는 참으로 유형이다. 무형은 도를 바탕으로 하여 늘 그릇의 가운데에 살고 있으니, 기에 인연한 것으로 보면 도도 유형이다. 도와 기가 다 형(形)이라는 글자로써 말이 시작되는 뜻이 여기 있으니, 이것은 도와 기가 서로 떼어지지 않는다는 뜻이다. 또 上下로 나누어 말하는 것도 도와 기가 서로 떨어질 수 없다는 뜻이다.

송순의 주장은 항상 형하(形下)라고 말하는 그 자체가 나눌 수 없는 것인데, 어찌 무형 유형으로 나누며, 도가 진실로 무형이 아니라 그릇 속에 바탕으로 잠겨있는 것이니 유형이라고 해서, 이는 질문이라기보다 이황의 형이상과 형이하를 구별함에 대한 비판이며 논리 정연한 공격이다. 송순 생각은 이황이 上下에 속해 있는 形자가 두 개인 것만 보고 나누었으며, 진작 이 두 개의 형자가 하나인 뜻 곧 도가 기에서 떠나지 아니하고 기도 도에서 떠나지 않음에 말미암은 형자임을 몰라서 상하의 유형 무형으로 구분해 놓은 것으로 짐작했다. 어디까지나 송순은 경전의 본 뜻을 밝히려 논쟁을 벌인 것이다. 당시 이황과 기대승의 틈바구니에 한몫을 더하려 나선 송순의 속뜻을 보면서 유학자로서의 면모를 상기하는 것이다.

그 질문의 두 번째는 4단 7정의 구별에 대한 것이다. 여기서도 문제의 발단은 이황의 다음과 같은 답이었다.

> 4단은 이(理)가 발하여서 기(氣)가 따라가는 것이고 7정은 기가 발해서 이가 실려 있음이라고 본다.

이에 대하여 송순의 입장은 기가 발해서 이가 실려 있다는 것은 찬성하면서 이가 발해서 기가 따른다는 주장에는 반대한다. 다분히 일원론적(一元論的)인 입장이다. 앞으로 수월론(水月論)에서도 보이는 바며, 스승 박상에게 올린 편지에도 드러난 바지만 송순은 세상의 이치를 통일시켜 보려는 의도가 두드러진다. 분리하고 떼어놓아 생각하는 입장이 아니라 모으고 종합하여 일치시킴으로써 모든 것에 적용되는 진리를 얻어 내려는 것이 송순의 태도로 보인다. 그런 송순에게 이황의 이런 분석적 설명이 거슬리는 것은 당연하다. 송순이 이가 발하여 기가 따른다는 주장을 부정하는 것은 형상 형하가 실은 하나라는 그의 주장과 맥이 통하는 논리다. 대저 이라는 것은 물건에 바탕을 두고 형상이 없는 것이며, 기는 물건에 근저하나 운용 조작이 되는 것이다. 이는 무위(無爲)이고 기는 유위(有爲)이니, 이가 늘 기 중에 갖추어 있어 기가 운용 조작할 수 있는 것이다. 이런 이는 실려 있을 수 있을 뿐이지 발할 수는 없는 것이다. 송순은 운용의 기와 형상이 없는 이로 분명히 파악하고 '이가 발하여 기가 따른다.'에 대한 모순을 지적하고 있다. 이런 이론은 뒤에 이이(李珥)의 입장과 같다. 이이가 송순과 어떤 관계가 있는 것은 말할 수 없다 해도 그 이론의 내용이 같은 것은 사실이다. 송순은 '이가 발하여 기가 따른다.'의 모순을 이가 운용이 되고 기는 운용이 되지 않는 논리라고 지적하고, 사람이 말을 타고 가는 것에 비유하여 말이 가는 것이지 사람이 가고 말이 따라오는 것이라고 볼 수 없음을 증거했다. 송순의 논리를 정리하면 4단과 7정 어느 것이나 기가 발하여 이가 실려 있는 것이며 마음은 곧 기요 본성은 곧 이다. 마음과 본성은 두 가지가 아니며, 이기는 분별이 없이 혼연히 존립하는 것이라고 할 수 있다.

그러나 이황의 입장은 다르다. 이황은, 도의 마음은 4단이요 사람의 마음은 7정이라고 하고, 4단은 이에서 발하기 때문에 순전히 선하고 악이 없으며, 7정은 기에서 발하므로 옳은 것도 있고 그릇된 것도 있다고 인심과 도심을 나누어 놓고 있다.

송순은 이런 이황의 논리에 대하여 『어류』라는 책의 예를 들어 비판한다. 측은히 여기는 마음과 미워하고 부끄러워하는 마음이 모두 알맞고 알맞지 못하고 할 수 있는 것인데, 어찌 4단이 순전히 선하고 악이 없는 것이겠는가고 캐어묻는다. 측은히 여기는 마음과 부끄러워하고 미워하는 마음이 모두 4단이지만은 기에 가리워진 바 되면 딱 맞을 수도 아닐 수도 있는 것이다. 만약에 딱 맞지 않는다면 비록 이에서 발했다 해도 인심에 기울어진 것이며, 7정이 기에서 발했다 하나 이가 실려 있어 딱 맞으면 도심이 있는 것이라고 보는 것이 송순이다. 이황의 주장을 구체적 예를 들어 신랄하게 비판하고 있다.

송순이 이렇게 이기와 형이상하와 4, 7의 구별에 따지고 드는 것은 다른 모든 유학자들이 그랬던 것처럼, 이것이 의리의 열쇠라고 보기 때문이다.

다시 이상의 일람을 정리해 본다면, 당시 유행처럼 세상을 떠들썩하게 한 이황과 기대승의 논전에 한몫 끼어 이황과 대립하여 일원론적 이기론을 주장했다고 하겠다. 이황의 이기호발(理氣互發)의 우주관에서 4단은 '이가 발하여 기가 따른다.'는 것이요, 7정은 '기가 발하여 이가 실려 있다.'는 것을 이이는 '기가 발해서 이가 실려 있다.'만 주장하는 점과 견주어 본다면, 이이의 주장이 송순의 주장과 매우 흡사함을 알 수 있으니, 송순 도학의 높깊이를 밝히는 좋은 예라 하겠다.

이런 '기가 발하여 이가 실려 있다.'의 개념을 문학적으로 서술한 「수월론」이 있다. 불교에서 말하는 '달 그림자가 천개의 강에 찍혀 있다.'의 뜻이 얼핏 떠오르는 이 「수월론」은 일부가 없어져서 아깝기는 하나, 그 참뜻은 파악할 수 있음이 큰 다행이다.

송순이 말하는 이와 기의 관계는 공중의 달과 그 달이 비치는 물의 관계며 현상으로 나타나는 것이 물에 비친 달이다. 기가 발하여 이가 실린다는 현상적 파악이 물에 비친 달이란 뜻이다. 공중에 떠 있는 달은 이요, 이 이(理)가 곧 태극이며 강물에 비친 달은 각기 사람과 물(物)이 각각 얻은 것이다. 강물에 비친 달은 강물의 기질에 따라 다르게 비쳐 보이는 것이니 이는 하나라도 기질의 변화에 따라 사람과 물이 얻은 바의 것은 여러 갈래가 된다는 뜻이다.

강물에 있는 달들이 저마다 모두 둥근 것은 달의 본체를 말한 것이고, 이 달의 본체는 맑고 깨끗하다 해도 만약 흐린 물에 비치면 그 비친 달도 흐리게 된다. 이것은 달의 색이 그런 것이 아니라 물의 맑고 흐림 때문이다. 이것을 사람에게 옮겨 생각하면 사람마다 다 그 특성 곧 개성이 있는 것은 기질 때문에 그런 것이지 이가 여러 갈래로 바뀌어 나타나는 것이 아니다. 기가 운용이요, 이(理)는 보이지 않는 본성이란 것과 같은 논리다. 또 이 논리는 형상이 지어지지 않은 상태다. 동쪽으로 터놓으면 동쪽으로 흐르게 되고 서쪽으로 터놓으면 서쪽으로 흐르게 되는 것이다. 이것은 변화와 운용이며 기질이 작용한 것이다. 곧 음양과 오행이 사람에 지어져서 기의 정통에 따르게 되면 이도 정통이 되고, 기도 치우치고 막힘을 따르게 되면 이도 치우치고 막히게 되니 이렇게 본다면 태극 그 자체에는 정통도 치우치고 막힘도 없는 것이다. 현상적으로 정통이나 치우고 막힘이 드러나는 것은 받은 바 기질이 그래서 그런 것이다.

물이 흐리다고 하늘의 달을 흐리게 할 수는 없으니, 이는 언제나 그대로이며 기질의 받은 바가 문제가 된다.

이 「수월론」은 이와 기의 관계를 비유로 명백히 구분해 보인 빼어난 작품이다. 이기론의 목적이 하늘과 사람의 합일에 있다는 것을 상기할 때 이 비유적 논리는 더욱 빛난다. 물과 달의 관계로 빚어지는 현상계가 이와 기로 정리되어 있다. 우리가 사는 눈에 보이는 현상계의 본체는 이와 기의 작용으로 이루어 진다. 이것이 잘 비쳐나지 않으니 비유로 드러내 보인 것이다. 현상계의 요체며 바탕을 따겨보는 유학의 핵심이 이것이다.

이상과 같은 이기론의 바탕 위에 선 송순의 '자신을 수양하고 백성을 잘 다스림'의 학문은 몸을 수양함으로 공경을, 백성을 편안케 함으로 곧음을 내세우나 결국 곧음을 변증법으로 통합하여 공경과 곧음을 서로 교체시키는 설을 빚어냈다.

송순의 스승 박상이 송순을 가르칠 때 공경과 곧음을 들어 말한 것이 있다.

> 배우는 방책은 오직 공경과 곧음 두 가지에 있다. 마음을 다스림에는 공경으로 하고 말을 처리함에는 곧음으로 하라.

이런 가르침은 송순에게 커다란 영향을 미쳤다. 마음에 깊이 새기고 실제적 생활에 있어 주장을 삼고자 했으나 게으른 마음과 사악한 품성이 일어나 게으르고 혼미한 시간이 많았으며, 관청의 일에 당하여 굽은 일을 바로 잡고 곧음을 쫓고자하나 사사로운 생각이 생겨 공적인 도리를 돌아보지 않는 일이 많게 되니 공경과 곧음을 지키기란 참 어려웠다. 스승의 가르침과 송순 자신의 실천에서 오는 갈등은 송순에게 반성을 강요했고, 새로운 각도의 이론적 규명이 필요했다.

대개 일에 당하여 곧게 하지 못한 것은 마음을 다스림이 잘 되지
않은 까닭이다.

이 말은, 곧음은 이럴 때 공경은 저럴 때 구분하여 행하면 서로 부족함
이 생겨 아무것도 이루어지지 않는다는 뜻이다. 마음을 다스림에도 공경과
곧음이 다 담겨야 하며 일을 처리함에도 공경과 곧음이 다 기울어져야 한
다는 것을 알았다. 곧 공경과 곧음이 두 가지가 아님을 알게 되었다. 자기
의 속 마음에 직(直)이 있어야 경(敬)하게 되며, 직이 있으면 일을 당하여
경으로써 하게 되니, 일에 경으로써 하면서 직이 없을 수는 없는 것이다.
결국 직하게 하려면 경을 간직하고 있어야 한다는 사실이다.

송순의 몇 편되지 않는 도학의 글에서 경을 이처럼 강조하는 것은 치심
(治心)의 중요한 방책이 경임을 확신한 그였기 때문이다.

경은 참으로 치심의 방책이니 마음이 경을 주장삼은 즉 일을 당하여 직
하지 않음이 없고, 또 직은 참으로 일을 맡아하는 요체니 일이 직을 좇아
이루어 진다면 어찌 내 마음에 바탕이 경이 아니겠는가.

이상이 '경직호환설(敬直互換說)' 안출의 근거다. 마음을 다스리되 공경
으로 함과 일을 처리하되 곧음으로 함이 같은 바탕이라는 것은 송순의 이
기론, 4단 7정론, 본체와 가상(假像)에 입각한 현상론, 형이상하론에 모두
공통으로 드러나는 합일의 파악 방식으로 보인다.

경직호환설은 송순에 있어 결국 경을 가장 중히 여기는 사상으로 굳었
고, 이런 경을 중히 여기는 사상이 그의 생활을 진실하고 중절(中節)에 맞
게 꾸며 나가게 해서 사화의 소용돌이 속에서도 몸을 편히 하고, 장수와
다복을 누렸던 것이라고 볼 수 있다.

선조 2년에 송순은 77세로 벼슬을 떠난다. 이 때 임금님에게 올린 <치
사시면성학답주(致仕時勉聖學劄奏)>에 보면 그의 충성심이 뜨거우며 지
성으로 간하는 말 중에는 특히 공경을 강조하고 있음을 볼 수 있다.

조선의 국시가 그랬던 것처럼 왕은 성리학을 공부했고, 따라서 모든 귀족
들도 성리학으로 학문을 삼은 것이 조선 시대의 특징이다. 송순이 간하는
말도 자연 여기에서 벗어나지 못한다. 우·탕·문왕의 나라를 다스리심을

본받고 학문의 처음과 끝인 공경을 다스림의 본으로 삼을 것을 역설했다.

경은 수기(修己)를 위한 공부에도 주장을 삼을 만한 것이며 만세에 정치를 하는 요령이 되는 것이다.

유학의 실천적 목적인 수기안인(修己安人)을 역설한 글이다. 수기 안인의 바탕을 경에 두어야 한다는 주장이다. 주자는 만년에 경의 뜻을 외(畏)에 가깝다고 했다. 송순도 이 뜻을 따라 경과 외를 마음에 간직하여야 성인의 대열에 끼일 수 있다고 주장했다. 성학의 요체는 정심성의(正心誠意)이다. 이 정심 성의를 실천하는 가장 중요한 덕목이 경외, 곧 경이다. 송순은 노재상으로서 새로 등극한 임금님에게 자신의 철학이론의 가장 정수를 간곡히 상주했다.

2) 유학과 불교의 조화

우리나라 사상의 특성은 조화시키는 데 있다. 분열과 분석, 비판과 헐뜯음에 있지 않고, 덮어주고 용서하며 서로간의 장점을 취하여 정말 알찬 사상을 창출해내는 천재들이 우리 민족이다. 그 실제의 예를 김수온의 경우에서 구체적으로 살펴본다.

(1) 유교와 현실

김수온이 살았던 시대는 글로써 나라를 다스리는 기틀이 잡혀가던 15세기 후반(1409~1481)이었다. 조선 정치는 정자와 주자의 학설[주자학]만이 그 바탕이었다. 이렇게 체계가 잡혀 이단이 있을 수 없는 시대에 김수온은 살았다.

당시 10년이 아래면서 글로 명성을 떨치던 서거정은 김수온을 이렇게 보았다.

斯文已矣久凄涼　　유학이 이미 쓸쓸해진지 오래니
榜眼聲名孰敢當　　둘째 하신 그 명성 누가 감히 당하리
筆或入神應繼晉　　붓은 신이 들려 왕희지를 이었고
詩如得意酷追唐　　시는 뜻을 얻어 두보와 이백일세
早衫白髮功名晚　　벼슬자리 흰머리에 공과 명성이 늦었으니
黃卷靑篇歲月忙　　이 책 저 책 뒤지다가 세월만 바빴네
袞職吾何一字補　　나라를 돕는 일엔 어쩌다 한문도 못해
自慙身世際軒皇　　임금님 곁에 있는 이몸이 부끄럽구나.

<사가집 목판본 권5, 12>

이 시의 제목은 길다. 「金文良 韓字順 任子深 校讎藝苑 文良戲作一律 示座上諸君子 依韻奉酬 六首」가 제목이니, 세조 2년(1456)경 계유정란 후에 성균관·예문관의 젊은 선비들이 서로 시 솜씨를 자랑할 때 지은 것이다. 먼저 김수온이 짓고 그 시의 운에 수창하는 형식으로 서거정이 지었다.

이 시를 보면 서거정이 김수온을 선배로서 대하면서 칭송한 것을 알 수 있다. 그 칭송의 내용은 바로 그 시대의 일반적인 관념적 찬사다. 우선 그 과거에 2등한 것을 칭송하고, 유학이 쓸쓸해진 지금, 그 쓸쓸해진 유학을 그래도 버티고 있는 이는 다름아닌 김수온이라는 칭송을 했다. 유학을 위하여 중요한 김수온에 비하여 자신은 이 시의 끝연에 썼듯이 그저 부끄럽기만 한 존재임을 겸손해 했다.

서거정의 눈을 빌어보면 김수온은 유학에 큰 공헌을 한 인물임을 알 수 있다.

그러면 실제로 김수온의 시를 놓고 그의 현실 생활과 유학을 살펴 본다. 유학은 당시의 선비라면 필수적이고 당연한 생활의 지표였다.

영천 동헌 문에 부쳐
數莖華髮兩髮邊　　몇가닥 흰머리를 양구레나룻에 드리우고
年不後人仕不前　　나이는 들었는데 벼슬은 뒤졌구나
三載奔馳愧無地　　삼년 바삐 달린들 땅 한쪽 없음 부끄러우나
一生行止知有天　　내 평생 삶은 하늘이 아시리라
武城只欲希游宰　　무성의 자유처럼 되고자 하지

句漏何曾問葛仙　　구루산의 갈홍은 묻지도 않겠다.
却恐他時人物論　　아마도 후세에 인물을 논할 때
某爲愚也某爲賢　　누구는 어리석었고 누구는 현명했다 할지.

<식우집 권1, 시류>

김수온은 스스로 벼슬길이 늦음을 수련에서 말하고 있다. 벼슬길이 늦은 이유는 여러 가지가 있겠지만은 필자는 김수온의 호방 때문이 아닌가 한다. 한 가지 일에 매달리지 않고 크고 넓게 마음을 써서 벼슬에 그리 연연해하지 않은 때문이라고 본다. 김수온이 유학뿐이 아닌 다른 정신 세계에도 깊은 관심이 있었고, 또 높은 성취를 이룩한 것을 보면 이 사실을 알 수 있다. 불교와 도교에 대한 김수온의 차원은 이미 선배들의 연구가 지적한 바다.

함연에서 '삼년 바삐 달린들 땅 한쪽 없음 부끄러우나'라고 한 것은 스스로의 청렴함을 표백한 것으로 본다. 이 시대에는 벼슬이 높은 귀족이나 나라에 공이 있는 신하들에게 나라에서 땅을 떼어 주는 제도가 있었다. 이런 제도로 우리나라는 일찍이 사유재산이 있어 왔지만 그 부작용도 또한 없지 않았다. 신분이 높은 사람이 땅을 차지하여 그 부를 누리는 일면에는 또 상대적으로 고통을 당하는 백성이 없지 않았다. 이 글에서 필자가 말하고자 하는 것은 김수온의 청렴이다. 가난해도 편안히 도를 즐기는 공자의 정신과 맥이 통하는 김수온의 청렴한 관리 생활이지만 청백리에 기록되지는 못했다. 김수온은 그의 진실성을 하늘만이 알아 줄 것이라고 하여, 정서의 '새벽 달과 별만이 알 것입니다.'라는 충성심을 다시 새겼다. 누가 알아주기를 바래서 하지 않는다는 것도 『논어』의 "남이 나를 알아주지 않는데도 화를 내지 않으면 이 또한 군자가 아닌가"의 정신이라고 생각한다. 함련은 그가 바로 유학적 삶의 태도에 깊이 물들어 있음을 입증하는 대목이다.

경련의 내포 또한 유학적 정치관이며 현실관이다. 세상이 잘 다스려질 때도 벼슬이 낮고 가난한 것은 부끄러운 일에 속한다. 이것이 유학적인 나아가고 물러남의 기준이다. 그 시대를 살고 있는 선비가 그 시대의 현실을 긍정적으로 보는 그 시각도 바로 유학적인 시각이다. 하늘에 따르는 이치를 마음에 새겨서 따르는 것이다. 그런데 김수온은 나아가서 참여하겠다는 의사를 강하게 표현하고 있다. 이것이 유학적 정치관이며 현실 참여의 정신이다.

김수온이 자유(子游)를 본받겠다고 하였으니 자유가 어떤 인물인가가 문제다. 『논어』 <옹야>에 보면 자유가 무성에 벼슬할 때에 공자가 "너는 사람을 얻었느냐"고 물었다. 이때 자유는 "담대멸명이라는 이를 얻었는데 그는 지름길로 다니지 아니하며 공적인 일이 아니면 고을 원인 저의 방에 들어오지 않는다."고 대답했다. 이에 대하여 주자가 주(註)하기를 "지름길로 다니지 아니한 즉 움직임이 반드시 바르고 조금도 속히 하고자 하는 뜻이 보이지 않음을 알 수 있고, 공적인 일이 아니면 고을 원을 만나지 아니한 즉 그 스스로 행하여 지키고 사람의 사사로움을 좇아서 자기를 굽힘이 없는 것을 볼 수 있다."고 했다. 공명정대한 깨끗한 삶을 그 이상으로 생각하고 실천하며 사는 것을 알 수 있다.

이와 비슷한 생각을 기술한 김수온의 글이 있다.

> 만약에 성인 임금이 위에 있으며, 어진 대신이 아래에 있어서 정치가 잘 되며 예학이 일어나고 조정이 맑고 백성과 물자가 풍성하다면, 학자가 이런 시기에 있어서 그 무엇을 해야 될 것인가. 장차 갓끈을 매며 관복에 매는 끈을 두르고 홀(궁중에서 조회랄 때 신하들이 들고 있던 물건, 일종의 메모용임)을 받들고 벼슬자리에 나아가 자기의 포부를 실현하여 임금을 훌륭하게 만들며, 백성에게 혜택이 미치는 뜻을 요구하여 공적과 명예를 상세에 세우며, 위대한 칭호가 무궁한 세대에까지 빛나게 할 것이다. 이런 때를 당하여 반드시 멀리 달아나서 영영 숨어 버릴 생각을 한다면 이것은 곧 사람의 성품을 거슬리는 것 뿐 아니라 또한 명분과 교화에 어그러지는 것이다.

이 글은 앞의 시 구절과 그 의미가 같다. 이것이 김수온의 현실 인식이며 유학적 관심이다. 『논어』를 다시 반복 풀어 놓은 말에 지나지 않는다.

결련은 바로 "사람이 할 수 있는 일은 다 해 놓고, 하늘의 부르심만 기다린다."는 공자를 그대로 본받은 말이다. 후세의 평가는 나의 관여할 바가 아니다. 나는 현실에서 나에게 맡겨진 대로 최선을 다할 뿐이다. 공자를 스승으로 삼은 김수온의 삶이 잘 드러나 있다.

이상에서 김수온은 유학적 현실에 깊은 이해를 하고 실천하고 있음을 그의 시를 통하여 살펴보았다. 이제 유학의 실천적 덕목인 '효도'를 강조한 대목을 그의 시 중에서 인용해 본다.

> 大母鶴髮綬爰在坐　　어머님 흰머리로 편안히 자리하시니
> 維子維孫趨蹌右左　　아들과 손자들이 좌우에서 뛰어 노네
> 賓旣興止迭起爲賀　　손님도 흥이 나서 달려와 축하하니
> 萬有千歲維祺是荷　　일만 천년의 상서로움 지니셨네.
> <속동문선 권10, 잡체, 길창권공영친시 중에서>

세조 4년(1458)에 권람의 어머니 이씨의 7순 잔치 자리에서 김수온이 지은 노래의 일부다. 남의 어머니와 그 자손에 대한 찬사를 아끼지 않았다.

유학으로 본 부인은 그저 아이를 낳는 의미 말고는 없다. 물론 『내훈』에 있는대로 집안을 화목하게 하고 깨끗이 하면 더 좋은 일이다. 후손이 줄줄이 있고 하례하는 손님도 많다. 영원히 그 영광을 누리기를 비는 뜻이 있다.

이 시에는 유학적인 가족관이 엿보인다. 자손들의 효성이 마치 노래자가 색동옷을 입고 춤추는 것처럼 천진하게만 보인다. 이는 남의 가정을 축하한 글이지만, 김수온 자신의 주장을 인용해 본다.

> 아, 효도란 모든 행위의 근원이며, 한 마음의 덕이다. 효제가 지극하면 곧 쇠와 돌이라도 뚫을 수 있으며, 하늘과 땅도 감동시킬 수 있으며, 임금을 훌륭하게 만들며, 백성에게 은택을 베풀 수 있고, 풍속을 변화시킬 수 있으며, 자손에게 전통을 내려주며, 후손을 보호할 수 있는 것이다.

효도가 모든 덕행의 근원임을 역설했다. 이는 당시 효의 일반화된 관념으로 보이지만, 유학적인 시각인 것만은 틀림없다.

유학의 기본 실천 덕목은 효도와 충성이다. 충성은 두 가지 각도로 시에 나타난다. 백성을 사랑하는 정신과 태평성대의 구가가 그것이다. 백성을 사랑해야 하는 신하의 구실이며, 태평성대의 구가는 임금에 대한 예찬이다. 다시 말하면 나라에 대한 덕담(德談)이다.

먼저 애민을 노래한 시를 본다.

안협 현감으로 안준을 보내며

子之先子與吾偕	그대의 아버지는 나의 친구였기에
幾度從容坐縣齋	여러번 조용히 이 서재에 앉았었지
今日見君渾舊意	오늘 그대를 보니 그때 생각 되살아나
衰年遇境動傷懷	늘그막에 이렇게 되니 마음이 상하누나
石田民散春無種	돌밭이라 백성들 흩어져 봄에도 씨 못 뿌리고
草閣山深晝亦晦	초막엔 산이 깊어 낮인데도 어둑하네
最是一方幽絶處	이곳은 한귀퉁이 가장 깊은 산골이라
須敎黎庶厚生涯	부디 백성들로 하여금 넉넉하게 살도록 하게.

<속동문선 권7, 7언율시>

이 시에 김수온 자신의 부친 주에 보면 안준은 안수희의 아들이고, 안수
희와는 서로 교분이 있었다. 친구의 아들이니까 흉허물 없이 자신의 마음
을 피력했을 것으로 보인다. 이 시는 백성의 삶이 가난한 것에 그 부탁의
초점을 맞추고 있다. 대개의 시가 끝에 가서 그 하고 싶은 말을 한마디 하
는 법인데 이 시의 끝은 백성들의 삶을 걱정하고 있다.

현감으로써 마땅히 힘써야 할 일이 구체적으로 삶을 두터이 하여 경제적
으로 잘 사는 것을 강조하고 있다. 특히 이 부탁을 하는 이유조차 앞에 길
게 설명하고 있다. 유학을 공리공론이라 하는 말과는 사뭇 다른 실상을 볼
수 있다. 우리는 이 시에서 김수온의 백성을 사랑하는 마음을 엿볼 수 있다.

백성을 사랑하는 실천적 행동이나 그런 글이 많이 전하지 않는 것이 당
시 사회가 바로 유학의 '자기 몸을 닦아 수양하고 남을 다스려 나라를 좋
게 하는 것'의 실천 중에서도 특히 '자신을 위한 배움'을 강조한 때문이 아
닌가 싶다.

이 시대의 시에 흔히 보이는 태평성대의 구가는 김수온의 경우에도 우렁
차다. '응제시'의 형식을 띠고 나타나는 경우가 많은데 다음 시도 그러한 예다.

부상에 해뜨는 그림에

天衢漠漠夜分央	하늘 길이 막막하나 밤이 딱 나뉘니
啁哳金鷄響曉光	꼬끼요 닭 울음에 새벽빛이 울리네
羲馭暗從來厚地	태양은 슬그머니 저 땅 밑에서 나오고
火輪飛躍出搏桑	불 바퀴는 날뛰어 부상에서 솟는다

蒼凉半露虞淵面	푸른 바다 위에 반쯤 내민 얼굴이
蕩暖初添羲谷陽	끓는 듯 처음으로 따뜻한 기운 더하네
照徹覆盆寧有碍	엎어진 항아리 속까지 비쳐 막힘이 없고
恩加蔀屋自無疆	가난한 집에도 은혜가 더하여 끝이 없네
蓬萊隱映三山杳	봉래산 은은하며 세 산이 아득하고
海若蹁躚百鬼忙	바다 귀신 춤추니 온갖 귀신 바쁘네
誰信聖輝覃八表	뉘 알았으리 거룩한 빛이 천하에 뻗칠 줄을
却從堯典頌平章	다시 요전의 평장을 외우노라.

<속동문선 권8, 7언배율>

"봉교제(奉敎題)"라는 말이 제목에 있는데, 이는 임금의 명을 받들어 지었다는 뜻이다. '응제시'라는 뜻이다. 이 시는 부상에서 해가 뜨는 그림을 보고 지은 시다. 본래 그림에 시를 붙일 때에는 생동감 있게 나타내는 것이 본색이다. 그림이 정적이니까 거기에 붙는 시는 동적이어야 음양의 조화가 맞는다.

시가 화려하고 풍성하며 웅장하다. 임금님을 염두에 두고 지은 시라서 그렇다.

이 배율에 부이는 빛은 바로 임금의 덕화를 상징한다. 빛이 천하에 뻗친다는 말은 임금의 덕이 천하에 미친다는 말이다. 임금의 덕화가 온 세상에 퍼지니까, 김수온도 그 은혜로 태평한 세상을 산다. 맨 끝 구절의 '요전'은 『서경』의 편명으로, 백성이 평화롭고 밝게 산다는 뜻을 노래한 부분이다.

시어가 생동감이 있다. 빛이 비치는 곳이 '엎어진 항아리 속'까지이며, 이 구절은 바로 '가난한 집'이 짝을 이루고 있다. 임금의 덕화가 속속들이 백성에게 미침을 기렸다.

여기서 김수온 스스로가 유자(儒者)임을 실토한 글을 인용하여 김수온이 그 시대에 벼슬하며 살던 이라면 누구나 그랬듯이 유자임을 입증하는 재료로 삼는다.

지난해 가을에 혹원에 갔다가 길이 양주로 나오게 되어, 회암사에 들어가서 청풍헌에서 베개를 베고 누웠는데, 나를 유자의 늙은이라 하여 절안의 중이 다투어 찾아왔는데, 철이란 사람은 참선에 들어갔기 때문에 그 사람을 알 수가 없었다.

이 글을 보면 당시 사회에서 소외도던 스님들이 자기들을 좀 이해하는 유학하는 선비를 만나면 여러 가지로 접근해 왔던 사실을 알 수 있다. 이런 입장에서는 김수온이 유자의 대접을 받았다.

이 시대에는 유학적인 생각을 바탕에 두고 현실 생활을 시로 짓는 것이 보통 선비들의 교양과 같은 시짓는 태도였다. 앞에서 본 시의 제목을 보면 모두 현실 생활이 그대로 시로 옮겨진 것을 알 수 있다. 생활이 곧 시이고, 생활의 기록이 곧 시인 시대며, 생활을 그대로 기록하여 서로 주고받는 정표로 삼던 시대다. 그렇게 주고받는 것이 교양있는 사람의 삶이다. 시는 예술로 대접받기에 앞서 삶의 일부분으로 함께 했다.

김수온의 시 속에 그의 생활이 그대로 반영된 사실, 곧 유학적 윤리로 살던 당시 선비의 삶이 그대로 무리없이 비쳐 있는 것을 지금 발견할 수 있는 것은, 그 시대를 생각하면 너무나 당연한 일이다. 그러나 이런 사상적 획일에 편히 머무를 수 없었던 이가 김수온이 아니었나 생각되며, 이 점이 바로 김수온이 다른 시인에 비하여 특색이 있는 점이라고 본다.

(2) 불교와 이상

김수온은 현실적 유학에만 몰두하여 벼슬살이를 하면서 시대의 흐름에 온전히 몸을 맡겨 흘렀던 인물인가 하면, 그렇지 않은 흔적이 짙다고도 여겨지는 바 있다.

그 시대에 교분이 많았던 서거정의 눈을 다시 빌어 본다.

김수온이 장원하여

一室寥寥照佛燈　　한 방에 요요하게 등불을 비추고
敲門車馬不順應　　찾아오는 손님도 상대하지 않네
手携一卷楞嚴坐　　한권 능엄경을 들고 앉아 있으니
唯有頭鬚未是僧　　다만 머리털이 있어서 스님 아닐 뿐.

<사가집 목판본 권14, 11>

마치 선(禪)을 하는 듯이 고요히 앉아 있는 것을 그렸다. 『화엄경』을 들고 안장 있다고 한 것은, 평소에 김수온이 불교의 교리를 깊이 알고 특히 『화엄경』에 관심이 많았던 것을 짐작하게 해 준다. 서거정에게는 김수온이 머리와 수염만 깎으면 틀림없이 스님으로 보일 정도로, 불교를 깊이 이해했고 또 그의 삶이 그렇게 맑고 깨끗했던 것으로 보였다.

김수온은 「대명조선국대원각사비명병서(大明朝鮮國大圓覺寺碑銘幷序)」를 쓸 정도로 당대에 불교를 대표했지만은 스스로 스님을 자처한 글은 없다. 스님을 자처하기 보다는 오히려 유자임을 표방했다. 그러나 그의 시를 보면 불교의 깊은 진리가 배어 있음을 알 수 있다.

성종 4년(1472) 가을에 김수온은 서울 동쪽 교외에 있는 묘적사를 찾았다. 이때 성철 스님을 만나 여러 날을 묵으면서 떠날 줄을 몰랐다. 그 후에 성철을 다시 만나 지어준 시를 보면 이때 김수온의 심정을 엿볼 수 있다. 세속에서 때묻음이 부끄럽고 맑은 산골 물에 묻혀 살지 못함을 한탄하고 있다. 이런 시를 통해서 김수온이 불교에 매우 깊이 빠져 있음을 알 수 있고 세속으로부터 벗어나서 부처님을 믿는 삶으로 귀의하고자 하는 뜻이 없지 않았음을 짐작할 수 있다.

서로 교분이 있었던 이의 정자인 운월헌에 붙인 시를 보면 세계관 내지 인생관이 불교적임을 알 수 있다.

고봉의 운월헌에
雲有浮沈月晦明　　구름은 뜨고 갈앉고 달은 어둡고 밝고
從來未若大虛淸　　그래도 허공의 맑음만은 못해
憑君爲語高遁客　　넌즈시 그대에게 말하노니
莫把陰晴弄一生　　그늘과 맑음으로 평생을 희롱치 말게.

<속동문선 권9, 7언절구>

이 시는 상징과 비유보다는 논리와 주장이 강하다. 아름다운 시적 세계의 표상이 아니라 철학이나 종교의 세계를 풀어 놓은 느낌이다.

구름과 달은 뜨거나 가라앉는 오르내림과 어둡고 밝은 변화가 있어서 허공에 빈 그 맑음만 못하다는 논리다.

이 시가 추구하는 이상세계는 변함이 없는 공(空)의 세계인데, 이것이 바로 불교 극치의 경지가 아닌가 싶다. 선의 마지막이요, 죽음의 바로 그 자리다.

'군(君)'은 '운월(雲月)'에 빗댄 그 다락의 주인이다. "왜 평생을 두고 흐림과 맑음만을 희롱하느냐"는 것은 짐짓 다락의 이름을 평하는 말이다. 그러나 그 변화를 개의치 않는 내 심중의 불변이 있으면 그만이다. 외물이 변한다고 나도 변하는 것은 아니다. 열설적으로 '구름과 달'의 의미를 불변으로 표현하고 있다.

인생은 '가는 구름과 흐르는 물' 바로 무상한 그것이다. 이것을 모를 리 없는 김수온이 짐짓 '구름과 달'을 나무래 보았다. 그러나 인생의 진실이 그러함에는 어쩔 수 없는 것, '크게 빈 것'인들 무상으로 볼 때 바로 구름이 아니고 무엇이겠는가? 얼핏 불교를 신선의 말로 처리한 듯도 하지만, 그 이면에 공감하는 진의는 역시 空의 세계다.

이렇게 공을 지향하는 김수온인지라 욕심이 있을 리가 없다. 본래 낚시질은 고기를 잡는 것이 목적이 아니지만은 김수온의 낚시질은 세상의 얄궂은 현실까지 낚아내고 있다.

낚시질

老年却憶少年才	늘그막에 문득 소년 때 재주를 믿고서
閑把漁竿坐石苔	낚싯대를 잡고서 물가에 앉았네
不欲攪波波已動	물결을 일으키지 않고자 하나 물결은 하마 일고
無將邊影影先部	그림자 따르지 못하게 해도 제가 먼저 나서네
牽鉤最忌纖鱗集	낚시엔 제일 꺼리는 작은 고기만 모이고
避餌誰令巨鯉回	누가 시켰는지 미끼를 피해 비키는 큰 잉어들
空佩貫莖無一尾	빈 꿰미만 찼네, 한 마리 고기도 없이
岸頭人未八旬來	이마는 벗어졌어도 팔십이야 되었을라고

＜식우집 권4, 시류＞

수련에 '소년'이 결련의 '8순'으로 호응을 이루고 있다. 늙었는데 소년 때의 재주를 믿고서 낚시질에 나섰다.

이 낚시질의 내포는 세상살이다. 뜻대로 되지 않는 세상살이, 곧 빈주먹으로 돌아갈 삶이다. 소년의 욕심 없는 마음이 바로 삶의 진실인데, 이미 나이가 들어 그 소박성과 진실성을 잃었다. 세상 일이 뜻대로 되지 않는 이유가 바로 자신이 너무 순수성을 잃었기 때문이다.

함련과 경련은 세상살이가 뜻대로 되어 가지 않는 현실을 묘사했다. '물결'이나 '그림자'는 모두 세속의 변화들이다. 마음에 구김이 지고 그늘이 드리워지는 것들이다. 고요하고 깨끗하게 살려고 노력해도 세속의 때가 제먼저 알고 끼어든다. 내가 목표하는 진리는 구하지 못하고 헛된 작은 욕심들만 마음에 자꾸 걸린다. '큰 잉어'는 낚시 바늘 저 멀리 피해 도망가고, '작은 물고기'만 모여든다.

관조의 시각으로 세상을 보면 그 세상의 움직임이 이와 같이 맑게 비치는 것일까. 이는 김수온의 마음이 맑기 때문일 것이다. 맑은 거울에 비친 사물이 맑게 보이듯이.

결연은 인생의 무상함, 곧 지금껏 살았어도 남은 것은 아무것도 없다는 공허함이다. 욕심 없음일 수도 있으나, 어쩌면 김수온의 빈 마음의 표백일는지 모른다. 진실되지 못하고, 헛되이 살아온 삶, 무상한 인생, 여기서 귀의할 데는 부처님밖에 없다. 김수온의 종교적 마음의 바탕을 그 저변에서 잘 표현한 시다. 이 시에 풍기는 불교적인 달관은 김수온이 불교에 얼마나 깊이 빠져 들었는가를 잘 설명하고 있다고 믿는다.

특히 김수온의 시에서 '공(空)'자를 쓰고 또 그 의미를 둔 시를 읽어 본다.

스님의 시에 차운하여

屋頭蒼翠壓潺湲　지붕위의 푸른 나무 물보다 더 고와
聲想溪流色想山　소리 듣고 물을 알고 빛을 보고 산을 아네
我向眼前空作礙　내 눈 앞에 텅빈 것, 하늘이 가로 막았으나
師從心上肉爲團　스님의 마음 따라 마음은 편안해
一枝節影猿啼外　지팡이에 의지하니 원숭이 울음뿐
六尺身名俗鬧間　이 몸은 세상의 시끄러운 틈바구니에
明日野橋分袂處　내일 다리 위에서 이별한다면
忙忙留與去閑閑　바쁜 이는 남고, 가는 이는 한가하리

<속동문선 권7, 7언율시>

수련에서 우거진 숲 속의 그윽한 경치를 묘사하였다. 색은 모두 푸른빛으로 일색이요, 녹음에 가리워서 소리로 냇물이 흐르고 있음을 안다. 실체와 눈으로 보고 귀로 듣는 것은 다르다. 보이지 않는다고 없는 것이 아니고, 보인다고 다 있는 것이 아니다. 김수온의 시에는 사상이 깊이 깔려 있어서 독자에게 전하는 바가 깊다.

함련의 '공(空)'을 음미해 보자. 내 눈앞에 '공'이 바로 장애물이 된다. 하늘이 없다면 아무 것도 내 눈을 가로막는 것이 없겠는데 하늘이 내 눈을 가로막으니, 아무것도 없는 것이 방해가 된다. '공'은 없는 것이지만 말을 통하여 관념적으로 있다고 보는 것이 현실이다.

'아(我)'와 '사(師)'가 대를 이루고 '눈앞'과 '마음'이 대를 이룬다. '공'과 '종' 그리고 '空'과 '內'의 짝을 음미하면 나를 비워 스님을 내 빈 마음에 모시는 뜻이 내포되어 있다. 처음에는 '공'이 일부러 막던 것이 나중에는 '원만'으로 변한다. 스님에 대한 찬사와 예우라고 보겠다.

경련에서 자신의 삶을 표백했다. '원숭이의 울음'으로 자신의 정이 많은 애끓는 심사를 대신했다. '몸과 이름'이 모두 시끌시끌한 속세에 얽매어 있는 자신을 직시하는 김수온은 이별을 아쉬워했다. 나는 계속 속세에서 분주할 것이고, 스님은 한가히 떠나간다는 아쉬움이다.

이 한가와 분주에 대한 김수온 자신의 설명을 들어보자.

> 괴애가 공에게 나아가서그 의의를 묻기를, "공의 몸이 바쁘고 한가한 것은 국가에 매여 있는 것이며, 공 자신의 마음대로 할 수 있는 것이 아닙니다. 공이 한가하다 함은 곧 성의와 정심(正心)의 공부에 있는 것이니 나의 뜻이 진실하여 마음이 바르게 되면 곧 덕이 날마다 아름다워지며 몸이 언제나 자연스럽고 태연할 것이니, 이른바 '군자는 언제나 태연스럽다.'는 것과 공이 한가하다는 것이 이것이 아니겠읍니까."

이렇게 보면 김수온이 '스님'을 얼마나 부러워하고 있을지 알 수 있다. '현상은 곧 빈 것이요, 빈 것이 곧 가득 차 있는 현상이라는 의미'의 초월이 내재한 이 시는 김수온의 불교적인 사상과 그에 대한 동경을 표현했다고 본다. 유학적 현실 생활을 세속적인 시끄러운 것으로 보고, 이에 대응하여 스님의 한가로운 경지를 그가 그리는 이상적 세계로 설정해 놓고 있다.

이상에서 김수온이 불교를 이해하고 그 세계를 이상적인 경지로 그려본 사실을 확인하였다. 그러나 김수온은 스스로 스님이 아니라고 했다.

(3) 유학과 불교의 조화

현실 생활은 유학이 그 바탕이요, 그가 그리는 이상 세계는 다분히 불교적인 김수온에게 이 양면성을 잘 조화한 시가 있다.

먼저 김수온 자신이 '스님도 아니고 선비도 아니다.'라고 말한 시를 읽어본다.

<blockquote>

하동부원군에게 올림

非儒非佛老書生	유자도 아니고 불자도 아닌 늙은 나에겐
贏得儒林孟浪名	유림이란 맹랑한 이름 어울리지 않쇠다
抱子弄孫?俗態	자식 두고 손자 재롱보니 모두 세속이나
飜經禮佛似僧行	불경을 뒤적이고 예불까지 하니 스님과 흡사해
道余好怪誠非妄	기괴함을 좋아한다고 참 엉터리는 아니고
謂我求眞亦失情	진리를 구한다고 또한 실정을 잃었네요
獨有一心天地廣	오직 한 마음 천지에 두었으니
蹈波無處不源淸	밟는 물결 언제나 근원은 맑습니다.

<식우집 권4, 시류>

</blockquote>

이 시는 정인지에게 준 시다. 김수온이 자신의 입장을 꽤나 진실하게 표백했다. 스님이 못되는 것은 "자식 두고 손자 재롱을 보는" 것이고 선비가 못되는 것은 "불경을 뒤적이고 예불까지"하는 때문이다.

함련과 경련의 말은 바로 그가 스님이라는 실토다. 그러나 얼핏 이것도 저것도 아니라는 자처는 세상이 모두 선비 판이라서인가? 결련에 통합한 그의 진실은 역시 초월한 한 종교의 경지를 엿보기에 충분하다. 이것이 김수온다운 한 표정이다. 종교적 초극을 통한 합일과 조화의 실상을 볼 수 있다.

이와 똑같은 논리를 피력한 「증민대선서(贈敏大選序)」를 읽어보자. 이 글은 화엄종 당대에 우뚝한 성민(省敏)이 글을 청하여 김수온이 써 준 것이다.

앞의 시는 당시 원로 선비인 정인지에게 올린 시이며, 지금 말하려는 글은 당시 스님에게 지어준 글이다. 공교롭게도 그 주장이 일치함은 우연이 아니다. 김수온이 선비와 스님에게 자기의 입장을 밝히되 이랬다저랬다 하지 않는 일관성을 보인다.

> 선비는 나를 기롱하기를 "공이 불교의 교리를 곧잘 이야기하는 것은 중과 같으며, 그물질이나 낚시질을 하지 아니하며, 생물을 죽이기를 싫어하는 것은 더욱 중과 같은데, 어찌하여 머리를 깎고 검정 옷을 입지 않느냐"하며, 스님은 나를 기롱하여 또 말하기를 "공이 불교의 교리를 곧잘 이야기하는 것이 우리와 같으며, 그물질도 낚시질도 아니 하여 생물 죽이기를 싫어함은 더욱 우리와 같다. 그런데 첩을 많이 거느리고 아들과 손자를 기르며 술 마시기를 좋아하고 닭이나 돼지를 마구 먹으니 어쩌면 하는 짓이 이렇게 어그러지는가"한다. 아, 나의 제한된 몸을 유자와 불자가 양쪽에서 헐뜯어 대니 정말 사람노릇하기란 어려운 일이로다. 비록 그러나 내가 즐거워하는 것은 도(道)다. 나는 도를 즐거워하는 것이지 그 유자나 불자가 앞서거니 뒤서거니 나를 한꺼번에 공격하기로서니 알 것이 무엇인가.

앞 시에서 결련(結聯)에 한 말이 이 글에서는 "내가 즐거워하는 것은 道다"라고 요약되어 있다. 다른 내용도 시와 글이 매우 흡사하다. 같은 논리를 전개했다. 다만 앞의 시에는 "유자(儒者)가 양쪽에서 헐뜯어 댄다."고 했다. 정인지에게 준 시보다 이 글이 더욱 친근감이 느껴진다.

이와 같이 김수온이 유·불을 함께 소화한 김수온에게는 유자들만의 눈에 비치는 것과는 다르게 보는 안목이 있었다.

> 서거정이 홍문관에 있다가 문헌공 황진과 재주 호엄, 이 두 사람의 시를 김수온에게 보여주고서 누가 더 우수 하오? 하니 김수온이 말하기를 엄이 더 우수합니다 했다. 또 이제현과 변계량의 시를 보여주고 누가 더 우수 하오? 하니 김수온이 변계량의 시가 더 우수하다고 했다. 또 목은 이색과 쌍매 이첨의 시를 보여주고 누구의 시가 우수 하오? 하니 김수온이 이첨의 시가 우수하다고 하여, 묻는 족족 다 서거정의 마음을 거슬렀다. 서거정이 웃으면서 "호엄의 시와 황진의 시는

마치 송나라 시와 당나라의 시를 견주는 것 같고, 이제현은 원나라 조정에 들어가서 염복, 도수, 조자앙 등의 여러 선비들과 어깨를 나란히 하고 시를 갈고 다듬어서 그 이름이 천하에 올리며, 이색은 중국의 과거에 붙었으며, 구양현에게서 그 시 공부를 했다 하였으니, 변계량이나, 이첨 같은 이는 일찍이 이들에 비하면 고기 한점을 맛본 정도인데, 지나쳐 더 낮다고 할 수 있겠는가. 어찌 김수온 그대는 취하고 버림이 이와 같소"하니 김수온이 서거정의 등을 어루만지며 크게 웃어 가로되 "그대가 고기가 아닌데 어찌 고기의 속을 알겠는가" 했다.

이는 『동인시화』에 있는 이야기다.

김수온의 시를 보는 안목이 서거정과는 사뭇 다르다. 서거정의 눈을 일반적인 당시 선비들의 눈으로 가정하면 김수온은 그 당시의 일반적인 시비평에 그냥 따르는 인물이 아님을 알 수 있다. 이는 그가 불교를 깊이 깨우친바 있어 그렇다고 본다.

여러 종교나 사상에 접하면, 생각의 폭이 넓어져서 수용의 한계가 높아질 것은 당연하다. 통념으로 이것이라고 우기는 것도 더욱 개방시켜 사고하면 꼭 그렇지 않을 수도 있다. 시각의 차이보다, 조감하는 입장이 되면 진실이 더욱 분명해진다.

위에 인용한 글에서 서거정의 말을 부정하는 "그대는 고기가 아니거늘 어찌 고기를 알겠는가" 한 대문은 바로 <고몽설(告夢說)>의 끝부분과 같기에 인용해 본다.

> 아, 고기는 다른 물건이요 인류는 아니다. 비록 사람이 사람에게라도 그 사람이 아니면 사람의 사람됨을 모르거늘, 더구나 나는 사람이요 고기가 아닌데, 또 어찌 고기의 고기됨을 알리요.

「고몽설」은 소설과 같은 구성을 가졌는데, 태백거사가 물고기 노는 것을 들여다보다가 깜빡 조는 사이에 일어난 사건이다. 물고기가 태백거사에게 홍령대부의 행패를 고발하는 말을, 태백거사가 그뜻을 정리하여 태수에게 알렸다는 이야기다. 자신이 전해들은 것이 참말로 물고기의 뜻인지 아닌지는 알 수 없다는 말이니, 그 진실성은 그 자신만이 안다는 김수온의 논리인 것이다. 시가 하나의 진실을 표백한 것이라면 그 우열을 따질 수 없다고 보고 그 자체로서 각각 그 몫을 다하는 작품으로 대등하게 값을 매겨야 한다는 주장일 수도 있다.

이 시대에는 시 작품을 평가함에 있어 작품보다도 그 작자가 누구냐는 신분을 놓고 시를 평가하던 시대였다. 이런 비평 태도와는 전혀 다른 태도를 굳게 지킨 김수온의 안목은 사뭇 별다른 바 있다.

유교와 불교의 조화를 표백한 시는 논리성이 강하다. 사물의 이치를 캐고 자신의 주장을 드러내서 그렇다고 본다. 궁극적으로 김수온은 유고의 현실을 생활하면서 시로 그렸고, 이상세계를 불교로 채색하였다. 이 이질적 요소는 도라는 목적체를 설정하여 귀납시키고 있다. 이와같은 양상은 그의 시 「기미원일(乙未元日)」에도 잘 드러나 있다.

김수온은 「우성(偶成)」이라는 시에서 유학의 현실에서 강조되는 교훈성과 불교의 이상에서 도의 통달이 빚어내는 시상을 보여준다.

우연히 지음

鶯歌燕舞共春光	꾀꼬리 노래에 제비 춤추는 봄자리는
此是東君鼓樂場	이 모두 봄 귀신의 놀이판이라
至樂不知隨處在	즐거움이 끝까지면 어디로 가는 지
不荒亡處也荒亡	이 자리가 바로 망하는 자리인걸.

<식우집, 권1, 시류>

인과응보 윤회에 바탕을 두고 고진감래로 논리를 세우는 것은 바로 우리 민족의 해묵은 전통 속에 보이는 공통점이다. 이런 생각 속에서 우리는 같은 핏줄로의 동질성을 확보한다. 김수온의 시문학이 결국 보편적 민족의 논리에 자리하고 있음을 볼 수 있다.

이와 같이 색다른 안목으로 시를 보고 짓고 하기 때문에 김수온에게서는 좀 색다름을 발견할 수 있다.

4. 생활과 시

1) 자연의 구가

유학자의 자연은 도피처나 은신처가 아니다. 자연은 그들의 배움의 터전이며 진리의 도량이다. 어머니의 품속 같은 고향이다. 본래 나아감에 급급하지 아니하고 물러섬에 연연하지 않은 초연한 진퇴(進退)가 선비의 삶과 위정(爲政)이지만 자연에 대한 유학자의 인식은 이보다도 각별한 것이다. 정사(政仕)이지만 자연에 대한 유학자의 인식은 이보다도 각별한 것이다. 정사(政仕)하면 곧 자연으로 돌아 갈 뿐이지 관로(官路)의 주변을 빙빙도는 칭얼거림은 아얘 그 들의 관심 밖이다. 진(晋)의 도잠(陶潛)이 그러 하였고 당(唐)의 두보(杜甫)가 그러 하였다.

"시(詩)는 성정(性情)을 다스리는 것이고 서(書)는 정사(政事)를 인도하는 것"[42]이라는 생각 때문에 시를 배우고 지은 유학자들이다. 지금 시인들처럼 시를 짓는 것이 오로지 하는 목적과 수단이 아니라, 목적은 수기안인(修己安人)에 있고 그것을 달성시키기 위한 수단으로 시를 생각했다. 덕행(德行)이 근본이며 문예는 끝으머리라는 생각이다. 문예를 통하여 수기(修己)를 해야 하기 때문에 시는 담담하고 갈아 앉아서 사람의 성정을 맑고 고요하게 갖도록 해야 한다는 것이다. 시가 사람들의 마음을 들뜨게 하여 성정을 흥분시킨다고 보기 때문에 시 짓는 것을 일부러 피하는 경향이 있을 정도다. 한시가 청정한 세계를 그린 것이 많고 그 분위기가 바다 밑처럼 무거운 느낌이 드는 것이 이런 효용적 시론에 입각한 것이다. 『동인시화(東人詩話)』에서도 시라는 것은 소기(小技)에 불과한 것이라고 했다. 그러나 더러는 사람의 진실한 마음을 드러낸 것이 있다고 했으니 이런 것은 도학(道學)을 이야기한 교훈적 시이거나 마음을 갈아 앉히고 씻어주는 고요한 맑은 시여야 했다.

이런 유학자들의 문학관으로 보면 자연도 또한 정(靜)의 세계이거나 맑고

---

42) 論語集註 卷七.

깨끗한 경지여야 할 것이다. 한시(漢詩)에서 나오는 자연은 이런 문학관에 크게 영향을 입어 적극적 개척의, 동적이나 대립된 인간과 자연의 갈등 등 소란스럽고 마음의 오욕칠정(五欲七情)이 움직이는 그런 세계는 없다.

송순(宋純)은 선비다. 『시경(詩經)』은 이들의 바이블이었다. 자연을 보는 시인의 눈은 문학성이 가미되어 나타난다.

> 維鵲有巢　維鳩居之
> 之子于歸　百兩御之
>
> <시경 권1 국풍1>
>
> 까치 옛 집에 비둘기 새 살림
> 이 아가씨 시집갈 때 백량으로 보내야지.

작(鵲)과 구(鳩)의 교체는 시어머니와 며느리의 세대교체이다. 작(鵲)이 옛집의 주인 시어머니요, 구(鳩)가 새로 들어온 며느리이니, 새와 사람의 동일시(同一視), 곧 자연과 인간 생활의 혼연일체를 여기서부터 배워온 선비다.

자연을 자연 그대로 보는 것보다, 자연을 시인(詩人)의 마음을 통해 승화·여과시킬 때 자연은 더욱 값지며 그를 수용하는 인간에게도 아름다움에 대한 정조가 생긴다. 이것이 예술과 생경한 자연의 차이라고 할 수 있다.

동정호의 악양루 경치는 천하(天下) 제일이다. 시인들이 읊은 것이 많다.

> 水涵天影濶　물엔 넓은 하늘 그림자
> 山拔地形高　땅 높아 우뚝 빼어난 산
> 四顧疑無地　사방에 아무것도 없는가 했더니만
> 中流忽有山　물 가운데 난데없이 산 하나 있네
> 鳥飛應畏墮　나는 새 지쳐 떨어질까 하나
> 帆過却如閑　배 지나가니 오히려 한가로와

라고 사경(寫景)은 곡진하게 했지마는 맹호연(孟浩然)의 눈을 통하여

> 氣蒸雲夢澤　운몽(雲夢)의 못에 증기 오르고
> 波撼岳陽城　악양(岳陽)의 성에 물결 넘실 거리듯

이라 한 것이 더 낫고, 두보(杜甫)의 심안(心眼)이 걸러 낸

> 吳 楚 東 南 折 　동(東)과 남(南)은 오(吳)나라와 초(楚)나라
> 乾 坤 日 夜 浮 　하늘과 땅은 밤ㆍ낮 떠있네

라고 한 것이 사경의 묘사보다 한층 좋은 시임을 말한 것을 보더라도 알 수 있다.[43]

시인에게 자연은 중요한 제재이지만 자연 그대로일 때 그 예술적 가치는 말할 것조차 없는 것이라고 할 수 있다.

도잠(陶潛)이 국화(菊花)를 사군(思君)의 의미로 연결시킨 것이나, 이백(李白)이 달을 사향(思鄕)으로 그려낸 것은 Words Worth가 바위를 늙은이로 해석한 것과 같은 것이다.[44] 또 소식(蘇軾)은 「영해당(詠海棠)」에서 꽃을 부인(婦人)에 비유했고, 최항(崔恒)은 「영흑두(詠黑豆)」에서 검정콩을 문인(文人) 열사(烈士)에 비유했다. 이런, 자연과 사람을 혼연히 연결시키는 재주가 예술적 문학적 소질의 폭과 깊이가 아닐까 생각하여 송순(宋純)에게서 그의 시가를 통한 풍(風)과 월(月)의 반죽 솜씨와, 새와 꽃, 산천(山川) 등 자연물의 여과ㆍ승화 진상을 살펴보고자 한다.

송순(宋純)은 32세 때부터 꿈꾸어 오던 면앙정(俛仰亭)이 41세 때에 이루어 지매 그의 세계를 함축한 이런 시조를 읊었다.

> 십년(十年)을 경영(經營)하여 초려삼간(草廬三間)지여 내니
> 나흔간 둘 흔간에 청풍(淸風) 흔간 맛져두고
> 강산(江山)은 들일듸 l 없으니 둘러두고 보리라.
>
> 　　　　　　　　　　　　　　　　　　<육당본 청구명언ㆍ66>

윤선도(尹善道)의 「오우가(五友歌)」를 방불하게 하는 이 시조에서 그의 세계를 스스로 초려삼간(草廬三間)으로 겸허했다. 정철(鄭澈)의 '단악배중화(斷嶽杯中畫)'라는 호방에 비하면 아기자기한 잔정이 많은 송순(宋純)이 보이는 듯하다. 그러나 송순(宋純)에게도 달을 촛불로 보고 바람 소리를

---

43) 東人詩話 卷上ㆍ74.
44) Words Worth ; Resolution and independence.

생우(笙竽)의 가락으로 듣는 호방(豪放)도 있었다.

　　夜月懸空如炬燭　　달은 촛불처럼 걸렸는데
　　松風入耳奏笙竽　　솔바람은 생우(笙竽)의 소리인가.
　　　　　　　　　　　　　　　　　　　＜면앙집 권1 · 26＞

　　중장 첫머리에 나를 내세운 고졸(古拙)은 그의 애민(愛民)을 보게 하며, 달과 바람을 가까이 두고 강산(江山)을 둘러 둔다는 표현은 자연 사물에 대한 원근(遠近)의 표시라고 생각할 수 있다. 이 시(詩)에서 송순(宋純)은 평화경을 그렸다.
　　소식(蘇軾)에서부터 값이 없던 풍월(風月)은 송순(宋純)의 제일 가까운 친구였다.

　　굽어 는 땅이오 우러러는 하늘이라
　　두분의 ㅈ을조차 내 삼겨 살아시니
　　계산(溪山)에 풍월(風月) 거느려 늙을뉘를 몰래라.

　　俛則地兮　　　　仰則天兮
　　兩位之際兮　　　從而生我兮居焉
　　領溪山兮風月　　將與偕兮老去。
　　　　　　　　　　　　　　　　　　　＜면앙집 권4 · 3＞

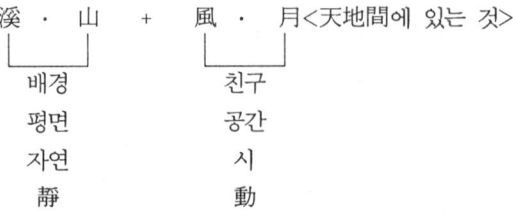

이 시조는 「면앙정삼언가(俛仰亭三言歌)」를 그대로 옮겼다. 그의 ＜면앙정가(俛仰亭歌)＞에서도 "강산풍월(江山風月) 거눌리고 내 백년(百年)을 다누리면 악양누상(岳陽樓上)의 이태백(李太白)이 사라오다."라고 선경(仙

境)을 자부하고 있다.

계산(溪山)은 둘러두고 보는 배경이요, 풍월(風月)은 초려삼간(草廬三間)을 나누어 준 친구다. 거리감이 없는 편이긴 해도 대립되어 파악된 자연이다. "늙을 뉘를 몰라라"는 영원성을 말한 것이다. 시간을 고정시킨 한없는 즐김 이것이 자연동화 곧 무아의 혼연 일체인 것이다. 이 풍월(風月)은 어디에서 오나?

即席書贈柳村

淸 風 時 自 北	맑은 바람 때때로 북에서 오고
凉 月 又 生 東	게다가 밝은 달은 동에서 돋아
憂 喜 多 年 別	근심과 기쁜 맛에서 여러 해 떠나 있어
江 山 一 醉 同	강산(江山)과 한가지로 뒤엉켜 취해 있다.
人 情 隨 手 變	인정(人情)은 손바닥 뒤집 듯
世 事 轉 頭 空	세상 일은 속절없이 되어만 간다
白 首 重 逢 處	백수(白首)들이 다시 만난 이곳
情 深 句 不 工	정(情)은 깊건만 시는 따르지 못해.

<면앙집 권3·20>

두시(杜詩)의 선경후정(先景後情)으로 정다움을 노래했다.

'우(又)'를 어떻게 "금춘간우과(今春看又過)"의 우(又)나 "또 그렇게 울었나 보다."의 또와 맞먹을 수법이라고 보기보다는, 시의 전체적 짜임이 좋다. 더구나 이 시는 오언율(五言律)인데 결연(結聯)에서 시상(詩想)의 노출(露出)은 이 시의 전구(前句)를 잘 이어받지 못하는 느낌이 들지마는, 두연(頭聯)과 함연(頷聯)에서 특히 자연과 혼연히 살고 있다고 할 수 있다. 북(北)과 동(東)의 방향 설정은, 북(北)은 임금이 계신 곳이며 동(東)은 새로운 것이라는 뜻에서 시상의 통일을 가져오는 몫을 하고 있는 듯하다. 이 풍월(風月)은 송순(宋純)을 근심과 기쁨에서 떼어내 무아(無我)의 경지니 "강산일취동(江山一醉同)"으로 몰아부친다. 부고부락(不苦不樂)도 번뇌(煩惱)인 선가(禪家)의 경지에 근접하는 표상이라고 생각할 수 있겠다.

5·6·7·8句는 시다운 맛이 적은 것 같다. 상징과 우리의 이해를 돕는 감각적 어휘의 사용에 있어 서투르다. 앞 구(句)만으로 떼어 놓은 시가 돋보임을 어쩔 수 없다.

상전(床前)에서 간산월(看山月)하는 이백(李白)의 사향(思鄕)도 있지마는 달을 바라보아 친구를 생각하는 매개체로의 달도 그린 송순(宋純)이다.

雲佳寺路口占 贈別獻叔二首

他日重逢未可期	다시 만나길 기약할 수 없어
一樽論別自生悲	헤어지는 술자리 슬픕니다그려
關河迢遞音書濶	변방이 멀고 편지도 더뎌
見月思君知幾時	달을 보고 그대 생각 몇 차례일지 아오
相逢有喜別還愁	만나면 기쁨 헤어지면 근심
奔走無時得少休	때없이 바쁘다 잠시 짬 얻었으나,
珍重林泉拋亦久	이 좋은 자연 버린지 오래였다.
同歸何日結淸遊	어느날 함께 돌아가 청유(淸遊)를 맺으리

<면앙집 권2·8>

그리운 자연 동귀(同歸)의 바램이다. 먼 변방 편지 대신 친구와 연결시켜 주는 것이 달이다.

送盧正郞慶麟 赴京二首

去年鴨綠君離我	지난 해 압록강에서 그대가 나를 보냈는데
今日松京我送君	오늘은 송경(松京)에서 내가 그대를 보낸다
人事無端爲別數	덧없는 인생살이 이별의 운수만 잦으니
茫茫愁思入燕雲	연경(燕京) 가는 길 아득한 시름.
玉河鳴處頻驚夢	옥하관(玉河關) 바람에 꿈 자주 깨며
東月高時倍變君	동편에 달 오르면 더해오는 그대 생각
歸日相迎知有所	돌아와 만날 곳이 따로 있으니
紫霞溪石掃秋雲	자하계(紫霞溪) 바위에 가을구름이 깔렸다.

<면앙집 권2·21>

제 1 수에서 이별의 운명을 시름하며 제 2 수에서 만날 날을 기약하며 물소리에 잠을 깨어 달을 보며 친구를 그린다. 가을의 구름이 시냇가의 바위에 깔리는 뜻은 그대와 내가 만나 낚시질하기에 좋은 장소를 마련하느라고 그리 한다고 믿는 송순(宋純)이다.

송순(宋純)의 달은 사랑의 한 짝에 대한 그리움으로 월인(月印)되었다.
이 시는 남을 대신하여 지어준 작품이다. 유학자가 체면을 손상시키는 것
으로 알았던 당시의 사랑노래이므로 짐짓 작가를 돌려 부탁받은 시로 했을
수도 있다.

代人戲作二首

對	月	空	房	下	淚	多	홀로 달을 보니 눈물이 흘러흘러
不	堪	秋	思	入	悲	歌	쓸쓸하고 쓸쓸한데 생기는 슬픈 노래
耳	邊	只	信	丹	盟	在	귓가에는 다만 단심(丹心)의 맹세만 맴돌아
遙	待	桑	田	變	海	波	상전(桑田) 벽해(碧海)되기만 기다리겠소
十	載	音	容	山	水	隔	십년째 그대 모습 산수(山水)로 막혔으니
何	心	樓	閣	事	躋	登	누각에 오른다고 보일까마는
每	驚	虛	夢	成	愁	病	번번이 꿈에 놀라 그리워 병이
身	上	香	衣	已	不	勝	몸에 걸친 그대 옷도 이길 힘 없다

<면앙집 권2 · 10>

그리움으로 얼룩진 시다. 상사병으로 초췌해진 모습 기운이 없어 임이
해준 옷을 입을 수 없다. 옷의 무게 때문이다. 그래도 행여나 보일까 높은
곳에 올라 보는 안간힘이다.

송순(宋純)은 달을 사람과 대조했다.

暮 吟 二 首 ②

暮	閣	鍾	初	動	저녁 종소리 처음 울릴 때도
山	亭	客	未	回	산정(山亭)에 나그네 돌아가지 않는다
晚	風	披	弱	柳	늦 바람은 가는 버들 가지를 헤집고
輕	雨	灑	高	臺	가랑비가 높은 대(臺)에 부슬댄다
近	市	人	曾	散	저잣 사람 흩어지고
遙	岑	月	獨	來	묏부리엔 달 하나
夜	涼	欺	酒	力	서늘한 밤에 술기운 다하면
難	免	玉	山	頹	내 꼴이 우습게 될라.

<면앙집 권2 · 20>

첫 구(句)에서부터 사경(寫景)에 힘들였다. 이 시는 5~8 구(句)에 접어 들어야 제맛이 난다. 근시인(近市人)은 인위(人爲)요 요령월(遙岺月)은 자연이다.

인위(人爲)가 가고 자연이 오니 선계(仙界)가 될 듯하다. 일두(一斗)로 합자연(合自然)한 자신의 오롯함이 무너져 내리는 것이 싫다. 낭만의 숨결이 있다. 이 때 송순(宋純)은 56세로 개성(開城) 유수(留守) 시절이니 분방(奔放)할 수 있었다.

이와 같은 심상으로 달을 노래하여 향수를 달랬다.

曉 吟 二 首 ①

山 窓 歸 夢 罷	새벽 고향 꿈은 깨고
秋 夜 未 終 更	아직 5경은 멀었다
江 市 人 無 語	사람 소린 없고
沙 庭 月 獨 明	뜰엔 밝은 달 하나
已 爲 千 里 客	이미 나그네 되어
那 免 百 憂 生	어찌 근심을 면하리
感 慨 還 吾 枕	벼개를 도로 베고 누워
高 歌 叙 不 平	큰 소리 노래로 쌓인 회포를 푼다.

<면앙집 권1 · 5>

하루의 기대가 숨쉬는 새벽의 고요를 그렸다. 외로운 나그네를 지켜봐주는 달로 사람고 달의 대비를 빛냈다. 송순(宋純)의 자연 친화가 넘나고 있다.

月波亭下泛舟 次朴上舍居易韻

一 片 東 來 月	동편에 한조각 달
江 天 閱 幾 人	강에는 몇 사람 그림자뿐
滿 船 今 古 意	온통 하염없는 생각에
愁 殺 百 年 身	하찮은 한평생이 수수룹구나.

<면앙집 권3 · 15>

달빛을 받아야 비져나는 사람이다. 만선(滿船)과 수살(愁殺), 금고(今古)와 백년(百年), 의(意)와 신(身)이 대를 이루고 있다.

이제 송순(宋純)에게는 달이 반가운 존재임에 틀림없었다. 다릿가에 걸린 달을 보아도 근심이 싹 가시며 그 짓기 어려운 시도 술술 풀려 나왔다.

次新寧西軒韻

綠 竹 蒼 巖 與 碧 流　푸른 대 푸른 바위 푸른 풀
一 軒 三 絕 足 淹 留　軒 하나에 세 가지 絕勝 놀 만 하구나
夜 來 更 得 橋 邊 月　밤에는 또 다릿가의 달빛
無 限 淸 光 洗 客 愁　나그네 시름을 씻어 주네.

<면앙집 권1·34>

송순(宋純)은 달을 통해서 신선(神仙)이 오는 것을 볼 수도 있었다. 이곧 달의 문학적 변용이 아닐 수 없다.

次永川明遠樓韻

蒼 崖 綠 水 遠 縈 回　창애(蒼崖) 녹수(綠水) 섯돌아 싸서
爲 起 高 樓 面 野 關　고루(高樓)가 들을 향해 세워졌다
形 勝 千 年 聞 鶴 去　형승(形勝)은 황학루만 못하지 않고
遊 觀 今 日 趁 秋 來　경치는 바로 봉황대만큼 좋다
好 風 將 月 迎 詩 思　좋은 바람 달에 시사(詩思)를 만나
長 笛 追 歌 送 酒 盃　피리 소리 노래 따라 술잔을 건넨다
塵 世 半 生 無 一 快　속세 반생에 한 기쁨 없더니
神 淸 此 地 久 徘 徊　여기서 맑아지니 떠날 수 없다.

<면앙집 권1·34>

이렇게 시사(詩思)는 풍월(風月)을 만나야 하는 송순(宋純)이다. 사뭇 명원루(明遠樓)를 황학루(黃鶴樓)와 봉황대(鳳凰臺)로 수식한다.
송순(宋純)이 달에 대한 찬사는 이뿐이 아니다.

碧 梧 凉 月

素 月 揚 光 彩　하얀 달 밝은 빛
梧 陰 展 後 庭　오동나무 그늘진 뒷 뜰에
愛 凉 吟 嘯 久　서늘함을 좋아하여 오랫동안 읊조릴 때

夜 氣 使 人 醒　　내 정신을 맑히는 밤 기운.

<면앙집 권2·27>

새 정신이 드는 것도 달빛 때문임을 말했고

次金上舍若晦 閑亭韻二首 ①

客 路 穿 深 樾　　나그네가 깊은 나무 숲을 뚫고 가니
山 齋 俯 碧 川　　산 재실은 푸른 냇물 위에 있다.
雲 容 秋 雨 後　　구름은 가을 비 온 후와 같고
魚 意 夕 波 前　　물고기는 황혼에 뜬다
有 月 隨 琴 側　　달빛에 거문고 소리
無 塵 到 席 邊　　속세가 떠나는 자리
多 君 散 髮 臥　　여러 사람이 머리 풀고 누웠으니
窮 達 任 皇 天　　일체의 팔자를 하늘에 맡겼구나.

<면앙집 권2·4>

선경(仙景)의 배경을 넘는 주체적 요인으로 달을 노래했다. 어디나 경치 좋은 곳엔 있는 달이다. 무위(無爲)의 색깔이 어리어 졌다.

이제 송순(宋純)의 달은 자연을 지나 자기 자신으로 그려진다.

送曹正言禧 赴京

相 逢 一 世 自 多 因　　만남은 모두 인록(因綠)이 있는 것
童 稚 情 親 更 幾 人　　어릴 때부터 친한 사람 몇이나 될까
花 月 暫 同 朝 夕 語　　화월(花月)로 조석(朝夕)에 어울리다가
東 西 還 作 別 離 身　　동서(東西)로 헤어지네
風 烟 萬 里 朝 天 路　　험한 객지로 조회(朝會)하러 가는 길
霜 露 三 秋 返 國 辰　　우리 나라로 돌아 올 땐 깊은 가을이겠소
男 子 平 生 觀 亦 大　　남자(男子) 견문(見聞)이 넓어야 하나니
歸 來 珍 重 保 精 神　　돌아옴에 진중(珍重)히 정신을 보전하소

<면앙집 권1·21>

송순(宋純)이 36세 때 조희(曹禧)가 중국으로 사신이 되어 떠남에 이별

을 애석해 한 시다. 화월(花月)은 본래 친구의 비유로 많이 사용된 관용구 같은 것이기는 하지만 그 동화를 자기와 친구로 반죽한 솜씨는 자연 시화의 한 경지라 할 수 있겠다. 이는 이화월백(梨花月白)의 앙금이며 곳이 진다ᄒ고 새들아 슬허마라에서 보이는 꽃과 새의 관계다.

次谷城東軒韻 二首 ①

智 異 穹 窿 望 裏 尊   지리산 능선은 볼수록 높고
雲 霞 千 古 揔 無 痕   경치의 번화는 천고(千古)에 흔적없다
城 殘 地 僻 人 偏 少   후미진 땅에 사람 드물고
樹 密 山 深 日 易 昏   깊은 산엔 해도 빨리 저믄다
案 絶 薄 書 堪 着 睡   책도 던져 두고 관청일도 접어두고 조니
庭 號 烏 鳥 早 關 門   뜰엔 새들만 울고 일찍부터 문은 닫혔다
閑 來 轉 起 歸 田 思   문득 고향에 돌아 가고 싶어라
花 月 何 時 近 酒 樽   친구와 어느 때 한 잔 하려나.

<면앙집 권2·5>

관가의 일에 싫증이 난다. 모든 것이 귀찮아 졸음이 달라 붙는다. 문득 고향 친구가 생각나며 따라서 그리워 지는 흙이다. 귀거(歸去)의 뜻이 담긴 시다. 도잠(陶潛)의 숨결이 느껴진다.

송순(宋純)의 달은 한 차원 높아져서 훌륭한 선비를 가리키게 된다.

暮 思

日 己 西 時 月 未 東   날은 저물고 달은 아직 돋지 않아
羣 星 爭 耀 點 長 空   뭇별이 다투어 반짝이는 저하늘
山 川 氣 色 回 沈 沒   산천의 모습들이 하나 둘 감추어지네
誰 識 孤 懷 病 此 中   누가 알랴, 이 속에서 앓는 외로움.

<면앙집 권1·5>

29세때 기묘사화(己卯士禍)를 풍자한 이시는 최세절(崔世節)에게 피척 (被斥)될 뻔한 기록을 가지고 있다. 군성쟁요(群星爭耀)가 기묘(己卯)후 사장(詞章)의 난립이라면 일월(日月)은 송순(宋純)의 입장에서 훌륭한 선 비인 조광조(趙光祖)와 같은 산림파(山林派)인 것이다. 고회(孤懷)의 병은

송순(宋純)의 서러움이며 일이서시(日已西時)나 군성쟁요(群星爭耀)는 상징성을 가진 풍자다.

이상에서과 같이 송순(宋純)은 달 하나만 가지고도 그때 그때의 상황에 따라 사람으로, 생각의 매체로, 욕심을 걷우어 주는 밝은 심상(心象)으로, 시(詩)를 낳게 하는 힘으로, 정신을 맑게 해 주는 역할로, 자기 자신으로, 선비로, 단순한 배경으로, 촛불 등으로 시사(詩思)를 넓혀 그의 시(詩)의 비잠(飛潛)을 영활(靈活)시켰다.

임금님에게 불어오는 청풍(淸風)은 그가 28세때의 시대 기류로는 불어올 수 없었다.

奉和訥齋先生韻 四首 ④

茫 芒 前 路 昧 東 南	앞길이 망망하여 방향을 몰랐더니
函 丈 從 來 樂 且 湛	스승께 뵈온 후로 온갖 걱정 없어집니면
不 有 淸 風 吹 我 過	저에게 청풍(淸風)이 불어오지 않았다면
一 生 那 得 免 昏 醋	평생 어찌 어둑한 심정을 면하리이까.

<면앙집 권1·20>

송순(宋純)이 스승 박상(朴祥)에게 화(和)한 시로 당시 스승과 제자의 마음이 교감함을 엿볼 수 있다. 청풍(淸風)은 혼감(昏醋)한 정신을 맑게 할 수 있으니 앞 길도 망망하고 한점 등불조차 없는 이 때 청풍(淸風)이 불어 온다. 이는 스승을 만난 기쁨이다.

바람은 세력이다.

慘 慘 秦 嶺 外	대단하다 진령(秦嶺)밖
疾 風 怛 遭 廻	질풍만 불어 제친다.

<면앙집 권1·7 남관백설>

이 시에서 보면 바람은 상당한 세력을 가지고 있음을 알 수 있다.

바람은 세월까지 쇠퇴시키는 주인공이다. 이런 세력은 향기를 실어 오기도 한다.

洞 庭 黃 柑

洞 庭 霜 落 後	동정호에 서리 내리면
金 色 滿 江 鄕	황금빛 강마을 그득해
南 浦 千 行 樹	남포(南浦)에 길게 늘어선 나무에서
西 風 百 里 香	가을 바람이 길이 향기(香氣)를 보낸다
當 脣 酸 怯 齒	입술에 닿으면 신맛이 이빨을 을러대고
流 咽 爽 侵 腸	목구멍을 넘기면 창자까지 시원하다
矧 是 銀 盤 賜	더구나 은쟁반에 내려 주신 것이야
恩 添 箇 箇 黃	알알이 박혀 있는 임금님 은혜로다.

<면앙집 권1 · 7>

송순(宋純)이 29세 때 봄 예문관(藝文館) 검열(檢閱)로 있을 때 임금
님께서 대궐 안 승정원(承政院) · 홍문관(弘文館) · 예문관(藝文館)에 남관
백설(藍關白雪) · 석문청송(石門靑松) · 동정황감(洞庭黃柑) 등 세 제목을
내리시고 응제(應製)를 명하였을 때 송순(宋純)이 거수(居首)로 상을 받
았다. 이 시는 그 중의 하나로 「옥당황국가(玉堂黃菊歌)」와 같은 충성심
의 풍유다. 백리(白里)에 향기를 깔리게 하는 바람뿐 아니라 황금 들판을
지날 때는 짐짓 금풍(金風)으로 변하기도 하는 바람이다.

次杜子美秋興 八首 ①

日 夕 金 風 搖 桂 林	황금 들판의 바람이 계수나무 숲 흔드니
岸 容 山 意 忽 蕭 森	언덕과 산까지 조용하고 쓸쓸하다.
江 涵 陣 鴈 參 差 影	물에는 줄진 기러기 떼의 그림자가 잠겼고
渚 落 浮 雲 點 綴 陰	강가엔 뜬 구름이 드문드문 그늘을 드리웠네
詩 序 百 年 渾 漫 興	제철따라 평생 일어 나는 흥취에
世 間 機 事 已 無 心	속세의 잡념은 이미 잊었네
悠 悠 不 趂 沙 鷗 約	고향에 잘 약속 어겨왔으니
怕 聽 遙 村 獨 暮 砧	먼 마을 외로운 다듬이 소리 들릴까 걱정

<면앙집 권1 · 29>

잘 익은 누런 들판에서 불어온 바람이 선경(仙景)을 흔들어 좀 을씨년
스러운 가을의 풍경을 그렸다. 그러나 가을은 가을 대로의 흥취가 있는 법,

역시 해맑은 이 흥취가 속성의 잡념을 잊게 하는 조짐이다.

　바람은 시사(詩思)도 바꾸는 힘이 있다. 이런 가변적인 힘이 있는 바람
은 바람의 세력을 표상한 보기들이다.

　보통 자연은 무한이요 인생살이가 유한인 듯하지만 소객(騷客) 송순(宋
純)에게는 인생살이도 무궁하게 변하고, 봄바람이 오히려 유한하게 보였다.

　　　　　　自海平歷參 司馬會於江亭二首 ②
　　無 窮 人 事 水 東 流　　인사(人事)는 덧없이 물흐르듯 변하고
　　有 限 春 風 客 上 樓　　그래서 봄바람에 나그네는 다락에 올라라
　　鶯 語 初 傳 花 欲 謝　　꾀꼬리가 맨먼저 꽃이 시들려 한다 전하나
　　爲 憐 光 景 重 淹 留　　봄 풍경을 잡아 머물렀으면.
　　　　　　　　　　　　　　　　　　　　<면앙집 권3 · 18>

　송순(宋純)의 「상춘가(傷春歌)」에도 "바람에 훗날리니 곳의탓 아니로다.
가노라 희닷는 봄을 스ㅣ와 무슴 흐리오"라고 하여 춘풍(春風)을 유한하
게 보고 있다. 인사(人事)가 물이라면 춘풍(春風)은 한 때 다락에 오르는
나그네다. 물은 변화하는 것이요, 나그네는 유한한 존재다. 이 시를 지을
때 송순(宋純)은 62세로 부인(夫人) 설씨(薛氏)를 묻은 그 해다. 꾀꼬리
소리를 사람의 말로 인식하는 시이(詩耳)나 말이 막힘을 '중(重)'으로 강조
하는 솜씨는 송순(宋純)의 재주라고 본다.

　송순(宋純)의 바람은 임금님으로부터 불어와야 하는 청풍(淸風)에서 세
력을 가진 바람, 향기를 실어 오기도 하고, 시사(詩思)도 변화시키고, 금빛
위에서는 금풍(金風)도 되는 변화 무궁한 바람으로 그려졌다. 게다가 나그
네 같은 유한한 바람, '희닷는' 바람으로까지 의미를 심화시키고 있다.

　이상으로 풍월(風月)을 보면 공간에서 자유분망(自由奔忙)한 동적 생명
체로 파악하공 있음을 알 수 있다. 선비의 생각으로 볼 때 부러운 자연물
일 수도 있으나, 윤 선도의 오우(五友)에 바람이 들지 않은 것을 상기한다
면 송순(宋純)의 시적제재가 더욱 폭넓고 그 제재에 대한 요리 솜씨가 다
채롭다 하지 않을 수 없을 것 같다.

　새는 송순(宋純)의 자신이요, 자연의 일부며, 친구요, 소식을 전하는 배
달부며 기쁘면 기쁨을 함께하고 슬프면 함께 우는 호맹(好盟)이다. 이런 새

가 갇히어 있음을 볼 수 없어 풀어주는 애물(愛物)의 선비 송순(宋純)이다.

贈宋別座駿二首 ①

閑 忙 二 味 早 能 分	한가함과 바쁨 두 맛을 알아
獨 結 幽 棲 臥 德 雲	일찍이 홀로 덕운(德雲)에 의지했다.
寄 意 琴 書 元 有 友	거문고와 책에 마음붙여 그대를 알았고
忘 機 魚 鳥 亦 知 君	자연에 뜻을 두어 그대가 있었다
山 推 爽 氣 穿 簾 入	산이 보낸 산뜻한 기운 주렴을 뚫고 들며
水 擁 寒 聲 過 竹 聞	서늘한 물 소리가 대 숲을 지나 들린다.
淸 境 自 然 無 俗 韻	이 경지엔 세속의 시가 있을 수 없으니
羲 皇 風 月 可 長 云	복희씨(伏羲氏)의 풍월(風月)이 맞땅하구나.

<면앙집 권1·22>

덕운(德雲)은 송준(宋駿)이 사는 곳을 말한다. 속세의 짐작으로 해서 분수를 알았기에 송준(宋駿)은 일찍이 유학에 몸을 던졌다. 유학자의 삶은 금서(琴書)와 어조(魚鳥)에 있다. 그러기에 그대가 나의 친구가 아닌가. 어조(魚鳥)는 친구를 상징하는 매개물이다.

사람이 환경의 지배를 받듯 새도 보호색을 갖는다. 박목월(朴木月)의 「산새알 물새알」을 생각나게 하는 시가 있다.

詠 鷗

江 湖 萬 頃 波	강호 넓은 파도에
往 來 有 何 營	왔다 갔다 무엇을 하나
沙 白 身 亦 白	모래가 희니 몸 또한 하나
水 淸 心 亦 淸	물이 푸르니 마음 또한 푸르리.
夜 傍 汀 洲 宿	밤에는 물가에서 자고
朝 入 滄 浪 鳴	아침에 창랑(滄浪)에 들어 노래한다
終 始 無 心 物	전혀 무심(無心)한 것
誰 人 强 與 盟	누가 억지로 맺으리
古 今 江 海 上	그저 강해(江海) 위에
只 有 一 鷗 名	다만 갈매기로 있을 뿐.

<면앙집 권1·24>

선비의 깨끗한 마음이 잘 드러난 수작(秀作)이다. 송순(宋純)이 면앙정(俛仰亭)을 짓고 갈매기와 더불어 살고자 하는 뜻도 이렇게 부러울 정도의 자연물에 대한 사랑이 아닐까. 이 시는 송순(宋純)의 마음을 여실히 표백한 바가 도탑다. 유유자적 자연 동화의 모습이며 유학자의 자연관이 이 한편에 실감나게 나타났다.

새가 사람과 비유된다면 세 중에도 여러 가지 다른 성격이 있을 것 같다. 송순(宋純)이 그린 솔개미는 벼슬 길에 연연해 하는 무리들로 묘사 비유되었다. 그러나 그에게도 애정을 보내는 송순(宋純)의 인간미다.

鷗 鳥

鶴 在 山 中 鷗 在 水	학은 산에서 갈매기는 물에서
閑 中 飮 啄 自 淸 高	한가히 마시고 쪼니 깨끗하고 고상해
爾 何 獨 向 長 安 屋	어찌하여 너는 홀로 임 계신 서울을 향해
終 日 飛 飛 不 厭 勞	종일토록 날아도 싫증이 나지 않는다냐.

<면앙집 권1 · 15>

이 시에서 학과 갈매기는 고고한 새로 되어 있다. 그러면서도 무위 도식을 지적함은 아닐까? 그러나 송순(宋純)이 어려울 때는 학도 병이 들고 말았다.

病 鶴

豈 知 塵 土 裏	어찌 이 속세에서
得 見 九 皐 禽	학(鶴)을 만나 볼 줄이야
身 上 無 全 羽	몸에는 날 만한 날개가 없으나
雲 邊 有 遠 心	저 하늘 날고 싶은 마음은 그윽하다
當 行 澁 長 步	아픈 다리 끌며 걸어 가다가
欲 唳 失 淸 吟	울고자 해도 메이는 목
坐 受 羣 鷄 侮	앉아 받는 뭇 닭의 업신여김에
相 看 淚 濕 襟	눈물이 소매를 적실 뿐이라.

<면앙집 권1 · 16>

대체로 학이나 갈매기는 좋은 사람과 비유된다. 솔개미는 야심으로 가득 찬 인물로 그려진 것도 있다. 송순(宋純)의 「탁목탄(啄木歎)」에 등장하는 새들은 인간 세상의 모습을 보는 것같아 재미있다. 이 시는 풍자가 넘쳐 「시가론(詩歌論)」에서 자세히 논할 것이다. 여기서는 그 새의 특성만 살펴 본다. 딱따구리는 소배(少輩)로 비유된 벌레를 잡으려는 운명의 새다. 마치 원수를 갚으려 바다를 메우는 정위(精衛)와도 같으며, 피눈물로 망한 나라 를 슬퍼하는 두견(杜鵑)과도 같다. 그러나 기러기나 갈매기 들은 이런 급 박한 세상 속은 아랑곳하지 않고 제 편하기만 도모한다. 그가 기러기와 갈 매기를 무위도식 하는 무능한 선비로 비유한 것은 그가 이 시를 지을 때 가 37세 혈기 왕성한 시절임에 그러하다. 이 때의 시는 특히 사실(寫實)과 풍자가 두드러지다.

본래 송순(宋純)은 새와 맺은 사이다. 그가 면앙정(俛仰亭)에 귀향했을 때 지은 시에서 그 실상을 알 수 있다.

俛 仰 亭

百 里 群 山 擁 野 平	백리 온 산이 평야(平野)를 에워 싸고
臨 溪 茅 屋 幸 初 成	시내에 가까운 모옥(茅屋)이 이뤄졌다
此 身 不 繫 蒼 生 望	이 몸은 벼슬길에서 놓여 났으니
宜 與 沙 鷗 結 好 盟	바라는 것 다만 갈매기와 맺음 뿐.

<면앙집 권1·32>

이 시는 42세 때 면앙정(俛仰亭)을 짓고 난 후 사간(司諫)으로 있다가 귀향한 시기인 그 무렵의 것으로 보인다. 갈매기와의 호맹(好盟)은 자연과 의 교감이며 자연미에 대한 탐익이다.

일반적으로 구름은 간신배의 절조 없는 무리 또는 허무로 그 비유의 대 상이 비쳐난다. 그러나 송순(宋純)에게는 특이하게 친구의 얼굴이 어리비 쳐 보이는 시가 있다.

次亡友 安順之處順韻

江 樓 終 日 對 空 山	강루(江樓)에서 종일토록 바라보는 텅빈 산
惆 悵 東 流 去 不 還	한번 흘러간 물은 돌아오지 못해

釣 石 苔 深 魚 已 散　낚싯터는 이끼가 끼고 고기도 흩어져
林 塘 惟 見 舊 雲 閑　다만 보이느니 연못에 떠도는 옛 구름.

<면앙집 권2·7>

한번 흘러간 물은 되돌릴 수 없으니 공산(空山)일 수 밖엔 없다. 안처순(安處順)은 기묘사화(己卯士禍) 때 산림파(山林派)들 틈에 끼었던 희생의 인물이다. 옛 친구를 망연히 그리워하는 송순(宋純)에게 언뜻언뜻 떠오르는 친구의 얼굴, 연못에 뜬 구름속에 보일 뿐이다.

자연물은 본래 선악(善惡)의 구별이 없는 것이다. 보는 사람에 따라 그 보임이 다르게 비칠 뿐이다. 이(理)는 본연의 모습으로 아무런 상태의 치우침이 없는 순선무악(純善無惡)의 상태다. 기(氣)는 여기에 작용하여 선(善)과 악(惡)의 상태 변화를 가져온다. 이와같이 볼 때 자연은 이(理)의 모습으로 비유된 듯하다. 구름도 보는 이에 따라 다르게 보이는 것이지 본래는 무심(無心)한 사물에 불과하다는 것이 송순(宋純)의 대물관(對物觀)이다.

물은 시간을 나타내며 흐름의 비유가 값지다. 깨끗이 씻어주는 세례의 기능도 있다. 송순(宋純) 시가에서 특별한 이미지로 전이된 물은 없다.

풀은 자연의 변화를 알게 하는 신의 심부름꾼이다. 선경(仙景)에서 시간의 흐름은 문제되지 않지만 풀과 꽃의 변화가 이를 일깨우는 것이다. 이런 표상은 도잠(陶潛)에서부터도 그렇다.

藏 春 亭

巖 亭 臨 圃 起　암정(巖亭) 앞엔 채마밭
江 嶂 近 簷 回　처마 끝에 맴도는 강과 묏 봉우리
樹 接 千 年 翠　나무는 천년(千年)의 푸름이고
花 傳 四 序 開　꽃은 네 계절을 섞바꿔 핀다
能 敎 春 不 謝　봄을 잡아 맨다며
肯 受 老 相 催　늙음을 막아 보련만
擬 作 神 仙 界　신선(神仙) 세상에 비겨
長 生 把 酒 杯　길이 술잔이나 가우리리.

<면앙집 권3·4>

이 정자는 태인(泰仁)에 있다. 송순(宋純)의 스승 송세림(宋世琳)이 지은 정자다. 우선 정자의 승경(勝景)을 읊고 나무와 꽃의 의미를 되새겼다. 유학적 안목의 투영이니 변함없는 나무와 변화의 꽃이다. 자연의 수용이 송순(宋純)이 심안(心眼)으로 걸러낸 대로다. 스승의 가심을 생각하다가 문득 늙음을 한탄하고 늙음을 탄식하다가 선경(仙景)을 못내 그리워 하며 자연 호탕한 놀이로 귀결되었다.

잔화(殘花)는 추장(惆悵)한 나그네의 심회를 자극하고 황화(黃花)는 임금님에로 바치는 단심(丹心)의 울력을 대표하며, 매화(梅花)는 고향의 임 조차 그리게 하는 현실적 꽃들이었다. 고향 생각은 최치원(崔致遠)의 등전만리심(燈前萬里心)이 아니래도 나그네의 여사(旅舍)의 촛불로 대신되었고, 근심은 무성히 자라는 풀로 비유한 솜씨가 대단하다.

"관사다신주 산천유구명(館舍多新主 山川有舊名)"45)이라고 자연의 변화 없음에 대한 인세(人世)의 유변(有變)을 무상히 생각하고 "유락다년안 이혼 황화불감구시번(流落多年眼已昏 黃花不減舊時繁)"46)이라고 충성심의 옹고집을 내세울 때도 동원되는 자연물이다.

송순(宋純)의 자연은 풍월(風月)을 중심으로 새, 꽃, 풀등이 일상 생활의 모습을 넘어서 사람의 정서를 표출하는데 사용되었다. 그 사용이 실상을 구체적으로 시를 예로 들어 살펴보았으나 「면앙정가(俛仰亭歌)」와 그의 시조에 대한 검토는 없었다. 이는 다음 장(章)의 세찰(細察)이 있기 때문이다. 비교적 고정된 관념적 자연 비유가 많으며 송순(宋純)다운 특이한 시사(詩思)의 전개는 찾아보기 쉽지 않았다. 그 비잠(飛潛)의 폭이 넓다해도 만족할 만한 진폭이 못됨이 아쉽다. 송순(宋純)은 한시에서보다 국문 시가에서 더 성공한 느낌이 든다. 이런 낌새는 그의 한시에서 한시다운 격식성보다도 우리말을 자유로이 엮어나가는 듯하 시구(詩句)가 눈에 뜨이기 때문이다. 다른 시인들에 비하여 고사(古事)의 인거(引擧)나 중국 유명 시인의 점화(點化)가 적은 것은 송순(宋純)이 우리 나라 시인다운 풍모를 갖추고 있는 생생한 증거다. 당시의 한문학을 즐기던 이들에게는 우리말을 아끼고 한시에서 조차 가늠해보려는 송순(宋純)의 의도가 그리 탐탁하지 않았을 것이다. 그의 한시가 한시로서는 성공하지 못했다 해도 우리 나라

---

45) 俛仰集 卷二 · 10.
46) 俛仰集 卷三 · 3.

시가의 새로운 장(章)을 열어 보인 듯싶으며 이것이 그의 국문 시가에서 개화(開花)했다고 본다.

그의 자연의 구가(謳歌)를 끝맺는 마당에서 눈에 찍힌 말발꿉을 옥배(玉杯)로 비유하고 꾀꼬리의 노래를 물소리의 시(詩)로 비유한 작품이 있음을 상기해야겠다.

2) 시로써 교유

『지봉유설』에서는 이규보·이제현·이색과 나란히 김시습을 명가로 꼽았다. 이이의 말로는 김시습의 절의는 백세의 스승이니, 김수온과 서거정이 그를 나라의 선비라고 칭찬함직한 일이다.

『정의제신열전』「증이조판서 청간공김시습」에는 다음과 같은 이야기가 기록되어 있다.

> 서거정이 바야흐로 조정에 나갈 때에 김시습이 남루한 옷에 새끼줄로 허리띠를 매고 거리에서 만나 머리를 들고 "강중, 그대는 편안한 가?"하고 소리치니 서거정은 웃으면서 응대하였다.

이 이야기와 내용은 같은데 더 말이 덧붙어 있는 기록도 있다. 이이는 『김시습전』에서 이렇게 말했다.

> 서거정이 바야흐로 조정에 나아가는 행차였다. 모든 사람들이 길을 비켜주는데 김시습이 옷은 남루하고 새끼를 꼬아 허리띠를 하고, 천민이나 쓰는 모자를 쓰고 거리에서 그를 만나 길을 안내하는 이를 헤치고 들어가 고개를 들고 소리질러 말하기를 "강중 편안한가?"하였다. 이 때 서거정은 웃으면서 대답하고 초헌을 세우고 서로 이야기하니 모든 거리의 사람들이 다 놀란 표정을 짓고 서로 쳐다 보았다. 이 때 김시습에게 수모를 당했던 조정의 선비가 있어, 견디지 못하고 서거정에게 그 죄를 엄히 문초할 것을 진언하였다. 서거정은 머리를 가로 저으며 말하기를 "그만둡시다. 미친 사람과 어찌 넉넉히 따지리오."하였다.

또 말을 이어 "만약 이 사람에게 죄를 준다면, 백대 후에 반드시 그대의 이름에 누가 끼칠 것이오."라고 하였다.

『매월당집』을 보면 유학적 논리나 이치를 깊이 생각하여 논을 전개한 글이 『사가집』의 경우보다 훨씬 많이 발견된다. 이것이 사림(士林)들에게 고무적이었을 수도 있다. 이른바 사육신으로 추앙이 사림과 그 혈맥을 이을 수도 있다.

우리나라 역사에서 계유정란은 선비들의 제거와 은둔이라는 측면에서 참혹한바 있다. 백성들의 동정적인 시각, 약자들에 대한 보상으로 사림에서 두둔하고 나설 수도 있다. 현대에도 뿌리가 남아 있는 사림의 강인성을 이런 사정의 맥락으로 파악할 수는 없을까. 士林의 목소리는 높고 그외의 글은 그리 남은 바가 적다.

김시습과 서거정의 일화에 대한 사림의 이와같은 말들이 시사하는바 의미는 무엇인가. 서거정의 입장에서 보면 서거정의 도량이 큼을 설명함이요, 시대를 꿰뚫어보는 통찰력과 예지 감각의 특출함을 드세움이다. 필자는 이 이야기를 통하여 김시습의 호방함이나 큰 스케일, 인간적인 상식을 넘어선 기이한 행동따위를 지적하는 김시습의 인간적인 찬양에 앞서, 서거정의 인품이 오히려 돋보임을 느낄 수 있다.

이이는 『김시습전』에서 이 이야기를 통하여 김시습의 인간적인 우월성을 드러내려 하였을 것이고, 이이의 그런 태도는 수긍이 가는 바이다. 한편 부산물로 그 상대역인 서거정의 지혜가 드러난 구석도 없지 않다. 김시습의 특출난 행동과 그것을 대범하게 받아들인 서거정의 인품이 잘 그려진 당대 쌍벽의 삽화가 아닐까 한다.

유학적 고정 관념으로 굳어져 있던 그 당시 사회 속에서, 이와같은 격식을 벗어난 이야기는 기이한 이야기에 속한다. 여기는 분열과 갈등·대립의 양상을 지양하는 화해와 조화의 이상을 바라는 의미가 내재할 수도 있다.

서거정이 일찍이 여상의 고기낚는 그림에 김시습에게 시를 구했다. 곧 지어 가로되,

風雨蕭蕭拂釣磯	비바람 소소하게 낚싯터에서 옷깃 날리니
渭川魚鳥識忘機	위수의 물고기와 새가 세속을 잊게 하네

> 如何老作風雲將　왜 늘그막에 용맹스런 장수되어
> 終使夷齊餓采薇　한갓 백이·숙제를 굶어죽게 했담.

이라고 하니 서거정이 잠자코 아무말도 못했다.

　이 글은 『정의제신열전』에 있다. 이 시만 보면, 그리고 이 이야기만 들으면 서거정보다 김시습이 시에 있어 우세한 것처럼 보인다. 그러나 서거정이 김시습의 시에 입을 다물었다는 것이 바로 김시습 시의 우수성을 증명하는 것은 아니다. 서로 입장이 다른 두 사람이기에 김시습이 여상을 비난하는 내용을 담은 시에 서거정으로서는 할 말이 없을 수도 있다. 여상의 정치적 협조를 비판하고 백이와 숙제를 가엾이 여긴 김시습의 시를 서거정은 더불어 화답할 처지가 아니었음을 잘 알았을 것이다. 이 시는 여상을 서거정에 비유하고 백이·숙제를 김시습에 비겨서 서거정에게 대놓고 비난하는 뜻이 들어있다.

　실제로 시 작품상에 있어 서거정의 우위가 그 당대에 이미 판결났음은 필자의 『서거정시문학연구』에 언급한 바 있다.

　이제 작품을 통하여 서거정과 김시습의 시적 교통이 어떤가 살펴 보자. 사림의 이야기가 김시습을 두둔하는 그 내막을 짐작해 보고자 한다.

　『사가집』에는 김시습과의 관계를 언급한 글은 없다. 다만 서거정의 시가 생생하게 남아 전할 뿐이다. 후대의 어떤 평가보다는 당대에 주고받은 시가 더욱 진실에 접근할 것으로 생각한다. 문학을 통한 진실의 접근은 사실을 그대로 찾자는 것은 아니다. 또 문학을 통한 사실의 재구성도 의미가 그리 크지 못할 것이다.

(1) 물건을 주고받을 때

　경주 남산 정사에 있을 때 김시습이 상경하면 술을 들고 서거정을 찾아와 서로 마시면서 즐기기도 했다.

> 술을 들고 찾아오니
> 袖中般若湯　소매 속에 술을 넣어
> 來餉紅塵客　와서 세속 나그네에게 먹이네.

旣雨晴亦佳	이미 비도 개어 아름다운데
荷花淨如拭	연꽃은 깨끗하기가 씻은 듯하네
今夕是何夕	오늘 저녁이 무슨 저녁이란가
兩人相對酌	두 사람이 서로 술을 나누다니
挽袖更小留	소매를 당겨 잠시만 더 머무르라 하니
山月將吐白	산에 달이 흰 기운을 토해 놓으려네.

<사가집 권 13, 12 ~ 13>

이 시는 서거정이 김시습을 얼마나 막역한 친구로서 깊이 사귀고 있나 하는 점을 잘 표현하고 있다. 소매속에 넣어온 술, 아무하고나 마시지 않는 스님의 신분으로 서로 통하는 이와만 마시는 술이 아닌가 한다. 그런데 술을 마실만한 배경도 아름답다. 자연의 축하 속에서 만나지 못했을 때의 그리움이 잘 표백되어 있다. 김시습이 갈 길이 멀다고 일어서려 한다. 서거정은 소매를 잡아 당기며 조금만 더 머물러 달라고 조른다. 이 두 벗의 아름다운 모습을 달도 지켜보며 환히 웃고 있다. 그런데 어느새 새벽, 달이 흰 기운으로 변해간다. 안타까운 이별의 시간이 온 것이다.

이 시는 서거정이 김시습과의 내적 조화와 화해를 자연에 비유하여 그려냈다는 점에서 값지다. 관념의 표현이 아니라 사실이며, 적어도 내적 진실이 잘 묘사되었다.

김시습이 서거정에게 보낸 선물로는 짚신·작설차·가을부채 등이 있다. 이는 그들이 서로 주고받은 작품에 잘 나타나 있다. 짚신과 작설차는 김시습이 보내며 지어 동봉한 시는 없고, 물건을 받고 고마운 생각으로 답을 보낸 서거정의 시만 전한다.

「김시습이 짚신을 보내와서 시에 차운함」은 서거정이 40대 후반일 때 김시습의 선물을 받고 지은 시다. 서거정보다 15년 후배인 김시습은 이때 30대 전반이었다.

김시습이 계림 남산에 정사를 짓고 자연 속에 묻혀 세속과 인연을 끊고 있다가 1466년에 서거정에게 나와서 시를 구한 기록이 있다. 1465년에 원각사가 낙성될 때 서거정의 청으로 서울에 들러 낙성식에 참가하기도 했다. 김시습이 계림에 은거한 것은 이보다 앞서인 것이 분명하다. 김시습이 보냈던 본래의 시는 전하지 않는다.

이 시의 창작은 이 무렵이나 이보다 일 년쯤 뒤인 듯하다.

김시습이 보낸 짚신

走遍紅塵萬丈中　　만길 홍진 속을 두루 달리다가
少年幾度哭途窮　　소년은 몇번이나 통곡했나 길이 막혔다고
烏靴早踏朝天雪　　검은 가죽 신을 신고 일찍이 중국엘 다녀 왔고
珠履曾慙入幕風　　비단 구슬 신으로 조정에 드나들기 부끄러웠더니
忽此來傳雙草屩　　갑자기 이번에 짚신 한 켤레 보내오니
也宜閑傍百花叢　　마땅히 여러 꽃 포기 속에 가만히 놓아 두어야지
他時更著堪圖畫　　다음날 생각대로 다시 신을 수만 있다면
蒻笠簑衣細雨濛　　도롱이에 삿갓 쓰고 가는 비 맞겠네.

<사가집 권13, 16>

　　이 시에서 서거정은 짚신을 가죽구두와 구슬신에 대비시켰다. 율시에서
제3, 4구와 제5, 6구의 대는 그 작품의 가치를 판가름하는 기준이다. 중국
엘 드나들거나 조정에 출입하는 데 신는 가죽구두나 구슬신은 김시습이 보
내온 짚신과는 상반되는 신이다. 제1구의 끝을 "막힌 길에서 통곡함"이라
고 한 것은 은연중 김시습의 처지를 말한 듯하다. 제4구가 서거정 자신의
말년이라면 그 대로써 적당하다.

　　신은 길을 가는데 필요한 것이다. 길의 종류에 따라 신는 신도 다르다.
서거정이 가는 길이 김시습과 다르니 신도 다르다. 그러니까 김시습은 짐
짓 자신의 길에 신는 짚신을 선물하였다. 이 시의 제목을 보면 김시습이
시도 동봉하였다는 것을 알 수 있다. 그 시의 내용을 알 수 없지만, 혹 이
신을 신고 걸어 나오라는 권고는 아니었을까. 그러니 제7, 8구에 좀 기다
리라는 답이 보내진 것이 아닐까. 걸어 나오라는 것은 불교에서 귀의를 권
고함이다.

　　김시습과 서거정의 이와같은 상호 이해와 권고의 마음을 쓰는 관계는 서
로의 깊은 관심이 바탕되어 있음을 알 수 있다. 서로의 길은 다르다 해도
그들이 추구하는 바는 일치하기 때문일 것이다. 서로 목적을 실천하는 방법
은 다르다 해도 이들이 이상으로 삼았던 목적은 동일하였음을 알 수 있다.

　　제5, 6구에서 짚신의 처리를 표현했다. 지금은 가죽신과 비단 구슬신을

신고 있기 때문에 짚신은 꽃밭에 가만 놓아둔다는 의사 표시다. 김시습의 권고에 대한 완곡한 거절이다. 불교에의 귀의를 차후로 미루었다.

제8구의 마지막 구절을 "가는 비 맞겠네"로 한 것은 비가 모든 것을 씻어 주고 녹여주는 의미를 이 시가 내포시켰다고 본다. 서거정은 지금 당장은 아니지만 당신과 같이 행동할 용의가 있다고 말하고 있다. 화해와 조화·호응으로 시를 끝맺고 있는 점이 이 작품에 돋보인다. 첫 구에서의 고통도 이 마지막 구에서 해결된다.

우리는 이 한 편의 시를 통하여 서거정과 김시습이 대립하여 분열을 조성하는 것이 아니라, 화해와 조화를 추구하고 있음을 확인할 수 있다.

김시습은 경주 남산 精舍에서 작설차를 정성껏 만들어 서거정에게 선물했다. 서거정은 고마움의 답을 보냈다.

김시습이 보내온 작설차

上人長向山中居	스님께서 오래오래 산중에 사신다니
山中樂事知何如	산중에 즐거운 일 어떠한 지 알만하오
春雷未動蟄未驚	아직 경칩도 되기 전인데
山茶茁茁新芽成	산에 차싹은 뾰족뾰족 나오네
排珠散玉黃金團	황금 방석에 주옥을 흩뿌리 듯
粒粒眞似九還丹	알알이 참으로 9환단만 같네
上人乘興去携筇	스님께서 흥이 나서 지팡이 끌고
採採已滿蒼竹籠	따고 또 담아 가득한 대광주리여
歸來好汲惠山泉	돌아와 맑은 물에 헹구어서는
文武活火聊手煎	알맞은 불로 손수 삶아 내었네
香色臭味眞可論	향기와 색깔이 참말로 좋아서
開襟爽懷多奇勳	흉금을 시원히 열어 기특한 공훈이 많네
上人遠念紅塵客	스님께서 그리도 근심한 속세의 나그네는
十年臥病長抱渴	10년이나 병석에서 줄곧 갈증에 시달리었네
裏以鷄林雪色紙	눈같이 하얀 계림의 종이로 싸서
題封二三龍蛇字	그대로 명필로 두세자 피봉하여 보냈네
開緘一一鳳凰舌	봉함을 뜯어보니 하나하나 봉황의 혓바닥
輕焙細碾飛玉屑	살짝 말려 곱게 가니 옥가루가 날리듯
呼兒旋洗折脚鐺	아일 불러 던져두었던 노구쟁일 가져와

雪水淡煮兼生薑	눈물에 생강도 가미하여 달이노라니
蟹眼已過魚眼生	방울방울 이슬이 점점 굵어져
時聞蚓竅蒼蠅鳴	이때 가만히 들려오는 끓는 소리
一啜滌我萬古勃鬱之心腸	한 모금에 씻기누나 만고에 답답했던 마음
再啜雪我十載沈綿之膏盲	두 모금에 가셔지는 10년간의 벼슬길 고질병
豈但搜盧仝枯腸文字卷五千	어찌 다만 노동의 옛 글자 5000권이리
亦可起李白錦肝詩句三百篇	또한 이백의 시구가 300편이 생길지니
畢卓謾向甕底眠	필탁이 목을 빼어 항아리 밑을 살피던 눈
汝陽空墮麴車涎	여양이 한갓 흘리던 누룩 수레 뒤의 침이여
那如飮此一兩杯	어찌 이 한두 잔에 비길 수 있으리
兩腋生翰飛蓬萊	두 겨드랑이에 깃이 돋아 봉래로 나르네
何時靑縢布幰拂我衣	어느날 행전치고 포장마차에 옷깃 날리며
尋師去向山中歸	스님을 찾아 산중으로 돌아가서
蒲團淨几紙窓明	밝아오는 창 앞에 부들 방석깔고 앉아
石鼎共聽松風聲	돌솥에서 들려오는 솔바람 소리를 맞들으리.

<사가집 권 13, 9 ~ 10>

이 시는 아무말 없이 작설차만 보내온 김시습에게 그 고마움을 전한 서거정의 작품이다.

작설차를 매체로 한, 둘 사이의 연결이 재미있다. 이 시는 古詩다. 경주에서 차를 채취·가공하여 정성껏 포장해서 보낸 것을, 서거정이 고맙게 받아 잘 달여서 그 맛을 보는 과정을 차례로 그렸다. 마지막에는 이 차로 하여 경주로 달려가고 마는 자신을 표백했다.

이 작품에서 계림은 바로 이상향인 신선세계로 묘사되었다. 그 고장에 차싹이 예쁘게 돋아난 것을 "황금 방석에 주옥을 흩뿌린 듯" 하다 고 묘사했다. 그래서 이 차에는 신선의 약에 맞먹는 값이 있다. 이 차를 김시습이 손수 따모아 맑은 물에 헹구어 적당히 쪄냈다. 향기와 색이 좋아서 대화의 자리에 더없는 보배로 되었다. 10년이나 벼슬길에서 갈증만 느껴온 서거정에게 특별히 생각하여 보낸 김시습의 선물이다. 정성으로 봉함을 하여 보낸 것을 뜯어보니 하나하나가 모두 봉황의 혓바닥이었다.

이 발견이 시적 감흥이요 문학적 상징과 그에 따른 감수성의 감도다. 김시습이 작설차를 보낼 때에, 작설차의 뾰족한 모양에 어떤 신호는 없었을까. 이런 문학적 신호야말로 풍부한 상징 영역의 재미다. 뾰족한 작설차가 서거정이 보기에는 봉황의 혀로 느껴진다. 아무리 풍자와 공격의 날카로운 화살이 날아와도 이것을 둔한 솜방망이로 변질시키는 묘수가 여기에 있다. <김시습전>에 전하는 말과 이 내포는 일치한다. 김시습은 창의 끝처럼 날카롭고 공격적인데 반하여 서거정은 방어적이고 그를 둔화시키는 힘이 있다. 화해와 조화의 천재는 서거정이다.

봉황의 혓바닥을 서거정은 살짝 볶아서 갈았다. 차를 갈아서 다시 끓이는 것은 꼭 그렇게 해야 하는 차달이는 방식은 아니다. 너무 날카로우니 그것을 둔화시켰던 것으로 이해할 수 있다.

이 차를 달이는 그릇도, 오랫동안 사용하지 않고 담장 구석에 쳐 박아 두었던 다리 한 쪽이 잘라진 솥이다. 여기에다 하얀 눈을 녹인 물(동짓날 눈을 받아 녹여 눈물을 만들어 두고 썼던 풍속)에 생강을 가미하여 달였다. 생강의 매콤한 맛을 더한 이유는 무엇일까. "당신의 그 독설은 나에게 오히려 싱겁소"하는 서거정의 호방이 아닌가 싶다.

결국 이 차를 마시고 벼슬살이 고질병이 시원히 나았다. 그리고는 항아리 속도 살펴보며 침을 흘려 더 찾으나 모자란다. 김시습의 선물에 감지덕지, 그 고마움을 이렇게 묘사했다. 이제 이 차를 마시고 신선이 되어 당신이 사는 경주로 달려간다는 서거정의 꿈이 펼쳐져 끝맺고 있다.

화해와 조화로 이룩한 이상향은 선계다. 신선이 되고자 하는 마음은 서거정이나 김시습 쌍방의 공통된 희망이다. 작설차를 매개로 둘은 이미 조응하고 있다. 대립과 갈등이 아닌 화해인 것이다.

김시습은 가을 부채를 서거정에게 선물하여 7언 절구 3수를 보냈다. 『사가집』에서 이 답을 찾을 수 없음이 안타깝다. 왜 하필 가을 부채일까. 철 지난 물건을 왜 보냈을까. 그 이유가 이 시에 나타난다.

가을 부채를 서거정에게

團扇秋來已薄恩　　둥근 부채 가을 되니 이미 쓸모가 없어졌지만
固窮終不入侯門　　궁고해도 끝내 재상집 문에는 들지 않네
雖然更値炎蒸日　　그러나 다시 찌는 여름 만난다면
定憶松濤石上喧　　바로 기억하리, 산을 스치는 솔바람 소리.

<매월당집 권4, 36>

김시습의 오롯함이 가득한 시다. 자신의 쓸모없음을 말하면서도, 아무하고나 사귀지 않고 그 지조를 피력하고 결코 쓸모없지 않으리라는 자부조차 곁들였다. 자신의 처리를 이렇게 진실하게 표백했다.

기·승구에서 쓸모없는 가을 부채가 절구에 계절 변화, 사태 변화로 쓸모있는 부채로 변한다. 전구의 의미는 이와같은 창조의 의미를 함축하고 있어야 한다.

用舍行藏各有時　쓸 때와 안 쓸 때가 각기 때가 있는 법
秋天莫使怨班姬　가을 날씨여, 반희를 원망하지 말게 하라
相公若慰邦黎庶　상공이 만약 우리나라 백성을 위로한다면야
播却仁風更播誰　어진 풍속 전파하는 이 또 다시 누구이리.

운명에 대한 체념이나 자연의 순리에 순응하는 모습이 엿보인다. 가을날씨가 이 세상의 현상이라면 버림받은 반희(班姬)는 곧 김시습의 처지와 동일하다. 이와 같이 참여하지 못하는 처지를 잘 아는 김시습인지라 그런 세태에 순응하는 유학적 자연섭리의 태도가 여실하다. 자신의 입장만 밝히고 그 쪽 일은 그대가 잘 해주길 바란다는 부탁조차 잊지 않고 있다. 서거정에게 알뜰한 부탁을 하는 김시습의 충정은 바로 그들의 이상적 목적이 동일하다는 실증이다. 이렇게 서거정과 김시습은 서로 입장은 달랐지만 백성을 위하는 목적에서 서로 일치하고 있다.

이 시의 끝수는 이렇다.

避涼趨熱謁車塵　서늘한 데 피하여 더운 델 가면 수레의 티끌뿐
玩物猶然況世人　놀이개도 오히려 그러한데 하물며 인간이야
笑渠不知樗櫟壽　우스워라. 쓸모 없는 나무가 오래 삶을 모르다니
恨公抛擲掌中珍　公이 손바닥 속의 보배를 버리면 한스러워.

이 세 번째 시가 앞의 시를 모두 함축하고 있다. 기구에서 부채를 서거정에게 보내며 김시습의 마음까지 함께 보내는 뜻이 들어 있다. 가여운 정을 부채에게 감정 이입시켜서 마치 가을 부채가 김시습 자신인 듯 그려졌다. 서거정에게 보내지는 가을 부채를 불쌍히 여긴다. 그러나 쓸모없는 나

무가 장수하는 이치를 생각하며 합리화하는 오기가 배어 있다. '김시습→가을 부채→쓸모없는 나무'는 버림받은 것들로 서로 공통점을 갖고 있다. 이 시에서 동일한 상징물로 동일한 내용의 감수성을 유발한다. 이 시적 비유가 그리 신선하지는 않다 해도 김시습이 서거정에게 전달하고자 하는 내용은 충분히 소화하고 있다. 버림받은 것의 장수, 뒤집어 보면 버림받지 않은 것, 곧 선택받은 것의 단명을 말함이라.

이 시의 결구의 의미는 무엇일까. 우선 단순히 자신을 버리지 말아달라는 김시습의 부탁쯤으로 생각해 보자. 그러면 서거정에게 의지하는, 자기 자신을 부탁하는 김시습이 된다. 김시습의 높은 절조에는 어울리지 않는 시구가 된다.

그러나 친구로서 野의 소리도 들을 줄 알아야 한다는 서거정에 대한 김시습의 충고라면 어떨까. 김시습의 입장도 살고 서거정의 권위에도 손색이 없다.

(2) 차운시(次韻詩)

경주에 있던 김시습이 잠시 상경하여 머물러 있는 동안, 아무도 김시습을 방문하지 않았다. 그러나 서거정은 시로써 안부를 여러번 물었다. 이에 김시습이 「서거정에게」를 지어 보내 그 후한 뜻에 보답했다. 그런데 서거정은 김시습이 보낸 「서거정에게」를 보고 「김시습에게」를 또 지어 보냈다. 이 수창은 그 내용이 서로 맞서서 읽는 이에게 긴장감조차 들게 한다. 김시습이,

> 有月仍無酒　　달이 있으면 그만 술이 없고
> 有酒仍無月　　술이 있으면 그만 달이 없네.

라고 궁한 자신의 처지를 말했다. 뜻대로 되어가지 않는 세상을 한탄조로 말하니 서거정은,

> 我有樽中酒　　나는 술독에 술도 있고
> 我有池上月　　나의 연못엔 잠긴 달도 있다.

고 풍성하고 뜻대로 되어 가는 세상을 김시습을 보고 부러워좀 하라는 듯
이 자랑했다. 첫 시작부터 서로의 입장을 팽팽히 세우고 있다.

> 時光急如箭　　세월은 빠르기가 화살이리니
> 得失轉雙轂　　얻는 것과 잃는 것은 엎치락 뒤치락

이는 김시습의 세계관이며 인생관이다. 되는 일도 없고 안되는 일도 없
는 세상, 세월은 빨리도 간다. 눈감으면 모두 그만인 것을.

> 而我樂幽獨　　게다가 나의 즐김은 그윽하고 특별나니
> 揮手謝軼轍　　손을 저어 수레 타기를 사양하노라.

현재의 위치를 고수하겠다는 서거정의 답이다.

> 今旣得斗酒　　이제 이미 한 말 술을 얻었으니
> 且與詩爲敵　　또 시로써 겨루어 보세.

김시습은 이렇게 시로써 겨루기를 선언한다. 그러나 서거정은 짐짓 말머
리를 돌린다. 서로써의 대결이야 어디 그대하고 뿐이리. "나는 수많은 시인
들과 싸운 백전 노장이다."라는 응수다.

> 小遊翰墨場　　어려서부터 시인들과 사귀어
> 豪氣萬人敵　　호기로써 만인과 대결했었네.

이어서 김시습은 시 짓기에 좋은 상황을 말하고 달이 좀 없으면 어떠냐
고 하였다. 달은 변화를 상징하며 더욱 홍취를 돋는 상징물로 나타났다.

> 況復荷滿池　　하물며 게다가 연꽃이 못에 그득하고
> 亂蛙聲湯沸　　요란한 개구리 소리가 물끓는 소리 같으니

以此爲宮商　　이로써 노래를 삼아야지
何歎無月夕　　왜 달없는 저녁이라 타박하리오

　자연 순응의 목소리다. 이 상태를 그런대로 즐기며 사는 김시습의 모습
이 엿보인다. 이런 즐김의 김시습에 대하여 서거정은 자신의 걷는 벼슬길
이 힘들다고 실토했다.

中歲苦沈綿　　중년에 괴로이 벼슬살이에 파묻혀
百憂心煎沸　　온갖 근심으로 마음은 끌탕이라
以此生計拙　　이로써 삶이 졸렬해져
不暇謀朝夕　　짬을 낼 겨를이 없네.

　있는 것은 모두다 갖추었으나, 실제 마음은 한가롭지 못하다는 서거정의
실토다. 그러나 김시습은 가진 것은 없지만 마음만은 편하고 한가롭다.
　김시습은 서거정에 대하여 이렇게 묘사했다.

主人久不出　　주인이 오랫동안 나들지 않으니
簪笏塵埃羃　　잠과 홀에 먼지가 쌓였구나
終日臥東山　　종일 동산에 누웠으니
恰似謝康樂　　흡사 사강락이라

　서거정 당신은 나와 통한다는 말이다. 사강락을 매개로 이렇게 서로의
연관을 묘사했다. 사강락은 남조 宋의 자연 시인 사령운이다.
　서거정은 이 차운 부분에서 김시습을 언급하지 않고 자신을 묘사했다.

雙鬢雪飄蕭　　두 구레나룻엔 눈이 히끗히끗 날리고
兩眼花翳羃　　두 눈은 눈꼽으로 가리웠네
逍途寄人世　　세상에 붙여 노니나니
名敎地亦樂　　명예롭고 교화 펴기에 이 땅이 또한 즐겁네

　너무 이상향만 생각지 말라는 뜻도 내재해 있다고 본다.
　김시습은 자신에 대하여 이렇게 묘사했다.

我亦雲水人	나 또한 구름과 물같은 사람이라서
杖錫刓三尺	쇠지팡이가 세 자나 닳았네
得趣輒長吟	흥취가 생기면 문득 길이 읊고
不憂貧與辱	가난과 욕됨을 걱정하지 않아.

자기가 이렇게 살 뿐만 아니라 서거정의 삶도 이런 삶을 이해하고 추구
할 것이라고 보았다.

| 出處雖不同 | 출처는 비록 다르다 해도 |
| 氣味乃相合 | 기운과 맛은 꼭 일치한다네. |

이처럼 서로 동질성을 확인하는 김시습에게 서거정은 자신의 처지를 이
렇게 적어 보냈다.

功名儻來事	공명은 우연히 굴러 들어오는 일이오
進寸而退尺	나아감은 한 치요 물러남은 한 자라
投閑分甘宜	한가하니 흐뭇해 마땅하고
知止乃不辱	그칠 줄 알아 욕됨이 없네
事事長齟齬	일마다 길이 어그러쳐
不與時世合	시속과 더불어 합당치 않네.

이어서 서거정은 김시습을 만나게 된 연유를 썼다.

寄傲園林中	오만하게 전원에 의탁하여
聊以永今日	애오라지 오늘까지 늘여 왔었네
上人從何來	스님께선 어드메서 오셨는지
剝剝復剝剝	우리 문을 두드리고 또 두드려
昔年托深契	지난 날 깊이 맺은 우리는
比之鶺與鷊	비유하면 정분이 두터운 비익조같았네
中間忽參商	중간에 갑자기 헤어져
不啻秦與越	진과 월처럼 되었을 뿐 아니라
相思不相見	보고파도 만나지 못하니
鬱鬱心似結	답답하여 마음이 맺힌 듯.

서거정은 기다리고 보고 싶던 김시습을 만난 기쁨을 이어서 이렇게 묘사했다.

今夕是何夕	오늘 저녁이 이 무슨 저녁이뇨
得此維摩詰	이에 스님을 만나다니
容姿何翩翩	용모와 자태가 어찌나 뛰어나며
談論高揭揭	말씀과 의론이 심히 높이 나부끼니
以我狂且顚	나로 하여금 미쳐 자빠지게 하며
飽此一味禪	이에 취해 선의 맛을 한번 맛보이네
金篦刮我眼	벼슬살이하던 내 눈을 씻는데
破此嗔恚眠	이를 깨고 내 잠을 꾸짖으니
本來三昧手	본래 삼매의 솜씨
臣筆如長椽	그대의 붓은 서까래 같으오
我喜使之詩	내가 기뻐 시를 읽어보니
一一珠玉聯	하나하나 주옥이 꿰인 듯
淸如春氷置玉壺	맑기는 봄어름에 옥병을 놓은 듯
壯如蛟龍戱重泉	장하기는 교룡이 깊은 샘을 희롱하듯
溫或秋陽暴江漢	포근하기는 강물에 쬐는 가을볕 같고
甜如食蜜無中邊	정이 끌리기는 한없이 단 꿀을 먹는 듯
閟者徹厚地	으슥한 것은 두터운 땅을 뚫었고
高者戛重玄	높은 것은 높은 하늘에 올리네
出入論鄒魯	공자·맹자에 출입하여
道體極天淵	도의 본체가 지극히 천연하네
縱橫探老莊	종횡으로 노자·장자를 탐구하여
其神其天全	정신은 천연스레 온전함일세
我似韓昌黎	나는 한창려처럼
欲師冠其巓	스님에게 벼슬을 하게 하고 싶지만
師乎一掉頭	스님께선 한번 머리를 저으시니
曰我前生緣	말하자면 나와는 전생의 인연인 게요

신명이 나서 호흡조차 가쁘게 단숨에 써내려 간 품이 역력하다. 이에 반하여 김시습은 서거정과의 관련을 이렇게 피력했다.

我自嶺南來	내가 영남으로보터 와서
淹留知幾日	머무른 지가 며칠이런가
長安多門戶	서울엔 집도 많은데
無人來剝啄	내집을 찾는 이는 아무도 없어
好詩屢問聘	좋은 시를 여러 번 보내 문안하니
寧不比鶼鰈	어찌 천생의 연분이 아니리
奉之展書床	받들어 책상에 펴 놓고 보니
滿眼實淸越	눈에 가득한 참 맑고 빼어남
態度一何新	태깔과 형식이 어찌나 새로운지
藹藹春雲結	자욱히 봄기운이 엉겨 있는 듯
況如三百篇	하물며 시경의 시처럼
雄偉又盤詰	웅위하고 또 세밀하니
百拜謝來使	백번 절하며 심부름군에게 사례하나
重惠安可揭	이 무거운 은혜에 어찌 표할까.

김시습은 이렇게 서거정이 시로써 배푼 안부에 고마워 하며, 또 서거정을 칭송했다. 그리고 나서 자신의 삶을 피력하였다.

我不願冠顚	나는 벼슬도 원하지 않고
我不願學禪	나는 선 배우기도 원하지 않네
但喜五千卷	다만 5,000권의 책이나 즐겨
囉腹時閑眠	배를 쬐며 때론 한가히 조네
行則車連軫	다닐 때는 수레에 싣고
住則充樑椽	있을 때는 방안이 가득
內外百家書	내외 온갖 이들의 책을
浩汗相鉤連	널리 구해 비치하여 읽으니
高者入蒼天	높은 것은 푸른 하늘에 들고
下者淪黃泉	낮은 것은 황천에 잠기네
大者涵元氣	큰 것은 원기를 머금고
纖者入無邊	섬세한 것은 무한에 드네
往往談滑稽	때로는 우스갯소리도 하며
往往閟重玄	때로는 높은 하늘에 잠기기도 해

恰似簷河垂緝	흡사 처맛물이 떨어져 모여
臨百仞之深淵	백길이나 되는 깊은 연못에 이르는듯하네
又如庖丁投刃	또 포정이 칼을 쓴다면
視千牛而無全	천마리 소가 온전한 것이 없듯이
出入紅塵中	세속 먼지 속을 출입하고
往來靑山巓	청산의 마루턱을 왕래하는데
相公補剝刖	상공께서 모자람을 일깨워 주시니
定是二生緣	이 바로 삼생의 인연.

김시습은 이렇게 자신의 입장을 말했다. 서거정은 차운으로 김시습을 아낌없이 칭송했다. 그리고 서로 깊은 인연으로 이렇게 만남을 기뻐하고 있다. 김시습은 이어서 자신의 사상을 피력했다.

我豈不知	내 어찌 모르리오
佛老逢儒	스님과 도사들이 선비를 만나면
詆周孔全其天	주공·공자께서 그 천성을 온전히 함을 비방하는 줄을
瘢底未易除	부끄럼과 체증은 없애기 쉽지 않고
運命多迍邅	운명은 많이 머뭇거리는 것
亡半畢竟同	양 잃기는 결국 한가지이니
是非何足宣	시비는 왜 꼭 펴야 하리오
但能守其雌	다만 능력껏 이치만 지키면
可參天地先	천지에 먼저 참여할 수 있네
會得秪此爾	애써 얻는 것이 오직 이것뿐
相公何爲然	상공은 어떻게 하려하시오

김시습의 사상은 노자의 주장인 천지가 생기기 전 이치만 있다는 부드럽고 약한 상태에 바탕을 두고 있다. 암컷의 성질인 부드럽고 약한 것이 모든 생성의 원천이며 바탕이라는 생각이다. 이에 대하여 서거정은 당신의 사상에 머리 숙인다고 하며 동조했다. 노자 장자에 바탕을 둔 서로의 다짐이다.

| 人生於世間 | 사람이 세상에 삶에 |
| 有命懸在天 | 운명은 하늘에 달린 것 |

但當守吾雌	다만 나의 이치만 마땅히 지키지
莫非時運遭	세상 운수가 머뭇거림은 상관치 않네
我言出於眞	내 말은 진실에서 나오며
我詩足可宣	내 시로 넉넉히 펼 수 있으니
我拜稽上人	나는 절하노라, 스님께 머리숙여
聞道宜吾先	도를 들음이 마땅히 나보다 먼저로다
我久在空谷	내 오래 빈 골짜기에 있어
能不喜跫然	즐거움도 즐거움으로 몰랐어라.

서거정이 김시습에게 머리 숙이는 것은 한유의 「스승」에 있는 대로 김시습의 도를 들음이 먼저라는 칭송이다.

김시습은 서로 신선이 되기를 노력하자고 하며 끝맺었다.

小塘芰荷香	작은 연못엔 연꽃 향기
花塢葡萄繁	꽃밭엔 포도가 무성하네
節物苦催人	계절이 괴로이 사람을 재촉하며
歲月不暫延	세월은 잠시도 기다려 주지 않네
渺渺天地間	아득한 천지 사이에
寄身如飛蛖	하루살이처럼 몸을 부치었네
就酒且勿辭	술을 대하여 사양치 마시오
遠躡喬松仙	멀리 따르리, 왕자교와 적송자를.

<속동문선 권3>

세상의 무상을 말하고 왕자교와 적송자를 닮아 신선이 되자는 김시습의 시에 서거정은 이렇게 끝맺었다.

歲月倏以駛	세월은 야생마가 달리듯 빠르고
世事浩且繁	세상 일은 넓고도 번거로워
高蹤邈難留	높은 자취는 남기기가 어렵고
飛節不可延	나는 계절은 늘일 수 없네
去我塵中人	세속의 나를 떠나간 사람
下視蠋蜎蜎	벌레가 꿈틀거림을 구경하듯이 하니
安得從之遊	어찌 서로 좇아 노니겠소

去去挾飛仙   빨리 신선이나 되어 가시오

<사가집 권13, 18~19>

결국 서로가 한 자리에 설 수 없는 관계임이 분명하다. 뼈있는 한마디가 절실히 배어 있다. 너무 거오하게 세상을 깔보지 말라는 일침이 내재해 있다. 배척이라기보다 충고라고 보겠다.

일일이 운을 맞추고 내용도 걸맞게 응수하면서 자신의 사정을 전달하고 상대편에게 알뜰한 충고까지 두루 내포한 차운이다. 서로의 처지를 숨김없이 드러냈는가하면 사상도 엿보여 흉금을 텄다. 그러나 서로의 입장은 한 자리에 설 수 없었다. 서로를 생각하는 정분은 짙다 해도 세상과 관련된 그들의 입장은 어쩔 수 없음이 이 시에도 엿보인다.

유창한 필력과 샘솟는 생각을 능숙하게 엮은 서로의 실력을 과시한 차운시다. 김시습은 자신의 처지를 묘사함에 할애한 지면이 많은 반면, 서거정은 김시습을 칭송한 대목이 더 많은 분량을 차지하고 있다. 「서거정에게」는 김시습이 자신의 처지를 하소연한 시인 반면 「김시습에게」는 김시습의 시에 대한 답이라서 칭송이 많게 그려졌다고 본다.

서거정보다는 김시습이 사림(士林)의 우호를 받았다. 그래서 서거정과 김시습에 얽힌 일화는 김시습의 인간적 우위를 증명하는 자료로 동원되었다. 그러나 한편 생각하면 이이의 말은 서거정의 원만한 인품을 대변해 주기도 한다. 이는 둘 사이의 갈등과 대립을 지적하는 일화라기보다는 화해와 조화의 이상을 바라는 의미를 내재시켰다고 볼 수 있다. 서로 입장은 달랐지만 그들이 추구하는 목적은 일치하였다고 본다. 나라를 위한 목적은 같았으나 그것을 실천하는 방식이 서로 달랐다.

이 논문에서는 서거정과 김시습의 시문학적 업적의 우위를 따지자는 것은 아니었다. 그들이 시를 매개로 삼아서 어떻게 서로 호응하고 화해하여 마음의 평정을 얻고 있나 하는 점을 살펴 보았다.

스님인 김시습이 상경하였을 때 술을 들고 서거정을 방문한 일이 있다. 서로 주고 받는 대화가 무르익어 헤어지지 못하고 날을 새웠다. 이런 작품에는 달이 제재로 쓰였으며 그 내포는 화해와 조화였다.

김시습은 서거정에게 짚신·작설차·가을 부채를 선물로 보냈다. 서거정이 짚신을 받고 지은 시는 김시습이 야(野)로 그를 유인하는 뜻에 완곡히 거절하는 마음이 담겨 있다. 이 시 속에는 상호 이해와 권고의 정중한 시상이 내재해 있다. 김시습은 불교에의 귀의를 권고했는지도 모른다. 이 시를 통하여 서거정과 김시습이 대립하여 분열을 조성하는 것이 아니라 화해와 조화를 추구하고 있음을 알 수 있다.

서거정은 작설차를 받고 그 고마움을 시작품으로 전했다. 이 시는 김시습이 경주에서 정성으로 만든 차를 서거정에게 보내니 서거정이 고맙게 받아 잘 달여서 맛을 보는 과정을 그렸다. 이 작품의 끝에는 선계에로의 귀의가 강하게 나타난다. 작설차의 뾰족한 의미를 봉황의 혀로 비유한 서거정의 재치와 또 이 차를 갈아서 달였다는 짓짓에서 필자는 아무리 날카로운 화살이 날아와도 둔한 솜방망이로 변질시키는 묘수가 서거정에게 있었다고 본다. 김시습의 날카로운 비판과 지적이 잘 상징되고 따끔한 충고가 내포된 작설차. 이것을 받아들이는 서거정의 자세 또한 정중하다. 김시습은 공격적인 데 반해 서거정은 방어적이다. 이 시에는 서거정의 원만한 성품과 호방한 스케일이 잘 묘사되어 있다.

김시습은 서거정에게 가을 부채를 선물하면서 시를 3수 지어 동봉했다. 이 시에는 김시습의 오롯한 기상과 절조와 자부가 넘친다. 쓸모없는 가을 부채이지만 계절의 변화 곧 사태의 변화에 따라서는 쓸모 있는 부채로 변한다는 꼿꼿한 마음을 함축했다. 버림받은 이의 노래이지만 김시습은 유학적 사상의 범주를 탈피하진 못했다. 그래서 세태에 순응하는 뜻을 말했다. 그쪽 일을 그대가 잘 해주길 바란다는 부탁조차 잊지 않았다. '김시습→가을 부채→쓸모 없는 나무'는 쓸모 없는 것들이지만 장수하는 행운을 누리고 있다. 버림받지 않은 것의 불행을 생각했다. 야의 소리를 들을 줄 알아야 한다는 김시습의 권유가 이 시에 잘 드러나 있다.

김시습이 서울에 왔어도 마음이 통하는 이가 없었다. 그런데 서거정이 하인을 통하여 여러번 시를 보내 왔다. 김시습은 고마워서 「서거정에게」를 썼다. 이를 받아본 서거정은 「김시습에게」를 지어 보냈다. 이 시는 서로 맞서서, 읽는 이에게 긴장감조차 느끼게 한다. 김시습이 뜻대로 되어 가지 않는 세상이라고 말하면, 서거정은 잘 되어가는 세상이라고 했다. 김시습이 야로 나오라고 권고하면 서거정은 안으로 들어오라고 응수했다. 시로써 대결해 보자고 하면, 그대와는 상대가 안 된다고 말머리를 돌렸다. 김시습은 주로 자신의 처지를 한탄조로 그려 보낸 데 대하여 서거정은 김시습에 대한 칭송을 일일이 적어 보냈다. 서로의 철학이 통하니 함께 신선이 되자고 하며 시를 끝냈다. 그러나 서거정은 당신이나 어서 신선이 되라고 했다. 김시습의 오만함을 은근히 꾸짖으며 시를 끝냈다.

이상의 요약에서 알 수 있듯이 서거정과 김시습은 유학적 바탕에서 나라와 백성에 대한 충성을 닮은 목표로 삼았다. 그러나 그들이 그 목표를 실천하는 방식은 전혀 달랐음을 알 수 있다. 그렇게 사이가 뜰 듯한 둘이지만 그들의 정신적·서정적 유대는 민감한 감수성을 바탕으로 매우 깊고 긴밀했음을 확인할 수 있다.

(3) 이현보

농암(聾巖)을 영남가단(嶺南歌壇)의 핵심으로 평가하는 입장에서 보면, 도학으로 손꼽히는 김안국(金安國 : 1478 ~ 1543) 김정국(金正國 : 1485 ~ 1541) 형제, 이해(李瀣 : 1496 ~ 1550) 이황(李滉 : 1501 ~ 1570) 형제, 주세붕(周世鵬 : 1495 ~ 1554) 안정(安珽 : 1494 ~ ?) 이우(李堣 : 1469 ~ 1517) 소세량(蘇世良 : 1476 ~ 1528) 김극성(金克成 : 1474 ~ 1540) 문경동(文敬仝 : 1457 ~ 1521) 등 인물들과 시를 지으며 교분을 두텁게 했다.

이들이 모이게 된 이유를 잘 설명해 주는 시가 있다.

추일(秋日) 음권예판중허(飲權禮判仲虛) 발(撥) 상공신택(相公新宅) 차주인(次主人)

長安百萬獨無家	서울 백만의 집 중에 나만 집이 없어서
往占松林卜宅嘉	소나무 숲에 집터 잡기를 아름답게 했네
座上凝川前後守	모인 이들은 밀양[47)]에서 부사를 지냈던 분들이니
五人情抱各如何	다섯 사람의 회포가 각각 어떠하리

상공(相公) 장참의대훈(張參議大訓) 조첨지적(趙僉知績) 조위장수천(趙

---

47) 凝川은 密陽의 옛 이름.

衛將壽千) 여여개증경밀양부사(與余皆曾經密陽府使) 우연성회운(偶然成
會云) 예조판서 권발과 참의 장대훈과 첨지 조적과 위장 조천수가 나와
함께 모두 일찍이 밀양 부사를 지냈는데 우연히 모이게 되어 읊었다.

廊廟輸忠爲國家	조정에 충성을 하는 것은 나라를 위함이니
風雲魚水會亨嘉	바람이 구름을, 물고기가 물을 만났네
春陽縱卜新泉石	춘양에 경치 좋은 데에 자리를 잡았지만
身係安危未退何	몸은 나라 일에 매어 못 물러가니 어쩌려오

春陽 公之花山別業　춘양은 공의 안동 별장 이름이다.

秋到年年苦憶家	해마다 가을이면 몹시 집 생각 했으니
汾川林下樹陰嘉	분천 숲 아래 그늘이 좋기 때문이네
君恩報了知無日	임금님 은혜에 보답하는 날이 없으니
苒苒其如更老何	자꾸자꾸 이렇게 늙어 가는 것을 어쩌리오

시여이복행(時余已卜行) 고말급지(故末及之) 이 때 내가 이미 고향으
로 가기로 작정했기로 말구(末句)에서 그 말을 썼다.

위에 인용한 시를 읽어 보면 이들이 모인 이유가 인근 지역에서 벼슬살
이를 하는 점임을 알 수 있다. 이를 역으로 생각하면 서로 모이기 위하여
벼슬살이를 이웃한 지역으로 위했는지도 모를 일이다. 롱암이 여러번 고향
의 방백을 원한 것도 이런 의미로 해석할 수 있을 것이다. 그렇다면 이들
의 모임은 우연한 모임은 아니라고 볼 수 있다. 이에 대하여 영남가단이라
는 칭호를 붙이기도 하지만 이는 우리말 노래에 대한 연구 결과를 두고
붙인 이름이다. 이 논문에서는 시를 대상으로 하기 때문에 영남시단이라는
용어를 쓴다. 영남의 그것은 호남의 그것에 비하여 량과 질에 있어 차이가
있다고 할 수 있다.48)
　이 차이를 구체적으로 보여 주고 또 영남과 호남 시문학의 차이를 실감

---

48) 湖南詩壇에는 俛仰亭 30詠, 息影亭 20詠, 瀟灑園 48詠 등 大作이 많다. 이에
　비하여 嶺南詩壇에는 이런 작품 활동을 찾을 수 없다.

하기 위하여 좀 길지만 참고로 송순(宋純)이 지은 「봉화식영정임석천이십영(奉和息影亭林石川二十詠)」을 예로 들어 본다.

奉和息影亭林石川二十詠

瑞石閑雲

山自蒼然在	산은 절로 푸르러 있고
朝朝出雲橫	아침마다 피어나는 구름이 가로 걸렸네.
吾閑如不至	나의 閑情은 이만 못하니
何以見渠情	어찌 그 閑情을 볼 수 있으리.

蒼溪白波

淺流披亂石	낮은 물이 어지러운 돌에 부딪히니
噴出盡明珠	부딪는 물은 구슬을 흩뿌린다.
不但光搖月	빛이 달을 흔들 뿐만 아니라
寒聲與竹俱	서늘한 물소리는 대숲 바람소리 같네.

水檻觀魚

看看猶不厭	아무리 보아도 싫증나지 않는 것 같아
憑欄俯溪陳	난간에 기대어 골짜기에 펼쳐진 것을 굽어본다.
影落還無避	내 그림자 비쳐도 외려 도망가지 않으니
方知魚慣人	자못 고기가 길들여졌네.

陽坡種苽

試取東陵法[49]	시험 삼아 동릉법을 취하여
開雲手種苽	구름을 열고 손수 외를 심는다.
黃金纔散畝	황금 같은 씨를 이랑에 뿌리니
靑玉已頹沙	청옥이 벌써 밭에 돋는다.

---

49) 阮籍 ; '詠懷詩'에 "昔聞東陵瓜 近在靑門外." ; 七契 東陵之瓜 北燕之栗

碧梧凉月

素月揚光彩	하얀 달이 광채를 떨치니
梧陰展後庭	오동나무 그늘이 뒤뜰에 퍼진다.
愛凉吟嘯久	서늘함을 좋아하여 오랫동안 읊조릴 때
夜氣使人醒	밤기운이 사람을 정신 들게 하네.

蒼松晴雪

珍重長春色	보배같이 중한 긴 봄빛
渾爲夜雪遮	뒤섞여 밤눈으로 덮여 버렸네.
坐看朝日射	앉아서 아침 햇살 비침을 보니
翻作玉林花	번뜩이며 옥 숲에 꽃을 이루었구나.

釣臺雙松

廣石作平臺	넓직한 바위는 평대가 되고
雙松爲翠蓋	두 그루 소나무가 푸른 지붕이어라
無心垂釣絲	욕심 없이 낚시 줄 드리우니
身世亦云大	나도 한없는 자연의 하나.

環碧龍湫

亭臨衆壑水	정자 앞에 모이는 여러 골 물이
儲作一龍湫	한 용추를 만들었구나.
有橋冥冥應	나무가 구불구불 아련히 비칠 때
澄涵萬象幽	맑게 잠긴 萬象은 그윽도 하다.

松潭泛舟

强取江湖興	그저 강호에 흥이 넘치면
輕棹泛石潭	가벼이 노 저어 石潭에 뜬다.
松陰還可愛	솔 그늘 외려 사랑스러워
坐客僅容三	앉을 손은 겨우 세 명 정도

石亭納凉

巖穩何煩席	바위가 편안한데 어찌 번거로운 자리랴
陰深不用家	그늘이 깊은 데 집이 무슨 소용이리.

輕風吹不斷　　가벼운 바람이 끝없이 부니
秋意自來加　　가을 뜻이 절로 더해 오누나.

鶴洞暮煙
鶴洞烟初起　　鶴洞에 처음 안개 일 때는
星山月未團　　星山의 달이 둥글기 전
漸移橫野口　　점점 들을 가로질러 퍼져 나가면
還作畵圖看　　한 폭의 그림을 보는 듯하다.

斷橋歸僧
危橋人不到　　외나무다리엔 아무도 없더니
惟見一僧歸　　다만 보인다, 중 하나 가는 것
路指雲深處　　길은 구름 깊은 곳을 가리키나
林端已夕暉　　숲 머리는 이미 황혼이라네.

平郊牧笛
細草平如織　　야드르한 풀밭은 깁을 펼친 듯
西郊日欲曛　　서쪽 교외엔 해 지려 한다.
數聲牛背笛　　몇 가락 소 탄 아이들의 피리 소리가
吹弄一溪雲　　냇가 구름 희롱하며 불어 제낀다.

白沙睡鴨
細雨盡初畵　　가는 비 내리니 금방 그린 그림인데
依沙睡正酣　　모래밭엔 달콤히 조는 오리들
誰知亭上客　　누가 알리 亭子 위에 나그네까지
閒意與相參　　졸음에 한몫 낀 한가한 뜻을.

鸕鷀巖
屹立水之中　　물 가운데 우뚝 서서
無由着人迹　　사람은 갈 수 없기에
鸕鷀知所棲　　鸕鷀만이 깃드는 곳
因以名其石　　그래서 그 바위 그 이름이구나.

桃花逕

杖屨尋春壑	지팡이 짚고 짚신 신고 봄 골짝을 찾으면
桃花夾路紅	사잇길에 붉은 복숭아꽃
暗香生步步	그윽한 향기는 걸음걸음 일고
疎雨扇微風	성긴 비에 살랑이는 바람.

紫微灘

花光與水色	꽃빛은 물빛과 함께 하여
交作一亭奇	亭子를 奇異하게 만든다.
剩把玲瓏意	애틋한 기분 흥에 겨워서
裁成幾首詩	몇 수의 시도 이루어지네.

芳草洲

皎潔團沙暖	해맑은 데 아늑한 모래밭
芳菲細雨春	꽃다운 풀들은 봄비로 싱싱하다.
閑行鷗不亂	한가히 거니니 갈매기도 놀라지 않아
何羨十洲人	어찌 신선이 부러울쏘냐.

芙蓉塘

玉鏡開巖面	옥거울에 비친 바위
晴葩耀日光	맑은 꽃봉오리 햇빛에 반짝인다.
最宜臨夜翫	제일 좋은 건 바로 밤경치
星月蘸淸香	별과 달이 淸香에 잠겼네.

仙遊洞

月裏聞簫廻	달빛에 퉁소 소리 돌아들리니
羣仙下路賒	신선들이 내려오는 길이 호화롭구나
溪邊多小石	냇가에는 잔돌이 많으니
何處流霞酒	어느 곳에서 流霞酒를 마시려는가.

<면앙집 권3·27~29>

　인용한 시에 대하여 몇 가지 특징을 지적하면, 첫째, 20수의 절구(絶句)
마다 작은 제목이 붙어 있다는 점이다. 이런 형식은 「소상팔경도시(瀟湘八
景圖詩)」에서 비롯된다고 생각한다.[50] 둘째, 영남에서 지은 시들보다 자연
을 아름답게 묘사했다. 이는 다음 시들과 비교하면 알 수 있다. 셋째, 사실
적이고 기록적인 면보다는 사실을 보다 아름답게 묘사하려는 예술적 의도
에서 사실과 다르게 창작 되어 있는 점을 발견할 수 있다. 또한 연작의 특
징을 가진 장편임을 들지 않을 수 없다. 이 시와 아래에 인용한 시를 비교
해 봄으로써 일부일런 지는 모르지만 필자가 보는 견지에서는 그래도 어느
정도는 영남과 호남 시문학의 작품상 특징을 구체적으로 볼 수 있다.
　이황[51]이나 주세붕[52]은 호남의 시가인인 송순과도 함께 어울렸던 기록
이 있다. 그러나 이런 교류는 호남이나 영남의 다른 결속보다는 미미한 것
이 사실이다. 사상적이고 인간적인 교유는 그렇다고 하더라도 시가 문학적
인 면모는 다른 양상을 지니고 있음을 볼 수 있다. 그 구체적인 증거가 시
가 작품의 질과 량이다. 이황·주세붕은 호남시단에 참여하면서도 위에 인
용한 것과 같은 장편의 연작시(連作詩)는 짓지 않았다.

명농당 병서(明農堂 幷序)

　　吾先 起於永陽鄕裔 世居東都 高祖諱軒 仕宦于京 以軍器 少尹告
老 始改卜于玆 自後堂構累代 宦成終老皆於此 其山水之奇 林園之
勝 天作備盡 不假增飾 第無亭樹池臺 戊辰秋 余以秋部郞官 悶親
年老 乞補永陽 公私有事 往來無虛月 遂得隙地 鑿池而作堂其上
堂成 畫以淵明歸去來圖 意有在焉 秩滿還京 甲戌冬 更以密城宰
來觀之 壁間圖畵無恙 而五斗之折 吾腰猶古 能無羞愧乎 時則爺孃
在堂 勢不得任便 姑吟絶句 留諸壁上 欲驗他日成就其志與否云.

　우리 선대는 영천(永川) 촌구석에서 일어나 대대로 경주에 살았다. 고조
의 이름은 헌이니 서울에서 벼슬을 하다가 군기사(軍器寺)[53] 소윤(少

50) 劉鐘洙, 樓亭詩 「息影亭二十詠」硏究, 水原大, 碩士學位論文, 1995.參照.
51) 拙著, 俛仰亭宋純硏究, PP.31 - 37 參照
52) 拙著, 俛仰亭宋純硏究, PP.23 - 24 參照.
53) 군기시는 고려 시대부터 군사의 무기 등을 만드는 일을 관장하던 관청으로 조선 시

尹)54)으로 퇴임하여 비로소 여기에 집을 짓게 되었으니 그 뒤로부터 집을 여러 대에 걸쳐서 지어 벼슬을 하다가 늙으면 다 여기에 와서 마쳤다. 그 산수(山水)의 기이함과 숲과 동산의 경치가 조물주가 재주를 다한 듯하여 더 꾸미고 보탤 필요가 없었으나, 집에 정자나 연못과 누대가 없었다. 무진 (戊辰 : 1508)년 가을에 형조(刑曹)의 낭관(郎官)으로 어버이께서 연로하심을 근심하여 영천으로 전보 발령해 주기를 바랬더니 거기에서도 公私의 일이 있어 왔다갔다 하면서 세월만 허송하다가 드디어 틈을 얻어서 연못을 파고 그 옆에 집을 지어 집이 이루어짐에 도연명(陶淵明)의 귀거래도(歸 去來圖)를 그려 붙이니 뜻이 거기에 있다가 임기가 다 함에 서울로 돌아갔다. 갑술(甲戌 : 1514)년 겨울에 다시 밀양(密陽)의 원이 되어 와서 보니 벽에 걸린 그림은 별 탈이 없으나 벼슬살이에 내 허리는 늙었으니 능히 부끄러운 일이 없겠는가. 이 때는 부모님께서 생존해 계셔서 형세가 편한 대로 할 수가 없었으니 우선 절구를 지어 벽 위에 걸어두어 후에 그 뜻을 성취했는지 여부를 징험해 보고자 함이라.

龍壽山前汾水隅　　용수산 앞 분수 모둥이에
薨裘新築計非無　　은둔의 집55)을 새로 지을 뜻이 없지 않은데
東華十載霜侵鬢　　벼슬살이 십년56)에 머리가 희어가고 있으니
滿壁虛成歸去圖　　벽에 가득히 歸去來圖만 헛되이 그려져.

次 韻

病人宜退故山隅　　병든 사람 의례히 물러나야지, 고향 산으로
君亦言歸信有無　　그대 또한 돌아간단 말 지켰는가 못 했는가
何日紋枰亭上對　　어느 날 紋枰亭 위에서 마주 대하여
從君一賭壁中圖　　그대를 좇아 벽에 그린 그림을 볼거나.

<송재 이우>

대에도 계속 있었다. 군자감이라고 하기도 했다.
54) 소윤이라는 벼슬은 정4품에 해당하는 벼슬이다.
55) 薨裘는 魯나라 邑名으로 은둔의 장소를 말한다.
56) 東華는 우리나라의 다른 이름이고, 東華門은 궁중의 동쪽문을 말한다.

溪轉山回抱四隅　　시내가 산의 네 모퉁이를 싸고돌아
桃源方信有非無　　武陵桃源이 있다는 것을 이제야 알게 되었네
應嫌俗客來相訪　　응당 세속의 나그네들 찾아오는 게 싫어서
漏泄人間上畫圖.　　세상에다 武陵桃源圖를 누설해 버렸네.
<모재 김안국>

嶺外行行地一隅　　嶺南의 굳센 땅 한 모퉁이에
山川明媚見曾無　　이렇게 밝고 아리따운 경치를 본 일이 없네
此中宜著投簪老　　이런 데는 隱退한 늙은이가 살기가 적당하니
須倩龍眠上畫圖　　바로 李公麟의57) 龍眠山莊圖를 얻어 와야지.
<사재 김정국>

　「명농당」시의 병서를 보면 퇴휴를 위하여 지은 것임을 알 수 있다. 농암의 이런 여유로운 삶을 못내 부러워하여 송재·모재·사재가 각각 차운을 했다. 이 세 시인의 시는 모두 농암을 부러워하면서 찬사를 곁들였다. 언제 당신과 같은 귀거래의 즐거움을 맛볼 수 있겠느냐는 부러움을 노래했다. 이는 당시 교유의 한 예법이기도 하겠지마는 어수선한 세태 속에서도 유유자적하는 롱암의 인격을 칭송하는 의미도 있음을 알 수 있다. 그러기에 이들은 후에도 여기에 드나들면서 함께 자연을 읊었다. 이런 장기적인 교류는 하나의 문단 성격을 이룩했다고도 볼 수 있다. 앞서도 말한 것처럼 호남의 경우도 마찬가지다. 농암(1467 - 1555)은 생몰연대로 볼 때 호남시단의 시초가 되는 정극인(丁克仁 : 1401 - 1481)에 비하여 뒤인 것은 사실이다. 그러나 호남시단이 꽃피는 송순(1493 - 1583)의 면앙정·양산보(梁山甫 : 1503 - 1557)의 소쇄원(瀟灑園)·김성원(金成遠 : ? - 1597)의 식영정(息影亭) 등에 비하면 상당히 앞서고 있음을 알 수 있다.

---

57) 李公麟(? - 1106)은 宋人으로 泗州 參軍을 지내다가, 龍眠山에 퇴거하여 晚年을 보냄. 號는 龍眠居士, 스스로 龍眠山莊圖를 그렸다고 한다.

(4) 동고(東皐) 이준경(李浚慶)의 곡만시(哭挽詩)

곡만시도 일종의 교분을 보여주는 시다. 동고 이준경은 주로 관계에서 삼정승을 여러 해 지낸 분이다. 이런 분의 교분은 또 남다른 바가 있다고 생각 되어 곡만시를 살펴보기로 하였다.

① 서론

『동고유고(東皐遺稿)』에는 시가 모두 49수가 전하며 그 중 응제시(應製詩)가 8수, 곡만시가 15수, 한적이 17수, 기타가 9수, 이렇게 볼 때 곡만시의 비중이 큼을 볼 수 있다. 이는 동고의 교유를 말하는 것으로 두루 요직을 지낸 동고로서는 당연한 귀결일 수 있을 것이다.

동고 이준경의 곡만시는 오언율시(五言律詩)로 「만명종대왕 3수(挽明宗大王三首)」「만홍정승 언필(挽洪政丞 彦弼)」「만김첨지노(挽金僉知魯)」 등 3편이 있고, 칠언율시(七言律詩)로 「곡자(哭子)」「만권참판 응정 2수(挽權參判 應挺 二首)」「만송감사겸(挽宋監司璟)」「만종실익양군(挽宗室益陽君)」「만회계정충의(挽會稽鄭忠義)」「만송동지대부인(挽宋同知大夫人)」 등 6편이 있고, 오언배율(五言排律)「만심정승 연원(挽沈政丞 連源)」「만신기제 광한(挽申企齋 光漢)」이 있고, 칠언배율(七言排律)로 「만김수찬 의정(挽金修撰 義貞)」이 전한다. 『동고유고』에 전하는 곡만시로는 이렇게 모두 12편 15수다.

이 시들을 먼저 곡시와 만시로 나누어 고찰하려고 한다. 곡시는 만시에 비하여 망자(亡者)와 친분이 더 도탑거나, 관계가 깊어 그 시의 내용이나 정서가 더욱 애절한 것이 보통이다.

동고의 경우 곡시는 「곡자」 1수만 있고 나머지 14수가 모두 만시다. 이는 동고가 오랜 기간 동안 영의정으로서 그의 정치적 사회적 위치와도 관련이 있을 것으로 생각한다.

② 본론

가. 곡시

먼저 「곡자」를 살펴보고 나머지 만시들에 대한 고찰을 진행하기로 한다.

哭 子

娟娟眉目枕邊煩　곱고 예쁜 눈매가 꿈에도 아른댐은
十八人間最可寃　열 여덟에 죽은 것이 원통한 때문이야
善念汝應蒙福澤　착한 생각 가진 네가 복을 받아 마땅한데
惡緣吾積致瘥昏　惡緣 쌓은 나로 인해 병이 들게 되었구나
論詩說賦聲堪聽　詩賦를 의논할 땐 말마다 들을 만 했고
敬長尊親學日敦　어른 공경하는 마음 배움 따라 득실했네
臨絶數言猶在耳　마지막 남긴 말이 귓가에 아직 맴도니
九重泉路有精魂　멀고 깊은 저승에 네 혼령 있을 거야

<국역 동고유고 下 권1·9>

자식이 죽으면 '가슴에 묻는다' 는 말이 있다. 그 애절하고 애통함은 비길 데가 없다. 이 시는 수련(首聯)에서부터 원통함으로 시작한다. 이 시에서 원통한 이유는 나이가 18세밖에는 되지 않았다는 점, 그 자태가 영리하다는 점을 들 수 있을 것 같다.

함련(頷聯)에서 병이 든 이유도 아버지인 자신에게 있다고 자책하고 있다. 아들은 착해서 이렇게 병이 들 사람이 아니라고 했다. 이런 아버지의 자책은 부모로서의 책임을 통감하는 그 사랑을 웅변하는 것이라고 생각한다.

경련(頸聯)에서는 아들 생전에 대한 회상으로, 시부(詩賦)를 잘 지었고, 경존(敬尊)을 잘 해서 행실도 아주 아름다웠다고 애석해 했다. 이 시대 사람으로서 시부를 잘 짓고, 어른을 공경할 줄 알면 인격으로는 더 할 나위 없는 매우 훌륭한 인물이다. 아까운 인재의 상실을 슬퍼했다.

결련(結聯)에서 아들이 죽었지마는 그 음성은 귓가에 맴돌고, 그 영혼은 저 세상에 있을 것이라고 애써 불멸을 외치면서 그 슬픔을 마무리하고 있다.

이 시에서 "경장존친학일돈(敬長尊親學日敦) 어른 공경하는 마음 배움 따라 득실했네"라는 구절에 대한 번역을 "敦"자의 의미가 돈독하다는 말이

니까 "어른 공경하는 마음 배움 따라 돈독했네"라고 하는 것이 좋을 듯싶다.

이상에서 본 것처럼 곡시는 만시에 비하여 죽은 사람 곧 작시의 대상이 가족이거나 매우 가까운 친구 사이에 짓는 형식임을 알 수 있을 것이다.

나. 만시

挽明宗大王 三首

傳序仍殷及	은나라 제도처럼 전서를 잇자
謳歌更啓歸	민심은 하계에게 또 돌아 갔네
旁招來俊乂	인재를 사방에서 불러들이고
迎納聽嘲譏	비판하는 여론도 嘉納하시어
故作明明后	어질고 지혜로운 군주 되시니
方流顯顯輝	두루 미친 그 은택 찬란하도다
仙遊何太邊	신선놀이 왜 이리 빨리하시나
治化半途非	治化가 그만 중도에서 어그러졌네

첫째 수는 1, 2구절에서 인종(仁宗)의 뒤를 이어 명종(明宗)께서 왕위에 오르신 것을 밝히되 중국 은(殷)나라의 선양(禪讓)에 비유하여 권위를 높였다. 이어 3, 4, 5, 6구절에서 명종의 치적을 찬양했다. 그리고 7, 8구절에서 너무 일찍 돌아가심을 애석해 했다.

半夜催宣召	한 밤중에 다급히 부름을 받고
蒼黃寢殿升	정신없이 침전으로 올라 갔었오
龍顔猶及奉	어지신 임의 얼굴 겨우 뵈옵자
玉几意難凭	이제로 모셔 받들 기회 끊겼네
聖嗣由先定	나라 일은 미리 정한 말씀 계시와
宗祐遂有承	宗統은 분부대로 모셔 이었오
三朝還未死	세 분 임금 모시며 죽지 못하여
忍見禍相仍	끝끝내 망극한 일 당하게 됐네

(靑丘風雅 半夜作夜半 猶及奉作雖及覩 竟作已 先作前 還未死作猶未死)

(靑丘風雅에는 이 半夜를 夜半이라고 했고, 猶及奉은 雖及奉 竟은 已

先은 前 還未死는 猶未死라 하였다.)

둘째 수는 1, 2구절에서 임금님 침전으로 급히 달려감을 묘사하였다 3, 4, 5, 6구절에서 임금님의 돌아가심을 당하여 제일 중요한 일인 대통에 대한 언급이 있다. 이어서 7, 8구절에서 세 임금을 모시면서 오래 살아 이 망극한 일을 당하게 되었다고 신하로서의 자책을 강조했다.

세주(細註)에서 유급봉(猶及奉)은 수급봉(雖及奉)이 아니라 수급도(雖及覩)인데 그 번역이 잘못인 듯하다.

玉冊鴻名上	玉冊에 존호를 올리게 되니
公言協衆云	공론은 잘 됐다고 입을 모았죠
長年期道洽	바른 道로 다스려지길 기약하면서
聖壽損憂勤	정사에 애쓰다가 수명을 줄이셨네
姦去明逾著	간사한 자 물리친 지혜도 밝고
仁深德更聞	베푸신 임의 은덕 깊기도 하다
十年承弱地	십 년 동안 받들고 모신 자리에
慚負贊襄勳	贊襄58)의 공 저버리니 부끄럽구나

<국역 동고유고 下 권1 · 6 - 7>

셋째 수의 1, 2구절은 명종의 평소 정치적인 업적을 총괄한 것 같다. 모든 신하들이 명종의 치적에 대해서 높이 생각한다고 했다. 이어서 3, 4, 5, 6구절에서는 명종의 공적을 구체적으로 일일이 기록했다. 바른 도의 강조, 정사에 애쓰시다가 수명을 줄이셨음을 애도하고, 지혜로우심, 덕을 많이 베푸심 등의 공적을 낱낱이 기록했다. 마지막 7, 8구절에서 10년간을 明宗을 모셨는데 함께 죽지 못하고 남아 있는 신하로서의 부끄러움을 묘사했다.

이 세 수의 시는 첫 수에서 돌아가시기 전을 묘사하고 둘째 수에서 돌아가심을 묘사하고, 셋째 수에서 그 공적을 찬양했다. 시간의 흐름에 따른 추보적인 묘사로 세 수의 순서를 정했음을 알 수 있다.

---

58) 贊襄은 書經, 皐陶謨에 나오는 말로 임금을 도와 성취하게 한다는 뜻임

挽洪政丞 彦弼

七秩黃扉相	칠십이 된 나이로 재상을 맡아
三朝宿德淸	세 조정에 쌓은 덕은 조촐하구나
文章餘事業	문장이란 餘技로 하는 일이고
沖澹是生平	마음을 닦는데 힘을 쏟으셨다
雅俗今誰鎭	떠드는 습속을 누가 진정시킬 건가
先賢邃盡零	선배들 모두 다 세상을 뜨네
乾坤留不朽	천지간에 불후의 이름 남기니
江漢與同傾	江漢처럼 쉬임없이 흘러내리리

<국역 동고유고 下 권1·7>

　　홍언필(洪彦弼 : 1476 - 1549)은 남양 홍씨로, 1545년 인종 때에 영의정이 되었다. 그 아들 섬(暹)도 영의정에 올랐다. 명문거족인 셈이다. 수련(首聯)에서 "칠십이 된 나이로 재상을 맡아"라고 한 것은 말년에 영의정을 지낸 것을 말했다. "세 조정에 쌓은 덕은 조촐하구나"라고 하여 조선 9대 성종 때 태어나서 10대 연산군, 11대 중종, 12대 인종을 섬기며 벼슬을 한 사실을 기록했다.

　　함련에서는 문장보다 더 중한 것이 도를 닦는 일이라고 밝힘으로써 조선시대 선비들이 덕행을 제일로 쳤고, 다음으로 경세의 치적을 높이 평가했고 마지막으로 문장의 실력을 보는 일반적인 인격 우열의 관계를 말했다. 홍 재상은 인격 수양의 제일인 덕행을 닦았다고 추모했다.

　　경련에서는 세속의 시끄러운 명리 다툼을 누가 진정 시킬 것이냐고 반문함으로써 홍 재상이 돌아가심으로, 세상 시끄러운 소리를 잠재울 사람이 다시는 없을 것이라고 한탄했다. 홍 재상이 살아 있을 그 시대에 김안로의 발호, 윤원형과 윤임의 반목, 을사사화 등으로 난국이 거듭되었다. 그러나 이런 어려운 정치적 사회적 현실 속에서도 시끄러운 말들을 잠재우며 슬기롭게 살아 온 분임을 애석해 한 것이다.

　　결련에서 홍 재상의 업적이 후세 만대에 전해지리라는 말로 홍 재상의 죽음을 애도했다.

挽金僉知 魯

晚契敦相遇	늦게야 서로 만나 사귀었어도
襟期許略同	마음이 맞는 것을 좋게 여겼지
先知推獻可	옳은 말로 일러 주길 앞세우면서
戒止慕曼容	겉으로만 친해짐을 경계하였다
淸德班行裏	同列에서 덕행은 조촐하였고
微言黙會中	말없이 있을 때도 깨달음은 깊었다
遺風知未已	집안에 남긴 기풍 다함이 없어
丹桂一枝穠	뒤 이을 아이가 또 文科를 했네

<국역 동고유고 下 권1·7>

김노(金魯 : 1498 - 1548)는 글씨를 잘 쓴 분이다. 이 분의 호도 동고다. 수련에서 나이 들어서 사귀게 되었지만 서로 마음이 맞았다고 했다. 만시의 시작은 이렇게 망자와 관계성을 쓰는 것이 보통이다. 함련에서 더욱 관계가 깊은 좋은 벗이라는 표현으로 옳은 말로 일러 주고 겉으로만 친한 게 아니라 아주 깊이 사귀었다는 그 친분의 깊이를 강조했다. 경련에서 김노의 훌륭한 인간성을 묘사함으로써 망자에 대한 찬송을 했다. 결련에는 대를 이어 그 아들이 과거에 급제했다고 해서 망자를 위로했다. 이렇게 만시는 망자에 대한 칭송 또 편안히 쉬기를 바라는 뜻에서 미래가 잘 될 것임을 쓴다.

挽權參判 應挺 二首

同年同宦齒纔差	나이는 조금 어려도 同榜을 하여
朋友遊從分最多	친구로 사귄 정분 제일 깊었지
螭首書言曾共筆	承文院에 들어가 執筆도 같이 하고
銀臺候曉亦聯珂	承政院 새벽에도 나란히 入侍했지
半生憂患身俱老	반평생 憂患 속에 몸이 그만 늙어지고
一餉功名夢已過	한 순간의 세상 공명 꿈처럼 지나갔다
豈料驊騮先委地	잘 달리던 千里馬가 먼저 자빠지고
駑駘隨俗尙婆娑	駑鈍한 말은 여전할 줄 어찌 알았으랴

| 淸顯班躋位亞卿 | 淸職으로 올라가 亞卿까지 이르렀고 |

名都出典政還淸　名都 맡아 다스릴 땐 정사 또한 조촐했네
書來纔喜重相面　다시 서로 만나자는 편지 반갑게 받았는데
凶報都知便隔生　곧바로 생사 갈린 凶報 올 줄 알았겠는가
耳裏更無聞直諒　정직하고 미더운 말 다시 듣기 어렵고
眼中誰復見儀刑　모범이 될 만한 모습 뉘에게서 다시 보리
白頭後死眞無賴　흰 머리 이내 몸은 의지할 곳 전혀 없어
哭向南雲不盡情　남쪽 하늘 바라보고 하염없이 눈물 짓네
〈국역 동고유고 下 권1·9 - 10〉

　권응정(權應挺 : 1498 - 1564)에게는 두 수를 지었다. 참판 벼슬을 지냈다. 동고와 동방(同榜 : 함께 과거에 붙은 사람)이다. 각별한 친분이 있는 것으로 생각할 수 있다.
　수련에서는 나이가 동고보다 아래이면서 동방임을 밝혔다. 함련에서는 승문원(承文院)과 승정원(承政院)에서 함께 근무했던 사실을 밝혀 서로의 친분이 돈독함을 표현하였다. 경련에서 권응정이 나라를 위해 근심해서 늙었다고 말하면서 세상 공명이 꿈처럼 지나갔다고 했다. 결련에서 천리마인 권응정이 동고 자신보다 더 일찍 죽은 것을 애도했다.
　둘째 수는 수련에서 벼슬길에 대해서 썼다. 특히 한성부윤(漢城府尹)을 지낸 사실을 부각시켰다. 함련에서 서로 편지를 주고받다가 흉보를 받은 마음 아픈 사실을 썼고, 경련에서 권응정의 평소 언행을 이제 볼 수 없음에 애석하고, 결련에서 좋은 친구를 잃은 동고의 외로움을 표현했다.

挽宋監司 璘

憶曾興福挹淸塵　그 옛날 興福에서 만났던 일을
屈指于今卅四春　지금부터 꼽아보니 삼십 사년이 지났네
事業後先公早達　사업에도 그대가 먼저 현달하였고
年齡多少我非倫　나이도 나보다 훨씬 많았네
常慚薄劣追芳武　향기로운 자취 따름을 늘 부끄럽게 여겼건만
非分交承忝接茵　분수에 넘는 사귐 나눠 한자리에 앉았었다
握手郵亭如昨日　郵亭에서 악수한 게 어제인 듯한데
高標無復眼中人　고상한 그 모습 다시 볼 수 없게 됐네
〈국역 동고유고 下 권1·10〉

송겸(宋璪)은 미상의 인물이다. 이 만시를 통해서 알 수 있는 것은 동고보다는 연상의 인물이고, 감사 벼슬을 지냈다는 사실이다. 인명 사전이나 『국조인물고(國朝人物考)』에서도 찾을 수 없다. 흥복(興福)은 흥복사(興福寺)를 지칭한 듯하다. 흥복사는 원각사의 옛 이름으로 지금 탑골공원으로서 당시에는 세조가 창건한 큰 절이었다. 동고와 만난 것이 40여년이 되었다. 처음 만났을 때에는 동고보다 벼슬이 높았었다. 우정(郵亭)에서 만나고 얼마 안되어 돌아갔다는 말로 친분과 서러움을 표현했다.

挽宗室益陽君

金玉堂中壽富人	金玉堂 속에서 壽富하신 분
銀潢分派出天津	銀潢처럼 빛나는 璿派에서 태어나셨네
詩家葛藟傳千古	詩家에서 葛藟 예부터 전하는데
人世榮華屬一身	세상의 영화를 한 몸에 다 모았다
歌管幾回長袖舞	몇 번이나 피리 불며 춤추었던가
風花偏醉小園春	꽃 지는 봄날에 술도 한껏 마셨다네
舟移半夜塵凝榭	갑자기 세상 떠나 집안이 그만 쓸쓸하니
空使王孫怨入旻	王孫들 하늘 두고 원망한다네

<국역 동고유고 下 권1·10>

종실(宗室) 익양군(益陽君 : 1488 - 1552)은 성종(成宗)의 8번째[59] 아드님이다. 다른 인명사전에는 9번째[60] 아드님이라는 기록도 있다.

이 만시는 수련에서 익양군이 종실임을 말하고, 함련에서 시도 잘 짓어 영화를 한 몸에 모았다고 찬양했다. 경련에서 익양군 평소의 삶이 호화로웠음을 말하고, 결련에서 왕실의 자손들이 익양군의 죽음을 슬퍼한다고 했다.

만시답지 않게 호화로운 시어들을 사용했다. 이는 종실에 대한 예우라고 생각한다. 연산군의 화를 피하기 위하여 거짓 우매한 체 행동을 하며 두문불출하였다. 중종 반정의 원종공신이 되고, 종실의 여러 중임을 지내냈다. 시호는 순평(順平)이다.

연산군의 화를 지혜롭게 넘긴 것을 "김옥당중수부인(金玉堂中壽富人)"이라고 하였다. "선파(璿派)"라는 말은 조선 왕실의 계파라는 말이다. "갈

---

59) 李斗熙외 3人 공동편집, 韓國人名字號辭典, 啓明文化社, 1998. p.333.
60) 韓國精神文化研究院, 한국인물대사전, 중앙일보, 1999. 1책, p.1862.

류(葛藟)"는 칡덩굴이 이리저리 엉킨 것처럼 주나라 왕실이 번창한 다는
비유로서 바로 왕조의 번성을 말한 것이다.

　평소 익상군의 풍류를 "풍화편취소원춘(風花偏醉小園春)"이라고 표현했
다. 이 구절의 번역을 "꽃 지는 봄날에 술도 한껏 마셨다."라고 했는데 이
는 이 시가 ask시이기 때문에 짐짓 꽃 지는 봄날이라고 했다고 생각할 수
있다. 그러나 익양군의 호화로운 풍류를 표현하자면 구태여 꽃지는 봄날이
라고 하지 않아도 좋을 것이다. 네익양군이 세상을 떠나면서 종실이 쓸쓸
해졌다고 슬퍼했다.

挽會稽鄭忠義

聲利場中早謝名	聲利場 속에서 뛰쳐나온 뒤로
抽身城市遠塵纓	城市를 멀리하고 벼슬길 끊었다
會稽自古佳山水	會稽는 예부터 산수가 아름다워
京洛移居養性情	서울에서 이사하여 性情을 잘 길렀지
漁釣生平爲課業	낚시질을 한평생 사업으로 삼았고
陶甄歲月有詩評	陶冶하듯 다스림도 시를 지어 평론했네
小微一夜晴虹貫	少微星 희미해지고 무지개가 꿰더니
清夢空嗟八秩驚	公같은 팔순 노인이 세상을 버렸답니다

<국역 동고유고 下 권1·10>

　정충의(鄭忠義)에 대한 기록도 보이지 않는다. "성리장(聲利場)"은 명예
와 이익을 추구하는 현세를 가리키는 말이다. 정충의는 은일하는 선비였던
것 같다. 낙향하여 주로 회계(會稽)에서 성정을 기렸던 것으로 볼 수 있다.
회계는 경상남도 산청의 옛 이름이다. "소미성(少微星)"은 처사를 상징하
는 별이다. 정충의 같은 처사가 돌아가심을 자연도 알아서 "소미성 희미해
지고 무지개가 꿰더니" 처사께서 돌아가셨다는 비보에 접했다는 말이다.

挽宋同知大夫人

先世於今盡背違	조부뻘 어른들은 다 돌아가시고
尊行門範只依歸	아저씨뻘 항렬에도 부인 한분뿐이었네
八旬遐福天非嗇	팔십까지 사신 수명 하늘도 아끼지 않았는데
九服懷思涕自揮	九服에서 생각하니 눈물이 절로 쏟아진다

聯璧百年知積慶　　아들들도 그 餘慶을 알 수 있는데
淨坊今日替慈闈　　오늘은 淨坊 마을 어머님을 잃었다네
傷心簪組爲身累　　슬프다, 벼슬에 매인 신세가 되어
漢水連空渡莫飛　　하늘에 連한 漢江 못 건너감이
　　　　　　　　　　　　　<국역 동고유고 下 권1·10-11>

　동지(同知)는 동지돈령부사(同知敦寧府事)의 준말로 벼슬이름이다. 송
동지돈령부사의 어머니께서 돌아가셔서 지운 만시다아마도 멀리 떨어진 곳
에서 돌아가셨던 모양이다. 4행의 "구복(九服)"이라는 말이 멀리 떨어져
있다는 말이기에 그렇게 생각한다. "정방(淨坊)" 마을이란 어머님이 사시
는 곳이니 그렇게 미화하여 부른 것이다. 몸소 조문을 하지 못함을 "상심
잠조위신누(傷心簪組爲身累) 슬프다, 벼슬에 매인 신세가 되어/한수연공도
막비(漢水連空渡莫飛) 하늘에 連한 漢江 못 건너감이"라고 슬퍼했다.

　　　　　挽沈政丞 連源
精靈維嶽降　　公은 본래 정기 타고 태어나시어
梁棟應時材　　棟樑 같이 태어난 인재이셨지
桂殿花重折　　桂殿에선 핀 꽃을 거듭 꺾었고
雲衢步更恢　　雲衢에선 거름 또한 활달하였다
勳名高八柱　　勳名은 八柱에 드높았었고
相業協三台　　相業도 三台에는 알맞았다네
袞繡方期遠　　袞繡에 거는 기대 멀리 했는데
龍蛇忽報催　　龍蛇가 홀연히 저승길 재촉했네
風流一代盡　　당대에선 풍류를 다 누렸고
餘慶百年開　　남긴 경사 백년 동안 참 많았다네
槐府官添貳　　槐府에선 다음 자리로 모셨었고
龍門席屢陪　　龍門에서도 여러 차례 陪席 하였지
人亡知國病　　어진 사람 없으면 나라가 병든다고
士泣痛山摧　　태산이 무너진 듯 선비들 통곡하네
獨立秋天曉　　쓸쓸한 가을 새벽 홀로 섰자니
哀懷不自裁　　슬픈 회포 스스로 금할 길 없네
　　　　　　　　　　　　　<국역 동고유고 下 권1·11>

  호가 보암(保庵 : 1491 - 1558)이다. 보암이 1551년에 영의정을 했으니
동고가 1566년부터 영의정을 한 것을 보면 여러 모로 동고의 선배가 된다.
그러니 보는 봐와 같이 장문의 만시가 있음도 이해할 수 있을 것이다.

  보암은 특히 중국과 우리나라의 지리에 밝았다고 한다. 한 때 제주도의
목사가 되어 근무한 일이 있는데, 그 때 제주도의 지도를 자세히 그려 두
었다. 그 뒤 왜구가 침범할 때 그 지도를 이용하여 제주도를 방어하는데
큰 도움이 되었다고 한다.

  이 만시는 처음부터 끝 부분에 이르기까지 그의 벼슬길의 승진도 빨랐
고 높은 지위에 올랐다는 자랑스러움으로 만들어졌다. 당시 사회상으로 보
면 이보다 더 자랑하고 슬퍼할 것이 없을 것이다.

挽申企齋 光漢

家世芳聲遠	혁혁한 가문으로 명성이 드높은데
芝蘭奕葉猗	芝蘭의 향기가 대로 이어졌네
文傳吏部健	문장은 韓吏部의 굳센 기풍 전하였고
詩擅杜陵奇	詩體는 杜草堂의 기이한 법 본받았지
桂殿花初折	계전에 올라가서 꽃을 꺾은 뒤
鵬程翼政披	鵬程의 만리 길에 날개를 폈다
翶翶奎璧府	奎璧府 그 위를 날아서 가고
遊泳鳳凰池	鳳凰池로 나아가 바람도 쐬지
謀議參廊廟	謀議할 땐 낭묘에 참여하였고
功勳勒鼎彝	공훈은 鼎彝에다 깊게 새겼다
官高常戰懼	지위가 높아도 늘 두려워 하고
德鉅愈謙卑	덕망이 커질수록 더욱 겸손했었네
未盡經綸業	쌓은 포부 다 펴지 못하였는데
何催殄瘁詩	殄瘁詩 읊기를 왜 재촉하나
遐齡踰七秩	칠십이 넘도록 수 누리셨고
餘慶秀雙芝	여경으로 두 아들 뛰어 낫다네
梁木那堪慟	들보가 무너질 듯한 슬픔 견딜 수 없는데
村舂豈忍悲	절구질 소리는 어찌 저리 애절한가
含情空賦挽	통곡하며 이 만사 짓게 된 것은
哭不爲吾私	내 개인 때문이 아니랍니다

<국역 동고유고 下 권1·11>

호가 기제(企齋 : 1484 - 1555)다. 조부가 신숙주다. "가세방향원(家世芳聲遠) 혁혁한 가문으로 명성이 드높은데/지란혁엽의(芝蘭奕葉猗) 지란의 향기가 대대로 이어졌네."라고 슬퍼한 것은 바로 그의 가문을 말한 것이다. 학문을 숭상하여 大司成이 되었을 때에는 많은 사람이 그 주변에 모였다고 한다.

"문전이부건(文傳吏部健) 문장은 한이부(韓吏部)의 굳센 기풍 전하였고/시천두릉기(詩擅杜陵奇) 시의 체격은 두보의 기이한 법 본받았지" 이 구절은 유명하여 신기재의 문장은 한유(韓愈)를 본받았고, 시는 두보를 배웠다고 후세 사람들이 말한다.

"관고상전구(官高常戰懼) 지위가 높아도 늘 두려워 하고/덕거유겸비(德鉅愈謙卑) 덕망이 커질수록 더욱 겸손 했었네."라고 말한 것은 이조, 예조 판서를 역임하고 좌찬성이 된 사실을 말했고, "하령유칠질(遐齡踰七秩) 칠십이 넘도록 수 누리셨고"라고 하여 칠십에 임금으로부터 궤장(几杖)을 하사(下賜)받은 사실을 썼다.

끝부분에서는 슬픔을 표현하면서 이 글을 쓰는 것은 나의 개인 적인 슬픔보다도 시대적인 역사적인 사건이기 때문이라고 말함으로써 슬픔의 정도를 확산 하였다. 곧 거국적이거나 범 국민적인 슬픔으로 묘사하고 있다.

이를 보면 동고는 문필을 높이 숭상했던 분임을 알 수 있다. 여러 만시 중에서 유독 기재 의 만시에는 공적인 슬픔을 말한 것을 보면 알 수 있다.

挽金修撰 義貞

少日才華動士林	젊어서부터 뛰어난 재주로 이름 날려
當時聲價重南金	당시엔 南金중요하다고 평하였지
靑錢歷選開雲路	靑錢으로 뽑혀서 벼슬길에 나아가고
丹地論思啓素心	丹地로 들어가서 품은 포부 드러냈네
豈料文章憎顯達	문장으로 세상에서 미움 받을 줄 알았으랴
翻遭脣舌喜顚沈	공연히 헐뜯는 말들 엎어뜨리길 좋아했네
子雲三世功名薄	子雲처럼 한참 동안 功名이 엷어졌고
玄晏平生疾病深	玄晏처럼 한평생 질병이 많았다네
閉戶圖書還自樂	문 닫고 들어 앉아 글 읽기로 낙을 삼고
投閒盃酒且孤斟	한가한 자리에서 술을 혼자 즐겼다네

積痾難救君終逝　오랜 병 구할 수 없어 그대 결국 떠나가니
沈痛如焚我不禁　타는 듯한 침통한 심정 금할 길이 없구나
賻贈豈堪當禮意　하찮은 賻儀가 소용 있으랴마는
悲傷聊欲效微忱　미미한 정성이나마 드리고 싶어
翻翻丹旐穿雲嶠　펄럭이는 붉은 銘旌 높은 고개 넘는데
揮淚天涯寄短吟　눈물 뿌리며 바라보고 짤막한 만사를 부칩니다

<국역 동고유고 下 권1 · 11>

호는 잠암(潛庵 : 1495 - 1547)이다. 재기가 있어 8세에 글을 지었다고 한다. "남금(南金)"은 중국에서 뛰어난 금으로 아주 가치 있는 인물이라는 뜻으로 썼다. 벼슬은 그리 높지 못하였다. 김안로의 반감을 사서 파직되었다가 김안로가 죽자 재기용되었다.

"청전(靑錢)" 이라는 말은 아주 훌륭한 문장이라는 말이고, "단지(丹地)"는 대궐이다. 문신으로 기용되었다는 말이다.

잠암의 죽음을 애도하는 말로 글을 끝맺고 있다.

이상에서 만시를 보면 그의 일생을 그 만시에 모두 담는 것을 볼 수 있다. 그의 일생을 회고하고 그 회고를 통해서 슬픔을 달래는 것이다. 동고는 유독 당대를 주름잡은 분이기에 만시가 비교적 많고 다양한 분들에게 두루 지어 슬퍼했음을 알 수 있다.

③ 결론

동고의 곡만시는 12편 15수다. 곡시는 「곡자」 1편 2수이고, 만시는 11편 13수다. 만시를 지을 때에 누구에게 지어 주었느냐는 것을 생각해 볼 때, 명종 임금님을 비롯하여, 아주 벼슬이 높은 영의정을 지낸 홍언필, 심연원도 있고 문필가인 신광한도 있고, 벼슬이 그리 높지 않은 김의정, 송겸도 있고, 동방인 권응정도 있고, 호까지 같은 친구 김노도 있고, 친구의 어머니인 송동지 대부인도 있고, 익양군같은 종실도 있고, 낙향(落鄕)하여 사는 처사인 정충의도 있다.

이렇게 다양한 계층 사람들에게 만시를 지어 준 예도 그리 흔하지 않을 것이다. 이는 동고의 삶이 얼마나 넓은 계층을 망라하는 삶을 살았던가를

보여주는 증거일 것이다.

　이 논문을 쓰면서 살펴 본 곡만시들의 형식은 먼저 생전의 모습을 회상하고 후반부에 약 4줄 정도 슬픔을 표현했다. 생전을 회상하는 중에는 애석함을 그려 넣기도 했다. 이로 보아 곡만시는 대체로 전반부와 후반부로 나누어 생전의 업적을 회고 하고 슬퍼하는 형식을 가지고 있음을 알았다.

　망자와의 친분을 고려하여 곡시를 짓고, 만시를 짓는 것은 당연하다. 더구나 친분의 정도에 따라 시의 길이가 다르다는 점도 보였다. 감정의 표박이니만큼 마음에서 울어나지 않으면 할 수 없을 것이다.　신광한의 만시는 그의 공적이 너무나 커서 나 개인의 슬픔이 아니라는 표현을 보면서 동고가 중요하게 여겼던 것이 문필임을 절감하였다.

3) 효도의 삶

　우리가 거론하는 시문학상의 인물은 꼭 대가를 대상으로 해야 할 이유는 없다. 대가가 아니더라도 그 시대에 영향력이 있었던 작가라면 마땅히 연구해야 할 것이다. 더구나 지금까지 잘못 평가 했던 것이라면 새로운 조명을 해서 그의 가치를 정확하게 판단해야 할 것이다. 비록 연구 검토의 결과가 그 대상이 대가가 아니라고 해서 연구의 가치가 떨어지는 것은 아니라고 본다. 이런 의미에서 농암(聾巖)의 연구는 또 다른 문제를 제기할 수 있을 것이다.

　농암 이현보(李賢輔 : 1467 - 1555)의 작품은 『대동시선(大東詩選)』에는 하나도 보이지 않는다. 『시화총림(詩話叢林)』에도 단 한번의 언급이 없다. 그러나 그는 『농암집(聾巖集)』을 남겼다. 여기에는 126제(題)의 한시가 실려 있다고 한다.[61]

　그의 문학적인 평가는 김동준(金東俊)의 논문 「이현보론」에서 "영남사림파에게 정신적 시가적 영향을 주고, 영남가단을 형성케 하고, 강호가도[62]를 수립해 놓았다."라고 평가 했다. 또 권영철(權寧徹)은 「영남문학의 제

---

61) 金東俊, 李賢輔論, 古時調作家論, P.16에 이와 같은 언급이 있다.
62) 李源周, 李賢輔論, 韓國文學作家論, P.309 江湖歌道라는 용어는 일본식 표현이라는 지적이 있었다.

상(諸相)과 계보」라는 논문에서 '농암가문시조가단(聾巖家門時調歌壇)'을
거론했다. 이는 한시에 대한 평가라기보다는 그의 가문학(歌文學)을 두고
내린 평가로 보아야 할 것이다. 가문학과 시문학의 특징으로 롱암의 경우
에 이런 평가를 할 수 있는 것인지에 대해서는 더 많은 고찰이 있어야 할
것이다. 이 논문을 통해서 『대동시선』에 작품이 들어 있지 못한 이유와,
『시화총림』 같은 시화집에 거론이 없는 이유를 밝혀 볼 수 있을 것으로
기대한다.

시가문학과 시문학, 가문학은 개념 정리가 있어야 한다고 생각한다. 이
에 대하여 필자는 「한국문학용어 '시가' 비판론(韓國文學用語 '詩歌' 批判
論)」에서 언급한 바 있다.63) 필자는 대체로 가에 강한 사람이 시에 약한
현상을 지적하기도 했다. 정극인, 송순, 박인로 등은 이현보와 함께 한시
선집에 들지 못하는 사람들이다. 한편 서거정이나 이달, 신위 같은 사람에
게서는 가문학 작품을 찾을 수 없다.64) 이런 사실이 무엇을 말하는 것인지
음미하는 것도 고전을 이해하는데 도움이 될 것으로 생각한다.

「농암집」을 읽으면서 한시에 대한 시적인 상징과 상상의 세계가 크게
발현 되지 못한 사실을 한계로 절감했다. 이 시대의 시문학 작품을 쓰는
이들에게는 지금 우리가 말하는 문학성 예술성보다, 기록해 둔다는 사실과
교화적 가치가 더 중요했을런지도 모를 일이다. 문학 작품을 보는 시각이
시대에 따라 다르기 때문이라고 생각한다. 이런 시각에 대해서는 졸저(拙
著)『서거정시문학연구(徐居正詩文學硏究)』에서 나름대로 다루었다.

이런 가문학과 시문학이라는 관점에서 롱암의 시문학을 새롭게 인식할
필요도 있다고 생각한다. 그는 문집속에 시문학에 대한 그의 의견을 하나
도 남기지 않았다. 그의 시문학에 대한 관점이며 논리를 그 자신의 기록에
의해서는 짐작할 수가 없다. 다만 작품을 통해서 그의 시문학관을 알아 볼
수밖에는 없는 것이 아쉬운 현실이다. 그러나 작품속에서도 구체적인 언급
은 없다. 기록의 한계를 극복할 길은 없다.

---

63) 필자는 「韓國文學用語 '詩歌' 批判論」에서 詩歌와 詩, 歌는 사로 구분 되어 사용
해야 하는 용어라고 언급한 바 있다. 이 논문은 『國際語文』 第16輯 PP. 77 - 102
에 실려 있다. 詩歌는 詩와 歌를 모두 말하는 용어이고 詩는 漢詩와 近代詩, 歌
는 노래로서 流行歌詞를 말한다고 논의 했다.

64) 이와 같은 창작상의 특징은 그들의 문집을 검토하면 알 수 있다. 이런 결론에 도달
한 것은 필자의 검토에 의한 것이다.

농암의 시 중에서 가장 작품 수도 많고 병서(幷序)도 길게 붙인 작품들
은 대개 효를 읊은 것들이다. 롱암 시문학의 본령이 바로 孝라고 해도 지
나친 말이 아닐 것이다. 롱암의 선대는 장수를 누렸다.

聾巖愛日堂

十室宣城是我鄕　　여나무집 禮安[65] 마을은 바로 나의 고향
祖先餘慶積流長　　선조의 경사로움이 쌓이고 흘러 오래일세
皤皤雙老年踰耋　　머리 하얀 두 노인은 80이 넘으셨으나
膝下雲仍已滿堂.　　슬하에 자손들이 집안에 그득하네.

親老那堪戀帝鄕　　어버이 늙으셨으니 내 어찌 서울을 좋아하랴
古人猶說事君長　　옛 사람은 임금님 섬기는 것이 더 소중하다지만
平泉世業汾川曲　　平泉莊[66]과 같은 세업은 영천의 분천 골짜기
新作巖邊具慶堂.　　바위가에 구경당을 새로 지었네.

巖在家東一里許　高數丈餘　上可坐二十人　前臨大川　灘激則響應
眡亂人耳　聲語不聞　意者聾巖　其以此而得名歟　如有隱而黜陟不聞者
居焉　則名義尤合　眞佳境也　自先世卜居以來　每於佳辰令節　率子弟
遊于此　欲作亭臺　增飾其美　而不果者　盖累代　迄我家君　尤常念念
而遷延不就　以至于老　子悶其先志之不遂　勝境之蕪沒　因巖而基　疊
石爲臺　作堂其上　欲及雙親之無恙　侍遊其中　以娛餘年　名之曰愛日
堂　情志豈不急急歟　成詩二絶　求和諸公　欲與前之養老詩　幷留云

바위가 집 동쪽 1리쯤에 있으니 높이는 여러 길이고 위에는 20여명
이 앉을 수 있다. 앞으로는 큰 냇물을 굽어보고 있으며 물결이 거세면
소리가 메아리 쳐서 사람의 귀를 시끄럽게 하니 말소리를 듣지 못하게
한다. 생각컨대, 귀머거리 바위인 것은 그 이런 이유로써 이름을 삼은
것이다. 만약에 숨어 멀리 피해서 출척(黜陟)[67]의 소리를 듣지 않은
자가 여기에서 산다면 바로 이름과 뜻이 더욱 부합하리니, 정말로 아름

---

65) 宣城은 禮安의 옛 이름이다.
66) 平泉莊은 唐나라 李德裕의 별장으로 매우 잘 꾸며 놓았는데 후손에게 이르기를 여
　　기에서 돌맹이 하나라도 훼손되면 그는 내 자식이 아니라고 극언을 했다고 한다.
67) 귀양살이를 가고 파직을 당하고 하는 등의 세상의 시끄러운 삶의 소문들

다운 경치다. 선대로부터 거처를 잡은 이래로 늘 좋은 때와 아름다운
계절에 자제들을 거느리고 여기에 와서 놀며 정자와 대를 지어서 그 아
름다움을 더 하고자 하였으나 그렇게 하지 못한 것이 여러 대를 내려
오다가 우리 아버님에 이르러 더욱 항상 그렇게 하기를 생각하고 생각
하셨으나 시간만 보내고 실천에 옮기지 못하고 늙게 되시니 아들이 그
선대의 뜻을 수행하지 못한 것과 경치가 황폐해 지는 것을 근심하고
바위에 의지하여 터를 잡아서 돌을 쌓아 대를 만들고 그 위에 집을 지
으니 어버이가 무병할 때 미쳐서 그 가운데에 모시고 노닐며 남은 해
를 즐기게 해 드리려 하였다. 이름하여 애일당이라 하니 정과 뜻이 어
찌 급급하지 아니하겠는가? 절구 두 수를 지어 여러 분에게 화답을 구
하고 먼저번의 양로시(養老詩)와 더불어 나란히 남기고자 하는 바이다.

농암은 향리(鄕里) 근처에서 지방관으로 관직을 오래 지냈다. 그의 병서
를 보면 그 이유를 부모님에게 효도하기 위함이라고 했다. 많은 잔치를 열
었는데 이는 즐기기 위한이 아니라 효도를 위하여 한 일이라고 기록했다.
당시의 생각으로는 효와 충은 동일한 개념으로 받아 들여졌다. 효도는 바
로 충성을 표현하는 것이다. 여러 번의 잔치에서 만들어진 시와 그 병서들
은 충성에 대한 언급은 거의 찾아 볼 수 없다. 말하지 않아도 당연히 그런
것이라고 생각하는 당시의 상식 때문이라고 생각한다. 이 시와 병서를 보
아도 농암이 고향으로 돌아온 것은 세속과 인연을 끊는 것을 읽을 수 있
다. 농암이라는 호의 의미가 바로 이런 뜻임도 알 수 있다. 여기서 필자는
농암의 문학관의 일단을 생각해 볼 수 있다고 생각한다. '농암이 생각하는
문학이란 바로 자연을 구가하는 것이다. 그리고 그런 유유자적한 삶을 사
실적으로 그려 내는 일이다.' 이렇게 그의 작품을 통해서 농암 문학관을 짐
작할 수 있다.

花山養老宴詩 幷序

己卯秋　設養老宴於任府　搜訪境內　年八十以上老　自士族至賤隷
無問男女　苟準齒者咸與焉　多至數百人　時余之雙親　在花之隣縣　距
半日程　年且八旬　軻書　云　老吾老　以及人之老　當此佳辰　開設宴席
聚賓客　娛鄕老　而不先吾親　情與事　豈得歟　因邀共參　分作內外廳

皆以吾老 作主 大張供具 極盡歡欣 觀者稱美 予亦自多焉 盖仕宦而
至將相 享列鼎 榮養其親者 世豈無之 作宰隣邑 聚會鄕老 奉兩親
同歡如予者 宜未多得 予亦不識 此後能更作此會否 一喜一懼之懷
自然生於歡感之餘 遂成四韻詩 示座中求和 因以爲他日永留之資焉

　　기묘(己卯 : 1519)년 가을에 내가 부임한 안동부에서 경로연(敬老宴)
을 열었다. 고을에서 나이가 80이상 된 사람을 찾되, 양반으로부터 천
한 종에 이르기까지 남녀를 불문하고 오직 나이만 맞으면 다 모으니
수백 명에 이르렀다. 이 때 나의 양친이 안동부 이웃 고을에 사시니
반나절 길이었고 연세가 또 80이었다. 『맹자』에 이르되 "내 늙은이를
공경하는 마음으로 남의 늙은이를 공경하라." 하였으니 이 좋은 때를
당하여 잔치를 열고 손님을 초대하여 시골의 노인들을 즐겁게 하는데
내 어버이를 먼저 하지 않는 것은 사정으로 보아 어찌 그럴 수 있겠는
가? 그래서 모시어 함께 참석하게 하여 각각 나누어 안과 밖에 모시니
모두들 내 부모를 주인으로 삼고 잔치상을 크게 차려 극진히 기뻐들
하니 보는 이들도 찬미 하고 나 또한 대단히 자랑스러웠다. 대개 벼슬
을 해서 높은 지위에 오르면 산해진미로써 그 어버이를 영광스럽게 모
시는 사람이 세상에 어찌 없으리오만, 이웃 고을의 군수가 되어 그 고
을 노인들을 모이게 하여 양친을 받들어 함께 즐기시도록 나처럼 하는
사람은 그렇게 많지는 않을 것이다. 나 또한 아지 못할 일이로다. 이후
에 이런 모임을 또 가질 수 있을 지 없을지는. 부모님의 연세가 높아
지시는 것에 대한, 한편으로는 기쁘면서도 한편으로는 두려운 느낌이
자연히 이렇게 즐겼던 나머지에 우러난다. 드디어 律詩 한 수를 지어
참석한 이들에게 보이고 화답할 것을 구하였으니, 이로써 훗날 오랫동
안 남겨 둘 자료로 삼고자 하는 바다.

歲稔時淸九月天	풍년 들고 날씨 좋은 9월에
公堂開宴會高年	고을에서 노인들을 위한 잔치를 열었네
霜髻雪鬢扶携處	호호 백발 노인을 부축하는 곳이고
赤葉黃花爛熳邊	단풍과 국화 꽃이 난만한 곁이었네
位設尊卑酬酢遍	높낮은 신분따라 베푼 자리 두루 酬酌했고
廳分內外管絃連	內廳 外廳으로 나뉘어 風樂이 끊임 없네

樽前綵戲人休怪　술통 앞 색동옷[68] 입고 노는 걸 괴이히 마오
太守雙親亦在筵.　太守의 어버이께서도 이 자리에 계시다네.

　　농암의 효성은 집안에만 국한하지 않았다. 고을의 방백으로서 이웃 고을의 노인들을 모두 초대하여 잔치를 베풀어서 효성을 드러냈다. 이런 사실을 보면 롱암 문학의 특성은 가문학을 수립해 놓았다는 평가에다가 효문학을 수립해 놓았다는 평을 덧붙여도 좋을 것이라고 생각한다.

4) 행동하는 선비의 모습

(1) 임숙영 삭과(削科) 사건

　　옛날 분들은 글로 자부하는 것이 대단했다. 선생(權韠 : 1569 ~ 1612)이 스스로 생각하기를 문장으로는 최립을 치지마는 시로는 나를 당할 사람이 없을 것이라고 생각하고, 이 생각을 공인받기 위하여 당시에 가장 권위 있는 최립을 찾아갔다. 당대 내노라고 뽐내는 시인인 선생을 보자 최립도 반가이 맞이하였다. 선생은 말했다. "지금 문장에 있어서는 선생을 제일로 치는 것이 마땅하지마는, 시는 누가 제일이라고 생각하십니까?" 이 말의 뜻을 알아차린 최립은 "늙은 내가 죽으면 당신이 계승할 것입니다."라고 대답했다. 선생은 할 말을 잊고 자리에서 일어났다고 한다.
　　허경진이 지은 『허균』이라는 책에 보면 선생이 필화를 입어 귀양을 가게 된 사실을 자세히 기록했다. 선생은 자기의 성격을 스스로 이기지 못해, 어떤 일을 보든지 바른 말을 하곤 했다. 광해군이 친형 임해군을 죽일 때에 앞장섰던 이이첨을 선생은 사람으로 여기지도 않았다. 이이첨은 당신 권세를 과시하면서 선생과 사귀기를 바랐지만 선생은 가까이 하기를 꺼렸다. 친구 집에서 놀다가도 이이첨이 온다는 말을 들으면 담을 뛰어 넘어 달아났다고 한다. 이렇게 이이첨을 노골적으로 싫어한 것이 이이첨에게는 가슴에 맺히게 되었다. 선생이 또 간신배라고 미워한 사람은 광해군의 처남이

---

68) 老萊子의 고사에 부모님을 즐겁게 하기 위하여 자신의 회갑날에 색동옷을 입고 어린애의 흉내를 냈다고 한다. 효성의 본보기로 삼고 있다.

었던 유희분이었다. 선생이 친척 집에 가서 술을 마시고 취해 누워 있었는데 유희분이 찾아왔다. 주인이 깨우면서 "유대감이 왔다."고 하니 잠에서 깬 선생은 눈을 부릅뜨고 "네가 유희분이냐? 네가 부귀를 누리면서 나라의 일을 이 지경으로 만들었느냐? 나라가 망하면 너의 집도 망할 것이다. 너의 목이라고 도끼가 들어가지 못하겠느냐?" 고 했다. 유희분은 아무 말도 못하고 기가 질려서 돌아갔다고 한다. 물론 유희분도 선생을 미워했다.

1611년 봄에 과거가 있었다. 이 때 선생의 친구인 임숙영(任叔英 : 1576 ~ 1623)이 과거에 급제했다. 그 내용이 광해군의 마음에 들지 않았다. 뒤늦게 광해군은 임숙영의 합격을 취소했다. 이에 대하여 상소문이 많았지마는 광해군은 끝까지 마음을 바꾸지 않았다. 이 일은 여러 달을 두고 이어졌다. 선생은 울분을 이기지 못하여 이를 제재로 시를 지었다.

聞任茂叔削科

宮柳靑靑花亂飛	궁궐 버들은 푸르고 꽃은 어지러이 날리는데
滿城冠蓋媚春暉	온 성의 벼슬군은 봄빛에 아양을 떠네
朝家共賀昇平樂	조정에서는 태평성대의 음악으로 축하하는데
誰遺危言出布衣	누가 위험한 말을 과거장에서 나오게 했나

문임무숙(聞任茂叔)은 임무숙 곧, 임숙영에 대해서 들었다는 말이다. 삭과(削科)는 과거 시험에 답안지는 냈으나, 그 내용이 문제가 되어 합격을 취소했다는 말이다.

궁유(宮柳)는 궁궐의 버들로, 광해군의 처가붙이인 유희분을 말한 것이다. 청청(靑靑)은 푸르고 푸르다는 말로 당시 유희분의 권세가 당당함을 비유했다. 화란비(花亂飛)는 어지러이 날린다는 말로 모두 유희분의 권세를 풍자한 말이다. 본래 버들은 집에도 잘 심지 않는 나무다. 버들은 휘청거려서 지조가 없는 것처럼 인식했다. 나무의 속은 비어 실속이 없는 것으로 여겼다. 이런 버들이 궁중에 무성하다는 것은 상식으로는 통하지 않는 말이다. 이는 바로 당시 버들 유(柳)자 성을 가진 사람을 지칭한 것이 거의 확실하다.

만성(滿城)은 '성 가득히'의 뜻이다. 관개(冠蓋)는 '벼슬아치들은 모두'의 뜻이다. 미춘휘(媚春暉)는 봄빛에 아양을 떤다는 말이다. 이 구절은 유희분에게 아부하는 사람들이 많다는 풍자다.

조가(朝家)는 조정이라는 말이고, 공하(共賀)는 함께 축하한다는 말이다. 승평악(昇平樂)은 태평성대의 음악을 말한다.

수유(誰遺)는 누가 남겼느냐는 말이다. 위언(危言)은 위태로운 말 곧, 유희분의 권세를 풍자하는 말을 뜻한다. 출포의(出布衣)는 과거시험장에서 시험을 보는 사람들 속에서 나왔다는 말이다. 옛날에는 그가 입은 옷이 그 사람의 신분을 나타냈다. 포의(布衣)라면 벼슬을 하지 않은 선비를 가리키고, 금의(錦衣)라면 벼슬한 선비를 가리킨다. 납의(衲衣)나 치의(緇衣)는 스님을 가리키고, 마의(麻衣)나 백의(白衣)는 죄인을 가리켰다.

이 시에서 '위험한 말이 과거시험장에서 나왔다.'는 말은 임숙영의 답안지 내용이 문제가 된 것을 말한 것이다. 이 때 봉산 군수 신률이 도둑을 잡아서 혹독하게 고문을 했다. 도둑이 죽음을 면하려고 문관 김직재(金直哉 : 1554~1612)가 모반을 했다고 꾸며댔다. 김직재를 잡아 문초를 하니, 황혁과 함께 진릉군을 새임금으로 추대하려고 했다고 거짓말을 했다. 황혁은 진릉군의 외할아버지였는데, 황혁의 집을 수색하다가 여러 문서 가운데에서 선생의 이 시를 발견했다. 이 시에는 임금을 원망하는 뜻이 들어 있다고 하여 선생도 잡혀가 문초를 받았으며, 그 죄가 무겁다하여 사형을 시키려고 했다. 이 때 이항복선생이 울면서 반대하여 겨우 목숨은 부지할 수 있었다. 선생은 귀양을 가게 되었는데 너무 심하게 맞았기 때문에 동대문 밖에 있는 어떤 민가에서 잠시 머무르게 되었다. 선생은 여기서 운명했다.

이 사건은 허균으로 하여금 절필을 하게 했다. 허균은 선생에 대해서 이렇게 기록했다. "내 말이 거짓이 아니로다. 이에 나아가 선생의 전모를 알 수 있으니 고인을 압도하고 일대에 제일가는 자가 선생이 아니고 누구이랴. 세상이 귀중히 여기지 않는다 해서 선생에게 무슨 병이 되랴. 그 인품의 높음이 시보다 더 우뚝하나 세상 사람들이 귀중히 여기지 않는 것이 시보다 더욱 심하니 아, 애석하도다." 이렇게 훌륭한 사람이 필화로 죽어가는 마당에 무슨 시를 다시 지을 수 있겠는가? 허균은 절필을 하면서 이렇게 마지막 시를 남겼다.

文集完用閑吟韻

四十三年攻翰墨	사십 삼 년 간 글짓기를 전공했으나
千金弊帚枉勞心	아무짝에도 쓸모 없는 헛수고만 했네
詩文十卷方書了	시와 글이 지금 열 권이 되었으나
從此惺翁不復吟	나는 이제부터 짓지 않을거야

문집완(文集完)은 '문집이 완성됨에'의 뜻이다. 용한음은(用閑吟韻)은 '한음(吟韻 : 한가히 읊노라)'이라는 시의 운을 사용해서 지었다는 말이다. 이 시에 사용한 운은 먼저 '한음'이라는 시에 사용한 운을 그대로 썼다는 말이다. 이 시의 제목은 "문집이 완성됨에 '한가히 읊는다'라는 시의 운을 사용해서"라고 번역하면 좋을 것이다.

사십삼년(四十三年)은 허균선생의 나이가 43세라는 뜻이다. 철이 들어서 공부를 하고 시를 지은 지가 43년이 된 것이 아니라, 그저 태어나서부터 시를 지었다는 말로 받아들이는 것이 좋을 것이다. 공한묵(攻翰墨)은 글에 관련해서 일삼아 했다는 말이다. 곧 시를 지었다는 말로 이해해도 괜찮을 것이다.

천금(千金)은 많은 재산을 말한다. 폐추(弊帚)는 못 쓰게 되어 쓸어 버린다는 말이다. 곧 수많은 재산을 없앤다는 말이다. 왕로심(枉勞心)은 마음을 억지로 나쁘게 먹어서 수고롭게 한다는 말이다. 그렇게 하지 않아도 될 일을 공연히 쓸데 없는 짓을 해서 일만 어렵게 만들어 스스로 고되게 산다는 말이다.

시문십권(詩文十卷)은 시와 글을 쓴 것이 10권쯤 된다는 말이다. 방서료(方書了)는 바야흐로 책을 마쳤다는 말이다. 허균선생이 만든 시문집이 10권이 된다는 말이다. 종차(從此)는 '이 책을 만든 것으로부터 해서'의 뜻이다. 불부음(不復吟)은 다시 읊지 않겠다는 말이다. 이 말에서 허균 선생이 절필을 한 것을 알 수 있다. 권필 선생이 당하는 것을 본 허균 선생은 절필을 선언했다. 지금까지 한 일이 모두 허사였다면서.

(2) 행동하는 선비 김상용

김상용은 명종 16년(1561) 음력 5월 9일에 태어났다. 그의 동생 김상헌이 지은 「신도비명」에 보면 선생은 古文과시경을 외할아버지 임당에게서 배우고 주역은 朴受에게서 춘추는 윤기에게서 배웠다고 써 있다.

또 성혼의 문하에 드나들었으며 이이를 사모하여 스승의 도가 이에 있다고 하였다고 전한다.

그가 사귄 이들은 당대의 유명인으로 이항복·신흠·오윤경 등이었고, 산수를 좋아하고 그림을 모으고 감상하기를 즐겼다고 한다.

어릴 때부터 총명하여 和順하여 헛되이 놀기를 좋아하지 않았다. 13세 때는 아버지 김극효의 임지를 따라서 양구현에 가서 살았다. 그곳은 경치가 좋았지만은 문앞을 나지 않고 책읽기에 몰두하였다.

이렇게 하여 22세 때 진사 제6명에 들었다. 29세 때는 태학의 생도들과 함께 정여립의 모반에 대하여 상소했다. 이 때 여러 생도들의 추천에 의하여 선생이 상소의 우두머리가 되었다. 교화를 밝히고 어지러움을 경계하여 선조의 칭찬을 받았다.

30세 때는 선릉의 참봉을 제수 받고 그해 10월에 증광문과 제8명에 들어 史官에 천거되었다. 32세 때 4월에 왜란이 일어나니 어머니를 모시고 양주석실 선영아래로 걸어서 피난을 갔다가 5월에 어버이를 모시고 춘천·홍천·가평·양근 등으로 피해 다녔다. 9월에 강화에 들어가 仙源村에 우거했다. 김상용의 호를 선원이라 함은 이에서 연유함이다. 부모를 강화에 모셔 놓고 양호체찰사 정철의 종사관이 되어 전란에 참여했다. 이 때부터 벼슬을 하며 난세를 살았다.

41세 1월에는 형조참의를 제수 받고, 2월에는 사간원 대사간이 되었다. 이 때 왜병이 다시 움직일 기미가 보인다고 선조는 대신들에게 방어할 계책을 물었다. 이 때 대사간으로서 "지금은 언로가 모두 막히어 있고, 궁중의 법도가 엄하지 않으니 이는 모두 임금님의 덕망을 크게 해하는 것이며 나라를 다스리는 도의 큰 고질병입니다. 신이 청하건대 먼저 안으로 수양하고 도에 힘써서 밖을 방어하는 바탕으로 삼아야 합니다." 하니 임금께서 이 말을 듣고 "네가 이른바 궁중의 법도가 엄하지 않다는 것이 무엇인고?" 하고 물었다. 이에 선생은 거리낌 없이 일일이 인물을 열거하며 그 죄상을 밝히면서 "전하께서도 잘 아시는 이들이 아닙니까."라고 따졌다. 이에 임금의 얼굴빛이 굳어지니 좌우가 목을 움츠리고 아무도 말을 못했다. 이 때 심희수가 말하기를 "이 일은 세상이 다 아는 바이나 여러 신하들이 말을 하지 않았을 뿐인데 김상용이 말을 했을 뿐."이라고 하여 임금의 얼굴빛을 고쳐지고 그 뒤 궁중의 법도가 엄해졌다고 한다.

이 사건을 보면 김상용이 곧은 인물임을 알 수 있다. 신익성은 <諡狀>에서 선생은 사람됨이 성실하고 용모가 잘 생기고 부모를 잘 섬겨서 어려서부터 어그러친 일이 없었으며 여러 동생들을 자기 몸처럼 돌보고 그들의 자제를 자신의 자식처럼 보아주어 집안을 이끌어감에 은혜로써 하였으나 위으 또한 잃지 않았다. 그래서 집안은 화목하고 이웃과도 잘 지냈다. 꾸밈을 좋아하지 못하였으며 세상이 사치를 하고 절도가 없는 것을 근심으로 여겼다. 문채 나는 천으로 옷을 만들어 입지 않고 먹는 음식은 늘 성대히 차리지 않았으며 "세도는 가히 의지할 만하지 못한 것이며 복은 가히 누리어 다하지 못할 것"이라고 적어 놓고 스스로의 좌우명으로 삼았다고 한다.

실제로 김상용의 <좌우명>을 읽어 본다.

月盈則缺	달이 차면 기울고
器滿則覆	그릇이 차면 넘친다
亢龍有悔	높은 지위는 후회가 따르니
知足不辱	족함을 알면 욕됨이 없다.
勢不可恃	세도는 믿을 수 없는 것이고
欲不可極	욕심은 끝간데가 없다.
夙夜戒懼	밤낮으로 경계하고 조심하기를
臨深履薄	깊은 물을 건너듯 살얼음을 디디듯.

온유돈후를 인격 수양의 목표로 삼고 늘 바르게 살려 조심해 온 좌우명이다. 세상살이를 교만하지 않게 검소하고 겸손하며 욕심을 버리고 조심스러이 살라는 뜻이 들어있다. 수기치인(修己治人)은 격물(格物)·치지(致知)·성의(誠意)·정심(正心)·수신(修身)·제가(齊家)·치국(治國)·평천하(平天下)로 구체화 되었는데, 이것은 유학적 인생관·사회관·세계관의 바탕이다. 이는 자신을 수양하는 구체적 덕목이라는 점에서 교훈적이고

교화가 깃들어 있어 현대를 사는 우리에게도 많은 가르침을 준다.

42세부터 47세까지는 대개 외직으로 있다가 선조가 돌아가시자 다시 내직으로 들어와서 38세 9월에는 승정원 도승지겸경연참찬 관춘추관수찬 관예문관직제학 상서원정으로 벼슬살이를 하게 된다. 이 때 청풍계 별업을 짓게 된다. 이 청풍ㄱ계는 서울 서북쪽 필운산 아래에 있는데 수석이 좋아서 정자의 이름을 와유각(臥遊閣)이라고 했다.

59세 5월에 「기몽설(記夢說)」을 지었다. 이 글은 정주학에 바탕을 둔 교화의 정신이 있는 철학적인 글로서 그의 사상을 엿보기에 충분하다.

이 글 첫 부분에는 어떤 꿈을 적은 것인가 그 사연이 써 있다.

> 기미(1620)년 5월 13일 이항복이 전날 초저녁에 우리집 애들을 앞에 불러 모으고 이야기를 하다가 갑자기 생각에 잠기며 탄식하기가 오래였다.
>
> 그날 밤 꿈에 이항복과 그 형 이송복이 동강서실에 앉아 있는데 책상 위에 대학장구를 손으로 베껴 놓은 것이 있었다.

김상용이 꿈에 이항복과 주고받은 이야기가 「기몽설」을 이루고 있다. 이항복은 김상용보다 5년 선배. 이송복은 1550년에 태어나서 과거를 보지 않고 음직으로 선공감역에 있었는데, 임진란을 당하여 적을 만났으되 굴하지 않고 몸을 물에 던져 돌아간 분이다.

이 형제분은 임진란 때 화를 당하여 나라를 구하려고 목숨을 아끼지 않은 분들이다. 김상용이 꿈에 이 두 분을 만났다는 것도 늘 그에 대한 추앙이 있었음직한 일이다.

이 글은 대화체로 이어진다.

> 내가 묻기를 "이것을 베껴서 무엇하려 하십니까?" 하니 공이 말하기를 "내가 읽고자 하여 베꼈읍니다."하고 이어서 나에게 묻기를 "그대는 근래에 무슨 책을 읽으십니까?" 하기에 내가 대답하기를 "나 또한 『대학』을 읽고 있을 뿐입니다."했다. 백사공이 말하기를 "그대는 『대학』과 『중용』이 서로 표리를 이루고 있다는 것을 아십니까?" 하기에 내가 대답하기를 "무슨 말씀이신가요."하고 캐어물었다. 공이 말하기를 "『중

용』에서 말하는 '天命을 본성이라 함'은 바로 『대학』에서 말하는 '명
덕'이요, '본성을 거느리는 것을 도라 함'은 바로 '밝고 밝은 덕'이요,
'도를 닦음을 敎라 말함'은 바로 '백성과 친히 지냄'입니다. 또 『중용』
에서 말하는 '도는 잠시도 떠날 수 없는 것'은 곧 '지극한 善에 이름'
이니, 대개 도라는 것은 지선에 있는 바요, 잠시도 떠날 수 없다는 것
은 반드시 지극함에 이르러서 떠나지 말아야 한다는 뜻을 말함입니다.
또 『중용』에서 말하는 '경계하고 삼가서 보지 아니'하고 '두려워하여
듣지 아니'하는 것은 곧 『대학』의 '공경에 머문다'를 공부하는 것이며,
'숨은 것을 드러 내지 말라'하고 '미미한 것을 드세우지 말라'하는 것은
곧 「성의장」에 '10의 눈 열의 손'을 행하여 스스로를 속이지 말라는
뜻입니다.

　희노애락(喜怒哀樂)은 마음의 용(用)이며 이것이 발하지 않은 상태
가 마음의 본체입니다. 발하면 다 절도에 맞아야 하니 곧 바른 마음의
공입니다. 중화(中和)에 이르러서야 천지가 제자리에 놓이고 만물이
길러지는 것이니, 이는 곧 바른 마음 · 몸을 닦아서 나라를 다스림 · 천
하를 평화로이 하는 효과입니다."라고 하니, 기타 다른 장구도 그 마디
마디를 따라 풀어 논설함이 심히 많았다. 이는 모두 내가 평일에 무릇
보아왔으나 정착하지 못한 것이었다.

이상의 내용을 살펴보면 우리는 김상용이 이항복의 학문에 깊이 끌림을
알 수 있다. 성리를 밝힘과 『대학』과 『중용』을 동일선상에 놓고 현실까지
도 응용하여 파악한 도학의 심도가 깊다.

다음 글은 이상과 같은 이항복의 성리철학을 듣고 느낀 김상용의 고백
으로 이어졌다.

　듣고서 마치 새로 환히 열리는 바 있는 듯하여, 놀라 한번 깨우침을
기뻐하여 아득해서 다 적을 수 없는 것이 심히 한스럽구나.
　아아, 공의 시원함을 한 순간도 잊지 않아서 정의가 움직여 일어나
꿈에 나타나니 평생 강학하고 도를 논함이 지극하고 간절하기가 이와
같음이라.

이는 이항복의 강학(講學)·도를 논함에 대하여 김상용이 스스로 깨우침을 기록함이니, 우리는 이런 기록당시 선비들의 사상을 엿볼 수 있다. 우주의 원리를 현실 삶에 적용하여 살아가는 진실된 삶의 추구를 볼 수 있다. 이 글에서 밝힌 대로 늘 그런데 관심을 두다 보니 정의가 움직여서 꿈에조차 나타났다.

> 아, 그 기이함이여! 날이 갈수록 잊을까 두려워하여 이에 그 기록할 수 있는 것을 기록하여 나 자신의 살핌의 거리로 함과 아울러 두 집안의 자제들에게 보이노라.

이렇게 김상용은 글을 끝맺고 있다. 이 강학과 도를 논함은 자신의 삶을 반성하는 재료로 삼음과 동시에 후손들에게도 보이고자 하여 잊기 아까운 사실이라고 적었다고 했다.

우리는 이 글을 통하여 『중용』과 『대학』의 핵심을 견주어 그 대강을 이해하기에 편하다. 성리학이 실천적 지선(至善)을 추구하고 있음을 짐작할 수 있다.

김상용의 사상을 잘 알 수 있는 사건이 그의 생애에 마지막 장면을 장식하고 있다.

76세 때인 12월 12일 오랑캐 군사가 의주에 이르렀다는 보고를 받고 14일에 선생은 종묘사직을 따라 강화로 들어간다. 이 때 임금님도 강화로 가려고 하다가 길이 막히어 수레를 돌려 수구문을 경유하여 남한산성에 들어가니 16일에 적들이 산성을 포위하여 강화와 길이 끊기었다.

강화에서 그 이듬해(1637) 1월 22일 드디어 적군이 나루를 건너 섬으로 들어오려 하기에 군사와 무기 화약을 배치시키고 건너오지 못하게 방어하였다. 22일 大君과 김상용 등이 지휘하여 건너오는 적과 싸웠으나 이 때 유수와 수사가 연미정으로 도망감에 적군이 배를 다고 일시에 건너오게 되어 전세가 풍전등화에 놓이게 되었다.

김상용은 이미 일이 틀린 것을 알고 대군과 함께 성에 돌아와서 각각 담당을 나누어 막을 계획을 의논했다. 이 때 김상용은 "나는 이미 늙고 병들어 몸이 아무짝에도 쓸데가 없다. 지금 남한산성의 소식이 끊어진지도 오래니 임금님의 安危도 알 수 없다. 그런데 강화가 또 무너지니 이 한 목숨 다만 한번 죽을 뿐이다. 다른 대감들은 사직을 붙들어야 하니 천천히 일의 형편을 보아 사직을 보전할 수 없음에 이른 뒤에 죽어도 늦지 않으리라."하여 모두 돌려보내고, 김상용은 강화에 따라온 식구들을 불러 말하기를 "너희들은 장유의 집안 식구들과 그 죽고 살기를 함께 하라. 그러니 오랑캐 옷이라도 입고 탈출하여 하인들과 함께 남았다가 나라를 회복해야 한다."라고 이르고는 드디어 남문 다락위에 가니, 벌써 적군의 선봉이 성밖에 도달해 점령하고 있었다. 이에 김상용은 의자를 화약상자를 쌓아 놓은데 가까이 놓고 앉으니 지나가던 장우한이 옆에 와서 말했다. "대군께서 서문에 계시니 급히 그곳에 가서 분부를 듣는 것이 옳습니다." 이 때 여러 사대부들이 함께 내려가자고 다 모일 즈음에, 어떤 이는 가자하고 어떤 이는 가지말자 하거늘 이 때 선생은 하인을 불러 말하기를 "불을 가져오너라."하였다. 하인이 꾸물거리고 거행하지 않자 다시 소리 지르기를 "내가 담배를 피우고자 하야 그러니 빨리 불을 가져오라"고 하여 하인이 불을 가져다주었다. 이 때 서손 김수전(金壽全)은 13세의 나이로 김상용을 따라 옆에 있었다. 김상용이 하인에게 "이 아이는 끌어내 데려가라"하니 김수전은 눈치를 살피면서 옷섶에 매달리며 말하기를 "저도 또한 할아버지를 따라 죽겠습니다"하였다. 이 때 하인도 또 한 가지 않으니, 김상용은 불을 화약 속에 던져 스스로 타 돌아갔다. 이 때는 12일 오전이었다.

이 사건은 김상용이 나라의 운명이 풍전등화일 때 자신의 목숨을 바쳐 백성의 의기를 살려 나라를 구하고자 한 사건의 기록이다. 장렬한 김상용의 최후를 통하여 그의 곧은 정신과 나라를 사랑하는 마음을 알 수 있다. 이는 다만 강직한 성품을 드러냄이 아니라, 온유돈후를 드세움임을 알아야 한다. 김상용의 동생 김상헌은 몽고 임금의 설득과 고문에도 굴하지 않은 지조 높은 선비로 알려진 분이다.

5) 사행(使行)길의 시 – 백사 이항복의 「무술조천록」

「무술조천록」은 임진왜란(1592 - 1599)이 끝날 무렵 뜻하지 않은 중국 조정의 오해를 풀려고 사행의 길에 오른 백사 이항복이 기록한 일기체 형식의 기행 시집이다. 날마다 지나간 장소를 적고, 하루 동안 간 길의 이정을 기록해서 다음 사행길에도 참고가 될 수 있게 되어 있다.

이와 같은 사행의 기록들은 산문으로도 남아 있고, 시로도 남아 있는데, 「무술조천록」은 시를 위주로 하고 가끔씩 산문 기록을 첨가했다.

이는 기행문학의 일단일 수 있을 것이고, 외교문학의 한 모습일 수 있을 것이다. 우리들은 선조의 생생한 기록을 통해서 우리의 삶을 더욱 풍요롭게 하기 위하여 기행문학이나 외교문학을 연구 검토해야할 필요를 느낀다.

백사는 시에 있어서 자겸을 했다. 「백사집별집」 권오하(卷五下) 12쪽을 보면

> "동행한 이정구, 황여일은 모두 문장으로 한 때에 이름이 난 사람들이다. 나는 비록 이 두 사람에게는 미치지 못하나 젊었을 적에는 자못 웅얼거리는 것은 일삼아 한 적이 있다. 해를 지나 사행길에서 지어 읊은 것이 심히 많으나 일찍이 놀랄만한 구절을 얻지는 못했었다."

이 말은 백사가 스스로 자기의 시를 바라본 실토라고 생각한다. 이만큼 자신을 볼 수 있었다는 것이 의미가 있는 일이다.

먼저 사행의 목적과 여정을 알아보고, 시의 내용을 검토하고자 한다. 사행의 목적에서 그 성과와 성과를 얻어내기 위한 노력을 되새겨 봄으로써 우리는 지금 중국과의 관계에 참고로 해야 할 것이다. 여정은 열하일기의 노정과 비교해서 계절에 따른 사행길의 노정이 달랐던 것을 확인할 수 있을 것이다. 고구려시대 우리의 영토와 요동 벌을 지나면서 당시의 우국과 고향을 그리워하는 고뇌를 어떻게 소화하고 있는지 알아보려고 한다. 우리는 이렇게 함으로써, 우리 민족의 혼을 알아보고 기록에 남겨서 후세에 기약하는 바 있으리라고 생각한다.

「무술조천록」에 실려 있는 54편의 기행시를 수창의 실상, 고난의 정서, 우국, 사향의 순서로 살펴보고자 한다. 이런 작업을 통해서 작품에 감추어진 정서와 느낌을 되새겨 보고자 한다. 한가한 여가의 제작이 아닌 절박한 현실의 표현을 우리는 더욱 실감나게 받아들일 수 있을 것이다.

(1) 사행(使行)의 목적과 여정

① 목적

중국 조정의 찬획 정응태는 우리나라를 모함하는 상소를 중국 조정에 올렸다. 「월사집(月沙集)」에는 정응태가 우리 조정을 모함한 터무니 없는 내용이 「찬화정응태주본(贊畵丁應泰奏本)」과 「정주사응태참론본국변무주(丁主事應泰參論本國辨誣奏)」에 사실대로 남아 있다. 정응태의 상소문에 의하면

> 1592년에 조선에서는 대대로 일본 사람이 사는 집을 지어 놓고, 여러 섬의 왜노(倭奴)를 불러다가 전쟁을 일으켜서 중국을 침범하여 요하(遼河)의 동쪽을 빼앗아서 고구려의 옛땅을 찾으려고 한다.

고 했다. '대대로 일본 사람이 사는 집을 지어 놓았다.'는 말은 우리나라에 설치한 왜관을 말하는 것이다. 이 당시에 우리나라에서는 일본이 무역을 요구해 오기 때문에 그들이 우리나라에 와서 묵을 수 있는 집을 일정한 장소에 지어 그들의 무역을 통제하는데 사용해 왔다. 지금도 경상북도에 왜관이라는 지명이 있는데 이는 일본 사람들이 우리나라에 왔을 때 기거하던 곳이다. 왜관이 일본 사람들이 우리나라에 장기적으로 묵으면서 중국을 점령하려는 모의를 하는 곳은 아닌 것이 분명하다.

'여러 섬의 왜노를 불러다가 전쟁을 일으켰다.'는 말도 임진왜란을 두고 하는 말인데 이 전쟁이야 우리가 원하지도 않은 것이고 아무 방비도 없는 우리나라를 호전적인 일본이 침략한 것인데 이것을 일본과 우리가 짜고 중국을 치려고 일본을 불러들였다고 하니 말도 안되는 소리인 것이다.

'요하의 동쪽을 빼앗아서 고구려의 옛땅을 찾으려고 한다.'는 말은 늘 중국에서는 우리 강토를 차지하고 있는 것에 대한 양심의 불안을 말한 것으로 짐작할 수 있다.

이상의 말을 더 구체적으로 조목을 만들어서 정리하면

1. 유왜인범(誘倭人犯)하여 우롱천조(愚弄天朝)하고 (일본 사람을 끌어다가 침범을 해서 중국 조정을 우롱한다.)

2. 초왜복지(招倭復地)하려 교통왜적(交通倭賊)하고 (일본을 불러 땅을 다시 찾으려고 왜적과 서로 통한다.)

3. 혹이위결당양호(或以爲結黨楊鎬)하여 붕기천자(朋欺天子)하고 (혹은 楊鎬와 무리를 지어 임금님을 속이려 한다.)

4. 혹이위강분구원(或以爲剛憤求援)하여 이화천조(移禍天朝)하려 한다 (혹은 억지로 구원을 청해서 재앙을 중국에 옮겨 씌우려 한다.)

이와 같은 정응태의 무고를 해명하기 위하여 백사가 정사(正使), 월사(月沙) 이정구(李廷龜)가 부사(副使), 해월(海月) 황여일(黃汝一)이 서장관(書狀官)이 되어 간 사행이 무술변무의 사행이다. 무술변무의 사행의 목적은 정응태의 모함을 풀어서 중국이 우리나라를 의심하지 않고 이제 다 끝나가는 전쟁을 잘 마무리하는 것이었다고 생각한다.

② 목적 달성을 위한 노력

이제 이 사행을 성공적으로 수행하기 위하여 노력한 당시의 실상을 <무술조천록>의 기록을 통하여 알아보자. 1598년 10월 21일에 서울을 출발해서 12월 6일에 압록강을 건넜다. 다음해인 1599년 1월 23일 비로소 북경에 도착했다.

중국의 사신이 우리나라에 올 때에는 우리 조정에서는 압록강까지 영접사를 파견한다. 우리의 사신이 북경에까지 도착을 했을 때는 중국 조정의 마중은 전혀 없었다. 23일에 일행이 동악묘(東嶽廟)에 도착하니 동악묘에는 도사(道士)가 수십명이 있었는데 나와서 맞이하는 것이 자못 부지런했다고 기록하고 있다. 일행은 동악묘에서 옷을 갈아입고 조양문(朝陽門)밖에 이르러 보니, 꽤 번화했던 것같다. 수레와 남녀들이 길을 메웠다고 했다. 이렇게 복잡한 중에서 한 사람이 "이상서께서 오셨느냐?"고 하면서 참새가 뛰듯이 달려오니, 이 사람이 전에 양책사(楊冊使)를 따라서 부산에 왔던 사람이었다. 곧 경영선봉(京營選鋒)으로 성을 한(韓)이라 하는 사람이었다. 한서방은 말고삐를 잡고 오랫동안 참아 헤어지지를 못했는데, 외롭고 쓸쓸한 외국에서 아는 사람을 만나니 신분의 높낮음을 잊고 서로 기쁨에 겨워 손을 부여잡고 반가와 했다. 얼마 가다가 뒤에서 말을 달려 오는 사람이 있어 뒤를 돌아보니, 아까 그 한서방이 말을 빌려 타고서 뒤를 쫓아온 것이 아닌가? 백사는 이 장면에서 고마움을 이렇게 적고 있다.

　　　　이에 나란히 길을 가니, 마음이 매우 즐거웠다. 중국사람의 근념함과
　　　두터움이 이와 같구나.

　23일에는 남관(南館 : 옥하관)에서 머물고 다음날 서반(序班) 진이로(陳以老)와 고후(高詡)등이 와서 말하기를 '금년이 마침 삼년이 되어 관리의 성적을 살피는 일은 하지 않는다.'고 하면서 해당 각 관청에 가 본다고 해도 임금의 뜻을 받을 수 없을 것이라고 했다. 선생은 준비해온 변무의 상소문을 받아 주는 곳이 없어서 여러날을 애태웠다.
　26일에야 비로소 조선의 사신이 왔다는 것이 알려지게 되어 사정을 알리게 되었다. 27일에 중국 조정에 들어가게 되는데 이 장면은 우리가 지금 자세히 알아 두어야 할 부분인 것 같다.
　조회에 나가 뵙고자하여 북을 다섯번 칠 때에 동쪽 장안문 밖에 나가서 문이 열릴 때를 기다려서 물어 보아야 했다. 시간을 맞추어 오봉문밖으로 나가니 정사, 부사, 서장관과 역관이하가 모두 네 줄로 서서 공수(拱手 : 도포 소매에 양손을 넣어 손을 맞잡고 허리를 구부리는 예))를 하고 행진하여 서 있었다. 이 때 황제가 다니는 길에 이르니, 구령이 들려오는데 다섯번 절하고 고두(叩頭 : 이마를 땅에 부딪치면서 절을 하는 예, 아주 치욕적인 인사법이다)를 3배하라고 했다. 이를 시행하고서 광록시정(光祿寺庭)에 나가니 황제가 내리는 술과 음식이 있었다. 다시 임금이 다니는 길에 나가서 절을 1배하고 고두(叩頭)를 3배 하여 감사했다. 이 때 병부상서 전약말(田樂末)이 출근을 하고, 형부상서 소태형(蕭大亨)이 병부의 일을 겸한다고 하고, 각로 조지고(趙志臯)가 문서를 본다고 하기에 6번이나 글을 올렸으나 모두 자리에서 떠나고, 다만 각로 심일관(沈一貫)이 있기에 미리 작성한 글을 올리고 서로 예를 갖추어 인사하고 물러나왔다. 오봉문 동랑(東廊) 아래서 기다렸으나 날은 저무는데 아무 소식이 없었다. 일어났다가 앉았다가 하면서 자리를 정하지 못하고 있었는데 마침 심각로가 온다는 전갈이 왔다. 백사와 일행은 길옆에서 무릎을 꿇고 기다리고 있었다. 각로가 무슨 일이냐고 서서 물었다. 사신 일행은 사정을 설명했다. 각로는 일어나서 따

라오라고 했다. 마주서서 친히 바치는 글을 받아 읽어 내려갈 때 백사는 문제가 된「해동제국기(海東諸國紀)」에 대해서 자세히 조목조목 설명을 하니 각로는 밝게 알아 들었다. 이렇게 반복해서 여러 차례를 하니 새벽 기운이 제법 쌀쌀했다. 추위에 눈물이 다 핑 돌았는데 이렇게 서 있을 때에 예부좌시랑등이 차례로 들어 오다가 이 모습을 보고 무슨 일이냐고 물었다.

29일에야 우리나라를 떠날 때 작성한 글을 병부회동부(兵部會同府)에 전할 수 있었다. 이렇게 해서 중국 조정 상부에서 이 문제를 설왕설래하기에 이른 것이다. 이런 과정을 거쳐서 병부 소상서에게까지 사정을 설명하기에 이른다. 이 때의 심정을 읊은 시를 읽어 본다.

次月沙早朝韻

春天曙色射朝衣	봄날 새벽빛이 조회하는 사람에게 비치니
馳道遙看燭影微	달려온 길이 멀게 등불이 히미하구나
映雪瓦溝初旭轉	눈에 어린 하수도는 아침 햇빛에 움직이는 것같고
受風旗脚曉霜晞	바람 받은 깃발에서는 새벽 서리가 마른다
香飄七瑞圍仙仗	향기로운 칠서는 의장대에 둘러 싸이고
雲繞千官擁法闈	구름 같은 관리들은 궁중을 에웠구나
操凡幸逢賢國老	붙잡기는 무릇 다행히 나라의 어진 원로를 만났으나
肯敎冤奏竟空歸.	할 수 없이 원한의 상소 올리려다 헛되이 돌아오네.

<백사집별집 권五上 · 27>

오늘도 일을 성사 시키지 못하고 무거운 발걸음을 되돌리는 백사의 무거운 심정이 이 시에는 배어 있다. 수련에서 지금까지 싸워온 일이 꿈만 같다고 술회했다. 전련과 후련에서는 율시의 체격에 맞추어 대우로 쟀다. 모두 궁중의 화려함과 웅장함, 그리고 삼엄함을 읊고 있다. 결련에서 자신의 심정을 토로하면서 '원주(冤奏)'라고 해서 직무의 막중함을 말하고 있다. 우리나라의 원한이 맺힌 상소문이라는 말이다.

이렇게 하여 3월 11일에야 완전 해결을 위한 잔치를 할 수 있었고, 그 다음날 사은하고 다음날 상까지 받고 또 다음날 사은을 하고 17일에 떠나려고 했으나 예부상서가 없어서 하루 더 묵었다가 18일에 중국 조정을 떠나게 되었다.

20일 삼하(三河)에서 묵을 때에 정응태가 요동에서 송환되어 하점(夏店)

을 거쳐서 배를 타고 귀가했다는 소식을 들었다. 이렇게 해서 47일동안 달려와서 52일간 체류하면서 무고함을 변호하는 임무가 모두 끝나게 된 것이다.

③ 여정

「무술조천록」 맨 앞에 보면 만력25년(1598) 10월 21일 우리 조정을 떠나서 의주에 도착한 것이 11월 10일, 14일날 문서를 다시 고쳐 작성해서 보낼 것이니 기다리라는 전갈을 받고, 기다렸다가 26일에 새로 고쳐지은 문서를 받아 30일에 강을 건너려고 먼저 짐을 보냈다고 적었다. 그러나 12월 3일 이정구가 병이나서 떠나지 못했다. 「무술조천록」에는 매일 날짜를 쓰고 그날 지난 곳과 숙박한 곳의 지명을 차례로 적었다. 그날 길을 간 거리도 적어 놓았다. 백사 일행은 이정구의 병이 나아지기를 기다려서 한 겨울인 12월 6일에 압록강을 건너서 중국 땅을 디디게 된다. 그 여정을 여름에 사행을 간 박지원의 <열하일기>의 여정과 비교해 보면 다음과 같다.

	월강	구련성	금석산	통원보	연산관	요양	광령
	越江 →	九連城 →	金石山 →	通遠堡 →	連山館 →	遼陽 →	廣寧
백사	12월 6일	6일	7일	9일	10일	12일	25일
연암	6월 24일	25일	26일	29일	7월 6일	8일	15일

	대릉하	송산소	고교보	영원성	강녀묘	산해관
→	大凌河 →	松山所 →	高橋鋪 →	寧遠城 →	姜女廟 →	山海館
	30일	1월 2일	3일	4일	8일	9일
	18일	18일	18일	19일	23일	23일

	고죽성	판교	계주	북경조양문
→	孤竹城 →	板橋 →	薊州 →	北京朝陽門
	14일	16일	18일	23일
	26일	27일	29일	8월 1일

이상의 여정을 보면 12월 6일에 압록강을 건너 백사의 사행길은 모두 47일이 걸렸고 박지원은 모두 36일이 걸렸다. 지도를 보면 백사의 사행길이 더 지름길이었는데도 11일이나 더 걸린 것은 겨울의 모진 날씨 때문인 것 같다.

압록강을 건너서 요양까지는 백사가 6일 박지원이 13일 걸렸다. 같은 길인데 박지원이 7일이나 더 걸렸다. 이는 백사의 사행길이 얼마나 급한 걸음이었나를 알 수 있는 증거가 될 것이다.

이 요양에서 겨울길과 여름길이 갈라지는 것같다. 남쪽으로 접어들면 길은 가깝지마는 강이 많아서 물을 건너기가 매우 어렵다. 그래서 이 길은 겨울에나 갈 수 있는 길이었다. 북쪽으로 심양을 거쳐서 광령으로 가면 거리는 멀지만 물을 건너는데 수고가 덜 되기 때문에 여름에는 심양을 거쳐서 가는 길을 택한 것이다.

요양에서 광령까지 지름길로 갔는데도 백사의 사행길이 6일이나 더 걸렸다. 겨울에는 강이 얼어서 어름 위로 건넜는데도 이렇게 날짜가 많이 걸린 것이다.

광령에서 북경까지는 백사의 여정과 박지원의 여정이 똑 같다. 겨울에 길을 간 백사가 무려 12일이나 더 걸려서 북경에 도착할 수가 있었다.

이렇게 북경에 도착해서 변무의 일을 보게 되는데 애로가 많았다. 1월 23일에 도착하여 52일간 머물면서 나라의 이익을 위하여 동분서주 고생도 많았고 수모도 많았다. 3월 18일 북경을 떠나 귀국의 길은 그렇게 서두르지는 않았다. 추운 겨울에 47일을 걸려서 갔던 길을 돌아올 때는 60여일이 걸렸다. <무술조천록>에는 4월 24일까지의 기록만 있는데 이 때 압록강을 건넌 것 같지는 않다. 3,4일 더 와야 압록강을 건널 위치에서 일기는 끝났다.

압록강을 건너서 갈 때 47일이 걸렸고, 북경에서 체류한 날짜가 52일간이다. 여기다가 돌아 올 때에 걸린 날짜 60여일을 합하면 왕복 160여일이 소요된 긴 사행길이었다. 이는 5개월하고도 10여일이 넘는 기간이다.

<무술조천록>에는 대개 여정만 적었지 <열하일기>처럼 날마다 보고 느낀 것에 대한 자세한 기록이 적다. 그러나 12월 12일 요양에 들어갔을 때에는 사신으로 북경에 다녀오던 영의정 일행과 만나게 된 사연이 적혀 있다.

13일에는 요양의 행정 책임자인 도사(都司)를 만나서 그들이 우리의 토

산품을 요구하면서 은을 주더라는 교역의 모습을 적었다. 이어서 요양에 오는 길에 중국 걸인이 우리나라 전쟁에 참전한 일이 있노라면서 구걸을 해와서 그를 요양까지 먹여서 데려다 주었노라는 기록도 있다.

22일에는 이정구가 수레에서 떨어져서 몸이 불편하여 천비묘를 구경하는데 황여일만 함께 갔다는 기록이 있다. 23일에는 갈증을 달래기 위하여 음식이야기와 동정호 근처에서 난다는 맛좋은 귤 이야기로 꽃을 피웠다.

25일 광령에서는 이여송의 동생 이여매가 만주의 오랑캐를 토벌하려고 만여명의 병사를 거느리고 출정하는 것을 보고 따라가다가 그만두었다고 기록했다. 이여송의 아버지 이성량(李成樑)의 공적을 기린 석패루(石牌樓) 아래서 말을 쉬면서 그 다락을 보니 흙과 나무는 사용하지 않고 대리석만을 사용해서 지었다고 했다.

12월 30일에는 대릉하를 지나면서 한 해를 보낸 사연이 있다. 말을 구하기가 어려워서 일행이 절반은 뒤에 쳐져서 오게 되었기 때문에 몇 사람 되지는 않았지만 그래도 능하소(凌河所)에 둘러 앉아서 술잔을 건네며 이 해를 막암했다. 이 때 수박희(手搏戱 : 지금 태권의 옛 모습이다. 특히 손기술을 말한다)로 흥을 돋우려고 억지로 해 보기도 했지만 영 기분이 나지 않았다고 했다.

1월 3일 연산(連山) 유씨(劉氏) 집에서 묵고 길을 떠나 탑소(塔所)에서 쉴 때에 이정구가 농담을 한 기록이 있다. 강을 건너면 여기서부터는 연조(燕趙) 지방이다. 예로부터 연조 지방에는 미인이 많다고 했다. 이정구는 혹시 이 길에 미인을 구경할 수 있을까 하던 중에 마침 주인집 20여세의 딸이 정초라서 성장을 하고 뜰을 지나고 있었다. 녹색 명주 저고리에 붉은 비단 치마를 입고 수를 놓은 구름 같은 신을 신고 머리에는 가득히 꽃을 꽂았다. 막 붉은 빛이 도는 말을 타고 들어오는 것이 아닌가? 이정구는 곁눈으로 흘끔거리면서 급히 황여일을 불렀는데 마침 황여일은 배탈이 나서 볼 일을 보는 중이었다. 황여일이 자기를 부르는 소리를 듣고 급히 볼 일을 끝내고 막 돌아와서 자리에 앉을 무렵에 미인은 방안으로 들어가 버렸다.

이와 같은 기록은 지루하고 힘든 사행길에서 고생을 달래는 시원한 한 줄기 맑은 바람과도 같은 이야기라고 생각한다.

6일에는 오랑캐가 사행길에서 수십리 떨어진 곳에서 약탈을 했다는 소식을 들었다고 적었다.

9일에는 산해관에 도착했다. 당시에 주사(主事)는 오종영(吳鐘英)이었다. 서로 인사를 하는데 사신이 당에 올라 재배하니 주사가 당에서 내려와서 답으로 절을 했다. 역관(譯官 : 통역을 맡은 중인 계급의 벼슬) 이하는 뜰 아래 벌려 서 있으면서 인원을 확인했다. 이 날은 입춘 하루 전인데 이곳 풍속에는 입춘 하루전에 '영춘희(迎春戱 : 봄맞이 놀이)'를 한다. 갑옷을 입고 말을 탄 병사 수백명이 앞장을 서고 뒤에 배우와 가면을 쓴 사람과 흙으로 만든 허수아비를 든 사람들이 거리를 메웠다. 시장의 상인들도 채색으로 장식을 한 것에 태워 떠메고 다니는 자가 수십인이고 장식을 요란하게 한 여자들도 많았다고 한다.

13일에는 백사가 위통이 심했다. 16일에는 황여일이 집생각에 심사가 편하지 못했다. 23일 드디어 북경에 도착했다. 이렇게 북경에 도착하기 전까지의 기록을 살펴 보았다.

(2) 시의 내용

① 수창(酬唱 : 시로 서로 의견을 주고받는 풍류)의 실상

백사가 지은 57편의 시중에서 백사가 먼저 시를 지어 이정구나 황여일을 도발한 것은 12편 뿐이다. 그러나 이정구는 총 105편의 시중에서 먼저 스스로 읊어서 도발한 것이 55편이나 된다. 황여일은 총 90편의 시 중에서 주로 이정구에게 도발을 하기는 했지만 스스로 먼저 지은 시가 49편이다.

백사가 이정구의 시에 차운한 것은 29편이고, 황여일에게 차운한 것은 16편이다. 이정구가 백사의 시에 차운한 것은 4편이고 황여일에게 차운한 것은 8편이다. 황여일이 백사에게 차운한 것은 11편이고 이정구에게 차운한 것은 30편이다. 이정구는 사행길의 동행인들에게 차운을 한 것보다는 그 정자나 누각의 운자에 차운한 것이 많다.

시인	총 창작시	먼저 지어 도발한 시	차운한 시
백 사	57	12	45
황여일	90	49	41
이정구	105	55	12

백사는 정사이고 이정구는 부사였다. 여기서 작품의 수만으로 당시의 상황을 평가하고 말기는 걸리는 부분이 있다. 출발하고 일주일쯤 되었을 때에 요양에서 있었던 일이다. 12월 13일에서 18일 사이였다.

이정구가 자꾸 시를 지어 보이면서 화답하기를 강요하니, 백사는 은근히 귀찮은 생각이 들었다. 불쾌한 표정을 지으면서 다음과 같이 읊었다.

> 萬里行多病 　먼 길을 여행할 때 병이 많으나
> 醫治百不宜 　의사의 치료로는 마땅한 것이 없을거야
> 安心有上藥 　마음을 편안히 하는 것이 제일 좋은 약이니
> 靜坐廢吟詩 　가만히 앉아서 시도 읊지 마시오
>
> <백사집별집 권五上·6>

이 시는 공연히 마음 산란하게 하지 말고 좀 가만히 있으라는 충고를 한 것이다. 얼마나 부담스러웠으면 이렇게 거의 노골적으로 시좀 그만 지으라고 했겠는가? 이 시에 대한 답을 이정구는 3편이나 차운을 해서 전했다.

> 見敎安心法 　安心하는 법의 가르침을 받고 보니
> 眞知與病宜 　참으로 병이었음을 알겠습니다
> 羈愁不自遣 　시름에 얽힌 걸 스스로 풀어 보내지 못하고
> 非是愛吟詩 　시 읊기에만 빠져 그르쳤군요
>
> 詩從靜處得 　시는 고요속에서 얻어지는 것
> 靜却與詩宜 　고요하면 문득 시와 함께하기가 좋구나
> 自有詩中靜 　시가운데 고요함이 절로 있는데
> 寧休靜裡詩 　어찌 시속에서 고요하지 말라 하오

斗屋廚煙足　　오두막에서 끼니만 때우면 만족하고
蒲園午睡宜　　방석에 앉아서 졸 수만 있다면야
誰將靑李帖　　누가 장차 당신의 수첩에
還寫謫仙詩　　또 이백의 시를 적어 넣을까.

<월사집 권二 · 9>

　　첫수에서는 잘못을 인정했다. 그러나 그것은 겉으로의 말뿐 실로 제2수를 보면 본심이 아님을 알 수 있다. 제2수에서 고요함과 시는 뗄래야 뗄 수 없는 관계라고 강변하고 있다. 각 구절마다 '정(靜)'과 '시(詩)'를 빠짐 없이 쓰면서 시와 고요함의 불가분의 관계를 역설한다.
　　제3수에서는 편안하게만 산다면 언제 이백의 경지에 올라가겠느냐는 질문이니, 백사의 꾸짖음에 대한 정면적인 도전이라고 할 수 있다.
　　백사와 이정구는 이렇게 시로써 서로 화답을 하고서도 직성이 풀리지 않았던 것같다. 백사는 나름대로 미안했던 것이다. 사행의 목적도 다 이루어갈 3월 10일께 귀국길에 앞서 백사는 이정구에게 이백의 시를 골라 베껴서 선물을 했다. 이정구는 이 선물을 받고 감개하여 다음과 같이 시를 지어 보답했다.

吾愛李謫仙　　나는 이백을 사랑했으니
作詩驚千古　　작시에는 천고의 놀라움이라
斯人去作仙　　이 사람 가서 신선이 되니
珠玉滿寰宇　　주옥같은 시가 세상에 그득하네
有似九宵鶴　　구만리 장천을 나르는 학의
遺響靑雲裏　　울음소리 청운 속에 남아 있는 것같아
末路得雲翁　　마지막에는 구름을 만나
風襟乃相似　　풍모와 마음이 서로 비슷해
新詩亹亹逼　　시는 점점 경지에 가까와 진다 해도
草聖世又稀　　초성의 경지는 세상에 또 드문 것
巴牋白如雪　　파 지방의 종이는 눈같이 흰데
入翰生光輝　　붓을 드리매 광채가 나누나
晴窓春晝靜　　밝은 창에는 봄 낮이 고요한데
朗詠天葩句　　꽃같은 귀절을 낭낭히 읊노라

興來一揮灑　　흥이 나서 한번 마음을 씻어 내리니
颯颯鳴秋雨　　시원히 가을비가 울리는 듯
編爲一束書　　묶어 한 책을 만들어
入手驚龍蛇　　손에 넣으니 용사비등의 놀라움
題封寄同舍　　시를 짓고 봉해서 나에게 보내오니
不換山陰鵝　　왕희지의 글씨와도 바꿀 수 없네
筆精詩轉好　　글씨가 알차니 시 더욱 좋고
寶愈雙南金　　형주의 황금보다 더 보배로다
歸携對几案　　가지고 돌아가 책상에 두고
草堂靑竹陰　　초당 푸른 대나무 그늘에서
淸芬若可挹　　맑은 향기 맡을만 하니
白首藏之心.　　늙도록 간직 하고말고

<월사집 권三·11>

　백사는 이정구의 시에서 마지막 귀절이 걸렸던지 이백의 시를 베껴서 선물을 했고, 이정구는 백사가 이백의 시를 베껴서 선물을 한 것에 대해서 감사의 뜻으로 시를 써서 보냈다.

　이 시는 4행씩 단락을 이루고 마지막 단락만 6행으로 되어 있다. 제1단락은 이백이 돌아간 후에도 세상은 이백의 아름다운 시로 가득하다는 말이다. 제2단락에서는 그 시의 여운이 남아서 지금 백사에게까지 미치고 있다는 뜻이다. 제3단락은 백사가 이백의 시를 베껴 쓴 그 글씨를 찬양하고 있다. 제4단락은 베껴 보낸 시를 이정구가 읽고 흥취를 돋우는 대목이다. 제5단락은 이어서 그 글씨에 대한 찬사를 아끼지 않고 있다. 제6단락에서는 영원히 귀하게 간직하겠다는 뜻을 밝힘으로써 끝을 맺고 있다. 이렇게 고마움을 시로 표현한 것은 일찍이 이정구가 백사의 시에 답한 것에 대한 미진한 마음을 서로 풀어 보인 것이라고 생각한다.

② 고난의 정서

　겨울에 북쪽으로의 사행길은 고난의 연속이었다. 시를 통해서 그 실상을 직접 그 당시의 정서에 젖어 본다. 우리는 이런 고난의 시를 통해서 민족의 전통적인 정서에 잠길 수 있을 것이다. 이런 선험적인 실상이 우리들에게 집단 무의식을 형성하는데도 영향을 주었을 것이라고 생각할 수 있다.

우리가 백사의 시를 통해서 깨달을 수 있는 것은 어려움을 이겨내는 그의 정서적인 노력이다. 하나는 극복의 의지로 풍자와 재치를 사용하는 것이며, 하나는 어려움을 그대로 수용하는 포용성의 자세다. 둘 다 강한 의지의 적극적인 정서를 발견할 수 있다.

12월 31일 이날은 바람과 눈이 대단했다. 사행의 행색이 매우 고통스러웠다. 사하를 거쳐 우가장 황가(黃家)에서 묵었다. 이날 이정구는 병이나서 수레를 타고 있었다. 활달한 기상이 있는 백사는 이것을 보고만 있지는 않았다. 놀리면서 농담을 했다.

齒牙相戰更搖頭　이빨이 딱딱 마주치고 머리까지 흔들흔들
强道乘車穩似舟　수레를 탔더니 배 탄 것같다네
滿路豈知人在內　길손이야 어찌 알리오 그 안에 사람이 있음을
兒童爭訝糞田牛.　아이들은 똥밭에서 딩군 소라고 우긴다네.

<월사집 권二 · 10 - 11>

이 시는 『백사집』에는 실려 있지 않다. 그만큼 풍자성이 강하고 말이 거칠다. 『월사집』에는 이 시와 함께 이 시에 차운을 한 이정구의 시가 실려 있다.

이정구는 자신의 차운시 앞에 이렇게 썼다.

> "이 날은 나 또한 병이 들어서 수레에 앉아 있었다. 상공은 기욕을 말지 아니했다. 수레를 마침 푸른 소에 멍에를 해서 끌리고 있었기에 그 운자를 써서 먼저 스스로 마음을 풀고 시를 지었다."

<월사집 권二 · 10>

이 말과 백사의 시를 보면 이정구가 아파 고생하는 모습을 보고 백사가 지은 시가 바로 이것임을 알 수 있다. 제목에 '설중애거부(雪中哀車夫)'라고 한 것은 수레를 타고 있는 이정구를 놀리느라고 그렇게 말한 것같다. 제1구에서 이빨도 달달 떨리고 머리까지 흔들거리는 모습은 병이 들어서

고통을 당하는 이정구의 상황을 묘사한 것이다. 제2구에서는 이렇게 고통스러우면서도 배를 탄 것처럼 느껴진다는 이정구의 말을 옮겨 놓았다. 어쩌면 열이 올라서 둥실둥실 떠 가는 것같기도 했을 것이다. 제3,4구에서 이불 누더기 등으로 싸고 또 싸고서 폭 파묻혀 있는 이정구의 모습을 아이들이 보고서 똥밭에 딩굴던 일하는 더러운 소가 끄는 수레에 무슨 사람이 있겠느냐고 조롱하는 상황을 그렸다.

이 시를 보면서 백사의 여유와 대담하고 통이 큰 마음을 알 수 있다. 나라의 위태로움이나 사행길의 고통이 이리도 심한데 오히려 이런 어려움을 이런 식으로 극복하려는 슬기로움이 보인다.

이 시에 대해서 이정구는 이렇게 차운을 했다.

車上行窩深沒頭　수레 위에 짐보따리로 싸고 싸서 폭 파묻혀
擁裘堅坐穩如舟　털옷을 껴안고 굳세게 앉았으니 배같구나
紫氣若逢關令問　북경 가까이에 가 변방 수령이 묻는다면
爲言人有駕靑牛.　푸른 소에 멍에한 수레엔 사람이 있다고 말하리.
<월사집 권二·10>

이 시는 앞에 백사의 시에 응답을 했다. 백사가 너무 이정구가 엄살을 떠는 것처럼 묘사한 것에 대해서 병을 견디는 모습을 좀 의연하게 묘사하고 있다. 아이들이 수레를 보고 거름을 싣는 소가 끄는 수레에 무슨 사람이 탔겠느냐고 하는 모멸스러운 말에 대해서도 제3, 4구에서 변명을 하고 있다.

그 활달하고 대범한 점에서는 이정구가 백사를 당할 수가 없다. 이렇게 궁한 변명과 체면을 유지한 말로 화답을 한 것을 보면 어려운 상황을 극복하고자 해서 일부러 풍자적인 면모를 보인 것을 이해하지 못했던 것같다.

그러나 백사집에는 '설중애거부'라는 제목으로 다음과 같은 시가 실려 있다.

層氷滿坂雪蒙頭　층계진 어름 언덕 꼭대기 쌓인 눈
日暮牽牛如挽舟　해 저물녘 소가 끄는 수레가 배 같다네
夜投山店未炊飯　한밤에 투숙한 산 주막에서 밥도 짓기 전
纔到鷄鳴催駕牛.　겨우 짐을 풀자 닭이 울어 수레에 멍에 하라네.
<백사집 별집 권五上·9>

이 시는 백사의 앞에 시보다 매우 세련되어 있다. 퇴고한 흔적이 강하다. 제2구의 '거(車)'자만 그대로 있고 모든 글자를 바꾸어 놓았다. 글자를 바꾸니 시의 내용이나 주제, 이미지가 모두 달라졌다. 그러나 고난의 사행길을 나타내는 시의 정서는 그대로 생생하다.

<월사집>에 실려 있는 시는 이정구 개인을 상대로 한 시인데, 이 시는 일반적인 당시의 고난을 그리고 있다. 사행길이 그 고난속에서도 바쁘게 진행되어 가는 일의 급박함을 말하고 있다. 이 시에는 고난을 극복하려는 재치와 풍자는 없고, 심각한 사행길의 고난과 일의 급박함만이 있다.

途中風沙甚亂

燕市游塵漲九河	북경 시내에 떠다니는 티끌은 九河에서 넘친 것
人來人去汚衣多	오고 가며 옷을 더럽히는 이들이 많구나
莫言皎潔元無染	하얗다고 본래 물들지 않은 것이라고는 말하지 말라
縱有明珠也點瑕.	비록 맑은 구슬이라고 해도 또 흠이 있다네.
塵沙不貸芰荷衣	티끌 먼지로는 헐벗은 옷이라도 대신할 수 없으니
分付同行好護持	함께하라 하시니 지키기에 좋았어라
人人各愛香蘭珮	사람마다 좋은 노리개만 사랑하는데
休管他家素染緇.	남들이야 흰 걸 검게 물들인들 관계하지 말자.

<백사집 별집 권五下·3>

자연 현상이 시인에게 어떻게 굴절 되는가가 시인의 정서를 감지할 수 있는 징표가 된다. 바람과 모래가 심한 길을 걸을 때 사람마다 생각과 느낌이 다를 것이다. 백사는 바람과 모래가 심한 길을 걸으면서 세태의 험난함과 정의롭지 못함을 상기하고 있다. 그러나 불의를 배타적으로 파악하는 것이 아니라, 긍정적인 측면에서 수용의 자세를 취하고 있다. 이런 태도도 적극적인 삶의 방식이라고 본다. 제2수의 첫귀절에서 '진사(塵沙)'와 '문하의(芰荷衣)'를 대비 시켜서 서로 대신할 수없는 세계임을 말했다. '문하의'는 깨끗하고 고결한 삶을 상징하는 것이다. 사람들은 '향란패(香蘭珮)'만 좋아하는데 이런 세상이야말로 '진사'인 것이다. 이런 세태에서 자신을 지키는 길은 남의 일에 관계하지 않는 자세인 것이다. '휴관(休管)'이라는 의

미는 너그러움을 말한 것이다. 모두 용납하고 갈부지 않는 의연한 자세를 말한다. 이 또한 수용의 자세라고 생각한다.

③ 우국

「차월사연관서회운(次月沙燕館書懷韻)」에서 "우국에 항상 미간을 찡그리고 살았다"고 술회한 백사의 우국은 남다른 바가 있다. 이 무술년의 사행길은 그 목적이 나라의 오해를 풀어야 하는 임무가 무거운 것이기에 더했다.

次月沙途中口占

欹側攀危岸	솟아오른 낭떠러지를 비스듬히 기어올라
遲廻渡淺灣	천천히 돌아와 건넜다, 얕은 나루를
一身輕似葉	내 한몸은 가볍기가 나뭇잎 같고
萬事重於山	내 임무는 중하기가 태산과 같다
飮淚懷深恥	눈물을 삼키며 깊이 부끄러워 하는건
逢人作好顔	만나는 사람에겐 좋은 얼굴 짓는 일
詩成渾漫興	시가 이루어지니 온갖 흥이 일어나
隨意細增刪.	뜻에 따라 곰살궂게 빼고 더한다네.

＜백사집별집 권五上 · 23＞

위태롭기 그지없는 험한 길을 간신히 지나 이제 살았구나하는 느낌으로 읊었다. 자기 임무의 막중함 때문에 항상 조심하면서 뜻대로 하지 못하고 자중하는 모습이 엿보이는 시다. 왜 이렇게 자중해야 하는가? 모두 나라를 위해 조심하는 행동이다. 속깊은 우국의 마음을 알 수 있다.

북경에 머무르면서 나라의 오해를 풀려고 백방으로 노력을 할 때 일은 잘 되지 않고 날짜는 자꾸 지나간다. 백사는 그 때의 불안한 심정을 이렇게 읊었다.

次月沙玉河夜吟韻

墻頭風鵲未安枝　담장 머리에 까치는 바람의 가지가 편안치 못해
月下驚飛影屢移　달빛에 놀라 날며 그림자를 자주 옮기네
一席感時憂國語　이 자리 느껴운 憂國의 말은
廚人新漉出天池.　요리사가 정수한 물이 天池에서 온 것인가.

<백사집 별집 권五上·28>

이 시에서 '천지(天池)'라는 시어는 묘한 중의(重意)를 가지고 있다. 하늘의 연못이라면 중국 조정의 물일수도 있고, 우리나라의 백두산의 천지일 수도 있다. 북경의 중심 중국의 조정을 드나들면서 물맛이 그리운 백사를 상상하면 좋을 것이다. '일석(一席)'이라는 것이 항상 떠돌이의 자리를 의미한다. 정착하지 못한 처지를 말한다. 우국의 시름을 고국의 물로라도 달래고 싶은 심정을 읽을 수 있다.

이 시의 첫귀절에서 불안한 심정을 노래했다. 바람속의 한 마리 까치로 감정이 이입되어 있고, 한 자리에 가만히 있지 못하는 까치의 모습에서 불안을 잘 표현하고 있다.

次月沙夢入銀臺韻

重修簪履點朝班　머리에서 발끝까지 치장을 거듭하고 조회에 나가서
草制古高不强顏　글솜씨 좋으니 억지로 쥐어짤 건 없는데
孤夢亦憐心戀主　외로운 나그네 꿈에 또한 임금님 생각 간절하니
曉隨胡蝶度千山.　날 밝으면 나비되어 故國으로 달려 가리.

<백사집 별집 권五上· >

여행중에 밤에 꿈을 꾸니 우리나라 조정에서 조회를 하고 글을 짓는 장면이었다. 꿈속에서도 잊지 못하는 임금님, 곧 나라다. 두보는 일찍이 "밥 한 술을 먹는 것도 임금님을 위해서다."라고 했지만 백사와 이정구의 우국 또한 이에 못지 않다.

하도 그리운 임금님이기에 날이 밝으면 한 마리 나비가 되어 수 많은 산을 날아 조국으로 가겠다는 꿈이 있다. 이 시도 서로 합하려는 일치의 심정을 노래하고 있다. 이 일치의 마음이 바로 화해와 용서, 평화의 정신이

라고 생각한다.

우리 고전에서 쉽게 발견되는 만남과 일치, 화해와 평화의 주제나 내용은 우리 민족의 꿈을 잘 나타내 주는 것으로 이해할 수 있다고 생각한다.

이제 한 해를 보내면서 무엇을 가장 깊이 생각하고 있는지 알아보자.

次海月除夕書懷韻

鶴野春初動	학야(鶴野)에는 봄이 처음 찾아드는데도
龍灣客未還	나그네는 아직도 용만에 돌아가지 못하누나
不眠思聖主	임금님 생각으로 잠을 자지 못하니
無夢到家山	뒷동산에 이르는 꿈은 없어라
序屬三更變	이 해는 한밤중에 바뀌고
詩排一字安	율시나 배율은 한 글자에 좋아진다
燈花强解事	꽃불을 놓고 억지로 일을 풀어보기도 하니
似欲慰淸歡.	새해를 맞는 기쁨으로 위로 받고자 하는 것같네.

<백사집 별집 권五上 · 12 - 13>

고향에 대한 그리움과 임금님에 대한 생각이 함께 들어 있는 시다. 우국과 사향이 모두 배어 있다. 이역 만리에서 맞이하는 한 해를 보내는 일은 더욱 외롭다. 게다가 임금님 생각으로 잠도 이룰 수 없는 형편이니, 고향에 대한 꿈도 꿀 수가 없다. 백사의 갈등, 제석을 거리노중에서 맞는 괴로움을 잘 표현했다.

등화(燈花)는 섣달 그믐날 식구 수대로 접시불을 켜 놓고 불이 타는 정도에 따라 각각의 운수를 점쳐 보는 것이다. 모두 부질없는 행동들이기는 하지만 그래도 내일이라는 미지의 희망이 있기에 살아가는 것이 아닌가? 괴롭고 외로운 사람에게 미래에 대한 기대는 더욱 큰 법이다.

이 시에서도 수용의 자세와 정신을 발견할 수 있다. 외로움과 괴로움에 대한 상황을 극복하려는 의지가 전련(前聯)에 잘 표현되었다. 갈등으로 갈등을 극복하려는 이열치열(以熱治熱)의 논리가 있다.

④ 사향(思鄉)

거의 반년이라는 세월을 이역에서 무거운 문제를 안고 여행을 한다면 따뜻하고 정겨운 고향이 그립지 않을 수 없을 것이다.

1월 16일 "연도수십일(沿途數十日)"이라고 기록한 것을 보면 연말 정초부터 그랬던 것같다. 황여일은 항상 집이 그리워서 괴로워하고 있었다. 이 이야기를 듣고 시를 하나 지었는데, 그 시의 내용에 대해서 스스로 이렇게 해설을 달고 있다.

"以一杯高枕之興으로 擬當還鄉之樂하고 又以昭君南北之怨으로 至解丈夫思歸之意하니 情見于詞에 無已太過인지라 仍飜案賦之하노라."

어차피 우리는 나라의 막중한 일로 사행에 오른 몸이니까, 공연히 고향이나 집을 그리워해서 정신력을 소모 시킬 것이 아니라, 우리에게 주어진 환경을 최대로 이용해서 그리움을 잊어 보자는 것이다. 따라서 이 시를 읽으면 이와 같은 정이 넘칠 것이라고 했다.

客中何事當還鄉	나그네 무슨 일을 당해도 고향 가고 싶겠지
百方無由慰心曲	아무리 애써도 마음을 달랠 길 없네
人生適意無異術	세상살이 마음 맞게 하려면 다른 재주 없으니
只願莫作離家客	다만 집을 떠나지 말지어다
强道隨處卽爲家	있는 곳이 곧 집이라고 억지로 말하지 말라
誤矣當時李太白	그 때에 이태백이 잘못됐도다
聞君一杯便高枕	그대는 한 잔 술에 높은 벼개가 편하다 하고
映壁圖書興已足	벽에 가득한 책들이 흥을 돋우어 만족하네
若敎蘇婦喚卿卿	부인이 여보하고 부르는 것만 같으니
何異城東館洞屋	성 동쪽에 있는 고래등 기와 집과 무에 다르리
吁嗟不能縮地來	아아 축지법을 써서 오게 할 수는 없으니
歸夢分明繞漢北.	고향꿈은 분명 한강 북쪽에서 맴도는구나.

<백사집 별집 권五上 · 20 - 21>

모두 6연인 이 시는 내용이 3연씩 나누어 져 있다. 앞 3연은 무어니 무어니 해도 집이 제일이라는 말이다. "타향도 살다보면 고향이 된다."는 이

백의 말이 잘못 된 것이라고 했다. 뒤 3연은 나그네길에서 고향을 환상으로 대하고 있다. 앞에 3연이 현실이라면 뒤의 3연은 환상의 세계다. 꿈의 세계다.

이 시에서도 고향과 함께하고 싶은 백사의 심정을 볼 수 있다. 현실에서 이루어 지지 않는 것을 환상에서 이루고 있다. 오죽 고향에 대한 그리움이 강했으면 이와 같은 시로써 이렇게 심사를 달랬겠는가?

중국에서의 사행의 목적은 쉽사리 달성 되지 않았다. 답답한 심정이 될 수록 그리운 것은 知己之友다.

次海月韻

長路北燕下	긴 여행 길은 북경인데
本家東海湄	우리집은 동해 바닷가
那堪望雲日	고향 그리운 날들을 견디어 내며
更値奉觴時	다시 받들어 술을 올린다
草草今如此	초라하기가 지금 이같으니
茫茫欲語誰	아득하도다, 말하고자 해도 상대가 없구나
知君意萬緖	그대의 생각이 만 갈래인 것을 아노니
流淚濕華地.	눈물을 흘려서 중국땅을 적시노라.

<백사집 별집 卷五下·1>

이미 고향을 떠나 온지도 5개월여가 되었다. 온갖 수모를 견뎌내며 오직 나라의 안녕만을 위해서 동분서주하는 가운데 처량한 생각도 많이 들고 기가 막힌 사연도 많다. 이런 심정을 황여일이 알아주어 시로써 서로 회포를 푸는 모습을 볼 수 있는 시다.

수련(首聯)에서 북경과 집을 대로 놓아서 거리감을 표현하고, 전련(前聯)에서 그리운 고향을 참으면서 기회가 있을 때마다 변무의 소를 올린다. 제4귀의 '술' 이라고 한 것은 단순한 술이 아니라, 온갖 봉물을 의미한다고 보아야 할 것이다. 문서만 가는 것이 아니라, 거기에 따라 붙는 나라를 위한 온갖 뇌물일 것이다. 후련(後聯)에서 이런 기막힌 사정을 토로했다. 말하고자 해도 상대가 없는 이 땅임을 생각하면 더욱 고향이 그리워 진다. 미련(尾聯)에서 그래도 당신이 시를 보내어 나의 심정을 알아 주니 이렇게 눈물로써 시를 짓는다는 사연이 그려졌다. 마지막 귀절의 눈물은 외로움, 이와 같은 처지의 나라가 된 것에 대한 괴로움, 슬픔, 그리고 이런 심정을 알아주는 황여일에 대한 고마움이 교차하는 눈물이라고 생각한다.

백사가 정응태의 무고를 해명하기 위하여 중국 조정에 160여일에 걸쳐서 여행을 한 기록이 「무술조천록」에 시와 더불어 남아 전한다. 이는 임란시 어수선한 우리나라의 국내외 정세를 구체적으로 전해 주는 생생한 기록이었다. 특히 절박한 현실을 노래한 시들은 지금 우리들에게 말하는 바 많다고 생각한다.

사행의 목적을 자세히 살피고 그 목적을 달성하기 위하여 얼마나 수모와 고통을 당했는지 알아 보았다. 이 구체적인 사실은 실로 오늘 중국과의 교역을 확대하는 마당에 참고가 되었으면 한다. 여정을 살핌으로써 조선시대 사행길의 현장을 재구성할 수 있었다. 앞으로 통일이 되면 북한을 거쳐서 만주로 북경에 이르는 길을 개척함에 자료가 되리라고 생각한다.

시의 내용을 수창의 실상과 고난의 정서, 우국, 사향으로 나누어 생각해 보았다. 수창의 실상에서는 백사와 이정구, 황여일과의 실력 대결을 보는 것같았다. 아무래도 이분들은 당대의 제일이었음을 여기서도 알 수 있었다. 주고 받은 시의 수로나 질로 모두 판가름이 나는 것을 알 수 있었다. 그중에서도 이정구가 앞서는 것처럼 보이는 것은 그가 시의 전문임을 드러내는 것으로볼 수 있다. 백사는 시가 전문이 아니라, 처리해야 할 문제가 산적해 있는 책임자로서 그의 본분이 시가 아니었음을 말해 주는 것이라고 생각해야 할 것이다. 고난의 정서는 두 가지로 생각해 보았는데 하나는 어려움을 그대로 수용하는 포용성의 자세이고, 다른 하나는 극복 의지로 풍자와 재치를 사용한 것이었다. 이 두 가지 정서는 모두 적극적인 자세로 고난을 극복하는 정서임을 확인할 수 있었다. 우국의 마음은 임금님에 대한 그리움으로 표현되었고, 사향의 정서는 일치하려는 꿈으로 말미암아 환상의 세계도 있음을 보았다.

백사의 시문학이 활달하고 풍자적이고, 어려움조차 수용하고 환상의 세계일망정 일치하려는 의지의 문학임을 생각하면 대단히 스케일이 큰 문학의 세계를 가지고 있었다고 평가할 수 있을 것이다. 이와같은 특징을 「무술조천록」을 통해서 다시 확인하고 발견해 보았다.

제 II 부
작품의 표정

1. 자연에서 인생을

1) 「산거유흥」

김상용의 「행장(行狀)」에서 김상용의 시에 대하여 "시 또한 맑고 기름지고 정도에 맞는다"라고 평했다. 맑고 기름지다는 뜻은 김택영이 말한 "풍성하고 웅장하고 높고 화려하다"와 같은 범주에 드는 평으로 이해할 수 있다. 온유돈후를 삶의 실천 덕목으로 삼는 그 삶의 기록이며 관조요, 여과된 진실의 표현이 '맑고 기름지다'라고 생각할 수 있다.

금 강

江南江北草萋萋	강남 북에 풀은 우거져
滿目韶光客意迷	온 세상이 반짝임에 아득한 마음
愁倚木蘭尋故跡	모란에 기대어 옛자취 더듬으니
靑山無語鳥空啼	말없는 靑山에 새만 한갓 지저귀네.

<선원유고 권1 · 9>

기 · 승 · 결구에서는 봄이 와서 만상이 흐드러진 모습을 그렸다. 전구에서 이 시의 참맛이 비껴난다. 모란은 화사한 꽃이다. 전구의 화려함에 이어 결구에는 맑은 시상을 떠올리게 된다. 고요한 청산에 새울음 소리는 '空'자가 말해주듯 메아리다. 이 시 전체를 흐르는 시상은 맑고 풍성한 기름진 것이라고 할 수 있다. 이와 같은 '맑고 기름진 시'의 솜씨는, 김상헌에 의하면 두보에게서와 한유에게서 배운 것이라고 한다.

경전을 바탕으로 공부를 한 김상용의 시에서 도학의 시를 찾기는 어렵지 않다. 도는 먼데 있는 것이 아니라 바로 생활 속에 있음을 믿고 삶 자체의 차원을 높여 달도로 신선세계에 드는 것이 선비의 이상이었다. 자연의 섭리를 따르는 경지라고 생각했다.

「산거유흥(山居幽興)」은 이와같은 삶의 경지를 시로 비유 상징한 작품이다. 주희의 「무이도가」, 이이의 「고산구곡가」, 김인후의 「소쇄원 48영」

등은 이와같은 도의 경지를 노래한 시가들이다. 「산거유흥」을 읽으면서 그 시상이나 제재 선택의 공통점을 발견할 수 있다. 그러나 「무이도가」와 「고 산구곡가」는 백성 교화의 성격이 강한 반면, 「소쇄원 48영」과 이 시는 자 신의 수양과 달도의 경지를 노래한 것이 다르다.

정 월

招呼閑伴坐陽坡	심심풀이 친구 불러 양지 언덕에 앉아보니
嫩艾初抽雪裏芽	연한 쑥이 눈 속의 싹으로 돋아나누나
采采芼羹斟臘酒	많이 뜯어 국 끓여서 봄술 마시면
新春風味在山家	새봄의 맛이야 山家에 있네.

양기가 처음 도는 1월이니 자연의 기운을 눈 속에 돋아나는 새순에서 얻는다. 겨우내 잘 익은 술로 그 맛을 돋구고 조화하여 '산촌'의 풍미를 한 껏 즐기고 있다. 이 시는 봄의 미각을 묘사함으로 도에 대한 지향성을 성 선설의 입장에서 다루고 있다. 자연의 이치를 거스르지 않고 뜻에 따라 사 는 것이 바로 도학의 삶임을 생각하면 겨울을 나고 봄에 솟아나는 양기를 즐기는 뜻도 있음을 알 수 있다. 이 시에서 '산촌'은 바로 신선세계를 말한 다고 볼 수 있다. 작가의 이상향이다. 선계는 「도화원기(桃花源記)」에서처 럼 한가로이 짝하여 어울려 사는 사회다.

2 월

刳木分泉趁早春	나무 홈통 샘물 흐르는 바로 그 봄말
三池晴漲綠粼粼	못마다 푸르게 넘쳐 맑디 맑구나
蒲芽欲吐魚兒戲	부들 싹 돋으려는 곳엔 송사리때 놀고
漸覺幽居景物新	여기저기 새롭게 보이는 줄 점점 알겠네.

1월의 시가 아직도 방안에서의 즐김이라면 2월의 시는 이미 뛰쳐나온 연못가의 즐김이다. "연못에서 봄 풀이 돋아 나누나"를 읊조릴 것도 없이 연못은 봄이 제일 먼저 오는 곳이다. 통나무 홈통으로 샘물 줄기를 대어 물 이 넘치는 연못이다. 물을 사랑의 상징과 도의 흐름에 비유한다면, 샘물은 성현으로부터 내려오는 도학의 줄기요, 그 줄기를 휘어댄 이 연못은 바로

김상용의 도의경지다.

그 경지는 넘치도록 풍성하며 맑디 맑다. 그래서 부들 싹이 돋아나려 하고 송사리떼조차 신명나게 논다. 이는 자연의 자락에다 나를 투영하는 봄이다.

'觀魚'가 도에 무젖어 즐기는 삶을 상징하는 것과 같다.

김인후의 「소쇄원 48영」의 「홈통에 흐르는 물」과도 그 사상이 흡사하며 주희의 「무이도가」 제7수와도 비유가 서로 같다. 이이의 「고산구곡가」에서도 물 속에 노는 물고기를 묘사하였다.

> 6곡은 어드매고 낚시터에 물이 넙다
> 나와 고기와 뉘야 더욱 즐기는고
> 황혼에 낙대를 메고 달을 데리고 오노라.
>
> <육당본 청구영언, 73>

한용운의 시에서 '알 수 없어요'가 '알았어요'라는 고백인 것과도 같이 '경물이 새롭다'에서 우리는 김상용의 '지혜'를 본다.

3 월

洞裏春晴麗景遲	이 골에 봄날 맑아 고운 경치 머무니
山花開遍子規枝	산 꽃이 두루 피고 산새는 나뭇가지에
携筇趁得遊蜂去	지팡이 짚고 나니는 벌을 따르자니
度壑穿林未覺疲	골 건너고 숲 지나도 피곤한 줄 모르네.

2월의 시보다도 더 동적이다. 날이 풀릴수록 더욱 활기가 넘친다. 꽃을 찾는 한 마리의 벌이 되어 두루 골짜기와 숲을 뛰어 다닌다. 자연을 마음껏 즐기는 즐김이 잘 그려져 있다. 「면앙정가」에 있는 구절의 시상과도 같다.

> 인간을 떠나와도 내몸이 겨를업다
> 이것도 보려하고 뎌것도 드르려고
> 파람도 혀려하고 달도 마즈려고
> 밤으란 언제줍고 고기란 언제낙고
> 시비란 뉘다드며 딘곳츠란 뉘쓸려뇨

아침이 낫보거니 나조해라 슬흘소냐
오늘이 부족거니 내일리라 유여하랴
이뫼헤 안자보고 뎌뫼헤 거러보니
번노한 마음의 버릴일리 아조업다
쉴사이 없거든 길히나 젼하리야
다만한 쳥려쟝이 다 므듸여 가노매라.

〈졸저, 면앙정송순연구, 190면〉

이는 모두 자연 도취의 즐김을 통하여 나라가 잘 다스려지고 있다는
『시경』과도 같은 비유요 발상이다. 이렇게 하여 나라에 대한 고마움을 표
백하고 충성심을 다짐했다. 이것은 가문학이나 詠문학에 공통으로 드러나
는 실상이다.

'고운 경치에 머무니'는 자연도 머물고 싶어서 머뭇거릴 정도로 도의 경
지가 높음을 상징했다고 이해할 수 있다. 이는 자신의 경지를 비유로 높이
드세운 대목이다. 이 시의 승구는 소월의 「산유화」에서와도 같은 삶의 압
축이 내재해 있다. 본래 「산유화」라는 시는 악부에도 더러 있다. 「산유화」
에서는 삶을 그 시대에 비추어 그려내는 것이 보통이다. 산은 자연이요 꽃
은 인생이다. 꽃과 새의 관계도 동(動)과 정으로 파악할 수 있다.

4 월

侵晨荷鋪劚荒陂	문득 새벽에 가래 메고 가 거친 밭을 갈아서
靈藥分苗帶雨移	신령스런 약재 모종 비맞으며 옮기네
耽興不知山日晩	이 재미로 산촌에 해지는 줄 모르는데
家僮來報黍新炊	심부름 아이가 알리기를 기장밥을 다했다네.

'조밥 짓는 사이의 꿈'에 취한 듯, 시간 가는 줄 모르고 약재 심는 재미
에 젖어 있다. 일하는 즐거움도 이상향의 한 표상이다. '거친 언덕'을 갈아
'신령한 약'을 '모종'하는 것이 바로 도를 강하는 것을 상징한 표현이라고
볼 수 있다. 삶의 최고 '좋은 약'이 도(道)이다. 이는 '거친 언덕'을 갈아야
하는 것이니 사람의 심성을 개발하는 의미가 있는 비유다. 도의 깨우침을
후대에 물려주는 백성 교화의 함축이라고 본다.

5 월

日長深院靜無人	한낮 깊숙한 뜰에 아무도 없어
手汲山泉養綠筠	손으로 산골 샘물 퍼서 파란 대를 가꾼다.
滿榻淸陰供美睡	그늘진 자리는 졸기에 좋아
不知門外有炎塵	문밖에 찌는 세상 아랑곳 없네.

여기서 기르는 '푸른 대'는 분에 기르는 작은 대다. 세속과 인연을 끊고 오직 후진 양성에 몰두하는 그윽한 분위기도 엿보인다. 기구에서 '아무도 없어'라는 표현은 도를 가르치기에 걸리적거리는 것이 없다는 뜻이다.

학당은 그윽하고 고고해야 한다. '졸기에 좋다'의 의미는 도에 무젖어 침잠한 세계를 비유한 것이다. 마음이 움직이지 않는 순진무구의 세계다.

한시가 관조의 세계를 그리고 있다는 증거도 이런 고요한 침잠의 세계를 즐겨 묘사하는 데서 찾을 수 있다. '한낮의 졸음' 이것이 이 시의 상이다. 이는 게으름과 포만의 상태가 아니라, 진취와 정각(正覺)을 내포한 새벽의 고요와도 통하는 여유의 경지다.

6 월

陰壑飛泉噴雪霜	그늘 골짜기 폭포는 눈서리를 뿜어내는데
樹林深處裸衣裳	깊은 숲에서 옷을 벗어 던지고서
當流滌盡三庚熱	그 물줄기에 삼복 더위를 씻으니
贏得人間分外涼	분에 넘치는 시원함은 세상살이의 이익.

『송강집』에는 자미탄 가에서 즐기는 「피서그림」이 목판으로 실려 있다. 「소쇄원 48영」 중 「연못가 대에서 피서하기」에서도 피서를 읊고 있다. 이런 도학시에서 피서를 그리는 것은 세속의 때묻은 마음을 정하게 씻어 내는 의미가 내포되어 있다. 그 외연은 시원한 피서이지만 세속의 잡다한 일을 잊어버리는 고요와 침잠의 세계를 표상한다.

이 시에서 폭포와 물줄기는 맥맥히 전해오는 도의 통서를 말한 것이다. 이 도의 물줄기에 몸을 씻는 것이 곧 피서인 것이다. 이는 분수에 넘치는 자연의 혜택이다. 승구에서도 세속의 거추장스러운 치장을 떨쳐 버리고 인간 본연의 꾸밈없는 모습으로 돌아감을 그렸다.

7 월

睡起虛亭納晩涼　늦더위 식히면서 빈 정자에서 졸다 깨니
滿塘紅翠媚新粧　연못은 붉은 비취로 가득히 예쁘게도 단장했네
天然秀色看無厭　저다지도 빼어난 모습 볼수록 좋아
落日移床更近香　그늘 찾아 자리 옮겨도 향기가 따라오네.

6월의 시에서 씻은 마음이니 연꽃이 보인다. 눈을 맑게 씻어서 도가 보임이다. 연은 불교의 꽃이다. '빈정자' 또한 불교를 상징하는 말이다. 도학이 깊으면 잠시 그 향기에 취해 보기도 한다. 우리 조상님들의 시문집을 보면 반드시 스님과 주고 받은 시가 있다.

이 시는 시상이 풍성하고 화려하다. 수식도 화려하지만 시를 통하여 느끼는 감흥도 그렇다. 앞 시에서 도의 경지에 이르도록 수양을 했으니 이런 즐김이 있다고 여겨진다. 연꽃은 하나의 경지며 도를 표상한다.

8 월

紫栗經霜落滿園　아람 밤이 서리맞아 동산에 그득 떨어지니
山中秋興屬幽人　산속의 가을 홍취 제일일세 그려
朝朝拾得盈篚去　아침마다 광주리에 가득 주우니
錦里生涯也不貧　이 마을 삶이 가난치 않네.

실제 풍성한 삶을 그렸다. 김상용의 시가 '맑고 기름지다'함은 이를 두고 이름이다. 황희의 '대초볼 붉은 골에'라는 시조를 연상하게 하는 '풍성하고 기름진 시'라고 볼 수 있다.

'그윽한 사람'은 바로 김상용 자신이며, 도를 익혀 경지에 든 사람을 말한다고 볼 수 있다. 자연이 먹여주고 길러 주니 걱정이 없다. '아람 밤'이야 대유로 자연이 인간에게 베푸는 한 부분이다. 자연에 고마움을 표하고, 자연의 이법에 따라 사는 삶을 표백했다.

9 월

東籬秋色晩蕭騷　동쪽 울타리 가을 빛이 이젠 스산해
獨掇寒香泛白醪　나 홀로 이 향기 따서 약주에 띄워 놓고
醉叩陶樽歌一曲　취하여 술독치며 노래 한 곡 불러보니

淵明千載未全豪　도연명은 두고 두고 호걸이 아니로다.

　신선세계의 즐김은 배부름에만 그치지 않고 거기에 멋을 더하여 술이
있다. 起句의 스산함은 이 시대가 임진왜란과 정유재란이 겹쳐 그러하고,
자신의 오롯한 나라 사랑은 승·전구에 이어진다. 결구는 도연명이 지은
시에 「止酒」라는 시가 있어 그리 말한 것으로 보인다. 「술끊기」라는 5언
고시는 20행 10구의 시인데 '지(止)'자를 매 행에 사용하면서 20번이나 반
복했다. 술끊는 노래를 지었으니 '호걸이 아니로다'라고 한 것이다.
　국화를 따서 술에 넣어 마시는 일은 양생과 또 상징적 의미가 있다. 이
시는 자연의 이법대로 즐김을 엮어 나가는 중에 가장 장점으로 이 장면을
설정한 듯하다.

10 월

隨風落葉滿空林　바람따라 지는 낙엽 그득한 숲속
錦積紅堆一膝深　비단처럼 붉게 쌓여 한 무릎 깊이
付與園丁供煖埃　일꾼과 함께 긁어야 따뜻이 때니
山齋不怕曉寒侵　새벽 추위 닥쳐와도 걱정이 없네.

　때가 되면 먹여 주고 따뜻하게 보살펴 주는 자연이다. 낙엽은 공연히 지
는 것이 아니라 추운 겨울을 이겨내는 재료로써 지는 것이다. 이용후생의
뜻이 담겨있다.
　낙엽이라면 서정이 움직이고 무상을 노래함이 일반적인 감정이지만, 도
의 눈으로 보면 이것도 하나의 자연 순리이니, 그런 감정의 표출보다는 실
용적 삶의 읊조림이 우선했던 김상용이다.

11 월

山童帶雪汲新泉　산골 아이 눈 맞으며 길어온 샘물
石鼎龍團活火煎　돌솥에 솟구쳐 끓여낼 때에
細瀉松聲香滿院　솔바람 소리에 실려 향기가 그득
一甌風致爽登仙　한 대접에 시원히 신선되는 기분.

겨울에 산골 찬물로 차를 달여 마시는 시원한 맛을 묘사하여, 도의 경지에 들었을 때의 상큼한 맛을 내포했다. 세속의 때가 끼지 않은 고고하고 맑은 시상을 가지고 있다.

대개 도학의 시는 도를 전함과 교화의 의미를 내세워서 자신의 수양은 물론 백성을 의식하고 지은 흔적이 역력하다. 물이 흘러 내려간다든지, 이렇게 차를 달이면 이웃과 나누어 마신다든지 하는 시상이 도를 전함과 교화를 앞세움이다. 「산거유흥」에서는 물이 흘러도 여기에 와서 고이며, 차를 달여도 혼자서 즐길 뿐이다. 이는 몸의 수양만을 생각해서라고 본다.

12월

夜雪新晴朝日暾	밤 눈 내리다 개어 아침 해 돋으니
滿山瓊樹掩重門	산마다 옥나무요 문은 굳게 닫아 놓아
簷前穩負黃綿襖	처마 밑에 저고리 벗고 등을 쬐이니
此味何由獻至尊	이 맛을 어떻게든 나라님께 바쳤으면.

모든 것을 임금께로, 곧 나라 사랑으로 귀결시켰던 조상님의 일반적인 사상이다. 옛 조선 시대는 임금님이 곧 나라이니 이것이 나라 사랑의 오롯한 해바라기다.

이와 같이 「산거유흥」은 계절에 따라, 자연 이법의 순리를 따라 사는 도의 경지를 읊고 있다. 이는 유학에서 몸을 수양함을 실천하는 덕목이면서 자락과 취하여 즐김을 통한 멋고 풍류를 그려 삶의 여유와 한가를 만끽함이다. 이것은 국문 시가에도 드러나는 자연의 즐김을 실은 모두 임금님 찬양의 한 방법이니, 조선 시대 우리 문학의 주제를 크게 보아 충성과 백성 교화로 봄직한 일이다. 충성의 저편은 풍자요, 백성 교화의 이편은 자기 수양이다. 김상용의 삶이나 그의 사상을 통하여 「산거유흥」을 비춰보면 바로 그 문학의 현주소가 유학적 효용관과 몸을 수양하는 덕목을 그리 벗어나지 못함을 짐작할 수 있다.

2) 「소쇄원사십팔영(瀟灑園 四十八詠)」

① 서론

소쇄원은 양산보에서 시작해서 지금까지 그 가문이 가꾸고 지켜오는 인공 정원으로 가치있는 문화 유산이다.

고경명은 「제소쇄공문(祭瀟灑公文)」에서 소쇄원을 무이(武夷 : 주자가 살던 곳)에 비겼다. 「소쇄원사십팔영」의 작자 김인후(金麟厚)는 아동십팔현(我東十八賢 : 우리나라 18명의 주자학자) 중 한 사람이다.

박세체(朴世采)의 양산보 「묘지명(墓碣銘)」에 보면 양산보가 17세 때 조광조(趙光祖)가 화를 당하니 통분함을 참지 못하고 그날로 남귀(南歸)하여 수석(水石)이 아름다운 이곳에 소쇄원을 짓고 스스로 소쇄옹이라 호를 하고 은거하여 의를 행함으로써 일생을 마치었다고 기록되어 있다.

그의 학문은 정결히 하는 것으로 수신의 바탕을 삼았으며 격치로 마음을 수양하는 자로로 하여 본심을 잃지 않도록 그 착한 마음을 기르고, 글의 깊은 뜻을 생각하여 왔으며 공업을 이루니 이는 조광조에 나가 공부한 까닭이다.

김인후는 이 소쇄원에서 살다시피한 사람이다.

도학자가 소쇄원의 경치를 노래할 때 우리가 그저 영물시법(詠物詩法)으로 썼으려니 할 수는 없다. 「소쇄원사십팔영」은 주회(朱熹)의 「무이도가(武夷櫂歌)」와 같은, 『염락(濂洛)』에 실려있는 도학시에 더 가까운 작품이라고 가정해 본다.

남의 은거지를 시로 읊음에 영우시법(榮遇詩法)은 너무 호사스럽고 송미시법(頌美詩法)은 너무 아당하는 것 같아 오히려 증행시(贈行詩)의 "사출불인지정(寫出不忍之情)하고 방견금회지후(方見衿懷之厚)"하는 기법을 썼으리라고 본다.

소쇄원에 대한 연구는 정익섭(丁益燮)님이 『호남가단연구(湖南歌壇研究)』에서 소개한 것과 정동오(鄭瞳旿)님이 조경학(造景學)의 관점에서 고구(考究)한 것이 전부다.

소쇄원에 대한 기록으로는 1755년에 제작된 「소쇄원도」가 끼여 있는 1731년 초간으로 보이는 『소쇄원사실』이 가장 중요한 자료다. 정동오님의 소장으로, 이 분과 정익변님의 도움을 얻어 복사본 한 책을 얻어 갖고 있다.

이 『소쇄원사실』은 대대로 내려오면서 자꾸 증보된 것같다.

이 소쇄원의 사실을 이 책과 『하서집(河西集)』『면앙집(俛仰集)』『송강집(松江集)』등을 참고로 분명히 밝히고 김인후와 양산보의 관계를 알아보아 『소쇄원사십팔영』의 시문학적 고구에 있어 기초로 삼고자 한다.

「소쇄원사십팔영」을 모두 우리말로 옮겨서 그 문학적 수사법과 상상의 세계를 조명하여 그 가치를 되새겨 보고자 한다. 이는 조선조를 수놓은 도학시류의 일우(一隅)를 파는 보람이라고 믿는다.

② 본론

가. 소쇄원의 사실

소쇄원은 양산보의 아버지 창암(蒼巖) 양사원(梁泗源)이 그의 매부 조억(曹億)을 따라 창평현(昌平縣)에 와 살게 되면서부터 제주 양씨 가문의 터전이 되었다.

양산보가 어렸을 적에 들오리가 물을 따라 흘러 내려옴을 보고 그 궁원(窮源)을 찾아 위로 올라가니 산골짝이 그윽하고 폭포가 시원스레 뿜어 내림을 보았다. 어린 양산보는 여기에서 그 기승을 즐기며 놀다가 자못 여기에 집을 짓고 살 뜻이 생겼다.

1519년(16세) 겨울에 조광조 등이 화를 입는 기묘사화가 일어나니 이 때 양산보는 젊은 나이였으나 벼슬할 생각을 끊고 서석산(瑞石山) 아래에 집을 지었다고 『소쇄원사실』에 적혀 있다.1) 그러나 『소쇄원사실』의 다른 기록을 보면 좀 납득이 안되는 부분이 생긴다.

"기년동(其年冬)에 사화(士禍)가 작(作)하여 정암(靜菴)이 위화수(爲禍首)하니 군현(群賢)이 개취륙(皆就戮)이라 시시(是時)에 선생은 년(年)이 심소(甚少)하였으나 수절의사환(遂絶意仕宦)하고 축실어서석산하(築室於瑞石山下)하였다. 유원림수석지승(有園林水石之勝)하여 두문한거(杜門閑

---

1) 瀟灑園事實 卷二 · 10 實記 "處士公幼時 出遊 偶見野鴨 泝流而下 公逐流窮源 而上至一處 巖壑幽絶 瀑流噴灑 公遊泳俳徊 樂其奇勝 頗有卜築之志 一自黨禍 後 遂結屋于此"

居)하며 명기거왈(名其居曰) 소쇄원(瀟灑園)이라하고 자호(自號)를 소쇄
원옹(瀟灑園翁)이라 했다."2)

　16세에 자호를 소쇄옹이라 했다는 것과 서석산하에 그 나이에 축실했다
는 기록이 그것이다.

　또 하나의 의문은 『면앙집』에 그의 이종형(姨從兄)인 송순이 소쇄원에
간 흔적이 나타나는 것은 1534년 송순 42세 때에 「제외제양처사언진산보
소쇄정4수(題外弟梁處士彦鎭山甫瀟灑亭四首)」와 1542년 「소쇄원소우방
매(瀟灑園疎雨訪梅)」와 1557년 「외제소쇄처사만(外弟瀟灑處士挽)」이라
는 점이다. 1519년부터 소쇄원이 있었다면 송순의 방문 작시가 이렇게 늦
어질 이유가 없다.

　『면앙집』에는 1542년 송순이 전라도관찰사였을 때 양산보의 소쇄원을
조축(助築)하니 천석(泉石)의 아름다움이 배가 되었다3)고 기록되어 있다.

　김인후의 「소쇄원사십팔영」을 읽고 이후백(李後白)은 이렇게 읊었다.

題河西詩後

　　江南嗜酒謫仙人　江南에 술 즐기는 귀양온 신선
　　眞契長參夢裏親　참 사귐 오래 되어 꿈속에도 친해
　　咳唾偶收瀟灑句　瀟灑園四十八詠 대하고 보니
　　世間珠玉總非珍　세상의 시란 시는 빛을 다 잃어.
＜소쇄원사실 권4·15＞

이 시에 화답(和答)한 김인후의 시를 읽어 보자.

答李李眞

　　樹穴探環自由人　숲을 뚫고 찾아 가니 사람이 있어
　　仙丹何日笑談親　어느날이나 신선놀이 웃음 꽃피리
　　梁園瀟灑名非我　瀟灑園 이름은 내가 짓지 않고
　　且見新平壁上珍　宋純의 집에 보배였던 것일세.
＜하서집 권6·15＞

---

2) 瀟灑園事實 卷三·5 瀟灑園梁公行狀
3) 俛仰集 卷五.43 "爲外弟梁公山甫 助築瀟灑園 泉石之勝 自是有倍"

이후백은 소쇄원의 이름이 김인후로부터 창안된 것이라고 했다. 그것이 아니라 송순이 즐겨 쓰는 말을 내가 따온 것이라는 김인후의 밝힘이다.

이상의 사실로 미루어 소쇄원은 여러 해를 두고 점점 그 조경을 보태나 간 것임을 짐작할 수 있다. 소쇄원이라는 이름도 조경이 상당히 꾸며진 후 김인후의 <소쇄원사십팔영>에서 비롯된 것임을 알 수 있다.

1519년에는 그저 기거할 만한 집을 짓고 지금 그 소쇄원 자리에서 살았을 것이다. 차차 양산보의 나이가 들고 지우가 늘어감에 따라 소쇄원도 점점 인공정원으로서의 면모를 갖추어 나가다가 1542년에야 송순의 힘을 빌려 1755년에 판각한 <소쇄원도>와 같은 완성된 형태를 갖추었을 것으로 믿는다. 양산보는 유교에 무젖은 도학자며 선비였다.

기대승은 "양산보는 겉으로는 부드럽고 안으로는 엄격하다. 한번 만나보면 그 즐김이 바로 군자의 그것이라는 것을 알 수 있다."고 했고, 고경명은 "나는 어려서부터 양산보를 알았는데 그 얼굴을 뵈오면 더러움이 저절로 없어지며 사람됨이 기위하고 성품이 곧고 효우가 극진하여 보는 이 마다 正士라고 했다."고 했다.4) 정철은 늘 양산보를 예로써 섬겼다.

양산보는 또 「애일가(愛日歌)」를 지어 부모경절(父母慶節)에 술잔을 올려 수복을 빌며 그 자손들에게 이 노래를 부르게 하여 부모님을 기쁘게 하니, 마을에는 이 이야기가 자자하고 「효자곡(孝子曲)」이라고 일렀다고 『호남가단연구』에 소개되어 있다. 또 「효부(孝賦)」도 지었는데 김인후가 여기에 차운(次韻)한 것이 『소쇄원사실』에는 물론 『하서집』에 원운(原韻)과 함께 전한다.

이런 도학자이기에 그 문에 드나든 인물도 많았다.

「소쇄원사십팔영」의 작자 김인후와는 각별한 사이였다.

"양산보와 김인후는 뜻을 같이 하여 서로 좋은 벗이었다. 사돈을 맺은 후에는 늘 와서 강설하기를 늘그막에도 그만두지 않았다. 언제나 만나면 기뻐서 즐거이 시론하니, 의리가 고금에 적확하였으며 어떤 때는 술잔을 나누며 시를 지으니 밤낮이 맞도록하여 싫증을 느끼지 않았다. 이리하여 김인후가 소쇄원에 오면 문득 몇 달이 지나도 돌아감을 잊었었다."5)

---

4) 鄭益燮 湖南歌壇研究, p. 105 인용된 瀟灑園事實에서 "存弟奇公嘗曰 瀟灑公外和內嚴 一見可知其爲樂易君子 高苔軒亦曰 吾少時及識瀟灑翁 觀其眉宇 鄙吝自消公爲人奇偉性直且孝友 見者咸稱以正士也"

이런 사이에다가 또 『하서집』에는 양산보의 아들에게 가르쳐 준 「홍범
수도(洪範數圖)」가 전한다.

김인후가 소쇄원에 부친 시도 많다. 「득소쇄산인훈자시(得瀟灑山人訓子
詩)」 「차사양형언진송일본척촉화운(次謝梁兄彦鎭送日本躑躅花韻)」 「차
소쇄옹답운(次瀟灑翁答韻)」 「무신상원봉기소쇄원(戊申上元奉奇瀟灑園)」
「기유상원봉기소쇄옹(己酉上元奉奇瀟灑翁)」 「봉기소쇄원(奉奇瀟灑園)」
「방양형언진제림정(訪梁兄彦鎭題林亭)」 「숙소쇄원문방(宿瀟灑園文房)」
2수 「소쇄원즉사(瀟灑園卽事)」 「봉정소쇄원(奉呈瀟灑園)」 2수 「봉기양언
진김공로(奉奇梁彦鎭金恭老)」 「차소쇄원답운(次瀟灑園答韻)」 「문양형언
진이질기정(聞梁兄彦鎭罹疾奇呈)」 「소쇄정운(瀟灑亭韻)」 2수 「제소쇄원
옹여자서후이시양생(題瀟灑園翁與子書後以示梁甥)」 등 18수에 가 만도
「소쇄원주인만(瀟灑園主人挽)」 「挽瀟灑園主人」 5수 등 6수가 된다. 양
산보에게 이렇게 많은 시를 남긴 이는 김인후 말고는 또 다시 없는 일이다.

宿瀟灑園文房瀟灑亭卽事

竹外風淸耳　대숲 바람에 귀를 씻기고
溪邊月照心　시냇가 달 빛으론 마음을 밝혀
深林傳爽氣　깊은 숲에선 서늘한 기운 전해오니
喬大散輕陰　큰 나무는 엷은 그늘 흩어 놓았네.
酒熟乘微醉　술 마셔 얼근하게 취기 오르고
詩成費短吟　시 짓자 읊기에 다 써버렸네
數聲聞半夜　몇 마디 소리가 한밤중에 들리니
啼血有山禽　피를 토하는 산새가 살고 있군.

〈하서집 권8·1〉

대숲에서 부는 바람으로 귀를 씻고 달빛으로 서로의 마음을 밝혀 삼삼
한 가을에 맛 좋은 술로 얼근히 취하여 시를 지어 읊으니 자못 선기(仙氣)
가 감돈다. 그러나 한 밤중에 들리는 새소리가 피토하는 소쩍새임에 둘 사
이의 흉금은 더욱 짙게 엉긴다.

---

5) 瀟灑園事實 卷三·6 瀟灑園梁公行狀 "先生與河西 同志相友善 且嫁子娶女 往還
　講說 至老不廢 每相見 欣然 謹甚討論 義理商確古今 或命觴賦詩 窮日夜不厭
　河西至瀟灑園 輒數月忘歸"

이종형 송순은 「제외제처사산보소쇄정사수」와 「소쇄원소우방매」「외제소
쇄처사만」을 지었다. 『소쇄원사실』에는 1544년에 지은 「별종제언진(別從弟
彦鎭)」이 더 있다.

題外弟處士山甫瀟灑亭四首(其四)

世故違芳約　세상 살이가 약속을 어기게 하여
經春始叩扉　봄이 지난 이제야 문을 두드린다
笑談開寸抱　웃음의 말로 속마음 터 놓으면
愁恨破重圍　포개진 근심걱정 삭아져 버려
境遠塵堂絶　사는 곳이 외지니 세상의 시끄러운 일 아랑곳 않고
心閑事亦稀　마음이 한가하니 싫은 일조차 거의 없다
臨溪仍待月　시내에 달 오를때 기다리는데
雲外暮鍾微　구름 멀리 저녁 종소리 아련하구나

<졸저 : 면앙정송순연구 p. 51 전재>

소쇄원과 이웃한 환벽당(環碧堂)의 주인이며, 정철의 처외조부(妻外祖
父)인 김윤제(金允悌)와의 관계를 김인후는 「봉기양언진김공로(奉寄梁彦
鎭金恭老)」에서 이렇게 읊었다.

環碧溪連瀟灑園　환벽 시내에 연이은 소쇄원
江籬香動間蘋蘩　강가의 향기는 마름과 다북 쑥에서 펴나네
無端病隔崇朝路　괜시리 병이들어 벼슬길로 벌어지니
臥看梅梢月一痕　누워서 보노라 매화 가지에 한점 달을

<소쇄원사실 권4·2～3>

김인후는 김윤제·양산보와 같은 처지임을 이 시에서 표백하고 있다. 소
쇄원 서하당 환벽정은 한 마을 세 절승으로 이름이 높다.

국문학의 최고봉이며 양산보를 존경한 정철은 양산보의 생활과 그 승경
을 노래한 시가 몇편 있다. 「차운봉상고암장(次韻奉上鼓巖丈)」「소쇄원제
초정(瀟灑園題草亭)」「차소쇄원운2수(次瀟灑園韻二首)」「소쇄원사홍징선
(瀟灑園書洪澄扇)」

瀟灑園題草亭

我生之歲立斯亭	나 낳을 때 세운 정자
人去人存四十齡	간 사람 온 사람에 40년 일세
溪水冷冷碧梧下	냇물은 차디차다, 벽오동 아래
客來須醉不須醒	나그네 와서 취하면 깨어나지 않아

<송강속집 권1>

이 시를 보면 소쇄원 창건이 정철이 태어난 1536년인 것으로 믿어지게 한다. 그러나 앞에 인용한 송순의 시를 보면 그보다 2년전인 1534년에도 소쇄원이 상당한 조경을 갖추고 있었음을 알 수 있다.

제2句에서 그후 40년이 되었음을 못 박아 정철의 나이 40세이 이 시를 지은 것으로 되어 있다. 양산보는 정철의 나이 40인 1576년보다 19년 전인 1557년에 죽었다. 그래서 "인거인존(人去人存)"이라 읊은 것이다.

이후로도 소쇄원은 그 아들 양자징(梁子澂)에 의해 가꾸고 지켜졌으며 명사들이 무시로 왕래했다.

瀟灑園感吟示鼓巖翁

不見亭中鶴髮仙	소쇄원의 신선은 뵙지 못하나
溪山歷歷舊風煙	시내와 산은 옛 그대로
新詩更向梅邊讀	新詩를 다시 매화 그늘에서 읽으려니
雪滿空階月滿天	빈 뜰엔 눈이 가득 하늘엔 달빛이 가득.
新春一醉爲園翁	새 봄엔 한번 취해 소쇄원의 신선 되리
散髮松林滿面風	머리 흩어져 솔바람 얼굴에 가득 받고
吟夢欲成僧己去	읊다가 꾼 꿈에 스님이 왔다가니
白雲明月水聲中	흰 눈 밝은 달은 물소리에 잠겼네

<정익섭 : 호남가단연구에서 재인용 p. 100>

"시고암옹(示鼓巖翁)"은 양산보의 아들 양자징에게 보인다는 뜻이다. 이 시는 두보의 「춘몽(春夢)」을 의태(擬態)하였다.

이상의 교유이외에도 소쇄원을 드나든 인사는 많다. 그 차운과 소쇄원을 제(題)로 한 시가 이를 증명한다.

『소쇄원사실』 권4에 제현수증(諸賢酬贈)을 보면 김인후·송순·고경명·이수·김언거·오겸·김윤정·임억령·기대승·김성원·정철·양응정·백광훈·정홍명·윤인노·김대기·백진남·윤운구·양형우·진경문·김선·임득열·이후백 등 기라성이다.

소쇄원은 우리 문학의 발전에 큰 기여를 했음이 이상의 인사들이 모여 문학 활동을 벌였음으로 해서 분명하다. 이 모든 소쇄원을 제목으로한 작품 중에서 으뜸은 소쇄원 입구에 써서 걸었던 김인후의 「소쇄원사십팔영」이다. 이 시로 해서 소쇄원은 더욱 유명한 지도 모른다.

나. 김인후의 사십팔영

이 시는 1755년 목판(木版)인 「소쇄원도」에 있는 경물이 모두 있는 것으로 보아 1542년 송순의 조축(助築)이 있은 후의 작품으로 여겨진다. 1542년이면 김인후는 33세 그 아들은 20세다. 사돈을 맺은 후라고 생각된다.

「소쇄원도」에 써 넣은 승경은 「소쇄원사십팔영」의 제목과 똑같은 곳이 6군데나 있다. 이로 미루어 보면 「소쇄원사십팔영」이 지어진 후에 「소쇄원도」가 그려졌다고 생각할 수 있다.

김인후는 당신 호남에서 손꼽히는 도학자였다. 그가 사돈인 양산보의 소쇄정에 붙여 영을 할 때 그의 시가 단순히 자연 경관을 아름답게 묘사했다고 만은 생각할 수 없다. 양산보의 손자 양간운(梁干運)은 「소쇄원계당중수상량문(瀟灑園溪堂重修上梁文)」에서 이 소쇄원을 무이(武夷)에 비겼다.6) 양산보 또한 도학으로 숭앙을 받던 인물이다.

자연을 읊되 경(景)속에 뜻을 갈무리고 도(道)를 말하되 생경하게 직설하지 않는 것이 주자(朱子)이래 도학자가 시를 짓는 태도였다.

48수라는 숫자에도 뜻이 있다. 육효(六爻)가 일괘(一卦)다. 팔괘(八卦)의 효(爻)는 48이다. 48은 우주 만상의 변화와 상생(相生)의 이치가 모두 들어있다. 김인후는 「소쇄원사십팔영」에서 자연과 인생의 모든 도(道)를 포함하여 시로 여과시키려 했을 것으로 보인다.

---

6) 瀟灑園事實 卷四·16, 瀟灑園溪堂重修上梁文 "鳴陽縣南 端石山北 層巒繚繞 勢如盤谷之幽 流水寒淸 景同武夷之勝"

(1) 소정빙란(小亭憑欄)

瀟灑園中景	소쇄원의 경치가
渾成瀟灑亭	소쇄정에 알뜰히도 모였네
擡眸輪颸爽	쳐다보면 시원한 바람 나부끼고
側耳聽瓏玲	귓가엔 패옥 부딪는 소리

소정은 소쇄정이다. 입구에서 그리 멀지 않은 곳에 넓은 바위가 있다. 여기에 초가로 작은 정자를 꾸미고 그 바위 옆엔 물길을 내어 작은 연못을 만들고 고기를 놓아 먹여, 손님이 오면 낚시로 건져 회로 안주를 삼았다고 한다. 이 정자는 작고 낮은데 위치했으나 온 소쇄원이 한눈에 들어오는 곳이다.

영롱한 소리는 물소리면서 선비가 드나들 때 나는 패옥 부딪는 소리다. 이 시의 서시로서 도학과 관련을 노래했다.

(2) 침계문방(枕溪文房)

窓明籤軸淨	창이 밝으면 책을 읽으니
水石映圖書	물속 바위에 책이 어리비친다
精思隨偃仰	한가함을 따라서 생각은 깊어가고
妙契入鳶魚	飛潛의 경지로 드는 詩句節

이 시로 송시열은 양산보의 「행장」에서 김인후가 소쇄원에 묵으면서 지은 시로 옛말에 "산은 보지 못해도 원하면 나무는 본다."는 말을 인용하여 김인후와 양산보가 현인 군자임을 증명하였다.[7]

수석(水石)을 취미삼아 모으는 아름다운 감상용의 돌이라고 생각하면 이 글의 운치가 더욱 멋지다. 선비들은 조선시대에도 서가 옆에 수석을 두고 감상했다.

「무이도가(武夷櫂歌)」에서는 도학의 통서가 끊어짐을 노래하였는데 여

---

7) **瀟灑園事實** 卷三 · 11 行狀 "河西嘗宿留 其室而題詩曰 ~ 古語曰 不見其山 願見 其木 令公旣與河西爲友 則不問可知其賢人君子矣."

기는 무젖은 도의 실상이 여실하다.

(3) 위암전류(危巖展流)

溪流漱石來   흐르는 물이 돌을 씻어 내려
一石通全壑   한 바위가 온통 골짜기를 덮었네
匹練展中間   흰 깁을 중간에 편 듯이
傾崖天所削   낭떠러지로 하늘을 기울였나봐

소쇄원 계속의 승경을 모두 말한 시다. 물의 흐름은 도통의 흐름을 상징
한다. 아래로 학문을 해서 상달(上達)하자는 뜻이 있다. 「무이도가(武夷櫂
歌)」 기칠(其七)에서 이런 시사(詩思)를 알 수 있다. 여기에서 학도(學道)
의 뿌리가 뻗어 자손 대대로 지치(至治)의 경지인 선계(仙界)가 될 것을
비는 뜻이 있다.

(4) 부산오암(負山鰲巖)

背負靑山重   등 뒤에 여러 겹 靑山
頭回碧玉流   고개를 돌리면 흐르는 푸른 옥
長年安不抃   이 나이에 어찌 기쁜 일이 없으리
臺閣勝瀛洲   梅臺와 光風閣이 신선 세계야.

소쇄원 북동쪽 구석에 먼 산을 배경으로 오암(鰲巖)이 있다. 이 곳에서도
소쇄원이 한눈에 내려다보인다. 그 옆엔 매대(梅臺)가 있고 저 아래 숲속에
선계처럼 광풍각(光風閣)이 보인다. 이 거북 바위에서 사뭇 신선이 된다.
시 (1)에서는 소형을 시 (2)에서 공부하는 모습을 시 (3)에서는 소쇄원
의 핵심 계곡의 전경을 시 (4)에서는 소쇄원의 온 모습을 짬 짜위 했다. 학
도(學道)의 차서(次序)와 그 자락(自樂)의 바탕이 선경으로 배경삼아 있다.

(5) 석경반위(石逕攀危)

一逕運三益	길은 하나련만 三益友가 잇달아
攀開不見危	더위잡아 오르니 높지도 않으이
麋跳元自絶	워낙 속세의 인간은 근접을 못하는 곳
苔色踐還滋	이끼는 밟을수록 오히려 짙어지네

강엄(江淹)의 「잡체시(雜體詩)」에 "소심정여차(素心正如此) 개경망삼익
(開徑望三益)"이라 하여 "삼익우(三益友)"를 기다리는 심사를 그렸다. 길
은 외길이지만 삼익우가 잇달았다고 양산보의 삶을 기리고 있다. 소쇄원
주인의 경지는 사뭇 신선 세상이다. 도학(道學)이 무르익어 높은 지경을
점령하고 있다.

(6) 소당어영(小塘魚泳)

方塘未一畝	연못은 작디작지만
聊足貯淸漪	그래도 넉넉하게 맑은 물결 담겼어라
魚戱主人影	물고기들 놀이에 주인 그림자
無心垂釣絲	무심한 낚시 줄 그냥 드리워

「무이도가」에서 "객래의정암화락(客來倚楨巖花落) 원조불경춘의한(猿鳥
不驚春意閑)"이라고 하여 눈앞에 모두 화순(和順)한 경지를 노래한 것처
럼 물고기가 주인과 화순한 모습을 그렸다.

상류에서 홈통으로 소정을 거쳐 뽑아 내린 물이 소정 바로 옆에 작은
연못에 흘러든다. 여기서 고기들은 주인과 더불어 즐긴다. 물고기가 물을
떠나서 살 수 없듯 사람은 도를 떠나서 살 수 없다는 관어도(觀魚圖)의
일단이다.

한시에서는 위를 보면 아래를 왼쪽을 노래하면 오른쪽을 노래하는 것이
보통이다. 시 (5)에서 등산을 노래했으니 시 (6)에서는 연못 속의 이야기
로 짝을 맞추었다.

김인후는 「소쇄정운」에서 "못의 물고기가 바로 내 얼굴을 알아보는 것

같고 정원의 나무는 얼마나 자랐나,"⁸⁾라고 한 것도 있으니 이는 다 자연과
혼연일체인 조화와 순리의 표백이다.

  (7) 과목통류(刳木通流)

    委曲通泉脈 구비 돌아 샘의 맥을 통하여
    高低竹下池 높 낮은 대숲아래 못을 이루네
    飛流分水碓 날라 떨어지는 물줄기 물방아를 돌리는데
    鱗甲細參差 온갖 물고기가 흩지어 노네.

  지금은 흔적밖에 없고 목판「소쇄원도」에 그림이 있다. 소정 옆 소당에
서 조금 아래로 내려가 모형 물방아가 있고 그 아래 바로 소당의 배쯤 큰
못이 있다. 이 못엔 순나물도 자라고 물고기도 있었다.
  이 시는 변화를 노래함으로써 전통의 이어내림을 「무이도가」 기칠(其七)
에서처럼 표백했다.

  (8) 용운수대(舂雲水碓)

    永日潺湲力 온종일 줄줄 흐르는 물의 힘으로
    春來自見功 방아는 저절로 공을 세우네
    天孫機上錦 경치는 天孫의 비단인 양 곱고
    舒卷搗聲中 다듬이 소리에 책장은 넘어가네.

  영일(永日)은 「산유추(山宥樞)」에서 온종일의 뜻으로 쓰였다. 이 시는
농촌의 풍경을 사실화하고 있는 것 같지만, 실은 양씨(梁氏) 가문의 자손
번성을 기리고 있다. 모형 물방아의 제작 의미를 생각해 보고, 제목에 구름
이 쓰인 것을 보아 짐작함이다.
  물이 계속 흘러내리듯 그렇게 방아가 공을 세우듯 경치 좋은 이곳에서
열심히 공부하기를 비는 뜻이 있다.
  시 (7)과 (8)은 또 짝을 이루고 있다.

---

8) 金麟厚 : 河西集 卷九 · 13, "池魚曾識面 園木幾添圍"

(9) 투죽위교(透竹危橋)

架壑穿脩竹	큰 대숲을 뚫고 골짝에 걸쳐 놓아
臨危似欲浮	우뚝하기가 떠 있는 듯
林塘元自勝	못은 원래 아름답지만
得此更淸幽	다리가 놓이니 더욱 그윽해.

「무이도가」 기일(其一)에는 "홍교일단무소식(虹橋一斷無消息)"이라고 끊김을 단교로 표현했다. 이 시에서는 다리를 놓아 더욱 경치가 좋아졌다는 이야기다. 이는 도학의 기운이 이 소쇄원뿐만 아니라 세속에까지 이어질 조짐임을 암시한다. 이렇게 생각할 수 있는 단서는 그 다음에 이어지는 시를 읽으면 밝혀질 것이다.

(10) 천간풍향(千竿風響)

已向空邊滅	저 아득한 곳으로부터
還從靜處呼	다시 이 고요한 곳으로 불어오니
無情風與竹	무정한 바람과 대지만
日夕奏笙竽	밤낮 생황을 분다네.

도통이 잘 이어져 자연의 음악이 울리는 선경이다. 대나무가 높이 자라서 대나무 윗부분은 바람에 흔들려 소리가 난다. 이 소리를 선계의 음악으로 듣는다. 시 (7)에서 놓인 가교로 말미암아 자연의 찬송음을 듣는 김인후다.

(11) 지대납량(池臺納凉)

南州炎熱苦	남쪽 고을 기승스런 더위라도
獨此占凉秋	오직 여기만은 서늘도 하다
風動臺邊竹	바람이 흔드는 누대 곁의 대숲
池分石上流	못 물이 나뉘어 돌 위를 흐른다.

48영 중에 여름을 노래한 것이 특히 많다. 소쇄원은 여름을 지내기에 좋은 곳이다. 이곳을 아끼며 납량(納凉)의 제일로 두둔하는 이 시에서 김인후는 양산보에 대한 부러움마저 가지고 있다. 세속과 다른 소쇄원이라는 자부니만큼 도학의 경지가 감도는 시라고 볼 수 있다.

(12) 매대수월(梅臺邀月)

林斷臺仍豁　　숲을 베어 梅臺가 훤히 트임은
偏宜月上時　　달 오를 때를 즐기기 위해서다.
最憐雲散盡　　제일 미쁘다 구름 흩어져 가면
寒夜映氷姿　　추운 밤에는 선비 자태 어리비치네.

시 (11)이 "지대(池臺)"를 노래했으니 그 댓귀로 "매대(梅臺)"를 노래 불렀다. 구름을 헤치고 내민 반가운 달의 모습에 빙자(氷姿)가 비치는 모습은 청초한 선비의 기상을 나위 없이 드러내고 있다.

지대(池臺)에서 여름을 시원히 보냄이나 매대(梅臺)에서 달을 맞아 매화의 깔끔함을 감상하는 것은 모든 속세의 때 묻은 마음으로는 되지 않는 일이다.

48詠의 4분의 1인 12개의 시를 끝냄에 시 (11)과 (12)가 일단의 마무리로서 현실적 자락을 그렸다.

시 (13)부터는 진일보한 경지다.

(13) 광석와월(廣石臥月)

露臥靑天月　　밝은 하늘 달 아래 이슬 받으며
端將石作筵　　단정하게 바위에 자리를 베풀었네
長林散淸影　　긴 숲엔 달빛이 흩뿌려지니
深夜未能眠　　밤은 깊어도 잠은 이룰 수 없네.

새로운 갈등이다. 좋은 일이 있을 것 같아 바위에서 한무제(漢武帝)의 이슬을 맞으며 밝은 달을 쳐다본다. 아직 모자라는 인간이기에 잠을 이루지 못하는 안타까움이라기보다는 너무나 좋은 자연에 잠을 이룰 수 없다는 예찬으로 보아야 할 것이다. 이런 아름다움 속에서 학도(學道)가 무르익을 수 있을 것 같다.

그러나 세속은 어떠한가.

(14) 원규투류(垣竅透流)

步步看波去	걸음걸음 흘러가는 물결을 보며
行吟思轉幽	거닐며 읊으니 詩思가 더욱 그윽해
眞源人未沂	沂水의 참 근원은 제 아직 모르고
空見透墻流	한갓 담장을 통해 흐르는 물만 바라보네.

학도(學道)의 근원은 모르고 그저 눈에 보이는 것에만 집착하는 세상인 심을 안타까와하는 김인후다.

지금도 담장 밑에 도랑을 내어 예전처럼 물이 흐르고 있다. 전에는 담장 너머가 보이지 않았겠지만 지금은 옆 담장을 헐어 나그네의 지름길이 되어 버렸다. 계곡물이 흐르는 줄기를 두고 그 위에 담을 쳐 놓음은 하나의 신기에 속한다. 오곡수는 바로 그 아래며 좌측으로 오곡문을 지나면 등산로가 이어져 있다.

김인후는 「소쇄주인만(瀟灑主人挽)」에서 "누워서도 기수(沂水)의 참 근원을 생각한다."[9]고 늘 도를 갈구하던 양산보를 나타내 주었다. 안연이 기수에 가 목욕한다는 『논어』의 그 도학적 유유자적이 배어있다.

(15) 행음곡류(杏陰曲流)

咫尺潺湲池	가까이서 졸졸 흘러내리는 물
分明五曲流	분명 다섯 구비로 흐르네
當年川上意	이 해 물가의 뜻을
今日杏邊求	오늘 살구나무 아래서 구하네

---

9) 河西集 卷八 · 21 "臥想沂眞源"

상생(相生)의 원리를 노래했다. 김인후가 지은 「소쇄원주인만」에서 "공여오곡수(空餘五曲水) 와상기진원(臥想沂眞源)"이라고 하여 돌아감을 애석해 한 것으로도 짐작된다.

이 오곡수는 담장 바로 아래부터 시작한다. 이 정원의 상류다. 물이 흐름을 처음부터 상생으로 축복한 뜻이 있다.

동봉(董奉)의 살구나무는 약효가 있다는 고사가 있다. 행임(杏林)은 의원을 뜻한다. 불로장생은 누구나 바라는 꿈이다. 「소쇄원주인만」에서 "한갓 오곡수만 남았네"라는 애석해 함이 오곡수와 행림의 상징적 의미를 설명해 준다.

살구나무는 오곡수 오른쪽에 서 있다. 그곳을 오락가락하며 양생(養生)하는 모습이 선연하다.

(16) 假山草樹

　　爲山不費人　　산을 이룸에 사람의 힘은 드리지 않고
　　造物還爲假　　조물주가 도리어 거짓으로 꾸민 게다
　　隨勢起叢林　　산세를 따라 숲을 이루니
　　依然是山野　　의연하다, 이곧 山野인 것을.

광풍각(光風閣) 아래 물가에 생긴 조그만 가산(假山)이 있다. 여기에 작은 화초와 나무들을 심어 산처럼 꾸몄다. 가산은 축소된 자연으로 인공적인 수식을 가하여 감상하는 취미였다. 이 가산은 사람이 흙을 모아 만든 것이 아니라 그 위 폭포에서 물의 힘으로 흙이 모여 이루어진 가산이기에 "위인불비인(爲山不費人)"이라고 했으리라. 자연 조경의 오묘함을 노래하여 소쇄원의 절승을 돋보이게 하였다.

(17) 송석천성(松石天成)

　　片石來崇岡　　높은 묏부리서 굴러온 바위에
　　結根松數尺　　뿌리를 서려 자란 소나무
　　萬年花滿身　　송화 꽃 몸에 만발하며
　　勢縮參天碧　　기세는 하늘의 푸름 지녔구나.

시 (12)까지에 선 대나무를 묘사한 부분이 있었다. 소쇄원 가장자리는 대나무를 심고 그 안쪽으로 소나무를 심어 풍치를 돋운 것을 알 수 있다. 소나무도 대나무와 같은 시적 상상의 내용을 가지고 있다. 뿌리를 바위에 서려 둔 소나무는 학이 깃드는 소나무일 것이다. 선경에 접근하는 시상이다.

(18) 편석창선(遍石蒼蘚)

石老雲煙濕	오랜 바위에 구름 안개 끼어 눅눅하니
蒼蒼蘚作花	푸르디푸른 이끼가 꽃인 양 하여라
一般丘壑性	보통 언덕과 골짜기들은
絶意向繁華	꽃철은 완전히 지나갔는데.

「무이도가」 기오(其五)를 보면 "오곡산세고심처(五曲山河高深處) 장시연우암평림(長時烟雨暗平林)"라고 하여 홀로 만고 성현의 심사를 체득한 그 기운을 아득히 묘사하고 있다.[10]

등고할 때 밟을수록 재미지던 이끼가 바위에 덮힌 모습을 그윽하게 묘사하고 있다. 김인후는 이 시를 통하여 여기야말로 도통이 끊기지 않은 곳이라고 외친다. 다른 곳은 이미 다 져버린 꽃처럼 도가 사그러졌지만 창창하게 살아 있는 도량(道場)이 바로 여기라는 주장이다. "송석(松石)"에 대하여 "편석(遍石)"으로 대를 맞췄다. 이런 도학의 경지에서는 두려울 게 없는 자락(自樂)일 뿐이다.

(19) 탑암정좌(榻巖靜坐)

懸崖虛坐久	벼랑에 매달리 듯 오래 앉아 있으니
淨掃有溪風	말끔히 씻어주는 냇바람 있어
不怕穿堂膝	무릎 아래가 무너진대도 겁나지 않아
偏宜觀物翁	바로 신선의 즐김인 것을

---

10) 濂落 卷四·10 武夷櫂歌註 "陳普曰 此曲 入深身及其地 獨見自得識 得萬古聖賢心事"

탑암(榻巖)은 소정과 소당 중간쯤 계곡 아래에 바로 물이 흐르는 곳에 접해 있는 바위다. 여기 앉으면 시원하기가 이를 데 없다. 제 3구는 바로 접해 있는 물이 바위 밑을 파내어도 좋다는 자락이다.

관물옹(觀物翁)은 송(宋)의 안빈락도(安貧樂道)하던 요윤공(堯允恭)과의 비유일 수도 있고 소옹(邵雍)의 책 『관물편(觀物篇)』을 말한 것으로 신선을 가리킨다고 보아야 할 것이다.

소쇄원을 도에 무젖은 선계로 꾸민 김인후의 직관이 빚은 시다.

(20) 옥추횡금(玉湫橫琴)

搖琴不易彈	거문고 타기가 쉽지 않은 건
擧世無鍾子	세상을 통틀어도 鍾子期가 없음에서지
一曲響泓澄	한 곡조 맑고 깊이 울리니
相知心與耳	마음과 귀가 서로 안다네.

이는 양산보와 김인후의 서로 사귐 즉 지음(知音)을 표백한 것 같다. 지음을 고귀하게 생각하면서 지음이 있음을 자부하고 있으니 도로 맺어진 사이를 과시함이다.

옥추횡금은 조담(槽潭) 바로 위에 편편한 바위에서 그 아래 폭포 소리를 들으며 거문고를 타는 풍류를 이름이다.

이 시가 진실한 옛 사람의 사귐을 잘 대변해 주고 있다. 벗의 말에 귀를 기우려 마음까지 울린다는 자부다.

(21) 보류전담(洑流傳潭)

列坐石渦邊	물이 도는 바위 가에 둘러앉으면
盤蔬隨意足	소반의 채소는 무엇이든 풍성해
洄波自去來	소용돌이에 멋대로 가고오며
盞斝閑相屬	술잔을 한가히 주거니 받거니

유상곡수(流觴曲水)의 즐김이다. 조담과 폭포 사이에 물이 소용돌이치는 곳이 있다. 이 주위에 지기(知己)와 둘러 앉아 풍성한 소채를 안주 삼아 술을 즐긴다. 도에 무젖어 자락과 지기와의 즐김이다. 도를 즐김이 혼자가 아닌 것이 다른 자락의 노래와 다르다.

(22) 상암대기(床巖對棋)

石岸稍寬平	바위에서 너그러이 마음을 풀어 가며
竹床居一半	대 평상에서 한나절이나 딩굴다가
賓來一局碁	손님이 와 장기 한판 두었다네
亂雹空中散	어지러운 우뢰소리 공중에 흩지도록

소정에서 폭포를 건너면 상암(床巖)이 있다. 이 시를 보면 소쇄원의 주인이 마치 자기인 양 시를 쓰고 있다. 양산보와 거의 함께 이곳에 기거하였음을 이런 시를 통해서도 알 수 있다.

장기 쪽을 놓는 소리가 우뢰로 비유된 시원한 이 시는 지음(知音)과 보류(洑流)에선 술을 나누고 상암에선 장기로 즐기는 신선 같은 삶의 표백이다. 남명 조식의 산천재(山天齋) 벽화에도 채색화로 신선이 바둑 두는 그림을 그렸음을 상기시킨다.

시 (21)과 더불어 자연의 즐김이 여실하다.

(23) 수계산보(脩階散步)

澹蕩出塵想	넓고 담박한 마음, 속세를 벗어나
逍遙階上行	한가하게 계단을 올랐네
吟成閒箇意	읊을 때 시 짓는 뜻까지
吟了亦忘情	읊고 나니 또한 잊어

생각을 골똘히 한다는 것은 피곤한 일이다. 흥이 나서 읊고 구태여 기억하려 애쓰지 않고 곧 잊는 것이 부담 없이 무젖은 달도(達道)의 삶이다. 만사가 지루할 때 툭툭 털고 산보에 나서는 유유자적의 여유가 그득하다.

道에 무젖으면 이런 무연(無緣)의 즐김이 있을까. 홀가분하고 거리낌 없는 이들이다. 제월광풍(霽月光風)의 뜻이 들어 있다.

(24) 의수괴석(倚睡槐石)

自掃槐邊石	몸소 홰나무 아래 바위를 쓸고서
無人獨坐時	그저 혼자 앉아 있을 때
睡來驚起立	졸다가 놀라 일어서는 것은
恐被蟻王知	개미 왕에게 알려질까 두려워서지

짐짓 남가일몽(南柯一夢)이 아니라 현세에서 누리는 신선을 자부한다. 시 (23)과 함께 제2단락의 결사(結詞)로서 선계의 자락(自樂) 도취를 노래했다. 김인후는 소쇄원을 찾아온 나그네지만 주인의 입장에서 노래했다. 이만 보아도 둘의 사귐의 높고 깊이를 짐작할 수 있다. 시 (12)까지인 제1단락보다 더욱 무르익은 선경을 그리고 있다.

(25) 조담방욕(槽潭放浴)

潭清深見底	맑은 물 깊은 바닥이 보이니
浴罷碧粼粼	때 씻은 뒤 푸르디 푸름을
不信人間世	못 믿을 손 인간 세상
炎程脚沒塵	더운 세속 길엔 다리가 티끌에 빠지네

기수(沂水)에 목욕을 이렇게 실현하고 있다. 목욕도 의미를 주 해야만 직성이 풀렸던 우리 김인후와 같은 선비들이었다. 세상일엔 좋은 것처럼 보이나 해로운 것도 있고, 해로운 것처럼 보이나 좋은 경우도 있다. 날씨가 찌지 않았다면 세속의 때를 벗기러 청담(青潭)에 들지 않았을 것이다. 여기 이 물은 때를 씻어도 물은 흐려지지 않고 맑디맑다.

『소학』을 실천하며 늘 수신(修身)에 힘썼던 양산보의 삶이 은연중 드러나는 시다. 도를 닦을 첫 마음가짐으로 마음을 닦는 실상이다. 필자가 임으로 나눈 제3단락의 첫수다.

(26) 단교쌍송(斷橋雙松)

灕灕循除水	콸콸 섬돌을 돌아 흐르는데
橋邊樹二松	다리 근처에 두 소나무
藍田猶有事	藍田엔 오히려 일이 있어
爭及此從容	다툼이 이 조용한 곳에도 이르겠네

「무이도가」 제1수에서는 道를 전하고 싶어도 단교(斷橋)가 되어 사람이 찾아 들지 않음을 노래하였는데, 이 시에서는 세속의 번거로움이 이 선지에 스며들까 하여 오히려 단교를 다행으로 여기는 심사(心思)가 있다.

장마로 끊어진 다리를 보며 농사일이 바쁠 것을 걱정하여, 애민(愛民)의 구실을 한번 되새겨 본다. 어쩌면 강 건너 불구경하기인지도 모른다. 도학의 마음 수양을 골똘히 하다 보면 이렇게 세상의 일에 뒷전일 수 있을 것이다.

(27) 산애송국(散崖松菊)

北嶺層層碧	서울 쪽 바라보니 층층이 푸르고
東籬點點黃	여기 울타리엔 점점이 누른 국화
綠崖雜亂植	비탈에도 그저 막 심어 놓은 것들이
歲晚倚風霜	가을 되니 서릿발에 피어나네

시 (26)에서 휼심(恤心)을 표백하고 그 다음으로 임금을 향한 충성을 실토했다. 아득히 임금 계신 곳을 바라보아 그 푸른 기상으로 수놓고 도잠(陶潛)의 국화꽃으로 충정을 하소하고 있다.

소쇄원의 신선이지만 울컥 치미는 향국지정(向君之情)은 어쩔 수 없다.

(28) 석부고매(石趺孤梅)

直欲論奇絶	매화의 빼어남을 곧바로 말하자면
須看插石根	모름지기 보라, 뿌리를 바위에 서려 두고
兼將淸淺水	또 맑고 얕은 물가에
疎影入黃昏	성긴 그림자 황혼에 어렸음을

매(梅)의 굳센 절조를 노래했다. 시 (27)의 송국(松菊)과 대를 맞춘 것
은 선비의 본분을 강조한 뜻이다. 4군자라 하여 매란국죽(梅蘭菊竹)을 일
컫지 아니하는가. 시 (25), (26)에서 백성과 임금을 근심하며 고고하게 살
아가는 선비의 오롯함을 나위 없이 표백하고 있다.

"성긴 그림자 황혼에 어렸음"을 끝으로 하여 미적 형상화를 시도한 점
이 보인다.

(29) 내로수황(來路脩篁)

雪幹撒撒直	눈같은 줄기가 흔들흔들 곧고
雲梢嫋嫋輕	구름같은 졸가리가 간들간들 가볍다
扶藜落晚籜	청려장을 짚고, 저녁나절 죽순이 돋을 때
解帶繞新莖	띠를 풀어 새 줄기를 동인다

길을 넓히느라고 띠로 새줄기를 동인다. 지음(知音 : 친구)의 왕래를 위
해서다.

전원생활의 자적이 한가롭다. 대밭의 묘사를 실감나게 하고 자연 귀의의
몰입경을 그렸다.

(30) 병석죽근(迸石竹根)

霜根恥染塵	서릿발 뿌리 속세가 부끄러워
石上時時露	바위 위로 더러 드러났네
幾歲長兒孫	몇해나 길렀더냐, 어린 자손처럼
貞心老更苦	곧은 속은 갈수록 쇤다네

송국(松菊)과 매(梅)를 노래하고 나서 대나무는 두 수나 불렀다. 시 28
에서 매화와 물의 조화를 노래하듯 이 시에서는 대나무와 바위를 어울리게
지었다. 불변의 바위에 절조의 대나무가 뿌리를 서려 두어 "곧은 속은 갈
수록 쇤다."고 소쇄원 주인의 인간적 성숙을 기리었다.

시 (1)에서 시 (12)까지는 그 나름대로 앞부분의 시이므로 시상 전개가

소쇄원에 국한되고 무르익은 선경이 덜 배어나지만, 시 (13)에서 시 (24)
와 시 (25)에서 시 (36)까지인 제2단락과 제3단락에선 그 노래의 대상이
소쇄원의 경물이면서도 이를 벗어난 세상으로 확대되면서, 시 (13)에서 시
(18)과 시 (25)에서 시 (30)까지는 속세의 실상을 노래하고 시 (19)에서
시 (24)와 시 (31)에서 시 (36)은 사뭇 선경이 헌사로운 자락과 지도(知
道)와 도취의 경지를 부르고 있다. 그러나 바탕은 물론 도학이다.

(31) 절애소금(絶崖巢禽)

翮翮崖際鳥	낭떠러지에서 펄펄 나는 새들
時下水中遊	곧 그 아래 물속에서 노니듯
飮啄隨心性	마시고 쪼으는 건 본성을 따르는 것
相忘抵白鷗	잊다마다, 白鷗에 값하는 것을

새가 천성대로 사는 자락(自樂)은 바로 양산보의 삶이다. 순천(順天)의
이치로 살아가는 한 마리 물새가 되어 있는 실상이 오붓하다. 낭떠러지에
나는 새가 물에 어리비치니 물속에서 나니는 것으로 보인다. 비잠(飛潛)을
시화(詩化)시켰다.

(32) 총균모조(叢筠暮鳥)

石上數叢竹	바위 옆의 몇 무더기 대나무
湘妃餘淚斑	娥皇과 女英의 눈물자국이네
山禽不識恨	산새는 그 한스러움 알지 못하나
薄暮自知還	저물 무렵 스스로 돌아올 줄은 말아

지치(至治)의 경지에 대한 열열한 갈망을 노래한 시다. 상비(湘妃)는 아
황(娥皇)과 여영(女英)으로 순(舜)임금을 사모하며 상수(湘水)에 몸을 던
져 수신(水神)이 되었다는 고사가 있다. 당나라의 시인 백거이(白居易)는
「강상송객시(江上送客詩)」에서 "두견성사곡(杜鵑聲似哭) 상죽반여혈(湘竹
斑如血)"이라고 대나무에 얼룩진 자국을 아황과 여영의 그리움이 엉겨 붙은

피눈물 자욱으로 그렸다. 그러나 세속의 인간들이야 어찌 지치(至治)에 대한 목마름을 알기나 하리요 다만 물성(物性)을 어기지 않고 살 뿐이다.

(33) 학저면압(壑渚眠鴨)

> 天付幽人計　하늘은 신선의 계교와 부합하여
> 淸冷一澗泉　맑고 시원한 한 줄기 산골 도랑
> 下流運不管　하류에선 서로 섞여 흐르네
> 分與鴨閑眠　타고난 대로 오리는 한가히 존다

물은 <무이도가>에서 도통(道統)을 상징하는 것으로 그려지듯 이 시에서도 마찬가지다. 윗 성인으로부터 지금까지 내려온 통서에 힘입어, 한 마리 오리가 타고난 대로 조는 도취경이 묘사되었다. 자연과 道와의 혼연일체로 이렇게 태평한 세상이다. 시 (32)에서 천성대로 돌아오는 귀의를 노래하고 이어서 자연에 흠씬 무젖어 사는 도학자의 삶을 기리고 있다.

(34) 격서창포(激湍菖蒲)

> 聞說溪傍草　듣자니 시냇가의 풀은
> 能含九節香　아홉가지 향기를 머금었다고
> 飛湍日噴薄　여울 물도 날로 뿜어 올려서
> 一色貫炎凉　한가지로 더위를 삭히어 주네

선경(仙景)이야 아홉 가지 향기가 그득하고 염량(炎凉)의 구별이 없을 것이다. 권세에 아첨하였다 해도 세력이 꺾이면 푸대접받는 것이 세속의 일이다. 이런 아당과 천대가 꿰뚫리어 한빛이면 이곧 요순(堯舜)의 성대가 아니겠는가. 세속에서 소쇄원을 일러 이리 기린다는 속셈이 은연중 "문설(聞說)"이라는 시어 속에 재워져 있다.

(35) 사첨사계(斜簷四季)

定自花中聖　　정작 꽃 중의 꽃은
清和備四時　　清和함이 四時에 갖추어 있는
茅簷斜更好　　비끼는 황혼엔 더욱 좋아라
梅竹是相知　　매화와 대나무가 이 서로 아는 꽃

사계화(四季花)라는 꽃을 찬미한 시다. 매죽(梅竹)과 맞먹는 좋은 꽃으로 칭송했다.

강희안(姜希顔)이 꽃과 나무의 품격을 논한 화목(花木) 구품(九品)에 의하면 일품(一品)에는 송(松) 죽(竹) 연(蓮) 국(菊) 매(梅)요 사계화는 3品에 속한다. 이는 사계화를 매죽(梅竹)의 위계(位階)로 추키는 송가다.

(36) 도오춘효(桃塢春曉)

春入桃花塢　　복숭아 꽃 언덕에 봄이 오니
繁紅曉霧低　　탐스런 꽃이 새벽안개에 잠겼네
依迷巖洞裏　　바윗골 속에 취해 있으니
如涉武陵溪　　武陵의 시내를 건너는 것 같아

안개는 달도(達道)의 아득함을 상징하는 것으로 「무이구곡」에 표현되어 있다. 여기 무릉은 도학의 경지이지 선교(仙敎)의 도원(桃園)이 아니다. <무이도가>의 제9 시에서 말한 별유천지(別有天地)일 뿐이다.

제3단락의 끝 시이기에 (23), (24)의 시와 같이 소쇄원을 선계로 표현하고 있다. 이런 도취경은 놀이 삼아 그런 것이 아니라 주인의 道가 깊음에 그리 되었다는 찬송이다.

(37) 동대하음(桐臺夏陰)

巖崖承老幹　　산 언덕에 묵은 줄기가 이어
雨露長淸陰　　비와 이슬에 무성히 자랐다

舜日明千古　순 임금 때의 해가 千古를 밝히며
南風吹至今　南風은 지금까지도 불어오네

제4단락의 첫 시다. 제1단락에서는 道에 나아가는 실상을 노래했다면 이 단락에서는 무젖은 도취의 즐김을 노래했다. 이 무르익은 선경은 요순 시대를 말하는 이상세계다. "우로(雨露)"는 임금님의 은덕이요, "순일(舜日)" 과 "남풍(南風)"은 道가 실천되던 시대를 이름이다. 이것은 지금까지도 이어져 끊어지지 않음이니 소쇄원의 노님이 어떠함을 알 수 있다. 오동나무야 본래 군자를 상징함이다.

(38) 오음사폭(梧陰瀉瀑)

扶疏綠葉陰　무성한 잎에 우수수
昨夜溪邊雨　지난밤 시냇가에 비가 내렸네
亂瀑瀉枝間　성난 폭포수가 나뭇가지 사이로 쏟아지니
還疑白鳳舞　이 곧 흰 봉황새의 춤이 아닌가

「무이도가」 제7번에서 온고지신(溫故知新)하는 전통의 맥락을 그린 것처럼 쏟아지는 물줄기는 도학의 전통을 상징한다.

오동나무를 심는 뜻은 봉황을 기다림이다. 오동나무 사이로 보이는 폭포를 봉황의 춤으로 비유하여 道가 나타났음을 말하고 있다. 시 (37)에서 道의 이어짐을 노래하고 이 시에서 道가 나타남을 읊었다.

(39) 유정영객(柳汀迎客)

有客來敲竹　나그네가 와 노랠 부르니
數聲驚晝眠　몇 곡조에 놀라 낮잠 깨었네
扶冠識不及　벼슬을 그만두어 볼 이 없는데
繫馬立汀邊　말을 매고 도랑가에 서 있는 것을

방문객이 있다. 진나라의 시인 도잠(陶潛)을 닮아 버드나무를 심었더니 거기서 손님을 맞이하는 사단이 있었다. 벼슬은 소쇄원 주인 양처사(梁處士)와는 무관한 것, 찾아오는 이는 세속의 문제를 안고 오는 이가 아니다. 남도 부러워하는 승지(勝地)에서 道와 더불어 사는 양산보를 기린 시다.

(40) 격간부거(隔澗芙蕖)

> 淨植非凡卉　깨끗이 심어 놓은 비범한 꽃
> 閑姿可達觀　고운 자태는 멀리서 볼만하고
> 香風橫度壑　향기는 골짜기를 가로 질러 넘난다
> 入室勝芝蘭　방에 들이면 芝蘭보다 좋아

연꽃을 난초보다 더 좋다고 칭송했다. 이는 군자의 풍모를 나타내는 꽃이래서도 그렇다. 유학의 골수 주자(朱子)인 주돈이(周敦頤)가 「애련설(愛蓮說)」에서 "진흙구덩이에서 나왔으나 더러움에 물들지 않고, 맑은 물결에 씻기어도 요사롭지 않다."고 하였으니 이는 선비의 바른 모습이다. 양산보가 바로 비유된 꽃이라고 본다.

(41) 산지순아(散池蓴芽)

> 張翰江東後　江東의 張翰이후로
> 風流識者誰　풍류를 아는 이 그 누구리
> 不須和玉膾　모름지기 농어의 회는 아니라 해도
> 要看長氷絲　어름 실 같아 맛 볼만 한 것을

순나물은 진(晉)의 장한(張翰)이 벼슬을 그만두고 귀향할 정도의 고향맛이다. 농어회야 없지만 그래도 그에 버금할 만한 맛은 즐길 수 있다는 풍류를 앞세운 주장이다. 빙사(氷絲)는 선(扇)이기도 하다.

지금(서기1987년)은 물도 메말라 형태만 있지만 당시에는 고기가 놀고 순나물이 자라던 작은 인공 못이 입구에 있었다. 고향의 풍미를 즐기던 실상이다.

(42) 친간자미(襯澗紫薇)

世上閑花卉　　세상에 널려 있는 꽃들은
都無十日香　　열흘 피는 꽃도 전혀 없었는데
何如臨澗樹　　어찌하여 시냇가의 백일홍은
百夕對紅芳　　백날이나 꽃을 보게 한담

　소쇄원(瀟灑園) 계곡에서 식영정(息影亭) 환벽당(環碧堂) 앞에 이르는 시냇가에는 자미(紫薇 : 나무백일홍)가 줄지어 곱게 피어 있어 이 냇물을 자미탄(紫薇灘)이라 불렀다. 1987년만 해도 나무 백일홍이 10여 그루 있었다. 이런 승경(勝景)에다가 소쇄원의 즐김이 무궁함을 자랑했다. 꽃으로 쳐도 무십일홍(無十日紅)인 것이 통례나 여기는 백일홍(百日紅)의 선계(仙界)다.

(43) 적우파초(滴雨芭蕉)

錯落投銀箭　　은화살을 던져 여기저기 떨어지니
低昂舞翠綃　　너울너울 춤추는 푸른 비단
不比思鄕聽　　향수어린 소리엔 비할 수 없어
還憐破寂寥　　도리어 가엽구나, 고요함만 깨다니

　파초는 본래 고향을 떠나온 식물로 고향을 그리워하는 심상을 담고 있는 것이 고금(古今)에 한가지다. 자연의 소리를 즐기기 위하여 심은 파초이기에, 적막을 깨는 것도 밉지 않다. 비를 은 화살로 파초 잎의 흔들림을 푸른 비단 춤으로 비유하였다. 자연 경치의 아름다움을 묘사했다.

(44) 영학단풍(映壑丹楓)

秋來巖壑冷　　가을이 오니 산골짝은 서늘하고
楓葉早驚霜　　단풍은 서리에 하마 놀래라
寂歷搖霞彩　　고요하게 노을 빛이 흔들리는 속
婆娑照鏡光　　앙상한 가지가 거울에 비친 듯

장설(張說)의 시에 "공산적역도심생(空山寂歷道心生)"이라고 한 것을 바탕으로 하였다. 고요한 저녁놀을 배경으로 흔들리는 나뭇가지를 거울에 비친 것으로 비유하여 맑게 묘사하고 있다. 이러한 승지에서 도심이 생긴 것은 분명하다.

(45) 평원포설(平圓鋪雪)

> 不覺山雲暗　어둑하여 산 구름 알 수가 없네
> 開牕雲滿園　창을 여니 뜰에 가득한 눈
> 階平鋪遠白　계단도 구별 없이 멀리까지 하야니
> 富貴到閑門　富貴가 여기까지 이르다마다

겨울 노래로는 둘 중의 한 작품이다. 축복의 서설(瑞雪)이다. 부귀(富貴)는 덕(德)이 높은 이나 가질 수 있는 혜택으로 믿었던 김인후가 소쇄원을 찬양하였다.

(46) 대설홍치(帶雪紅梔)

> 曾聞花六出　일찍이 여섯 꽃잎이 피더니
> 人道滿林香　향기가 그득하다 야단들이네
> 絳實交靑葉　붉은 열매 푸른 잎새 숨어 있더니
> 淸姸在雪霜　맑고 고와 눈서리가 사뿐 앉았네

치자의 꽃과 향기 열매의 아름다움을 묘사했다. 눈서리가 앉은 붉은 치자 열매는 높은 절조의 단심(丹心)이 아닌가? 선비의 마음을 표백한 시다. 여섯 꽃잎은 주역(周易)에서 말하는 육효(六爻)와 맞는 숫자다.

(47) 양단동년(陽壇冬年)

> 壇前溪尚凍　양지녘 저 앞 냇물은 얼어 있어도
> 壇上雪全消　양지녘 위의 눈은 모두 녹았네

枕臂延陽景　팔베고 따뜻한 볕 쬐다가 보면
鷄聲到午橋　한낮 닭 울음 다리에까지 들리네

「무이도가」 제 (4)시에서 "금계규파무인견(金鷄叫罷無人見) 월만공산수만담(月滿空山水滿潭)"이라고 하여 득도(得道)의 오롯한 경지를 묘사했다. 고요와 한가에서 道를 깨우치는 실상이 보인다.

(48) 장원제영(長垣題詠)

長垣橫百尺　긴 담이 가로로 백자나 되어
――寫新詩　일일이 新詩를 베껴 놨더니
有似列屛風　마치 병풍을 두른 것 같네
勿爲風雨欺　비바람의 장난일랑 일지 말아라.

<河西集 卷四·4~8>

이 시를 보면 「소쇄원사십팔영」이 소쇄원의 한 풍치를 돋우는 경물 중 하나임을 알 수 있다. 이 시가 곧 소쇄원의 일부로 창작되었다.

이 시로 하여 불운을 없이 하고 이곳을 축복하여 영원한 번성과 선계의 노님을 비는 목적도 있은 것 같다.

시 (47)과 (48)은 제4단락의 끝이자 이시 전체의 결사(結詞)이기도 하다. 무젖은 道의 승경(勝景)이 영원하기를 비는 마음이 빚은 시다.

벼슬하지 않은 선비들이 지은 이런 초야의 시는, 벼슬하고 있는 선비들이 지은 대각(臺閣)의 시와는 달라서 궁고(窮苦)한 경우가 많으나 「소쇄원사십팔영」은 화려(華麗)하고 부섬(富贍)한 시격(詩格)으로 지어졌으며, 증행시(贈行詩)의 곡진한 기법을 썼다.

이 「소쇄원사십팔영」은 「무이도가」를 비롯한 『염락(濂洛)』의 상징과 같은 수법을 써서 이 시가 도학시류임을 알 수 있다.

1987년 필자가 비교해 본 결과로는 목판(木版) 「소쇄원도」에는 있으면서 「소쇄원사십팔영」에는 없는 물(物)은 동백(冬栢), 와송(臥松), 광석(廣石), 창암(蒼岩), 호아금정(黃金亭), 제월당(霽月堂), 오곡문(五曲門) 등이다. 이 중에서 와송(臥松)은 그냥 소나무로 시에 나온다. 이를 보면 동백

(冬栢)은 상품(上品)에 드는 정원수가 아니래서 언급이 없다고 하더라도, 황금정(黃金亭), 제월당(霽月堂), 오곡문(五曲門)은 「소쇄원사십팔영」보다 늦게 지어 진 것일 지도 모른다.

「소쇄원도」에 없는 것을 영(詠)한 것은 「석경반위(石逕攀危)」, 「보류전배(洑流傳盃)」, 「절애소금(絶崖巢禽)」, 「격서창포(激湍菖蒲)」, 「시첨사계(斜簷四季)」, 「동대하음(桐臺夏陰)」, 「격간부거(隔澗芙蕖)」, 「영학단풍(映壑丹楓)」, 「평원포설(平圓鋪雪)」, 「대설홍치(帶雪紅梔)」 등 당상히 여러 수다. 이를 보면 소쇄원의 조경이 그 후로 많이 바뀐 것 같다.

③ 結論

소쇄원의 사실에서 양산보가 이 담양군 남면 상류에 자미탄 상류에 자리 잡게 된 연원을 밝히고 소쇄원의 축조 경위 등을 알아보았다.

소쇄원은 1519년 양산보가 자리 잡고 살기는 시작했으나 인공 정원으로 그 면모를 드러낸 것은 송순의 조축이 있는 1542년 이후일 것으로 보고 김인후의 「소쇄원사십팔영」도 이 무렵의 작품일 것으로 내다 보았다. 소쇄원은 이후로도 양씨 가문에 의하여 계속 유지 계승되어 왔다.

양산보는 벼슬에 뜻을 버리고 소쇄원에 은거하며 오직 도학의 실천에 힘쓴 인물이었다.

그 문(門)에는 사돈을 맺은 김인후를 비롯하여 송순·고경명·기대승·김성원·정철·백광훈·이후백 등 호남의 시인묵객은 거의 대를 물려 출입했다.

이런 점으로 보아 소쇄원은 시문학의 한 본거지가 되었고 이 승경을 노래하여 담에 걸어 놓았던 김인후의 「소쇄원사십팔영」은 큰 영향을 끼친 혼적이라기 보다 그 나름대로 읽혔으리라고 여겨진다.

조선조에 이른 높은 도학자 김인후가 여기에 잘 와서 장기간 머물렀다는 기록은 소쇄원의 성격을 잘 말해 주는 것이라고 볼 수 있다.

48영이 도학적 뜻을 담고 있는 사실을 밝혀 이 시가 도학시류임을 증명하였다.

「소정빙란(小亭憑欄)」에서 선비가 몰려드는 것을 "측이청롱령(側耳廳瓏

玲)"이라고 한 것부터가 유학적 냄새가 풍긴다. 「위암전류(危巖展流)」에서
「무이도가」가 도통의 흐름을 흐르는 물에 비유한 사실과 일치함을 발견하
였다. 「투죽위교(透竹危橋)」에서는 「무이도가」와는 달리 도통을 이어나가
는 것으로 써다. 다리를 도통으로 상징한 수법은 주희(朱熹)와 같다.

이런 시는 여러 편이다. 「원규투류(垣竅透流)」에서는 안회(顏回)의 기수
(沂水)가 「편석창선(遍石蒼蘚)」에서는 「무이도가」 제5 시가 각각 배어있다.

「소쇄원사십팔영」에는 이런 도학적 요소 뿐 아니라, 아름다운 승경을 예
찬한 것도 있다.

시 16인 「가산초수(假山草樹)」는 아름다운 자연적 가산(假山)을 묘사
하였다. 「시첨사계(斜簷四季)」나 「적우파초(滴雨芭蕉)」「대설홍치(帶雪紅
梔)」 등은 모두 미적 경관의 표백이 두드러진다.

김인후는 또 「소쇄원사십팔영」에서 자락의 도취경을 노래했다. 「보류전
배(洑流傳盃)」에서는 유상곡수(流觴曲水)의 풍류를 즐겼고, 「상암대기(床
巖對棋)」에서는 대국(對局)의 즐거움을 썼다. 「수계산보(脩階散步)」와
「양단동오(陽壇冬午)」도 한껏 道에 무젖어 즐기는 실상이다.

자손의 번영을 빌어 줄 것도 있다. 「용운수대(春雲水碓)」와 「행음곡류
(杏陰曲流)」가 이런 시상을 담고 있고 특히 제일 끝수인 「장원제영(長垣
題詠)」은 "물위풍우기(勿爲風雨欺)"라고 하여 불운을 멀리하고 축복을 비
는 뜻으로 휘갑했다.

1단락을 12수로 하여, 팔도에서 도에 무젖은 도취경을 점충적으로 읊었
다. 제1단락과 제4단락은 서(序)와 결(結)로서 짝을 이루고 2단락과 3단락
은 선경을 노래한 자락과 무젖음이 대를 이루고 있다. 제일 첫 수와 맨끝
수도 시작과 끝의 대가 이루어져 있다. 특히 2단락과 3단락은 앞 6수는
소쇄원을 세상에 비겼고 뒤 6수는 선경에 비기어 유학적 이상 세계인 지
치(至治)의 경지를 두드러지게 마름질 했다.

더러는 가손(家孫)의 번창을 빌고 더러는 남의 부러운 눈길을 그리면서
승경 도취를 도학의 자락으로 승화시켜서 지치의 경지인 선경에서 노니는
양산보를 소쇄원시를 통하여 마음껏 노래한 도학자 김인후의 시다.

3) 서거정의 「영물시 40수(詠物詩 四十首)」

① 서론

사가(四佳) 서거정(徐居正)의 「영물43수(詠物四十三首)」는 지금 전해
오는 그의 시 중에서 연작시로서는 가장 장편(長篇)에 속하며 각각 칠언율
시(七言律詩)의 형태를 취하고 있다.

이 시를 지은 시기는 1456년으로 추정할 수 있다. 『사가집(四佳集)』은
편년체(編年體)로 되어 있어서, 기록되어 있는 시에 나타난 그 시대에 있
었던 사건을 통해서 창작시기를 짐작할 수 있다. 이 때는 사육신(死六臣)
의 운검(雲劒)사건이 있었고, 집현전(集賢殿)을 없앴던 해이다. 사가(四佳)
는 내간(內艱)으로 1454년까지 벼슬길에 나갈 수가 없었다. 1455년 세조
(世祖)가 왕이 되면서 복(服)이 끝난 사가는 부서(部署) 개편에 의해서
없어지는 집현전 응교를 거쳐서 성균관 사예(司藝), 예문관 응교(應敎)가
되었다. 『사가집』을 보면 이 무렵에 사귄 동료들이 성임(成任)의 형제들과
김수온(金守溫) 등 당대의 재기 발랄한 인물들이었던 것 같다. 37세의 사가로
서 이들과 詩로써 겨루어 보고 싶은 생각도 없을 수 없었을 것으로 보인
다. 「영물43수」는 이런 창작 동기를 가지고 탄생한 작품이라고 생각한다.

「영물43수」의 특징은 사가의 시문학에 대한 관점이 잘 드러나 있다는
점이다. 지금까지 논의된 그의 시문학관을 실험한 듯한 생각이 들 정도다.
그래서 직접적으로 그의 '시문학관의 실험'이라는 항목을 설정했고, 당시의
사상이 잘 드러나는 생활문학이라는 점을 생각해서 '유학적 가치'라는 항목
을 두었다. 유학의 문학이라는 관점에서 도덕과 효용을 그 하위 개념으로
설정해 보았다.

「영물43수」는 그 창작 동기로 보나 그 시에 내재되어 있는 가치로 보아
37세의 사가가 실험적으로 창작한 의미 있는 작품이라는 생각이 든다. 물
론 사가에게는 장편이 많다. 「노선성댁 매화시 40수(盧宣城宅梅花詩四十
首)」 「한도10영(漢都十詠)」 「몽도원위귀공자작10수(夢桃源爲貴公子作十
首)」 「경주12영(慶州十二詠)」 「봉수강경순촌거잡흥시19수(奉酬姜景醇村
居雜興詩十九首)」 등 다수가 문집에 전한다. 그 중에서도 「영물43수」는
가장 장편이면서 그 제재가 자연 사물이라는 점에서 일상의 기록과는 또

다른 의미가 있다고 본다.

　사가의 시재에 대해서는 이미 『시화총림(詩話叢林)』에도 4군데나 거론 되기도 했다. 특히 중국 사신 기순(祈順)과 한강에 배를 띄우고 서로 시로 써 대결하던 장면은 사가의 재능을 우리들에게 전하기에 충분하다.

② 본론

가. 시문학관의 실험

　37세라는 나이가 그렇게 원숙한 시기라고는 생각할 수 없지만 당시 혼 란하던 정치적 상황을 감안하면 뚜렷한 주관 없이는 정치적인 입장과 처세 에 사가와 같은 업적을 남기지 못했을 것이다. 여기서 생각할 수 있는 것 이 바로 그가 국고정리(國故整理)와 같은 문학적인 부문에 대한 높은 업 적을 남기게 되는 연유가 아닐까 생각해 보게도 한다. 이미 이 때부터 사 장의 싹은 자라고 있었던 것 같다. 정치적 참상을 목전에 두고 있는 사가 에게 시문학에 대한 창작의식은 강할 수밖에는 없었을 것으로 진단할 수 있을 것이다.

　이미 알려진 대로 사가는 관각문학(官閣文學)의 대가임에는 틀림이 없 다. 관각문학은 화려하고 웅장하고 부섬(富贍)한 작품을 우선으로 꼽는다. 「詠物四十三首」에는 화려한 특징이 잘 드러나 있다. 그리고 그의 타고난 재질과 관료로서 국고정리를 통해서 얻어진 박람강기(博覽强記)는 이 「영 물43수」에서도 찾아 볼 수 있다.

1) 화려

　사가의 시가 화려하다는 것은 이미 졸저 『서거정시문학연구』에서 논의 되었다. 이 시도 또한 이러한 사가의 특징을 잘 타나내고 있다. 43종의 영 (詠)할 물(物)을 선정한 것만 보더라도 이런 그의 특징을 잘 알 수 있다. 43수의 시는 주로 관상용(觀賞用)을 제재로 삼았는데, 꽃을 보는 식물이 22수로 가장 많고, 잎을 보는 식물이 4수, 관상목(觀賞木)이 5수, 유실수 가 4수, 동물이 4수, 그리고 무생물이 가산(假山), 괴석(怪石), 유리석(瑠 璃石), 연거분(瑓琚盆) 4수가 있다. 이와 같은 제재의 선정은 『시문류취』

에서 수록하고 있는 화훼(花卉)나 동식물과도 관계를 찾을 수 없다. 이런
점이 바로 사가다운 점이라고 생각한다.

동양에서 일컫는 사군자(四君子)인 매화는 역시 43수중에서도 제일 앞자
리를 차지하고 있지만 죽(竹)과 난(蘭)은 관엽에 넣어 23, 24번째에 있고,
국(菊)은 꽃 중에서도 13번째로 밀려 있다. 꽃을 영(詠)한 차례를 보면 매
화, 행화(杏花), 장미, 작약, 모란, 이화(梨花), 해당, 산다화(山茶花), 자미,
도미(茶蘼 國俗名曰玉梅), 동백, 규화(葵花), 사계화, 백일홍, 삼색도(三色
桃), 금전화, 옥잠화, 연화(蓮花), 척촉화(躑躅花), 거상화(拒霜花), 치자화
이렇게 22수가 꽃에 대한 시들이다. 순서가 무슨 의미가 그렇게 있겠느냐고
할는지 모르지만 당시의 관념 속에서는 서열과 순서는 상당한 의미가 있는
것으로 보아야 할 것이다. 유학 사상의 바탕에는 차례를 정하는 것이 중요
하기 때문이다. 이른바 삼강오륜이라는 것도 이런 관념을 잘 나타내는 덕목
이다. 순서를 무시한다고 하더라도 이상에서 열거한 22가지 꽃들이 다른 꽃
들에 비하여 화려한 것임에는 이론의 여지가 없을 것으로 여겨진다.

동물을 노래한 4가지를 보면 화합(華鴿), 금계(錦鷄), 려학(唳鶴), 면
사(眠麝)인데, 려학(唳鶴)과 면사(眠麝)는 시인의 감정이입이 드러나는 것
이지마는 집비들기와 금계(錦鷄)는 화려한 제재임에 틀림이 없다. 무생물
4가지는 더욱 그러하다. 이렇게 본다면 「영물43수」는 그 제재 상으로 이미
화려한 시임을 알 수 있다.

그러면 실제 작품을 예로 들어서 그 묘사의 화려함을 알아본다.

梨 花

梨花淡淡襯瑤華	배꽃은 맑디맑아 瑤華11)와 같아서
晴雪爭暉强等差	햇빛에 반짝이는 눈과 차이가 없구나
渾月摠成銀色界	달빛과 어우러져 온통 銀世界로 만드니
乘雲直到玉皇家	구름 타고 곧바로 하늘나라에 오르겠네
靑春有恨瓊魂瘦	靑春의 恨은 瓊魂12)이 말라 시드는 것
深院無人槁袂斜	깊은 居處 사람 없고 마른 가지만 비꼈네

---

11) 玉華 또는 胏花라고도 하는데, 그 色이 白이라서 瑤(옥)에 비한 것임. 이 꽃은 향
　　기가 있고, 먹으면 가히 長壽한다고 한다. 張九齡의 立春日晨起對積雪詩에 '忽對
　　林亭雪 瑤華處處開'라는 구절이 있다.
12) '瓊瑰'라면 아름다운 玉을 말하나, 魂字를 써서 靑春의 情熱을 상징함.

更搗水沈蕱一炷　　다시 水沈香을 한 심지 태워서
天香遠襲素娥車　　天香이 멀리 달나라에 미치리.

<사가시집 권4·13>

'이화(梨花)'에 사용한 시어를 보면 요화(瑤花), 청설쟁휘(晴雪爭暉), 은색계(銀色界), 옥황(玉皇), 경혼(瓊魂), 소아(素娥) 등과 같은 화려한 말들이 매구마다 들어 있다. 물론 이화 자체가 화려한 꽃이기는 해도 그 수식이 한층 화려함을 볼 수 있다.

배꽃의 하얀 색을 눈빛과 달빛에 비유하고 그 향기를 천향(天香)이라고 해서 화려한 정도를 넘어서 요염한 자태까지도 상상하게 한다.

珲琚盆

繡甲香盆鈿綵新　　수놓은 화분의 문채가 새로우니
江妃終不惜奇珍　　江妃가 끝내 기이한 보배를 아끼지 않았구나[13]
美珠泣盡曾虛腹　　구슬을 만드느라 울다 지쳤다는 이야기처럼[14]
明月潛投已近人　　밝은 달은 물에 잠기어 여기에 있네
一水分源龍伯國　　한 물 줄기가 나뉜 근원은 龍伯國[15]이고
百花埋沒鶴林春　　온갖 꽃이 묻힌 곳은 鶴林寺의 봄이네[16]
玉蘭暫爾供淸翫　　난간에서 잠시 구경거리로 提供되나
不是先生愛寶眞　　그대만이 보배로이 여김은 아니로다

<사가시집 권4·19>

고사가 많아서 시를 이해하기가 어렵다. 그러나 하나의 화분을 놓고 이렇게 풍부한 상상력을 발휘할 수 있을까, 大家다운 풍모를 대하는 감이 있다. 제 3, 4 제 5, 6句의 대(對)가 오묘하다. 시족을 달자면 이 화분은 강비(江妃)의 보배와 교읍(鮫泣)의 구슬로 만들어졌고, 이 화분에 주는 물

---

13) 列仙傳 '江妃二女 遊於江濱 逢鄭交甫 遂解佩與之 交甫受佩而去 數十步 懷中無佩 女亦不見'
14) 蒙求, '淵客泣珠' 參照.
15) <列子> 湯問 龍伯之國 參照.
16) 淵州鶴林寺, 杜甫 望牛頭寺詩 '牛頭見鶴林梯逕得幽深'

은 용백국(龍伯國)의 근원이며, 이 화분에 피는 꽃은 학림사(鶴林寺)에서 봄에 피는 꽃들이다.

아무리 조선 전기의 시풍이 화려한 것을 중히 여긴다고 하더라도, 화분 하나에 대한 묘사가 이토록 화려함을 보기가 그리 쉽지 않을 것 같다. 이런 시가 바로 사가의 화려한 특징을 잘 나타내 주는 詩라고 생각한다.

2) 현학(衒學)

앞에 시만 해도 '학림(鶴林)'이라는 말 속에는 부처님이 도를 깨달으신 보리수의 숲이라는 뜻이 있다. 이렇게 시에 남들이 생각할 수 없는 자기만이 아는 지식을 총동원해서 어렵게 시를 짓는 습관은 조선 전기보다는 후기가 더 심하다. 그러나 본래 박람강기(博覽强記)의 재질을 타고 난데다가 『동문선』을 편집하느라고 많은 사람들의 글을 읽었다. 사가에게는 일부러 그렇게 하려고 하지 않더라도 시가 그렇게 지어지는 것은 어쩔 수 없는 일이었다는 생각이 든다. 『사가집』을 보면 평이한 말로 알아듣기 쉽게 지은 시와 문장들이 많다. 그러나 더러는 이렇게 어려운 전고(典故)를 인용한 난해한 시들도 보인다.

柿 子

秋來霜柿半傳紅	가을 서리에 반이나 익은 감은
却訝勻圓萬顆同	알마다 고르게도 둥근게 稀#하다
朱鳥啄餘幀卵熟	朱鳥가 쪼다 남긴 붉게 익은 감
燭龍嘘照火珠烘	초롱에 불을 붙여 비추는 듯하네
曙星垂耀明初動	새벽별이 빛을 드리워 밝게 빛나기 시작하면
崖蜜分甛味正融	꿀 같은 단맛이 녹아 내리네
百果盤中少顔色	쟁반 위의 온갖 과일 빛을 잃으니
能兼七絶擅神功	일곱 가지 빼어난 神의 功德 겸하였네.

<사가시집 권4·18>

이 시는 얼핏 보기에는 현학적인 것 같지 않다. 그러나 맨 끝 구절에서 '칠절신공(七絶神功)'이라고 한 것은 단순한 의미가 아니다. 이는 감나무의 일곱 가지 덕목을 말한 것으로 수(壽), 다음(多蔭), 무조소(無鳥巢), 무충

(無蟲), 상엽가완(霜葉可玩), 가실(嘉實), 낙엽비대(落葉肥大)의 일곱 가지 덕목을 말하고 있다. 이는 이 詩가 현학적이기만 하다는 말은 아니다. 각각 그 詩에서 두드러진다고 생각하는 부분을 거론하는 것일 뿐 실로 이 시도 화려함이 뒤지지 않는다. 감의 모양이나 빛깔에 대한 묘사는 화려함을 잘 나타내 주고 있다.

海 棠

一夜光風嫋海棠	달빛 바람에 하늘거리는 海棠花
花開脈脈倚宮墙	꽃이 핀 줄기줄기 궁중담에 얽혔구나
日烘氣力饒春睡	햇빛에 취하여 봄 졸음에 겨웠다가
雨借精神氣晩粧	비에 정신이 나서 저녁 치장 하였네
濃艶關心都是味	무르익은 자태에 관심이 쏠려
風流適意不須香	풍류로운 뜻에 향기가 필수는 아니로다
杜陵可是無情思	그러나 杜甫는 정을 둘 뜻에 없었고
留與蘇仙爲發揚	蘇軾에게만 남겨주어 드날리게 되었네

＜사가시집 권4·13＞

해당화가 마치 궁녀인 듯이 묘사했다. 이 시에서도 화려한 표현을 볼 수 있다. 이 시가 현학적이라고 본 것은 맨 끝 구절에서 두보(杜甫)에게는 해당화에 대한 시가 없고, 소식(蘇軾)에게만 있다고 표현을 해서 당풍(唐風)의 시와 송풍(宋風)의 시가 다름을 보여 주는 대목을 지적하고자 하는 것이다. '소선(蘇仙)'이라고 해서 혹 시선(詩仙)인 이백(李白)을 떠올릴 수도 있으나, 이백에게는 해당화에 대한 시가 하나도 없다.

같은 해당화를 읊은 소식의 시는 다음과 같다.

海 棠

東風嫋嫋泛崇光	東風에 하늘하늘 꽃은 피어 올랐으나
香霧霏霏月轉廊	香霧 자욱한데 달은 점점 지누나
只恐夜深花睡去	밤이 깊어 꽃이 잘까 두려워
更燒高燭照紅粧	다시 높이 불을 밝히어 紅粧을 비추네.

＜소동파전집2·14＞

소식의 시도 궁녀를 묘사했고, 운(韻)도 양운(陽韻)으로 같다. 이 두 詩를 보면 사가의 시에서 소식 시의 향기를 맡을 수 있다.

현대인들의 꽃말에는 해당화가 온화함이라고 한다. 궁녀의 성품을 잘 나타내는 것으로 생각한다. 사람의 생각은 고금이 이렇게 비슷한 면도 있다.

나. 유학적 가치

앞에서는 「영물43수」를 통해서 시를 문학으로 보는 사가의 관점을 실제 작품을 예로 들면서 거론했다. 화려한 시나 지식이 많이 담긴 시를 우수하게 생각하는 경향을 알 수 있었다. 다음에는 사상적인 측면에서 사가의 시 문학에 대한 관점을 살펴보려고 한다.

1) 도덕

유학 사상의 핵심이 도덕이다. 인륜 도덕의 많은 덕목 중에서도 충(忠), 직(直)은 효(孝)와 더불어 중요한 덕목으로 생각한다. 충직(忠直)에 관계가 되겠지만 고고(孤高)한 기상과 기개(氣槪)도 남자다운 특징이라 생각한다. 사가는 왜 「영물43수」를 통해서 이러한 덕목들을 노래하고 있을까? 시가 삶의 일부분으로 생활을 그대로 그려나가는 것이기 때문이라고 생각한다. 이런 관점에서 한시는 생활문학이라는 주장이 뒷받침 되는 것이라고 생각한다.

① 忠

「영물43수」 중에서도 '자미(紫薇)'와 '규화(葵花)'는 충(忠)이 가장 잘 드러나는 시들이다.

紫 薇

詞臣吟賞倚詩豪	시인들이 읊고 玩賞하기는 詩豪에 의함이나
公子風流價倍高	그대의 풍류는 가치가 배나 높구나
種出星垣增偓儶	種字가 紫微星座에서 나와서 뛰어나니
花開宮樣詫嬌嬈	꽃은 宮中에 피어 아름다움을 자랑하네
檀心未吐香先聞	향기를 풍기지도 않았는데 香氣가 나고
錦蕚初繁影漸交	고운 꽃잎 막 피어나면서 점점 어울리네

別有一枝西挨暮　특별히 한 가지 서쪽 담장17)에 저무니
年年寂寞對吾曺　해마다 고요히 우리 官廳을 지키네
<사가시집 권4·13>

이 시는 별에서 나온 자미가 궁중을 지켜주며, 특히 문사들이 모인 중서성(中書省)을 지켜주는 꽃이라고 말하고 있다. "공자풍류가배고(公子風流價倍高)"한 이유를 여기에서 찾을 수 있다. 이 시의 외연(外延)은 궁중에 담뿍 피어 있는 자미를 말하는 것이지만 이 시가 내포(內包)한 것은 궁중을 감싸주며 그 중에서도 문사들을 잘 지켜주는, 곧 임금님을 잘 감싸주는 꽃으로 상징화되어 있다.

葵花

清和佳節小墻東　좋은 계절 작은 담 동쪽에는
百百朱朱間紫紅　희고 붉은 꽃 사이로 자홍빛도 섞였구나
孤注餘春人盡在　봄도 다 바닥나서 아쉬워하고
留連戲蝶錦房功　나비가 머물 데도 없이 비었지마는
孤忠自有傾陽意　오직 충성스러이 태양을 향한 뜻
一技寧論衛足功　지키는 한 재주를 어찌 논하리
恒性不曾隨物變　恒心은 物情이 변한데도 끄덕 않으리니
區區桃李謾嬌容　구구하게 桃李의 아리따움에 샘을 내랴.
<사가시집 권4·14>

제 3, 4 句는 봄을 만난 세태의 화려함이 지나가고, 해바라기의 생긴 모양을 묘사하고서, 제 5,6句에서 억양법(抑揚法)을 써서 이제는 봄이 가고 모두 아양을 떠는 것들이 물러난 때, 오직 충성스러운 해바라기 꽃만이 그의 변함없는 타고난 충성으로 태양 곧 임금님을 향해서 마음을 바치고 있다.

세태의 변화에 추이를 같이 하는 도리(桃李)와는 비교가 되지 않는다. 도리가 외형이 아무리 아름답다고 해도 그 내면의 정신을 높이 평가한 점을 이 시에서 지적할 수 있다. 이는 조선시대 우리 조상들의 사물 인식의 한 단면을 보는 것으로 생각한다. 그래서 그림도 동양화는 읽어야 한다고

---

17) 文士들이 있는 中書省.

하지 않는가?

② 직(直)

충(忠)과 직(直)은 서로 통한다. 대체로 이와 같은 정신을 「영물43수」에서 읊고 있다는 것을 설명해 보이려는 것이다. 그러니까, 자연 사물을 통해서도 거기서 인생을 보고 느끼고 배우고 교훈으로 삼는 당시의 실상을 볼 수 있다.

竹

一幹蒼玉萬竿脩	한 줄기 푸른 옥처럼 쭉쭉 벋어 오른 키 큰 대나무
甲刃摍摍勢自稱	閱兵式을 하는 듯 형세가 자못 장하네
紫籜半均霏細務	자주빛 대껍질이 절반은 안개에 젖었고
粉稍危拂動高秋	가느다란 가지는 높은 가을 하늘에 나부끼누나
閑聞鳳律宮商合	봉황새의 노랫소리 한가롭게 어우러지니
試聽龍吟洞壑幽	그윽한 궁중에서 용의 읊는 소리 들리는구나
勁節貞心宜配德	굳센 마디 곧은 마음 마땅히 덕과 짝하였으니
同遊況復有羊裘	함께 노닌다고 하물며 다시 羊裘[18]를 구하랴.

<사가시집 권4 · 16>

제 1,2句에서 대나무의 기상을 씩씩하게 묘사했다. 제 3,4구에서는 외양 묘사를 했고, 제 5,6구에서는 소리를 묘사했다. 대나무의 외양이나 소리를 통해서 절개와 지조가 굳은 선비들이 많은 조정에서 역시 평화를 누릴 수 있다는 점을 말한 것으로 생각한다. 마지막 연(聯)에서 역시 변함없는 대나무의 곧은 지조와 절개를 노래했다. 이 시에서 말하는 대나무의 덕은 바로 직(直)이다.

③ 고고(孤高)

직(直)과 고고(孤高)함도 서로 통하는 덕목이다. 「영물43수」 중에서 고고함을 노래한 시가 제일 많은 수를 차지하고 있다.

---

18) 『史記』 劉敬傳에 '衣羊裘見'이라하여 입은 대로 그 사람의 신분이 보이게 된다고 해도 옷을 가려 입지 않겠다는 뜻으로, 자신은 무슨 옷을 입든지 자기 자신이라는 뜻이다.

萬年松

一幹蒼翠倚峻嶒	한 채의 푸른 소나무 험준한 산에 의지했으니
霜雪心顔閱幾齡	눈 서리에 마음과 얼굴이 그 나이를 나타내네
幹露龍身扶六尺	줄기는 龍의 몸으로 六尺을 扶支했고
枝欹鳳尾蠡千層	가지는 鳳凰의 꼬리로 千層을 쌓았구나
自多壯志凌高漢	장한 뜻은 은하수라도 없수이 누르고
誰屈奇姿在半庭	누군가 기이하게 구부려서 庭園의 절반이네
得地深根承雨露	땅으론 뿌리 깊이 박고 雨露를 받아서
高孤不改四時靑	孤高한 정신 고침이 없이 四時에 푸르네.

<사가시집 권4 · 16 - 17>

이 만년송(萬年松)은 사가 자신의 미래상을 노래한 것 같은 감이 든다.
제 1, 2구에서 형용된 험준한 산이나 눈서리는 바로 세태의 험악함을 말해
준다. 그러나 제 3, 4구를 보면 자신은 용(龍)과 봉황(鳳凰)의 꼬리로 감
싼 몸이다. 바로 임금님의 은총을 담뿍 받고 있다는 자오(自傲)다. 그러니
제 5, 6구에서 노래하듯이 스스로의 뜻은 은하수를 능멸(凌蔑)할 만하고
조정에서도 당당한 위세를 확보할 수 있다. 결국 뿌리는 땅에 깊이 박았으
니 아무리 바람이 불어도 넘어지지 않을 것이요, 위로는 임금님의 은총이
우로(雨露)처럼 내린다. 변함없는 자신의 고고한 절조를 노래하고 있다.

哦 鶴

浮丘相鶴眼增明	浮丘公[19]과 鶴은 눈이 점점 밝아져
許寄庭松穩不驚	뜰의 소나무에 깃들여서 편안하구나
月在高枝飜冷影	달은 높은 가지 위에서 싸늘한 그림자를 뒤집으며
露團疎葉警寒聲	이슬은 드믄 잎에 달려 추운 소리를 깨닫게 하네
歸來華表千年語	천년후 華表[20]에 돌아와 하던 말은
去上緱山半夜鳴	구산에 올라서 한밤중에 우는 소리
霄漢高心終不盡	하늘의 높은 마음 끝내 풀지 못하고서
滿庭鷄鶩浪猜情	뜰에 그윽한 닭과 따오기들의 넘실대는 猜忌心

<사가시집 권4 · 18>

---

19) 列仙傳에 이르기를 '王子喬好吹笙 道人浮丘公 接以上嵩山'이라했다.
20) 『搜神後記』 '華表鶴歸' 參照.

시 전체에 흐르는 정서가 을씨년스럽고 절망적이다. 학의 고고한 정신이 너무나 세속에 맞지 않아서 생긴 현상이다. 학의 고고함에 잘못이 있는 것이 아니라, 이는 세속의 잘못이다. 이 시도 앞의 시처럼 학에 시인이 감정이입된 형태라고 생각한다.

앞에서 노래한 희망과 자신감에 바탕을 둔 고고함과 이렇게 절망과 자조(自嘲)에서 오는 고고함은 바탕은 하나일 것이다. 그러나 세태의 변화에 따라서 다르게 나타날 것으로 생각하게 한다.

④ 기개(氣槪)

미래에 대한 희망과 자신감에서 생기는 것이 기개라고 생각한다. 씩씩한 기상은 젊음의 표상이기도 하다. 나라의 동량(棟梁)으로서 가져야 할 도덕적 품성이다.

檜

細煙蒼霧玉玲瓏	고운 안개 푸른 내에 玲瓏한 옥구슬
志節堂堂氣自雄	志操와 절개가 堂堂하니 氣槪가 자못 웅장하네
根作龍蛇盤厚地	용트림 뿌리는 두터운 흙 속에 서려두고
魂隨霹靂上靑空	霹靂같은 넋은 푸른 하늘로 오르네
圓幢自偃空庭月	둥글게 휘늘어진 멋에 겨워 빈뜰엔 달이요
虛籟時聞半夜風	허공에 퉁소 소리 한 밤중 바람인가
自信高林多世用	이 정도면 세상에는 쓸모가 많은 걸 내 알지만
高孤獨立歲寒中	孤高하게 홀로 추운 겨울을 버티고 있네.

<사가시집 권4 · 16>

제2구의 '지절당당기자웅(志節堂堂氣自雄)'에서 벌써 회(檜)나무의 기개는 잘 표현되었다. 그 당당한 기개의 바탕이 무엇인가? 제 3, 4구를 보면 잘 알 수 있다. 두터운 흙 속에 서려둔 뿌리에다, 창공으로 치솟는 벽력같은 기백이 그 바탕이다. 제 5, 6구에서 회나무의 자부가 묘사 되었다. 이런 묘사를 통해서 회나무도 사가가 자신을 그렇게 의인화한 것이 아닐까 생각해 본다.

무엇보다도 중요한 것은 세한(歲寒)에도 시들어지지 않는 그 믿음성이다. 이 기개야말로 논어에 그려진 선비의 모습이 아닌가?

2) 효용(效用)

유학을 흔히 '수기안인지학(修己安人之學)'이라고 한다. 이 논문 앞의 항목이 도덕인 것은 수신(修身)에 해당할 것이고, 효용은 안인(安人)이라고 볼 수 있을 것이다. 간단히 말하면 「영물43수」는 바로 유학이라는 프리즘을 통해서 자연을 본 것이라고 할 수 있다. 효용이란 삶의 실제적인 이용 가치를 말하는 것이다. 여기서는 주연(酒宴), 작품 창작, 마음의 위안, 통신의 4가지 관점만을 다루고자 한다.

① 주연(酒宴)

杏 花

杏花消息一番新	살구꽃 소식이 한번 새롭게
蓓蕾黏枝暖始繁	가지에 꽃봉오리가 따뜻해 지면서 벌어지네
漠漠紅雲連白日	아득하게 붉은 구름 白日에 이었고
鮮鮮香雪起靑春	고운 향기 눈송이 靑春을 일으키네
餘寒砭骨膚生粟	꽃샘 추위 뼈에 사무쳐 소름이 돋고
細雨霑腮淚帶痕	이슬비 뺨에 젖어 눈물 자욱인 양
更待月明疎影滿	밝은 달 꽃 그림자 가득하기 기다려
勝筵扶醉倩傍人	좋은 자리에 예쁜 사람으로 醉氣를 돕네

<사가시집 권4 · 12>

살구꽃은 청춘을 불러일으키고, 술자리에 좋은 꽃이다. 살구꽃이 「영물43수」에서 제2번째로 쓴 시다. 살구꽃은 선비들이 그리 좋아 하는 꽃은 아니다. 복숭아와 더불어 놀이판이나 색(色)을 상징하기 때문이라고 생각한다. 그런데 사가는 제2번째 살구꽃을 노래하고 있다. 삶의 중요한 요소를 살구꽃이 상징하는 바도 있겠지만 본래 화려함을 좋아하는 그의 성향을 잘 나타내 준다고 볼 수 있다.

제 5, 6구(句)는 일부러 절구의 형식을 한번 율시에도 실험해 본 것이라고 생각한다. 아직 겨울이 좀 남아 있다고 해서 무슨 방해가 되겠는가?

茶蘼(國俗名曰玉梅)

梅花一去未招魂	매화가 진 후 얼마되지 않아서
忽見多蘼骨格存	문득 도미화를 보니 風骨이 있구나

遞送暗香知有意	은은한 향기를 보내오니 뜻이 있음을 알겠고
相逢淡質欲無言	淡白한 자질을 만나니 말을 잊겠네
長條月落黃氏影	긴 줄기엔 달 질때 노을 그림자
高架春殘白雪痕	높은 가지엔 봄이 다할 때 白雪의 흔적
莫恨東城風雨惡	동쪽 城에 비바람 모질다고 恨하지 마라
飛來片片入芳樽	조각조각 날아와서 술잔에 향기 더하네.

<사가시집 권4·13 - 14>

도미화는 매화가 지자마자 피는 꽃이다. 그 시상(想)이 매화와 흡사하다. 도미화를 노래한 것을 보면 기생을 상징하고 있다는 것을 알 수 있다. 매화라면 좀 품격이 있다고 생각이 된다. 도미화도 역시 매화에 뒤지지 않으나, 제 3, 4句를 통해서 향기와 담백한 자질을 말하고 있다. 그 고고함도 도한 제 5, 6句에서 어김없이 거론했다. 그러나 바람이 불면 흩어져 술잔에 지는 한낱 꽃잎일 뿐이다. 꽃과 봄이 어우러지는 연음의 자리는 삶의 풍요로운 모습이다.

② 창작(創作)

영(詠)하는 물(物)은 시에 좋은 제재가 될 수도 있고, 그림의 제재가 될 수도 있다. 모두 창작의욕을 돋우는 자연물들이다. 창작의 본질은 자연에 대한 경탄(驚歎)에 있다. 인간은 아름다운 것을 대할 때 기록하거나 그리거나 또는 음률화(音律化)시켜 남기려는 의욕이 발동한다.

薔薇

一年春事到薔薇	한 해의 봄일이 장미 필 때에 이르면
滿架離披不自持	너무나 가득 피어 덩굴이 버티기를 못하네
幾陣淸香煩蝶使	몇겹의 맑은 향기는 나비를 바쁘게 하고
十分妖艷妬鵝兒	十分 무르익은 자태는 예쁜 새끼거위와 시새우네
水邊照影心先惱	물에 비친 그림자엔 마음이 먼너 사로잡히고
雨裡繁開賞漸宜	비 속에도 번성히 피니 감상할만 하구나
燭曼東風吹不盡	훈훈한 東風이 계속 불어 오니
半庭無語要催詩	半庭은 말없이 시짓기만을 재촉하네

<사가시집 권4·12>

　　장미의 무르익은 자태를 보고 시를 지을 수밖에 없는 강한 창작의 의욕
을 일으키는 것을 노래하고 있다. '아아(鵝兒)'가 시새운다는 말은 거위새끼
가 본래 그 색이 노랗고 예뻐서 장미가 그 자태를 시새운다는 뜻도 되지만,
장미 넝쿨 아래서 흙을 뒤지며 노는 새끼 거위들의 모습을 장미의 뿌리가
상하지나 않을까하는 생각에서 그리 읊은 것으로도 이해할 수 있을 것이다.

　　넝쿨 장미가 정원의 못에 물그림자로 보이는 모습을 묘사하고, 빗속에서
도 번성하다고 해서 장미가 상징하는 사랑과 물이 상징하는 사랑이 은연중
에 서로 맞는 것을 알 수 있다. '반정무어(半庭無語)'는 5월 장미만이 활
짝 핀 고요한 정원이 시를 짓기에 좋은 상황임을 묘사했다고 본다.

冬　白

花神多事竊洪鈞	花神이 多事해서 가만히 조물주에게
別遣花開歲暮新	새롭도록 歲暮에도 피는 꽃을 보내 달랬나
妙萼全憑寒氣好	묘한 꽃잎이 모두 찬 기운을 좋아하여
高標不許衆芳隣	우뚝하여 뭇꽃들과 이웃하길 싫어 하네
翠禽拂盡枝邊雪	푸른 새가 가지의 눈을 다 떨어 버리니
羯鼓催殘臘底春	북을 올려 섣달 속에 봄을 불러 재촉네
天地中間少風韻	세상에는 詩가 적으니
移來畫上欲精神	그림에다 精神을 담아 보고자.

〈사가시집 권4 · 14〉

　　제 5, 6句에서 '취금(翠禽)'과 '갈고(羯鼓)'는 서로 계절의 자연조건을
상징한 것 같다. '취금'은 봄을 상징하고 '갈고'는 바람을 나타내는 것으로
볼 수 있다. 봄기운이 돌면서 눈이 녹아내리고, 바람이 그 해의 마지막인
섣달 속에 감추어 있는 봄을 끌어 낸다. 이렇게 하여 '고표(高標)'한 동백
이 피게 된 것이다. 보통 동백은 '동백(冬柏)'이라고 쓰는데 여기서는 '동
백(冬白)'이라고 특별한 표기를 하고 있다. 제 7, 8句를 보면 동백을 제재
로 지은 시는 거의 없고, 그림으로는 많이 그려진다고 했다. '중방(衆芳)'
과 어울리기를 싫어하는 고고함도 알 수 있다.

　　영물의 내용에는 물성(物性)에 대한 작가의 시각이나 물(物)에 대한 의
미의 정립이 차지하고 있는 비중이 크다. 영물시를 통해서 시인이 자연을

보는 시각을 정립하고 존재 의미의 개념을 정립하는 것이다. 이런 작업이 관념적이기는 하다고 해도 자연과 더불어 살아가면서 나름대로 자연에 대한 의미 해석은 있어야 할 것이다. 도덕이나 효용은 이런 차원에서 보아야 할 것이다.

③ 위안(慰安)

자연의 물을 통해서 마음의 위안을 얻는 것은 매우 큰 의의가 있다고 생각한다. 자연을 정복의 대상이나 이용의 대상으로 보는 시각이라기보다는 자연과 더불어 서로 주고받는 상호 교감의 상대로 파악하는 모습을 여기서 볼 수 있다.

三色桃

物理參差竟莫齊	物의 理致가 하도 여러 가지라지만
一枝三色孰端倪	한 가지에 三色 꽃이 누구의 재주인가
開因前後有深淺	먼저 피고 나중 피거나 짙고 엷은 건 있을지나
花自白紅爭仰低	본래 희고 붉은 것이 위 아래서 다툼이야
錦萼擺殘龍碎甲	시들어 떨어지는 꽃잎은 용의 껍질이 부서지는 듯
天香吹盡麝然臍	천연스런 향기는 麝香이 풍기는 듯
年年依舊春風面	해마다 봄바람만 대하면 그 모습 그대로
喚起幽人訪故蹊	들어박힌 사람 불러 일으키러 묵은 길 찾아오네.

<사가시집 권4·14 - 15>

'유인(幽人)'을 그냥 두지 않고 찾아오는 사람이 있어서 삶의 재미도 있고 위안이 되는 꽃이 '삼색도(三色桃)'다. 진기한 것은 나름대로 삶의 보탬이 된다. 시들어 떨어지는 꽃잎을 용의껍질이 부서져 내리는 것으로, 그 향기를 사향(麝香)에 비유한 것은 한껏 화려하게 묘사한 것이라고 생각한다. 꽃가지에서 먼저 피는 것도 있고 나중 피는 것도 있어서 한 가지에서도 꽃의 색이 조금씩은 다르긴 하지만 이렇게 본래부터 아예 다른 색깔로 피는 것은 무슨 조물주의 재주란 말인가?

자연은 이렇게 작가에게 위안이 된다. 작가 자신이 자연과 더불어 삶을 요리하기 때문에 자연은 이렇게 작가와 상호 의존의 가치고 남아 있는 것이다.

④ 이용(利用)

비들기는 통신의 수단으로 오랜 역사를 가지고 있다. 이 경우도 비들기를 잘 길러서 비들기의 혜택을 보는 것이지 비들기를 잡거나 정복해서 비들기를 이용하는 방식이 아니다. 자연과의 상호 의존이라는 개념이 여기서 설명될 수 있다.

華 鴿

綉圍羅幠暎珠櫳	비단 카덴을 친 구슬로 장식을 한 창문에서
閑放飛奴出細籠	나르는 심부름꾼을 새장에서 풀어 놓았네
錦背花明翻晝景	비단 등이 꽃처럼 밝은 건 낮에 보는 아름다움
金鈴風緊響雲空	방울소리 바람에 실려 구름 속 공중에서 울려오네
傳書故舊恩情好	전해오는 오랜 친구의 편지로 은혜로운 정이 좋고
得食庭除意趣同	뜰에서 모이를 쪼는 너와 뜻이 통하네
莫把家鷄一樣看	집에서 기르는 닭과 같이 보지 마오
分明異彩出群中	분명히 이채로움이 무리 속에서 빼어나네.

<사가시집 권4·18>

'비노(飛奴)'가 바로 비둘기다. 제 3, 4句에서 비둘기의 아름다움을 화려하게 묘사했다. 날 때 햇빛에 등이 번쩍거리는 모습과 높은 하늘 구름 속에서 들려오는 방울 소리를 묘사함으로써 비둘기의 아름다움을 묘사하고, 제 5, 6句에서 친구의 편지를 주인(主人)에게 전해 주는 비둘기의 효용적인 가치를 말하고 있다. 뜰에서 모이를 쪼는 모습은 한가지라고 해도 닭과는 비할 수가 없는 고마운 비둘기다. 군계일학(群鷄一鶴)이라는 말과도 같은 비유가 될 것이다.

'의취동(意趣同)'이라는 말은 비둘기와 작가와의 관계성을 간단히 설명해 주는 시어로 볼 수 있다. 비둘기를 바라보는 시인의 자애로운 눈빛이 상상된다.

3) 43首의 주제와 특징

詩 題	主 題	特 徵
梅花	아름다움과 시짓기에 알맞음	玉 소리에 비유
杏花	풍성함과 宴飮	꽃샘추위로 세태시샘 비유
薔薇	濃艶함과 시의 題材	薔薇와 물과 사랑
芍藥	찬양과 시짓기에 좋음	꽃이 여기에 심긴 연유
牡丹	관념적 칭송과 봄을 이어가는 효용	姚黃魏紫의 故事
梨花	華麗	달과 배꽃의 비유
海棠	濃艶	宮女에 비유 衒學
山茶花	克服의 意志	感情移入
紫薇	忠誠	별에서 와서 궁중을 지킴
茶蘼	高邁함	梅花와 比較 酒宴
冬白	겨울에 봄을 알림	시보다는 그림의 題材
葵花	忠誠	나비가 오지 않음
菊花	忠誠	陶潛의 菊
四季花	恒常性	班固·司馬遷에 자신 비유
百日紅	아낌	생명을 아끼는 情緖
三色桃	特異함	幽人에게 慰安을 줌
金錢花	虛勢	돈에 比喩
玉簪花	편안한 삶	宴飮
蓮花	아름다움의 찬양	미인의 걸음에 比喩
躑躅花	恨	소쩍새와 붉은 철쭉
拒霜花	찬양	芙蓉의 일종
梔子花	찬송	香을 禪에 비유
竹	勁節 直	外樣과 소리 描寫
蘭	香氣 찬양	離騷의 故事
芭蕉	功德	시원한 소리 책읽기
萱	자손의 繁盛	夫婦의 금슬
檜	씩씩한 氣槪	聽覺
萬年松	節操 孤高	詩人의 感情移入
梧桐	좋은 人材 상징	歸化木
楊柳	戀人의 情	만남의 詩
丹楓	가을의 情趣	離別
葡萄	퍼짐과 나눔	酒
石榴	아름다움	理想世界
棖子	安分自足	완전함을 追求
柿子	감의 讚揚	七德 衒學
華鴿	비둘기의 效用性 通信	華麗한 묘사

錦鷄	아름다움과 平和로움	華麗한 묘사
唳鶴	孤高함	擬人化
眠麝	利益을 주는 삶	神仙에 비유
假山	安貧樂道	太平聖代의 구가
怪石	奇怪함	仙掌
瑠璃石	玲瓏함	華麗함
珲琚盆	화려한 盆의 묘사	江妃 龍伯國 鶴林

③ 결론

사가의 「영물43수」는 그의 나이 37세때 지은 것이다. 연작이나 장편이 많은 그의 작품 중에서도 가장 긴 시다. 그는 이 장편을 통해서 자신의 시 문학관을 실험한 것으로 생각해 보았다. 화려한 시를 우선으로 하는 그의 특징이 잘 나타난 시로는 이화(梨花)와 연거분(珲琚盆)을 꼽았다. 작품의 표현 묘사에 있어서 화려할 뿐만 아니라, 시의 제재로서도 화려한 것을 즐겨 선택했다.

조선전기에 국고정리를 했던 관계로 박람(博覽)할 수 있었고 그의 재능이 강기(强記)를 뒷받침했기 때문에 그에게는 현학적인 부분도 있었다. 감의 칠덕(七德)을 말한다거나, 해당화에 대한 시가 두보나 이백에게는 없고 소식에게는 있다고 말한 것도 현학의 하나라고 보았다.

그리고 사가는 영물시를 통해서 그의 유학적인 가치를 표현하였다. 도덕적인 측면에서 충(忠)과 직(直), 그리고 고고함과 기개를 읊었다. 물(物)을 통하여 유학적인 해석을 한 것을 알 수 있다. 그는 자연물에 자신을 비추어 보기도 했고, 미래에 대한 희망을 담아 보기도 했다. 아름다움에 경탄을 하고 극도의 화려한 수식을 하면서 물을 미화시켰다. 미적인 요소와 도덕적인 요소가 공존하는 사가의 「영물43수」는 문학적인 향기도 짙고 사상적인 깊이도 있다고 볼 수 있다.

유학의 문학관, 특히 관각문학(官閣文學)에서는 효용성을 중요시 생각한다. 주연에 도움을 주는 物도 있고, 시나 그림을 그리는 것과 같은 창작을 주는 物도 있다. 비둘기같은 物은 통신용으로 매우 유익하다. 사가는 그가 물을 영한 시에서 매우 다양하게 각물(各物)마다의 유익함을 생각하고 표현했다.

43수를 모두 일일이 거론을 할 수는 없었지만 대강은 살폈다고 생각한다. 「영물43수」의 성격은 어느 정도 짐작하게 될 것으로 생각한다. 이해에 참고가 될 것 같아서 나름대로 파악한 주제와 작품의 특징을 간략하게 앞에 실었다.

역시 사가의 시는 유학적인 것에 바탕을 둔 화려한 작품이 핵심을 이루고 있다는 것을 알 수 있다. 사가의 시문학상의 특징을 가장 잘 나타내 주는 시가 바로 이 「영물43수」가 아닐까 한다. 이는 실로 조선을 통틀어서 유학적 바탕 위에서 가장 화려하게 노래한 가치가 있는 장편 중의 하나라고 생각한다.

4) 성수침(成守琛)의 「파산수창시(坡山酬唱詩)」

① 서론

「파산수창시(坡山酬唱詩)」는 성수침의 문집 『청송선생집(聽松先生集)』 권일 시조(詩條)에 실려 있다. 파산(坡山)이라는 제하(題下)에 성수침의 시가 실려 있고 이어서 '차운(次韻)'이라고 제(題)를 붙이고 "이하후제(以下後題)。개종자서(皆從自書)"라고 써 놓았다. 맨 끝에 장유(張維)가 지은 「부수창첩발(附酬唱帖跋)」이 실려 있다.

또 이 수창시(酬唱詩)를 접할 수 있는 문헌(文獻)은 조욱(趙昱)의 『용문선생집(龍門先生集)』이다. 권사(卷四)에 「차파산사언시이수(次坡山四言詩二首)」라고 하여 조욱(趙昱)의 시를 싣고 「부파산창수시(附坡山唱酬詩)」라고 하여 성수침(成守琛), 이황(李滉), 조식(曹植), 김육(金堉)의 시를 차례로 실었다. 『용문선생집』에서 김육의 시는 『청송선생집』 권일(卷一) 시조(詩條)에서는 김인후(金麟厚)의 시로 되어 있다.

파산(坡山)은 파평산(坡平山)이다. 『퇴계선생문집고증(退溪先生文集攷證)』 권지팔(卷之八) 제이권(第二卷) 시(詩) 「차청송운운(次聽松云云)」 조(條)에 보면 "파산즉파평산(坡山卽坡平山)。재파주(在坡州)。발지지이 목공시목칠구해지어(髮之止以沐恐是沐漆求解之語)。"라는 기록이 보인다. 또 『면앙집(俛仰集)』 권지이(卷之二)에 보면 "제성처사청송당재파평산하(題成處士聽松堂在坡平山下)"라는 기록도 보인다. 이로 미루어 보면 파산은 바로 파평산이라고 볼 수 있다. 『청송선생집』권일(卷一) 「결제(缺題)」

에 "재파평산하우계지측(在坡平山下牛溪之側)。복거기중(卜居其中)。편 기당왈죽우(扁其堂曰竹雨)。이위종언지계(以爲終焉之計)。이모부인고불 감귀야(以母夫人故不敢歸也)"이라고 하여 성수침이 파평산 아래 우계에 평생을 보낼 생각으로 집을 마련한 것을 알 수 있다.

『청송선생집』에 실려 있는 「파산수창시」는 사언(四言) 팔행(八行)을 지은이가 22명, 육언(六言) 사행(四行)을 지은이가 2명 모두 24명이다. 사언 팔행은 사언 사행(四行)의 시가 두개 모인 것으로 보는 것이 좋을 듯싶어서, 이 글에서는 사언 사행 시 두 수로 다루었다. 이렇게 보면 「파산수창시」는 원운(原韻) 두 수를 제외하고도 모두 46首가 된다. 모두 합하면 48首다. 한 장소, 한 詩에 대하여 이렇게 많은 인물이 수창(酬唱)했다는 점이 특별하다고 생각되었다.

지금까지 학계에서는 호남가단(湖南歌壇) 또는 영남가단(嶺南歌壇)을 설정하는 논의는 있었다. 또 호남시단이나 영남시단에 대한 논의도 있었던 것으로 생각한다. 그러나 15세기 기호가단(畿湖詩壇)에 대한 논의는 없었던 것으로 보인다.

본 논문에서는 「파산수창시」에 참가한 24명의 인물은 어떤 분들인가, 또 수창의 내용은 무엇인가를 세찰(細察)하여 「파산수창시」의 문학사적 의의를 알아보려고 한다.

이런 작업을 통하여 유학문학(儒學文學)에 대한 일반(一斑)을 규지(窺知)할 수 있지 않을까 가늠해 본다. 이 논문에서 인용하거나 참고한 모든 원전은 민족문화추진회(民族文化推進會)에서 인터넷에 실려 놓은 『한국문집총간(韓國文集叢刊)』과 그 번역본을 위주로 하였다.

② 본론

가. 참가 인물

「파산수창시」에 차운(次韻)을 붙인 인물은 나이순으로 열거해 보면 다음과 같다. 간략한 인물 소개로 출신지와 벼슬 학문의 연원(淵源)을 이미 알려진 대로 정리해 보았다.

1) 송세항(宋世珩 : 148? - 1553) - 태인(泰仁) 대사헌(大司憲), 호조(戶曹), 이조판서(吏曹判書)를 지냈다. 이황(李滉)과 함께 조광조(趙光祖) 신원(伸寃)을 꾀했으나 실패했다. 생년(生年)을 1480쯤으로 추정한 것은 형 송세림(宋世琳)이 1479년생임으로 1480년 이후가 될 것이기에 이렇게 추정해 보았다.

2) 신잠(申潛 : 1491 - 1554) - 현량과(賢良科)에 합격했으나 시묘사화(己卯士禍)로 파방(罷榜)되자 아차산 아래 은거했다. 신숙주(申叔周)의 증손자(曾孫子). 태인(泰仁), 상주(尙州) 목사(牧使)를 역임했다.

3) 성수침(成守琛 : 1493 - 1564) - 현량과에 합격했으나 기묘사화로 파방되자 벼슬길에 나아가지 않았다. 예산현감(禮山縣監) 등에 임명 되었으나 사직하고 벼슬길에 나아가지 않았다. 성리학자이며 시서화(詩書畵)에 모두 능하여 삼절(三絶)의 칭호를 들었다. 조광조의 문인록(門人錄)에 이름이 있다.21) 원운(原韻)을 지은 이다

4) 상진(尙震 : 1493 - 1564) 1519년 별시문과(別試文科) 병과(丙科)로 급제(及第), 형조(刑曹) 공조(工曹) 병조(兵曹) 이조(吏曹) 판서(判書)를 두루 역임하였다.

5) 송순(宋純 : 1493 - 1583) - 담양(潭陽)사람, 좌찬성(左贊成) 기묘사화 때 통분(痛忿)한 시가 전하고 있다.

6) 이문건(李文楗 : 1494 - 1567) - 조광조의 문인록(門人錄)에 이름이 있다. 성주(星州) 유배시(流配時) 사망(死亡)했다. 승문원(承文院) 판교(判校)를 지냈다.

7) 주세붕(周世鵬 : 1495 - 1554) - 함안(咸安) 칠원(漆原) 사람. 호조참판(戶曹參判) 황해도(黃海道) 관찰사(觀察使)를 지냈고 백운동서원(白雲洞書院)을 창건하였다.

8) 오겸(吳謙 : 1496 - 1582) - 담양부사(潭陽府使) 광주목사(光州牧使) 우의정(右議政), 송순(宋純)과 친분이 있다.

9) 임억령(林億齡 : 1496 - 1568) - 을사사화(乙巳士禍)와 관련 해남(海南)에 은거했다가 담양부사(潭陽府使), 강원도(江原道) 관찰사(觀察使)를 지냈다. 조광조의 문인인 박상(朴祥)에게 수학(修學)했다. 박상은 송순의

---

21) 趙光祖, 『靜菴先生續集』附錄 卷之五. 門生錄에 보면 成守琛, 李文楗, 趙昱, 洪奉世의 이름이 있다.

스승이기도 하다.

10) 성운(成運 : 1497 - 1579) - 을사사화와 관련 속리산(俗離山)에 은거했다. 성리학자로 조식(曹植) 서경덕(徐敬德) 이지함(李之菡) 등과 교유(交遊)했다.

11) 조욱(趙昱 : 1498 - 1557) - 조광조의 문인록에 이름이 있다. 벼슬을 사양하고 용문산(龍門山)에 은거 학문에 정진했다.

12) 홍봉세(洪奉世 : 1498 - 1575) - 조광조의 문인록에 이름이 있다. 춘천부사(春川府使) 여주목사(麗州牧使)를 지냈다.

13) 김홍윤(金弘胤 : 1499 - 1569) - 대사헌(大司憲) 경기관찰사(京畿觀察使)를 지냈다.

14) 이황(李滉 : 1501 - 1570) - 안동(安東) 사람 성리학자 성균관 대사성(大司成)을 지냈다. 조광조의 신원(伸寃)을 송세항(宋世珩)과 함께 꾀했다가 失敗했다.

15) 조식(曹植 : 1501 - 1572) - 덕산(德山)에서 학문에 정진하며 후학을 길렀다. 벼슬을 하지 않고 지리산(智異山)을 유람하기도 했다.

16) 이희안(李希顔 : 1504-1559) - 조식(曹植)과 교유하고 은거했다.

17) 성제원(成悌元 : 1506-1559) - 조식과 교유하고 대사헌을 지냈다.

18) 김인후(金麟厚 : 1510-1560) - 파주(坡州) 사람[22]. 성리학자로 조광조를 존경했다. 소쇄원(瀟灑園) 주인 양산보(梁山甫)의 사돈 홍문관(弘文館) 부수찬(副修撰)을 지냈다.

19) 송인(宋寅 : 1516 - 1584) 중종(中宗) 임금의 사위. 이황, 조식, 이민구(李敏求), 이이(李珥), 성운(成渾) 등과 교유했다.

20) 성윤(成倫) - 중종 때 문신(文臣)

21) 조준용(曹俊龍) - 미상(未詳)

22) 신호(申濩) - 1546년 증광문과(增廣文科) 병과(丙科)로 급제(及第)

23) 소암(素菴) - 미상

24) 일암(一菴) - 미상

---

22) 『新增東國輿地勝覽』卷十一 京畿 坡州牧條에 보면 人物條 끝에 金麟厚가 나온다.

이상의 열거한 인물들을 정리해 보면, 조광조를 존경하는 학자들인 것을 알 수 있다.

「파산(坡山)」이라는 시를 지어 수창을 구한 성수침은 조광조가 만든 과거제도인 현량과에 합격했으나 조광조가 제거당하는 기묘사화로 말미암아 파방(罷榜)된 학자다. 이런 사람이 수창을 구했으니 자연히 수창에 응한 사람들도 그런 성향을 가진 이들이었을 것이다.

송세형과 이황은 조광조의 신원(伸寃)을 꾀하다가 실패한 학자들이고, 신잠(申潛)은 성수침과 같은 처지로 현량과에 합격했으나 기묘사화로 말미암아 파방된 학자다. 성수침, 이문건, 조욱, 홍봉세는 조광조의 문인록에 이름이 적혀 있는 사람들이다. 임억령은 조광조의 문인인 박상에게 배웠다.

기묘사화 당시 세태를 묘사하며 울분을 달랬던 송순의 시를 제시(提示)한다.

暮思

日已西時月未東	해는 지고 달은 뜨지 않아
群星爭耀點長空	뭇별들이 반짝이는 저 하늘
山川氣色回沈沒	山川의 氣色은 갈아 앉았으니
誰識孤懷病此中	누가 알랴, 이 속에서 앓는 외로움

<『면앙집』 권1·6>

이 시에는 다음과 같은 주(註)가 달려 있다.

"기묘추(己卯秋) 사류다척사(士類多斥死) 이삭계병록차시(而朔啓並錄此詩) 승지최세절(承旨崔世節) 잉욕중상(仍欲中傷) 동료지지운(同僚止之云)"

이 말은 「모사(暮思)」시가 기묘사화 때 정서를 그린 시임을 설명해 주는 대목이다.

이렇게 보면 송순을 포함하여 24명 중 9명이 조광조를 존경하고 따랐던 사람임을 알 수 있다. 이런 사실(史實)을 통하여 기묘사화가 당시 인물들에게 벼슬길에 흥미를 잃게 하는 역사적 역할을 담당했던 사실을 볼 수 있다.

주세붕, 오겸, 임억령, 이황, 양산보는 송순과 친하게 지냈던 사람들이다.23) 김인후는 양산보와 사돈간이기에 이들은 모두 서로 사귀는 사이였을

---

23) 拙著, 『俛仰亭宋純研究』 pp.11 - 30 生涯 參照.

것으로 추정할 수 있다. 김인후의 딸이 양산보의 며느리다.

조식과 친하게 지냈던 학자들은 이희안과 성제원이다

이렇게 정리해 보면 성수침의 「파산시」에 수창한 사람들은 모두 조광조를 존경하던 일군의 학자들이었음을 알 수 있다.

장유는 그가 지은 「수창첩발(酬唱帖跋)」에서

"그러나 가령 퇴도(退陶) 이황(李滉)이나 남명(南溟) 조식(曺植)이나 하서(河西) 김인후(金麟厚)나 대곡(大谷) 성운(成運)이나 용문(龍門) 조욱(趙昱) 그리고 우리 선생처럼 세상에 가장 알려진 분들의 경우를 보면 대체로 모두 고상(高尙)하다고 할 수 있는데 어쩌다가 조금 여분(餘分)의 능력을 시험해 본 적은 있을지 몰라도 그 도는 제대로 행했다고는 말할 수 없을 것이다."라고 말했다.

장유는 이글에서 볼 수 있듯이 많은 수창자 중에서 유별히 리황, 조식, 금린후, 성운, 조욱을 들면서 이 분들이 세상에 나가 정치에 참여하여 도를 펴지 못한 것을 애석해 하고 있다.

이 장유의 「수창첩발」을 통해서 수창한 인물 중에 김육이 아니라 김인후가 바른 기록임을 확인할 수 있다.

성수침으로 보면 「파산수창시」의 작가 중에 리황, 조식, 금린후, 성운, 조욱 같은 학자들이 있다는 것이 영예일 수도 있을 것이다. 이렇게 해서 성수침은 스스로 자기 위상을 높였다고 보여진다.

어쨌거나 중요한 것은 「파산수창시」가 당대를 주름잡던 성리학자들에 의하여 지어진 점을 생각하면 조광조가 해를 입는 기묘사화의 산물(産物)이라고 할 수 있을 것이다.

나. 풍류와 여운

장유의 「수창첩발」에 「파산수창시」의 내용을 언급한 부분이 있다.

"삼가 읽어 보건대 그 당시 인물들이 얼마나 성대(盛大)했었는지를 상상할 수가 있는데 그 유풍(流風)과 여운(餘韻)에는 도저히 미칠 수 없다는 생각이 들기만 한다. 지금 세상에서 모든 글을 재정리하는 사업이 벌어진다면 이 시편(詩編)이야말로 어찌 우뚝 솟아 대동풍아지습(大東風雅之什)이 되지 않겠는가."[24]

---

24) 民族文化推進會譯, 『谿谷先生集』卷三 雜著條 「坡山唱酬詩帖跋」 參照

장유의 말을 통해서 「파산수창시」의 내용을 짐작해 보면 우선 '인물이 성대(盛大)함'을 지적해야겠다. 시의 내용을 말하는 자리에서 왜 '인물의 성대함'을 말하느냐 하는 질문이 있을 수 있을 것이다.

한시를 평가함에 있어서 서거정으로부터 내려오는 관습 중 하나는 작품보다 작품을 쓴 작가가 누구냐 하는 점에 더 초점을 두었다는 점이다. 서거정에 의하면 시는 볼 것도 없이 누가 지었느냐 하는 것만 알면 평가가 나온다고 했다. 임금님의 시가 무조건 제일 좋고, 다음으로 사대부가 임금님과 마주하여 지은 응제시(應製詩)가 좋고, 다음으로 벼슬한 선비의 시, 다음으로 벼슬하지 못한 선비의 시, 제일 나쁜 시는 스님들의 시라고 했다.[25]

이와 같이 작품 평가 방식에서 장유도 수창에 참여한 인물들이 성대하다고 한 것이다. '인물의 성대함'이란 바로 「파산수창시」가 좋은 작품이라는 뜻이다.

다음으로 수창시에 대한 평가의 말로 '풍류(風流)'와 '여운(餘韻)'을 말하고 있다. 「파산수창시」에는 '풍류'도 있고 '여운'도 있다는 말이다. 「파산수창시」의 내용은 군자(君子)들이 풍류를 즐기고, 여유로운 삶을 노래한 것이라는 평가다.

坡山

坡山之下	坡山 아래는
可以休沐	휴가 얻어 목욕을 할만도 하네
古澗淸泠	오래된 澗水가 조용하고 차가워
我纓斯濯	나의 갓끈 여기서 씻으려 하네
飮之食之	여기서 마시고 여기서 먹으니
無喜無憂	기쁨도 없고 근심도 없네
奧乎玆山	깊숙한 이 산에서
孰從我遊.	그 누가 나를 따라 노닐 것인가

<청송선생집 권1>

이 시는 성수침이 수창시를 구한, 제일 먼저 지어진 시다. 23명의 인물들이 모두 이 시에 똑 같은 운을 밟아가며 사언으로 팔행을 지어 수창하

---

25) 拙著, 『徐居正詩文學硏究』 開門社, 1985. pp.59 - 59 參照

고 있다. 상진과 리희안만 육언 사행으로 지었으나 운자는 원운의 운자(韻字)를 정확하게 지키고 있다.

무엇보다도 이 시를 읽을 때에 성리학자 성수침의 작품이라는 점을 잊지 말아야 할 것이다. 따라서 "그 누가 나를 따라 노닐 것인가."라는 끝 구절(句節)은 수창을 구하는 뜻도 있겠지마는 함께 도를 즐기자는 의미로 해석해야 할 것이다. 함께 도를 즐기자는 말은 성리학적인 삶을 살자는 말이다. 앞으로 누구의 수창시를 읽든지 성리학에 대한 사상을 바탕에 깔고 잇다는 점을 간과하지 말아야 할 것이다.

얼핏 보기에는 풍류를 즐기고 여운을 노래한 것 같지만 이런 여유로움과 풍류로움에 감추어진 도학에 대한 즐김이 「파산수창시」 속에 녹아 있음을 읽어 내야 한다.

"여기서 먹고 마시니 기쁨도 없고 근심도 없다."는 말이 바로 도의 경지임을 말한 것이다. 기쁨이 없는 상태가 바로 "낙이불음(樂而不淫)"의 경지이다.

이 시의 내용은 장유의 지적대로 '풍류'와 '여운'이 드러난다. "파산 아래서 휴가를 언어 목욕을 할만도 하다."는 말이 삶의 여운이며, "오래된 냇물이 조용하고 차가워서 갓끈을 씻을 만하다."는 생각이 풍류가 아닐까. "여기서 마시고 여기서 먹으니 기쁨도 없고 근심도 없다."는 말이 삶을 즐기는 무욕의 경지, 풍류일 수 있고 마음의 여유일 수도 있다. 처음 수창을 구하는 시가 이렇듯이 풍류와 여운이 있으니 이 시와 수창한 시들이야 당연히 이런 시상이 강할 것이다.

24명 중 제일 연장인 송세형의 시를 읽어 먼저 본다.

蒼髥26)繞堂	소나무가 집을 둘러쌌는데
雨露攸沐	비와 이슬로 목욕을 한 듯
嗟彼牛山	아! 저 牛山이여
胡然濯濯	멀리 크기도 크구나
管楷已去	영예와 욕됨이 이미 갔으니
貧亦忘憂	가난 하나 또한 근심을 잊노라
夢接唐虞	꿈은 아득한 옛날같으니

---

26) 蒼髥은 소나무의 별칭으로 사용된 어휘라는 『大漢和辭典』의 풀이가 있다.

堯舜與遊　　堯舜과 더불어 노니는 듯
<청송선생집 권1>

　이 시의 첫 수에서 "소나무가 비와 이슬로 목욕을 한 듯하다."는 말이나
"牛山이 멀리 보이지만 크게 보인다."는 말은 성수침의 삶이 그렇게 여운
이 있고 위대해 보인다는 찬사로 보는 것이 좋을 것 같다.
　둘째 수에서 영예와 욕됨이 없어 근심이 없는 삶, 이것이 바로 풍류로움
이 아니겠는가? 세상 즐거운 삶이 무엇이 있겠는가? 근심 없는 삶이 최고
의 풍류라는 생각이 든다. 더구나 이 시의 끝에서 요순(堯舜)의 태평성세
(太平盛世)를 말했다. 여운과 풍류가 어우러진 삶을 요순시대의 태평성세
라고 한 것이다.
　다음에는 신잠의 수창시다.

誰讀盤銘　누가 湯임금의 盤銘을 읽고
而浴而沐　머리 감고 몸 씻었나
坡山之翁　坡山의 늙은이
其心之濯　그 마음을 씻었네

斯人不見　그 분 못 보면
我懷其憂　나에겐 근심
解佩言歸　벼슬살이 노여나
與子優遊　그대와 함께 노니리
<청송선생집 권1>

　이 시 첫 수에서는 머리 감고 몸 씻는 것을 탕(湯)임금의 '반명(盤銘)'
고사(故事)를 들어 말하였다. "일일신우일신(日日新又日新)"이라고 하여
날마다 새로워지려면 『논어(論語)』의 말 대로 "일일삼성(一日三省)"해야
할 것이다. 성수침의 유학에 대한 정진을 칭찬한 시다.
　첫 수에서 이렇게 성수침의 도학이 높은 경지임을 말하고 둘째 수에서
는 그런 분과 함께 해서 그의 도학을 본받지 못함을 애석해 하고 있다. 나
이로 보면 두 살이 위이지만 도학으로 보면 더 높은 경지임을 말하여 파
산 주인의 수창에 답하고 있다.

다음에는 시 형식이 좀 다른 두 수 중에서 한 수인 상진의 수창시를 읽는다. 모든 수창시가 사언 팔행인데 상진과 리희안만 육언 사행을 지었다.

> 身可浴髮可沐　몸은 씻을 만하고 머리도 감을 만해
> 惟此心鮮能濯　오직 이 마음으로 곱게 씻으리
> 坡之翁爲是憂　坡山 주인 이 근심 위하여
> 遯于山得天遊　이 산에 숨어서 하늘나라에 노니리
>
> <청송선생집 권1>

수창하는 원운(原韻)이 사언 사행 두 수인 것을, 육언 사행시로 지었다. 압운(押韻) 4글자 목(沐), 탁(濯), 우(憂), 유(遊)를 모두 그대로 사용하였다. 이 시를 삼언 팔행으로 바꿀 수도 있다.

> 身可浴　몸은 씻을 만하고
> 髮可沐　머리도 감을 만해
> 惟此心　오직 이 마음으로
> 鮮能濯　곱게 씻으리
> 坡之翁　坡山 주인
> 爲是憂　이 근심 위하여
> 遯于山　이 산에 숨어서
> 得天遊　하늘나라에 노니리

이런 삼언가(三言歌)는 송순에게도 「면앙정삼언가」[27)라는 노래가 있다. 이런 것을 보면 노래로 부르는 한시는 사언, 삼언이 있음을 알 수 있다.

다음으로 성리학자인 성운, 조욱, 이황, 조식, 김인후의 시를 차례로 읽어 본다.

> 世皆垢汚　세상은 대개 때 묻어 더러운데
> 誰浴且沐　누가 깨끗이 씻었다 하는가
> 乃如之人　이에 이 같은 분
> 江漢以濯　강물로 씻었구려

---

27) 俛有地/仰有天/亭其中/興浩然/招風月/挹山川/扶藜杖/送百年 『俛仰集』 卷三・30.

道勝而肥	道가 높으니 마음이 풍성하고
樂以忘憂	즐기니 근심을 잊네
夢成于思	꿈에도 생각을 이루니
鄒魯其遊	공자님과 노니는구려

<청송선생집 권1>

위의 시는 대곡 성운이 수창한 시다. 파평산 아래에 우계가 흐르는데 몸을 씻는다는 강한(江漢)은 바로 우계를 말하는 것 같다. 여기서 닦는 도는 물론 유학이고 공자님의 도다. "꿈에도 생각을 이루어 공자님과 노닌다."는 구절은 파산 주인의 성리학이 깊음을 말한 대목이다. 역시 도학자의 수창이래서 공자님의 도를 말했다.

이 시에서도 풍류와 여운이 배어나는 것은 마찬가지다. 첫째 수에서 세상은 때가 묻어 더럽지만 파산 아래 우계에서 깨끗이 씻은 성수침이야말로 훌륭하다는 칭송을 통해서 성수침의 풍류와 여운을 말했다. 또 둘째 수에서 "도가 높으니 마음이 풍성하고, 즐기니 근심을 잊는다."는 구절이 성리학자의 풍류와 여운이 아니겠는가.

이와 같이 성운은 성리학자의 목소리로 선비의 풍류와 여운을 말하고 있다.

다음은 조욱의 수창시다.

坡山之松	坡山의 소나무는
色如膏沐	빛깔이 머릿기름 바른 듯하고
龍門之水	龍門山 흐르는 물은
可飮可濯	마실 만하고 씻을 만하네
子有其樂	그대엔 그만한 즐거움 있고
我無其憂	나에겐 그만한 걱정이 없네
東西雖隔	동쪽과 서쪽으로 떨어져 있어도
願同斯遊	원하노라, 이런 놀이 함께 하기를

<조남권역, 조용문선생집 p. 511.>

소나무가 잘 자랐다는 말은 선비의 지조와 절조를 칭송한 대목이라고 본다. 이는 성수침과 조욱의 인간적인 신뢰와 학문적인 교유를 말하는 것

이다. 여기서 우리는 이만큼 서로 깊은 사상적 동료의식을 볼 수 있다.

조욱은 은근히 자기가 있는 용문산도 이에 못지않다고 자랑하는 것 같다. 이는 그 경치나 자연 경관을 말한다기보다 학문의 경지를 상징적으로 비교한 것으로 보는 것이 좋을 것이다.

"용문산 흐르는 물은, 마실 만하고 씻을 만하네."라고 말하면서 "동쪽과 서쪽으로 떨어져 있어도, 원하노라, 이런 놀이 함께 하기를."이라고 말한 것은 파산이나 용문산의 학문적 수준을 은근히 빗대어 보는 것 같다.

이와 같은 겨루기가 당신 성리학자의 풍류이며 여운이 아니겠는가. 시대적인 비운(悲運)을 극복하고 도학으로 여유롭게 사귀면서 자연을 즐기는 것이 풍류와 여운이 아니고 무엇이겠는가. 새삼 장유의 「부수창첩발」이 혜안(慧眼)인 것을 알 수 있다.

다음은 이황의 수창시다. 이황의 수창시도 조남권(趙南權)이 번역한 『조용문선생집』을 인용한다.

> 髮之求解　머리털이 풀리길 구하려거든
> 毋漆以沐　옻칠로 머리 감지 말아야 하리
> 山之郊國　산이 나라의 郊外에 있으면
> 乃成濯濯　이에 민둥산이 되고 만다네
>
> 眷彼碩人　보아하니 저 碩人이
> 離索是憂　쓸쓸히 혼자 삶이 걱정이로세
> 結蘭延佇　난초를 매어 차고 기다리면서
> 思與同遊　더불어 함께 놀길 생각하노라
>
> <조남권역, 조용문선생집 pp. 512 - 513.>

이 시에서 첫수 첫구절이 이해하기 어렵다 고사래서 그렇다. 『조용문선생집』을 번역한 조남권의 주석에 의하면 자유를 가지려면 벼슬을 하지 말아야 한다는 말로, 송(宋)나라 진구(秦觀)의 말을 인용하였다.[28]

이황은 좀 다르게 성수침을 말하고 있다. 벼슬을 하지 않으려면 머리를 옻칠로 감지 말아야 한다는 말을 하면서 즉, 자유스러워지려면 벼슬을 하

---

28) 趙南權, 『趙龍門先生集』, 太學社, 1997. p.512.

지 말아야 한다고 하면서 파산이 서울에서 그리 멀지 않으니 산에 나무가 남아나지 않는다고 했다. 곧 서울 사람들이 나무를 다 베어 가서 민둥산이 되는 것처럼 벼슬을 하지 않으려면 옷칠로 머리를 감지 말아야 한다고 했다. 성수침의 행동이 은근히 벼슬을 구하는 뜻이 있음을 지적한 듯하다.

둘째 수에서도 난초를 매어 차고 기다리면서 즉 친구를 기다리면서 쓸 쓸히 혼자 사는 걸 추구한다고도 했다.

아마도 이렇게 성수침의 의중을 찌름으로써 서로 껄껄 웃으며 풍류와 여운을 누렸을 것 같다. 이런 자세, 이런 풍자가 바로 풍류와 여운이라는 생각이 든다.

이 시를 기록한 뒤에 다음과 같은 기록이 있다. "을묘중춘화조퇴계이선 생황(乙卯仲春花朝退溪李先生滉)" 이 기록을 보면 이 수창시는 1555년에 지었다는 것을 알 수 있다. 이렇게 창작의 年代가 기록된 시가 두 군데 있 는데 그 하나는 조욱의 경우다. 조욱의 경우부터 살펴보면 조남권이 번역한 『조용문선생집』에 보면 「답청송서(答成聽松書)」라는 편지글이 보이는데 이 편지 말미에 이런 기록이 있다. "그런데 안부를 물어 주시고, 또 저의 작품을 구하시오니, 평소 생각하여 주심에 깊이 감사하옵니다."[29]라고 하였 고, 이 편지는 "을묘 9월 26일"이라 되어 있으니 1555년 9월 26일이다. 이 황의 수창시 끝의 연대 기록과 『조용문선생집』의 기록을 종합해 보면 성수 침은 1555년 봄 전에 수창시를 구하여 이황은 중춘에 조욱은 9월에 답으로 수창시를 보냈던 사정을 알 수 있다. 이렇게 보면 이 46수의 방대한 양의 수창시가 어떻게 탄생했는지 그 사연을 짐작할 수 있을 것 같다.

또 『청송선생집』에 "이하후제(以下後題). 개종자서(皆從自書)"라고 한 자서의 의미가 바로 이렇게 편지로 보내온 수창시를 의미하는 것임도 알 수 있다. 그러니까 46편의 수창시는 수창한 인물들이 한 자리에 모여 풍류 를 즐기면서 같은 때에 수창한 것이 아니라 몇 년의 시간을 두고 성수침 의 편지로 한 요구에 의하여 답으로 수창시를 저마다 지어 보내왔던 것임 을 알 수 있다.

이런 사정을 알 수 있는 또 하나의 기록은 김인후의 수창시 말미에 보 이는 연대 기록이다. "가정무오5월상순후일서김인후(嘉靖戊午五月上旬

---

29) 趙南權, 『趙龍門先生集』, 太學社, 1997. p.515.

後日河西金麟厚)"30) 이 기록에서 가정 무오 5월은 1558년 5월이다. 155
년부터 적어도 1558년까지 3년간은 파산수창시가 지어졌다는 사실을 알
수 있다. 김인후는 1510년생이니까 48세 때에 지은 것임을 알 수 있다.

다음에는 조식의 시를 읽어 본다. 이 수창시도 조남권이 번역한 것을 그
대로 옮겨 놓고 읽는다.

> 馬之島海　　馬山의 海島는
> 老人之角　　노인의 휴식처이고
> 坡之江水　　파주의 강물은
> 織兒之濯　　베짜는 아이의 빨래터이네
>
> 之子之遠　　이 사람 멀리 감은
> 而道之憂　　道의 걱정이 되네
> 曷之覯乎　　어찌하면 만나리오
> 要之夢遊　　요컨대, 꿈에서나 노닐게 되리
>
> <조남권역, 조용문선생집 p. 513.>

「파산수창시」는 원운(原韻)부터 입성(入聲) 압운(押韻)을 했다. 이에
대하여 조식은 다음과 같은 주석을 달았다. "입성으로 산압(散押) 한 것은
옛 방법이 아니다. 외람되이 고친다.31) 고 했다. 원운에 "목(沐)"자를 "각
(角)"자로 바꾸었다는 설명이다. 입성 압운은 본래부터 정격이 아니니까
바꾸었다는 말이다.

조식이 사는 데가 마도에 접해 있었던 것 같다. 마도는 남쪽 끝이었다고
생각이 된다.32) 지금 마산의 섬들을 말하는 것인지는 알 수 없으나, 지리
산 자락 덕산(德山)에서 후진을 양성하신 흔적을 보면 아마도 파산보다는
남쪽 끝에 살고 있다는 말을 한 것이 아닌가 생각된다.

이 수창시의 끝에는 또 다음과 같은 말이 기록되어 있다. "화신학사봉상
(和申學士奉上) 중옥장(仲玉丈)" 이 말은 신학사(申學士)가 성중옥(成仲

---

30) 成守琛, 『聽松先生集』 卷一 詩條 參照.
31) 成守琛, 『聽松先生集』 卷一 詩條 "入聲散押非古也。叨竊改焉"
32) 成守琛, 『聽松先生集』 卷一 詩條 "居接馬島。故云南極"

玉)어른에게 올린 시에 화답(和答)한 시라는 듯이다. 신잠이 수창한 시를 보면 자신은 나이로 보면 두 살이 위이지만 도학으로 보면 더 높은 경지임을 말하여 파산 주인의 수창에 답하고 있다. 특히 다음 구절에서는 함께 살고 싶은 심정을 그렸다.

斯人不見	그 분 못 보면
我懷其憂	나에겐 근심
解佩言歸	벼슬살이 노여나
與子優遊	그대와 함께 노니리

이처럼 조식도 둘째 수에서 멀리 떨어져 함께 있지는 못하지만 꿈속에서라도 함께 하기를 말하고 있다. 신학사(申學士)의 시에 화답했다는 말이 바로 둘째 수가 신잠의 시상과 같음을 말한 것이다.

끝으로 김인후의 수창시를 읽는다.

坡江之源	坡江의 근원은
而可沐斯	목욕을 할 만하며
坡江之流	坡江의 흐름은
而可濯斯	씻을 만도 하리라

翛然獨樂	날듯이 혼자서 즐겨
與世同憂	俗世와 걱정을 함께 할손가
卒歲逍遙	老年을 마치도록 逍遙하면서
優哉遊哉	悠悠히 自適하시리

<조남권역, 조용문선생집 pp. 513 - 514>

조남권이 번역한 『조용문선생집』에는 김육의 시로 되어 있다. 그러나 장유의 「부수창첩발」에는 김인후의 시로 되어 있다. 다구나 김육은 1580년에 태어나 1658년에 세상을 떠난 분이다. 「파산수창시」가 지어진 시기는 1555년부터 1558년 사이를 중심으로 한 시기다. 시대적으로 너무나 거리가 멀다. 김인후는 1510년에 태어나서 1560년에 돌아갔다. 「파산수창시」가 한창 지어진 시기에 김인후는 45세에서 48세쯤이었다. 따라서 이 작품은

김인후의 수창시로 보는 것이 타당하다고 생각한다. 더구나 이 수창시에 참여한 분들이 모두 조광조를 존경하고 따르던 분들임을 고려하면 더욱 김인후의 작품임이 확실하다고 할 수 있다.

"파강의 흐름이 씻을 만도 하다."는 표현과 "노년을 마치도록 소요하면서 유유자적한다."는 표현은 바로 「파산수창시」의 주제인 풍류와 여운을 말한 것이라고 볼 수 있을 것이다.

다. 장유의 발문(跋文)

장유의 발문은 두 문집에 전한다. 『청송선생집』 권일(卷一)에 「부수창첩 발」이라는 제목으로 실려 있고, 또 하나는 『계곡선생집』 권삼(卷三) 잡저 조(雜著條)에 실려 있다.33) 먼저 기록이 다른 부분을 정리했다. 기본이 되는 기록은 『청송선생집』에 실려 있는 것을 기준으로 했다. 이 논문에 실려 있는 「부수창첩발」은 『청송선생집』에 실려 있는 것이다.

「附酬唱帖跋」

右聽松成先生坡山四言詩一章八句竝諸賢酬和詩摠若干篇。其章句韻悉如之。眞跡粲然。萃爲一編。先生之孫洗馬丈携以見示。因命維識諸簡末。竊觀先生道學之淵源。風操之淸高。自足以師範後學。照映今古。文藻筆翰之妙。特餘事耳。一時諸賢酬和之作。雖其摛詞造語。各運機衡。而旨趣要歸。則無二致。伏而讀之。想見當時人物之盛。其流風餘韻。邈然不可企及。卽世有刪修之擧。是編也豈不卓然爲大東風雅之什乎。末學顓蒙。獲與寓目。庸非生平大幸哉。抑維因此竊有感焉。君子之道。或出或處。惟其時義。要之山林非所欲也。然自三代以來。道德之士。能得其時行其志者。十無一二。而潛光陸沈。隱居而求志者。①斑斑見也。豈斯道也果不宜於斯世。而隆古之化。不可復見耶。試以是編所載諸君子觀之。其中②或有出爲世用。功名著於竹帛者矣。卽其最名世如退陶, 南冥, 河西, 大谷, 龍門暨吾先生。大略皆高尙者也。雖或略試緖餘。然謂之能行其道則未也。在諸先生。雖不改③葹遯

---

33) 民族文化推進會 minchu.or.kr 인터넷 홈페이지 文集叢刊에 실려 있는 글을 참고 하면서 韓國文集叢刊 複寫本 冊子도 對照했는데 錯誤를 발견하지 못했음.

之樂。而斯世斯民。一何無福之甚也。抑諸先生雖不遇。然未④<u>下</u>於叔
季也而猶若是。況世愈下而道愈否。則君子之處斯世也。何怪乎所遭者
益不幸而可悲也。嗚呼戚矣。此未可與俗人道也。後學德水張維。謹
跋。聽松先生集卷一34)

번호	『聽松先生集』	『谿谷先生集』	비 고
①	斑斑	斑斑	斑斑은 선명하고 뚜렷한 모양 얼룩얼룩한 모양을 나타냄
②	或	固	
③	蒎	肥	肥遯은 숨어버린다는 뜻
④	下	至	

파산 창수시첩 발문[坡山唱酬詩帖跋]

이것은 청송(聽松 성수침(成守琛)) 성 선생(成先生)의 파산(坡山)이라
는 ㉮<u>사언시(四言詩) 1장(章) 8구(句)</u>와 제현(諸賢)이 화답한 시 약간 편
을 합친 것이다. ㉯<u>장구(章句)의 운(韻)이 모두 똑같은 가운데 진적(眞蹟)
이 찬연하기만 한데 한 편(篇)으로 모아 엮은 것을 선생의 손자인 세마장
(洗馬丈)이 가지고 와 보여 주면서 나에게 끝에다 한마디 말을 덧붙이라
고 명하였다.</u>
그윽이 살펴보건대, 선생은 도학(道學)의 경지가 심원하고 절조(節操)가
드높아 본디 후학의 사범(師範)이 되기에 족하신 분으로서 오늘날까지 빛
을 발하고 계시니 ㉰<u>그 오묘한 문조(文藻)나 필한(筆翰) 같은 것은 단지
여사(餘事)일 따름이라고 하겠다.</u> 그리고 당시 제현(諸賢)이 화답한 작품
들을 보건대, 수식하고 표현한 면에서는 각자 다르게 특성을 발휘하고 있다
하더라도 ㉱<u>그 취지(趣旨)와 귀결점은 서로 다른 점이 없다고 할 것이다.</u>
삼가 읽어 보건대 ㉲<u>그 당시 인물들이 얼마나 성대(盛大)했었는지를 상
상할 수가 있는데 그 유풍(流風)과 여운(餘韻)에는 도저히 미칠 수 없다</u>

---

34) 民族文化推進會, minchu.or.kr에서 韓國文集叢刊 參考

는 생각이 들기만 한다. 지금 세상에서 모든 글을 재정리하는 사업이 벌어
진다면 이 시편(詩編)이야말로 어찌 우뚝 솟아 대동풍아지습(大東風雅之
什)이 되지 않겠는가. 그런데 어리석기 짝이 없는 말학(末學)이 눈으로 볼
수가 있게 되었으니 이 어찌 내 평생에 있어서 큰 행운이라고 해야 하지
않겠는가.

그러나 한편으로 나는 이와 관련하여 느껴지는 점이 있다. 군자가 취해
야 할 도리로 볼 때에는 조정에 나아가거나 집안에 머물러 있거나 간에
오직 그때의 의리에 따르기만 하면 될 뿐이나, 요컨대 산림(山林)에 처하
는 것은 본래 원하는 바가 아니다. 그런데 삼대(三代 하(夏)ㆍ은(殷)ㆍ주
(周)) 이래로 도(道)와 덕(德)을 지닌 인사들 가운데 시대를 잘 만나 자기
의 뜻을 제대로 펼친 자는 열에 하나나 둘도 없고, 그 반면에 빛을 숨기고
깊이 파묻힌 채 은거하며 뜻을 구한 경우를 ①즐비하게 볼 수가 있다. 어
쩌면 이 도라는 것이 실제로 이런 세상에는 적합하지 않은 것이라서 상고
시대(上古時代)와 같은 교화는 다시 볼 수가 없게 된 것인가.

시험삼아 이 시편에 수록된 여러 군자들의 경우를 보더라도 그렇다. 그
중에는 ②물론 출세하여 세상의 쓰임이 되고 그 공명(功名)이 죽백(竹帛)
에 기록된 자도 있기는 하다. 그러나 가령 퇴도(退陶 이황(李滉))나 남명
(南溟 조식(曺植))이나 하서(河西 김인후(金麟厚))나 대곡(大谷 성운(成
運))이나 용문(龍門 조욱(趙昱)) 그리고 ㉮우리 선생처럼 세상에 가장 알
려진 분들의 경우를 보면 대체로 모두 고상(高尙)하다고 할 수 있는데 어
쩌다가 조금 여분(餘分)의 능력을 시험해 본 적은 있을지 몰라도 그 도는
제대로 행했다고는 말할 수 없을 것이다. 여러 선생님의 입장에서야 ③고
고하게 숨어 사는 즐거움을 바꾸고 싶어하지 않았을지라도 이 시대 이 백
성들의 입장에서 보면 어찌 그렇게도 복을 받지 못하게 되었단 말인가.

그리고 생각해 보면 여러 선생들이 비록 시대를 잘못 만났다 하더라도
④그 시대가 말세(末世)였다고까지는 말할 수가 없는데 그럼에도 불구하고
이런 식이 되고 말았다. 그러니 하물며 세상이 더욱 내려가 도가 더욱 비
색(否塞)된다면, 이 세상에 처하는 군자들이 더욱 불행한 시대 상황을 만
나 비통스럽게 된다고 해서 이상할 것이 뭐가 있겠는가. 아, 슬프다. 이것
은 속인(俗人)들과 말할 수 없는 성격의 일이라고 하겠다.35)

이 발문을 논의함에 있어 편의상 ㉮에서 ㉺까지 기호를 매겼다.

㉮ "사언시(四言詩) 1장(章) 8구(句)"

㉮ 문장에서 보면 「파산수창시」의 시형식에 대한 장유의 의견임을 알 수 있다. 장유는 한 수의 시로 보고 사언 8구라고 했다. 그러나 조욱은 조남권이 번역한 『조용문선생집』에서 시의 제목으로 쓰기를 "「차파산사언시이수」"라고 차운시의 제목을 쓰고 있다. 이를 정리해 보면 원운을 지은 성수침은 「파산」이라고 시의 제목을 붙이고, 조욱은 「차파산사언시이수」라고 제목을 붙이고 장유는 사언시(四言詩) 1장(章) 8구(句)라고 했다. 필자는 사언시 두 수로 보아 조욱의 의견을 따랐다.

㉯ "장구(章句)의 운(韻)이 모두 똑같은 가운데 진적(眞蹟)이 찬연하기만 한데 한 편(篇)으로 모아 엮은 것을 선생의 손자인 세마장(洗馬丈)이 가지고 와 보여 주면서 나에게 끝에다 한마디 말을 덧붙이라고 명하였다."

㉯에서 보면 진적이 찬연하다고 하여 장유는 각 수창한 분들의 자필 시고를 보았던 것 같다. 또 이 시권은 각 수창한 분들의 자필 시고를 그대로 엮어 만든 것으로 짐작할 수 있다. 장유에게 발문을 부탁한 사람이 성수침의 손자임도 알 수 있다. 장유는 1587에서 1638년까지 살았던 분이다. 이 수창시들이 만들어진 시기를 1555년에서 1558년이라고 본다면 약 6,70년 사이가 뜨지 않을까 짐작해 본다. 이는 한 세대를 30년으로 볼 때 손자 대까지 6,70년의 사이가 뜨는 것이 타당하게 보이기도 한다. 그러면 장유의 이 발문은 1600년대 초에 지어진 것으로 추정할 수 있다고 본다.

㉰ "그 오묘한 문조(文藻)나 필한(筆翰) 같은 것은 단지 여사(餘事)일 따름이라고 하겠다."

㉰의 구절을 통해서 우리는 당신 장유의 시문학관을 엿볼 수 있다. 단지 여사(餘事)일 따름이라고 말하는 시문학관은 유학적인 시문학관이다. 유학에서는 시문을 다만 여기(餘技)로 보고 있기 때문이다.

㉱ "그 취지(趣旨)와 귀결점은 서로 다른 점이 없다고 할 것이다."

㉱에서는 모든 수창시가 같은 주제라고 말한 부분이다. 유학자의 풍류와 여운을 시로 표현했다고 보면 좋을 것이다.

㉲ "그 당시 인물들이 얼마나 성대(盛大)했었는지를 상상할 수가 있는데

---

35) 民族文化推進會, minchu.or.kr에서 飜譯事業 參考

그 유풍(流風)과 여운(餘韻)에는 도저히 미칠 수 없다는 생각이 들기만 한다. 지금 세상에서 모든 글을 재정리하는 사업이 벌어진다면 이 시편(詩編)이야말로 어찌 우뚝 솟아 대동풍아지습(大東風雅之什)이 되지 않겠는가."

㉤ 부분도 유학적인 시문학관을 피력한 부분이다. 곧 인물 중심의 작품 평가, 시인의 身分을 보고 그의 작품의 가치를 논하는 유학적인 작품관을 쓴 것이다. 이에 대해서는 앞서 논의 한 바 있다.

㉥ "우리 선생처럼 세상에 가장 알려진 분들의 경우를 보면 대체로 모두 고상(高尙)하다고 할 수 있는데 어쩌다가 조금 여분(餘分)의 능력을 시험해 본 적은 있을지 몰라도 그 도는 제대로 행했다고는 말할 수 없을 것이다. 여러 선생님의 입장에서야 ③고고하게 숨어 사는 즐거움을 바꾸고 싶어하지 않았을지라도 이 시대 이 백성들의 입장에서 보면 어찌 그렇게도 복을 받지 못하게 되었단 말인가."

㉦ 이 부분이 말하기 어려운 민감한 정치적인 부분을 말한 것이다. 이 수창시가 나온 시대적인 배경을 암시하면서 장유의 의견을 썼다. "어쩌다가 조금 여분(餘分)의 능력을 시험해 본 적"이라고 말한 것은 수창을 한 인물들이 더러는 현실 정치에 참여하여 벼슬살이를 한 분도 있고, 일부는 벼슬길에 나아갔다가 다시 초야(草野)로 들어 온 분들이고, 대다수는 처음부터 벼슬길에 뜻을 버린 분들이다. 이런 일들을 장유는 애석해 한다. "선생님의 입장에서야 ③고고하게 숨어 사는 즐거움을 바꾸고 싶어하지 않았을지라도 이 시대 이 백성들의 입장에서 보면 어찌 그렇게도 복을 받지 못하게 되었단 말인가."라고 하여 벼슬길에 나오지 않고 초야에 묻혀 산 것은 그 자신으로 볼 때에는 그럴만한 일이지마는 그 당시 백성들에게는 크나큰 손실이라고 말한다. 이는 훌륭한 인재가 초야에 묻힌 것에 대한 장유의 애석해하는 심정을 그린 것이다.

이렇게 하여 장유의 발문은 수창시가 지어지고 약 6,70년 뒤에 당신 인물들이 좀더 백성을 위하여 벼슬길에 나왔더라면 하는 아쉬움을 말하고 있다. 그러나 당시 사정으로 보면 벼슬길에 잘못 나왔다가는 목숨을 부지하지 못할 일이니 어쩌겠는가?

③ 결론

성수침의 「파산시」와 이에 수창한 학자 23명의 「파산수창시」를 살펴보았다. 「파산수창시」의 형식에 있어 조욱은 四言 4句 두 首로 보았고 장유는 사언(四言) 8구(句) 한 수(首)로 보았다. 논자는 조욱의 경우를 가지고 이 논문을 작성했다.

이 시는 성리학자들에 의하여 만들어진 것이다. 기묘사화로 조광조의 세력이 꺾이면서 초야로 숨어버린 성리학자들의 손에 만들어진 시다. 몇 명의 신분 미상이 있기는 하지만 대체로 당시를 주름잡던 성리학자들이 주축을 이루고 있다.

「파산시」와 「파산수창시」는 내용이 대체로 유학적인 풍류와 여운을 사언시로 지은 것이다. 도학의 이상적인 즐김을 표현했다고 보았다. 더러는 비교를 하고 더러는 부러워했지만, 유유자적 즐김을 부러워하고 비교해 본 것이 아니라 도학의 경지를 비교하고 부러워한 것으로 보았다.

따라서 한국 시문학사에서 같은 제목 같은 장소를 가진 16세기 유학자들의 수창시를 대할 수 있었다는 것이 커다란 수확이라는 생각이 든다. 물론 창작의 태도가 한 자리에 모여 같은 때에 동일하게 지은 것은 아니고 여러 해를 두고, 적어도 3년은 확인된 바 있다(1555 - 1558), 모두 24명이 참가했다는 사실이 너무나 성대하다.

조욱의 『조용문선생집』에 실려 있는 편지를 통해서 이 수창시의 탄생 경위를 알 수 있었다. 1555년 봄 전에 성수침은 「파산시」를 지어 여러 도학자들에게 수창을 求하는 편지를 보냈던 것 같고, 1558년에 지은 김인후의 수창시가 제일 늦게 지어졌다고 생각해 보았다.

장유의 「부수창첩발」을 세찰해서 『파산수창시첩』의 탄생 경위가 성수침의 손자에 의해서임을 알 수 있었고, 수창시의 내용이 풍류와 여운임도 알았다. 이 발문에서 장유는 성수침과 수창에 참여한 여러 성리학자들이 정치에 참여 하지 않은 사실에 대해 아쉬움을 나타냈음을 보았다. 이는 기묘사화로 발생한 하나의 비극 때문이었음도 알았다.

1555년부터 성수침의 「파산시」는 23명 인물들의 수창시를 탄생시켰고, 그 6,70년 후 이 수창시 들을 모아 시첩을 만들어서 장유에게 부탁하여 발문을 받아 지금에 전하고 있음을 살펴보았다.

2. 침잠과 달관

한시에서 제일 차원 높은 것이 침잠과 달관의 시다. 여기서는 서거정과 성간의 시를 보려고 한다. 김종직의 시는 그 기법이 뛰어나기로 따로 거론한다.

서거정은 자신의 시를 지을 때의 상황을 고백한 기록이 있다.

> 내가 병중에 한적하게 있을 때 술을 마실 수도 없고, 눈이 어두워서 또 책을 읽을 수도 없어 종일 단정히 앉아 홀로 읊되 입으로 읊조릴 뿐이었다. 종이에 적어 놓지 않은 것이 절반이었다. 하루에 짓는 것이 3,4수요 혹 6,7수 또 10수를 넘는 수도 있었으나, 내 실력을 발휘할 수 없어 안타깝게 여기는 것은 아니었고, 이것으로 기분을 풀 수 없는 것도 아니었다. 또한 시가 다급하게 지어져서 거짓으로 꾸며지지 않았으니, 후세에 전할 것이 못됨을 알지만 오직 한두 구절은 후세에 전할 수 있을 만하다고 여긴다.

이 글은 시 짓기 전의 분위기, 시 짓는 당시의 상황, 시가 전해질까하는 기대감 등을 비교적 꾸밈없이 기록했다고 여겨진다.

시를 지을 만한 분위기만 조성되면 시를 지었다고 보여진다. 시를 지을 만한 분위기는 '병중이라서'이다. '술을 마실 수 없다.'는 말과 '한적하다.'는 말 그리고 '책도 읽을 수 없다.'는 말이 모두 병중이기 때문에 그러한 것이다. 술을 안 마시고 책도 읽지 않은 상태, 곧 한적한 상태인데, 이는 마음의 동요가 없는 고요와 침잠의 세계를 이르는 말이라고 보겠다.

서거정은 도의 경지에서 시를 읊으면 그 시도 도와 합일한다고 했다. 이런 고요와 침잠의 세계가 바로 서거정이 추구하던 도의 경지가 아닐까. 병이 들었다는 말은 정신 못차리게 않는 병이 들었다는 말로 받아들이기보다, 짐짓 고요와 한적의 분위기를 위한 스스로의 짐작이라고 여겨본다.

"한가하여 책을 읽고자 몇장만 뒤져보면 고단하고 권태로와 졸립기만 했다. 시 몇수를 일과로 삼아 단지 입으로 읊으니 피로한 줄을 모르겠다."는 고백과 서로 통하는 말이다.

시를 지을 분위기가 조성되면 "하루종일 단정히 앉아 홀로 읊었다."고 했다. "읊조릴 뿐이지 기록해 두는 데는 힘쓰지 않았다."고 했다. "시가 다급하게 지어져서 거짓으로 꾸미지 않았다."고 했다. 이런 태도로 시를 짓는 것은 시를 통하여 한가함을 메꾸고, 마음을 펴는 것임을 알 수 있다. 시의 아름다움 추구, 예술성, 당시의 효용적 가치, 교화와 다스림 등 일체의 조작적 노력이 배제되어 있다. 이른바 순수라고 할 수 있고, 그 경지 자체를 표현 묘사하는 진실이라고 할 수 있다. 근대의 예술주의는 예술성을 강조한다는 점에서 이보다 훨씬 조작적이고 인위적이다. 어떤 사조보다도 순수하며 진실에 접근된 예술 창작태도하고 생각한다. 그래서 이렇게 지어진 시는 사람의 마음을 흔들지 않는다. 서구에서 들어온 현대시는 우리의 마음을 흔들어 놓는다. 감각적 묘사 방법으로 고요하게 가라앉은 우리의 마음을 흔들어 흥분시킨다. 그러나 동양의 시는 마음을 가라 앉힌다. 이렇게 고요와 한가의 분위기에서 꾸밈없이 진실에 접근하여 조작적인 요소를 배제하고 읊으니, 한시가 우리의 마음을 흔들 리가 없다.

이런 분위기에서 이렇게 지어진 시는 후세에 남는다고 본 서거정의 공리주의적 입장이 있다. 도의 경지에서 읊은 도와 일치하는 시는 후세에 남을 것으로 보았다. 고요와 침잠의 세계에서 순수하고 자연스러이 창작된 작품은 후세에 남을 것으로 믿은 서거정이다.

그러면 실제로 서거정의 작품 중에서 이런 경지의 시를 읽어보자.

가을 바람

茅齋連竹逕	초가집은 대나무 길에 이었고
秋日艶晴暉	가을날 화사하다. 맑게 갠 햇빛
果熟擎枝重	과일은 무르익어 떠받친 가지에 매달렸고
瓜寒著蔓稀	오이는 날씨가 차 덩굴에 성기게 달렸다
遊蜂飛不定	나니는 벌들은 정처없이 날고
閑鴨睡相依	한가한 오리는 서로 어울려 존다
頗識身心靜	몸과 마음이 고요함을 자못 알아차려
棲遲願不違.	늦었지만 시골에 가서 사는 소원 이뤄졌으면.

율시는 제3행과 4행, 5행과 6행의 대가 오묘해야 제일로 친다. 제3행의 '과일'과 제4행의 '참외'는 위와 아래의 관계로 대를 이루고 있다. 과일은 버티기에도 힘든 가지에 풍성히 달려 있지만 참외는 된서리를 맞아 잎은 마르고 앙상히 드러난 가지에 몇 개 남은 모습이 차갑게 느껴진다. 끝물 참외밭의 모습을 잘 그리고 있다. 제5행의 벌과 제6행의 오리는 육지와 물로 대를 이루고 있다. 벌은 바삐 일을 하지만 오리는 한가히 존다. 이상의 과일·참외·벌·오리는 가을을 대표하는 자연물이다. 가을의 정경을 잘 묘사하여 읽는 이에게 가을의 감각을 맛보게 한다. 그러나 흥분시키거나 마음을 흔드는 것이 아니라 고요와 침잠의 세계로 그윽하고 유심하게 인도한다.

이렇게 침잠된 관조의 세계를 그려 보임으로써 단순히 자연을 묘사하기만 했다면 시의 해석이 너무 단일적인 발상이다. 이 속에는 과일같은 사람, 참외같은 사람, 벌같은 사람, 오리같은 사람들의 모임인 한 세계를 그려내고 있다. 이렇게 함으로써, 시인은 한편의 시속에 세계를 내포시키며 독자들에게 인생과 세계를 맛보게 한다. 제멋에 겨워 사는 태평한 세계, 이는 한편으로 자연 예찬이며, 한편으론 충성심의 표백이기도 하다. 자연의 섭리를 나타낸 것이다.

한시의 본령은 관조의 세계를 읊은 것이다. 도의 분위기에서 오직 도만을 생각할 때 흘러나온 시가 바로 도를 나타내는 시다. 이렇게 자연을 고요히 꿰뚫어 보는 것이 바로 관조이며, 이런 경지를 읊어야 시가 가장 시답다고 보았던 시대가 이 때였다.

자연과의 합일이 되고 자연의 표정을 읽으며 삶을 거기에 맞추어 혼연히 동화시킬 때 좋은 시가 생긴다. 이런 경지를 '한가하고 아취가 있다.'라고도 하고 '폭삭 가라앉은 시'가 나온다고 한다.

성간의 경우, 그가 일찍 세상을 떠났기 때문에 이런 경지의 시는 드물다. 다만 인생을 있는 그대로 수식 없이 보고 자연을 색안경 없이 그대로 본 시가 있어서 거론하려고 한다.

壟草萋萋雉雙飛	언덕엔 풀이 무성 쌍 꿩이 나는데
壟邊老人長嘆息	언덕가에 노인이 길게 탄식하네.
自道餘生今七十	스스로 살아온 길 70이라 하는데
手脚凍皴面黧黑	손발은 얼어터지고 얼굴에 검버섯.

男婚女嫁知幾時　　아들 딸 성가시켜 때에 맞추니
短衣檻衫纔過膝　　짧은 옷이 해져서 겨우 무릎 가렸네.
前年召募度黃沙　　연전에 끌려가 사막을 건너느라
萬死歸來鬢如雪　　죽다가 살아오니 머리는 눈같아라.
今年把鋤事耕耨　　올해엔 호미잡고 농사를 지으렸더니
石田犖确牛蹄脫　　돌밭이 험하여 소발굽이 벌어졌네.
牛蹄脫缺知奈何　　소발굽이 벗어지니 어쩔줄 몰라
獨坐蒼然心斷絶　　홀로 앉아 슬프게 마음만 졸이네.
　　　　　　　　　<노인행(老人行), 진일유고, 이조명헌집 2, 728면>

　　이 시에 대하여 허균은 『국조시산』에서 "조선 초에 여러 시인들이 모두 소식을 숭배하였는데, 홀로 성간만 성당(盛唐)의 시법을 알아서 이런 시들을 지으니 비록 왕유나 잠삼에 비할 바는 못된다 해도 장옥의 악부에는 부끄럽지 않다."라고 평했다.

　　조선조 초에는 소식의 글을 숭상했다는 문단의 풍조를 말하고 오직 이 성간만이 성당의 시법을 알아서 「노인행」을 지었다고 보았다. 「노인행」은 성당의 시풍이 배어 있다는 말이다. 그리고 그 수준을 더 구체적으로 밝혀서 잠삼에 비할 수는 없다고 하고 장옥의 악부 정도에는 부끄럽지 않다고 하였다.

　　이 시가 음률이 매우 매끄럽고 사상도 깊이 있게 다루어져서 그 경지가 높다고 보지는 않았다. 시의 경지는 아무래도 그 격이 떨어지지만은 음률은 어느 정도 우리나라 사람으로는 잘 맞추었다는 평가라고 볼 수 있다.

　　시가 웅장하다거나 스케일이 크거나 또 기발한 재치가 있어 청신하다고 하기에는 미흡한 것이 사실이다.

　　인간의 삶을 담담하게 그려가면서 민생고를 드러내려고 애썼다. 애민의 일단이기는 하지만, 이는 객관적 서술일 뿐이다. 어쩔 수 없이 살고, 그 삶이 고달파서 또 어찌할 바를 모르는 서민의 삶을 애정을 가지고 바라본 시선을 느낄 수 있다. 세금과 부역에 시달리고 또 농사를 지을래야 도구도 변변하지 못한 당시의 산업을 잘 묘사하였다. 성간의 시각이 경제적인 면에 관심을 기울였음을 지금 생각하면 이런 생각은 당시로서는 선각이 아닐 수 없다.

　　노인은 바로 고달픈 삶을 살았던 서민을 대표하는 표본이라고 볼 수 있다.

　　이 시의 맨 끝구의 앞부분이 7언이 아닌 6자로 되어 있다. 고시의 한 변형으로 일부러 그렇게 할 수도 있을 것이다. 그 막연한 심사를 형태적인 표현으로 그리하였다고도 보여진다. 음률의 애절함을 그리 표현했다고 본다. 성간의 시에서 이와같이 담담하게 자연을 그린 작품을 읽어 본다.

鉛槧年來病不堪	글쓰는 일도 올해들어 병에 못견뎌
東風引興到城南	봄바람에 끄려나 성남에 왔네.
陽坡草軟細如纖	언덕 위의 봄풀은 비단결 같아
正是靑春三月三	바로 이 푸른 봄이 삼월 삼짇날

<유성남(遊城南), 청구풍아 권 七, 15>

『청구풍아』에 보면 이 시에 대하여 김종직이 이렇게 설명을 붙였다. "성간이 집현전에 있을때 여러 동료들과 더불어 성남에서 놀았다. 운(韻)을 나누어 시를 짓는데 성간이 시를 제일 먼저 지으니 여러 사람들이 붓을 던졌다."

이는 성간이 당시 집현전의 어떤 선비보다도 글을 잘했다는 전언이다. 이 시가 그렇게 깜짝 놀랄만한 것인지도 잘 이해되지 않는다.

김종직 같은 도학자의 눈에는 이 시의 천연성이 바로 자연 순리의 진리를 말하는 것으로 보였을 것이다. 진솔한 꾸밈없는 표현이 돋보였을 것이다.

시어의 조직이 무리없이 점차적으로 잘 묘사되어 있기는 하다. 그 음률의 고운 맛도 있다. 이 시는 허균도 『국조시산』에 넣기는 했으나 그 평을 하지는 않았다.

이제 과연 성간의 재치가 번뜩이는 시를 하나 소개한다.

數疊靑山數谷煙	여러 겹 청산에 여러 골 안개
紅塵不到白鷗邊	속세의 먼지는 흰 갈매기엔 없어라.
漁翁不是無心者	어부가 본래 무심한 이는 아니래서
管領西江月一船	서강을 도맡으니 달과 배 하나.

<어부(漁父), 진일유고, 이조명헌집 2, 725면>

도의 경지에 빠져 있음은 물론이요, 시인의 깨끗한 삶을 그대로 보여주는 시다.

허균은 『국조시산』에서 이 시를 "편마다 기운이 저절로 번지르르하였는데, 근대에는 점점 위축되었다."라고 평하였다. 이런 비평은 이 시의 높깊은 의중을 잘 이해하지 못한 것 같다. 이처럼 맑은 시를 만난다는 것은 허균에게는 위축된 시로 보일 수도 있을 것이다. 우리는 이 시에서 그 무욕의 경지와 도에 흠씬 젖은 높은 경지를 높이 평가해야 한다.

성간이 설정한 이 시의 공간은 먼지하나 없이 깨끗한 그야말로 이상적인 인간세계다. 여러 겹 청산으로 막고 또 그 사이에 안개로 사악한 기운을 걸러내어 여기 한 고기 잡는 노인이 사는 흰 갈매기 근처에는 맑디 맑은 기운만 감돈다.

이런 시의 배경설정은 상상력의 세계로도 폭넓은 독창성이 있다. 시의 제재선택과 시어의 사용이 그리 참신하다고는 못하지만은 그 시어와 배경설정이 연출한 분위기는 새로운 바 있다.

결구는 전구의 오묘함이 돋보여야 하는데 이 시의 전구는 정지상의 <송인>과 비견할만한 그 변화를 주었다.

기·승의 자연에 사는 어옹은 짐짓 무심자가 아니라고 하였다. 과연 어옹은 무심자가 아닌가. 그 해답은 결구에 있다. 마치 '대동강 물이 언제 마를 것인가'라고 뚱딴지 같은 질문을 던진 의미를 그 결구인 '이별의 눈물이 해마다 푸른 파도에 더하는 것을'에서 알 수 있듯이, 이 시에서도 결구를 보면 전구의 의미를 분명히 알 수 있다. 어부가 무심한 이가 아니라는 의미는 무욕의 인물임을 나타낸 것이다. 서강을 도맡았다는 사실은 고기를 많이 잡아서가 아니라 빈 배에 둥근달 때문이다.

빈 배이지만 마음은 풍성한 달에 비유되어 있다. 이렇게 전구의 의미가 결구를 통해서 분명하게 나타난다. 시인의 마음이 그대로 어리비쳐 있다. 짐짓 전구에서 욕심이 있는 사람같이 보이는 어부이지만 결구를 보면 전혀 욕심이 없음을 강조한 것을 알 수 있다. 이것이 산뜻한 재치를 나타낸 실상이다.

1) 침잠

유학(儒學)에서는 흥분을 좋아하지 않는다. 그러나 시는 마음을 흥기(興起)시키는 것이니 시와 유학의 조화는 선비의 삶의 이상이 아닐 수 없다. 침잠은 이런 유학과 시의 조화를 현실적(現實的)으로 보여주는 예라고 하겠다.

坐 夜

外物日千變	세상은 하루에도 천만번 변하지만
此心長寂寥	이 마음은 길이 고요하여라
床頭燈炯炯	책상 머리에는 등불이 밝고
窓下雨蕭蕭	창밖에는 비가 소소히 내린다.

<백사집 권1·4-5>

　자아(自我)와 외물(外物)의 관계를 그림으로써 자아의 실상을 우리들에게 보여 주고 있다. 대조법(對照法)을 통해서 강조하는 형식을 취했다. 세상이 어떻게 변한다고 해도 나의 할 일은 하는 의지(意志)를 나타내면서 삶의 고매(高邁)한 인격을 표백하고 있다. 기개(氣概)와 부동심(不動心)의 경지를 그리고 있다.

　『맹자(孟子)』 공손추장구(公孫丑章句) 上에 보면 용맹해서 마음이 움직이지 않는 사람의 예를 몇가지 들고 있다. 결론은 역시 지언(知言 : 말을 잘 알아듣는다)을 할 줄 알고, 호연지기(浩然之氣 : 남을 용서하는 크고 높은 마음)를 가진 사람이어야 마음이 움직이지 않는다는 것이다. 용맹(勇猛)하다는 것은 아무리 청천벽력(靑天霹靂)을 친다고 해도 마음이 꿈적도 하지 않음을 뜻한다. 우리는 용맹에 대해서 잘못 해석하고 있지는 아니한지 살펴보아야 할 것이다. 용맹은 남의 말을 잘 알아 듣고, 호연지기(浩然之氣)가 있어서 마음이 일정하여 움직이지 않는 사람을 뜻한다.

　이 시를 읽으면 『맹자』의 이 공손추장구(公孫丑章句) 부분을 생각나게 한다. 한시는 인격의 도야(陶冶)와 무관하지 않은 것을 여기서도 알아 볼 수 있다.

2) 달관

　달관은 인생으로서 어느 경지에 도달한 것을 말한다. 경험이 많고 훤히 앞을 꿰뚫어 보는 안목과 지혜가 있는 것을 달관이라고 할 수 있다. 그래서 남을 용서해 주고 너그럽게 포용할 수 있는 정신적인 성숙의 상태, 여유를 말한다.

선생은 1592년 37세가 되기 전에 이미 다음과 같은 여유와 미래를 내다보는 인생의 경지를 가지고 있었다.

無 題

來時稚子挽爺衣	올 때에 어린아이 아비 옷깃 잡고서
問余今行幾日歸	내게 묻기를, 지금가면 언제 오냐고
共指碧桃花未落	함께 약속하길, 벽도화가 지기전엘걸
碧桃花落尙違期	벽도화는 졌는데 약속은 어겨.

〈백사집 권1 · 7〉

세상만사가 뜻대로 되지 못함을 노래하고 있다. 순진한 어린아이를 속이고자해서 속이는 것이 아니라, 세상이 그렇게 만든다는 말이다. 이미 다 꿰뚫어 아는 달관의 경지가 아니고는 말하지 못하는 우리들의 삶의 모습을 담담하게 그리고 있다.

제목을 일부러 '무제'라고 한 것은 그만큼 이 시를 폭넓게 읽어 주기를 바라는 선생의 뜻이 숨어 있다고 보아야 할 것이다. '누가 먼저 저 여자에게 돌을 던지겠느냐?'고 하신 예수님의 인간에 대한 통찰을 우리는 이 시에서 발견할 수 있다.

시인의 마음이 맑으면 그만큼 시도 맑다. 시가 맑아서 환하게 내비친다면 품격이 낮다고 할런지 모르지만 인생에서는 그만한 통달의 경지가 어려운 법이다. 우리들의 삶에서 최선의 방책(方策)은 정직(正直)이 아닌가.

久雨新晴月色倍淸感而賦之

今夜無端欲上征	오늘밤엔 그냥 길을 떠나서
廣寒宮殿坐吹笙	달에 앉아 생황을 불고 싶구나
晴秋徙倚雲間桂	맑은 하늘 구름사이 계수나무에 기대어
快覩乾坤表裏明	시원히 보리라, 온세상이 맑은 것을.

〈백사집 권1 · 9〉

지금 생각하면 우주선이라도 타고 우주 공간에서 세상의 맑음을 보는 것같기도 하지만 이 시대를 생각하면 상상을 노래한 것이라고 볼 수 있다. 이는 시인의 마음의 상태가 이와 같이 통랑(通朗)함을 말한 것이다. 시인이 있는 곳이 땅이 아니다. 이미 지구를 초월한 몸이다. 이런 초연의 시상(詩想)은 활달한 선생의 기개에서 기인(起因)한다고 생각한다. 이런 의미에서 이 시는 현대에 매우 의미 있는 예언적인 시라고 볼 수 있다. 아니면 적어도 인간의 꿈을 보편적인 정서로 그렸다고 생각 할 수 있다.

이렇게 상상의 날개를 펴는가하면 그렇게 한다고 해도 인간으로서의 한계를 벗어날 수 없다는 달관한 시가 있다.

　　　　銀臺示朴內翰子龍 東亮
　　深室蒸炎氣鬱紆　　깊은 방 찌는 열기 답답하여서
　　夢爲鷗鷺浴晴湖　　꿈에라도 물새되어 맑은 호수에 목욕하네
　　縱然外體從他幻　　어지러이 외물따라 환상을 따른다 해도
　　烟雨閒情却是吾　　안개비 한가한 정이 바로 나로군.
　　　　　　　　　　　　　　　　　　　　<백사집 권1·22>

이 시에 대해서는 『시화총림』에도 언급이 있다.

　　나는 병조 좌랑으로 병조에 들어가 일찍할 때에 이백사는 지신사(知申事 : 조선시대 초에는 승정원(承政院)을 대언사(代言司)라고 하고 책임자를 지신사라고 했다. 나중에 도승지(都承旨)로 바꾸었다.)로 역시 승정원에서 일직(日直)을 하며 절구 1수를 지어 보내기를

　　깊은 방 찌는 더위에 가슴이 답답해
　　꿈속에 해오라기 되어 맑은 호수에 목욕했네
　　겉몸은 비록 해오라기를 따라 변했으나
　　연우속 한가로운 심정은 나 그대롤세.
　　기상이 매우 훌륭하다.

이 '기상심호(氣象甚好)'라는 평이 선생의 시가 기(氣)를 위주로 하는 시임을 잘 말해 주고 있다. 이렇게 기가 바탕이 되어 있기 때문에 달관의 시가 되었다고 할 수 있다. 내가 아무리 상상의 세계에서 현실을 피하여 즐거움을 누린다고 해도 결코 벗어날 수 없는 현실이 있음을 잘 알고 있다. 그러나 사람들은 잘 알면서도 현실을 떠나고자 한다. 이와 같은 인생과 세계

에 대한 통찰은 선생의 시에 나타나는 하나의 경지(境地)임을 알 수 있다.

이런 달관의 경지는 선생이 역사를 바라보고 해석하는 지혜로운 눈에서
도 발견할 수 있다.

讀史有感

一琴一劍燈一炷	거문고 칼 한 자루 등불 한 심지
且讀且悲仍且歌	읽고 슬퍼하며 또 노래도 하네
雌鳥雄鳥孰爾辨	암놈인지 숫놈인지 누가 분별하리오
得馬失馬於吾何	말을 얻든 말을 잃든 나에게 무슨 상관
熙寧孔子欺宋士	공자님도 돈 그림으로 송나라 선비를 속였고
居攝周公移漢家	주공의 행적은 한나라의 연호 되었네
從古賢愚同土宰	예로부터 어질고 현우(賢愚)가 한 땅에서 나왔으니
茫茫長夜祇堪嗟	아득한 긴 밤에 탄식함을 견디노라.

<백사집 권1·26>

이 시는 거문고와 칼과 등불 한 심지를 동일 선상에 놓고서 슬픔과 기
쁨을 초탈한 경지를 노래하고 있다. 역사의 사건을 한마디로 말한다면 크
고 작은 사건들이 모두 무엇인가? 자웅(雌雄 : 암수)를 구별해서 무엇하며
좋은 일이 생겼다고 얼마나 두고 좋아할 수 있을 것인가? 공자님도 세월
이 지나면 돈의 그림이 되어 선비들을 속이는 인물이 되고[36], 주공이 그렇
게 만고의 충신이지만 후세에 별볼일 없는 나라의 연호로 쓰이지 않는가?
인생의 무상함이 바로 역사의 무상함이다.

이런 달관의 경지는 호연한 기상을 바탕에 깔지 않고는 이루어 낼 수
없는 수준임을 생각해야 할 것이다. 우리는 여기서 선생의 사상의 깊이와
경지의 호방(豪放)함을 엿볼 수 있다.

1615년에는 지기지우(知己之友) 이덕형(李德馨 : 1561 - 1613)이 세상
을 떠난 지도 2년이나 넘었고 폐모론(廢母論)은 더욱 기승을 부려서 세상
이 시끄럽게 되니 선생은 마음을 다시 다잡아 인생에 대한 의미를 다시
생각하게 되었다. 이런 실상을 잘 보여 주는 시를 보자. 이 시를 지은 해

---

36) 예로부터 돈에는 역사 속에서 존경 받는 인물을 그려 넣었다. 宋에서 나온 고대 돈
에는 孔子님의 像이 그려있었다.

는 돌아가시기 3년전이다.

坐 夜

外物一千變	세상 것은 천번이나 변하지만
寂寥唯此心	오직 이 마음만은 고요하여라
滔滔皆是夢	도도한 것도 모두 이 꿈중이니
一笑一回吟	한 번 웃고 한 번 읊노라.

<백사집 권4·10>

이미 정해진 마음을 읽을 수 있다. 요지부동(搖之不動)인 선생의 절조(節操)가 무섭다. 한창 도도(滔滔)한 것도 하나의 꿈이요 웃고 읊으면 그만이다. 사람은 목표가 정해지고 모든 것을 정리했을 때 이렇게 달관의 경지에 도달하게 된다. 폐모론에 대항(對抗)하면서 죽음의 자리와 때를 얻었다고 말씀하신 것이 이 시에 상징적으로 들어 있다. 시제(詩題)가 캄캄한 밤에 앉아서다. 캄캄한 밤이라고 한 것이 당시 세상을 풍자한 것같다. 스스로 하나의 등불이 되겠노라는 결심이 엿보인다.

3. 교화의 역할

1) 서거정

　서거정은 시를 가르침의 바탕으로 생각했다. 우리나라를 교화하고 다스리는데 우리나라의 글이여야 한다고 생각했다. 『동문선』을 엮은 목적이 여기에 있었다. 글로써 다스림의 바탕을 삼는 모범으로서의 책은 『동문선』이며 이 책은 우리나라의 글을 모아서 우리나라를 교화하고 다스리는데 사용할 모범적인 역할을 담당했다.

　왜 글이 교화하고 다스리는 재료가 되느냐는 질문에 대하여 서거정은 『동문선』서문에서 이렇게 말했다.

> 사람의 글을 관찰하여 천하를 교화한다고 하였으니, 대개 하늘과 땅에는 자연의 글이 있으므로 성인의 자연의 글을 본받았다고, 때의 운세에는 성쇠의 다름이 있으므로 문장이 높은 또는 낮은 다름이 있다.

　글을 통하여 그 때의 운세를 드세우려한 목적이 있다. 그 때의 운세는 그 시대의 글이 높고 낮은 것으로 알아낼 수 있다. 그러니 글을 높고 훌륭하게 지으면 그 시대의 운세를 진작시킬 수 있다. 여기에 글이 중요성이 있다. 곧 시문이 나라를 다스리고 교화하는 중요한 재료가 된다. 따라서 좋은 글을 남겨야만 후세에 교화가 이루어진다고 보았다.

　서거정의 이런 이론은 그의 작품도 순순하고 바른 것을 남기에 하였다. 남긴 작품이 곧 그 시대의 반영이기 때문이다. 그의 창작은 물로, 『동문선』에 뽑아 실은 글도 이런 기준에 벗어남이 없었다.

　"그 글의 이치가 참되고 발라서 교화하고 다스리는 데에 보탬이 되는 것을 취하였다." 이 말은 『동문선』의 서문에서, 그 책 속에 어떤 글을 뽑아 실었는가를 밝힌 대목이다.

　우리는 우선 서거정의 이상에서의 이론을 접하면서, 서거정은 글 속에

시대를 여실히 반영했으리라 추측할 수 있다. 물론 그 시대의 반영은 교화
와 다스림의 보탬이 될 이른바 순정한 것이어야 함도 아울러 알 수 있다.

그러면 우선 시대의 여실한 반영이 실제 그의 작품 속에 어떻게 투영되
어 있나 살펴 본다.

<blockquote>
이른 봄에 인수(박팽년) 학사에게

瓦盆濁酒釀氳氳	질항아리에 막걸리 괴어 향기가 도는데
曉怯餘寒尙閉門	새벽 추위에 안스러워 아직도 문을 닫았네
欲和新詩呵凍筆	律詩(율시)로 화답하려 언 붓을 입김으로 녹이나
竹林殘雪半猶存.	대숲에는 덜 녹은 눈 반이나 남았네.
</blockquote>

이 시는 서거정이 집현전에 있을 때 동표인 박팽년에게 보낸 시의 일부
다. 우리는 이 시를 통하여 백팽년과 그리 석연치 못한 관계, 무엇인가 감
추는, 말못한 사정을 짐작할 수 있다. 완곡한 서거정의 거절이 배어난다.
이 시가 차운인 것을 보면 박팽년이 어떤 내용의 시를 서거정에게 준 듯
하다. 그 내용이 어떤 것인지는 알 수 없으나, 서거정의 이 시는 긍정적인
대답은 아니다. "아직 때가 아니다. 나는 그냥 틀어박혀 있으리라."는 의사
표시다. 첫구절에서 "질항아리에 막거리는 괴어 향기가 돈다."는 말은 자기
가 처한 지금의 위치에 만족한다는 뜻이 내포되어 있다. 변화를 거부하는
현실에 행복을 느낀다는 뜻이다. 군침이 도는 이 상황을 통하여 부러움 없
는 자신의 입장을 표백했다. "술은 어른에게 어른이 먹는 우유와 마찬가
지라."는 시조로 상황의 풍성을 그려낸 우리 할아버지들이다. 술은 풍요와
만족, 스스로 기뻐 즐기는 상징으로 충분한 시어라고 생각한다.

제2구에서는 문을 닫았다. 대개의 한시들이 문을 닫았거나 닫는 상황을
그리고 있다. 이는 침잠의 세계를 그리려고 노력하던 그 당시의 시인들에
게는 당연한 표현이다.

여기서는 제1구에 이은 의미로 파악할 때 이 역시 나서지 않겠노라는
함축이며, 그 이유를 새벽 추위에 돌리고 있다. 새벽은 시작의 의미이며,
침잠속에 잉태한 태동의 시각이다. 은영중 박팽년의 심중이 상징되었다고
보는 것은 너무 역사적 사실에 솔깃해서일까.

제3구에서는 자신의 의사를 반어적으로 굴절시키고 있다. 무엇인가 답을

하려는 실상이 엿보인다. 본래 제3구가 변화와 반전의 구절이라고 전제한 다면, 이런 표현은 서거정의 본래 의사에 배치되는 굴절이라고 볼 수 있다. 거절의 뜻을 녹이고자 하는 전환의 구실을 엮은 것인가.

제4구는 미진한 마음을 그리면서 대숲에 남아 있는 봄눈을 핑계로 끌어 대었다.

이 시 속에는 갈등의 실상이 엿보인다. 제1구의 술과 제2구의 닫은 문에 대한 제2구의 새벽 추위와 제4구의 대숲의 관계는, 저 술과 닫은 문은 서거정의 입장이며 새벽 추위와 대숲의 잔설을 외적인 상황이다. 서거정이 파악한 박팽년의 입장일 수 있다. 제3구는 이 갈등을 풀어 주려는 노력, 곧 언 것을 녹이려는 평화와 화해 지향의 내적 의식 표현이다.

시의 내용과 시상의 전개가 한시의 틀에 얹혀 부드럽게 전개된 이 시는 서거정이 처한 당시의 상황을 잘 대변해 주고 있다. 시가 시대를 진실하게 반영하는 예다. 그 시대를 떠나서 그 작품을 이해하는 것보다, 시대와 연관시켜 이해하는 것이 더 진실에 접근되는 것으로 여겨진다. 이 시를 남기면서 서거정은 글이 다스리고 교화하는 재료라고 믿었기 때문에 시에서 도덕성을 강조했다. 시의 존재 이유가 효용적 가치론에 치우쳐 있다.

베짜기

霜風昨夜如箭瞥	서릿 바람이 지난 밤에 화살처럼 불어와
機上絲頭半凍裂	베틀 위의 실꾸리가 절반이나 얼어 터져
機邊織婦續斷絲	베틀 옆의 아낙네가 끊어진 실 잇느라고
兩手龜盡寒砭骨	두 손은 거북 등처럼 트고 추위는 뼈에 사무쳐.
理絲軋軋鳴寒梭	실을 손질해 찰깍 찰깍 차가운 북을 놀리며
自恨身爲他人織	스스로 한스러워함은 남을 위해 짠다는 사실
織成下機催刀尺	짜서 바로 베틀에서 내려 가위와 자를 바삐 놀려
官租私債迷緩急	세금내고 빚 갚기에 더 급한 건 어느 것인지.
官私兩糴那可辜	세금이나 빚이나 간에 어찌 갚지 않으랴만
此身寧忍無裙襪	이 몸은 어찌하여 차마 치마 버선 조차 없나
嗚呼既作田家嫁	아아, 이미 농사꾼의 아내가 되었으니
卒歲甘分無衣褐	죽을 때까지 옷이 없음도 달게 여겨야.
終然不學娼家兒	끝내 기생짓은 하지 않으련다.
爲人訶舞衣滿篋	남 위해 춤추고 노래해 오싱 상자에 가득하다 해도

4행씩 3연에다 2행의 1연을 끝에 붙인 이 시의 주제는 끝 1연에 있다.

제1연에서는 고생하며 베짜는 모습을 묘사했다. 시가 형상화를 중요하게 여기는 이유는 감흥을 쉽게 불러 일으켜서 감동을 주게 하려는 의도다. 감동을 주고자 하는 목적은 행동의 변화에 있다. 이런 뜻에서 제1연의 형상화는 성공하고 있다.

제2연에서는 세금과 빚 갚기에 그 고생의 땀이 다 비쳐진다는 가엾은 동정심의 유발이니, 좀더 제1연을 심화시켜 감동을 촉진하고 있다. 제3연은 농군의 아내로서의 처지를 달게 여기는 교화의 실마리가 엿보인다. 글을 통한 치교의 실상이 여실하다. 마지막 2행 1연을 보면 도덕적 규범의 풀이 같은 느낌조차 들 정도의 규격화된 시임을 알 수 있다.

이 시는 도덕성과 윤리성을 강조한 교화의 바탕이 될만한 시임에 틀림 없다. 가난과 정조는 현실적으로 삶에 있어 중요한 관계를 맺고 있으며, 이 시는 이 두 상황을 유교적 도덕으로 해결하고 있다. 현실을 작품 속에서 해결하는 경우 효용적 가치관이 크게 작용한다. 시를 통한 나라 다스림의 목적 달성을 이렇게 시도했다. 이것은 그 후로도 조선시대의 문학관을 고정시키는 한 갈래를 형성했다.

아녀자의 정조를 중요시 여기는 이 시는 유교적 윤리 체계를 갖추어 가는 시기의 작품임을 잘 대변해 준다. 이렇게 굳어지기 시작한 부녀자의 윤리는 성종 때에 이르러 改嫁(개가)금지의 법조문을 탄생시킨다. 시대를 대변하면서 후세와 당대에 교화의 감으로 쓰일 수 있는 시다. 서거정의 시 이론에 충실한 시다. 서거정은 시문학의 이론과 그의 작품이 서로 일치하는 경향을 우리에게 보여준다.

2) 송순

유모어는 웃음에서 출발한다. 기쁜 울음이 있듯, 슬픈 웃음도 있다. 미국에서는 생존과 해방을 위한 흑인의 투쟁으로 나타났고,[37] 페르샤문학에서는 총독이나 아첨자들에 대한 피지배자들의 무기로서 사용되었고,[38] 오스

---

37) John Oliver Killens; 동서문학(東西文學)의 해학(諧謔)의 Humour in American Drama p.159.

트레일리아에서는 영국이 또는 이방인(異邦人)을 꼬집는 것으로 됐다.[39] 고전적 유모어 인(人) Aispos는 사모스인 야도몬의 노예였다. 이런 것은 모두 피지배 또는 피압박 등 피해자적인 입장에서 직접적인 대항이 불가능할 때 우회적으로 비유 상징하는 일종의 정화(淨化) 작용이다.

풍자는, 한 인물이 처한 입장에 내재하는 왜곡(歪曲)과 부조화(不調和)와 불합리(不合理)와 과장(誇張)을 구체적으로 표현하는 것이고,[40] 이것은 가면(假面)으로서 나타난다.[41] 이 가면은 해방, 도피, 방어, 슬픔, 상처, 비밀, 수치로 벗겨지는 것이다.

풍자는 무해무익(無害無益)한 동양작인 골계(滑稽)나, 웃기는 해학, 놀리는 희롱과 농담 그리고 남을 격하(格下)시키는 야유, 재치와 재빠름이 특징인 기지(機智), 남을 꼬집는 보다 약한 지적인 익살, 말의 재롱 등과 구별되어, "너희들 중에 죄없는 사람이 제일 먼저 돌을 던져라"는 사려 깊은 웃음이어야 한다. 해학과 풍자는 사용하는 어휘의 실재(實在)에 있어 동서(東西)가 다르다. 동양의 풍자는 자연과 지혜에서 출발하여, 유능제강(柔能制剛)의 진리를 파악한 것이다. 왕에게는 직간(直諫)보다는 풍간과, 일단 긍정적인 휼간(譎諫)의 방법을 택했고, 세상살이에서는 측면(側面) 풍자를 시도하여 다치지 않고 소기의 목적을 달성했다. 보다 가벼운 해학과 깊은 풍자는 서양의 Humour의 개념에 합일된다. 풍자는 권선징악(勸善懲惡)의 교훈적 방편이기도 하고, '처용(處容)'과 같은 여유에서 생겨나기도 한다.[42] 선비의 사명감에서 나타난 암유(暗喩)는 당시 사회의 허용 사항이었다.

해학보다 풍자는 인간애에 바탕을 두고 악의가 없어야 하며, 슬픔이나 좌절감에서 해방시켜 주는 구실이어야 하지 자극해서는 안 된다. 풍자에 접근하는 해학은 야릇한 음각(陰刻)이어야 함은 물론이다. 선비의 풍자는 가벼운 해학이 아닌 무게있는 삶의 지남철이다.

---

38) Zain A. Rahnema; 동상(同上) Humour and Satire in Persian Literature p.73.
39) hyam Brezniak; 동상(同上) Humour in Australia p.194.
40) 정인섭; 동상(同上) 종결토론(終結討論) p. 270.
41) Paul Laurensce Dunbar; We Carry a Mask We all wear a mask a deceitful smile. It veile our eyes it hides our sorrow.
42) 李殷相; 동서문학(東西文學)의 해학(諧謔) 중 해학(諧謔)의 동양적(東洋的) 특성(特性) pp.174～180.

송순(宋純)의 경우는 사화(士禍)의 소용돌이가 그의 시에 음각(陰刻)을 꾀했고, 이름을 향안(鄕案)에 등재하는 재치가[43] 불합리(不合理)와 부조화(不調和)를 녹여 숨겼고, 아들의 죽음에 슬피 우는 인간미가[44] 악의 없는 인간애를 발휘하게 했다. 또 여기에다 숙부(叔父) 지지당(知止堂)의 웃음이 도사렸으니, 여기에 남다른 송순(宋純)의 은유가 빛난다. 이것은 산림파(山林派)의 구실이며, 사회에 대한 고발이다. 인생의 아픔이며, 그를 소화시키는 약이다.

病 鶴

					어찌 이 속세에서
豈	知	塵	土	裏	어찌 이 속세에서
得	見	九	皐	禽	학을 만나 볼 줄이야
身	上	無	全	羽	몸에는 날만한 날개가 없으나
雲	邊	有	遠	心	저 하늘 날고 싶은 마음은 그득하다
當	行	澁	長	步	아픈 다리 끌며 걸어 가다가
欲	唳	失	淸	吟	울고자 해도 메이는 목
坐	受	羣	鷄	侮	앉아 채 받는 뭇 닭의 업신여김에
相	看	淚	濕	襟	눈물이 소매를 적실 뿐이다.

34세 때의 송순(宋純)은 한 마리의 병든 학(鶴)이었다. 학(鶴)은 『시경(詩經)』에서도 초은(招隱)의 짐승으로 노래되었다. 황학(黃鶴)은 신선 세계에로의 교통(交通)수단이며, 청학(靑鶴)은 평화를 뜻한다. 학이 병들어 속세에 있으니, 뭇 닭의 업신여김을 받는 빌미가 되었다. 속절없이 흐르는 눈물이 야속하기만 했다. 울려 해도 목이 메이고, 날고자 해도 날 날개가 없다. 그러나 꿈은 잠시도 그에게서 떠나지 않았다. 병든 학이 아픈 다리를 끌며 애쓰는 모습, 목에인 소리, 이것이 자신의 실상(實相)이다. 누구를 비방하거나 원망하지 않고 현실의 해조(解嘲)를 표상한 비극의 주인공 학은 역겨운 환경에 대한 탈출구로 뒤집어 쓴 가면이다. 이 시는 두보(杜甫)

---

43) 燃藜室記述 卷十一·124 外方鄕案 必擇內外士族者 書之外旅妻族 或自他邑一中略一公方以大憲……即盛備酒饌……鄕老曰 却之不恭 咸曰可受 一老曰 不可不令主人來與 咸曰 然使人請之 辭不至 强而復來……酒酣語老儒曰 都憲旣參此會 不可不書 遂取鄕案 書其名

44) 俛仰集 卷四·1 哭子文.

의 「병마(病馬)」를 의양(衣樣)한 작품으로 한시에서 흔히 다루어지는 의작(擬作)의 하나다.[45)]

啄 木 歎

千年喬木大蔽牛	천년된 나무 황소를 가리도록 자라서
根深九泉杖擎天。	구천(九泉)에 뿌리 깊어 하늘을 받치었네.
一朝慘慘少生意	하루 아침에 생기마저 삭아지나
鄉里尋常皆莫憐	마을의 그 누구도 불쌍하다 안하네
老夫爲惜棟樑材	대들보감 아끼는 늙은이 있어
撫摩終日心悄悄。	진종일 어루만지며 마음 아파한다.
有鳥急從何處來	어디선가 급히 날아온 새 한 마리
剝剝啄啄鳴其顚	벗기고 쪼며 찍으면서 울어댄다.
喙有長兮爪爲利	부리는 길고 발톱은 날카로와
腹心老蠹期盡穿。	벌레 모조리 잡아 먹으려는 듯.
南枝北枝復西枝	이 가지 저 가지 가지가지마다
千瘡萬穴皮無全	천 구멍 만 구멍 엉망이 되었네
蟲猶深避力愈微	벌레는 깊이 숨고 딱따구리는 나른해져
只見殷血流口邊	오직 얼룩진 피만 입가에서 흘러 내린다
水有鴻鴈山有鳩	물에는 기러기 산에는 비둘기
飲啄不過謀自便	삼키고 쪼고 제 편하기면 꾀할 뿐
精衛塡海爲保讐	정위 새는 바다 메워 원수를 갚고
杜鵑啼血悲國遷。	두견은 피눈물로 망한 나라 슬퍼한다.
千尋枯木本無情	천 길의 마른 나무 본시 정이 없으니
捐身除害抑何緣	몸을 망치며 해충 잡음 무슨 인연이런가
喙傷爪脫羽亦殘	부리는 상하고 발톱은 빠지고 날개도 낡아
耐死效誠誰汝賢。	죽도록 충성 보인대도 뉘라서 어질다 하리.
古今人事盡如此	예로부터 세상 일 다 이와 같다니
吁嗟汝身何獨然。	어즈버, 너의 몸만 그렇겠는가.

<면앙집 권1·25>

---

45) 杜諺 卷十七·25 塵中老盡力 歲晚病傷心.

이 칠언고시(七言古詩)는 송순(宋純)이 37세(1529)때 지은 것이다. 이 무렵의 시는 사화의 여건(與件) 때문에 가면이 진하게 씌어져 비흥(比興)의 참값을 여실이 보이고 있다. '천년교목(千年喬木)' '근심구천(根深九泉)'의 충정(衷情)이 현실의 작희(作戲)로 하루 아침에 박살이 났으니. 얄미울손 소배(少輩)의 짐짓이다. 깊이 파고든 벌레를 잡아 나무를 살리려는 운명의 딱따구리가 날아온다. 부리도 길고 발톱도 날카로운 유능한 인물이다. 재제(災帝)의 딸이 동해에 빠져 신화(神化)한 정위(精衛)와, 망촉(亡蜀)을 슬퍼하는 두견(杜鵑)은 모두 운명의 새들이다. 물에는 기러기가 산에는 비둘기가 평화롭게 삶을 즐기는 판에 딱따구리는 고목(枯木)의 벌레를 잡기에 심혈을 기울인다. 이것은 아이로니이며, 부조화(不調和)다. 딱따구리가 기러기나 비둘기를 미워하지 않으니 고급한 풍자다. 여기서 평민(平民) 대중과 상류층이 해학 풍자가 그 성격이 다름을 엿볼 수 있다. 군자(君子)를 자처하는 상류층이니 만큼 점잖아 풍위기 있으며, 진솔(眞率)한 인간애가 담뿍 담겨 있는 풍자다. 이러한 비흥(比興)의 시는 34세 때 작품인 <치조(鴟鳥)>에도 여전하다.

鴟 鳥

鶴 在 山 中 鷗 在 水	학은 산에서 갈매기는 물에서
閑 中 飮 啄 自 淸 高	한가히 살아도 저들은 깨끗하고 높은데
爾 何 獨 向 長 安 屋	어찌하여 너는 홀로 임계신 서울을 향해
終 日 飛 飛 不 厭 勞	종일토록 날아도 싫증이 나지 않는다냐.

<면앙집 권1 · 15>

이 노래에는 딱따구리 대신 솔개미, 기러기 대신 갈매기, 비둘기 대신 학이 등장한다. 솔개미는 좋은 곳을 다 버리고, 살기 어려운 곳으로 일부러 찾아 왔다. 오늘날 농촌 사람이 매연 공해의 서울로 몰리듯 안주(安住)를 등지고 위난(危難)을 자초한 자기 모순이다. 솔개미는 명리(名利)에 밝은 공격성이 강한 새다. 작자는 이 새를 불쌍하게 응시하면서 붓을 가다듬었다. 딱따구리에게와 똑같이 애정을 쏟는다. 이런 정서는 새뿐 아니라 친구에게도 갖고 있었다. 그의 고향 친구인데 정치적 색목(色目)을 달리하는 김광준(金光準)에게 준 시가 좋은 보기이다.

次金同年 光準韻

一 箇 明 珠 久 混 塵	빛나는 구슬이 진흙에 오래 묻혔으니
人 將 瓦 礫 議 精 神	남들이 기와쪽으로 알고 나불거린다
我 今 欲 擲 淸 江 水	내 이제 강물에 깨끗이 씻어
淨 洗 方 知 爾 性 眞	너의 참값을 알아 내고야 말리라.

<면앙집 권1 · 20>

씻으면 값진 변벽(卞璧)이 될 수 있다는 생각은 남을 미워할 줄 모르는 송순(宋純)의 순정(純情)이다. 이 천진(天眞)을 다스리는 송순(宋純)이야 말로 시의 정수(精粹)로 안다.

벌레를 잡아서 나무를 살리려고 쪼은 것이 나무만 온통 구멍 투성이로 만들었고, 껍질을 하나도 없이 망쳐 놓는다. 교각살우(矯角殺牛)가 이것이 며, '빈대 잡으려고 초가 삼간 태운 것'이 이것이다. 이미 고목(枯木)인데 도 부리, 발톱, 날개를 망쳐가며 벌레를 잡는 딱따구리, 우직(愚直)하고 광 견(狂狷)스런 새, 못내는 양 편이 모두 망한다. 다만 살아 남은 것은 벌레 다. 고목(枯木)을 만든 것도 딱따구리요, 지친 것도 딱따구리다, 이것을 지 켜보는 송순(宋純)의 미소, 그것은 조소가 아닌 동정심이다. 고목(枯木)에 게도 딱따구리에게도 애정을 보낸다. 이것이 송순(宋純)이 심충(心衷)이었 다고 본다.

위의 칠언고시(七言古詩)는 딱따구리의 고뇌를 심화(深化)시켰고, 나무 를 파 먹는 좀에 대한 증오심을 일깨웠다. 그리하여 딱따구리가 기를 쓰는 모습을 그리고, 나아가서는 지쳐 버린 가엾은 딱따구리에게 동정심을 유발 시키려 했다. 이런 수법의 「두더지의 앞 발」(김명수(金明秀)) 또한 마찬가 지이 효과를 노리고 있다. 그 다음 슬적 앵글을 돌려서 변용을 자아내어 편안히 살아가는 것과, 운명을 짐지고 고난을 겪으며 살아가는 세계를 대 조적으로 표상하여 동정을 보냈음을 읽을 수 있다.

이 칠언고시(七言古詩)가 무게 있는 것은 운명 앞에서의 비극을 여실히 표백하고 있기 때문이다. 이 시는 노인을 자처한 작가 자신의 하소가 아니 면, 속수무책인 선비들의 자탄(自嘆)이다. 좀이나 벌레는 반당인 김안로(金 安老)와 그의 아들 김희(金禧)일 것이며, 딱따구리는 작가 자신이거나 뜻 을 같이하는 선비들이다. 나무는 조정(朝廷)을 비유한 것으로 본다.

이 시는 감정이 없는 미물에다 자기의 심상을 토로한 두보(杜甫)의 수법을 인용하였다. "불만과 불평을 사경(寫景)으로 대신하는 솜씨"46)가 곧 이것이다.

송순(宋純)은 거지에게서도 행복을 찾을 수 있었다. "현실에의 과감한 풍유에는 사승(史乘)을 무색케 한 묘지(妙指)가 지천"47)인 두보(杜甫)를 배운 송순(宋純), 또한 사회상을 묘사함에 그 붓이 힘있었다. 이런 뜻으로 <문개가(聞丐歌)>는 사실적(事實的)인 작품으로 깊은 발성(發省)을 자아낸다.

聞 丐 歌

曉夢初罷驚剝啄	문 두드리는 소리에 놀라 새벽잠 깨어
推枕起聽歌聲長	벼개를 밀쳐 놓고 늘어진 노랫소리 듣는다
呼兒走出問所由	아이 불러 달려 나가 연유를 물으라니
知是老丐謀朝粮	늙은 거지 아침 동량하여 왔단다
不憂不哀乞語傲	근심도 슬픔도 없이 오만히 버티어
腰下只見垂空囊	허리 아랜 다만 빈 주머니만 덜렁
招來致前詰其由	불러 세워 그 연유 따져 물으니
百綻一衣無下裳	누덕누덕 기운 옷에 바지도 없네.
云我曾爲富家子	거지의 말이, 일찌기 부잣집 자식일 때에
衣餘篋中粟餘場	옷은 궤짝에 남았고 쌀은 마당에 쌓여
膝下兒孫床下妻	무릎 아랜 아들 손자 그리고 아내
人生一世無他望	인생 이 정도면 바랄 게 없었다오
爓牛行酒聚比隣	육포에 술이요 이웃 불러 즐기고
嬉嬉笑語頻開張	기쁜 웃음 희희낙락 자주 벌였지
謂是天公賦命好	하늘이 내게 내린 좋은 복인 줄 알고
自擬基業傳無疆	튼튼한 사업이 끝없이 이어갈 줄 알았지.
吁嗟人事苦不常	앗차 사람 일 고락(苦樂)이 무상하다
甲子年間遇狂王	갑자(甲子)년쯤 미친 왕을 만나(연산군)
朝生一法如蛇虺	하루 아침에 생긴 법은 독사와 같고
暮出一令如虎狼	저녁에 내린 명령 호랑이 같아
風雷行處不暇避	비바람 우레에 피할 곳 없다

46) 李內晴 : 韓國文學上의 杜詩硏究 p.315
47) 李內晴 : 韓國文學上의 杜詩硏究 p.319

無翼奈何高飛翔　　날개가 없으니 높이 날아 오를 수도 없고
父祖經營百年産　　대로 이어온 백년(百年)의 재산이
敗之一日猶莫當。　하루 아침 쫄딱 망해 어쩔 수 없다.
家破田亡餘赤身　　집 날리고 전답(田畓) 팔아 벌거숭이만
升天入地無可藏　　하늘로 솟을까 땅으로 들어갈꺼
妻東子西我復南　　아내는 동쪽 자식은 서쪽 나는 남쪽
雲分雨散情茫茫　　사랑이 흩지어 있으니 아득할손 정일세
飄零于今三十年　　떠돌기가 이제껏 30년이러니
死生憂樂已相忘　　죽살이와 근심 기쁨 다 잊었노라
人間何處不可住　　어느 곳인들 살만하지 않으랴
一杖一瓢行四方。　지팡이와 표주박으로 사방을 싸다닌다.
區區形骸知么麼　　구차한 내 몰골 보잘 것 없으니
求人猶足救死亡　　사람에게 부탁함은 오직 죽음에서 건져짐
腹中繼食飢不害　　굶지 않고 먹으니 주림 모르고
身上繼衣寒不傷　　옷마져 걸치니 추위를 모르네
更無餘憂來相干　　들이 닫는 남은 근심 없다가 보니
優遊卒歲於康莊　　거리에서 죽을 때까지 노닐 뿐이지
公侯將相縱有榮　　공후(公侯)와 장상(將相)이 영화롭다지만
君看前後紛羅殃　　그들의 재앙을 왜 모르는가.
出門揮杖歌復高　　문 밖에 나며 지팡이 휘둘러 목청 높이니
白首意氣何軒昂　　늙은이 의기와 기세가 등등
得喪已知不關我　　성공과 실패는 나와 무관할 터이니
莫言丐者皆尋常。　거지로 안 보는 것 예사 일이지.

<면앙집 권1·22~23>

사뭇 달마(達摩)처럼 추호도 근심 걱정이 없이 주어진 삶을 즐기고 있다. 오히려 공후(公侯) 장상(將相)을 걱정하면서, 천하가 모두 집이고 먹을 곳이라고 낙천(樂天)을 헌사하는 거지다. 이런 경지에서는 죽지 않는 것이 다행이다. 죽음을 초월했고 희노애락(喜怒哀樂)을 잊은 해탈의 경지다. 오두미(五斗米)에 목을 매어 사는 주제가 꼴사나와서 "주요요이경양풍표표이취의(舟搖搖而輕颺 風飄飄而吹衣)"[48]를 구가(謳歌)하면서, 귀거

48) 陶靖節集 卷二 歸去來辭.

래(歸去來)하는 도잠(陶潛)이 바로 그의 스승일시 분명하다. 이 소리나지 않은 웃음이 송순(宋純)의 문향(聞香)이다. 이 시는 어쩔 수 없이 낭만에 접근하는 호탕이 번득이면서도, 시달리는 삶에 대한 애소(哀訴)이니 완이(莞爾) 속에 가려진 송순(宋純)의 의표이자, 비바람을 타는 자신의 초라한 삶이 영락없이 부각되어 있는 시(詩)라고 본다.

한편 <목가산(木假山)>이라는 칠언고시(七言古詩)에서는 동양재(棟樑材)가 헛되이 늙어 도끼에 베어져 대용(大用)보다는 그저 운수대로 몇 년 간 누항(陋巷)에 묻혀 있다가 풍류 남아에게 걸려 놀이개가 됨이 좋다고, 벼슬살이에 대한 부끄럼을 노래했다.49) 이는 소순(蘇洵)의 <목가산기(木假山記)>를 의작(擬作)한 것이다.50)

기생이 병상(病床)으로 보낸 매화(梅花) 가지에 붙여 "병 중에 근심을 또 하나 얻었다"51)고 일부러 엄살을 부렸고, "세상이 뒤집혀야 다시 만날까?" 라면서 영원한 이별을 되새긴,52) 송순(宋純)은 55세 때 헤어진 임에게 다음과 같은 염정을 보내는 다정(多情)의 대변자였다.

代人戲作 二首 ①
十載音容山水隔　십년째 그대 모습 산수로 막혔으니
何心樓閣事躋登　누각에 오른다고 보일까마는
每驚虛夢成愁病　번번이 꿈에 놀라 그리워 병이 되니
身上香衣已不勝。　몸에 걸친 그대가 해 준 옷도 이길 수 없다.
<면앙집 권2·10>

그리워 하다가 병이 들었다. 그렇다고 고인(古人)처럼 등루(登樓)하면 보이는 것도 아니지만, 하다가 못하더라도 아니할 수 없는 상사병(相思病)이었다.

거문고를 안고 태고음(太古音)을 알아 줄 이 없음을 우는 것은 타고난 시름이었고,53) 하나의 금슬(琴瑟)이 되어 '군자대(君子臺)'에서 뜯길 오동

49) 俛仰集 卷一·23 公山虛老棟樑材 終年幸避斧斤憂 堪從理數歸漸毀 假名取籠吁可羞.
50) 批點唐宋八家抄 卷六·40 木假山記.
51) 俛仰集 卷一·37 我未就君君就我 病中添得一般愁.
52) 俛仰集 卷二·10 耳邊只信丹盟在 遙待桑田變海波.

나무의 꿈은 송순(宋純)의 열원(熱願)이며,[54] 어옹(漁翁)은 본시 고기잡이가 목적이 아니었다.[55]

　인간이 자신의 무력(無力)에 직면할 때, 가장 큰 위안이 되는 것은 자신의 무력을 깨닫는 능력이다. 송순(宋純)에겐 이런 능력이 있었으니, 이것이 하나같이 시로 둔갑했음을 본다.

---

53) 俛仰集 卷一 · 39 題琴.
54) 俛仰集 卷一 · 12 梧桐.
55) 俛仰集 卷一 · 5 漁父.

4. 민족 정서의 표백

김수온은 사상과 종교의 폭이 넓기에 우리 민족에 대한 자각이 있었다. 주자학적 사고와 생활양식이 전횡하던 시기에 김수온은 우리만이 느끼는 세계의 시각으로 시를 지은 점이 보인다. 양반 사대부층만의 기호에 만족할 수 없었던 것이 또한 김수온의 한 단면이다.

당시 유학자들은 자신의 수양을 위하여 또는 남을 교화하기 위하여 도덕적이고 임금을 위한 음풍농월을 많이 생산하였다. 김수온은 이런 통념에 안주하지 않고 독특한 시적 세계를 개척하였다. 우리만이 느끼는 감수성을 포착하여 시로 작품화한 의도가 보인다.

> 노래를
> 十月層氷水　시월 얼음 위에
> 寒凝竹葉栖　꽁꽁 언 대자리를 깔고
> 與君寧凍死　그대와 함께 얼어 죽어도
> 遮莫五更鷄　새벽 닭아 울지를 마라.
> 　　　　　　　　　　　　　　　　　　　<식우집 권1, 시류>

이 시는 「술악부사(述樂府辭)」라고 하여 『국조시산』에도 실려 있다. 허균은 5언절구 48수 중에 김수온의 작품으로는 유일하게 이 시를 뽑아 실었다.

노래를 옮겨 지은 것과 제목에도 나타나 있다. 고려가요 「만전춘별사」의 앞부분과 그 내용이 흡사하다.

> 어름우희댓집자리보와/님과나와어러주글만뎡/어름우희댓닙자리보와/님과나와어러주글만뎡/졍둔오눐밤/더듸새오시라/더듸새오시라.
> 　　　　　　　　　　　　　　　　　　　<악장가사>

10월에 이미 봄을 느껴서 추위를 잊는 그 뜨거운 열정의 표백이 자연의 어법대로 순응하여 살던 조상의 슬기를 물씬 풍기고 있다.

원나라의 수탈에 나라와 겨레의 아픔을 함께 한 이제현이 <소악부>에서 우리노래를 한역하여 남긴 것과도 비교되는 이 <述歌(술가)>는 김수온이 우리 노래에 관심을 기울였다는 증거로서 값이 있다.

더구나 유학자의 생각으로는 음악 등을 맡아보는 관리는 "광대나 배우의 상에 잡스러이 섞여" 있어서 천하게 보았던 시대다. 그 천하게 보던 광대들의 노래를 한역함에는 김수온의 의도가 있을 것이니, 우리만이 갖는 감수성을 발라내어 시로 지은 그 문학적 안목이 돋보인다. 우리의 전통은 민족에 대한 다각적인 인식과 그 보급 전수에 힘입은 바 크다고 하겠는데, 김수온이 고려가요를 아끼고 있었다는 사실과 그 노래의 내용과 향기를 지금 우리에게 전하려 한 점은 그가 남다른 민족에 대한 인식을 가지고 있었다는 좋은 자료다.

천수사에 부쳐

頹垣破礎暗螢飛	무너진 담 깨진 주춧돌 반딧불만 나는데
贏得都人指點歸	구경꾼 손가락 끝에 겨우 남았네
却似千年鶴遼哎	도리어 천년 학의 울음
山川如舊昔人非.	산천은 그대로나 옛 사람은 아니네.
春風處處百花飛	봄바람 부는 곳에 온갖 꽃 날리니
擬向松都匹馬歸	필마로 송도에 돌아오는 것같네
五百年間人物論	오백년에 인물을 따져 본다면
迷君誤國定誰非.	나라 망친 자 바로 누가 아니리.

<속동문선 권9>

이 시는 대동문화연구원에서 영인한 『이조명헌집』속에 있는 『식우집』에 제1수만 분명하게 전한다. 『속동문선』에는 두 수가 있으나, 『식우집』에 제2수는 없고 아래 글자가 빠진 제3수가 있는 것으로 보아, 이 7언절구는 본래 두 수는 넘었을 것같다.

亭在四峯実欲飛
路長南北瞰人歸
一句欲和前人句

<식우집 권1, 시류>

그러니까 『동문선』에는 본래 여러 수 있던 것 중에서 두 수만 골라서 실은 것 같다.

이 시는 다음 시조를 풀어 설명한 감이 있다.

오백년 도읍지를 필마로 돌아보니
산천은 의구한데 인걸은 간데없네
어즈버 태평연월이 꿈이런가 하노라

<청구영언>

이 시조의 초장은 시의 제2수 전체의 의미이지만은 특히 "필마로 송도에 돌아오는 것 같네, 오백년에 인물을 따져 본다면"에 더 흡사하고, 중장은 제1수이지만 시의 결구인 "산천은 그대로나 옛사람은 아니네" 그대로이며, 시조에서 탄식조로 맥없이 마무리한 종장을 유학적인 논리로써 "나라 망친자 바로 누가 아니리"라고 하여 모든 사람에게 책임을 묻고 있다.

이렇게 회고적인 시조를 가져다가 시를 지은 것에서, 바로 우리의 감수성을 포착하여 독자에게 더욱 접근하고자 하는 의도가 보인다. 흔히 남의 시를 베껴 쓰거나 남의 시상을 옮길 때는 중국 한시나 선배의 글에서 따오는 것이 일반적인 시대에 민족의 서정이 흐르는 고려가요 또는 시조에서 시상을 옮겨온 그의 의도는 무엇인가.

더구나 「만전춘별사」나 「오백년 도읍지를」은 모두 민족 정서가 짙게 깔려 있는 노래라는 점이다. 맵고 쓴 삶을 여과하여 꽃 피우던 우리 조상의 서정을 그대로 시에 반영하였다. 당시 시를 짓던 이들이 대체로 착안하지 못하였던 점이다.

「쟁처령(爭妻嶺)」은 전설을 시로 지은 것이고, 「파리」는 항간에 퍼진 이야기를 시로 엮은 것이다.

파 리

觜非蚊蚋尾非蜂	주둥이는 모기도 아니며 꼬리는 벌도 아니고
但得營營几案中	다만 책상가에서 앵앵거릴 뿐인데
何事辛公生暴怒	무슨 일로 신공은 그리도 화가나서
罵妻歸去與人同.	아내보고 시집가서 함께 살라 꾸짖었나.

<식우집 권1, 시류>

이 시의 끝에는 다음과 같은 주가 가는 글자로 달려 있다.

신공의 이름은 인손이다. 과거에 뽑히어 병조판서에 이르렀으며 성격이 급하였다. 일찍이 낮잠을 잘 때 파리가 얼굴에 모이거늘 신공이 일어나서 휘둘러 쫓았으나 다시 잠들면 다시 모이곤 하였다. 이와 같이 세 네 번을 하니 신공은 매우 화가 났다. 칼을 뽑아 어지러이 치니 부인이 가로되 "파리가 어찌 아는 게 있겠습니까 어찌 이와 같은 물건을 쓰십니까" 하니 신공이 매우 부인을 꾸짖어 말하기를 "너는 파리에게 시집가서 함께 살아라"라고 했다.

이와 같은 시는 생활 중에서도 감수성이 민감히 작용할 만한 정서가 들어 있다. 독자에게 빨리 전달되며, 강하게 작용하여 인상도 깊게 박힌다. 풍자적이고 교훈적이기도 한 이 시는 그 정서가 독자에게 생동감 있게 전달된다. 『식우집』에는 이 시를 전후하여 「아명(鴉鳴)」, 「작(鵲)」, 「치(鴟)」, 「진작(眞雀)」, 「공(蚣)」, 「촉직(促織)」, 「오(烏)」, 「의(蟻)」 등의 제목이 보인다. 이는 모두 동물 세계를 통하여 인간 세상의 단면을 그린 것들이다. 이 중에서 「작(鵲)」은 겨울철 세시풍속을 담고 있다. 「진작」은 '참새'라는 말이다.

이상에서 민족의 전통적 정서 내지 감수성이 가장 잘 내재하고 강도가 높은 것으로 보이는 고려가요, 시조, 전설, 항간의 이야기 등을 시로 작품화한 점을 검토하였다. 이런 점을 제재가 다양하다고도 하고 한가하다고도 했다. 이는 김수온이 민족 정서를 의식하고 작품의 전달 기능을 생각하였음을 보여주는 것이다.

5. 부티 나고 호방한 시

서거정이 당대의 내노라하는 이의 시문집에 써 준 칭찬의 요소는 모두 그 글들이 넉넉하고 화려하며 호방하다는 내용이다.

신숙주의 문집인 『보한당집』의 서문에서 "문장의 됨됨이는 호방하고 건실하며 넉넉하여 뛰어나며 문장을 만드는 솜씨가 대단하다"고 칭송했다. 권홍의 시문집인 『쌍당집』 서문에서는 "조용하고 한가로우며 아름답고, 노니는데 급박하지 않아 확트인 넓은 취미가 있다."고 했고, 성석린의 『독곡집』 서문에서는 "기운이 웅장하여 호방하며 그 글에 사용한 말은 넉넉하고 화려하다."고 했다.

서거정이 남을 칭찬할 때 사용한 말은 곧 그가 믿는 최선의 경지일 것이다. 그렇다면 서거정의 작품도 실로 그러한가. 이는 그의 '응제시'를 읽어 보면 분명해 진다.

압구정에

終南山壓漢江流	남산은 한강의 흐름을 누르고
新構華亭別樣秋	새로 지은 화려한 정자에 특별난 가을
天上何時降奎壁	천상에서 그 언제 文星(문성)이 내려왔는고
人間是處有瀛州	세상에 이곳이 바로 선계로구나
謝安已蠟登山屐	사안은 나막신이 달토록 산에 올랐고
范蠡無心泛海舟	범여는 생각 없이 강호에 배를 띄웠네.
眼見大平無事日	눈앞에 태평한 성세를 보는데
從容進退復何愁.	조용히 물러나니 또 무엇을 근심하리.

한명회가 물러나 지은 압구정에서 읊은 시다. 문성은 글을 지배하는 별이다. 이 별을 받아 여기가 바로 신선세계가 되었다. 이 신선세계는 유학의 도학이 잘 퍼져서 태평 시대된 경지를 이름이라. 사령운은 자연을 좋아하여 산에 하도 자주 많이 오르니 신발이 남아나지 않았다. 그는 특별히 등산에 편리한 신을 고안했다. 말하자면 등산화의 시조인 셈이다. 범여나

사령운은 바로 한명회를 비유한 자연 친화의 모범이다. 자연을 즐김은 바로 태평 성세에 대한 찬양이며, 이는 또 임금님의 은총에 대한 보답이니, 충성심의 또다른 표백이다.

이 시의 스케일이 큰 점과, 호방하고 넉넉하며 화려한 시상은 서거정의 화려한 시상과 수식의 솜씨를 엿볼 수 있는 시다.

종 이 창

夜深雪色爲渾白	밤은 깊은데 눈빛이 하얗더니만
曉引朝暉欲軟紅	새벽에 해 뜨려니 연분홍 빛 되네
百歲窓明窓暗裏	한평생은 창이 밝고 어두운 속에 있을 뿐
擁衾危生一詩翁.	이불을 당겨 꼿꼿이 앉은 한 시인이여.

제1구와 제2구의 배경 묘사에 화려한 꾸밈이 아름답다. 제3, 4구에서 나타난 서거정의 심리와는 어쩌면 걸맞지 않을 정도다. 그러나 변화법으로 강조하여 그 심회를 더 아프게 하는 효과를 노렸으니, 서거정의 시적 결구의 기법이 능숙함을 엿볼 수 있다.

6. 방외인의 시 - 허균 갈등의 탈출구

1) 서론

  이 논문은 한 작가가 살고 있던 사회의 외적 조건에 대한 작가의 내적 반응을 살펴 본 것이다. 당시 혼란한 정치에 처하여 사회 변혁의 꿈을 가지고 있는 작가가 어떻게 그 외압(外壓)을 소화 했는지에 대해서 알아보고자 한다. 외압이란 당시 유학적인 사회 구조 속에서 합당하지 못한 용어로 생각할 수도 있다. 허균(許筠)의 경우는 다른 작가들과는 다르게 많은 사상에 접하면서 유학적인 바탕 위에 다른 사상도 많이 이해하고 있었던 것으로 생각할 수 있다. 이런 작가에게는 유학적 사회 질서가 외압이 될 수 있을 것이라고 가정하고 논리를 전개하는 것이다.

  여러 사상을 알고 있는 작가에게는 유학만에만 의존하는 작가에 비하여 당시 유학적인 사회 구조를 받아 들이는 자세가 다르다고 생각하기 때문이다. 같은 자극이라도 작가의 내면 세계에 따라서 다른 반응이 나올 수도 있을 것이다. 이를 통하여 작가가 작품을 창작하는 창작 의식의 일단을 살필 수 있을 것이라고 생각한다. 작품은 작가의 산물이자 사회의 산물이다. 당시 사회라는 자극을 작가가 어떻게 형상화 했는지를 알아 보는 것이 이 논문의 문제이다.

  허균은 「김종직(金宗直論)」을 통해서 사림(士林)들에게 인심을 잃었고, 「남효온론(南孝溫論)」을 쓰면서 사장(詞章)들에게도 환영을 받지는 못했을 것이다. 자신의 정치적 입지(立地)를 위해서 폐모론(廢母論)에 동조하기도 했지만 결국 이이첨(李爾瞻)에게 너무나 힘겨운 정적(政敵)으로 인식되어 변명할 기회도 없이 극형을 받게 되었다. 그의 생애를 돌아보면 시대에 맞추어 적응을 하면서 살려고 노력했던 인물이 아니라, 자신에게 시대를 맞추려고 노력했던 인물로 보이는 부분이 많다.

  김기동(金起東)을 비롯한 선학(先學)들의 연구로 『홍길동전(洪吉童傳)』으로 이름이 나기 시작한 허균의 문학은 「답이생서(答李生書)」에 대한 손

팔주(孫八洲)의 연구와 허경진(許敬震)의 『허균시연구(許筠詩硏究)』·『허균의 시화』에 이르러 그의 시문학에 이르기까지 넓고 깊은 연구가 이루어졌다. 특히 『허균시연구』에서 허경진은 허균을 현실에 대한 인식에서 현실과 불화(不和)의 관계로 보고 그의 현실에 대한 불화를 시적으로 극복하는 목록으로 선계시(仙界詩)와 궁사(宮詞), 화운(和韻), 몽시(夢詩)로 축약해서 설명했다.

허균이 현실에 적응하지 못한 것은 여러 연구에서 밝혀진 바 있다. 허균이 사회에 적응하지 못한 것은 당시의 사회 현실로 볼 때에는 허균의 인격적인 결함이겠지만 지금 우리의 시각으로 보면 당시 사회의 현실이 그를 받아 들일만큼 폭넓은 사회가 아니었다고 볼 수도 있다.

허균이 사회에 적응하지 못하고 받는 스트레스는 바로 그에게는 억압으로 다가 왔을 것이다. 허경진은 이런 현상을 불화라고 했던 것 같다. 허균이 사회와 화해(和解)하지 못한 것을 불화(不和)라고 하든, 사회적인 외압이라고 하든, 같은 맥락에서 이해할 수 있다고 본다.

허경진은 불화에 대한 허균의 해결책으로서 선계시를 짓고, 궁사를 짓고, 친구들과 화운을 짓고, 몽시를 지었다고 보았다.

이 논문에서는 억압에 대한 탈출구(脫出口)로써 갈등의 형상화와 리비도의 표현, 그리고 절필(絶筆)이라는 시인의 몸부림으로 풀어 보려고 한다. 갈등의 형상화는 아직 성숙하지 못한 시기에 외압에 대한 반응을 말한 것이다. 외압에 잘 적응하도록 수양을 할 수도 있었을 것이지마는 허균의 경우에는 그렇지 못한 부분이 그의 작품에 나타난다. 갈등을 형상화해야 하는 이유와 상황에 대해서도 생각해 보고자 한다. 결론부터 말하자면 세계에 대한 무한한 호기심(好奇心)이 그에게 국한된 현실을 받아들이기 어렵게 했고, 또 많은 세계에 대한 섭렵(涉獵)으로 현실에 안주(安住)할 수 없었던 것으로 파악 할 수 있다. 이것은 그의 다방면(多方面)에 걸친 탐구를 그린 글 속에서 알 수 있다.

남들이 하는 대로 하는 것이 아니라, 다방면에 대한 탐구를 시도한 이면(裏面)에는 현실을 따르지 못하는 사정이 있기 때문이다. 외압을 벗어나기 위한 몸부림으로 다른 세계에 대한 적극적 탐구와 표현이 허균 문학의 한 특징이라고 생각한다.

리비도의 표현도 현실에 적응하지 못하고 분출하는 에너지로 보았다. 허균이 살던 당시의 사회적 특성과 문학에서 다루는 제재는 리비도와는 거리가 먼, 리비도를 억압하는 정신적인 에너지가 팽배(澎湃)한 시대였다. 이런 시대에 리비도의 표현은 억압에 대한 남다른 출구일 수 있다고 생각한다.

마지막으로 허균은 절필을 선언하고 실제로 절필을 실천했다. 이것도 그의 문학 속에 나타나는 외압에 대한 탈출구일 수 있을 것이다. 시대에 대한 반항으로 볼 수도 있을 것이지마는 이 대항이 바로 외압에 대한 출구가 된다고 생각해 보려고 한다.

이상의 요소들이 도피나 저항으로서가 아니라, 분출(噴出)하는 출구로서 역할을 했다고 보는 것이 이 논문의 관점이다. 이런 시각에 대해서 논의의 여지는 있을 것이다.

2) 본론

(1) 갈등(葛藤)의 형상화(形象化)

허균은 자신의 무의식 세계에 갈등을 가지고 있었다. 「몽뇌사물명(夢賚四物銘)」의 병인(幷引)은 심리적인 갈등상태가 잘 드러나는 상징적인 꿈이야기다. 허균은 1611년(광해군 3년)에 선조를 만나서 네 가지 선물을 하사받은 꿈을 꾸었다.

> 신해년 2월 보름날 꿈에 선정전(宣政殿)으로 들어가니, 돌아가신 선조대왕(宣祖大王)이 방선관(方山冠)에 하얀 홑적삼을 입고 띠도 안띤 채 뒷간으로 가는데, 궁인(宮人) 둘에 내시(內侍) 하나가 모시었다. 내가 엎드려 절하니 상(上)께서
> '너는 왜 띠도 없고 신도 없고 붓집도 없느냐'
> 하였다. 조금 뒤에 어린 궁인이 황서대(黃犀帶)와 화금대(花金帶) 각각 한 개와, 당제록단화(唐制綠段靴) 한 켤레와 다홍 모시실로 엮은 주머니에 족제비 털로 만든 큰 붓 2자루를 직접 내게 주었다.
> 내가 먼저 신을 신고, 붓 집을 차고 내 몸을 돌아보니, 은대(銀帶)가 있는데 차마 겹쳐 두를 수 없어 물러나 엎드리니, 상께서

'덧띠거라'

하시기에, 신이 서대(犀帶)를 먼저 집으려니까 상께서 또,

'먼저 금대(金帶)를 띠고 다음에 서대를 둘러라.'

하였다. 내가 먼저 금대를 띠어보니, 그 만듦새가 몹시 좁고도 가벼웠다. 다음에 서대를 띠어보니 아주 넉넉하고도 묵직했다. 일어서서 막 적을 하려니 굽힐 수가 없었다. 상께서,

'꿇어앉아라.'

하시기에, 내가 바로 꿇어 앉아 인사하려다가 그만 꿈을 깨어 버렸다. 어허, 참 이상도 하다.

<국역성소부부고 2권, 257면>

이 이야기와도 통할 수 있는 이야기를 1996년 4월 19일에 백상창 정신 신경과 병원 집단 심층 치료 시간에 들었다. 어느 환자의 꿈이야기다.

저는 불신과 증오에 시달리고 있는 사람입니다. 언젠가 꿈에 백 박 사님을 꿈에 보았는데 백 박사님께서 삐에로가 쓰는 고깔모자를 쓰고 단장을 손가락에 걸고 빙글빙글 돌리고 있었습니다.

권위체에 대한 환자의 무의식의 세계를 설명한 꿈이다. 백 박사는 환자 에게는 의사며 권위체다.

허균의 꿈에 나타난 선조의 행색이 바로 이 환자의 꿈에 나타난 백 박 사와 같다. 임금인 선조가 쓰고 있는 방선관은 한(漢)나라 시대에는 악인 (樂人)이 쓰던 모자이고, 당송(唐宋)에 와서는 은자(隱者)들이 쓰던 모자 다. 모자는 그의 신분이나 권위를 상징하는 것이고 남성을 의미하는 것이 라고 해석할 수 있다. 선조의 옷차림은 임금으로서의 권위가 없는 복장을 하고 있다. 그리고 뒷간으로 간다는 것이 왕을 신성하게 보지 않는다는 것 을 상징한다.

그래도 광해군보다는 나은 임금이기에 엎드려 절을 했다. 이때 받은 하 사품이 모두 왕권 또는 권위를 상징하는 것들이다. 황서대·화금대는 황금 색으로 왕권을 상징하는 것들이다. 당제녹단화는 부귀와 영화를 상징하는 것이다. 물론 신발은 여성을 의미하기도 한다. 다홍 모시실로 엮은 주머니 에 족제비 털로 만든 큰붓 2자루는 남성을 상징하는 물건이다. 허균의 다

른 글에서도 붓이 남성을 상징하는 경우는 이 논문 속에 또 있다.

허균의 나르시즘적인 면을 말해 주는 것이 "내가 먼저 신을 신고, 붓집을 차고 내 몸을 돌아보니……"라는 대목이다. 신을 신고 붓집을 참으로써 이제 허균은 개인적인 꿈을 이룩했다. 이 정도라면 되었다 싶어 저기 도취에 빠져서 자신을 돌아본 것이다.

임금을 상징하는 황서대와 화금대를 띠고서는 절을 할 수가 없었다. 당연한 일이다. 자신이 이미 왕의 권위를 차지했는데 누구에게 절을 할 수 있겠는가. 그래서 꿇어 앉을 수 밖에는 없었다. 꿇어 앉는다는 것은 바로 권위의 이양(移讓)을 의미한다. 선조로부터 왕권을 물려 받은 자신은 광해군은 문제도 되지 않는 임금이다. 이런 생각에서 폐모론(廢母論)에 가담하면 어떻고 안하면 어떠랴. 허균의 무의식은 이미 스스로가 왕이 되어 있었다는 것을 이 꿈을 통해서 알 수 있다.

그러나 현실은 그렇지 않다. 광해군이 권위체며, 허균이 보기에는 하잘 것 없는 무리들이 우굴거리는 곳이 조정이다. 이런 상황이 허균의 갈등 양상을 잘 설명해 준다.

이와 같은 갈등은 당시에 앞서가던 지식인으로서 공안파(公安派)의 주장을 수용한 점에서도 찾을 수 있다. 문학은 그 시대에 따라 다르고 그 시대마다 독특한 특징을 가지고 있다. 또한 복고(復古)나 의고(擬古)를 반대한다. 그리고 글이란 성령(性靈)을 펴내며 격식에 구애받지 않는다는 공안파와 같은 문학관을 허균에게서도 볼 수 있다.[56] 그러나 현실은 이런 것을 아직 수용할 수 없었던 것이다. 허균은 이런 것들을 갈등으로 볼 수밖에는 없었다.

「연념잠(煉念箴)」을 보면 갈등을 어떻게 형상화 하고자 했는지, 그렇게 해서 실로 어떻게 억압에 대한 출구를 마련했는지 볼 수 있다. 작가의 내적 갈등을 어떻게 고뇌하고 극복하는지에 대한 탐구는 작가를 이해하는데 도움을 줄 수 있을 것이라고 생각한다. 사잠(私箴)은 그 글의 성격상 수양의 좌우명으로 삼는 것이다. 자신의 삶을 지탱하기 위하여, 또는 정신적 성숙을 위하여 사잠을 짓고 지켰다. 사잠이라는 문학의 형식이 갈등을 형상화하는 작가적 정신과 통하는 장르라고 생각할 수 있다.

---

56) 宣承慧・董其昌, 「繪畵理論研究」, 서울대 석사학위논문. 1996, 11면.

心之本體　　마음의 本體는
湛然常淸　　고요하고 항상 맑아서
方其不動　　바야흐로 그 움직이지 아니하니
水澄鑑明　　水面처럼 맑고 거울처럼 밝다네
至虛至靈　　지극히 비어 있고 지극히 神靈하며
至神至精　　지극히 神妙하고 지극히 알차서
一氣朝元　　一氣가 道家의 경지이니57)
無臭無聲　　냄새도 없고 소리도 없네
操存無幾　　있고 없고 하는 것이 기미가 없어58)
念忽以生　　思念이 문득 생겨나니
種種顚倒　　무엇이든 頭緖를 잃어
若狂若驚　　미친 듯하고 놀란 듯하네
悲驩喜怒　　슬프고 기뻐하고 즐겁고 화가나
窮達枯榮　　窮達과 榮枯가
以妄證妄　　망녕 됨으로써 망념 됨을 證明하여
百般交爭　　모든 것들이 서로 다투네
當其時也　　그 때를 當하여서
心惛若盲　　마음이 어둑하기가 눈이 먼 듯하니
作業作殃　　業을 만들고 災殃을 지어
由惡趣行　　악에 緣由하여 행동하게 되네
彼至人者　　저 매우 훌륭한 사람은
深識禍萌　　災禍의 싹을 깊이까지 알아서
待念如寇　　思念을 待接하길 떼도둑 같이 하고
怖念如兵　　思念을 두려워하길 武器같이 하네
藏念如寶　　思念을 보물처럼 감춰두고
守念如城　　思念을 城郭을 지키듯이
勤勤保念　　부지런히 부지런히 思念을 保全하여
勿縱而橫　　멋대로 날뛰지 못하게 하네
其煉伊何　　그 달여냄을 어찌 하느냐면
靜定一誠　　고요히 安定시켜 한결 같이 誠實하게

---

57) 朝元은 道觀, 老子의 祠堂
58) 操存은 『孟子』, 「告子上」에 有.

煉之又煉　달이고 또 달여서
無爲以貞　無爲로써 굳게 지키네
煉之則聖　달여 내면 聖人되고
不煉則甿　달여 내지 않으면 무식한 천한 배성 되니
唯此至道　오직 이 지극한 道
就始强名　처음으로 이름 하길
帝軒轅氏　黃帝 軒轅氏가
聞之廣成　廣成者에게 들었으니59)
如此煉之　이같이 달여 낸다면
可朝玉京　白玉京에 朝會하리라

<성소부부고 권14, 1 - 2>

이 잠(箴)은 이(理)와 기(氣), 그리고 사념(思念)으로 말미암은 파괴된 인격을 그렸다. 이어서 수양(修養)의 방법을 제시했는데 사념에 대한 두려움, 사념을 막음, 思念을 무위(無爲)로 지킴, 연(煉)하여 성인이 됨, 지도(至道)의 경지에 들음과 같은 순서로 스스로를 경계하는 내용을 썼다.

「연념잠」은 약을 달이듯이 생각을 달여 내서 마음의 정수(精髓)인 맑고 깨끗한 마음의 본체로 돌아가고자 하는 의지를 기록했다. 생각이라는 것이 조금만 틈을 주면 온갖 잡념이 일어서 마음을 일렁이게 하기 때문에 악(惡)을 다르게 마련이다. 이와 같은 관점은 도교(道敎)에 기준을 맞춘 듯한 감을 준다.

그러나 이기(理氣) 체용론(體用論)으로 보면 유학적 사고임을 알 수 있다. 유학 중에서도 조선의 정통적인 수양의 방식과는 다른 생각을 바탕으로 하고 이싸. 여기에 사회에 적응하지 못하는 갈등요소가 허균의 내면세계에 자리 잡게 되고 형상화의 의식이 배태(胚胎)될 수 있었을 것이다.

기본적인 생각의 틀을 이렇게 현실과 다르게 잡아 놓고서 궁극의 목표는 같이 설정 했다. 생각과 행동이 악을 따르지 않게 하려면 정신을 차려서 생각을 잘 지켜야 한다. 적(敵)으로부터 나를 지키듯이 성(城)을 굳게 지키듯이 물샐 틈이 없이 지켜야 한다. 이는 자신의 기질을 악한 것으로

---

59) 莊子 在宥, 淮南子 銓言訓, 神仙傳 一에 광성자는 上古 仙人으로 공동산 石室에 隱居했는데 일찍이 黃帝가 至道를 물었다고 한다.

보고 수양에 임하는 자세다. 모든 잡념을 끊어 버려야 한다는 것은 자신의 생각을 부정적으로 보는 측면이 있다. 적어도 자신의 사념 중에는 부정적인 면이 있다고 전제하고서 수양을 하는 자세다.

이렇게 생각을 달여 내는 법은 무엇인가. 그것이 지도(至道)다. 지도는 옛날 황제(黃帝)가 은거하는 헌원씨(軒轅氏)에게 물었다고 한다. 지도는 도교적인 관점에서 설정한 이상적인 수양의 경지다. 지도만 이룩되면 옥황상제가 사는 선계에서 살게 된다. 인간이 천하게 된 것은 다만 사념(思念)을 달일(煉) 줄 몰라서 그렇게 된 것이다. 연(煉)은 사념의 단련을 의미한다. 생각을 달여 내는 것이 지도에 이르는 길이다.

이 잠(箴)은 도교적인 색채가 짙다. 이런 수양의 방식은 유학적인 방식은 아니다. 허균의 이런 수련의 잠(箴)을 통해서 그가 유학적 수양의 방식인 격물치지(格物致知)에 바탕을 두지 않고 도교적인 방식으로 끊임없는 수양을 해 왔음을 알 수 있다.

허균이 자신의 내면적인 갈등을 형상화 하는 과정에서 현실을 지배하는 논리인 유학적인 사고의 방식과 다르게 설정해 놓고 목표는 현실과 같이 설정한데 이 잠의 특징이 있다. 지도에 이르기 위한 갈등을 읽을 수 있다. 인내와 고뇌의 삶을 볼 수 있는 잠이다. 이 잠의 첫부분이 이(理)와 기(氣)에 대한 묘사에서 시작했듯이 잠의 마지막 부분에서 지도라고 한 목표 설정도 도교와 유학이 공존하는 개념으로 생각된다.

시어의 선택에 있어서도 도교적인 것과 유학적인 것이 공존한다.[60] 이는 현실의 억압에 대한 허균 자신의 내적 갈등을 형상화한 잠이라고 생각한다. 이 잠을 읽으면 외적 억압으로 생기는 갈등을 다시 억압으로 삭히는 방식을 볼 수 있는데, 이는 당시에 지배적인 유학적 삶의 방식을 보여 주는 것이다. 그러나 도교적인 갈등 해소의 방식은 무위자연을 표방한다. 여기서 허균의 박람(博覽)이[61] 양가(兩價) 감정(感情)으로 표출되는 현상을 볼 수 있다. 그가 현실적으로 살아야 하는 도덕적인 규범과, 그가 행동하고 있는 현실적인 사고나 행동의 틀은 다르다. 이런 내적 갈등을 형상화한 것이

---

60) 朝元과 操存은 서로 대비가 되는 어휘다.
61) 「歐蘇文略跋」에 쓴 것을 보면 문장이란 제각기 나름대로의 맛이 있는 법이니 여러 사람들이 지은 각체의 글을 두루 섭렵해야 한다고 주장 했다. 또 '讀'이라고 하여 諸子의 全書를 읽고 평한 것을 보더라도 許筠의 博覽을 알 수 있다.

이 잠이다.

어떻게 보면 유학과 도교를 절충한 것으로 보이기도 하겠지만 이 잠 속에서는

待念如寇/怖念如兵/藏念如寶/守念如城과 같이 굳게 마음을 閉鎖시키면서 其煉伊何/靜定一誠/煉之又煉/無爲以貞이라고 하여

유학적인 수양의 방식과 도교적인 수양의 방식 사이를 왕래하고 있는 정신적인 방황을 포착할 수 있다. 다시 설명하면 정정일성(靜貞一誠)은 유학적인 수양의 덕목이고 무위이정(無爲以貞)은 도교적인 수양의 방식이라는 말이다. 이런 선택의 방황인 양가(兩價) 감정(感情)의 형상화도 갈등의 한 현상이라고 생각한다. 절충은 통합을 듯하며 양극을 방황하는 심리 상태가 아니다. 갈등 상황이 아니라고 볼 수 있다.

이런 사잠(私箴)은 자신의 수양을 목적으로 쓴 것이다. 이런 수양의 방식을 선택할 수밖에 없었던 허균의 내면 세계는 갈등과 양가 감정으로 얼룩져 있었을 것이라는 생각이 든다. 유학적인 수양의 방식으로 행하는 수양이 필요한 것은 유학적인 사회에서 살아남기 위한 수단이었다. 그러나 그것만으로는 만족하지 못하여 도교적인 수양의 방식을 첨가함으로 해서 외압에 대한 갈등을 형상화한 이 잠은 양가 감정으로 표출 될 수밖에 없었을 것으로 생각한다.

이런 외압에 대한 출구는 조선 시대 작품들 속에서 종종 대할 수 있다. 유학적인 한가와 여유로운 삶을 구가하면서 선계를 추구하는 글들은 그 목표는 하나라고 해도 방법 면에서 현실과 이상에 대한 사상적 양가 감정을 내포하고 있음을 볼 수 있다. 「수잠(睡箴)」을 보면 수(睡)·병(病)·음(陰)·백(魄)과 성(惺)·강(康)·양(陽)·혼(魂)을 대립적 관계로 설정 하고 깨어 있어서 양(陽)의 힘으로 귀신을 몰아내야 한다고 경계했다. 양극적 파악은 어느 한쪽을 선택해야 하는 갈등의 형상화라고 생각할 수 있다.

문집의 이름을 성소(惺所)라고 지은 것도 항상 깨어 있기를 경계하는 사잠으로 보는 것이 좋을 것이다. 글에 대해서도 서로 상반 되는 생각을 문집속에 표현했다. 「필타명(筆橐銘)」에서는 '문장대업(文章大業)' '불후지명(不朽之名)'이라고 해놓고서 『교산억기시(蛟山臆記詩)』에서는 그 서문

(序文)에 '시토두노(始討杜老) 왕비공정(枉費工程) 우소기(于小技)'라고 폄하(貶下)했다. 이런 자세는 당시에 확고했던 '도본문말(道本文末)'적 사고에 혼돈을 자초하는 결과를 초래할 수 있다고 생각한다. 하나의 작품 속에 나타나는 양가감정이나, 대립적 관계의 설정, 그리고 다른 글속에서 볼 수 있는 일관성이 없는 글에 대한 그의 의견은 허균 자신의 갈등을 형상화하는 과정에서 탄생된 것이라고 본다.

(2) 리비도의 표현

옛날에 고생 해서 지은 시들이 없어지는 것을 안타깝게 여겨서 다시 기억을 더듬어 베껴서 모은 「교산억기시(蛟山臆記詩)」에는 남녀간의 성적 사랑을 상징적으로 잘 그려 놓은 작품을 상당량 찾아 볼 수 있다.

無題

芳草凄凄人未歸	綠陰芳草 쓸쓸타 님이 오지 않아
羅幃瘦盡雪膚肌	비단 휘장에는 눈 같이 하얀 살결 야위어만 가네
梨花月黑三更雨	배꽃에 달은 검어 한밤 중 오는 비에
唱斷陽關燭漸微	이별 노래 끝나자 촛불은 점점 희미해[62]
一樹垂楊接粉墻	한 그루 수양버들 담장에 드리웠기에[63]
夜深攀過入西床	夜深한데 올라가 西床[64]엘 들어가니
移燈侍女紅欄外	侍女가 燈을 들고 붉은 난간 밖으로 오며
小語低聲喚玉郎	속삭이는 소리로 戀人 부르네
連宵殘夢入銀屛	밤마다 아스라이 은 병풍에 드는 꿈
枕冷衾寒酒半醒	벼개와 이불이 차서 술이 깨누나

---

62) 王維, 送元二使安西詩 渭城朝雨挹更塵 客舍靑靑柳色新 勸君更盡一杯酒 西出陽關無故人

63) 白居易, 榴花詩 照灼連朱檻 玲瓏映粉牆 王建 綺岫宮詩 玉樓傾側粉牆空 重疊青山遶故宮

64) 서쪽에 있는 學校

春暮日高簾半捲	늦은 봄 긴 해에 주렴을 반쯤 걷으니
落花和雨滿中庭	지는 꽃 다사론 비가 정원에 가득하네
靑鳥翩翩錦字通	靑鳥65)가 펄펄 날아 편지를 전해오니
玉簫吹咽廣寒宮	옥 퉁소 廣寒宮66)에 흐느끼누나
情知洞裏如花女	동네 안 꽃 같은 여인에게 情이 알려져
笑指風流許恃中	풍류 남아 許恃中을 웃으며 가리키네
巫峽蒼蒼煙雨深	창창한 무협에 안개비 자욱하니67)
高唐宮觀鬱沈沈	雲夢澤의 高唐68)이 어둑하구나
都將峴首千行淚	峴山의 눈물들을 모두 모아서69)
灑向江波寄妾心	강 물결에 뿌려 妾의 마음 전하리

<성소부부고 부록, 교산억기시>

제1수에서 임과 만남을 훼방하는 비로 이별의 정한을 노래했다. 여의하지 않은 세태를 반영한 시다. 녹음방초(綠陰芳草) 호시절(好時節)이 비로 말미암아 덧없이 흘러간다. "창단양관촉점미(唱斷陽關燭漸微)"는 절망을 노래한 것으로 볼 수 있다. 임과 만남을 소원하지만 이루어지기는커녕 이별만 있을 뿐이다. 그래서 "나위수진설부기(羅幃瘦盡雪膚肌)"의 초췌한 모습이 되었다. '이화(梨花)'는 청춘을 비유한 시어다.

제2수는 만남을 노래했다. "일수수양접분장(一樹垂楊接粉墻)"은 청춘을 나눌 상대자와 접선이 되었음을 상징한 시어다. 만남의 접선을 시도해서 "야심반과입서상(夜深攀過入西床)"하는 시인을 볼 수 있다. '반(攀)'자에 묘가 있다. 임을 만나러 가기가 그리 쉬운 일은 아니다. 학교에 가는 것이 임을 만나기 위함일 때에 '반과(攀過)'의 뜻이 살아난다. 시인의 심정을 묘사한 구절이다. 두근거리는 가슴으로 서상(西床)에 가서 속삭이는 초대의 목소리도 들었다. 임과 만남은 이루어지고 이제 단꿈만 기대가 된다. 독자

---

65) 漢武故事 西王母의 使者로 三足의 靑鳥가 漢의 宮殿에 왔다고 한다.
66) 月中宮中名
67) 戰國時代 楚襄王이 高唐에서 노닐다가 꿈에 巫山의 여자와 정을 통했다함.
68) 高唐 楚의 臺觀有雲夢澤中 宋玉 高唐賦 懷王時遊雲夢이라가 夢見神女 自稱巫山神女 乃於山下 置此觀焉.
69) 峴山에 晉羊祜遊覽處에 後人思慕羊祜建碑 其碑見者皆淚 因名杜預墮淚碑.

들은 이 시에서 글자로 표현하고 있는 이상을 상상할 수 있을 것이다.

리비도에 대한 실현을 알 수 있다. 조선 시대의 시들이 대부분 임금님과 신하의 관계를 이렇게 묘사한다고 본다면 이 시도 그런 틀에서 벗어나지 않는다. 한 때 임금님에게 총애를 받았던 것을 상징적으로 묘사했다고 해석할 수 있다. 그러나 표현이 보다 사실적이고 강한 느낌을 준다는 점이 다르다.

제3수에서 이 꿈은 깨어진다. 꿈은 깨어지고 다시 기다림의 자세로 돌아선다. 제1수에서 비는 어둠의 비였는데 제3수의 비는 다사로운 비다. 절망과 희망의 차이에서 오는 자연물에 대한 감각의 변화를 볼 수 있다. "연소 잔몽입은병(連宵殘夢入銀屏)"도 리비도에 대한 묘사라고 볼 수 있다. 현실적 불만을 상상의 세계로 출구를 돌리는 것이다. 이어서 '주반성(酒半醒)'으로 현실적인 불만을 말하면서 시인은 다시 기다림의 자세로 들어 간다. '주반성(酒半醒)'은 "침냉금한(枕冷衾寒)"이라는 외적 조건에 의한 것이다. 그러나 "춘모일고(春暮日高)"가 있기에 주렴을 반쯤을 걷우어 둘 소 있고, 차갑고 어두운 비도 "화우(和雨)"로 느낄 수 있다. '낙화(落花)'와 '화우'의 결합은 자신의 처지와 심리적 갈등상태를 잘 형상화 했다고 생각한다. '낙화'는 임과 이별을 할 수밖에 없는 자신의 처지이며 '화우'는 그래도 만물을 길러 자라게 하는 임금님에게 거는 기대라고 해석할 수 있다.

제4수에서 기대감은 무너지지 않고 다시 임과의 만남을 성취한다. '청조(靑鳥)'의 편지에 의해서 시인은 광한궁(廣寒宮)을 향하여 퉁소를 불어 화답한다. 광한궁은 리비도의 만족을 상징적으로 나타낸 시어다. 퉁소 소리로 화답을 한다는 것도 성적 만족의 상태를 의미한다. 금슬(琴瑟)이라는 어휘가 사용되는 의미와 같은 뜻으로 이해할 수 있다. 헤어졌다 만나는 만남은 더욱 강도가 있을 것이다. 제4수는 이런 의미에서 이 연작시의 절정이라고 할 수 있다.

이런 강한 리비도의 충족을 이룩했기에 제5수는 더욱 이별의 슬픔이 강할 수밖에는 없다. 제5수에서는 '연우심(烟雨深)'이라는 시어로 임과의 이별을 상징하는 비로 표현했다. 이 시는 처음부터 끝가지 비와 관련을 맺고 있다. 임과 만남, 헤어짐에 따라서 비를 다르게 묘사했다. 사랑의 변화를 비의 변화로 그렸다. 이 시의 절정은 리비도의 충족으로써 '광한궁(廣寒宮)'과 '옥소(玉簫)'를 시어로 사용한 구절이다. '옥소'에 대한 상징적 의미는 성적만족이다. 달과 비가 리비도의 절정을 상징하고 있다고 볼 수 있다.

다음 시도 리비도를 노래한 것으로 이해할 수 있다.

雨中花幔

雨過巫山花發大堤	비는 巫山을 지나고 꽃은 긴 뚝에 만발하니
東風暗換年光	봄바람이 슬쩍 계절을 바꾸어 놓았네
正睡罷愁生玉枕	졸다 깨니 바로 시름이 벼갯 머리에 일어
淚拭殘粧	눈물로 化粧氣를 씻네
江柳初飄落絮	강가 버들은 처음 버들 솜을 날리고
野棠晚撲晴香	들에 해당화는 늦도록 맑은 향기를 풍기네
想尖囊覓句	예전에 지은 시를 더듬어70)
彩筆題情斷盡離腸	붓으로 離別 斷腸의 情을 쓰네
春歸南浦草綠瀛洲	봄에 남포로 돌아가니 풀은 瀛洲에 푸르고
小池雙浴鴛鴦	작은 못에는 쌍쌍이 목욕하는 鴛鴦
更魂銷一宵會合	다시 넋이 녹아나도록 하룻밤 화합하니
片夢凄涼	一場春夢인가 처량도 하네
芳信不傳沈鯉	좋은 소식 잉어가 전하지 않는데
玉笙忍品求凰	玉 笙簧으로 鳳凰을 참아 구하랴
寽屛燈暗羅衾香	병풍에 가린 어둑한 등불 비단 이불 향기
冷月照銀床	싸늘한 달이 하얗게 寢床을 비추네

〈성소부부고 부록, 교산억기시〉

모두 8구의 고시(古詩)다. 앞의 四句는 청정(淸靜)의 배경을 쓰고 뒤에 四句는 비교적 대담하게 춘사(春事)를 그렸다. 쌍쌍이 목욕하는 원앙을 보고서 혼이 녹아날 정도로 화합한다. 그러나 이것은 현실이 아닌 꿈이다. 리비도의 고조를 일장춘몽으로 털어 버려야 하는 이별의 노래다. 리비도를 충족시킬 수 있는 모든 조건은 갖추어 있지만 결국 배우자가 없어서 이루어지지 않는다. 현실적으로 이룰 수 없는 리비도의 충족을 이렇게 작품을 창작하는 것으로 출구를 삼았다. 허균에 있어 창작의 의미는 기록 이상의 의미가 있다. 이와 같이 현실적인 불만을 리비도의 표현을 통하여 문학적으로 승화하고 있음을 볼 수 있기 때문이다.

---

70) 唐詩人 李賀가 下人奚에게 주머니를 들고 다니게 하고서 자신이 지은 시를 거기에 담았다는 故事.

이별의 대표적인 정지상의 「송인(送人)」도 점화(點化)했고, 도교의 말도
썼다.

이 시에서도 비와 달을 볼 수 있다. 허균에 있어 비와 달은 리비도와
관련을 맺고 있다고 할 수 있을 것 같다. 비의 이미지는 촉촉하게 젖는 사
랑이고, 달의 이미지는 충족감이다. 비와 달은 이 시에서도 이런 이미지로
해석이 가능하다고 본다. 이 시에서 리비도 충족의 극치는 '갱혼소일소회합
(更魂銷一宵會合)'에서 찾아 볼 수 있다. 혼이 녹아내릴 정도의 하룻밤의
회합이라면 그 묘사의 강도를 감지할 수 있을 것이다. 비교적 대담하고 구
체적인 묘사를 했다고 평가할 수 있을 것이다.

經月殿舊基有感	월전의 옛터를 지나가다 느낌이 있어서
紅樓別夜醉芳醪	紅樓에서 이별하는 밤 향기로운 술에 취해
月桂天香染彩毫	달빛 아래 신선 향기에 글을 지었네
不是羿妻奔竊藥	예의 아내가 약을 훔쳐 달아난 것도 아니고
也無方朔戲偸桃	또한 東方朔이 天桃를 장난으로 훔친 일도 없어라
羅衣化盡經秦火	비단 옷은 秦나라의 난리를 지내면서 없어졌고
綺榭燒殘入賊壕	호화로운 놀이 亭子는 賊壕에 들어 타버렸네
依舊南隣逢樂叟	남쪽 마을에서 樂翁을 만나니
琵琶猶按鬱輪袍	王維의 鬱輪袍曲을 예전 대로 타고 있네

<성소부부고 부록, 교산억기시>

이 시는 회고조(懷古條)의 등림시격(登臨詩格)으로 썼다. 전쟁 후 황폐
한 궁전을 묘사하면서 역사의 무상함을 말하고 있다.

수련(首聯)의 구절에서 성적 상징의 시어를 발견할 수 있다. 술과 선계
(仙界), '염채호(染彩毫)'의 구절은 성과 관계가 있는 시어들이다. 예의 처
와 동방삭의 고사는 장수에 대한 인간의 욕망을 말한 것이고, 이런 욕망들
도 한갓 꿈에 지나지 않는다는 것을 다음 연에서 말했다. 분서(焚書)와 같
은 파괴적 사건과 전쟁을 말함으로써 문화의 파괴를 통한 리비도의 상승을
그려냈다. 심리적으로 살펴 볼 때, 파괴적인 행동과 전쟁은 사람들의 리비
도를 자극한다.

미련(尾聯)에서도 비파(琵琶)라는 것이 금슬(琴瑟)과 같은 의미로 해석

이 될 수 있다고 볼 수 있으며, 낙옹(樂翁)의 연주는 파괴적 소용돌이에도 변함이 없는 인간의 리비도를 표현한 것으로 해석할 수 있다. 심리학자들은 예술을 리비도의 표현이라고 해석하기도 하는데 허균의 시에서는 이런 해석을 가능하게 하는 부분이 있음을 볼 수 있다. 허균의 『궁사(宮詞)』는 시사(詩史)며 허균 자신의 영회(詠懷)이기도71)하지만 리비도에 대한 솔직한 표현이 주류를 이루고 있다고 말했다.72)

(3) 절필(絶筆)

허균이 절필을 하게 된 데는 그만한 그의 내적 요소가 있다고 볼 수 있다.73) 허경징(許敬震)은 허균이 받는 외압을 불화라고 보고 그 극복 방식으로 귀거래(歸去來)의 의지와 시화(詩化), 혁명으로 설정 설명했다.74) 벼슬길에 나서서 사회와 관련을 맺게 된 허균은 그가 바라는 사회와 현실 사이의 간격을 좁히지 못하여 이런 갈등이 외압으로 작용하게 되었다. 그 구체적이고도 고조된 상황이 1610년 귀양살이로 나타난다. 귀양살이는 누구에게든지 외압으로 작용할 만한 사건이다. 허균에게는 점점 압박이 강도 높게 다가왔다. 1611년 사월에 윤오정(尹梧亭)에게 답(答)한 편지를 보면

> 초췌한 모습으로 전원에서 읊조리고 그대의 훌륭한 시를 음미하면서 북쪽을 향하여 긴 회포를 펼 뿐입니다. 나는 요즈음 입을 막고 살아가니 따라서 시상(詩想)도 막혔습니다. 이에 나의 저속한 시로나마 화답하지 못하니 부끄러워 말문이 막힙니다.75)

이미 권필(權韠)의 친구인 임숙영(任叔英)의 과거시험 답안지가 문제가 된 것을 보면76) 선비로서 바른 말을 할 수 없는 시대임을 알고 절필을 마

---

71) 許敬震, 『許筠詩研究』, 평민사, 1984. 202면 參照.
72) 許敬震, 『許筠詩研究』, 평민사, 1984. 196면. 동성애를 즐기기도 했다거나, 남녀의 정욕은 천부임을 깨달았다고 했다.
73) 許敬震, 『許筠詩研究』, 평민사, 1984. 139~141면.
74) 許敬震, 『許筠詩研究』, 평민사, 1984. 149~150면.
75) 『國譯 惺所覆瓿藁』 3卷, 「文部 說部」, 104면
76) 이 사건에 대해서는 許敬震, 『許筠詩研究』, 평민사, 1984. 279~282면에 자세히

음먹고 있었던 것으로 볼 수 있다. 권필이 「문임무숙삭과(聞任茂叔削科)」 라는 시를 지어 문제가 되었다. 권필도 허균과 마찬가지로 이 사건이 있은 후에 절필이라는 시를 남겼다.77)

허균이 권필을 어떻게 생각했는지에 대해서는 『성소부부고(惺所覆瓿藁)』 권사(卷四), 「석주소고서(石洲小稿序)」를 보면 알 수 있다.

> 내 말이 거짓이 아닐진저! 이에 나아가 여장(汝章)의 전모를 볼 수 있으니 고인을 압도 하고 일대에 제일가는 자가 여장이 아니고 그 누구이랴! 세상이 귀중히 여기지 않는다 해서 여장에게 무슨 병이 되랴.

이렇게 그의 글에 대해서 칭찬을 아끼지 않고서 다시 이렇게 이어 끝을 냈다.

> 그 인품의 높음이 시보다 더욱 우뚝하나 세상 사람들이 귀중히 여기지 않은 것이 시보다 더욱 심하니, 아, 애석하도다!

이렇게 해서 백아(伯牙)와 같은 권필이 필화로 인하여 죽자 허균은 절필을 선언하게 되었다.

> 四十三年攻翰墨　사십삼년간을 글 짓기에 專攻했으나
> 千金弊帚枉勞心　千金에 해당하는 몽당빗자루처럼78) 헛수고만 했네
> 詩文十卷方書了　시와 글이 지금 10卷이 됐으나
> 從此惺翁不復吟　이제로부터는 다시 짓지 않을거야
> <성소부부고 부록, 교산억기시>

1612년은 허균은 이렇게 절필을 선언했다. 이 시에서 그 당시 許筠의 심정을 알 수 있는 것은 틀림이 없을 것이다. 자신의 시를 '천금폐추(千金 弊帚)'라고 해서 자신이 지금까지 지은 시를 자괴(自愧)하면서도 더욱 왕

설명해 놓았다.
77) 鄭珉, 「權韠論」, 『朝鮮朝漢詩作家論』, 東岳語文學會, 1993, 448~449면.
78) '弊帚千金'이라고도 쓰는데 아무짝에도 쓸모없는 거을 자기는 제일로 안다는 일종의 동양적인 나르시즘.

로심('枉勞心')이라고 헛된 수고임을 말한 데에는 권필의 죽음과 당시 선비의 바른 말이 받아들여지지 않는 현실에 대한 불만의 토로라고 볼 수 있을 것이다. 1612년 권필이 죽고, 1613년 박응서 등이 잡혀서 서자들에 대한 반역 음모의 화살이 날아들게 되었다. 김제남이 죽고, 영창대군도 강화도에 위리 안치되어 許筠에게도 외압이 죽음에 상응할 정도로 강하게 밀려 왔다.

허균은 살아남을 방도를 찾아서 폐모론에 가담했다. 이로 말미암아 광해군의 신임을 받았다. 1624년에는 천추사(千秋使)로 중국에 다녀와서 1616년에는 형조판서가 되었다. 1617년 좌찬성으로 승진하면서 광해군의 총애를 입은 듯했으나, 결국 기준격(奇俊格)의 상소로 그는 죽음을 직면하게 되었다. 허균이 당시 외압에 대해서 얼마나 힘겨운 대항을 했는지 그의 절필이라는 비장한 각오의 작품을 통해서 알 수 있다. 허균에 있어 당시의 외압은 바로 죽음의 압박 그것이었을 것이다.

3) 결론

허균의 작품을 심리적인 측면에서 살펴보았다. 작가가 그 사회 속에서 그렇게 밖에는 할 수 없었던 당위성은 있을 것이다. 이런 가정을 설정하고 작품을 분석해 보았다. 허경진은 허균의 이런 처지를 '불화(不和)'라고 했다. 이런 현실과의 불화를 극복하기 위하여 선계시(仙界詩)와 궁사(宮詞)도 짓고, 동료들과 화운(和韻)도 나누고, 꿈을 그려내기도 했다고 보았다.

불화의 원인은 무엇인가. 불화가 나타난 현상이라면 그 이유가 있을 것이다. 불화의 원인을 외압(外壓)이라고 가정해 보았다. 심리학적인 방법론을 적용시켜서 자극과 반응의 상태로 본 것이다. 외압은 자극이다. 외압이라는 자극에 대한 반응으로 갈등을 형상화했고, 리비도를 표현 했고, 결국 절필(絶筆)에 이르는 과정을 허균의 작품을 통해서 살펴 본 것이 이 논문의 핵심이다.

잠(箴)은 본래 자신을 수양하는 수단으로 짓는 글이다. 「연념잠(煉念箴)」은 허균의 갈등을 잘 형상화한 작품이다. 이 잠의 구조에 보이는 이기(理氣), 지도(至道) 등 갈등적 요인의 결합은 혼란한 허균의 사상적 내면세계를 보는 것 같았다. 이 잠속에 나타나는 수양의 방식을 통해서 유학과 도교의 갈등, 현실과 이상의 갈등, 다양한 사상에 접함으로써 생기는 양가 감정, 문학관에 대한 그의 방황, 시어의 선택에 있어서도 갈등을 보이는 점 등을 들 수 있었다고 생각한다.

　리비도의 표현은 외압을 극복하는 도피적인 성향을 띠고 있는 방식이다. 조선시대에 흔히 보이는 임금에 대한 연가(戀歌)는 이런 심리적인 도피적 성향이 있다. 허균의 경우도 마찬가지라고 보았다. 다만 허균의 경우는 그 묘사가 다른 작품들에 비하여 더욱 강도가 높다는 것을 특징으로 지적했다.

　「무제(無題)」라는 제목이 말해 주는 것과 같이 이 시는 4편의 연작시로 남녀간의 화합의 장면을 강렬하게 그렸다. 다른 작품을 통해서도 볼 수 있는 점은 비와 달이 리비도를 상징한다는 점이다. 리비도의 충족을 묘사함으로써 외압에 대한 탈출구를 만들었다. 인간의 본성을 인정하면서 정욕도 천성으로 받아들이고, 궁중에서의 동성애를 그려내기도 했다. '염채호(染彩毫)' '혼소일소(魂銷一宵)' 등은 그 중에서 강도가 있는 시어들이다.

　절필(絶筆)에 이르는 과정에는 다가오는 외압을 견딜 수 없었던 그의 심리적인 상태가 작용했다. 가장 근인(近因)은 권필의 죽음이다. 그러나 자신의 입지(立地)가 좁아드는 느낌은 계속 되어 왔던 것을 알 수 있다. 절필을 선언하고 폐모론에 가담하여 출세 가도를 달리다가 그는 갑작스러운 죽음을 당하게 되는데, 이는 허균이 그동안 쌓아온 업(業)이기도 하다. 허균의 글을 몇 편 대하면서 그가 얼마나 살려고 노력했는지, 그 눈물겨운 사정을 엿볼 수 있었던 것은 과외의 소득이었다.

7. 님 그리는 노래 - 조선의 에로티시즘

조선 전기의 연가는 임금에 대한 충성을 비유한 것이 많다. 그러나 성간의 경우 순전히 사랑하는 임을 그리는 노래가 있으니, 이는 유학 일색인 조선시대에 그리 흔한 일은 아니다.

1) 나홍곡

『운계우의』에는 "가사를 골라서 능히 남편을 바라는 노래를 불렀으니 곧 나홍곡이다."라고 하여 나홍곡이 망부가(望夫歌)라고 풀고 있다. 『통아』에는 "나홍은 내라와 같다."라고 하여 나홍곡을 '내라(來羅)'라고 말했다.

나홍곡은 본래 가곡명으로 악부의 이름이다. 나홍곡을 내라라고 하는 것은 그 노래의 구절 중에 내라라는 말이 있어 그리 말하기도 하는 것이다. 내라는 그 노래의 끝에 그렇게 소리냄으로써 어떤 형태적 통일성을 기했던 것이다.

무명씨의 내라를 한 수 읽어 본다.

> 故人何怨新　　옛 사람이 어찌 새 사람을 원망하리
> 切少必來多　　젊음이 가면 다 그런 것.
> 此事何足道　　이 일을 어찌 넉넉히 말하리오
> 聽我歌來羅.　　내 노래나 들어 보구려.

이 노래의 제1구 끝에 '내다(來多)'나 제2구의 끝에 '내라(來羅)'는 모두 그저 소리로 넣은 관용구다.

이 노래의 내용을 보면 남편을 빼앗긴 사람의 탄식이나 체념임을 알 수 있다. 이 노래는 중국 악부를 시도해 본 것이다.

그러면 성간의 사랑 노래를 읽어 본다. 이 노래는 모두 12수다.

爲報郞君道　알려 온 그대의 말은
今年歸未歸　올해도 못 돌아 온다네
江汀春草綠　강나루엔 봄풀이 푸른데
是妾斷腸時.　이 곧 내 간장이 타는 때라.

기다림의 애절함을 노래했다. 지아비를 기다리는 노래요, 남편을 그리는
아내의 사랑노래다. 강가의 풀이 서럽도록 푸른 것이 님을 간절히 기다리
는 나의 애를 더욱 끊게 한다.

성간의 서정이 짙게 배여 있는 시다. 다정다감한 시인의 마음이 뭉클하
게 접근한다.

一掬相思淚　한 줄기 그리움의 눈물을
灑向江上流　강 위에 뿌리노니.
慇懃再三祝　은근히 빌고 또 비는 것은
幾日到神州.　어느 날에 죽어나 만날까.

애절한 가락이다. 이렇게 살 바에는 차라리 죽더라도 남편을 따라 가겠
노라는 의지가 역력하다. 도덕에 얽매어서가 아니라 사랑의 포로가 되어
님을 따르겠다는 사연이다. 아름다운 사랑의 예찬이다. '신주'는 선계를 의
미한다고 보아 님과 내가 살 이상 세계를 말한다고도 볼 수 있으나 더 강
한 의미를 띠기 위하여 일부러 '죽어나 만날까'로 옮겨 보았다.

滴酒賽江神　술 뿌려 강 귀신에게 제사지내니
江神倘見憐　강신이 아마 가엾게 보리.
載兒夫婿舶　아이 업고 남편이 배를 멈추어
來住此江邊.　이 강변에 와서 살았었는데.

지난날의 회상이다. 정답게 살았던 때가 그립다. 아름다운 추억을 통하
여 지금의 슬픔을 강조한다.

그리고 함께 살 때의 서로의 관계를 상징적으로 이렇게 그려냈다.

郎如車下轂	그대가 수레의 속 바퀴라면
妾似路中塵	나는 길의 티끌입니다.
相近仍相遠	가까우나 멀기도 하여
看看不得親.	보고 또 보아도 친하지 못했소

님과의 삶이 그리 재미있지는 못했다. 너무나 두렵고 높으신 어른이라서 감히 가까이 하지 못했다. 실은 가까이 모시지만은 한편 멀기도 한 님이다.

妾心如班竹	나의 마음 핏빛 밴 대나무라면
郎心如團月	그대 마음 둥근달이어라.
團月有虧盈	둥근달은 찼다가 기울지마는
竹根千萬結.	대 뿌리는 천만번 맺고 또 맺어

이 시대의 남녀풍속을 묘사했다. 남자들의 마음을 달에 비유하여 변할 수 있다 하고 여자의 마음을 대나무 중에도 한이 서린 '반죽'으로 표현하여 애절함과 그 삶의 고뇌를 상징했다. 대 뿌리와 같은 나의 마음, 곧 그대를 향한 마음의 상처는 옹이가 박힌다는 한많은 사연이다.

欲問長安道	서울 길을 묻고자 하니
靑山千萬重	청산이 천만 겹이라.
歸期無處卜	돌아올 날 점칠 데도 없어
天際數冥鴻	하늘가엔 자주 까마득한 기러기 떼.

님이 계신 서울로 달려갈 생각도 해보나 엄두도 나지 않는 먼 길이다. 계절따라 날아 오가는 기러기는 아마도 서울을 지나련마는 너무 높이 날아 소식조차 알 수 없다.

그리움과 외로움을 달래려고 님을 향한 상상을 펴본다.

渚蘭初婉婉	물가 난은 처음이라서 보드랍고
江荇亦疎疎	강의 마름도 또한 드물구나.
朝朝江上路	아침마다 강가 길에서
冀得北來魚.	北魚(북어)르 얻을가 바라노라.

봄이 깊지 않으니 물가의 난초 종류가 보드랍고 마름도 빽빽이 자라지
는 못했다.

이런 봄에 님의 소식이라도 들으려고 강가에 나가본다. 북어를 구하려는
뜻보다는 소식을 위함이겠지마는 아침마다 북어를 구하려고 나간단다.

다음 시도 이런 기다림의 초조함을 노래하고 있다.

> 黃昏拜新月　황혼에는 초생달에 절을 하노라.
> 不覺玉纖寒　옥같은 고운 살결 추위도 몰라.
> 何日郞君至　어느날 님께서 오실려는지
> 山頭不放山.　산머리에 산을 놓질 않네.

높은 산 위에 산을 놓지를 말라고 하는 말은 오지 않는 임이다. 맨 끝
구절은 出(출)자를 그리 말한 것이다. 님을 기다리고 비느라 초생달에게조
차 절을 하지만 추위는 모른다. 임을 기다리는 간절한 마음을 표백하였다.

> 自從郞去後　그대가 떠나간 뒤로부터
> 鬢髮似秋蓬　머리털이 가을 쑥대 같아요
> 氷雪爲情操　얼음과 눈으로 내 뜻을 삼으니
> 無勞點守宮.　수궁을 칠하지는 않아도 좋소

자신의 절개를 굳게 지켰다는 사뭇 노골적인 묘사다.

본래 '수궁(守宮)'은 여자가 음행을 했나 안했나를 알아보기 위하여 몸
에 발랐던 약의 이름이다.

『사문유취』에 보면 한나라 무제 때 단오날에 도마뱀을 잡아서 단사를
먹여 기르다가 그 다음해 단오에 잡아 말려서 가루를 내어 궁녀의 몸에
발랐다고 한다. 남자와 관계가 있는 궁녀는 그 바른 흔적이 없어지고, 그런
일이 없는 궁녀는 바른 자리에 붉은 사마귀 같은 것이 생긴다고 하여 이
가루약의 이름을 '수궁(守宮)'이라고 한다는 설명이 있다.

이제 자신의 절개는 변함이 없음을 말했으니 남편에 대한 부탁도 잊지
않는다.

綠竹條條勁　푸른 대는 줄기줄기 굳세고
浮萍箇箇輕　부평초는 낱낱이 가볍네
願郎如綠竹　원하노니 그대는 푸른 대가 되지
不願似浮萍　부평초 같이는 되지 마시오

　남편에 대한 지조를 부탁했다. 푸른 대와 같이 절개를 지키고 이리저리 물결따라 떠나니는 부평초는 되지 말아달라는 부탁이다.
　이 노래도 살펴보면 모두 12수로 두 수가 한 의미단락을 이루면서 짝을 이루고 있다. 이는 한시의 대우 형식을 그대로 본받은 것이다.
　이제 마지막 두 수를 읽어 본다.

南湖採白蘋　남쪽 호수에 백빈을 딴다.
日暮零露多　해 저물어 알알이 드러남이 많으나
回頭指西畔　머리 돌려 서쪽 밭두둑을 힐끗거림은
是處故人家.　이곳이 바로 그 사람 집이었어라.

　이 시는 핑계삼아 임이 살던 곳에라도 가보는 그리움을 썼다. 백빈을 따러 가는 것은 백빈을 따려 함이 아니라 임을 보고자 함이다. 백빈이 저녁 비낀 해살에 알알이 드러나서 많이 보여도 그것을 따려하지 않고 눈길은 자꾸 임이 살던 집으로 긴다.
　그리움이 사무치면 원망으로 변한다.

憶昔別離日　옛날 이별할 때에
臨峽誓已勤　갈래길에서 그리도 맹세터니.
經年書小到　해지나니 편지도 드물어
眞箇薄情人.　참으로 한낱 박정한 사람.
<진일유고, 이조명헌집 2, 728면>

　이 12수의 시는 일반 백성들의 임에 대한 사랑을 노래하고 있다. 이 시대의 선비들은 사랑을 노래하되 임금에 대한 충성심을 갈무렸었다. 임에 대한 이런 진솔한 사랑노래는 당시 선비의 작품에서는 찾기 어렵다. 이 점이 성간의 시가 갖는 또 하나의 특성이 될 것이다.

형태상으로는 우리 노래에 맞추려 했다는 점(형태의 변형 참고)과 내용
상으로 당시 잘 부르지 못하던 남녀간의 사랑을 그렸다는 점이 높이 평가
받을 만하다고 본다.

2) 궁사

「나홍곡」이 평민의 사랑과 그리움을 노래한 것이라면 궁사(宮詞)는 궁
중의 사랑과 그리움을 노래한 것이다.

평민의 사랑은 궁중의 사랑과는 달라서 소박하고 진솔한 면이 있는데
궁중의 사랑은 세련되고 애절한 면이 평민의 사랑과 다르다.

그 사랑의 장소도 궁중이 훨씬 호화스럽고 화려하며 그리는 대상도 바
로 임금이 되기 때문에 그 애절함은 더하다. 그러면서 세련되고 꾸밈이 많
아서 그 깊은 맛이 있다.

성간의 궁사는 일찍이 허균이 이달의 궁사와 비교하여 평한 적이 있다.
『국조시산』에서 "손곡 이달이 이 「궁사」로 당시에 매우 유명했었다."라고
평가했다.

궁사란 궁중의 비밀스런 일이나 이야기들을 7언절구로 읊은 것이다. 멀
리 한나라와 위나라와 6조의 악부에서 비롯되었는데 서릉, 유신 등이 유명
하다. 당나라에 들어서는 이백의 「청평조(淸平調)」가 손꼽힌다. 장편으로
는 왕건의 「화예부인(花蕊夫人)」이 유명한데 100수에 이른다.

성간의 궁사는 네 계절에 맞추어 지었다.

依依簾幕燕交飛　펄럭이는 커튼에 제비는 이리저리 나는데
日射晴窓睡起遲　햇살이 창을 밝혀 졸다 깨니 늦었어라.
急喚小娃供頮水　계집종을 급히 불러 세숫물 받아 씻고
海棠花下試春衣.　해당화 그늘에서 봄옷을 입어 보네.

임을 그리는 마음과 그 행동을 묘사했다. 임을 보고 싶은 마음, 맞이하
고 싶은 마음은 백성이나 궁중이나 마찬가지다. 그 행위를 함에 은근히 품
위를 지켜야 한다.

시가 화려하고 아름답다. 이른바 '온유돈후(溫柔敦厚)'의 시정(詩情)이
감돈다.

陰陰簾幕署風淸　그늘진 커튼데 더운 바람 맑아라
閑瀉銀漿滿玉甁　한가로이 미음 쏟아 옥병에 채우나니.
好箇黃鸝多事在　예쁜 저 꾀꼬리는 일도 많아서
隔墻啼送兩三聲.　담너머로 두세 소리 울러 보내네.

　지극히 비밀스런 궁중의 안반이나 커튼이 침침하게 드리워 있으나 그
공기는 맑다. 여름에 임을 기다리는 준비를 하는 자리에 올런지도 모르는
기다리는 임인데 꾀꼬리는 그저 아름다운 소리를 낸다. 꾀꼬리조차 밉게
보이는 것은 왜일까.

碧梧金井換新秋　오동잎 우물에 지나 가을이 왔네
斜倚薰籠一段愁　향수통에 기대면 한가닥 시름.
明月滿庭天似水　맑은 달에 뜰에 가득 하늘은 물빛
起來無語上簾鉤.　일어나 말없이 저렴을 건노라.

　기다림이 은근한 깊이가 있게 표현되었다. 훈롱(薰籠)은 향기나는 통으
로 잠자리에 들기 전에 그 안에 들어 몸에 향기를 배게하던 통이다.
　만반의 준비는 갖추어졌으나 오지 않는 임이다. 밝은 달이 속상하고 맑
은 하늘이 서글프다.

七寶房中別置春　칠보방안에 따로 봄을 감추었는지
羅巾斜帶辟寒珍　비단 수건 비긴 띠가 辟寒珍(피한진)일세.
朝來試步梅花下　아침에 매화밑을 걸어 보나니
臉上臙脂懶未勻　불위의 연지가 고르질 않네.
<진일유고, 이조명현집 2, 722>

　임은 오지 않고 자는둥 마는둥 한 밤을 보냈으니 연지를 곱게 단장할
마음이 생기지 않는다.
　'피한진'은 추위를 피하는 보배로운 구슬인데 겨울도 젊음으로 잘도 견뎌

낸다. 임이 오지 않아 추운 방이 더욱 추울 것이로되 비단 비긴 띠가 고작이다. 어찌 궁중의 방이 추우랴만 짐짓 그리 말해 본 것이다.

「나홍곡」 보다 화려하고 분위기를 자아내지만 진솔한 맛은 적다. 이런 「궁사」는 한시의 한 악부로 대개의 사람들에게 있으나 우리나라에서는 이 달을 꼽는다. 이 성간의 「궁사」도 이에 걸 맞는다고 본 허균이 있다.

8. 충성심의 표백

1) 동고 이준경의 응제시 고찰

① 서론

동고(東皐) 이준경(李浚慶)의 문집에 전하는 응제시(應製詩)는 오언률시 「상삼협응제(上三峽應製)」 거수(居首), 칠언률시 「등악양루망군산응제(登岳陽樓望君山應製)」 거수(居首), 칠언률시 「열무정응제(閱武亭應製)」 칠언률시 「군신동덕응제(君臣同德應製)」 칠언률시 「배연금원응제(陪宴禁苑應製)」 거수(居首) 칠언률시 「안불망위응제(安不忘危應製)」 강무시(講武時) 명제(命題), 칠언률시 「금원응제(禁苑應製)」 칠언배율 「남관옹설응제(藍關擁雪應製)」이렇게 모두 8편이다.

오언률시 「상삼협응제」와 칠언배율 「남관옹설응제」를 제외하면 나머지 6편이 모두 칠언률시다. 이런 형식적인 현상은 우리 나라 한시 작가에게서 일반적으로 나타나는 현상으로 칠언률시를 즐겨지었던 것으로 생각한다.

응제시는 임금과 관계가 깊었던 높은 벼슬을 지낸 분들에게서 많이 발견할 수 있는 현상이다. 34세 때 홍문관(弘文館) 정자(正字)로 출발하여 73세 영의정(領議政)을 사임할 때까지 39년간 두루 벼슬길을 지난 분으로서는 8편의 응제시는 많은 것이 아니다. 아마도 많은 시가 수습되지 못하여 인멸(湮滅)했을 것으로 추정한다.

『시화총림(詩話叢林)』에 보면 응제시에 대하여 시어가 전아(典雅)하고 화려(華麗)하다고 했다.[79] 응제시는 눈물을 못 흘리게 막기도 했다.[80] 이

---

79) 洪贊裕 譯, 洪萬宗 著 『詩話叢林』 通文館, 1993. pp. 68 - 69. "송나라 때 상원일에 대궐안에서 어제시가 나오면 재상과 양재와 삼관이 모두 응제하여 거룩한 행사로 여겨왔다. 왕기공은 이르기를, '쌍봉은 구름사이에서 연을 부축해 내려오고/ 육오는 바다 위에서, 산을 떠 이고 온다.' 가장 전아하고 화려하게 되었다."

80) 洪贊裕 譯, 洪萬宗 著 『詩話叢林』 通文館, 1993. p. 643 "또 선조대왕이 모친상을 당했을 때에 「임금의 명에 따라 두견새를 읊은 시(應製杜鵑詩)」에 이르기를, '지금 우리 상감이 상중에 계시니/ 아예 상림의 가까이설랑 울지 말라'.

렇게 응제시는 화려하고 웅장하고 부섬(富贍)한 것을 그 체격으로 친다. 그런데 다음에 보이는 동고의 응제시는 그렇지 않다. 고단한 삶이 그대로 배어나며 유학의 본분인 교훈을 빼놓을 수 없다. 이는 임금과 흉금을 나누는 자리에서의 응제이기 때문일 것으로 생각한다. 구태여 일부러 꾸밀 조건이 아닌 응제일 수 있을 것이다. 몇몇 신하와의 정다운 자리라면 지나친 체통은 가식일 수 있기 때문은 아니었을까? 동고는 그만큼 그의 정치적인 경력이 화려하다. 이에 대하여는 이미 여러번 거론했다.[81]

문학은 작품이 중요하다. 지금 이런 논의를 해 두는 것도 기록이라는 측면을 고려한 작업임을 구태여 밝히는 바다.

② 본론

가. 웅장

응제시는 웅장해야 한다. 웅장해야 임금님과 마주하여 지은 응제시로서의 특성이 살아날 것이다. 동고가 지은 응제시 중에서 가장 웅장한 시는 「열무정응제」다. 열무정이란 일종의 군사 훈련을 하는 장소다. 지금으로 치면 사열이나 분열을 하는 자리다. 여기에서 군사 훈련을 보면서 임금님께 지어 올린 시다.

閱武亭應製	閱武亭에서 응제하였다.
禁苑新秋帳殿開	초가을 禁苑에서 帳殿을 여니
分曹列侍盡台槐	台槐들 갈라 서서 모시고 있다
凉生松嶺淸陰合	대 그늘에 솔바람 시원해 지고
樂奏鈞天衆響催	鈞天樂에 맞추어 노래 나온다
豈向淸平乘逸樂	淸平樂을 들으면서 놀기만 하랴
爲將文武試群材	文武를 골고루 시험하시는데
微臣幸際昌明會	태평한 때 만난 것이 다행스러워

---

81) 拙稿, 東皐 李浚慶과 南冥 曹植의 비교 고찰, 畿甸語文學 14, 15 合倂集, 2003. PP. 3 - 38.

只獻南山萬壽盃   다만당 萬壽盃만 드리옵니다

<동고유고 권1·7>

궁중 안에 임시로 어좌(御座)를 만들고 삼정승도 함께 참석한 자리에서 군사 훈련의 잔치를 열었다. 주로 무관들이 재주를 뽐내 보는 자리지만, 음악과 술이 있는 잔치 자리이다.

금원은 궁궐의 후원이다. 장전(帳殿)은 임시로 임금님께서 계실만한 자리를 꾸몄다는 말이다. 태괴(台槐)는 삼정승으로 곧 영의정, 좌의정, 우의정을 이름이다. 균천악(鈞天樂)은 천상에서 연주하는 음악을 말하고, 청평악(清平樂)은 궁중에서 잔치 자리에서 사용하는 음악이다.

"문무시군재(文武試群材)"라고 한 것은 과거를 보인다는 뜻이 아니라, 문관은 시를 짓고 무관은 군사 훈련을 시범으로 하게 했다는 말이다. 지금으로 말하면 일종의 사열과 분열일 것이다.

이 시를 보면 임금님이 계신 곳에서는 엄숙한 군대 훈련에 곁들여서 즐김도 있다. 그러나 그 노는 모습은 그저 흥청망청 백성들이 노는 것과 다르다. 격식을 갖추어 음악을 연주하고 격식에 맞추어 논다. 놀면서도 시를 지어 실력을 다투어 보고 갈고 다듬은 군대의 실력도 과시해 보는 것이다.

시의 분위기가 전아하고 웅장하면서 화려하다. 응제시의 시적인 특징을 볼 수 있다.

> 초가을 禁苑에서 帳殿을 여니
> 台槐들 갈라서서 모시고 있다
> 시원한 솔바람 소리 맑은 그늘에 합당하고
> 鈞天樂을 연주하니 뭇 소리가 요란하네
> 어찌 清平樂을 들으면서 놀기만 하랴
> 장차 文武를 위하여 群材를 시험하시네
> 미미한 신하가 다행히 이런 모임에 끼었으니
> 다만 오래 사시라고 만수배를 올립니다

나. 화려

응제시는 또 화려해야 한다. 궁중의 일을 시로 읊음에 있어 화려하지 않을 수가 없는 것이다. 동고의 응제시 중에서 가장 화려한 것은 「배연금원응제」다. 임금님을 모시고 궁중 뒤뜰에서 베푸는 잔치자리의 응제시이니 화려하지 않을 수가 없을 것이다.

陪宴禁苑應製 居首　　禁苑에서 잔치를 베풀었을 때 – 첫째로 뽑혔다

寶座顯昴日色明	보좌는 태양처럼 하늘 높이 빛나고
百僚陪宴屬秋晴	맑게 개인 가을날 百僚들이 모셨구나
十行御札傳宣切	글로 적어 간절한 말씀을 내리시니
九醞仙霞醉飽榮	맛나는 宣醞酒를 실컷 마셨네
壽上千年鴻業永	千年壽에 鴻業은 영구하소서
嵩呼三祝賀聲盈	三祝하는 소리도 뜰 가득하다
日斜樂闋爭扶出	해질녘에 파하여 돌아올 때
歸路宮花滿帽傾	紗帽에 꽃송이가 가득히 얹네
一作帽盡	

<동고유고 권1 · 8>

"배연금원응제"에서 "배연(陪宴)"은 임금님을 모시고 잔치를 벌렸다는 말이다. "금원(禁苑)"은 궁중의 정원을 말한다. 거수(居首)는 모인 모든 사람들의 시 중에서 제일 잘 지었다는 평가를 받았다는 의미다. 이 시에는 그런 병서(竝序)가 없지마는 이렇게 제일 잘 지었다는 평가를 받으면 상으로 말이 한 필 내리거나 안장 일습이 내리거나 활을 하사 받거나 한다.

"옹묘(顯昴)"는 현귀(顯貴)한 사람을 칭송하여 일컫는 말이다. 곧 임금을 말하는 것이다. 맑게 개인 날 백료들이 임금님을 모시고 있으니 임금의 보좌가 태양처럼 밝다. 왕권 중심의 정경이다.

"십행어찰(十行御札)"은 임금의 글이 짧다는 표현이다 그러나 그 속에 담긴 뜻은 간절하다고 했다. 선온주(宣醞酒)는 임금이 신하에게 내려 주는 술이며, "구온(九醞)"도 아주 잘 빚은 술 맛있는 술이다. "하상(霞觴)"은 신선들이 사용하는 술잔이니, "선하(仙霞)"도 같은 의미로 사용한 시어다.

"홍업(鴻業)"은 나라를 경영하는 것과 같은 아주 큰 사업을 말한다. 임금님의 홍업은 바로 나라를 경영하는 것이다. "홍업영(鴻業永)"이라고 한 것은 나라가 영원히 존속하기를 비는 뜻이다.

삼축(三祝)은 수(壽), 부(富), 다남(多男)의 세 가지를 빌어 주는 것을 말한다. 큰 소리를 지르면서 세 가지 복을 빌어 드리니 그 축하의 소리가 온 천하에 가득하다는 말이다.

하루 일과를 파하고 모두 즐겁게 짝을 지어 서로 의지하면서 이야기도 하면서 돌아 올 때, 궁중 길가에 핀 꽃들이 져서 모자가 기우러질 정도라고 했다.

화려하고 웅장하고 부섬(富贍)한 응제시의 특징이 아주 잘 드러난 시다.

> 임금님의 보좌는 태양처럼 밝구나
> 문무백관이 모시고 잔치를 연 맑은 가을날
> 짧은 글이지만 전하는 마음은 간절하시니
> 내려주신 술에 취토록 마신 영광
> 오래오래 사시면서 나라를 영원케
> 三祝의 튼 소리 가득하구나
> 해질녘에 파하여 짝지어 돌아올 때
> 紗帽에 꽃이 져서 기우러졌네

다. 의지력

동고의 응제시는 강인한 의지력을 나타내는 것도 있다. 임금님 앞에서 지은 시이기 때문에 이와 같은 시상은 찾아 보기가 쉽지 않다. 중국을 배경으로 한 시를 응제로 지을 때 특히 이런 삶의 의지력이 나타났다. 이와 같은 시로는 「상삼협응제」「등악양루망군산응제」「남관웅설응제」

> 上三峽應製 居首
> 「三峽으로 올라간다」라는 御製에 應製하였다. - 첫째로 뽑혔다.

> 日暮倦行役   해저물자 길 가기가 하도 힘들어
> 孤舟繫晚灘   외로운 배 한 척을 물가에 댄다
> 猿聲驚耳苦   원숭이 울음소리 사무치는데

峽月向人團　　속절없이 저 달은 둥글게 떴다
弱纜前猶却　　약한 닻줄 밀쳐도 자꾸 밀리고
危檣上復還　　높은 돛대 당겨도 또 내려온다
平生丈夫淚　　평소에는 참았던 슬픈 눈물이
今夜費汎潤　　오늘밤은 왜 이리 쏟아지느냐

<동고유고 권1·6>

위의 번역은 수원대학교 동고학연구소에서 1986년에 번역한 것이다. 이
에 대하여 필자는 다음과 같이 번역해 보았다.

해저물자 길 가기에 지쳐서
배 한 척을 저물게 대었네
원숭이 놀란 소리 듣기에 괴로운데
삼협의 달이 둥그렇게 떴구나
약한 닻줄 전진해도 뒤로 밀리고
돛대 높아 올려도 또 내려오네
평생 대장부의 눈물이
오늘밤은 왜 이리 쏟아지느냐

삼협(三峽)은 중국에 있는 서릉협(西陵峽), 무협(巫峽), 구당협(瞿塘峽)
의 세 협곡으로 물살이 세기가 유명하다. 이런 곳을 거슬러 오른다. 이는
인생의 험난한 삶을 상징하는 것으로 보인다. 이 응제시를 통하여 임금과
신하가 서로 힘겨운 현실에 대하여 위로하고 있다. 쏟아지는 눈물이 바로
임금과 신하가 현실에 대하여 같이 느끼는 현장이다. 이렇게 느낌을 같이
날눌 때 서로 정이 통하게 된다.
　해가 저물었다는 점, 배 한척, 원숭이의 소리, 약한 닻줄, 돛이 올라가지
못하는 돛, 대장부의 눈물이 모두 어려운 현실을 반영한다. 이런 현실에서
저물게 배를 댄 점, 길가다 지친 점, 원숭이 소리가 듣기에 괴로운 점, 전
진해도 뒤로 밀리는 것, 돛을 올려도 다시 내려 오는 것, 눈물이 쏟아지는
점 등은 의지대로 살 수가 없는 현실적인 어려움을 상징하고 있다. 다만
삼협의 달이 둥그렇게 떴다고 해서 희망을 잃지 않은 마음을 표현했다. 둥
그런 달도 없다면 그야말로 칠흑의 절망일 것이다.

이렇게 어려움 속에서 둥그런 달을 하나쯤 떠오려 놓을 줄 아는 것이 이 작가의 시정신이라고 생각한다.

登岳陽樓望君山應製 居首
「岳陽樓에 올라 君山을 바라본다」라는 어제에 응제하였다
- 첫째로 뽑혔다.

秋風嫋嫋碧天長	가을 하늘 푸르고 끝이 없는데
有客登高望楚鄉	바람 부는 樓에 올라 楚鄉을 본다
千頃蒼波涵晚色	해 저물녘 물결은 잔잔해 지고
數竿紅日蘸晴光	비갠 뒤 지는 해는 더욱 더 붉다
煙生極浦蒹葭白	안개 긴 갯가에는 갈대꽃 피고
霜落君山橘柚黃	군산엔 누런 귤이 익어만 간다
涕泗凭欄愁更絶	눈물로 기대서니 시름에 겨워
擬邀明月倒金觴	밝은달 맞이하여 취해 보리라

<동고유고 권1·7>

초향(楚鄉)은 초나라 땅이라는 말이다. 악양루(岳陽樓)에 올라서 멀리 넓은 땅을 바라본다는 의미다. 이 율시(律詩)는 3, 4 구절과 5, 6구절의 대우(對偶)가 두드러지다. "천경(千頃)"에 대해서 "수간(數竿)" "창파(蒼波)"에 대해서 "홍일(紅日)" "함만색(涵晚色)"에 대해서 "잠청광(蘸晴光)" 그리고 5, 6구절도 이와 같이 대우를 이루고 있다. 3, 4, 5, 6구절은 모두 악양루에서 바라본 동정호의 경치를 묘사했다. 군산(君山)은 동정호 한 가운데 있는 선의 이름이다. 갯가의 갈대와 군산의 귤의 색깔이 대조를 이루고 있다.

이 시에서 시름과 눈물의 뜻은 무엇인가? 한시는 어느 환경에서 지었느냐 하는 것이 그 시의 주제를 결정하는 바탕이다. 이런 관점에서 임금님 앞의 응제시라는 생각을 하면서 이 시를 읽으면 "의료명월도금상(擬邀明月倒金觴)"라는 구절을 "밝은 달 맞이하여 취해 보리라."라고 해석해서는 안 될 것이다. 이 구절에서 중요한 시어는 "금상(金觴)"이다. 응제시이기에 임금님 앞이기에 "금상"인 것이다. 그러면 제7구절에서 "눈물로 기대서니 시

름에 겨워"라고 한 것은 무슨 의미일까? 이는 제8구절의 뜻을 생각하면 임금님께서 원하시는 대로 명을 잘 따르지 못함에 대한 시름이요, 그 한스 러운 눈물이 된다. 이렇게 동고의 경우는 응제시임에도 절실한 눈물이 있는 것이다. 이 시를 다시 번역하여 본 것을 아래에 실어 둔다.

> 가을 바람이 선들선들 푸른 하늘에 끊임없는데
> 나그네 높은 곳에 올라 촉지방을 바라 보네
> 가없는 푸른 바다 저녁놀에 젖어
> 수평선에 커다란 해가 밝게 잠기네
> 안개 긴 갯가에는 갈대꽃 피고
> 서리 내려 군산에는 귤과 유자 익어가네
> 눈물로 기대서니 시름에 겨워
> 불러온 밝은 달이 이 술잔에 지네

藍關擁雪應製　　　「藍關擁雪」이라는 어제에 응제하였다

關嶺迢迢路轉難	멀고 먼 關山길 험하기도 한데
陰窮天地雪漫漫	흐릿한 날씨에 눈보라까지 몰아친다
騎驢吟興敎誰續	騎驢의 흥취를 그 누구가 이을는지
遷客驚魂此地酸	귀양가는 나그네에 이런 곳이 괴롭다네
千澗冰凝藍水塞	개울물은 모두 얼어 藍水가 꽉 막히고
萬峰雲擁玉山攢	구름 덮힌 봉우리 중 玉山이 홀로 우뚝하다
靑泥沒膝征驂却	진창길은 쑥쑥 빠져 가던 말은 물러서고
落日啣山倦僕單	지는 해 산을 넘자 종도 함께 지쳐 하네
天遠長途愁更絶	하늘 멀리 갈 길을 보니 걱정이 더욱 쌓이는데
津迷何處可相干	나루가 점점 아득하니 어디로 가야할 지
匡時只欲期君格	시국을 바로 잡는 일 임금께 기대했으니
衰質那能取自安	늙어 쇠약해졌지만 편안함만 취하리오
艱險肯孤眞實意	어려울수록 진실한 생각 저버리지 말아야겠고
窮荒要保雪霜肝	곤궁해도 秋霜같은 절조는 보전해야지
恭承政似長沙臥	공손히 받드는 마음 長沙에 누은 것 같고
飢絶猶勝屬國餐	군색하고 고달퍼도 屬國보단 나으리라

丹惄精忠誠可仰	충성스런 일편단심 본받아야 하겠지만
碧花金字事何觀	한순간 지는 꽃처럼 되면 보잘 것 없으리라
欲將氷繭模遺直	고운 비단 한 폭에다 遺直을 그려내어
長掛君王左右看	임 곁에 걸어 두고 보시게 해야겠네

<동고유고 권1 · 12>

　남관옹설(藍關擁雪)은 당(唐)의 한유(韓愈)의 시 「좌천지람관시질손상시(左遷至藍關示姪孫湘詩)」 "운횡진령가하재(雲橫秦嶺家何在) 설옹람관마불전(雪擁藍關馬不前)" 이라는 구절에서 그 글제가 온 것이다. 「좌천지람관시질손상시」는 그 제목 바로 다음에 다음과 같은 글이 있다.

　"남관(藍關)은 진(秦)나라의 높은 산지로 그 관(關)은 남전현(藍田縣)에 있다. 상자(湘字)는 후손이라는 뜻이고 글에 보면 더러 공(公)의 후손이라는 기록이 있다. 시는 인(仁)하면서도 예(禮)가 있는 것인데 뜻이 인의(仁義)에 있지 않은 자는 할 수 없다."[82]

一封朝秦九重天	한번 깊은 산골 진나라 藍田縣에 발령이 나니
夕貶潮州路八千	저녁에 潮州에 왔어도 8천리 길이라
欲爲聖明除弊事	임금님 위하여 폐가 되는 일 없애려니
肯將衰朽惜殘年	쇠약하고 늙은 이 몸 남은 세월 애석하네
雲橫秦嶺家何在	진나라 고개에는 구름이 걸려 집은 어디인지
雪擁藍關馬不前	눈이 藍關을 에워싸서 말이 나아가지 못하네
知汝遠來應有意	너 멀리서 와서 응당 생각 있겠지
好收吾骨瘴江邊	나 죽거들랑 강변에 뿌려 다오

<사부총간 제34책 주문공교창려선생집 권10 · 7 - 8>

　윗 시에는 제4구절 다음에 "욕혹작봄(欲或作本) 긍장혹작기장(肯將或作豈將) 작기어후(作豈於後) 작모석(作暮惜) 작계(作計)"라는 세주(細註)가 달려 있다. 이 세주의 뜻은 제3구절 첫째 글자 욕자(欲字)를 어떤 곳에는

---

82) 四部叢刊 第34冊 朱文公校昌黎先生集 卷十 · 7 - 8 "藍關卽秦之嶢 關在今藍田縣 湘字比者　比는 후손의 의미로 해석? 筆墨間錄云公比　詩仁且有禮 非志仁義者 不能也"

본자(本字)로 쓴 곳도 있다는 말이다. 본자(本字)로 고쳐 보면 "욕본성명 제폐사(欲本聖明除弊事) 본래 임금님께 폐가 되는 일을 없애고자 해보니" 가 된다. 다음에 "긍장혹작기장(肯將或作豈將) 작기어후(作豈於後) 작모 석(作暮惜) 작계(作計)"라는 세주대로 제4구절을 고쳐보면 "기장모석계잔 년(豈將暮惜計殘年) 늙어 슬픈데 어찌 장차 남은 세월 계획하리"가 된다. 또 제6구절 아래에 "옹(擁) 작엄(作揜) ○ 금안차시(今按此詩) 어모계엄 사자(於暮計揜四字) 개불불여제본지등(皆不如諸本之謄)"라는 세주가 있 다. 제6구절의 옹자(擁字)는 엄자(揜字)로도 쓴다는 말이고 지금 이 시를 보니 "어모계엄(於暮計揜)" 네 글자가 모두 다 본래 시보다 못하다고 했다. 아마도 그래서 이런 세주(細註)만 달았지 실제 시는 본래대로 쓴 것 같다.

한유(韓愈)는 「좌천지람관시질손상시」라는 시에서 나이가 늙었는데도 람 전현이라는 벽지로 좌천되어 그 회심을 그린 작품이다. "한번 깊은 산골 진나라 람전현에 발령이 나니, 저녁에 조주(潮州)에 왔어도 8천리 길이라." 라고 하여 궁벽한 벽지임을 말하고, "쇠약하고 늙은 이 몸 남은 세월 애석 하네."라고 말함으로써 자신이 늙었음을 표현하였다. "진나라 고개에는 구 름이 걸려 집은 어디인지, 눈이 남관을 에워싸서 말이 나아가지 못하네."라 고 하여 고을 다스리기가 얼마나 힘든지를 말하였다. 한유는 끝 구절에서 "나 죽거들랑 강변에 뿌려 다오."라고 말함으로써 여기서 삶을 마감하려는 절망을 노래했다.

이에 대하여 동고의 차운은 첫째 구절에서 "멀고 먼 관산길 험하기도 한데, 흐릿한 날씨에 눈보라까지 몰아친다."라고 하여 역시 남전현이 험한 벽지임을 말하였다. 東皐는 한 구절에서 그곳이 궁벽한 벽지임을 묘사하지 아니하고, 여러 구절에 걸쳐서 묘사했다. 이는 차운의 시가 본시 보다 더 화려함을 말해 주는 대목이라고 이해할 수 있을 것이다.

다음에 동고는 "늙어 쇠약해졌지만 편안함만 취하리오"라고 함으로써 포기가 아닌 새로움 의지의 다짐을 말하였다. "어려울수록 진실한 생각 저 버리지 말아야겠고, 곤궁해도 추상같은 절조는 보전해야지, 공손히 받드는 마음 장사(長沙)에 누운 것 같고, 군색하고 고달파도 속국(屬國)보단 나으 리라."라고 하여 어려움을 딛고 일어서는 강인한 의지를 그렸다. 환경을 극 복하는 강인한 의지야말로 세상 구원의 바탕일 것이다.

동고는 끝으로 충성스런 일편단심 본받아야 하겠지만, 한순간 지는 꽃처럼 되면 보잘 것 없으리라. 고운 비단 한 폭에다 유직(遺直)을 그려내어, 임 곁에 걸어 두고 보시게 해야겠네." 라도 임금께 대한 충성을 소리 높이 외치고 있다.

한유의 절망적이고 포기하는 시의 정서와는 잘리 동고에 있어서는 강인한 현실 극복의 의지를 그림으로써 임금께 대한 충성을 다짐했다.

라. 교훈

교훈은 조선시대 모든 유학자들의 화두였다.

> 君臣同德應製
> 「임금과 신하는 덕이 같아야」라는 어제에 응제하였다

冊禮昭辰會百工	冊禮 베푼 좋은날 百工이 모이고
深嚴寶座御重瞳	寶座 높이 임금님 납시어 있다
鈞天聲裏千官拜	鈞天樂 소리 맞춰 절을 하면서
聖壽盃中萬歲隆	만수무강하시라 頌祝을 한다
德在君臣修罔缺	임금이건 신하건 함께 닦아야
樂同魚水享無窮	상하간에 그 樂이 무궁하리라
堪嗟上暗爭諛佞	아아, 위에선 어두운데 아첨만 하면
歡笑纔呈竟敗功	기쁘게 웃으려다 일 망칠거야

<동고유고 권1 · 7 ~ 8>

책례(冊禮)는 배우던 책을 다 공부하여 뗐을 때 그 기념으로 베푸는 잔치다. 아마도 왕자쯤이 책을 뗴는 모양이다. 궁중에서 잔치를 벌릴 정도면 신하의 아들이 책을 뗐다고 임금님까지 참석하시지는 않을 것이다.

책씻이 자리가 매우 엄하며, 화려하다. 균천악이 울리고, 만조백관이 절을 올리고, 임금님의 수를 비는 술잔을 올리면서 만세를 부른다. 이 장면을 보면서 임금과 신하가 모두 덕에 흠씬 무젖어서 마치 물고기가 물속에서 유유하게 노니는 것과 같다. '관어(觀魚)'라는 말이 있는데 이는 단순히 물고기가 노니는 것을 구경하는 것을 말하는 것이 아니라, 물고기가 물 속에서 노니는 모습이 마치 군자가 덕 속에서 사는 것과 같음을 상징적으로

표현하는 말이다. 군자와 덕은 물고기와 물처럼 뗄래야 뗄 수 없는 관계라는 뜻이다. 이렇게 덕에 흠씬 젖어서 살아야 한다는 말이다.

7, 8구절에서 경계의 말을 매우 직설적으로 했다. 응제시에서는 이런 표현은 피하는 법인데 동고의 경우는 다르다. 앞에서도 지적했지만 이 점이 동고 응제시의 특징이다.

앞서 번역한 것이 어색하여 "균천성리천관배(鈞天聲裏千官拜) 성수배중만세융(聖壽盃中萬歲隆)" 구절과 "덕재군신수망결(德在君臣修罔缺) 낙동어수향무궁(樂同魚水享無窮)" 구절의 번역을 고쳐보았다. 참고하였으면 한다.

> 책례(冊禮) 베푼 좋은날 백공(百工)이 모이고
> 보좌에는 매우 엄하게 임금님을 모셨네
> 균천락(鈞天樂) 울리는 중 문무(文武) 백관이 절을 하며
> 수를 비는 술잔에 만세소리 일어나네
> 임금님과 신하에겐 온전한 덕 있으니
> 물만 난 물고기처럼 무궁하게 즐기리라
> 아아, 위에서 어두워 아첨떨기를 다투면
> 기쁘게 웃으려다 일 망칠거야.

> 安不忘危應製 講武時 命題
> 「安不忘危」라는 어제에 응제하였다 - 講武할 때 내리신 命題

> 禍難由來不在明　　태평할 땐 禍難이 없겠지마는
> 危亡須戒自豊亨　　이런 때도 危亡은 경계해야 하네
> 居安豈可忘戎備　　편안타고 대비를 소홀히 하랴
> 思患先應軫聖情　　그런 일은 위에서 먼저 염려해야 하네
> 故選熊貔呈妙藝　　그래서 날랜 武士 선발하려고
> 高張鴻鵠試豪英　　과녁 넓혀 그 재주 시험하신다
> 苞桑係念能終始　　시종일관 근본을 다져둔다면
> 將見千秋保太平　　천년토록 태평성대 보존할거야

<동고유고 권1·8>

이 시는 한마디로 유비무환(有備無患)이라는 의미를 되새기게 한다. 늘 나라의 방비를 단단히 준비하고 있어야 한다는 교훈이 들어 있다. 실로 평화로울 때에 무술을 시험하고 훈련하는 자리에서 지은 시인만큼 이런 의미가 들어 있는 것은 당연하다.

"풍형(豊亨)" "웅비(熊貔)" "고장홍곡시호영(高張鴻鵠試豪英)"과 같은 시어들은 웅장하고 화려한 응제시의 격조를 잘 나타내 주는 역할을 한다. "安不忘危"라는 시가 응제시로서의 품격을 갖는 격조는 바로 이런 시어들 때문이라는 점을 지적하는 것이다.

구태여 이 자리에 "풍형(豊亨)"이라는 시어를 반드시 써야할 이유는 없다. 그러나 시의 격조를 응제시격으로 하려니까, 그저 평안한 때라는 말보다는 좀더 부섬(富贍)하고 화려한 용어가 필요했던 것이라고 생각한다. "웅비(熊貔)"도 무사들을 표현한 말로는 웅장한 말이다. "고장홍곡시호영 (高張鴻鵠試豪英)"이라는 구절에서 "고장(高張)"이라고까지 말하면서 웅장함을 나타내려고 했고, 무사들을 "호영(豪英)"이라고 해서 웅장하고 화려한 기상을 표현했다.

"포상(苞桑)"은 『주역(周易)』 부괘(否卦)에 나오는 말로 "기망기망(其亡 其亡) 계우포상(繫于苞桑)"이라는 구절이 있다. 뽕나무가 잘 자라고 말라 죽고는 그 뽕나무의 뿌리가 깊게 박혀 있고 얕게 박혀 있고에 달려 있다는 말이다. 곧 뿌리, 그 근본을 확고히 해야 일이 된다는 뜻으로 하는 말이다.

이런 응제시는 다른 문집에서도 찾아 볼 수 있다.

禁苑應製	禁苑에서 응제하였다
九重端拱萬機竝	구중궁궐 깊이 앉아 萬機를 돌보는데
凉入瑤階積雨晴	가을바람 불어오자 장마 비가 개인다
豈向憂勤長戒懼	걱정 따라 나날이 두려워만 하랴
要須暇豫養衷情	틈을 내 본마음을 닦아야 하네
雲開北極瞻天表	하늘 위엔 北極星이 구름 뚫고 비춰주고
壽獻南山引上卿	뭇 별들 둘러서서 萬壽盃를 드린다네
謾備台司微所報	보답한 공도 없이 台司에 들어앉아
旦歌天保頌時淸	天保章 읊으면서 태평하기만 비옵니다

<동고유고 권1 · 8>

단공(端拱)을 "깊이 앉아"로 번역하는 것보다는 "단정히 앉아"로 번역하는 것이 좋을 듯싶다. 5, 6구절을

> 하늘 위엔 북극성(北極星)이 구름 뚫고 비춰주고
> 뭇 별들 둘러서서 민수배(萬壽盃)를 드린다네

라고 번역하여도 무방하겠으나

> 구중궁궐 단정히 앉아 만기(萬機)를 돌보시는데
> 서늘한 기운 섬돌에 불어와 장마비가 개이네

라고 번역하면 북극성과 같은 임금님을 신하들이 모두 북극성을 옹위하는 뭇 별들처럼 옹위하고 있는 조정의 아름다운 모습을 묘사한 것이 더욱 잘 드러날 것 같다.

이 시는 제1연에서는 임금님께서 정사(政事)를 보시는데 잘 보시도록 계절도 서늘한 가을로 변한다고 축하의 말을 했다. 제2연에서는 공연히 근심 걱정할 것 없이 나의 본마음을 닦는다면 모두 태평할 것이라는 제언익, 3연에서는 임금님을 뭇 별들이 북극성을 중심으로 운행하는 것처럼 신하들이 모시고 있다고 했다. 4연에서는 자기만은 그런 신하들 틈에 끼일 자격이 없다는 겸손의 말을 하면서 임금님 만세를 외쳤다. 금원은 지금의 궁중 후원이다. 임금님께서 특별히 동고를 포함한 신하들을 초청하시어 연회를 베풀었다. 그 자리에서 만수무강을 비는 뜻을 올리면서 스스로 본 마음을 잘 닦으시라는 임금님께 대한 간언(諫言)을 잊지 않고 있다. 이렇게 연회의 자리에서도 항상 바른 말을 하는 것이 선비의 본분이기 때문이다.

이 응제시는 슬픔이 배어 있지는 않고, 화려하고 웅장한 문체로 썼다. 풍요로운 궁중의 삶을 잘 그렸다. 응제시의 특징을 잘 가지고 있는 시라고 생각한다. 다음에 조금 고친 번역을 싣는다.

> 구중 궁궐 단정히 앉아 만기(萬機)를 돌보시는데
> 서늘한 기운 섬돌에 불어와 장마비가 개이네
> 걱정 따라 나날이 두려워만 하랴

틈을 내 본마음을 닦아야 하네
구름 걷히면 하늘에 북극성(北極星)을 우러러
뭇 벼슬한 사람들이 만수배(萬壽盃)를 올리네
보답한 공도 없이 台司에 들어앉아
천보장(天保章) 읊으면서 태평하기만 비옵니다

③ 결론

동고 이준경의 응제시 작품은 오언율시 「상삼협응제」, 거수, 칠언율시 「등악양루망군산응제」, 거수, 칠언율시 「열무정응제」, 칠언율시 「군신동덕응제」, 칠언율시 「배연금원응제」, 거수 칠언율시 「안불망위응제」, 강무시 명제, 칠언율시 「금원응제」, 칠언배율 「남관옹설응제」이렇게 모두 8편이다.

이 시들을 품격으로 나누면, 웅장한 작품에는 「열무정응제」가 있고, 화려한 작품에는 「배연금원응제」가 있고, 의지력이 잘 나타나는 작품에는 「상삼협응제」, 「등악양루망군산응제」, 「남관옹설응제」가 있으며, 교훈을 노래한 작품에는 「군신동덕응제」, 「안불망위응제」 강무시 명제, 「금원응제」가 있다. 이렇게 해서 시의 품격에 따른 응제시의 실상을 점검해 보았다.

이상에서 보듯이 응제라면 웅장하고 하려한 품격을 나타나는 것이 보통인데, 동고의 경우는 좀 색달라서 의지력을 나타낸 작품이 가장 많고, 다음으로 작품수가 많은 주제의 작품은 교훈을 노래한 것이다. 의지력을 나타내는 작품들에서는 웅장하고 화려한 품격은 찾기 힘들다. 교훈을 나타내는 작품들에서도 웅장하고 화려한 품격을 찾기 어렵다. 이 두 주제 곧 의지력과 교훈을 나타내는 작품들에서는 웅장이나 화려한 품격보다는 사실적인 표현이나, 오히려 궁핍한 품격을 묘사하기도 했다.

이상에서 논의 한 것이 동고 응제시의 특징이라고 할 수 있을 것이다. 이는 동고께서는 오랜 세월 영의정 등 임금님 곁에서 친숙하게 지낸 흔적이기도 할 것으로 짐작해 보았다.

동고의 응제시를 세찰해 봄으로써 응제시의 다양한 표현을 볼 수 있었으며, 반드시 이렇게 써야 한다는 응제시의 틀도 경우에 따라서는 깨어질 수 있다는 점을 알게 되었다.

2) 전쟁과 시문학 - 백사 이항복의 전장시(戰場詩)

전쟁은 사람의 사람다움을 송두리째 빼앗아 간다. 그 처참(悽慘)함과 불
안과 우울의 정서, 그리고 살아남기 위한 충성과 그 충성에서 우러난 외교
적 수완(手腕)의 시들이 있다. 이러한 시들은 선생의 문집 속에 아로 새겨
있는 귀중한 전쟁의 실상(實相)이다. 현대 우리들은 이런 작품들을 통해서
정신을 일깨워야 할 것이다.

(1) 참상

유비무환(有備無患)이라고 말은 하지만 느닷없는 침략을 당하고 보면
우리는 언제나 그렇게도 외침(外侵)에 대한 준비가 없었던가하는 후회에
접하게 된다. 6.25가 그랬고, 임진왜란이 그랬다. 준비 없이 당하고 피난길
에 올랐을 때의 처참한 모습이 생생한 시를 읽어 현실을 되새겨 본다. 지
금 우리가 현대를 살면서 준비성이나 저축성이 부족함을 깨닫고는 있는지
우리는 왜 당하고 나서야 "아차 !"하는지 우리들의 해묵은 문제가 무엇인
지 반성의 기회로 삼아야 할 것이다.

壬辰六月扈駕西幸途中作

倉卒天難時	갑자기 나라가 어려울 때에는
權宜策未工	원칙은 마땅했지만 계책은 공교하지 못해
人心猶拱北	사람 들은 모두 북쪽에 마음을 두는데
馬首欲還東	말머리는 동쪽으로 돌리려고 한하네
一路去何去	길은 하나인데 가면 어디로 가나
千山重復重	천산이 겹겹인 것을
孤雲在嶺嶠	외로운 구름이 고개 마루에 걸렸으니
吾與爾相從.	너와 내가 서로 따른다.

<백사집 영영신간본 권2 · 1>

임금님이 피난길에 나선 참상을 묘사한 시다. 수련에서 "원칙은 마땅했지만 계책이 공교롭지 못했다."고 하면서 나라의 체통을 살리고, 전련에서 "사람들은 모두 북쪽으로 마음을 두는데, 말머리는 동쪽으로 돌리려한다."고 해서 미물이 사람보다 국가의 권위 회복의 의지가 강함을 말했다. 이는 시인의 마음을 의인화해서 표백한 것으로 보아야 할 것이다.

피난길의 막막함을 후련에서 말하고 그 참상을 미련에 그리고 있다. 그저 묵묵히 앞사람의 뒤를 따르는 풀이 죽은 사람들의 행렬을 상상하게 하는 마지막 구절은 나라의 운명을 걱정하는 선생의 걱정하는 마음이 배어 있다.

앞의 시는 임란이 터지던 1592년 6월의 작품이다. 1593년 동궁을 모시고 온양을 지나면서 노래한 것도 그 처참함은 여전하다.

癸巳冬東宮溫陽道中作

此路幾時盡	이길이 언제나 끝이 나나
千山行復迷	산을 넘고넘어 가는 길이 아득하다
二年長避地	이년 동안이나 피해 다니다가
今日始聞鷄	오늘 처음 닭소리를 들었네
點籍無丁壯	장부를 뒤져보니 장정은 없고
逢人有寡妻	만나는 사람마다 남편 잃은 아내들
溫陽非隴坂	온양에는 언덕이 없어
不忍聽寒溪.	참아 차가운 냇물 소리를 들을 수 없네.

<백사집 영영신간본 권2·8>

시상이 어둡고 무게가 있어 두보(杜甫)의 시를 연상하게 한다. 산을 넘고 넘어서 찾은 온양이지만 몸을 숨길만한 언덕이 없는 벌판이다. 이년만에 발견한 마을이지만 도움을 받을 쓸모 있는 젊은이는 하나도 없다. 만나는 사람이라고는 남편을 난리에 잃은 과부들뿐이다. 두보의 시 <삼리(三吏)>의 서술과 흡사하다. 피난길이란 언제나 마땅한 곳이 없다 그래서 자꾸 옮겨 다닌다.

궁중의 피난길은 함께 가지 않는다. 임금은 임금대로 동궁은 동궁대로 다른 왕자들은 왕자들대로 길을 각기 떠난다. 그래야 비상시국이 되어도 나라의 명맥을 유지할 수가 있다. 선생은 동궁을 모시고 남쪽으로 피난의 길을 재촉하고 있다.

이렇게 난을 피하여 다니는 모습이 처참함을 이렇게 노래하고 있기도
하다.

甲午夏以東宮命赴劉提督軍議事因審湖南山城還途入飛鴻嶺遇雨夜行

峽雲驅雨夜溪漲	소나기 구름이 비를 몰아 냇물이 불어나
人與病駒浮鼻行	사람과 병든 당나귀가 코만 내고 떠가네
應有山頭老樹鬼	산머리 늙은 나무에 혼이 있다면
分明指笑我宵征.	분명 오늘 밤 우리 행렬이 웃음거리일거야.

<백사집 영영신간본 권2·8>

코믹한 가벼운 터치의 작품이지만 그 참상을 눅이려고 일부러 이런 기
법을 사용했다고 보아야 할 것이다. 지엄하고 지존한 동궁의 행차가 코만
내놓고 냇물을 건너는 참상은 전쟁판의 피난길이 아니고는 있을 수 없는
일이다. 본래 임금이나 동궁의 행차에 물을 건너야할 위급한 상황이 생겼
을 때에는 사람들이 사람으로 엮은 임시 다리를 만들어서 건너는 것이 보
통이었다. 앞 시에서 문서를 뒤져보니 쓸만한 젊은이가 하나도 없다는 말
이 바로 이런 상황이 되게 된 것을 잘 설명하고 있다. 이렇게 전쟁은 인간
을 고립시키고 귀천을 없애며 어떤 의미에서는 운명 앞에 평등하게 만든다.
여기서 사람들은 인간 정신을 배운다. 그리고 평등과 자유의 고귀함을 알
게 된다. 임진왜란이 우리들에게 고난을 주기도 했지만 그 고난을 통해서
또 많은 것을 일깨운 것도 사실이다.

이제 세월이 흘러서 어느 정도 전쟁의 상처를 치유하게 된다. 그래서 그
마무리를 위하여 지방을 순시할 때에 양산을 지나게 되는데 여기서 그 전
쟁의 상처를 보고 다시 아픔을 되새기게 된다.

梁山書懷再疊前韻 其二

南民衣服半成斑	남쪽 백성 의복이 절반은 왜색을 닮고
呼我時時作上官	나를 부르는 소리도 자주 일본말투를 쓴다
徐伐鵝鷹歸海外	서라벌의 거위와 매도 잡아갔으며
扶桑烟火入河間	왜놈들의 횡포가 여기에 미쳤구나

荒城月照戍人語	황폐한 성에 달이 비친 싸움터에서
凍磧風鳴巡騎還	언 자갈 울부짖는 바람 순시하고 돌아오니
鄕夢不知家萬里	고향 꿈 얼마나 먼지 알 수도 없지만
喜隨蝴蝶度千山.	호랑나비 기쁘게 따라 산을 넘어 찾아가리.

<백사집 영영신간본 권2·23>

　이 시의 제2귀에는 "일본 속(俗)에 호존자(呼尊者)를 위상관(爲上官)"
이라는 주석이 달려 있다. 지금 우리가 흔히 우리말 처럼 쓰고 있는 '상관'
이라는 말도 따지고 보면 임진왜란 때 수입된 말임을 알 수 있다. 제3귀에
도 "일본은 거위와 매 사기를 귀히 여긴다."고 주석을 붙였다. 이렇게 해서
우리나라의 거위와 매가 일본으로 가게 되었다. 거위와 매까지 거두어 갔
으니, 다른 우리의 보물을 얼마나 노략질해 갔는지는 말할 것도 없다. 선생
께서 '매(買)'자를 써서 일본이 마치 정당하게 사간 것처럼 쓴 것은 민족적
인 자존심이다. 힘이 없어 빼앗겼다고 하지 않고 사간다기에 주었노라는
의미가 있다.

　전쟁의 참상을 실감나게 묘사한 이 시는 7년간의 전쟁이 얼마나 우리
민족에게 상처를 남기고 있는지 잘 설명하고 있다. 이와 같은 현장감이 있
는 시는 바로 시로 쓴 역사라고 말해도 좋을 것이다. 본래 한시는 사실의
기록이 그 역할의 하나이기도 하다. 생활 문학으로서의 면모가 여기에 있다.

　전쟁은 우리들이 어려서 뛰어 놀던 곳을 피바다로 만든다.

有 感

大樹無言老不功	큰 나무는 늙어서 공이 없다고 말하지 않으니
古松亭下坐談農	고송정(古松亭) 아래에서 농부와 좌담을 한다
風塵變盡靑靑鬂	전쟁 통에 구렛나루는 세어버렸고
夢入毬門劍血紅.	꿈에 놀던 곳에 갔더니 칼의 피가 붉더라.

<백사집 권2·17>

　이 시는 전쟁의 참상을 말하고 있다. 전쟁으로 어려서 놀던 놀이터가 칼
의 피로 물들어 있는 꿈을 꾸었다는 선생의 말씀이고 보면 끔찍한 전쟁의
참상을 노래한 것임에는 틀림이 없다.

그래도 변하지 않고 남아 있는 오래된 나무, 실로 나라가 오래인 것은 그 나라에 큰 나무가 있어서가 아니라 대대로 내려오는 훌륭한 신하가 있기 때문이라고 하지만 여기서 큰 나무는 오래된 나라를 상징한다고 할 수 있다. 나라가 오래 되어서 왜란이 일어나기는 했어도 농부와 좌담을 할 자리는 있다.

이번에는 전쟁의 참상으로부터 벗어나려는 노력을 살펴본다.

遂安途中

神林簫鼓走村翁	당산에서 피리불고 북을 치는 촌 늙은이
社酒豚蹄祝歲豊	차려 놓은 술과 돼지 고기로 풍년을 비네
聞說去年風雨順	소문에는 지난해 일기는 좋았다는데
三時民力不歸農.	때마추어 농부가 농사를 짓지 못했다네.

<백사집 권2 · 24>

전쟁으로 폐농이 되다시피한 상황을 그리고 있다. 계절 따라 날씨가 농사 짓기에 좋아서 일부러 당산에 풍년을 기원할 것도 없지마는 전쟁으로 농사를 지을 수가 없어 논밭이 묵으니, 이런 참변이 없기를 당산에 빌어보는 것이다. 그래도 전후에 어느 정도 백성들이 자리를 잡아서 피리와 북을 울리며 돼지고기를 진설하고 풍년을 비는 모습에서 전후 복구의 현장을 실감할 수 있다.

(2) 우국(憂國)

참혹한 전쟁을 겪으면서 나라에 대한 근심과 걱정이 없을 수 없다. 전쟁의 참상을 묘사한 시와 우국의 심정을 토로한 노래는 실은 한 뿌리에서 나온 가지에 불과하다. 전쟁의 참상이 고발이라면 우국은 심정을 토로한 기록이라고 하겠다.

思 歸

終南山色杳風烟	서울 남산의 빛이 바람 안개에 아득하니
一望長安在日邊	서울이 해 저편에 있는 것을 바라본다
럭馬每憐鳴戀主	매여 있는 말이 가련하게 주인을 사모하듯
鄕心唯有夢歸田	고향에 돌아가고 싶은 마음만을 꿈꾼다
事如百尺竿頭卵	일은 백척간두의 계란과 같고
人似三秋葉底蟬	사람들은 늦가을 매미의 신세
料理此生仍不寐	이 삶을 살아가느라 잠을 못이루고
曉갸聲裡坐蕭然.	새벽 호드기 소리에 쓸쓸히 앉았노라.

<백사집 권2 · 16 - 17>

전쟁판의 우국이 짙게 배어 있다. 남산의 빛은 서울이 피난 길에서 아득하게 먼것을 말하고, 해 저편에 서울이 있다는 것은 임금이 계시지 않은 서울을 말하는 것이다. 이 시에서 고향은 서울을 의미한다. 수복의 간절한 소망을 읊고 있다. 제5구와 6구에서 전시의 위급함을 상징하고 있다. 나라의 운명이 위급함과 백성들의 삶이 죽음과 삶의 갈림길에 서 있음을 말했다.

선생은 임진왜란을 직접 겪어낸 분이다. 전쟁을 승리로 이끈 모든 계략이 선생의 머리에서 나왔다. 이런 전쟁의 담당자로서 제7, 8구의 잠못이루는 심정을 지금 우리는 알 수 있다. 나라의 운명을 근심하는 선생의 고뇌가 이 시속에 간절하다.

이렇게 나라를 위한 우국의 충성은 가득하지만 뜻대로 되지 못하는 현실의 답답함을 제3, 4연에 잘 표백하고 있다. 마치 말뚝에 매여 있는 말이 마음대로 움직일수 없는 것과 마찬가지로 자신의 처지도 마음대로 할 수 없는 안타까움을 말하고 있다. 이는 나라의 힘이 미약함을 암시한다고 볼 수 있다. 여기서 우리는 선생의 우국과 충성을 깊이 느낄 수 있다.

이와 같은 선생의 우국의 마음은 몸을 부수어 바다를 메워서라도 왜국에 건너가서 그들을 못베고 싶다고 외치게 하고 있다.

金接伴晔在月城有寄因次其韻 其三

强和村老祝新年	억지로 촌로와 새해를 축하하며
願見南氓奠枕眠	원하는건 남쪽 백성이 벼개베고 잠잘만한 평화
何術碎身塡巨海	무슨 수로 몸을 부수어 바다를 메우기라도 해

唯思斫首補高天　왜놈들 목을 잘라 임금게 충성하길 생각하네
誰憐薏苡長銷骨　누가 가련히 여기리 율무가 오래 녹여 없앰을
自愧弓刀久在邊　스스로 부끄럽기는 무기를 가지고 변방에 있는 것
好去角巾尋舊業　즐기어 은자가 되어 옛 일을 찾아
閉門終歲守吾玄.　문을 닫고 마칠 때까지 내 본심을 지키리.

<백사집 권2 · 10>

제2연까지는 침략자 일본에 대한 강한 증오심을 불태우고 있다. 제6구에 나오는 율무는 약재로 쓰는 것으로 신경통 류마치스에도 좋고 방광 결석을 녹이는 데도 효과가 있다고 한다. 허약체질의 회복에도 쓰인다.

고대 중국에서는 우(禹)의 어머니가 율무를 먹고 우를 낳았다고 전한다. 이렇게 서서히 변화를 일으키는 점진적인 승리의 진전보다는 보다 적극적인 승리를 갈망하고 있는 심정을 읊고 있다. 이렇게 점차적인 방법으로 하는 것이 부끄럽다. 나라의 운명을 담당하고 있는 군사로서 아직도 수복을 하지 못하고 변방에 있는 것이 안타깝다는 의미다.

마지막 7,8구는 전쟁을 승리로 이끈 후의 자신은 아무 것도 싫고 오직 은거해서 자신의 본분을 지키겠다는 겸손과 청백리다운 심정의 토로라고 생각한다.

우국의 실천으로 원병에 대한 대우를 극진히 한 시가 있다.

李提督別章

詔許誅妖蘗　조서가 내리시어 왜적을 베라하시니
竿旌出上台　깃발을 앞세워 높은 분이 나오셨네
國須光復運　나라엔 모름지기 광복의 운이 있어
天降異人材　하늘에서 특별한 인물을 내려 주셨네
謀定兵先勝　전략에 앞서 먼저 이기고
神扶慶大來　신령이 도와서 큰 경사 오네
泥鴻尋有跡　크게 남기신 자취를 찾아보니
留像浿江隈.　대동강가에 남아 있구려.

<백사집 권2 · 18>

원병의 장수인 이여송(李如松)에게 칭송과 찬사를 아끼지 않고 있다. 이를 혹자는 비굴한 사대주의라 삐뚤어진 시각으로 보는 자도 있겠지만, 실로 나라의 실속을 계산한 현명한 처사가 아닐 수 없다. 한말에 김택영(金澤榮)은 '문장보국(文章報國 : 글로써 나라에 보답한다)'이라고 했지만 바로 이런 경우의 시를 두고 하는 말이라고 할 수 있다. 이런 글을 받은 이여송이 우쭐거리면서 우리를 위해 있는 힘을 다 과시해 보이는 당시의 모습이 상상된다.

선생의 이 시는 오직 나라를 구하고자하는 일념에서 간곡한 심사를 개진한 것으로 보아야 할 것이다.

朴通官隨冊使在倭營述懷寄詩次韻却寄

囚人每夢上雲岑	죄인은 매일 산꼭대기에 오르는 꿈만 꾸면서
喝者常思浴水心	한여름에 목욕하고 싶은 마음같았네
當暝想君多少意	답답하여 그대 생각 다소 있는데
因風寄我短長吟	바람결에 그대 시를 보게 되었네
時常易失寧猶豫	때는 항상 잃기 쉬우니 차라리 늦추고
事到難言轉陸沈	일은 말하기 어렵게도 땅이 갈아앉는다네
最是華夷相混地	게다가 중국과 일본은 함께 섞인 이 땅
春來誰慰仲宣襟.	봄이 오면 누가 임금님을 위로 하리.

＜백사집 권2 · 18＞

이 시는 앞 4귀절은 편지를 받게 된 기쁨을 썼고, 뒤의 4귀절은 외교적인 작전을 일러 주고 있다. 왜 이리도 편지가 오지 않는지 궁굼하던 차에 받은 편지래서 그 기쁨이 크다.

중요한 것은 뒤의 4귀절에 나타난 작전이다. 제5구에서는 서두르지 말고 시간을 끌라는 의로 받아들일 수 있겠다. 제6구에서는 아직도 여기서는 일본이 자꾸 우리 강토를 침범하고 있다는 현실에 대한 전갈이다. 일본에서 듣는 남들의 말에 속지말고 일본이 아직도 우리를 괴롭히고 있다는 사실을 전하는 내용이다.

제7구는 우리를 도우러 온 중국의 병사들이나 일본의 병사들이 결국은 모두 우리들을 괴롭히는 군사들이라는 사실을 말하고 있다. 얼핏 보기에는

우리 땅에 우리를 도우러온 구원병도 있고 일본군도 있다는 말이 되겠지마
는 가만히 생각해 보면 그들끼리 자국의 이익을 위해서 강화조약을 체결하
고자하는 속셈을 읽고 있다는 것을 알 수 있다. 제8구에서 우리 나라의 위
상이 외로움을 말하면서 전쟁이 끝난 후에 후회하지 말고 지금 마음을 단
단히 먹고 협상에 임해야 한다는 부탁이 들어 있는 시다.

우리는 이런 시를 통해서 실천적인 선생의 우국의 실상을 엿볼 수가 있다.

(3) 불안과 우울

전쟁의 참상과 고난 그리고 풍전등화의 위기에 있는 나라에 대한 우국
과 구국의 일념에서 모든 지략을 동원한 외교의 시편들은 우리의 심금을
울린다. 이렇게 전쟁중의 시들에서는 불안과 우울의 정서가 짙게 배어 있
는 것을 실제 작품을 통해서 살펴 보려고 한다. 이미 앞에서 전쟁의 참상
과 우국의 시들을 보면서 이와 같은 정서는 감지 할 수도 있었겠지만 그
런 정서가 더욱 두드러진 작품을 찾아서 다시 보려고 한다.

曉起聞隣舍婦歌聲甚悲

雪屋風鳴戶	눈 덮인 집에 바람은 창호를 울리고
鉤簾月影哀	달아맨 발에 달 그림자가 슬프다
時危有隱慮	때가 위태로워 숨을 데를 근심하는지
隣女曉歌懷.	이웃집 여자의 노래가 심회를 자아낸다.

＜백사집 권2·10＞

전쟁으로 인한 위태로움을 그림으로써 불안한 정서를 표백하고 있다. 새
벽에 들려오는 노래가 평화로운 것이 아니라, 불안한 마음을 표상하고 있
다. 제1구에서 문종이의 떨림도 불안한 정서의 묘사라고 할 수 있다.

창호를 울리는 바람, 달아맨 발에 비치는 슬픈 달그림자는 경치를 묘사
한 것이고, 숨을 데를 근심하는 마음과 이웃집 여자의 오래는 정취를 말한
것으로 이 시는 선경후정(先景後情 : 경치를 먼저 묘사하고 그에 마음을
갈무리는 수법)의 짜임을 가지고 있다.

傷 春

倚樓愁思亂交加	다락에 기대니 온갖 시름이 몰려오는데
燕入重簷雀啄花	제비는 날아들고 참새는 꽃을 쪼고 있네
菱葉滿池萍又紫	마름은 못에 그득하고 부평초 보라빛 세상
一年春事已無多.	올 해 농사는 일글렀구나.

<백사집 권2·19>

전쟁으로 농사를 짓는 사람이 없다 물을 댈려고 만든 못에는 잡초만 자라고 논밭도 풀만 무성할 뿐이다. 농사가 폐농이 된 것을 생각하는 선생의 마음은 우울과 근심의 정서가 짙게 깔려 있다.

이 시에서 제비는 명나라의 구원병을 말하고, 참새는 일본군을 말한다고 볼 수 있다. 제비가 처마 밑으로 자꾸 날아든다는 말로써 구원병이 오는 것을 상징하고, 참새가 꽃을 쪼고 있다는 표현으로 우리나라를 침탈하는 일본의 실상을 비유했다. 이와 같은 시를 통해서 전쟁의 불안과 우울의 정서를 감지할 수가 있다.

또 말년에 유배지인 북청에서 나라를 근심하면서 자신의 처지에 대한 불안한 정서를 노래한 시도 보인다.

夜 坐

終宵黙坐筭歸程	밤새도록 묵묵히 앉아서 돌아갈 길을 셈하는데
曉月窺人入戶明	새벽 달이 엿보듯이 문틈에 들어 밝구나
忽有孤鴻天外過	문득 외기러기 높이 날아가니
來時應自漢陽城.	아마도 한양에서 날아 왔으리.

<백사집 권3·39>

내일을 예측할 수 없는 외로움에 싸인 불안한 유배 생활이잘 표현 되었다. 이 시를 통해서 우울한 선생의 감정도 감지할 수 있다. 자신의 명명백백함을 나타내면서 가족 형제에 대한 그리움도 그렸다. 유배지에서의 불안과 우울의 정서를 잘 그린 시다.

(4) 기개

선생께서 전쟁 중에 남긴 시에는 전쟁의 참상이나 괴로움 우울하고 불안한 정서를 노래한 것만 있는 것은 아니다. 선생의 성장에서 보듯이 다분히 무관의 기질이 있었던 분으로 봐서도 그 전쟁의 와중에서도 기개를 노래한 굿굿한 시가 있다는 것이 선생의 진면목을 살피는데 매우 좋은 자료가 된다고 생각한다.

單于夜宴圖

陰山獵罷月蒼蒼	깊은 산에 사냥을 끝내니 달이 푸르네
鐵馬千群夜踏霜	수천의 튼튼한 말이 밤서리를 밟는다
帳裏胡笳三兩拍	휘장 속 두세마디 피리에
尊前醉舞左賢王.	취하여 춤추는 것이 어진 왕을 돕는 일.

<백사집 권2·26>

수렵을 끝내고 휴식을 취하는 모습을 형상화한 시다. 첫귀절부터 기상이 씩씩하다. 제2구도 마찬가지다. 남성적이고 힘찬 기개가 돋보인다.

즐겁게 노는 것도 임금을 위한 일이다. 퇴폐를 일삼는 것이 아니라, 내일의 힘을 돋우기 위한 오늘의 놀이는 건전한 오락의 의미가 있다.

9. 제영시

1) 서산 제영

① 서론

서산 지역 제영에 대해서 알 수 있는 것은 1530년에 간행한 『신증동국여지승람(新增東國與地勝覽)』과 1927년에 당시 군수 이민영(李敏寧)이 편찬한 『서산군지(瑞山郡誌)』에 남아 있는 것이 있다. 서산에 대한 기록물은 예로부터 전해 오던 것이 있었다고 한다. 이것은 천여년(千餘年)이 넘어서 전해 오던 것을 한호문(韓好問)이라는 이 고을 태수가 없애 버렸다고 한다.[83] 그 뒤에 고경명(高敬命)의 초창(草創)에 의하여 한춘섭(韓慶春)이 이어 완성한 『호산록(湖山錄)』이 있다. 이런 문헌들을 바탕으로 해서 1927년에 『서산군지』가 만들어 졌다. 지금은 이런 것들이 모두 영인되어 전한다. 1984년에 아세아문화사에서 영인한 읍지 제4쪽에 보면 그간에 간행된 읍지의 일람표가 있고, 그 문헌이 있는 곳까지 밝혀 놓았다.

서상(瑞山)지역의 형승에 대해서 『신증동국여지승람』에는 "산세가 둘러싸고"[84] "바다가 삼면을 둘러 있다"[85]라고 기록했다. 이 기록은 시의 일부를 인용해서 경관을 묘사한 것이다. 객관(客館)에 대해서는 조위(曹偉 : 1454 - 1503)의 칠율(七律)이 전한다. 제영조(題詠條)에 이색(李穡 : 1328 - 1396)의 칠율과 신숙주(申叔舟)의 칠절(七絶), 이승소(李承召 : 1422 - 1484)의 칠절이 남아 있다.

『서산군지』 권일(卷一) 13쪽에는 가야산팔경(伽耶山八景)의 제목이 있고 이어서 27에는 서상팔경(瑞山八景)이 있다. 『서산군지』 권사(卷四) 55쪽에는 「명소기적(名所奇蹟)」 단구대조(丹丘臺條)에 홍석기(洪錫箕 : 1606

---

83) 瑞山郡誌 卷二 · 59 韓好問條 參照

84) 題詠條 申叔舟(1417 - 1475)의 詩 參照

85) 題詠條 朴元亨(1411 - 1469)의 詩 參照

- 1680)의 일련시(一聯詩)와 박홍미(朴弘美 : 1571 - 1642)의 「단구팔영 (丹丘八詠)」 중에서 「태기조어(苔磯釣魚)」 한 수가 소개되어 있다. 망운 대조(望雲臺條)에는 제영이 부기(附記)되어 있는데, 정유길(鄭惟吉 : 1515 - 1588)의 칠률, 고경명(高敬命 : 1533 - 1592)의 차운시(次韻詩), 송천(松 川)의 칠절, 이산해(李山海 : 1538 - 1609)의 칠절이 있다. 이어서 안흥조 (安興條)에 「안흥팔경(安興八景)」이 제(題)만 기록되어 있고 시는 없다.

『서산군지』 권사 77쪽에는 제영이라는 별도 항목이 있는데, 객관에 대해 서 『신증동국여지승람』에 있는 조위(曺偉), 이색(李穡)의 칠률과, 신숙주 (申叔舟), 이승소(李承召)의 칠절, 관찰사(觀察使) 홍수주(洪壽疇), 심수 경(沈壽慶)의 칠률이 있고, 어사(御使) 이진망(李眞望 : 1672 - 1737)의 칠절 2수가 있다.

이외에도 『서산군지』에는 태수(太守) 김대덕(金大德)이 1618년[86)에 지 은 것으로 보이는 「서령오군영현판(瑞寧五君詠懸板)」 七律 5首가 있고, 구봉령(具鳳齡 : 1526 - 1586)의 「어풍루(御風樓)」, 신숙주(申叔舟)의 「백 화산성(白華山城)」, 사가 서거정과 한평군(翰平君) 이경전(李慶全 : 1567 - 1644)의 「해비병사영(海美兵使營)」 七律 각1首, 연소(蓮巢) 조존화(趙 存華)의 거아도(居兒島), 난사(蘭史) 조희천(趙羲天)의 「탄태안위위폐군 (嘆泰安爲廢郡)」 등이 실려 있다. 조희천은 1913년 이후에 이 시를 지었 을 것이다.[87)

이상을 종합해 보면 서산의 승경을 제일 많이 읊은 곳은 객관과 망운대, 단구대, 안흥, 어풍루, 백화산성, 해미병영, 거아도 등임을 알 수 있다. 관 아는 지금의 시청자리인데 시청을 현대식 건물로 지으면서 관아를 앞으로 조금 옮겨 놓았다. 객관은 지금의 시청에서 망운대를 향해서 가다가 읍내 동과 석남동이 만나는 지역에 있는 4거리쯤인 것으로 생각되는데 『서산군 지』에는 읍내리 268번지라고 기록했다. 망운대는 대사동(大寺洞)에 있는데 서산 정(鄭)씨 들이 유적비를 만들어 세웠다. 지금도 그 정자가 있던 자리 에 서서 보면 앞이 탁 트인 시원한 느낌을 받는다. 아파트를 지으려는지

---

86) 萬曆 戊子라고 郡誌에는 기록이 되어 있으나 萬曆 戊子年은 1588년이 아니면 萬 曆이라는 年號를 쓸 수가 없다. 혹 戊午의 誤가 아닌가 한다.
87) 權相老 韓國地名沿革考 P.295 泰安條에 隆熙 紀元後(檀4246) 癸丑에 瑞山郡으 로 倂合하다.

터를 넓게 닦아 놓았다. 단구대는 지금 가야산 기슭에 있는 고란사의 석불(石佛)로 가는 길에 있는 저수지 건너편 봉우리를 말한다 신선대라고 부른다. 지금은 물에 잠겼지만 전에 그 아래에는 군자리(君子里)가 있었다. 용유천을 지금 사람들은 용천이라고 부른다. 용천도 거의 물에 잠겨서 옛날의 절경이 아니라고 한다. 부춘산 아래에는 문묘(文廟)와 향교가 있다. 지곡리에서 산성리로 들어가면 부성산성이 있다. 여기에는 오현각(五賢閣)과 최고운사(崔孤雲祠)와 도충사(道忠祠)가 있었는데 지금은 최고운사만 남아 있다. 최고운사에는 고운의 위패와 영정이 있는데 영정의 그림은 솜씨가 세련되지 못하고, 영정도 현대적인 기법을 사용해서 오래된 것으로는 보이지 않는다. 최고운사의 규모는 동각(東閣)과 서각(西閣)이 각각 있고, 위패를 모신 당(堂)도 상당히 넓다. 최고운사와 도충사는 1921년에 지었다. 오현각은 1912년에 지었는데 없어졌던 것을 1994년에 복원했다고 한다. 이 각(閣)은 전에는 2칸이었던 것을 지금은 5각(角)의 단일 정자(亭子)로 지어 놓았다. 본래 오현각에는 김대덕이 1614년 충청도사(忠淸都事)로 와서 1618년에 지은 5현을 읊은 시와 당시 서산군수 서옥순(徐玉淳)이 1887년에 지은 기(記)와 권익채(權益采)가 1913에 지은 기를 걸었다. 지금은 오현각의 모양도 옛기록과 다르고 시도 걸려 있지 않다.

지곡리에는 몽유도원도로 유명한 안견(安堅) 기념관이 있다. 완공은 된 듯한데 아직 다듬어진 것 같지는 않다. 몽유도원도와 제발 칼라 복사본 일부와 소상팔경도가 눈에 들어온다. 아직 빈약한 느낌을 받았다. 안견의 기념관을 여기 세운 이유는 기념관 앞에 세운 비문에 보면 안견이 지곡리에서 태어 났다는 기록이 있어서 이곳에다 세웠다고 했다. 『서산군지』에도 인물조에 안견에 대한 기록이 있다.

그리고 특이한 것은 이 지역과 관련을 가지고 있는 역사적인 인물 5분 곧, 최치원(857 - ?), 정신보(鄭臣保)[88], 정인경(鄭仁卿 : 1236 - 1305)[89], 유숙(柳淑 : ? - 1368), 고경명(高敬命)[90] 등을 읊었다는 점이다. 계명문화사(啓明文化社)에서 간행한 『한국인명자호사전(韓國人名字號辭典)』에는 정인경(鄭仁卿)이 1267년에 탄생한 것으로 되어 있다. 그러나 그의 탄생

---

88) 歸化한 宋末 사람
89) 鄭臣保의 子
90) 1582년에 잠시 直講을 했음.

은 1236년이 옳다.[91]

이상의 자료들을 가지고 서산지역 제영시의 정서와 내용을 살펴보려고 한다. 제영시의 정서는 우리가 시를 통해서 이 지역에 대한 당시 사람들의 정서를 일부나마 알아 볼 수 있고, 내용을 통해서 당시 관심사가 무엇이었는지 알 수 있을 것이다. 그러나 한 편의 시속에는 여러 가지의 정서가 복합되어 있는 것이 사실이다. 여기서는 그 중에서 두드러진 점과 서로 관련성이 있는 시들끼리 모아서 거론을 하려고 한다.

② 본론

가. 시의 정서

1) 조화

경치가 아름다와야 친근감과 매력을 가지고 자연에 동화할 수 있다. 자연에 동화하면 자연으로부터 자연의 본질인 평화와 조화를 누릴 수 있다. 『신증여지승람』에는 없지만 경치가 아름답기로는 단구대를 빼놓을 수 없다. 단구대를 제(題)로 한 시를 보면 자연을 아름답게 묘사한 작품을 대 할 수 있다. 단구대는 찰방(察訪) 김적(金積)이 광해군(光海君)의 폭정이 싫어서 벼슬을 버리고 은거한 곳이다. 단구대를 창건한 사람도 김적이다.

홍석기의 일련시(一聯詩)에

山圍百里茫茫野　　산은 백리의 망망한 들판을 둘러싸있고
水合三川滾滾流　　물은 세 줄기로 콸콸 흐르는 하천이 합치었네
<서산군지 권4·55>

단구대는 관아에서 동으로 18리에 있는 용유천 아래, 7리쯤에 있다. 지대가 높아서 올라가 보면 멀리 들판이 보이고 그 들판을 둘러싸고 있는 산들이 눈에 들어 온다. 들판에 유유히 흘러가는 세 갈래의 냇물이 합치는

---

91) <高麗史> 卷百七·12에 보면 "忠烈王三十一年卒 年六十九 諡襄烈"이라는 기록으로 보아 충렬왕 31년은 1305년이고 이 때에 69세이니 그의 출생은 1236년이 된다.

것도 볼 수 있다.

박홍미(朴弘美)는 「단구팔영(丹丘八詠)」을 지었는데 그 중에서 하나만
『서산군지』에 남아 전한다. 박홍미는 자(字)가 군언(君彦)이고 호(號)가
관포(灌圃)로 대사성(大司成) 간(幹)의 현손(玄孫)이다. 1622년에 이정구
(李廷龜)와 같이 접반사로 활약하였다. 그의 청강부(淸江賦)는 소식(蘇軾)
의 적벽부(赤壁賦)에 비견(比肩)된다.92) 박홍미의 『관포집(灌圃集)』에는
『단구팔영』이 고스란히 전한다.93)

苔磯釣魚

桃花春漲鱖魚肥　복숭아꽃 봄물에 쏘가리가 살지니
釣侶平分一片磯　낚시 친구와 바위를 똑같이 나누어 앉았네
牽興不知歸去晚　흥미에 끌려 저물어도 돌아갈 줄 모르니
水風吹月上蓑衣　물 바람이 달을 불어 도롱이 위로 올리네

<서산군지 권4·55>

이 시에서는 단순한 아름다운 자연을 묘사함이 아니라, 자연과 더불어
사는 혼연일치의 삶을 그리고 있다. 자연과 더불어 혼연일치 속에서 조화
로운 정서에 젖어든다.

일찍이 이색은 객관에서 이렇게 읊었다.

偶逢佳處客懷開　우연히 佳處에서 만나 나그네의 마음이 트여
班馬溪邊坐綠苔　시냇가에 말을 놓고 푸른 이끼에 앉았노라
海雨半邊飛白去　바다 비가 한쪽으로 하얗게 날라 가며
雲山萬疊送靑來　구름 산이 첩첩한데 푸른 기운 보내 오네
崎嶇世路身應徧　기구한 세상살이 몸소 두루 겪노라니
零落儒冠志不回　벼슬길이 기우러져 본뜻을 돌이킬 수 없네
龍化禹門三級浪　어려운 과거에 합격을 한다면야
他年須趁一聲雷　그 해엔 반드시 우뢰소리 내며 달리리라

<신증동국여지승람 권19·14>

---

92) 灌圃集序 參照
93) 朴弘美 <灌圃集>에는 卷三에 觀瀾亭八詠 題鶴洲라고 기록 되어 전하는데 <瑞
山郡誌>에 있는 단구대팔영 중에서 苔磯釣魚와 같은 시가 전하고 팔영의 소제목
들도 같다.

　이색의 시에서는 남성적인 기개를 감지할 수 있다. 시인은 바다와 산의 기운이 잘 조화된 객관에서 자신의 기개를 펴 본다. 꿈을 펼친다. 이런 꿈은 문학세계에서의 꿈이지 현실 세계는 아니다. 과거의 험난했던 삶을 되돌아보고 남자로서의 꿈을 펴야겠다는 다짐을 했다. 자연 속에서 자연의 일부로서 자신의 처지를 다짐하는 기상이 있는 시로 평가할 수 있다. 자연과 어우러진 조화로운 정서를 읊었다.

　조위의 시는 이와는 전혀 다른 시적 정서를 가지고 있다.

薰風深院野棠開	훈훈한 바람 외진 객관에 들해당화 피고
吏散庭空草似苔	아전들이 돌아간 빈 뜨락에는 잡초만 파래라
葦浦潮聲歸海盡	葦浦 조수 소리는 모두 바다로 돌아가고
象山雲氣接天來	상왕산의 구름 기운은 하늘에 닿아 오누나
思菴舊宅尋無處	유숙의 옛집은 찾아도 알 수 없고
學士仙蹤去不回	최치원의 신선 종적 가고 아니 돌아오네
訪古令人增感慨	고적 찾은 나그네엔 감개만 더하나니
一尊須醉鼻如雷	한잔 술에 취하여 우뢰 같이 코나 골거나

<신증동국여지승람 권19·12>

　남성적인 이색의 시에 차운을 하면서 조위는 무상한 삶 속에서 자연과의 조화라기보다는 자연 앞에서 인생의 무상함을 차원 높게 소화하고 있다. 1500년을 전후한 시기에 서산의 객관은 이렇게 고요했던 것을 알 수 있다. 성종(成宗) 말년이나 연산(燕山)의 초기다. 찾는 사람이 드문 외진 곳이었음을 알 수 있다. 위포는 서산군 남쪽 15리에 있다. 상왕산은 서산군의 동쪽 30리 해미현과의 경계에 있다. 위포와 상왕산을 대우(對偶)로 해서 위포의 파도소리와 상왕산의 구름 기운을 대비했다. 파도 소리는 바다로 돌아가서 고요함을 더해주고 상왕산의 구름은 하늘에 닿아 이리로 밀려온다. 이렇게 서늘한 객관에서 최치원과 유숙의 고적(古跡)을 생각하니 무상함을 느끼게 된다. 이는 인간으로서 선배의 삶을 생각할 때에 느끼는 무상함을 알 수 있고, 아울러 역사에 대한 의식도 있음을 알 수 있다. 한잔 술에 취하여 코나 골아볼까? 하는 시인의 정서는 한가와 여유 그리고 화합과 조화로움, 평화를 나타낸다. 자연 속에서 자연스럽게 자연과 동화하는

삶을 그리고 있다. 유학에서 말하는 자연스러움이란 바로 조화와 한가로움을 말하며 바로 道에 통하는 경지를 말하는 것이다. 자연의 일부가 되어 버린 시인의 정서를 알 수 있다. 우리 조상들은 이렇게 자연을 통한 삶의 긍정적 자세를 누리는 정서에 취하여 살았다.

이색의 씩씩한 기개와 조위의 무상과 역사의식은 모두 자연의 일부로서 동화하는 경지임은 공통되지만 그 시들이 풍기는 정서는 각각 다르다. 남성적인 기개가 담긴 정서와 아름다움을 심미적인 감각으로 자연 동화를 시화(詩化)한 솜씨가 차이가 있다. 그러나 그런 것들을 통해서 자연과의 조화의 정서를 바탕에 가지고 있음을 알 수 있다.

이 두 시는 형식적으로 함련(含聯)과 경련(頸聯)의 대우의 묘(妙)가 돋보인다. 율시로서 좋은 형식적인 짜임을 보여 준다.

다음 시는 『서산군지』에는 객관조에 실려 있지만 시의 내용을 보면 애련당을 읊은 시로 볼 수 있다. 이 시도 이색의 시처럼 남성다움을 시화하려고 했지만 결국 호방함에서 비교가 되지 못하는 심수경(沈壽慶)의 시가 있다.

畵甍彫檻壓方塘	단청한 애련당이 연못 가에 있기로
客裏登臨試撥忙	나그네가 올라 바쁨을 잊으려 하니
野外遠山收晚靄	들 건너 먼 산에는 저녁 안개 걷히고
城頭高樹帶斜陽	성 머리 높은 나무엔 저녁노을 비껴 있네
雨過梧竹看微濕	비가 지나니 오죽(烏竹)이 약간 젖었네
風灑衣裳覺乍涼	바람이 옷을 씼어 잠간 시원함을 느끼겠네
重到海堧時節換	바닷가에 거듭 오니 때는 바뀌어
仲宣懷抱是他鄕	仲宣94)같은 회포는 타향이로다

<서산군지 권4·77>

이 시를 보면 앞에 이색과 조식이 지은 것과 다른 경치가 보인다. 바로 애련당 앞에 연못이 있는 점이다. 또 이 집은 단청도 하고 조각도 하여 아름답게 꾸몄다. 『서산군지』 권사(卷四)·79쪽에 있는 「애련당기(愛蓮堂記)」를 보면 이 시가 애련당을 읊은 것임을 알 수 있다. 애련당은 삼면이

---

94) 魏나라 王粲의 字 亂을 피하여 荊州의 劉表에게 의지하고 있을 때에 고향을 생각하여 <登樓賦>를 지음

바다와 접해 있고 한 면은 산으로 이어 있다. 끝 구절은 특히 그리운 고향을 읊었다.

　다음 시는 심수경의 시에서 차운을 했다. 이 점은 이색과 조위가 시를 지은 정황과 비슷하다. 시적 감수성도 또한 비슷하다. 이 시는 관찰사 홍수주(洪壽疇)가 지었다. 『호서읍지(湖西邑誌)』 공주조(公州條) 48면 역대 관찰사를 기록한 명단에 보면 홍수주(1642 - 1704)가 있다. 그는 1696년에 부임해서 1년간 직을 수행한 것으로 기록되어 있다.

郡齋西畔小池塘　　관아 서쪽에 작은 연못 있는 곳
纔到登臨去又忙　　이르러 올라오자 떠나기가 바쁘네
幾處樓臺當薄暮　　몇몇 군데 누대는 저물녘에 당해 있고
一秋風雨遇重陽　　한 가을 비바람은 중양절(重陽節)을 만났네
山嵐逼坐琴樽潤　　산람 엄습해 거문고와 술통이 습기에 차고
海氣侵入笑語凉　　바다 기운이 와 담소하는 자리 시원히 하네
千載孤雲無處問　　천년 전의 최치원을 물어 볼 데 없으나
祗今仙跡舊桐鄕　　지금 신선의 자취 제이 고향 되었네

<서산군지 권4·77>

　이 시에는 유숙은 없고 최치원만 있다. 회고의 무상함을 읊으려고 한 것은 조위의 시적 감수성의 영향이라고 할 수 있을 것이다. 그러나 조위와 같이 성공했다고 할 수는 없을 것 같다. 두 시가 모두 습기가 많은 바닷가의 경치를 그리고 있다. 서산이 습한 곳임을 알 수 있다.

　이색의 시에는 심수경이, 조위의 시에는 홍수주가 시적 정서를 이어받아 지은 것으로 생각할 수 있다. 그러나 이색이 심수경보다 더 남성다운 정서가 있고, 조위가 홍수주보다 더 무상함이 강하다. 이 네 시인의 시는 모두 자연 동화(同化)와 평화로움의 정서가 강하다. 각각 시의 제재가 다르다고는 해도 자연동화에서 생기는 평화와 조화의 정서는 공통된다.

2) 무상(無常)

　산이 깊은 것은 아니라고 해도 바다에 면한 지리적인 영향 때문에 서산군은 사람들이 그렇게 많이 왕래하던 곳은 아니었던 것같다. 나그네의 외

로운 정서를 더욱 자극하는 것은 바로 고적(古蹟)의 폐허였다.

> 蕭條館宇坐移州　관아가 쓸쓸함은 고을을 옮겼기 때문인데
> 海氣朝連瘴霧浮　바다 기운 아침에 장무95)와 이어 떠 있어
> 滿目興亡問何處　눈에 가득한 흥망성쇠를 어느 곳에 물으리
> 毀城依舊在山頭　무너진 성은 옛 그대로 산머리에 있네
>
> <서산군지 권4 · 77>

이 시는 신숙주가 지었다. 서산은 고려 충렬왕(忠烈王) 34년에는 서주목(瑞州牧)이었다가 충선왕(忠宣王) 때 강등되어 서령부(瑞寧府)가 되었다. 조선에 들어서 태종(太宗) 13년에 군(郡)으로 강등 되었다. 신숙주의 시에서 서산이 강등 된 사건을 비(比)한 것 같기도 하다. 폐허에서 오는 쓸쓸한 정서가 있다.

이와 같은 맥락에서 이해할 수 있는 시가 이승소의 작품으로 전한다.

> 郡城移下問何年　이 고을 성이 옮겨 간게 어느 해인가
> 旅館蕭條儘可憐　여관이 쓸쓸하여 더 없이 가련하네
> 蓬底短垣餘敗甓　쑥대에 묻힌 담엔 깨진 벽돌 남아 있고
> 隴邊叢竹老荒烟　언덕 가의 대숲은 황폐한 지 오래로다
>
> <서산군지 권4 · 77>

우리는 이 시를 읽으면 서산이 격하되면서 관청의 규모도 줄어들고 성곽도 변하게 된 것을 알 수 있다. 드나드는 손님도 적어지니 자연 황폐할 수 밖에는 없다. 폐허에서 느끼는 쓸쓸하고 외로운 정서를 맛볼 수 있다.

나. 시의 내용

1) 숭모(崇慕)

『서산군지』에 실려 있는 「서령오군영현판」은 제영에 있어 새로운 정서

---

95) 축축하고 열이 있는 땅에서 생기는 독이 있는 기운의 안개

를 詠한 것으로 보인다. 『국역신증동국여지승람』Ⅲ, 119쪽 서산군 최치원 조에 보면 "진성왕(眞聖王) 때에 원이 되었는데 왕이 불러 당나라로 가는 하정사(賀正使)로 삼았으나 도적들이 한창 출몰하고 길이 막혀 가지 않았 다."라고 기록했다. 『서산군지』 부성산조(富城山條)에 보면 "진성여왕 때 에 최치원은 부성태수(富城太守)로 군을 다스렸는데 중심되는 땅에 그 남 은 터가 있다."라고 하고, 이어서 작은 글씨로 주(註)를 달았는데 "산 위에 고적이 있는 옛성이 있는데 사람들이 전하기를 고려 때에 성은 쌓았고, 성 안에는 사인(士人) 최동연(崔棟淵)이가 살았다. 1912년 오현각(五賢閣) 두 간(間)을 산위에 짓고 그 집안에 김대덕(金大德 : 1577 - 1639)이 1618 년에 최치원, 정신보, 정인경, 유숙, 고경명 등 오현(五賢)을 읊은 시를 걸 어 놓았다."고 했다. 1912년이면 일제시대다. 오현각의 건축과 이 5분을 기려서 시를 지은 것을 판액으로 만들어 걸어 놓았다는 것이 단순한 의미 만 있는 것은 아닌 것으로 보인다. 여기에 보이는 숭모(崇慕)의 정신은 바 로 민족적인 긍지와 자부, 그리고 중국에 대한 친밀했던 관계를 드러내고 싶은 역사적인 의미가 있는 것으로 볼 수 있다. 이 오현중에 정신보와 정 인경은 중국에서 망명한 사람이고, 최치원은 중국에 들어가서 공부를 하고 당나라에서 벼슬도 살았던 분이다.

오현을 영한 김대덕은 『서산군지』 권이(卷二) · 60쪽에 보면 1614(甲寅) 년 6월에 충청도 도사(都事)로 부임한다. 중앙 정부에 농번기(農繁期)를 피해서 부역을 하게 할 것과 경로연(敬老宴)을 베풀어 효(孝)를 진작시킬 것을 건의하여 허락을 받아서 선정(善政)을 시행했다.

孤雲唐進士	최치원은 당나라에 선비가 되었다가
晚節歸故鄕	늦게야 고향에 돌아 왔었네
時情猜高潔	그 때는 고결함을 시기하는 때였으나
得無讒謗傷	참소하고 비방하는데 상하지는 않았네
一麾出江海	한번 떨쳐 넓은 세상으로 나가니
燕寢凝淸香	한가로운 官閣에는 맑은 향기 엉기었네
手把伽倻琴	손에는 가야금을 잡고
美○恣彷徨	멋대로 떠돌아 다녔네
其人死不朽	그 사람은 죽어도 잊혀지지 않나니

千載有餘芳　　천년에도 꽃다움이 남아 있구나
朗詠秋雨篇　　秋夜雨中의 시를 읊으니
使我沾衣裳　　내 눈물로 옷을 적시게 하는구나

　　右崔致遠　　위 시는 최치원을 두고 지은 것
<서산군지 권4·78>

　당나라에 가서 벼슬을 한 최치원, 그리고 고국에 돌아와서 부성산에서 태수를 지낸 최치원, 결련(結聯)에서 그가 지은 시를 읊는 심정은 그에 대한 숭모의 정서를 표현한 것이다. 앞에서 최치원에 대한 못잊을　업적을 말하고 그가 이국땅에서 고향을 그리면서 읊은 최치원의 시를 읊어 눈물을 흘리는 이 시인의 정서는 최치원에 대한 숭모로 가득하다.
　사족(蛇足)인지는 모르겠지만 이 시 제8구에 나타나지 않은 글자는 자자(刺字)를 쓰는 것이 어떠할지 모르겠다. 평측(平仄)으로 보아도 측성(仄聲)으로 맞는다. 시어의 의미는 칭찬도 하고 비판도 하면서 떠돌아 다녔다는 의미가 있게 된다.

宋季有員外　　송나라 말기에 원외랑이 있었으니
箕子後一人　　기자 이후에 첫째가는 사람이었네
胡塵蔽天地　　오랑캐 먼지 세상을 덮을 때
何處罔爲臣　　어느 곳이 신하노릇 아니 할 수 있을 까
平生一扁舟　　평생 작은 배로
萬里滄海津　　만리에 푸른 바다 나루로 왔네
看月落吾手　　간월도(看月島)에 처음 도착해서
望雲足怡神　　망운대(望雲臺)에서 기뻐했어라
玆實禮義邦　　여기는 실로 예의의 나라어니
求仁而得仁　　어진 데를 구하여 어진 데를 얻었네
自出益所思　　더욱 더 생각 나는 것은
千年如隔晨　　천년이 잠깐 같아라

　　右鄭臣保　　위 시는 정신보를 두고 지은 것
<서산군지 권4·78>

　중국에서 우리나라에 온 사람으로는 기자 다음으로 정신보라고 했다. 그
는 나라에 굳은 절개를 지키려고 망명을 해서 바다를 나루로 삼아 우리
나라에 도착한 것이다. 간월도에 처음 도착을 해서 망운대를 짓고 조금은
기뻐했다. 우리나라는 본래 예(禮)를 숭상하는 나라이니 정신보도 우리 나
라에 와서 어진 사람이 되어 지금도 이렇게 잊을 수 없는 인물로 남아 있
다는 내용이다.
　이런 내용을 말하는 시인의 정서는 정신보에 대한 숭모의 정서가 크다고
하겠다. 정신보를 찬양하면서 역사적인 사실을 사실적으로 기록하고 있다.

中贊員外兒	형조(刑曹)의 원외랑(員外郞) 아들로
少小來吾東	어려서 우리 나라에 건너 왔는데
觀其九歲作	그가 9세에 지은 시를 보니
奮筆吐精忠	뽑낸 붓이 정충을 토해 내었네
劇寇陷隣邑	지독한 도적이 이웃 고을을 무너뜨릴 때
四野旌旗紅	사방 들판에 깃발이 붉게 나부꼈는데
公時挺身起	公이 이 때 몸을 던져서
指揮收大功	군사를 지휘하여 큰 공을 거두었네
居然復舊州	어느덧 옛 고을을 수복(收復)하니
一方屹崇墉	한 지방이 높은 담처럼 우뚝했는데
祀事今不繼	제사도 지금 이어지지 못하니
歎息傷我衰	나의 쇠약해짐을 탄식하노라

　　　右鄭仁卿　　　위 시는 정인경을 두고 지은 것
〈서산군지 권4·78〉

　정인경이 1257년에 몽고의 군사를 무찌른 사실을 칭송하고 그의 충성심
을 기렸다. 그의 공적을 숭모하면서 안타까운 것은 지금 그의 제사도 지내
고 있지 못하다는 사실을 말했다. 숭모의 정서와 자신의 나약함을 자책하
는 마음이 있다. 이 시의 내용은 충성을 읊었다고 할 수 있다. 송나라에서
망명한 사람의 아들로서 우리 나라를 위해서 전공(戰功)을 세운 그의 충성
심을 기렸다. 숭모를 하는 정서의 이유, 무엇 때문에 숭모의 정서가 생겼느
냐하면 바로 그의 충성심에서 비롯된 것이라는 말이다.

思菴百代士	유숙은 백대에 이어질 선비로서
麗季樹奇勳	고려 말에 기특한 공을 세웠네
文章擅一世	문장으로는 일세를 흔들어서
餘韻播四垠	남긴 시들이 사방에 퍼졌네
曲江炳先見	曲江에서 先見之明을 잡았는데
時君昧猶蘉	그 때 임금님은 善惡에 어두웠네
名下難久在	명예 있는 곳에는 오래 있기 어려워
湖中臥白雲	호수 가운데 흰 구름속에 누웠다네
妖僧恣猖獗	신돈(辛旽)이 방자하게 득세 했으나
一死何足云	한번 죽으니 어찌 족히 이르랴
廟享亦徒爾	사당에 배향함은 그저 그러 하지만
千載仰淸芬	천년을 두고 그의 맑은 향기 우러르리라
石柳淑	위 시는 유숙을 두고 지은 것

<서산군지 권4·78>

　본래 서산 출신인 유숙은 元나라 조정에서 공민왕을 모시고 있을 때에 배반하는 사람들이 많았으나 유숙만은 변함없는 충성을 했다는 이야기도 있다. 신돈의 모함으로 귀양을 가서 결국 죽기까지의 사연도 기록되어 있다.[96]
　이 시는 마치 『신증동국여지승람』에 기록한 사실을 그대로 시화한 것 같다. 유숙에 대한 숭모(崇慕)의 정서가 있다.

霽峰吾所仰	고경명은 내가 우러르는 분인데
夙昔拜其顔	예전에 그 얼굴을 뵈웠었네
弱齡蒙獎賞	어린 나이에 장려하는 상을 받았었는데
一襃重丘山	한번 상을 받으니 重하기가 산이나 언덕같아
義邑公所莅	의로운 우리 고을에 公이 부임하시니
老少曾追攀	老少의 구별 없이 부지런히 도와드렸네
○雕題大勢	독수리 떼가 큰 세력을 만들어
來蹴湖嶺間	와서 호남과 영남 지방을 두루 짓밟는구나
草檄諭列邑	檄文을 지어서 여러 고을을 일깨우시고는

---

96) <國譯東國新增輿地勝覽> P.119 柳淑條 參照

提劍誓不還　　칼을 들고 맹서하시길, 돌아오지 않겠노라고
千秋錦水傍　　천년을 흐르는 錦山의 물가에
碧血猶爛斑　　시뻘건 피가 섞여 얼룩져서 흐르네

右高敬命　　위 시는 고경명을 두고 지은 것
<서산군지 권4·78>

　이 시도 고경명을 숭모하는 시다. 임란(壬亂) 때 의병(義兵)을 일으키시
고 싸우다가 장렬하게 전사하신 장군을 추모하고 있다. 이 시로 보아 작자
는 생전에 고경명을 뵈었던 분으로 생각이 된다. 고경명은 1582(壬午)년 3
월에 직강(直講)으로 서산에 부임했었다.
　조자(雕字)에는 취(鷲 : 독수리)의 의미가 있다. 취자(鷲字)는 조자(雕
字)와 같이 쓰이는 글자다. 평측(平仄)도 조자(雕字)와 같다. 글자를 비워
둔 것은 왜정시대임을 생각해서 일부러 그렇게 한 것 같다.
　지금까지 숭모의 정서를 읊은 「서령오군영현판」을 읽어 보았다. 1912년에
왜 이 5분을 대상으로 읊었던 시를 판액을 만들어 오현각을 짓고 걸어 놓았
는지 의미를 알 수 있다. 이 시기는 민족 숭모의 대상이 필요하던 시대였다.
　이산해의 망운대 시도 숭모의 정서라고는 하기 어렵지만, 다른 사람들이
망운대를 충효로 본 것과는 전혀 다른 그리움이라는 정서를 가지고 있다.

仙子騎鯨去不回　　신선이 고래를 타고 가서 돌아오지 않으니
千年海月照孤臺　　천년을 바다의 달이 외로운 대만 비치누나
袖中一把龍吟笛　　소매속에 간직한 한자루의 龍吟笛을
吹破天涯宿霧開　　불고 나니, 하늘가에 묵은 안개 걷히네
<서산군지 권4·56>

　이 시는 정신보의 이야기를 시화한 것 같다. 기승구(起承句)가 오래 된
정신보의 일을 떠올리기 쉽게 묘사되었다. 전결구(轉結句)에서도 망운대를
둘러싸고 있는 안개가 걷힌다고 했다. 떠난 사람에 대한 그리움과 그를 다
시 만날 수 있는 피리가 이 시의 제재이다. 용음적(龍吟笛)은 피리의 한 가
지 종류이다. 용음(龍吟)이 거문고의 곡조를 의미하기도 하나 여기서는 피리

로 보는 것이 좋을 것 같다. 신선이 고래를 타고 갔는데, 달과 피리소리로 말미암아 떠났던 신선의 화답인양 안개가 걷힌다는 것이 이 시의 내용이다.

정유길, 고경명, 송천(松川)이 망운대를 효성(孝誠)으로 상징화했던 것과는 차이가 있다. 이 시는 헤어짐과 만남을 통한 그리움의 시인 것만은 확실하다. 앞서 시인들이 망운대를 충효(忠孝)로 상징화시키는 것에 대해서 그 충효의 주인공에 대한 그리움의 시로 읊은 점이 특이하다.

2) 충효

서산은 지형이 중국과 가깝다. 중국 사람이 망명을 해서 와서 산 사실이 『서산군지』에 상세히 기록되어 있고, 그 사실을 가지고 지은 시도 전한다.

중국에서 귀화한 정신보와 그의 아들 정인경에 대한 사연이 있는 망운대가 있다. 망운대는 관아에서 남쪽으로 6리에 있다. 망운대는 처음에 정인경이 지은 누대다. 정신보는 본래 중국 절강(浙江) 사람인데 송(宋)나라 말기에 형조(刑部) 원외랑(員外郞)을 하고 있었다. 원(元)나라가 일어나면서 세력이 커져서 천하를 통일하게 되니 송나라는 망하게 되었다. 정신보도 원나라 조정에 설 수밖에는 없는 몸이 되었다. 그러나 그는 충신은 두 임금을 섬기지 않는다는 정신으로 망한 송나라에 충성을 바치고자 우리나라 서산으로 망명을 하게 된 것이다. 처음에는 간월도(看月島)에 닿아 살다가 정인경이 서산읍 대사동리(大寺洞里)로 이사를 오게 되었다. 이 사람이 서산(瑞山) 정씨(鄭氏)의 시조(始祖)가 되는 셈이다. 대사동면(大寺洞面)은 서산면(瑞山面) 석남리(石南里) 남원(南院)으로 구대사면(舊大寺面)의 일부다. 망한 송나라의 떠돌이 백성으로서 늘 고국을 향해서 떠가는 구름을 바라보면서 슬픔을 달랬다. 이런 사연으로 지어진 것이 망운대(望雲臺)다.97)

망운대를 제(題)로 지은 시가 『서산군지』 권사(卷四)·56에 칠율이 2수 칠절이 2수 전한다.

> 故國東來歲月移　　고국에서 동래하여 세월 지나니
> 祖孫相繼騁遐思　　祖孫이 서로 이어 먼 생각을 달리네
> 幽燕去路三千里　　幽·燕 고을 가는 길은 3천리이고

---

97) <瑞山郡誌> 望雲臺條 參照

嶺海歸心十二時	고개 넘고 바다 건너 가고픈 마음 열두 때
北望何如南望苦	北望이 南望과 괴로움이 어떠리오
前人已矣後人悲	앞 사람은 끝났으나 뒷 사람은 슬프다네
縱逢雲起今難望	나라 회복 만난 대도 지금은 난망하니
白首如吾淚自垂	나와 같이 늙은이는 눈물만 절로 젖네

<서산군지 권4 · 56>

이 시는 정유길(鄭惟吉)의 시다. 고경명(高敬命)은 이 시에 다음과 같이 차운을 했다.

脈脈鄉愁帶孔移	줄기찬 고향 생각, 각띠 구멍 옮기네[98]
看雲何日不深思	구름 바라보며 항상 깊은 생각
親廬指點孤飛處	어버이 사시는 곳 가리키며 혼자 날아보는 곳
海嶠瞻依落照時	바다와 산에 의지해 쳐다보니 저녁 해 지네
遙想故園長在望	멀리 고국 생각하여 길이 바라보나니
定知天壤有餘悲	정말 알겠네, 하늘과 땅에 남은 슬픔 있음을
悠悠至正年間事	유유한 세월 至正(1341 - 1367)年 사이의 일은
語罷靑燈斗柄垂	등불 아래 말 맺으니 북두성이 돌았네

<서산군지 권4 · 56>

이 두 시는 모두 정신보와 정인경 부자(父子)가 고국을 그리워하는 것과 김인경의 외손인 한경춘(韓慶春)이 선영(先塋)을 그리워 하는 것을 읊었다. 주로 효(孝)를 읊은 시로 볼 수 있다. 『국역신증동국여지승람』 Ⅲ, 119쪽에는 다음과 같이 기록했다.

"고종(高宗) 말기에 몽고의 군사가 직산(稷山) · 신창(新昌 : 天安近處)[99] 두 고을에 와서 진을 치고 있었는데, 정인경이 밤에 이를 습격하여 공로가 있어 장교로 보충 되었고, 충렬왕 때에는 서북면도지휘사(西北面都指揮使)에 제수되어 벼슬이 중찬(中贊)에 이르렀다. 처음에는 역관(譯官)으로 이름이 알려져서 이르는 곳마다 명성과 공적이 있었다."

---

98) 몸이 마른 것을 비유
99) 權相老의 上揭書 參照

이는 정인경의 공로를 기록한 것이다. 이런 역사적인 사실도 이 시 속에 상징적으로 나타나 있다.

앞 시의 경련(頸聯)과 뒷 시의 결련(結聯)이 의미하는 바는 『서산군지』 권사(卷四)·57-58쪽에 자세히 나와 있다. 앞에서도 말한 것처럼 정인경이 망운대를 지어 놓자 송나라 사람 중에서 떠돌아 온 망명객들은 고향에 두고 온 부모님의 산소가 그리웠다. 그래서 아무 거리낌 없이 넘나드는 구름을 쳐다보며 슬픔과 孝心을 달랬다. 한경춘은 진사공(進士公) 한영희(韓永禧)의 아들인데 그는 정인경의 외손이었다. 한경춘은 망운대를 개수하고 경상도 창원(昌原)에 두고 온 부모님의 산소에 성묘를 자주 하지 못하는 것을 안타깝게 생각했다. 그는 망운대에 올라서 부모님의 산소가 있는 곳을 바라보며 눈물을 짓곤 했다. 정유길의 시에서 남망(南望)이라고 한 것과 지정(至正 : 1341-1367)년간은 바로 한경춘의 이야기를 쓴 것이다.

망운대는 정유길과 고경명에 의해서 효심의 상징으로 되었다. 이런 효성의 의미로 지은 시가 또 있다. 송천(松川)이라는 호를 가진 분인데 시들이 실린 차례로 보아 김천일(金千鎰)로 생각이 된다.

> 螺髻銀盤錯海山　소라 같은 산에다 은반 같은 바다인데
> 登臺不是愽長閑　대에 오르는 건 한가하기를 늘이는 건 아닐세
> 思親今古穿人眼　어버이 생각은 항상 눈을 뚫어지게 하나니
> 雲去東南縹緲間　구름은 동남쪽 아득히 먼 사이로 흘러 가누나
>
> <서산군지 권4·56>

망운대에 오르는 의미를 한경춘의 효성에서 찾는 시다.

이들 시에서는 먼 곳에 두고 온 부모의 산소가 있고, 시에서 주인공이 가고자 하는 심정을 자유로이 드나드는 구름에 비겨서 회포를 달랜다. 망운대라는 이름이 의미하는 것과 같이 자연물인 구름을 통해서 인간의 한계성을 초월하고자 하는 생각을 볼 수 있다.

『서산군지』에 실려 있는 망운대 제영 중에서 정신보를 읊은 것을 보면 그의 유학적인 효(孝)와 절(節)을 높이 기리고 있다.

3) 기타

서산지역의 경관이 수려했던 것은 사실인 것같다. 『서산군지』 권일(卷一)·27쪽에는 「서산팔경」이 있다. 제영시는 없고 그 제목만 남아 있는데 부춘초적(富春樵笛), 명림표향(明林漂響), 도비락하(島飛落霞), 상령제월(象嶺霽月), 선암모종(仙庵暮鍾), 덕포귀범(德浦歸帆), 연당세우(蓮塘細雨), 유정진연(柳亭鎭煙)이 그 팔경(八景)이다. 이 팔경은 오랜 세월 동안 서산의 명승으로 구전되어 왔다고 한다. 가야산(伽倻山)에는 예전에 산마루에 정자가 있었는데 여기에서 바라보는 경관이 좋아서 팔영이 있었다. 산정송풍(山亭松風), 석문숙운(石門宿雲), 석포귀범(石浦歸帆), 성하지림(城下枳林), 당산초적(堂山草笛), 덕진어화(德津漁火), 계산명월(鷄山明月), 휴산청계(休山淸溪)가 팔영의 제목들이다. (『서산군지』 「산악조 참조(山岳條 參照)」 이외에 「안홍팔영」도 있다. 「안홍8영」은 관장귀범(關障歸帆), 후봉낙조(候峰落照), 능허추월(凌虛秋月), 마도기암(馬島奇岩), 지령모하(芝靈暮霞), 태국만종(泰國晚鍾), 경도어화(鏡島漁火), 삼도신루(三島蜃樓)이다. 이런 제영들은 시와 더불어 전하지 않는 것이 아쉽다.

자연 경치를 아름답게 묘사한 것이야 제영시에서 당연한 것이다. 구봉령의 「어풍루(御風樓)」, 신숙주의 「백화산성(白華山城)」, 한림군 이경전의 「해미병사영(海美兵使營)」은 자연 경관을 아름답게 묘사한 시다. 「어풍루」에서

蓬島輕霞飛碧落　　봉래섬 가벼운 노을이 하늘에 날고
丹丘彩鳳舞朝陽　　단구대 화려한 봉황이 아침 햇빛에 춤을 추네

도 아름답다. 이와 같은 시들은 태평성대에 유유자적하는 삶에서 비롯된 것이라고 생각한다.

서거정의 「해미병사영」은 투호(投壺) 놀이를 하는 모습도 시에 담고 있고, 연소(蓮巢) 조존화의 「거아도(居兒島)」는 전설을 시로 읊었다.

閑看建纛高秋影　　가을 하늘에 나부끼는 깃발을 바라보며
細聽投壺盡日聲　　진종일 투호 놀이 소리를 잔잔히 듣노라
<서산군지 권4·79>

島名却怪喚居兒	섬이름도 이상하네 居兒라고 부르니
釣曳漁娥白髮垂	고기 잡는 남녀들은 白髮이 성성한데
料是秦家童女伴	생각컨대, 진시황의 童男 童女 짝이 되어
三山歸路老於斯	삼산에서 돌아가다 여기에서 늙었으리

<서산군지 권4·79>

이와 같은 시들은 가벼운 자극에서 만들어진 것이다. 창작의식이 그렇게 강하지 못하다. 해학적이기도 하며, 삶과 매우 가까운 감을 받는다. 이런 시의 정서는 평화로움이라고 생각한다. 태평성대의 모습을 담고 있기 때문이다.

1913년 태안이 일제의 행정구역 개편에 의해서 없어짐을 제재로 난사(蘭史) 조희천(趙羲天)이 영(詠)한 시가 있다.

嘆泰安爲廢郡

泰安之泰泰爻觀	태안의 태자를 泰爻에서 보건대
城復于隍城豈完	城이 垓子 메웠다니 어찌 성이 완전하리
洞計百家皆有主	마을에는 백여집만 있어도 다 洞主가 있는데
肇名一郡詎無官	군이라 했는데 어찌 官吏는 없는가
新春仙閣花含暖	새봄 仙閣에는 꽃이 따스함을 머금었고
遙夜夷亭月掛寒	긴밤 夷亭에는 달이 걸려 싸늘하네
何幸吾鄉存聖廟	다행하게 마을에 향교는 남게 되었으니
不敎津水倒狂瀾	나룻물로 하여금 거꾸로 흐르게 하지 말라

<서산군지 권4·79>

태효(泰爻)는 본래 통하는 뜻이다. 그러나 태(泰)가 상극(上極)에 거(居)하면 각각 반대로 응(應)해서 태도(泰道)가 감(減)하게 된다. 상하(上下)가 교(交)하지 못하여, 비하상승(卑不上承)하고 존하불시(尊不下施)하니 이런 까닭으로 성복우황(城復于隍)이라고 했다. 이는 너무나 극성(極盛)하게 되면 막히어 멸망하게 된다는 뜻이다. 이제 태안의 운세가 다 되었음을 역(易)의 원리로 풀어서 합리화하여 운명을 받아들이는 자세를 보인 것이다.

이 시의 결구(結句)는 한유(韓愈)의 「진학해(進學解)」에 있는 말로써 "세상의 거꾸러짐을 만회 했고, 온갖 냇물을 동쪽으로 흐르게 했다."[100] 라는 말에서 그 의미를 취한 것이다. '어구신의(語舊新意)'이며, '애이불상(哀而不傷)'의 시격(詩格)이라고 할 수 있다.

이 시의 경련(頸聯)은 우리와 침략자인 일본을 대비시켜서 우리의 심정을 읊은 것이다. 일본 사람들의 정자에는 달이 떠 있지만 따뜻한 우리 다락만 못하다는 민족의 자부가 있다. 아무리 군을 없고 무슨 짓을 한다고 해도 공자님의 도는 없앨 수 없다는 고집스러운 유학의 정신을 엿볼 수 있다.

③ 결론

관련되는 작가의 문집을 보지 못한 점이 아쉽기는 하지만 『서산군지』에 기록으로 접하는 제영들이 많이 있어서 그 작품들을 대상으로 서산지역의 제영을 살펴보았다. 「서산팔경」, 「단구팔경」, 「가야산팔경」, 「안흥팔경」이 제목만은 전한다. 제영을 한 名士들로는 이색, 신숙주, 서거정, 이승소, 조위, 고경명 등을 꼽을 수 있을 것이다. 그러나 이들은 팔경을 詠한 것은 아니고 각각 아름다운 경치를 찾아서 영했다. 이들이 제영한 곳은 객관, 망운대, 단구대, 어풍루, 해미병영 등이다. 특기할 사항은 오현(五賢)을 영한 것이다.

평화시에는 자연에 몰입해서 자연과 더불어 즐기는 자연 일치의 삶을 평화롭고 조화롭게 읊은 것이 하나의 두드러진 서산지역 제영시의 정서다. 이색은 아름다운 자연을 묘사하면서 기개를 피력했고, 조위는 자연을 통해서 인생의 무상함을 읊기도 했다. 이색과 조위의 시는 율시로서의 대우도 잘 맞추고 있고, 시로서 감각적인 표현도 뛰어나다고 평가할 수 있다.

무상한 정서가 보이는 시는 몇 번에 걸친 서산지역의 행정적인 승격과 격하를 거치면서 찾는 이들에게 무상함을 주는 경관을 읊은 것이다. 평화시의 아름다운 자연을 읊으면서 자연과 일치하는 동화의 평화로운 조화에서도 무상감이 배어나는 것도 있고, 무상한 세상의 변화를 읊으면서도 자연의 아름다움과 그 속에서의 조화로운 평화가 우러나는 시들이 섞여 있다.

다른 지역의 제영시에 비하여 특이한 점은 숭모의 정서를 노래한 것이다. 시대적으로 일제라는 것을 생각하고 이 지역이 중국과 교통이 되었던

---

100) 韓愈의 進學解에는 "回狂瀾於旣倒 障百川而東之"라는 귀절이 있다.

곳이라는 점을 생각해 보면 이런 특징은 이 지역 제영의 한 장점으로 인정할 수 있을 것이다. 최치원과 정신보, 그리고 그의 아들 정인경, 유숙과 고경명, 이들은 모두 나라의 안위나 국왕에 대한 충성을 실천한 인물들이다. 당시 1912년이라고 하는 시대에 존경을 해야할 필요가 있는 분들이다.

시의 내용에서 망운대를 읊은 것에서 나타나는 효성은 유학적인 당연한 사상과 생활을 읊은 것이다. 당시 유학 사회가 요구한 것이 무엇이었는지 잘 보여주는 작품들이라고 생각한다. 또 지역적인 특성을 살려서 이 지역과 중국과의 빈번한 왕래를 말하고 있었다.

서산지역의 제영시에서 우리는 아름다운 자연속에서의 유유자적한 삶을 엿볼 수 있고, 한가함을 즐기는 놀이 장면을 볼 수도 있고, 일제 속에서 원하지도 않게 행정구역이 개편되는 것에 대한 울분도 읽을 수 있었다.

서산지역의 제영은 그 지역상의 특성과 역사적인 사건들이 생생히 들어 있는 그런 시들이었다.

2) 부여제영

① 서론

이렇게 어느 한 지방을 대상으로 지은 시만을 모아서 살펴본 연구는 그리 활발하지는 않았다. 그러나 요즈음 지방 자치제에 힘을 얻어 지방 분권이 이루어지고, 지방 재정 확보를 위한 여러 가지 변화가 일어나는 현상 중에서 그 지역의 제영시를 모아 연구하는 것도 의미가 있을 것으로 생각한다. 제영시(題詠詩)라는 점에서 연구를 시도한 이는 이미 있는 것으로 알고 있다. 그러나 부여에 대한 한시만을 모아서 연구한 것은 아직 보지 못하였다. 이와 같은 연구는 문학이 조선시대에는 적어도 한 풍류였던 사실과 시대에 따라서 같은 사건이라도 다르게 해석 될 수 있다는 점에서 필요하다고 생각한다.

부여는 600여년의 역사를 이어 오면서 문화를 꽃 피운 백제가 멸망할 때의 도읍지이다. 부여에 대한 회고의 시는 망국의 한을 노래한 것이 많을 것으로 가정해 볼 수 있다. 우리 조상들이 망국의 땅에서 새로운 교훈과 희망을 찾아서 우리들에게 남겨준 의미를 이 글을 통해서 해득할 수 있는 기회가 될 것으로 생각한다.

역사적 의미에서는 망국의 이유를 밝혀 보고 시대가 변해감에 따라서 망국의 의미도 다르게 해석되는 점을 살펴보려고 한다. 여말(麗末)의 이존오(李存吾)와 임란(壬亂) 직후의 이안눌(李安訥), 실학이 꽃피던 시대의 유득공(柳得恭)의 시를 통해서 그 특징을 살펴보고자 한다. 특히 이번 발표회에서 발표한 일평(一平) 조남권(趙南權)선생의 「부여신팔경음(扶餘新八景吟)」은 이제 백제의 과거는 완전히 과거가 된 사실을 엿볼 수 있다.

그러나 역사의 현장은 바로 지금 우리들이 살고 있는 현장이기도 하다. 이런 뜻에서 망국의 자리라도 얼마든지 지금 우리들에게는 정서를 순화하고 즐길 수 있는 승경의 자리로 이용될 수 있다. 1964년에 발간한 『부여군지』를 보면 「부여팔경」이 전(前), 후(後), 신(新), 그리고 「수북정팔경」을 합하여 칠언절구 57수가 수록되어 있다. 이런 시편들에서 한의 정서가 전혀 없는 것은 아니라고 해도 중점은 승경에 있다는 것을 알 수 있다.

『부여군지』에는 이밖에도 악장에 해당하는 것으로 보이는 「산유화」나 「죽지사」가 있고, 회고시 35편, 명승고적시로 「고란사(皐蘭寺)」 22수, 「락화암」 8首, 「백마강」 3편(篇), 「조룡대」 4수, 「천정대」 3수, 「부산(浮山)」 1수, 「대재각(大哉閣)」 2수, 「수북정」 3수, 「규암진(窺巖津)」 1수, 「자온대(自溫臺)」 7수, 「반월성(半月城)」 3수, 「영월대(迎月臺)」 1수, 「송월대(送月臺)」 1수, 「대왕포(大王浦)」 2수, 「의열사(義烈祠)」 2수, 「삼충사(三忠祠)」 1수, 「백제탑(百濟塔)」 1수, 「사비루(泗沘樓)」 1수, 「석탄(石灘)」 6수, 「취령산(鷲靈山)」 1수, 「제백강정사(題白江精社)」 1수, 「처연당 덩헌(超然堂東軒)」 2수 등이 실려 있다. 이런 시들은 모두 감금회고(感今懷古)의 정서가 깔려 있지마는 명승고적으로 꼽는 곳이기도 하다.

『동국여지승람』에는 제영조(題詠條)에 민사평(閔思平), 이곡(李穀), 이승소(李承召), 최숙생(崔淑生)의 시가 실려 있고, 석탄(石灘)에 대해서만 이존오(李存吾), 정도전(鄭道傳), 정몽주(鄭夢周), 이직(李稷)의 시와, 안로생(安魯生)의 기(記)가 각각 전한다.

② 본론

가. 역사적 의미

1) 망국의 이유

이미 잘 알려진 대로 찬란한 문화를 자랑하던 백제가 멸망하게 되는 이유로 지적되어 온 것은 임금이 성충(成忠)이나 흥수(興首)와 같은 충신들의 말을 듣지 않았기 때문이고, 색(色)에 빠졌기 때문이고, 사치(奢侈)를 좋아 해서라고 보았다.

(1) 불청충신지언(不聽忠臣之言)

1964년에 나온 『부여군지』에는 실려 있지 않으나, 『동문선』에 실려 있는 조위(曹偉 : 1454 - 1503)의 칠언고시를 보면 백제의 멸망은 충신의 말을 듣지 않았기 때문이라고 했다.

夫餘懷古次稼亭韻

扶蘇之陽泗沘河	扶蘇山 남이요 泗沘河가 흐르는 곳
何年南徙來爲家	어느해 남쪽으로 내려와 나라를 세웠던가.
謾憑城池構釁怨	國防이 튼튼하다 ale고 이웃나라와 원수를 맺어
擧兵不念瘡痍多	戰爭이 나면 百姓이 상하는 줄을 생각지 못해
君臣酣宴昧遠略	君臣이 잔치에 빠져 將來의 계획도 없을 때
萬騎壓境來唐羅	신라와 唐나라의 군대가 들이 닥쳤네.
牽羊含璧事已急	항복기에 이르니 일이 이미 급하여
可憐倉皇張麗華	가련하다 경황이 없는 張麗華의 신세
香鈿翠翹墮巖底	궁녀들이 바위 아래로 떨어지니
驚魂飄散隨風花	놀란 넋이 흩어져 바람에 꽃이로다.
不用忠言悔噬臍	忠言을 쓰지 못한걸 후회하여서
至今荊棘悲銅駝	지금까지 숲덤불 속에 銅駝가 설워하네
地下欒臣目不瞑	地下에선 忠臣이 눈을 감지 못하고
凄涼麥秀聞哀歌	처량하게 망한 나라의 슬픈 노래만 들려온다.
袞袞興亡天亦考	끝없는 興亡은 하늘 또한 살피시어

靑山脈脈江生波.　靑山은 줄기차게 벋고 江에는 물결이 이네.
<국역 동문선 1책 p.393>

이 고시(古詩)는 마운(麻韻)과 가운(歌韻)을 섞바꾸어 가면서 짜나갔다. 맨 앞 한 句와 맨 뒤 한 句를 제외하고는 두 구씩 한 의미 단락을 이루면서 연결되어 있다. 처음 첫 句에서 부여를 도읍지로 정한 사실을 말하고, 맨 끝 구에서 지금도 줄기차게 벋어 있는 청산(靑山)과 힘차게 흐르는 강을 노래함으로써 과거와 현재의 대비를 해 놓았다. 그러니까, 이 시는 과거를 출발점으로 해서 현재에 이르는 구조를 가지고 있는 것이다.

제2연에서 아무런 방비도 없이 공연히 이웃나라인 신라와 불화하여 나당(羅唐)의 연합군을 맞아들이게 된 사실을 적고, 제3련에서 견양회망지의(牽羊悔亡之意)로 항복(降伏)할 때 결박을 당하여 구슬을 입에 물어야하는 망했을 당시의 경황이 없음을 묘사하고, 제4련 이하에서 충언(忠言)을 들어서 쓰지 못한 아쉬움과 지하에서도 눈을 감지 못할 충신을 애처롭게 여기고 있다.

이 시를 보면 나라가 망한 원인을 문란한 궁중과 충언을 듣지 않은 것으로 말하고 있는데 그 중에서도 충신의 말을 듣지 않은 것을 더 깊이 다루고 있다. 부여에 대한 일반적인 생각들을 총 망라하여 정리한 듯한 감을 주는 시다.

(2) 사치(奢侈)

최충(崔沖 : 984 - 1068)이 구제(九齋)를 설치하고 경학(經學)을 강의하여 해동공자(海東孔子)의 칭송을 듣게 되었고, 이어서 안향(安珦 : 1243 - 1306)이 주자학(朱子學)을 받아 들여서 이곡(李穀)이 이 시를 지을 무렵에는 상당히 유학에 대한 조예(造詣)들이 깊었던 것으로 생각할 수 있다.

이곡(李穀 : 1298 - 1351)은 백제가 망한 이유를 사치에서 찾고 있다. 사치도 국력을 떨어 뜨려서 결국 나라를 망하게 하는 요인이 되는 것임을 알 수 있다.

扶餘懷古

靑丘孕秀應黃河	나라에 빼어난 분 중국에 對應하여 잉태되어
溫王生自東明家	溫祚王이 東明王家에서 태어나셨네.
扶蘇山下徙立國	扶蘇山 아래로 옮겨 나라를 세우니
奇祥異跡何其多	좋은 일과 異蹟들이 어찌 그리 많았는지
衣冠濟濟文物盛	禮儀 범절이 고결하고 文物도 흥성하여
潛圖伺隙幷新羅	틈 보아 신라를 幷呑하려고 몰래 도모했다.
在後屛孫不嗣德	後代에 弱質의 자손이 덕을 잇지 못하고
雕墻峻宇紛奢華	화려하고 큰 궁궐에서 奢侈만 일삼다가
一日金城如解瓦	칠웅성이 하루아침에 기와장이 부서지듯
千尺翠岩名落花	千尺 푸른 바위가 落花이름 얻었네
野人耕種公侯園	公侯의 庭園에서 農夫들이 밭 갈고
殘碑側畔埋銅駝	깨진 碑 곁 두둑엔 銅駝가 묻히었네
我來訪故輒拭淚	내가 고적에 찾아와 문득 눈물을 닦으니
古事盡入漁樵歌	옛일이 漁父와 樵童들의 노래 속에 들어 있네.
千年佳氣掃地盡	천년의 아름다운 기운 쓸어버린 듯 없어지고
釣龍臺下江自波.	釣龍臺 아래 강물만 멋대로 물결지네.

<국역 신증동국여지승람 3책 pp.89 - 90>

이 시가 이곡의 원운(原韻)이다. 조위의 차운과 비교해서 더 수식하려는 노력을 엿볼 수 있다. 이

시는 제1구에서 백제의 건국을 먼저 말했다. 제2연에서 백제의 홍성했던 문물과 국력이 넘쳐서 신라까지 넘본 사실을 적었다. 제3연에서 망한 사실을 표현하고, 제4연에서 지금의 모습을 노래했다. 제3연과 제4연은 과거와 현재라는 의미에서 서로 대가 된다고 볼 수 있다. 마지막 구에서 옛 자취는 없어지고 지금의 자연 광경을 그리고 있다. 조위의 차운이 이 시에서 한 걸음도 더 참신한 맛이 없다. 다만 이 시가 사치를 망국의 이유로 본데 대해서 조위는 망국의 이유를 문란함과 충언(忠言)을 듣지 않은 것으로 보았을 뿐이다. 이 시의 제3연이 바로 사치를 일삼다가 망한 것을 지적하고 있는 부분이다.

고시의 형식을 취하고 있지만 감금회고(感今懷古)하는 률시의 등림시격(登臨詩格)을 갖추고 있다고 할 수 있다.

(3) 색(色)

최숙생(崔淑生 : 1457 - 1520)의 시를 보면 그는 망국의 이유를 색에 두고 있음을 알 수 있다.

扶餘懷古

扶蘇山下大江河	扶蘇山 아래의 큰 강물
形勝盡屬農夫家	좋은 경치가 모두 農夫의 것이로다.
當時甲觀連雲處	그 땐 고래등같은 기와집들이 구름처럼 이었는데
年年耕出珠璣多	지금은 밭을 갈면 구슬이 그리도 많이 나온다지
爭龍虎鬪呑不得	龍虎처럼 싸웠어도 삼키지는 못해
至今雲物猶森羅	지금 경치가 오히려 생기가 있구나.
驪山官裏楊太眞	驪山宮안의 楊貴妃요
臨春閣上張麗華	臨春閣안의 張麗華라
尤物終成亡國媒	美人이 종당에는 亡國의 씨가 되어
香魂飛作狂風花	향기로운 넋이 날라 狂風의 꽃 되었네.
一片岩石亦殷鑑	한덩이 바위돌이 또한 警戒의 거울되니
興亡已空餘銅駝	興亡은 이미 가고 남은 건 銅駝로다
晩放孤舟載古愁	저녁에 배를 놓아 옛시름 가득 싣고
聽盡隔江商女歌	강 건너 商女들의 亡國歌를 듣노라
迎月臺前一輪月	迎月臺 앞의 둥근달은
夜夜依舊舒金波.	밤마다 옛과 같이 금물결 만드누나.

<국역 신증동국여지승람 3책 PP.90 - 91>

이 시는 첫 句부터 과거를 말하지 않고 지금을 말하고 있다. 제2연에서 과거의 화려했던 시절과 지금을 대비하고 있다. 제3연에서는 망국의 이유를 미색(美色)에 빠진 것으로 말하고 있다. 제4연에서 망국의 한을 노래하고 마지막 句에서 자연의 변함없음을 찬양하고 있다. 이 시도 이곡의 시에 차운을 한 것이다. 이 세편의 시를 대조해 보면 차운과 원시의 변화와 공통점을 볼 수 있다. 대개 모든 시들이 인간사는 변해도 자연은 그대로 있는 것을 읊고 있다. 일반적으로 한시에서 인간사와 자연을 놓고 많이 그 허무와 무상을 노래하지만 특히 이와 같은 회고적인 색채가 강한 시들은 더욱 그렇다. 이와 같이 자연에 순응함으로써, 되지도 않을 대결을 하느니

보다는 현명한 생존의 길을 찾는 것이다.

이상에서 이곡의 시와 그 시에 차운을 한 시를 통해서 백제 멸망의 이유를 살펴보고 정리해 보았다. 특별히 새로운 의미를 발견하지는 못했지만 력대 우리나라 조상들이 백제의 멸망에 대해서 어떤 정서를 가지고 있었는지는 알 수 있었다. 이를 거울삼아 다시는 이러한 비극을 자초하지 말자는 의지가 모든 시에 바탕을 이루고 있음을 알 수 있다. 이와 같이 어떤 사물이나 사건을 교훈적인 자세로 받아들이는 것은 유학의 한 특징이라고 생각한다.

2) 시대에 따른 인식

여기서는 고려 말과 임진란, 그리고 실학이 한창이던 시기에 부여에 대한 인식이 어떠했는지에 관해서 알아보려고 한다. 부여 회고를 노래한 시인들의 개인적인 삶의 고통이나, 민족으로서의 수난이 함께 하는 시기라는 점에 착안을 한 것이다.

(1) 여말(麗末)

이 시기에 부여를 찾아 노래한 시인으로 이존오(李存吾 : 1341 - 1371)가 있다. 그는 신돈(辛旽)을 탄핵하다가

뜻을 이루지 못하고 석탄(石灘)에 정자를 짓고 30세를 일기로 세상을 마친 분이기도 하다. 여말(麗末)의 민족적인 불우함과 이존오 자신의 불운이 함께 한 이곳이 바로 외침에 의해서 망한 나라의 도읍지라는 의미가 강하게 와 닿는 부분이기도 하다.

石 灘

故國江邊有小亭　　옛 나라 강가에 작은 정자 있으니
萬般奇士爭來停　　여러 선비들이 다투어 오네
濤聲似訴三閭恨　　강물 소리는 흡사 屈原의 恨과 같고
色竹猶含二女情　　色竹에는 娥皇과 女英의 情이 배었네.
汗馬雄圖今寂寞　　新羅를 합병하려던 계획은 고요하고
釣龍遺跡尙分明　　龍을 낚은 흔적만이 분명하구나
中宵感吟興廢事　　한밤에 興亡의 일을 感吟하노니
扶策彷徨半月城.　　지팡이에 의지하여 半月城을 彷徨하노라.

<부여군지 P.722>

이 노래는 청운(靑韻)과 경운(庚韻)을 사용해서 지었다. 작가가 보는 세상의 상황이 잘 그려져 있다. 여말의 어려운 상황에서 고국 강변의 작은 정자에 모여드는 기사(奇士)들, 이 자리가 어떤 자리인지 알기나 하는지 모르겠다. 지금 당장 국운이 신돈으로 말미암아 어려운 지경인데 백제의 옛 망국의 일을 알기나 하는 것인가? 이존오는 자신의 심정을 마지막 구에서 흥망의 일을 감음(感吟)하느라고 반월성을 지팡이에 의지하여 방황한다고 했다. 이 방황은 이존오의 충심어린 나라에 대한 근심으로 받아 들여드려야 할 것이다.

(2) 임란전후(壬亂前後)

임란은 우리에게는 커다란 상처와 교훈을 주고 간 역사적 사실이다. 이런 대사건을 전후로 해서 어떻게 부여 주변을 노래한 시들의 의미가 변했는지를 알아보는 것도 뜻이 있는 일이라고 생각한다.

먼저 임란전의 시로 홍춘경(洪春卿 : 1497 - 1548)의 시를 읽어보자 이시는 인구(人口)에 널리 회자(膾炙)된 바 있다.

落花巖

國破山河異昔時	나라 망한 강산이 예와 다른데
獨留江月幾盈虧	江月만이 몇 번이나 차고 기울었는고
落花巖畔花猶在	落花巖 두둑에 아직 꽃이 남았으니
風雨當年未盡吹.	비바람 그 당시에 싹쓸이는 못했나봐.

〈부여군지 p.717〉

이 시에서 우리는 민족의 자존과 긍지를 엿볼 수 있다. 아무리 망국의 험한 풍우속이라고 해도 그래도 남아 있는 것은 있게 마련이다. 그래서 우리의 전통은 이렇게 면면히 이어 내려 가는 것이다. 이는 매우 자연스러운 자연의 이치라고 시인은 보고 있다. 두보의 '춘망(春望)'에서 "국파산하재(國破山河在) 성춘초목심(城春草木深)"이라고 한 구절이 떠오른다. 예로부터 전쟁을 상징하는 시로 '춘망'을 꼽아왔다.

1592년부터 1599년까지 7년의 전쟁을 겪으면서 임란 이후에 부여를 찾은 이안눌(李安訥 : 1571 - 1637)은 그의 문집 『동악집(東岳集)』 호영록

(湖營錄)에 다음과 같은 시를 남기고 있다. 그런데 1964년 발간한 『부여 군지』에는 부여회고(扶餘懷古)라고 해서 두 수의 시가 실려 있는데 그의 문집에서는 "취벽배홍금(翠壁排紅錦)"이라는 구절로 시작하는 시는 찾을 수가 없었다. 그의 문집 『담주록(潭州錄)』 권구(卷九) 4 - 5쪽에 「부여관 용판상제공운(扶餘館用板上諸公韻)」이라는 제목 속에서 고란사(皐蘭寺), 조룡대(釣龍臺), 낙화암(落花巖)을 노래했다. 이 3수의 시는 『부여군지』에 는 수록되지 않았다.

扶餘縣

夏日靑龍寺　　여름날은 靑龍寺요
秋風白馬江　　가을 바람은 白馬江이라
路經溫祚覇　　길에서는 溫祚王의 覇氣를 경험하고
城對義慈降　　城에서는 義慈王의 降服을 대하였네
萬事雙羈鬂　　온갖 일은 세월이 흐르는 것일뿐이니
千齡一古邦　　천년이 지난 한 옛 나라일 뿐
山河宛如昨　　山河는 宛然히 옛과 같은데
獨立愧麾幢.　　獨立하니 大將旗가 부끄럽구나.

<동악집 호영록 권21·24>

이 시는 바로 얼마 전에 나라의 위기를 맞은 임란을 겪고서 그 심정을 대입해 본 것이 잘 나타난다. 제1 연에서 계절에 맞추어 쉼터로 찾는 명승 지임을 말한 것은 인간 세상은 그렇게 흘러가고 자연은 그렇게 남는다는 깨달음의 표현이다. 제2 연에서 백제의 시조 온조왕(溫祚王)을 생각하고 마지막 망국의 왕을 생각해 본 것은 바로 임란을 용케도 마무리한 시점의 안도감과 여유일 수 있다. 건국과 망국은 모두 한 줄에 말할 수 있는 것이 지만 이런 것은 실로 세월이 흐름으로 해서 해결이 되는 일일 뿐이다. 제3 연의 '쌍기빈(雙羈鬂)'을 '세월이 흐르는 것'이라고 번역한 것은 '남각여기 (男角女羈)'라는 말에서 그렇게 해석해 본 것이다. 마지막 연에서 작가가 부끄러워하는 것은 무엇인가? 역사 앞에서 자신을 돌이켜 볼 때 느끼는 민족 앞에 참회의 부끄러움이라고 생각한다. 망국의 의자왕(義慈王)이나 건국의 온조왕에게 자신은 모두 부끄러울 뿐이다. 이는 임란을 치룬 당시의 양심으로서 가지는 당연한 감정이다.

　이렇게 부여는 후손들에게 자신의 입장을 조명해 볼 수 있는 안식처이 기도 하고 양심의 소리를 들을 수 있게도 하는 채찍의 장소가 되기도 하는 것이다. 작품은 시대에 따라 다르게 읽힌다고 하지만 역사도 시대에 따라 다르게 해석되는 것을 여기서 볼 수 있다.

　(3) 實學

　같은 실학자인 박지원(朴趾源)은 김황원(金黃元)의 「부벽루시(浮碧樓詩)」 "장성일면용용수(長城一面溶溶水) 대야동두점점산(大野東頭點點山)"이라는 구절에 대해서 자신이 부벽루에 올라가서 보니 그 시의 표현과는 너무나 거리가 멀었다고 하면서 무슨 부벽루에서의 시야가 그리 넓을 수 있는가?라고 비판한 것을 볼 수 있다. 실학이란 이렇게 자로 잰듯이 사실을 그대로 말해야 하는 부담을 시에서조차 안고 있다고 볼 수 있다.

　유득공(柳得恭)은 부여를 돌아보고 4수의 시를 남겼다. 자온대에서의 놀이를 읊었고, 성충(成忠)의 충언(忠言)을 듣지 않은 사실을 기록했고, 락화암을 노래했고, 호화로웠던 백제의 삶의 모습과 소정방의 기공비를 대비해서 읊고 있다. 이 중에서 맨 나중의 시를 읽어보려고 한다.

　　　浴盤零落浣臙脂　　목욕통 딩구는데 연지가 묻어 있고
　　　石室藏書事可疑　　石室에 藏書했다니 의심스럽다.
　　　時見荒原秋草裏　　해묵은 들판 가을 수풀 속에서
　　　行人駐馬讀唐碑.　　말 세우고 唐碑를 읽는 나그네를 보노라.
　　　　　　　　　　　　　　　　　　　　<부여군지 p.712>

　목욕통만 딩구는 망국의 자리에 무슨 장서를 했었겠느냐는 실학인다운 생각이다. 지금까지도 남아 있는 침략의 흔적인 당비(唐碑)를 읽어야 하는 자신의 모습이 원망스럽다. 생각 같아서는 뽑아 버리고 싶은 심정임을 알 수 있다. 그러나 문제는 연지만 묻어 있는 목욕통이고 장서가 비어 있는 석실(石室)이다. 그로 인하여 발생한 외침은 어쩌면 당연한 것이라고 생각하는 작가인지도 모르겠다. 실학에서는 이렇게 냉철한 사실에 입각한 비평을 서슴지 않는 것이 특징이기도 하다. 나라의 멸망을 어디까지나 내부적인 문

제에서 찾는 것이지 밖에서 찾는 것이 아닌 태도를 배울 수 있다. 이는 수기(修己)를 으뜸으로 삼는 유학의 한 변형된 삶의 모습이라고 생각한다.

지금까지 부여를 영(詠)한 시들을 통해서 망국의 이유를 살펴보았고, 시대에 따라서 다르게 비치는 현상도 살펴보았다. 그러나 변함없이 밑바닥을 이루고 있는 것은 유학이라는 사실도 아울러 확인하였다. 이런 시들은 왜 지었으며 지금까지 남아 있는 것일까? 하는 근본적인 물음에 대해서 우리는 이를 교훈으로 삼아서 미래를 행복하게 하자는 뜻이 담겨 있음을 알아야할 것이다.

나. 승경(勝景)

1)「부여팔경(扶餘八景)」

『신증동국여지승람』에 보면 부여현조 산천(山川)에 영월대와 송월대가 있는 부소산, 탄현(炭峴), 부산(浮山), 망월산, 취령산, 오산, 나소현(羅所峴), 백마강, 사비하(泗沘河)에 있는 고성진(古省津), 대왕포, 광지포(光之浦), 양단포(良丹浦), 금강천(金剛川), 석탄(石灘)이 기록되어 있다. 고적으로는 백제의 도성인 반월성, 증산성(甑山城), 청산성(靑山城), 천정대(天政臺), 조룡대, 락화암, 자온대, 의염창고기(義鹽倉古基), 석전부곡(石田部曲), 풍지소(楓枝所), 소정방비(蘇定方碑)가 기록되어 전한다.

이상의 기록과 이른바 「부여팔경」에서 읊은 곳을 비교해 보면, 「전팔경(前八景)」에서는 천정대(정사암), 자온대, 고(高)란사, 백제탑, 낙화암, 반월성, 조룡대, 파진산을 들고 있고, 「후팔경(後八景)」에서는 청풍정, 대왕포, 수북정, 영월대, 부산, 의열사, 송월대, 석탄야(石灘野)를 들고 있다.

「전후팔경」은 작자도 미상인 것을 보면 오랜 세월 동안 인구에 회자되어 전해온 것 같다. 「전팔경」과 『여지승람』의 기록을 비교해 보면 반월성, 조룡대, 자온대, 천정대, 락화암은 고적조에 있는 것이고 고란사는 불우조(佛宇條)에 있는 것이고, 파진산(破陣山)은 『여지승람』에는 없는 곳이며, 백제탑은 『여지승람』에는 소정방비로 되어 있는 것과 장소는 한곳이지마는 탑과 碑는 다른 것이라고 생각한다. 백제의 탑이 소정방에 의해서 침략의 증거물로 둔갑을 한 것이다. 마치 백제의 멸망을 기념이라도 하는 듯이, 그러나 백제탑이라고 부르게 된 데에는 불명예의 이름을 바르게 알고자하는 마음이 있던 것이 아닌가 생각하게도 한다. 이와 같이 「전팔경」은 주로 백제의 망국과 관련이 있는 것이 많은데 비하여 「후팔경」은 순수하게 아름다운 경치나 아니면 민족의 자존을 드세울 만한 것들로 이루어져 있다.

「신팔경(新八景)」은 백제탑석조(百濟塔夕照), 수북정청람(水北亭靑嵐), 부소산모우(扶蘇山暮雨), 고란사효경(皐蘭寺曉磬), 낙화암숙견(落花巖宿鵑), 구룡평낙안(九龍坪落雁), 백마강침월(白馬江沈月), 규암진귀범(窺巖津歸帆)으로 되어 있다. 「전후팔경(前後八景)」에 없던 것은 역사적인 아무런 사건도 없는 자연의 경치로서의 구룡평과 규암진이다.

「전팔경」에서 「후팔경」으로 이어지는 관계는 민족의 자존이 있었지마는 「후팔경」에서 「신팔경」으로 이어지는 데서는 일제시 민족의 일원으로서의 고뇌가 더 강한 것으로 생각할 수 있다.

이와 같은 실상을 실제 「팔경시」를 통해서 알아보자. 먼저 「전팔경시」와 「신팔경시」 중에서 같은 제목의 시를 찾아보면 고란사, 백제탑, 낙화암이 있다. 이 중에서 「낙화암」을 읽어 본다.

落花巖

百濟臣民淚滿巾	百濟의 신하와 백성들이 통곡을 할 때
堂堂忠義有何人	堂堂하게 忠義를 지킨 이가 그 누구인가
若無當世巖落花	만약에 落花巖 그 사건이 없었다면
古國江山寂寞春.	옛 나라 강산은 적막한 봄일 뿐이었으리라.

〈부여군지 P.701〉

이 시를 보면 낙화암에서 떨어져 충절을 지킨 궁녀들의 충의(忠義)를 높이고 있음을 알 수 있다. 낙화암의 사건이 있기에 지금 봄을 맞이한 우리나라 이 땅이 적막하지 않다는 주장이다. 죽음으로 나라와 절의를 지킨 궁녀들을 높이는 정신은 바로 유학에서 강조하는 충절과 같은 것이라고 생각한다.

「신팔경」은 제목을 「낙화암숙견」이라고 해서 윤자철(尹滋喆), 김영진(金英鎭), 조병규(曹秉奎), 안기선(安琦善)의 것이 각각 1수씩 전한다. 이 중에서 『부여군지』를 통해서 확인된 인물은 안기선이다. 『부여군지』 297쪽을 보면 부여군수조가 있고 거기에서 제1번으로 안기선이 군수로 기록된 것을 발견할 수 있다. 그런데 같은 책 294쪽에는 홍산현감(鴻山縣監)으로 154

대로 올려져 있다. 홍산현감을 하다가 부여군수로 전출이 되었는지 아니면 동명이인인지는 알 수 없지만 시대가 비슷한 점으로 보아 같은 인물로 추정이 된다. 「신팔경 구룡평」의 작자중의 한 사람인 김창수(金昌洙)는 1919년 중하(仲夏)에 「사비루기(泗沘樓記)」를 지었다.

김창수는 제2대 부여군수로 올려져 있다. 이와 같은 사실로 미루어 보아 「신팔경」의 제작은 1919년을 전후한 시기로 생각할 수 있다.

落花巖宿鵑
宮花落盡不勝情　　나라 망한 슬픔을 누를 길 없는데
巖畔寥寥杜宇聲　　그 자리엔 쓸쓸히 소쩍새만 우네
崎嶇石逕難於蜀　　나라의 험한 運命 蜀道보다 더하여
泣血前宵夢未成.　피눈물로 지난밤을 지새웠다오

<부여군지 P.704>

일본에게 나라를 빼앗긴 당시의 현실을 아프게 읊고 있다. 백제의 망국의 비운과 똑같은 상황 아래서 이렇게 피눈물을 흘릴 수밖에는 없는 군수의 시를 대하면서 당시에 「신팔경」을 제작한 속 뜻을 읽을 수 있다. 바록 일본정치 밑에서 벼슬살이를 하지만 속마음에는 언제나 잊을 수 없는 민족과 나라가 있는 것을 감지할 수 있다. 이런 정신이 우리 나라를 면면히 이어오게 하는 바탕이 되는 정신이라고 생각한다. 절의(節義)로써 삶을 마감하는 분들도 있었지만 구차한 삶 속에서 아파하는 그 내면 세계가 있었음을 알아야 할 것이다.

1929년에는 제5대군수 홍한표(洪漢杓)에 의하여 백화정(百花亭)을 중심으로 모여서 시사(詩社)를 만들었다. 이 시사의 이름이 부풍시사(扶風詩社)다. 이 시사의 활동에 대해서는 다시 자세히 검토해 보아야할 것이지마는 우선 이런 활동들이 일정시대에 있었다는 것을 이 자리에서 말하고 넘어 가고자 한다.

「후팔경」의 시상도 어둡기 만하다. 팔경으로 선정한 것은 민족의 의기와 혼을 살릴 제재인데 실제 읊은 시들은 암울함을 볼 수 있다.

義烈祠

空祠短褥暮煙中   빈 사당 작은 祭席 저녁 내 가운데
杜宇聲聲啼血紅   소쩍새 소리마다 피를 토하네
花落層壇香草綠   꽃 떨어진 제단엔 향기로운 풀이 우거졌으니
不知何月祭孤忠.   언제 忠臣에게 제사 지냈는지 알 수 없구나

<부여군지 P.702>

마치 두보가 「촉상(蜀相)」에서 "영계백초자춘색(映階碧草自春色) 격엽
황리공호음(隔葉黃鸝空好音)"이라고 한 것과 같기도 하지만 그 아품은 두
보에 비할 바가 아니다. 망한 나라의 설움을 읊은 것으로 생각이 든다. 그
렇다면 「후팔경」도 일정시대에 만들어진 것이라고 생각한다. 우리 조상들
이 어려운 나라의 위기를 만나서 어떻게든지 민족의 유산과 전통을 남겨
주려고 애쓴 흔적이 여실하다.

이상으로 부여의 팔경시들은 망국의 비운을 떠나지 못하는 한계성을 가
지고 있으면서 특히 일정 때 나라를 잃은 그 당시 나름대로의 최선책 곧
정신 계승을 위해 노력한 사실을 알 수 있다.

1994년 10월 1일 온지학회(溫知學會)의 발표회에서 온지서당(溫知書
堂)의 당주(堂主)인 일평(一平)은 「부여신팔경음(扶餘新八景吟)」을 창작
발표했다. 여기서는 부여의 팔경을 부소산청림(扶蘇山靑林), 고란사청효(皐
蘭寺淸曉), 낙화암화조(落花巖花鳥), 대제각조양(大哉閣朝陽), 통수대원
경(統帥臺遠景), 백제교주차(百濟橋走車), 대왕포안진(大王浦雁陣), 수룡
평백막(九龍坪白幕)으로 설정했다. 이를 「신팔경」과 비교해 보면 부소산,
고란사, 낙화암, 구룡평은 같은 경관으로 거론이 되지마는 그 경관의 모습
은 판이하다. 부소산의 경우 앞 시에서는 서정과 애수가 깃든 모우(暮雨)
를 노래했는데 뒤 시에서는 청림(靑林)을 노래했다. 전혀 시상이 같지 않
다 앞의 것보다 힘찬 기운과 진취적 기상을 볼 수 있다. 뒤의 시에서 새로
설정한 사경(四景)은 대재각, 통수대, 백제교, 대왕포다. 이 사경 중에서
백제교주차(百濟橋走車)는 현대적인 경관을 노래한 것이다. 장소 자체를
과거에서부터 내려온 전통의 고장이 아니라 현대에 만들어진 현대의 경관
인 점이 특이하다. 이는 1910년대 시문학 장르 교체기에 보이는 신시운동
과도 흡사하다. 새로운 소재로 한시의 형태를 지켜가는 일부 문단의 현상

은 1910년대에 일어나는 신시운동과 맥락을 같이 한다고 생각한다.

2) 수북정팔경(水北亭八景)

이는 상촌(象村) 신흠(申欽)의 소작(所作)이다. 「팔경시」는 낙화조람(落花朝嵐), 고란모종(皐蘭暮鐘), 부교사일(浮橋斜日), 석탄제월(石灘霽月), 평사로안(平沙蘆雁), 고산송설(孤山松雪), 마강연우(馬江煙雨), 온대가관(溫臺歌管), 총영(摠詠) 이렇게 9수가 있다. 신흠의 개성이 있는 선택에 의한 경치임을 알 수 있다.

『부여군지』에 의하면 수북정은 김흥국(金興國)이 지은 정자다. 김흥국은 광해군 때 양주(楊州) 고을 쉬(倅)로 있었는데 인조(仁祖) 반정(反正)의 의론이 일자 자기의 거취에 대해서 "국사(國事)가 여기에 이르니 진실로 통곡할 일이다. 내가 이미 그 녹(祿)을 먹었으니 반정에는 참여하지 못하겠다. 공들은 이곽(伊霍)의 공훈을 세우라. 나는 이제(夷齊)의 절개를 지키리라. 각각 인간 대사를 하는데 해함이 없게 하라."하고 여기에 와서 밭을 갈며 살았다고 전한다. 수북정에 모여든 인물로는 김사계(金沙溪), 신상촌(申象村), 황추포(黃秋浦)가 있었다고 한다.

『부여군지』에는 여기 경치에 대하여 "이 정자에 오르면 동으로 부소산과 라성이 가까이 보이고, 정자 아래에 맑게 흐르는 백마강에 오가는 나룻배가 내려다보인다. 철선(鐵船)으로 부여와 규암(窺巖)을 연결시킨 것은 그리 오래된 일이 아니다. 그 옛날에는 충남(忠南)의 세미(稅米)를 실은 포범(布帆)들이 춘추(春秋)로 갈매기 떼 같이 백마강을 오르내렸고, 어선이 황해에서 연락부절하여, 어시(魚市) 곡장(穀場)으로 일시 은성(殷盛)한 시절도 있었던 부여팔경의 하나 규암귀범(窺巖歸帆)이 바로 여기다. 연강(沿江)에는 은린(銀鱗) 옥척(玉尺)이 낚시에 걸려서 시인묵객(詩人墨客)의 시흥(詩興)을 돋구었던 태평세대도 있었으리라."라고 기록했다.

부여의 경치를 노래한 것 중에서 가장 자연경관만을 순수하게 노래한 시라고 생각한다. 아마도 임란과 반정조차 모두 끝나고 나라의 문물제도가 어느 정도 안정이 된 뒤의 제작으로 생각할 수 있다. 역시 태평세대의 작품에서 느껴지는 감흥이 있다.

落花朝嵐

濟王家業亦徒然　　百濟 나라도 또한 헛된 일인데
誰把浮生擬百年　　누가 하루살이 삶에 百年을 헤아리리
惟有落花巖翠色　　오직 樂花巖의 푸른 빛만 남았으니
朝朝不改草堂前.　　아침마다 변하지 않는 草堂 앞의 山嵐이여.

〈부여군지 P. 705〉

이 시를 보면 흥망성쇠(興亡盛衰)는 자연의 이치에 맡기고 자연의 이름
다움에 취하는 평화로운 삶을 읽을 수 있다. 망국에 대한 피눈물이나, 한
같은 눈물 자욱 없이 그저 자연히 삶이란 다 그렇고 그런 것이니까, 너무
개의하지 말자는 의도가 숨어 있다. 물론 당시 광해군의 반정에 가담하지
않고 퇴휴한 김흥국의 입장과도 통하는 시라고 보겠다. 이는 시를 짓는 이
들의 당연한 예절이기도 했다. 스님과 만나서 주고받는 시라면 스님의 말
과 입장을 읊고 이별의 자리에서는 의례히 이별의 아쉬움과 재회의 약속이
있게 마련인 것이 또한 한시의 특징이기도 하다.

摠 詠

問君何日是歸期　　그대에게 묻노니 언제가 돌아갈 때요
詠罷扶蘇八景詩　　扶餘의 八景詩를 다 읊고 나서지
階上梅花自開落　　뜰에 梅花 스스로 피었다가 지고
柴門長掩碧江湄.　　사립문 길이 닫은 푸른강 기슭.

〈부여군지 P. 705〉

은근히 김흥국의 정치 참여 의사를 타진하고 있다. 역시 상촌은 「수북정
팔경」을 영한 의도가 있음을 알 수 있다. 이 시에서 매화는 김흥국의 절의
를 비유한 것이다. 강기슭에 닫혀 있는 이 亭子의 사립문이 언제 열릴 것
인가가 관심의 대상임을 알 수 있다. 이 시를 보면 이미 상촌의 시대에 부
여의 팔경이 있었음을 알 수 있다.
　「수북정팔경」은 다른 부여의 팔경시와는 다른 모습을 하고 있다.

3) 「부여신팔경음(扶餘新八景吟)」

앞에서도 잠시 엄급했던 것처럼 「부여신팔경음」은 현대적인 창작의식에 의해서 창작된 작품이다.

扶蘇山靑林

江南邑北一峰靑　　백마강 남쪽과 부여읍 북쪽에 푸른 봉우리
每見穹然帶氣靈　　매양 바라볼 제면 靈氣를 띠고 있는
到處各區多古蹟　　어디나 名勝地요 古蹟도 많아
年中不絶客登亭　　一年 내내 손님이 끊이지 않네.

이 시를 보면 민족의 恨이라든가 정서적인 어두운 그림자가 전혀 없음을 알 수 있다. 자연 경관의 아름다움을 순수하게 묘사하고 있다. 이 시가 상징하는 것은 태평성대의 평화로운 삶이다. 그리고 부소산이야말로 영기(靈氣)가 실려 있는 명산이다. 이렇게 「신부여팔경음」은 현대적인 창작의식에 의해서 우리 앞에 놓여 있다.

「신부여팔경음」의 또 다른 특징은 감각적인 묘사가 현대시와 기법상에서 통한다는 점이다.

皐蘭寺淸曉

黎明霧捲水流恬　　어둠이 밝아오고, 안개 걷히고, 물 조용히 흐르는
巖下林間見瓦簷　　바위 아래, 숲 사이에 기와집 처마 보이고
隱隱疎鐘聲斷續　　은은한 종소리가 드문드문 끊어졌다 이어지는 곳
兩三舟艇景光添　　두세 척의 조각배가 景光을 더해주네.

이 시의 기구(起句)와 승구(承句)를 읽어보면 눈에 그림처럼 나타나는 정경을 상상할 수 있다. 이렇게 선명하게 이미지가 형성되는 것은 주지주의파(主知主義派)와 같은 표현 기법을 사용했기 때문이다. 아침에 흐르는 물은 유난히 조용하며 잔잔하다. 새벽이 오면서 안개가 걷히고 바위 아래 숲 사이로 기와집의 처마가 드러난다. 차분하게 갈아 앉은 아침의 서정이 이 그림 속에 들어 있다. 청각적인 종소리와 시각적인 두세 척의 배가 이 시를 더욱 감각적으로 독자에게 와 닿는다. 감수성에 호소하여 독자의 정

서를 일으켜 세운다. 이 시를 통한 상상의 세계는 넓고 깊게 마련이다.

앞에서도 말한 것처럼 이 시인의 특성은 참신한 현대적인 소재를 사용하고 있다는 점이다.

九龍坪白幕

蔬果爲農技法新	소채 과일 농사짓는 技法이 새로와
渺茫平野白如銀	아득히 편편한 들 은빛같이 하얗네
回頭白水靑山處	맑은 물과 푸른 산이 있는 곳을 돌아 보니
撲地閭閻作富隣	널려 있는 마을들이 富裕한 이웃이네

이 시에서 비닐하우스를 '백막(白幕)'이라고 표현 것이 시어로써 성공하고 있다. 이 시인은 현대의 언어를 어떻게 한문으로 전환시킬 것인가에 대해서 많은 고심을 하고 있는 것을 볼 수 있다.

시대의 변화에 따라 없던 물건들이 만들어지고 그 때마다 시인은 새로운 시어 창작에 열중하게 되는 것이다. 이 시의 소재가 새로운 만큼 시어 또한 새로울 수밖에는 없다.

일정시대 지어진 시들과는 판이한 시를 대할 수 있다는 점이 커다란 수확이라고 생각한다.

이 작품은 중국의 사문학(詞文學)으로 유명한 장사엄(章士嚴)과 서로 교류를 한 사실이 있어서 이점을 소개하고자 한다. 이 시를 일평이 장사엄에게 보냈다. 이 시를 읽어보고 장사엄은 그의 편지에서 다음과 같이 평했다.

扶餘新八景吟之 栩栩如生 誦之一 若身入其境(扶餘新八景을 읊어보니 생동감이 있어서 한번 읽으니 내 몸이 그 경치 안에 들어 있는 것 같다.)

이 말 중에서 '허허(栩栩)'라는 말은 장자(莊子) 제물론(齊物論)에 "허허연호접아(栩栩然胡蝶也)"라고 한 말에서 유래한 것이다. '허허(栩栩)' 한 것이 마치 실제와 같이 생동감이 나는 시라는 평이다. 그래서 읊어보니 자기 자신이 바로 그 시에서 묘사한 지경에 실제로 들어가 있는 듯한 감이 든다는 평가다. 이는 바로 이 시가 감각적인 묘사의 기법을 쓰고 있다는 것을 말하는 것으로 받아들일 수 있다.

　그는 이어서

　　　扶餘新八詠之 第七首末句 江湖壯觀··· 觀平聲 或麗字之誤 供
　　參攷(扶餘新八詠 제7수 끝 구절에 江湖壯觀이라했는데, 여기서 觀자는
　　平聲韻이니 혹시 麗자를 잘못 쓴 것이 아닌가? 참고하기를 바랍니다.)

　이 말은 관자(觀字)는 평성(平聲)이니 측성(仄聲)인 여자(麗字)로 바꾸
는 것이 어떻겠느냐는 의견이다. 이에 대하여 일평은 다음과 같이 편지로
답을 했다.

　　　就中 壯觀之觀字平仄 考之於各種字典 俱繫之于翰韻 杜詩 '千秋
　　節有感' 二首之一 亦有 '先朝常宴會 壯觀已塵埃' 之句 則未知 作
　　仄聲而無妨耶否(말씀하신 壯觀에서의 觀자의 平仄은 각종 字典에서
　　살펴보면 모두 翰韻에 속해 있습니다. 두보의 시 '千秋節有感' 두 수
　　중 그 첫 수에도 "先朝께서 항상 연회를 하실 때에는 壯觀이 이미 塵
　　埃가 되었네."라는 구절에서도 仄聲으로 사용했습니다. 제 생각에는 仄
　　聲으로 써도 무방할 것 같습니다.

　일평의 답은 관자(觀字)가 평성이 아니라 측성이라는 주장이다. 두보(712
－770)의 시구를 예로 들면서 관자가 측성으로 쓰였음을 증거로 제시했다.

　이상의 사정으로 보면 중국에서는 우리보다 더 평측에 어두운 것은 아
닌가? 의심나게 한다. 이는 아마도 고문에서 사용하는 평측과 현대의 평측
이 달라진 까닭이라는 생각이 든다.

　장사엄의 편지에서 다음 말을 읽어보면 더욱 그런 의심이 간다.

　　　若弟之研究詞學 全國無幾人 全國只有屈原大學 成立一個詩詞系
　　(詞에 대한 저의 연구에 대해서 말씀 드릴 것 같으면 전국에 몇 사람 없
　　습니다. 전국에서 다만 屈原大學에만 詞를 짓는 모임이 있을 뿐입니다.)

　사(詞)를 연구하는 곳이 전국에서 굴원대학(屈原大學) 한군데밖에는 없
다는 말과 전국에 몇 사람 없다는 말을 들어보면 중국에서 그들의 전통적

인 학문, 곧 옛 고문에 대한 연구가 얼마나 관심 밖의 일인지 알 수 있다.

③ 결론

부여를 제(題)로 영(詠)한 시를 『부여군지』에 실려 있는 것을 중심으로 살펴보았다. 회고적인 시와 「팔경시」로 나누어서 살펴보았다. 회고시에서 망국의 이유를 말한 것과 시대에 따라서 같은 역사적 사실이 다르게 해석된 것에 촛점을 맞추어 보았다. 「팔경시」에서는 前, 後, 新을 통해서 어떻게 차이가 나는가에 대한 분석을 시도했다. 여기서도 태평시대에 읊은 「팔경시」와 나라가 어려울 때나 일제에 강점 당했을 때의 시는 내용이나 정서적인 면에서 차이가 많았다.

이런 모든 검토를 통해서 역시 조선시대를 지배하던 유학의 효용적 시문학관에 대한 현상을 읽을 수 있었다.

망국의 이유로는 불청충간지언(不聽忠臣之言), 사치, 녀색이라고 보고 있는 것을 확인했는데, 이는 이곡의 시와 그 시에 차운을 한 시를 통해서 잘 알 수가 있었다. 불청충신지언이라고 한 사람은 조위이고, 사치라고 말한 사람은 이곡이고, 녀색을 탐해서 망했다고 본 사람은 최숙생이다. 이곡과 조위는 156년의 차이가 있지마는 조위와 최숙생은 3년의 차이밖에는 없다. 같은 시에 차운을 하려니까, 의미의 변화를 위해서 서로 다르게 말한 것 같다.

망국의 이유로는 불청충신지언, 사치, 녀색이라고 보는 이유 중 한가지는 조선시대를 지배하던 주자학의 영향이 그렇게 만든 것으로도 생각할 수 있을 것이다.

시대에 따른 인식에서는 고려말 신돈이라는 인물로 나라가 어지러울 때 뜻을 펴지 못하고 불우하게 살다간 이존오의 시를 살펴보았다. 이 시에서는 위급한 나라 사정에 대한 근심 어린 충성심을 알아 볼 수 있었다. 임란 전의 시로는 홍춘경의 시를 읽어보았다. 역시 민족의 자존과 긍지를 찾아볼 수 있었다. 그러나 임란후 이안눌의 시에서는 전쟁을 잘 치르지 못한 관료로서의 양심상 부끄러움의 정서가 배어 있음을 볼 수 있었다. 실학이 발달하던 시대의 시로는 유득공의 시를 제재로 삼았다. 실학이 자로 잰 듯이 그렇게 실증적이기 때문에 시에서도 사실에 입각한 날카로운 비평을 대할 수가 있었다. 이와 같이 자기가 처한 시대적인 특성에 따라서 역사적 사실을 보는 시각에도 차이가 있음을 증명했다.

「팔경시」에서는 「전팔경」과 「후팔경」이 전혀 다른 대상을 읊고 있었다. 「신팔경」은 「전팔경」과 같은 장소도 있지만 새로운 장소를 읊은 것이 많았다. 「전팔경」은 역시 『동국여지승람』에서 먼저 말한 곳이 많았다. 「전팔경」을 부르게 된 것은 오래된 듯이 생각되지만 「후팔경」은 근대에 만든 것같이 생각되었다. 이는 1919년을 전후한 시기에 만든 것으로 보이는 「신팔경」과 그 시의 정서가 닮았기 때문이다. 특히 「신팔경」에서는 겉으로는 자연 경치를 노래한 것 같지만 실은 민족의 슬픔을 담아서 토로하고 있음을 볼 수 있었다. 日帝의 억압과 어려운 삶 속에서 시사를 만들어 회포를 풀었던 실상도 조금은 보이는 듯했다. 「수북정팔경」은 신흠이 김흥국의 퇴휴를 자연과의 여유로운 즐김이라는 관점에서 읊은 것으로 생각할 수 있지만 은근히 김흥국의 정계 진출을 희망하는 의도가 있었다. 한시는 반드시 할 말이 있어야 쓰는 일종의 생활 문학이다. 예술만을 위한다거나, 작품만을 위해서 순수한 의미의 창작은 거의 찾아보기 어렵다. 이와 같은 유학의 효용적 문학관을 여기서도 볼 수 있었다.

우리가 사는 지금의 땅에는 우리 조상의 얼이 뿌리 박혀 숨쉬고 있는 곳이다. 특히 아픈 상처를 가지고 있는 땅은 우리들에게 남다른 애정을 지니게 한다. 향토에 대한 사랑과 귀중함을 이번 검토를 통해서 더 깊이 인식할 수 있었다는 것이 큰 의미가 있을 것으로 기대한다.

이런 의미에서 일평의 「부여신팔경음」은 중요한 가치를 가진다고 하겠다. 시대에 따라 변하는 한시의 내용을 짐작할 수 있고, 중국과의 교류를 통한 새로운 문학의 장르로 자리를 확보할 가능성에 대한 예상도 배제할 수 없게 하는 바 있다.

10. 기법의 우수성

조선 전기 여러 시인들 중에서 김종직의 한시 기법은 뛰어나다.

김종직의 시는 사실의 감각과 참신한 심상 그리고 구도자의 진실이 배어있다. 이런 특징은 우리나라 시로서의 위치를 견고히 하는 것이다.

시인이 사는 자연은 그대로 그 시의 제재가 되고 그 시인의 정서가 된다. 그를 둘러싸고 있는 산천이 바로 그의 시에 그대로 그려져 드러나는 법이다. 시적인 변용이 없지 않겠으나 그것 또한 그 자연에 영향을 받는다.

이와 같은 관점에서 김종직의 시의 특징은 우리시의 특징 바로 그것이다. 여기서 우리시라는 것은 중국시에 대한 우리다움의 현저한 차이를 말한다.

작고 알찬 묘사에서 느끼는 참신한 감각이 김종직의 시에서는 두드러지는데 이는 우리의 시적 감수성에 적합한 표현이라고 본다.

봉서루에서

連珠山上月如盤	연주산(連珠山) 위엔 쟁반같은 달
草樹無風露氣寒	바람잔 풀 나무에 이슬이 차다
千陣絮雲渾欲盡	줄줄이 솜같은 구름 다하여 하는데
一堆鈴牒不須看	한무더기 문서는 보지도 않네
年華更覺中秋勝	나이가 들어 중추의 勝景(승경)을 다시 깨달아
客況偏知此夜寬	나그네는 그저 이밤의 풍정만을 아네
旌旆又遵西海轉	깃발을 또 좇아 서해(西海)로 가서
指尖將擘蟹臍國.	손끝은 둥근 게를 가르려 하네.

사실의 감각은 사실의 두드러진 묘사로 새로운 시 세계를 창조했을 때 느낄 수 있다. 한시의 기법상 한계성을 갖는 이 대목은 우리 조상의시에서 흔히 발견되는 장점이다. 이는 우리다움의 새로운 시도에서만 그 진가가 발휘되었을 것으로 본다.

윗 시를 보면 그 제1 · 2구의 자연묘사가 신선한 충격을 준다. "연주산

위에 뜬 쟁반 같은 달"에 대하여 "풀과 나무에 바람이 없어 이슬 기운이 차다"는 그 시적 회화성은 새로운 시 세계의 창조가 아닐 수 없다. '연주산상(連珠山上)'과 '초수무풍(草樹無風)'의 대, 그리고 '쟁반 같은 달'의 사실 '이슬 기운이 찬'것과 조화를 이루면서 강하게 독자의 마음을 흡인한다.

이와 같은 감수성이 전편에 가득한 시를 보자.

복룡 가는 길

筍輿呷軋渡晴川	대나무 남여로 삐꺽이며 晴川(청천)을 건너는데
遙見前驅過坂田	멀리 앞선 이들은 모롱이 밭을 지난다
邑犬吠人籬有竇	마을의 개가 울타리 구멍으로 나그네에게 짖고
野巫迎鬼紙爲錢	무당이 종이를 돈으로 삼아 귀신을 맞이한다.
斷雲寒日工呑吐	엷은 구름에 차가운 해가 가리웠다 나타나고
小巚平岡遠接連	작은 봉우리에 평범한 묏부리가 멀리 이어있네
南去錦城三十里	남쪽으로 금성은 천리밖이라
却愁槇盡擔夫肩	문득 남여멘 하인 어깨가 붉어질까 걱정이네

지금 한 행렬의 행차가 있다. 그 행차의 주인공은 시인 자신이다. 행차의 중간쯤 가는 자기는 아직 청천을 건너느라 위태위태한데(순여이알이라는 표현이 남여를 맨 이들의 걸음걸이가 자연스럽지 못하여 남여가 흔들려 나는 소리를 표현한 것임) 이미 앞 패들은 판전을 지나고 있다.

사람 사는 마을이 있으니 개가 있고, 개가 담장 개구멍으로 나그네에게 으르렁 거린다. 들에서 푸닥거리 하는 무당은 종이를 돈으로 삼아 귀신을 환영하고 또 보낸다. 개는 사람의 눈치를 보며 사는 것이요 무당은 귀신을 속여 산다. 개는 개구멍을 내고 무당은 종이를 돈으로 삼아 귀신을 환영하고 또 보낸다. 이와 같은 대우의 묘사는 그 사실의 감각이 알차고 기발함에 우리의 놀라움이 있지 결코 스케일의 문제가 아님을 알 수 있다.

이와 같은 인간 세상에 대하여 자연은 어떠한가. 얇은 구름 사이로 차가운 해가 들락들락 평평한 산봉우리가 줄줄이 이어 있는 풍경, 이것이 우리의 자연이다. 자연이 이러함에 오밀조밀 재미있는 삶이 또한 자연 그대로다. 이 시는 인생을 그리고 자연을 묘사했지만 순서대로라면 자연이 있고 바로 거기에 사는 사람들의 삶이라고 본다.

이런 세상과 자연속에 여행하는 시인의 마음 또한 가장 인간답고 마음 여리다. 문득 남여멘 하인 어깨가 붉게 벗겨지지나 않을까 걱정한다.

제1·2구에서 노정을 제3·4구에서 인생을 5·6구에서 자연을 제7·8구에서 시인 자신을 묘사하되 아기자기하고 인정이 넘치는 우리의 자연대로 사는 모습을 통일성 있게 그려내고 있어 사실의 감각이 뛰어난 시임을 알 수 있다.

다음 시는 생명력이 넘치는 동적인 사실의 감각이 두드러진다.

한식날에

禁火之辰春事多	불을 금하는 때는 볼일이 많아
芳菲點檢在農家	거름조차 점검함이 농가에 있네
鳩鳴穀穀棣棠葉	비둘기는 구구 아가위 잎속에서 울고
蝶飛疑疑蕪菁花	나비는 훨훨 무청 꽃에서 난다
帶樵籠上烏犉返	언덕위엔 나무지고 검은 소를 몰아 오며
桃菜籬邊丫鬢歌	울타리 밑엔 나물 캐는 아가씨 노래
有田不歸戀五斗	밭 있어도 벼슬을 탐내 돌아가지 못하여
元亮笑人將奈何.	도연명 비웃으니 어찌할 거나.

봄이다. 짝을 찾는 비둘기·나비·목동과 아가씨의 대가 모두 생동하는 봄을 상징한다. 이 시에서는 특히 '무청(蕪菁)'이라는 시어에 주목한다. 청(菁)자만 해도 무청인데 우리말을 그대로 자로 옮겨 '무청'이라고 썼다. 다르게 해석할 수 없는 무청 그대로 창의적 표현이다. 이런 말은 중국 사람은 모른다. '무청'을 아는 우리들만의 기호이다. 한시가 결코 중국을 답습하지만은 않았다는 증거이다. 이 시를 허균은 틀 속에 얽매여 있지 않은 시라고 평가했다. 대체로 한시들이 갖는 정(靜)의 세계이거나 침잠의 아득함이 아닌 생명력과 생동감의 사실적 감각을 이렇게 비평한 것이라고 이해할 수 있다.

지금까지 언급한 시만 보더라도 그 시 한 편 속에서 느끼는 긴장감과 압축의 아름다움을 느낄 수 있다. 김종직의 시가 한결같이 통일성이 강하여 시마다 그 긴장도가 다르고 시적 분위기가 확연히 구분되는 점이 값지다고 본다.

시는 새로운 분위기의 연출로 독자의 심금을 울려야 한다. 이런 시인의 예술적 감각과 능력이 시에 작용하여 참신한 상상의 세계를 창조한다. 시에서만 통하는 논리이며 진실이다.

불국사에서

爲訪招提境	그대 찾아와 절에 올랐더니
松間紫翠重	소나무 사이로 겹겹이 산일세
靑山半邊雨	청산엔 한 모퉁이 비가 내리고
落日上方鐘	해지자 절에서 종소리 나네
語與居僧軟	말과 같이 사는 스님 부드럽고
盃隨古意濃	잔따라 옛 뜻은 무르익는데
頹然一榻上	평상위에 털썩 주저 앉아서
相對鬢鬐鬐	더부룩한 구레나룻 상대하였네.

이 시에서 아름다운 자연의 묘사인 제3·4구는 시인이 창조한 시세계라고 본다. 현실 자연을 바탕으로 재구성하여 시적 감동을 위하여 창조한 세계다. 시인의 상상의 세계다.

이 시보다 훨씬 더 상상이 자유롭고 풍부한 시가 있다.

선사사

偶到仙槎寺	우연히 선사사에 이르렀더니
巖空松桂秋	빈 바위에 가을 빛 띤 소나무라
鶴翻羅代蓋	학은 신라의 지붕을 날고
龍蹴佛天毬	용은 여의주를 놀리누나
細雨僧縫納	실비에 스님은 장삼을 꿰매는데
寒江客掉舟	찬 강에 나그네는 노를 젓는다.
孤雲書帶草	구름만 데리고 책을 읽는데
獵獵滿池頭.	서걱이는 바람소리 못모리에 가득해.

「선사사」의 제3·4구와 제5·6구의 비유는 신비로움과 사실이 새롭게 상상되어 표현되었다. 학이 신라의 지붕을 난다는 것은 신라시대에 이미 지어진 건물위에 학이 나른다는 설명이 가능하겠지만은 신비로운 감을 느끼게 하며 '신라의 지붕'이라는 시어를 통하여 독자들은 신라를 떠올리게

되며 시간을 초월한 상상을 자극하는 효과를 갖는다. 용이 여의주를 놀린 다는 것이 그 새겨진 기둥이 모서리 모습이기도 하나 생동감 있는 상상으로 그 절에 대한 느낌을 더욱 생생하게 한다. 이에 대하여 허균은 '기(奇)'라고 평했다. '기'라는 것이 현실과 상상의 세계를 잘 결부시켰다는 말로 이해된다. 스님이 가사를 비로 꿰매고 있다는 표현은 비를 맞는 스님을 묘사한 것이지만 세속을 살아가는 스님의 진실하고 고뇌하는 생활상의 옷감 짜기를 상상하게 한다. 허균은 이 구절을 '당(唐)에 접근한다.'라고 평하여 시구가 당나라의 시에 거의 가까이 했음을 칭찬하였다. 사물에 대한 묘사가 참신하게 보임을 높이 평가한 것으로 보인다.

시의 효용적 가치는 유학적 시관의 특징이다. 이런 관점에서 시에 도를 내포하게 하는 것은 당연한 일이다.

낙동강 나루
津吏非瀧吏	나루의 관리가 익숙치는 않으나
官人即邑人	벼슬하는 이는 다 고을 사람이네
三章辭聖主	세 번 글을 올려 임금님을 하직하고
五馬慰慈親	이 고을살이는 어버이를 모시네
白鳥如迎棹	흰새는 나그네를 맞이하는 듯한데
靑山慣送賓	청산은 손님보내기가 버릇이라네
澄江無點綴	맑은 강은 한점 흙이 없으니
持此律吾身.	이를 지녀 내 몸의 규율로 삼으리.

이 시의 제1·2·3·4구는 현실에 대한 설명적 묘사다. 낙동강 나루에 갔을 때 시인의 눈에 비친 현상이다. 이런 범상한 모습에서 느끼는 의미는 제5·6·7·8구에 잘 표현되어 있다.

흰새는 나그네를 맞이하고 청산은 손님 보내기가 관습이 되었다는 대목에서 우리는 철학을 읽을 수 있고 인생에 대한 달관을 엿볼 수 있다. 흰새와 청산은 자연이요, 나그네와 손님은 인간이다. 맞이하고 보내는 일이야 일상의 법륜이니 가히 불교적 오고감의 그림자가 배어 있다. 무상한 인생, 변함없는 자연, 이런 대조를 통하여 삶의 진실을 표백하고 있다.

한시의 결연인 7·8구는 대개 그 시의 종합 정리로 주제를 나타낸다.

따라서 시인의 구도적 입장을 강하게 드러냈다. 흠 없이 맑은 강을 본받아 시인이 이렇게 깨끗이 살겠다는 의지를 천명했다. 이런 도에 대한 표백을 허균은 "선비가 힘쓰기를 마땅히 이같이 할지로다."라고 하여 찬양하면서 동감임을 실토하였다.

보천탄에서

逃花浪高幾尺許	복숭아꽃 뜬 물결 높이가 몇자쯤인가
銀石沒頂不知處	은빛 바위 물에 묻혀 있던 곳을 모르겠네
兩兩鸕鶿失舊磯	쌍쌍인 가마우지는 옛 터전 잃고
啣魚却入菰蒲去.	물고기를 물고서 물풀 사이에 드누나

환경의 변화에 적응하는 가마우지의 삶을 묘사함으로써 우리의 삶을 돌아보게 하면서 생동감을 주고 있다.

미화법으로 장마진 것을 표현한 제1·2구는 우리 삶의 현상이기도 하다. 이런 묘사를 놓고 허균은 "뛰어나고 강건해서 예스럽다"라고 평가했다.

이 구절이 뛰어나고 진실해서 옛스러운 경지에 든다고 말한 것은 평범한 일상의 표현으로 많은 함축을 하고 있어 도를 잘 드러내는 표현으로 보았다는 뜻이다. '복사꽃 물결'이 높은 곳에 '바위'가 몽땅 묻혀 버리는 것, 그래서 결국 '어느 곳인지 알지 못함'인 것이 세상 일이다.

복사꽃에 대한 바위는 동(動)에 대한 정(靜)이요 변화에 대한 자리지킴이며, 반(反)에 대한 정(正)이고 허위에 대한 진실이며 악에 대한 선이다. 이런 현상 속에서 쌍쌍이 사는 가마우지는 옛 터전을 잃었다.

현상에 대하여 애정어린 눈으로 보는 시인의 따뜻한 체온이 느껴진다. 작고 연약한 물새인 가마우지는 옛 터전을 잃었다고 해서 그들이 굶어 죽느냐 하면 그렇지 않다. 물풀 사이에서 그래도 먹이를 구하고 있다. 삶의 의지요 엄숙한 현실을 포착해서 시인의 세계관을 표상하였다.

허균이 "오직 이 시는 당나라 시와 아주 흡사하다."라고 비평한 이유가 바로 이런 깊이 있는 구도적 자세의 시인을 이 시에서 만날 수 있는 점을 높이 평가한 것이 아닌가 싶다.

11. 형태의 변형

조선초기에 발달하기 시작한 악장의 영행으로 한시에 새로운 형태의 변혁이 일어났다. 이것은 악부라고 하는 큰 테두리 속에 모두 포함시킬 수 있는 것이지만 그 중에도 성간과 김종직의 경우를 살펴본다.

조선조 시를 지배하던 모범은 두보의 시다. 그리고 당시의 사상을 지배하던 유일무이한 통제는 유학이 담당하고 있었다. 이와같은 상황에서 시인에게 나라에 대한 금심이 없다는 것은 상상할 수도 없는 일이다.

성간의 경우는 우국이라도 남다르게 歌(가)로 지었다는 점이다. 우리말 노래로 충분히 불리어 질 수 있는 내용이기에 꼭 『용비어천가』와도 흡사한 점이 있다. 이를 우리말로 쓰지 않고 한시가로 지었다는 점이 바로 그가 음악에 깊은 관심을 가지고 배우는 과정에서 나온 작품이 아닌가 의심하게 한다.

그러면 실제 가사구절(歌詞九絶)을 읽어 본다.

皇天佑我東	하늘이 우리나라를 도우사
我后應時起	우리 임금 때맞추어 일어나시니
濟濟英雄臣	고독한 영웅다운 신하들
契合魚在水	물고기가 물을 만난 듯하니
億萬年休自今始	억만 년의 평안이 이제부터라.

먼저 임금이 나고 신하가 모여들었다. 마치 물고기가 물을 만난 듯이 임금과 한덩어리가 되어 나랏일을 한다.

'물고기가 물을 만난 듯하니'는 「정관정요」에 "임금과 신하가 서로 만남에 물에 물고기가 있는 것 같으니 즉 온 세상이 편할 수 있다."라고 한 말과 같다. 임금과 신하가 서로 밀접히 생사고락을 같이 할 때에 나라가 편안하다는 뜻이다.

이 노래는 나라의 태평을 기원했다. 우리나라의 연원이 하늘의 뜻임을 말하고 나라 정치가 잘되어 영원히 태평한 나라가 되기를 빌고 있다.

한시의 형식에는 맞지 않고 우리말 노래를 한문으로 옮겨 표기한 듯 하다. 음률에 맞추다보니 한시의 형태를 벗어나게 되었다. 악부의 형식임을 알 수 있다.

앞으로도 이런 형식은 「가시9절」 속에서는 일치한다. 좀 자유로운 형태를 취하면서도 전체적 통일을 갖추고 있다.

億萬年供休	억만 년 평안하리
孫孫又子子	자자손손이
苟或一念差	혹시 조금만이라도
厥位胡可恃	그 자리를 어찌 가히 믿으리
願焉愼終如謹始	원하노니 삼가 처음부터 한결같이 하소서

임금자리가 그리 쉽지 않음을 말했다. 우국의 일념에서 충성스러이 간하되 축복을 곁들이고 처음 나라를 열 때의 그 근신하는 정신으로 끝까지 이어나갈 것을 당부하고 있다.

農爲天下本	농사는 천하의 근본이니
本固邦乃寧	근본이 견고해야 나라가 평안해
我后念田功	우리 임금 농사일을 생각하시어
臣隣同作耦	신하들과 백성이 함께 밭갈이 하네
千載我東民物阜	천년의 우리나라 백성과 물건이 풍부하리.

농사일이 당시 생활수단의 바탕이었다. 그 당시는 농업국가로서 임금이 친히 농사일에 시범을 보였었다. 임금에 대한 찬양이며 나라가 잘 되기를 비는 마음이 간절하다.

民阜國乃寧	백성이 풍족하면 나라가 평안해
不可失民時	백성에게 때를 잃게 할 수는 없네
遊田失民時	농사일에 때를 잃으면
立見顚輿危	서 있어도 넘어지게 위태로우니
願焉日日念在玆	원하노니 날마다 이 사랑을 생각하소서

지금까지 이 노래를 보면 5줄로 되어 있다. 제1행과 제2행이 대구로 한 구절이라면 제3행과 제4행이 또 한 구절이다. 여기에다가 '원언(願焉)'하고 감탄의 구절을 단 끝 행을 또 한 구절로 보아 모두 3행 시가로 생각할 수 있다. 우리나라 전통시의 3행과 일치하는 형태다. 이런 형태를 창안하여 한문으로 가사를 지은 것은 사뭇 성간의 새로운 업적이 된다고 보겠다.

이 시는 앞 시의 내용을 받아 농사철을 어기지 않고 백성의 살림을 풍부하게 하기에 힘써야 한다는 뜻을 담고 있다.

임금에게는 충간하는 말이겠고, 백성에게는 나라를 근심하는 그 모범이 될 수 있다.

多士藹辟雍	많은 선비가 태학에 그득하니
乃見文郁郁	이에 글이 빛나고도 빛나도다
我后重儒術	우리 임금 유학을 중히 여겨
臣隣同一德	신하와 백성들이 모두 한가지의 덕
千載我東文教洽	천 년의 우리나라 글의 교화가 흡족하리.

각 시의 끝구절을 보면 첫 번째 노래와 맨끝 노래를 제외하고 시작할 때 한번은 '천재아동(千載我東)'으로 시작하고 한번은 '원언'으로 시작하고 있다. '천재아동'으로 시작한 노래는 미래에 대한 축복의 말이 있고 '원언'으로 시작한 구절은 임금께 간절히 간(諫)하는 뜻이 있다. 축복의 말과 간언(諫言)을 교대로 하여 그 효과를 높이면서 성간 자신의 진심을 표백했다.

앞 노래에서 생활이 풍족하도록 농사일에 시기를 놓치지 말 것을 피력하고 이번에는 문장의 빛남을 강조했다. 역시 먹는 문제의 해결 다음에는 좀더 가치있는 문화 생활을 추구하는 것이 정해진 길인 듯하다.

가치있는 문화생활을 추구하는 것이 정해진 길인 듯하다.

앞 시와 연쇄적으로 이어지는 시도 교화의 중요성을 강조했다.

文教洽我東	글의 교화가 우리나라에 흡족하나
訓迪自我耳	교훈은 나로부터 나아가야 할 뿐
不學是面墻	못 배우면 이는 담벼락과 같으니
萬事能不弛	모든 일은 늦출 수가 없구나
願焉敬止又敬止.	원하노니 공경하고 그침을 거듭 하소서.

농사일에 때를 잃으면 안된다는 말은 『맹자』에 있으며 경지(敬止)에 대한 강조는 『논어』 『대학』 등에 보인다. 이 노래는 유학적인 정치를 노래했다.

경(敬)은 효도와 공손함과 공경을 말한 것이고 지(止)는 만족할 줄 알면 몸을 욕되게 하지 않고, 그칠 줄 알면 자신을 보전할 수 있다는 것을 말한 것이다. 유학적인 행동양식을 강조하고 있다.

戎爲國大事	군비는 나라의 큰 일이니
克詰重自昔	예로부터 중히 여겼네
我后重戎事	우리 임금 군비를 중히 여기니
臣隣同協力	신하와 백성들이 모두 협력해
千載我東邊警息.	천 년의 우리나라 변방이 평안하소서.

국방에 대한 준비를 말하고 있다. 백성이 먹을 것이 풍족하고 문화생활을 하여 사람답게 산 뒤에 나라를 튼튼히 지키는 군사를 기름에도 힘써야 한다는 뜻이다.

다음 이어지는 노래도 역시 유비무환을 경계했다.

隨弛由不董	풀어짐은 감독하지 않아서이고
自焚由不戢	전쟁에 짐은 무기를 모아두지 않아서이네
不董與不戢	감독하지 아니하고 무기를 갖추지 못하면
其效乃爾速	그 효과가 너무 빨리 오나니
願焉此意常自勗	원컨대 이 뜻을 언제나 스스로 힘쓰소서.

군비를 든든히 함은 나라를 위하여 마땅히 해야 할 일이다.

이 「가사 9절」은 처음 시작을 두 편의 노래로 시작하고 이어서 농사에 대하여 두 편의 노래, 글로써 하는 교화에 대하여 두 편의 노래, 군비에 대하여 두 편의 노래를 지었다.

노래 하나의 형태도 정형적이지만 노래 전체의 짜임도 격식이 있다. 말하자면 후렴이 있는 제2절이 있다. 우리나라 전통적인 긴 노래의 가락을 담고 있다. 조윤제의 주장대로 우리나라의 전통적인 긴 노래의 가락이 원가(原詞)와 후렴(後斂)으로 되어 있는데 이 노래의 형태가 바로 그렇다.

제1행·제2행이 제1구요, 제3행·제4행이 제2구 원사이고, 제5행이 후렴이라고 볼 수 있다. 후렴이라는 것이 반복의 의미와 감탄의 요소가 있다고 보며 바로 이 시들의 제5행이 그런 특성을 잘 가지고 있는 것을 알 수 있을 것이다.

이로써 성간은 한문으로 우리 가락을 노래 불러 보려는 시도를 했음을 알 수 있고 이는 다른 사람들에게서는 볼 수 없는 성간의 한 특성이라고 여겨지는 바다. 문학형태의 새로운 시도는 그가 특히 음악에 관심이 많았다는 사실과도 일치하는 점이다.

이 노래의 마지막 시는 한 수로 되어있다.

千載我海東	천 년 우리나라
君臣一際會	임금과 신하가 한덩이 되어
願焉繼自今	원하노니 이제부터 이어
警戒無小大	경계에는 大小를 가리지 말고
三事允治時運泰	이 세 일로 다스린다면 태평성세리.

<진일유고, 이조명헌집 2, 728면>

노래의 끝이라고 하여 '천재(千載)'를 첫 구절에 넣고 '원언(願焉)'을 둘째 구절에 넣었다.

'삼사(三事)'는 농삿일과 문교와 군비를 말한다. 나라 다스림의 요체를 이 세가지로 집약시켰다.

이 노래는 그 형태가 성간의 독창적 시도라는 점이 값지다. 또 그 내용도 당시의 일반적인 경향에서 주장하던 것보다는 상당히 성간의 창의성이 가미된 것으로 보인다.

유학에 바탕을 둔 것은 그렇다 하더라도 농업을 중요하게 앞세운 것은 일찍이 실학에 눈을 돌린 선각이 아닐 수 없다.

강희안 형제와 더불어 이 다이 실학적인 싹이 움트는 그 기운으로 여겨진다.

이제 김종직의 「동도악부」를 통해서 시가 형태의 변화를 살펴보자.

「동도악부」는 모두 7수로 그 병서와 함께 전한다.

會蘇曲	① 회소곡
會蘇曲	회소곡
西風吹廣庭	② 서풍이 넓은 뜰에 부는데
明月滿華屋	밝은 달은 좋은 집에 가득하구나
王姬壓坐理繰車	③ 왕의 딸은 높은데 앉아 물레를 돌리고
六部六兒多如簇	6부의 딸들은 마치 대밭의 대순과 같네
爾筥旣盈我筐空	④ 네 광주리 벌써 찼는데 내 광주린 비었구나
釃酒揶揄笑相謔	술잔 들고 야유하며 웃고 서로 장난치네
一婦嘆千室勸	⑤ 한 여자가 탄식하매 온갖 집이 권장하여
坐令四方勤杼柚	앉아서 사방에 길쌈을 부지런하게 하네
嘉俳縱失閨中儀	⑥ 한가위가 비록 규중의 격식을 잃었다지만
猶勝跋河爭嗃嗃	오히려 발하 놀이 보다는 더욱 진중하여라.

<점필재시집 권3·4~8>

이 시는 『동문선』에는 7언고시에 넣었다. 그러나 그 노래의 형식을 볼 때 6연으로 나누어지는 12구의 노래임을 알 수 있다. 제1연은 병서에서 말한 "일어나 춤추며 탄성으로 말하되 모이소 모이소"라는 장면을 연상케 한다. 이렇게 첫 연에 모이소 모이소 라는 말에 노래곡이라고 한 것은 노래의 시작부터 옛날 그때의 감흥을 되살려 보고자 함일 것이다.

제2연은 길쌈할 때의 그때 분위기를 시적으로 묘사했다. 서풍은 가을임을 말하고 밝은 달은 8월 15일임을 말한 것이다. '큰 부락의 뜰'에 모였으니 '좋은 집'이다. 아름다운 때와 장소를 택하여 길쌈 겨루기를 한다.

제 3연은 왕의 딸과 6부의 딸들이 길쌈짜기 시합을 할 때 그 시합에 부지런히 다툼을 묘사하였다. 공주는 높은데서 물레를 저어 실을 뽑고 6부의 딸들은 빽빽이 둘러 앉아 마를 손질하기에 여념이 없다. 대나무 새순같다는 묘사가 돋보인다.

제4연은 이 시합의 장면을 해학적으로 묘사하였다. 서로의 바구니에 담긴 다듬은 마를 견주어 보고 서로 술도 건네면서 떠들썩하게 시합하는 장면이다. 이런데서 우리는 '진 자가 술과 음식을 내어 이긴 자에 사례하는 모습'을 볼 수 있다. 이는 김종직이 기록을 보고 상상하여 지은 것이다.

제5연에서 시합은 결판이 났다. "한 여자가 탄식"하는 것은 바로 '우리는 안돼 졌어'라는 표현일 것이다. 이 탄성을 듣고 다른 사람들은 더욱 부지런히 손을 놀린다.

제6연은 김종직의 해설이다. 김종직은 왜 노래의 끝에 해석을 붙였을까. 이는 이 노래가 그 당시의 가사와는 무관한 지금 자신의 창작임을 증명하는 것으로 볼 수 있을 것이다. '한가위' 행사가 비록 규중의 예의는 잃었지만 그래도 중국 사람들이 즐겼던 시끄러운 발하 놀이보다는 낫다는 지존은 우리다움에 대한 은근한 찬양이 아닐 수 없다. 규중의 예의를 잃었다는 것은 조선조 성리학의 시각으로 보니 그렇지, 자유로왔던 당시 신라에서는 여자들도 술을 마시고 즐기는 것이 이상하지 않았을 것이다.

우리는 이 노래를 통하여 당시의 풍속을 짐작하고 우리다운 것에 대한 인식을 새로이 하게 된다. 감종직도 이런 점에 착안하여 이 회소곡을 우리에게 남겨 주었는지도 모를 일이다.

常棣華隨風落扶桑	① 아가위 꽃이 바람따라 부상에 떨어지니
扶桑萬里鯨鯢浪	부상 만리는 고래가 일으킨 파도
縱有音書誰得將	비록 편지가 있다한들 누가 얻어 가져오리
常棣花隨風返雞林	② 아가위 꽃이 바람따라 계림에 돌아오니
雞林春色擁雙闕	계림의 봄 빛이 두 대궐을 애웠어라
友于歡情如許深	우애의 기쁨이 얼마쯤 깊었는지.

이 시는 한시의 형식과는 다르다. 제1구와 제2구, 제4구와 제5구의 연쇄법과 제1구·제4구의 반복, 대구의 기법을 들어서 그 차이를 말한 이도 있다. 이런 사실을 참고해 보면 6행의 시이기는 하지만 그 형태나 내용의 단락과 시의 호흡이 3행씩 떨어져서 2연시임을 알 수 있다. 2연은 우리나라 민요체의 일반적 노래 형식이다.

이 시에서 당체(常棣)는 아가위 꽃을 의미한다. 『시경』주에 보면 "당체(常棣)는 씨가 앵두와 같아서 가히 먹을 수 있다"고 했다. 곧 한줄기에 씨가 다닥다닥 붙어서 형제를 상징하는 식물로 형제간의 우애를 일으키는데 제재로 쓴 나무다.

『시경』「당체8장」에 대한 장 아래의 주를 보면 "이는 형제를 잔치하는 노래다. 아가위 꽃인즉 그 악연히 밖에 나타나는 것이 어찌 밝고 빛나지 아니하는가 지금 사람인즉 어찌 형제만한 자가 있으리오"라고 했고 끝의 주에는 "이 시는 장 첫머리에 간략히 말하기를 제일 가까운 이는 형제 이 외에 없다"고 했으니 형제간의 사랑을 일으키는 꽃이 틀림없다.

이 『시경』의 상징을 빌어다가 형제가 바람에 불려 흩어짐을 비유하였다. 부상은 동쪽 끝으로 일본을 가리키며 그 대가 되는 계림은 바로 신라다. 제 1연은 볼모로 간 형제를 애타하는 구절이다. 고구려에 간 복호보다 일본에 간 미사흔이 더 문제다.

제2연은 만남의 기쁨을 노래했다. 동생 미사흔이 다시 돌아옴에 계림에는 봄빛이 두 대궐을 애웠다. 형제간의 깊은 사랑을 나누게 되었으니 말이다. 이 시는 제목이 가리키는 대로 왕의 시름을 없앤 노래다. 왕의 우애를 강조한 점이 강한 시다. 서로 사랑하며 살았던 신라시대의 아름다운 모습을 보여준다. 이 노래가 눌지왕이 직접 부른 내용이라면 제①연은 ②연의 기쁨을 강조하기 위하여 짐짓 그 어려웠던 때를 회상하여 그 기쁨을 더하기 위한 수법일 수 있다. 시어가 예스럽고 순박하여 김종직의 창작의 입김이 비교적 적게 베어 있는 감이 있다. 어쩌면 「우식곡」의 원형에 가까운지도 모를 일이다. 더구나 이시의 화자(話者)가 1인칭임이 이런 생각을 더욱 뒷받침해 준다. 왕의 기뻐함을 보고 지은 제3자의 작품이라면 "비록 편지가 있다한들 누가 얻어 가져오리" 라든가 "우애의 기쁨이 얼마쯤 깊었는지"라는 구절이 표현이 왕의 고심함이나 왕의 기뻐함을 관찰한 입장의 표현으로 바뀌어서 되었을 것으로 짐작된다. 그러나 "우애의 기쁨이 얼마나 깊었는지"는 보기에 따라 제3자의 진술일 수 있다. 이는 작자인 김종직의 목소리라고 보아야 할 것이다. 그렇다고 해도 본래 이 시가 가지고 있는 1인칭 서술의 입장이 더욱 강한 것도 부인 못할 사항이다.

鵄述嶺頭望日本	① 치술령 머리에서 일본을 바라보니
粘天鯨海無涯岸	하늘에 붙은 파도는 끝이 없구나
良人去時但搖手	② 님은 갈 때 손만 흔들었는데
生歟死歟音耗斷	살았는지 죽었는지 소식도 없네
音耗斷長離別	③ 소식이 끊기니 이별이 더 길어
死生寧有相見時	죽었거나 살았거나 만나볼 때 있으려나

呼天便化武昌石　　　하늘을 불러 망부석이 되었으니
烈氣千載干空碧　　　뜨거운 마음이 천년을 두고 푸른 하늘
　　　　　　　　　　에 솟으리.

　치술령의 신모(神母)가 된 박제상 부인의 정절을 찬미한 노래다. 열부를 찬양함은 예로부터 같으나 조선조에 들어서는 더욱 야단스러웠다. 김종직도 이런 점을 높이 사서 이 한역가를 남긴 것이 아닐까.

　이 노래는 모두 8구인데 2구씩 한 연으로 하면 4연이고 2연을 한 의미 단락으로 보면 이 노래는 2행시의 형태다. 첫 번째 1·2연은 지아비 박제상과의 이별을 노래했고 두 번째 3·4연은 그 부인이 망부석이 된 것을 기렸다.

　제2연의 끝 "소식도 없네"는 제3연의 처음 "소식도 없네"로 이어져서 연쇄적 기법을 사용하였다. 이런 편법은 한시에서는 쓰지 않는 방식이다.

　이 시는 3인칭 시점이다. 주인공 스스로의 자술이 아니라 역사적 사실을 제3자가 시화한 것이다. 작자인 김종직의 눈에 비친 박제상 부인의 정절이 찬양되고 있다.

　제1연에서는 일본에 가는 길이 뱃길로 아득함을 말했다. 이런 험난하고도 멀고 먼 길을 떠나는 지아비는 부인에게 다만 손을 흔드는 모습만을 보여 주었을 뿐이다. 이렇게 아쉬움으로 떠난 지아비는 소식이 없다. 애타는 박제상 부인의 마음을 이렇게 표백한 것이다.

　제3연에서는 제2연의 그 궁금하고 애닲은 이별에 대하여 더욱 아쉬워함을 묘사하였다. 주검으로 돌아오든지 살아서 오든지 간에 만나만 본다해도 좋겠다는 뜻이 표현되었다.

　마지막 연에서 결국 부인은 망부석이 된다. 부인을 기리는 말로 끝맺고 있다. 부인의 거룩함을 강조하는 뜻으로 끝을 맺었다.

　이 시의 내용의 흐름은 시간이 흘러 사건이 진행되는 순서대로 이어져 있다. 비약이나 생략 병화보다는 생생한 기록과 그에 대한 마음의 움직임을 잘 묘사했다. 시가 기록의 의미가 있다는 당시 문인들의 문학관에서 나온 글이라는 생각이 든다.

　이 노래의 제목을 치술령이라 한 것은 치술령 신모가 누구라는 사실을 밝히기 때문이다.

怛怛復忉忉	① 서럽고도 서러워라
大家幾不保	대가가 거의 보전하지 못할뻔 했네
流蘇帳裏玄鶴倒	② 비단 장막 속에 현학금 넘어지니
揚且之晳難偕老	미인은 해로하기 어려웠어라
忉怛忉怛	③ 서럽도다 서럽도다
神物不告知奈何	④ 선물이 알리지 않았다면 어떠했으리
神物告兮基圖大	⑤ 신물이 알리지 않았다면 어떠했으리
	신물이 알렸으니 기반이 든든해졌네

　나라의 태평함을 노래하면서 그 기반이 흔들리는 것은 다분히 음란한 행동에서 비롯된다는 교훈을 담고 있다.

　이 노래는 슬픈 노래다. 잘못했으면 임금이 죽을뻔 하였으니 그렇고, 또 임금의 목숨은 건졌지만 왕비의 부정함이 드러나 왕비를 죽여야 했으니 슬픈 일이다.

　이 시는 7구로 대구가 꼭 맞게 되지는 않았다. 그러나 "달달" 또는 "도도"로 행을 나눌 수 있게 되어 있다. 이런 형식은 후렴을 노래의 앞에 얹어 놓은 방식이다. 제1, 2, 3, 4구를 1행으로 보고 제5, 6, 7구를 1행으로 보아 제 2행의 형태로 규정할 수 있다.

　앞 제1행은 거문고를 쏘아 나쁜 침입자를 죽인 이야기, 뒤 제2행은 못에서 나온 노인이 글을 내어 드리지 않았다면 임금의 목숨이 위태로움에 직면했었다는 이야기를 했다.

　앞에 치술령은 열부를 노래한 것인데 이 노래는 방탕한 여자를 그렸다. 이 노래의 주제가 방탕한 여자에 있는 것은 아니고 신령스런 알림이나 또는 나라의 기반을 하늘과 귀신이 함께 도와준다는 것이라고 보는 것이 옳겠다. 시가 서정성보다는 시사성이 강하다. 따라서 정서의 미묘한 움직임에 대한 묘사가 아니고 꾸밈없는 서술을 하고 있다. 이 시에서 '미인을 말한 구절'은 『시경』의 해로함의 노래를 인용한 것으로 미간이 넓고 흰 미인을 말한 것이다.

玼兮玼兮其之翟也	선명하고 성함이여 그 꿩 무늬로다
髮髮如雲不屑髢也	숱많은 구름같은 머리 깨끗지 않네

玉之瑱也 象之揥也	옥 귀거리며 상아 쪽집게며
楊且之晳也	미간이 넓고도 희도다
故然而天地 故然而帝地	어떠한 하늘이며 어떠한 제왕이오

<시경 용풍 군자해로 제3장>

이 시는 미인의 아름다움을 노래했다. 맨 끝 구절에 "어떠한 하늘이며 어떠한 제왕이요"라고 한 것은 너무나 아름다와 귀신같을 때 하는 말이다.

敵國爲封豕	① 적국이 큰 멧돼지가 되어
荐食我邊疆	우리 변방을 점점 먹어 오는데
赳赳花郎徒	훤칠한 화랑의 무리는
報國心靡遑	나라에 갚는데 마음이 황급하지 않았네
荷戈訣妻子	창을 메고 처자와 헤어져서
嗽泉啖糗糧	샘물 마시고 말린밥을 먹었네
賊人夜劘壘	② 도적이 밤에 성루를 갉으니
毅魂飛釖鋩	씩씩한 넋이 칼날에 날았네
回首陽山雲	머리 돌리니 양산의 구름은
蠹蠹虹蜺光	높이 솟은 무지개 광채
哀哉四丈夫	슬프다 내 장부여
終是北方强	끝내 이 씩씩한 사람
千秋爲鬼雄	③ 천추에 귀신이 되어
相與歆椒漿	그대와 더불어 제사술이나 서로하세(함께 죽겠다는 다짐)

이 시는 내용상 3단락으로 나눌 수 있다. 제①단락은 변방을 지키는 수고로움을 썼고 제②단락은 전사하는 그 장한 모습을 그렸다. 마지막 제③단락 2구는 이 노래 전체의 결말로서 모두 죽어 귀신이 되었다는 사실과 나도 그대들과 더불어 나라위해 죽은 귀신이 되겠다는 의지가 보인다.

이 끝 구절의 '함께 죽자'를 본문의 해설에 있는 '대감(大監) 예파(穢破)' 등의 말로 이해하면 모두 함께 죽어 귀신이 되자는 그 당시의 사실을 묘사한 것이고 작자의 말로 생각하면 김종직도 나라를 위해 죽어서 그들과 함께 하는 귀신이 되고 싶다는 바람을 표백한 것이라고 할 수 있다.

김흠운(金歆運)은 내물왕(奈勿王)의 8세손인데 젊어서 화랑(花郎) 문로(文努)의 문에 종유하였다. 영휘(永徽 당 고종(唐高宗)의 연호 650~655) 6년에 태종 무열왕(太宗武烈王) 이흠운을 낭당대감(郎幢大監)으로 삼아 백제(百濟)를 치게 하여, 그가 양산(陽山) 아래에 진영을 두었는데, 백제인들이 그것을 알아차리고 밤중에 급히 몰아와서 새벽에 진루(陳壘)를 타고 쳐들어왔다. 그러자 아군은 놀라서 허둥지둥 어쩔 줄을 몰랐고 나는 화살은 빗살처럼 쏟아졌다. 그래서 흠운은 말을 타고서 적을 기다리고 있는데, 종자(從者)가 고삐를 잡고 돌아가기를 권유하자, 흠운이 칼을 뽑아 그를 쳐버리고, 마침내 대감 예파(穢破), 소감(少監) 상득(狀得)과 함께 적진으로 달려가 싸워서 수인(數人)을 죽이고 자신도 죽었다. 그런데 이 때 보기당주(步騎幢主) 보용나(寶用那)가 흠운이 죽었다는 말을 듣고 탄식하며 말하기를 "저 사람은 골(骨)이 귀하고 권세가 높은 데도 오히려 절조를 지키고 죽었는데, 더구나 이 보용 나는 살아도 도움될 것이 없고 죽어도 손해될 것이 없음에랴." 하고는 마침내 적에게로 달려가 싸우다 죽었으므로, 당시 사람들이 「양산가」를 지어 그를 슬퍼하였다.

또 '함께 죽자'를 당시에 양산가를 지은 이의 말이라고 보면 그때 이 장렬한 장면을 본 이가 이 노래를 짓고 스스로 달려가 싸워 죽었을 것이라고 상상할 수 있다.

이렇게 보면 이 노래도 3행시의 형태를 가지고 있다.

이 시에서 4장부는 김흠운과 그 때 함께 전사한 예파, 장독, 보용나를 말한 것이다. '북방의 강함'은 『중용』의 구절에서 따온 것이다.

공자께서 가로되 남방의 강함이냐 북방의 강함이냐. 아니면 너의 강함이냐. 너그럽고 부드러움으로써 가르치고 도가 없음에는 갚지 않는 것이 남방의 강이니 군자가 거하느니라. 갑옷을 입고 무기를 가지고 죽어도 싫어하지 않는 것은 북방의 강함이니 이는 강한 자가 거하느니라.

곧 지(知)·인(仁)·용(勇)에서 용을 말한 것이며 풍기(風氣)가 강직한 까닭으로 과감한 힘으로 남을 이기는 것을 강함으로 삼는 강자의 일이다. 적군이 쳐들어옴에 그 기세가 너무 거세서 감당하기 어려울 때에 김흠운은 말을 달려 적군에 대적하여 그 따르는 자가 몸을 피할 것을 권했으나 오히려 그를 베고 나아가 싸워 죽은 이것이 바로 북방의 강이라는 말이다.

　이 노래는 나라의 위급함에 목숨으로 보답하는 그 높은 뜻이 담겨져 있다. 후세에 알려 좋은 교훈거리가 될 수 있다.

東家砧舂黍稻	①	동쪽집에서는 곡식을 찧고
西家杵擣寒襖		서쪽집에서는 겨울 옷을 다듬이질 하네
東家西家砧杵聲		동쪽집 서쪽집 방아 소리 다듬이 소리
卒歲之資嬴復嬴		세모의 장만이 넉넉하구나
儂家窖乏飯石	②	우리집 창고에는 곡식섬 없고
儂家箱無尺帛		우리집 고리짝엔 비단 한쪽 없네
懸鶉衣兮藜羹椀		누더기 옷에 명아주 죽 그릇인데
榮期之樂足飽煖		영계기의 즐거움은 족히 넉넉하네.
糟妻糟妻莫謾憂	③	찌든 아내여 가난한 아내여 걱정을 마오
富貴在天那可求		부귀는 하늘에 있으니 어찌 가히 구할꼬
曲肱而寢有至味		팔베게 잘 잠도 지극한 재미 있으니
梁鴻孟光眞好逑		양홍과 맹광이니 참으로 베필일세.

　가난을 음악으로 달래는 노래다. 예술이 이렇게 가난 속에서 그 주린배를 잊고자 한 노력의 산물인가.

　이 시도 3행시다. 제1연은 남들의 넉넉한 세모를 묘사했다. 제2연에서 우리집의 가난함을 그려서 그 가난을 더욱 돋보이게 억양법을 쓰고 있다.

　제 3연은 아내를 위로하는 내용이다.

　영계기는 『열자(列子)』에 보면 공자께서 태산을 지날 때 만난 인물이다. 사슴가죽을 걸치고 새끼는 띠를 매고 거문고를 두드려 노래했다. 공자가 물었다. 선생께서 즐거워 하시는 바는 무엇입니까. 대답해 가로되 나는 즐거운 이유가 참으로 많지요. 하늘이 만물을 내심에 오직 사람이 귀하니 내가 사람이 되었으니 그 한가지 즐거움이요, 남·여가 다름에 남자는 높고 여자는 낮은데 남자가 되었으니 이것이 두 번째 즐거움이요, 사람이 태어나 열 달을 보지도 못하고 죽는데 나는 지금까지 살아 있으니 이것이 세 번째 즐거움이로다 하였다.

양홍과 맹광은 부부로서 후한에서도 뜻을 같이 하여 가난하다 그 의가 좋았다고 한다. '좋아 구한다 함'은 『시경』, 「국풍」, 「주남」 첫머리에 그윽한 숙녀는 군자가 좋아 구한다."에서 시어를 옮겨온 것이다.

이 노래는 가난에도 평화로이 도를 즐기는 정신을 시화하여 군자로서의 삶을 기리고 있다. 모두 유학의 시상이 베어 있으며 교화의 의미를 담고 있다.

若有人兮纔離齠	사람이라면 겨우 이를 갈 나이어니
身未三尺何雄驍	키는 3자도 못되는데 어찌나 날랬는지
平生汪錡我所師	평생 왕기를 스승으로 삼아
爲國雪恥心無慘	나라사랑 부끄러움 씻기로 마음에 원망이 없네
釼鐔擬頸股不戰	목에 칼을 대어도 다리 떨리지 않고
釼鍔指心目不搖	칼날이 심장을 겨누어도 눈도 깜짝 않아
功成脫然罷舞去	공이 이루어지자 탈연히 춤을 끝내고 가니
挾山北海猶可超.	태산 끼고 북해라도 뛰어 넘겠네

이 노래는 가사가 없고 곡조만 남아 있어 시로 가사를 짓는다고 김종직이 밝히고 있다.

이 시는 평성운을 압운으로 사용한 7언고시이다. 이는 그 시상의 흐름이나 평측이 한시의 형식을 그대로 취하고 있다.

앞 전반부는 어린 나이에 용감하게 나아의 원수를 갚은 사실을 기록하고 뒷 부분에 그 구체적인 묘사를 했다. 이런 시는 역사적 사실의 기록이기 때문에 김종직의 시적인 특징을 찾기는 어렵다. 그러나 이런 시를 통하여 그가 우리다운 것에 관심을 기울이고 그런 사실을 기록해 남기려 했다는 생각을 찾을 수 있다.

이 7편의 시가 중에서 맨끝의 「황창랑」을 제외하면, 「회소곡」, 「우식곡」, 「달도가」, 「치술령」, 「양산가」, 「대악」이 모두 한시의 형태를 가지고 있지 않다. 문자만 한자이지 그 노래의 형식은 우리말 노래에 가까운 연의 구조를 가지고 있다.

12. 제화시

1) 서거정의 「효자도십영(孝子圖十詠)」

① 서론

　조선시대에는 효도를 강조했던 시대다. 근대까지도 우리 생활에 효도만큼 영향을 주고 생활 규범에 있어 중요하게 다루어진 덕목도 그리 많지는 않을 것이다. 서거정의 시중에서 「효자도십영」은 조선시대의 중요한 생활 규범이었기에 병풍으로까지 만들어서 항시 모범과 경계의 자료로 삼았던 조상의 생활이 깊이 배어 있는 작품이라는 생각이 든다. 이런 작품을 분석 검토해 봄으로써 전통적인 효도의 개념을 파악하고 현실 우리 생활에 참고로 하여, 더욱 아름다운 윤리 생활을 영위하는데 도움이 되었으면 하는 뜻에서 이 논문을 쓰게 되었다.

　「효자도」는 여러 가지가 전해 오지만 「효자도」를 보고 영을 한 작품은 그리 많지 않은 것 같다. 더구나 「효자도」에 대한 논문은 이수경(李洙京)의 논문을 제외하고는 찾아 볼 수가 없다. 더구나 「효자도」를 보고 영한 작품에 대한 논문은 이 논문이 처음인 것 같다.

　서거정의 『사가집』에 실려 있는 「효자도십영」은 미술사를 전공하는 이수경의 논문 「조선시대 효자도 연구」에서 거론된 바 있다.[101] 이 논문에서 「효자도십영」에 대하여 이수경은 이렇게 말하고 있다.

　"「유은천근」, 「백유읍장」, 「유씨효고」, 「전진형수」, 「증삼효친」은 현존하는 효자도 병풍에서는 잘 볼 수 없는 고사이며 그 중 「유은천근」과 「전진형수」는 『효행록』의 전찬(前贊) 24효(孝)에는 수록되었으나 『삼강행실도』에서는 제외된 고사이다. 즉 서거정이 본 「효자도」는 『삼강행실도』가 간행된 지 50여년 정도 지난 상황임에도 『삼강행실도』보다 『효행록』에 의거하여 제작된 것으로, 이를 통해 조선시대 회화의 강한 전통지향성을 확인할

---

101) 李洙京, 「朝鮮時代 孝子圖 硏究」, 서울대학교 대학원 석사논문, 2001. pp.62 - 63.

수 있다."고 말했다.

이를 보면 서거정이 「효자도십영」을 지은 병풍은 『효행록』을 바탕으로 그린 그림임을 알 수 있고, 또 이 『효행록』은 고려시대부터 우리나라에 전해 왔던 것임을 알 수 있다.

서거정이 지은 「효자도십영」에는 이제현(李齊賢)이 찬(贊)한 『효행록』 24효에 없는 장면이 하나 있다. 그것이 「유씨효고(劉氏孝姑)」다. 또 『삼강행실도』에 없는 장면은 「전진단지(田眞斷指)」와 「백유루장(伯兪淚杖)」이다. 또 서거정의 「효자도십영」에는 있는데 『오륜행실도』에 없는 장면은 「유은천근」, 「백유읍장」, 「곽거매자」, 「전진형수」, 「증삼효친」 이렇게 5장면이나 된다.

서거정이 지은 「효자도십영」은 『효행록』에서 9장면을 그리고, 『오륜행실도』에 있는 1장면 「유씨효고」를 합하여 그린 것을 알 수 있다.

서거정의 「효자도십영」의 장면 순서는 『효행록』이나 『오륜행실도』의 순서와 다르다.

이상에서 서거정이 지은 「효자도십영」 병풍 장면이 어디에서 유래했는지를 살펴보았다.

이 논문에서는 「효자도십영」을 장면 순서대로 『효행록』과 『오륜행실도』의 고사를 거론하면서 서거정의 「효자도십영」 시를 분석해 보려고 한다.

② 본론

1) 유은천근(劉殷天芹)

母病沈綿獨叫閽   어머니 병환이 점점 깊어져 홀로 부르짖으니
忽逢神女賜天芹   홀연히 선녀를 만나 신기한 미나리를 얻었네
人間臘雪盈千尺   섣달 그믐 세상엔 눈이 몇 길이나 쌓였는데
綠葉靑莖逐白雲   푸른 잎 푸른 줄기 하늘에서 내려 주셨네

<사가시집 권31·3>

이 시의 제목처럼 「유은천근」이라고 제목을 붙인 것은 이제현의 『효행록』이다. 『오륜행실도』에는 이 그림은 없고, 『삼강행실도』에는 제목이 「유은몽속(劉殷夢粟)」이라고 되어 전한다. 「유은천근」과 「유은몽속」은 이야기의 줄거리가 다르다.

이 시의 주인공인 유은은 효성이 지극하여 천근도 얻어서 어머니의 병을 고쳤다는 『효행록』의 기록을 그린 것이다. 또 이 시에는 나와 있지 않지만 『삼강행실도』에는 「유은몽속」이라고 해서 꿈을 꾸고 곡식을 얻었다고 했다. 「유은천근」에 얽힌 고사를 보면,

"유은팽성인야(劉殷彭城人也) 봉모지효(奉母至孝) 모어동월(母於冬月) 환병사근(患病思芹) 은왕택중(殷往澤中) 호곡무이(號哭無已) 황약천신사근(怳若天神賜芹) 지귀공모(持歸供母) 기질즉차(其疾卽差)"

이 글에 이어서 찬(贊)이 있다.

彭城劉殷	팽성에 효자 유은이 살았는데
母病思芹	어머니 병이 나서 미나리만 생각하여
方冬泣禱	한 겨울에도 울면서 기도했더니
至誠感神	지성이면 감천인 것을
自天而墜	저절로 하늘에서 미나리가 떨어지다니
靑嫩如春	푸르고 야들야들하니 봄이 온 듯하고
美味入口	입에 넣으니 그 맛이 일미라서
沈痾去身	오랜 고질병도 몸에서 사라지누나
由孝而致	효도로 말미암은 진리는
天何遠人	하늘이 어지 사람의 진심을 멀리하랴!
子如不子	자식이면서 자식 같지 않은 것은
降罰亦均	마땅히 벌받음이 공편한 것을

<익재집 효행록 p.24>[102]

---

102) 李齊賢, 『益齋集 孝行錄』, 慶州李氏益齋公派宗會刊行, 1995.

서거정의 시는 "모병침면독규혼(母病沈綿獨叫闇 : 어머니 병환이 점점 깊어져 홀로 부르짖으니)"라는 구절에서 "모어동월(母於冬月) 환병사근(患病思芹 : 어머니께서 겨울에 병환이 나셨는데 미나리를 생각했다.)"라는 『효행록』의 구절을 시적 상상력으로 처리했음을 볼 수 있다. 또 미나리는 겨울에는 구할 수 없는 것임을 말하여 유은의 효성이 남다름을 말했다. "황약천신사근(恍若天神賜芹)"이라는 구절을 시적으로 표현하여 "녹엽청경축백운(綠葉靑莖逐白雲 : 푸른 잎 푸른 줄기 하늘에서 내려 주셨네.)"라고 한 것이다. 미나리를 푸른 잎 푸른 줄기라고 묘사했고, 하늘에서 내려 왔다는 말을 흰 구름 쫓아서 왔다고 묘사했다. 서거정의 시적인 묘사가 서술식 문장보다 더 상상력을 발휘한 것임을 알 수 있다.

또 일반적으로 널리 알려진 고사로 「유은몽속」이라는 고사도 있다. 효자 유은이 효성이 지극하여 꿈을 꾸고 곡식을 얻은 고사다. 사전(辭典)에는 이렇게 해설했다. "『연감류함(淵鑑類函)』 속(粟) 4, 진유은(晉劉殷) 몽인왈(夢人曰) 서리하유속(西籬下有粟) 오이굴지과득속(寤而掘之果得粟) 오십종(五十種) 명왈(銘曰) 칠년속이사효자유은(七年粟以賜孝子劉殷)"[103]

2) 동영대전(董永貸錢)

孝誠珍重格皇天	효성이 珍重하니 하늘에 닿아
天遣織女償萬錢	직녀를 보내 만량을 갚으셨네
一月足縑三百匹	한 달 동안 너끈히 삼백 필을 짜놓고
乘雲歸去杳茫然	구름 타고 아득히 은하수로 가셨네

<사가시집 권31 · 3>

동영은 천승이라는 나라의 사람인데 아버지가 돌아가셨으나 장사를 지낼 돈이 없었다. 이에 부잣집에 가서 만량을 빚내다가 아버지 장례를 치르고, 결국 갚을 능력이 없어 그 집의 하인이 되기로 결심했다. 하인이 되러 가는 길에 직녀의 화신인 미인을 만나, 아내를 삼고 그 직녀가 비단을 삼백 필 짜서 동영이 하인되는 것을 모면했다. 이런 고사를 그린 병풍에 서거정이 시를 지은 것이다. 이 고사의 원문을 다음과 같다.

---

103) 檀國大學校 附設 東洋學硏究所, 『漢韓大辭典』 2권 P. 626.

"董永千乘人 父亡無以葬 乃從人貸錢一萬 日後若無錢還 當以身作奴 葬畢將往爲奴 於路忽逢一婦人 求爲妻 永日今貧若是 身復爲奴 何敢屈夫人爲妻 婦人日願爲君婦 不恥貧賤 永遂將婦人 至錢主問永妻 日何能 妻日能織 主日織絹三百匹 卽放 於是 一月之內 三百匹絹足 主驚遂放二人而去 行至舊相逢處 謂永日我天之織女 感君至孝 天使我爲君償債 語訖騰空而去"

『오륜행실도』에는 이상의 고사를 기록하고 이어서 다음 시와 찬을 실었다.

〔詩〕

得錢一萬葬其親	일만 량 빚을 내어 아버지를 장사 지내고
身擬爲傭報主人	자기는 종살이 하여 빚을 갚으려 했으니
豈料孝心終感格	어찌 그 효성을 알면 감격하지 않으리
天敎織女助身貧	하늘께서 직녀를 시켜 가난을 돕게 하셨네
孝念終能感上天	효성은 끝내 하늘을 감동 시켜서
爲敎織女助還錢	직녀를 시켜 비단을 짜서 빚을 갚았도다
一月足縑三百匹	한 달에 넉넉히 비단 삼백 필을 짜놓고
飄然分手上雲煙	표연히 안개 구름 타고 헤어 졌구나

〔贊〕

欒欒孝子	몸이 파리한 효자
千乘董氏	천승에 사는 동씨가
傭力以養	품팔이로 부모 봉양하다가
債身以葬	빚을 내어 아버지 장사 지냈구나
路逢美婦	길에서 만난 아름다운 부인
爲妻償負	아내가 되어 빚을 갚아 주겠다네
日織縑帛	날마다 비단을 짜면
一月三百	한 달이면 삼백필이라
償畢告語	빚을 다 갚고 하는 말이
我乃織女	나는 은하수 직녀로서
天遣償汝	하늘께서 보내 빚을 갚았네 하면서
乘雲而去	구름 타고 가버렸네

<오륜행실도 권1, 효자·18>

효성이 하늘을 감동 시킨 일에 대해서 진중이라는 시어를 사용하였다. 아주 값이 있는 효성이라는 뜻으로 생각할 수 있을 것이다. 직녀(織女)는 하늘의 뜻에 따라서 곧 하늘이 보내서 동씨에게 내려와서 도움을 준 것으로 제2구절에 그려졌다. 제3구절은 직녀의 능력이 한 달 만에 비단 삼백 필을 짰다고 했다. 그리고 구름을 타고 아득히 사라졌다고 결을 맺었다.

이 시에서 첫구절에서만 동씨(董氏)의 효성이 진중했다고 말하고, 제2, 3, 4구절에서는 모두 동씨의 효성에 감동되어 하늘의 시킴을 받고 내려와서 비단을 짜 주고 가는 직녀의 행동에 대해서 그렸다.

이런 기법은 제①의 시에서 기구(起句)에서 어머니 병환이 점점 깊어져 홀로 부르짖었다고 유은의 어려운 처지를 말하고, 나머지 승(承), 전(轉), 결구(結句)에서는 모두 선녀에 의하여 미나리를 얻은 것을 그린 것과도 흡사하다.

3) 백유읍장(伯兪泣杖)

兒昔逢笞不泣之	네가 전에 매 맞을 땐 울지 않더니
兒今垂淚復何爲	오늘은 눈물을 흘리니 무슨 일인가
只緣母力衰猶甚	다만 어머니의 힘이 심하게 줄어드셨나 봐요
兒不痛時得不悲	아이라면 아프지 않으면 슬프지도 않으련만

<사가시집 권31 · 3 - 4>

이 시의 장면에 대한 고사가 『소학(小學)』에는 서거정의 시에서와 같이 백유(伯兪)로 되어 있다. 『효행록』에는 한백유(韓伯瑜)라고 적혀 있다.[104]

이 시의 구조는 서로 대화체로 되어 있다. 앞의 ①, ② 시와는 다른 구조를 가지고 있다. 기(起), 승구(承句)는 어머니의 질문이고 전구(轉句)는 백유의 대답이고, 결구(結句)는 시인의 평가다. 백유가 나이가 든 효자이기 때문에 어머니의 회초리가 아프지 않은데도 울었다는 것이다.

이 시에 대한 『소학』의 기록을 인용한다.

---

104) 李齊賢, 『孝行錄』 p.54. "韓伯瑜至孝 時有過 母杖之而泣 母曰 他日未嘗泣 今泣何也 瑜對曰 往者得杖 常痛 知母康健 今杖不痛 知母力衰 是以泣耳"

"백유유과(伯兪有過) 기모태지읍(其母笞之泣) 기모왈(其母曰) 타일
태(他日笞) 자미상읍(子未嘗泣) 금읍하야(今泣何也) 대왈득죄상통(對日
得罪笞常痛) 금모지력(今母之力) 불능사통(不能使痛) 시이읍(是以泣)"

<소학집주 권4·117>

4) 王祥剖氷

蟻牀慈母抱沈痾	누추한 거처에서 어머니 병은 매우 깊어
雪亂天寒可若何	눈 날리는 추위에 어찌하면 좋을까
忽此剖氷雙鯉躍	홀연히 얼음이 갈라지고 잉어 한 쌍 튀어 나오니
天心報答亦應多	효성에 보답하심이 또한 응당 대단하네

<사가시집 권31·4>

윗 시에서 의상(蟻牀)은 아주 좁은 자리, 곧 작은 평상을 말한다.

이 시는 기구와 승구에서 왕상의 어려운 처지를 그렸다. 전구에서는 왕
상의 효성에 감동한 천심의 움직임이 그려져 있고, 결구에는 서거정의 평
이 붙어 있다. 이런 구조도 앞 시 ③의 구조와 흡사하다. 끝으로 시인의
평을 붙인 것이 그렇다.

이 고사는 『소학』[105]에도 실려 있지만 『오륜행실도』의 기록을 아래에
인용한다.

"왕상랑아인(王祥琅琊人) 조상모(蚤喪母) 계모주씨(繼母朱氏) 부자
수참지(不慈數譖之) 유시(由是) 실애어부(失愛於父) 매사소제우하(每
使掃除牛下) 상유공근(祥愈恭謹) 부모유질(父母有疾) 의불해대(衣不
解帶) 탕약필친상(湯藥必親嘗) 모상욕생어(母嘗欲生魚) 시천한빙동
(時天寒冰凍) 상해의장부빙구지(祥解衣將剖冰求之) 빙홀자해(冰忽自
解) 쌍리약출(雙鯉躍出) 모우사황작자(母又思黃雀炙) 부유황작수십비
입기막(復有黃雀數十飛入其幕) 유단내결실(有丹柰結實) 모명수지(母
命守之) 매풍우첨포수이읍(每風雨輒抱樹而泣) 모몰거상(母歿居喪)
훼췌장이후기(毀瘁杖而後起) 후사어조관(後仕於朝官) 지삼공(至三公)"

<오륜행실도 권1, 효자·24>

---

105) 『小學』卷六 89 - 90 쪽

[詩]

王祥誠孝眞堪羨	왕상의 효성은 참으로 부럽구나
承順親顔志不回	부모님을 받들어 뜻을 돌이키지 않았네
不獨剖冰雙鯉出	유독 얼음이 깨고 쌍 잉어가 나왔을 뿐 아니라
還看黃雀自飛來	집에 오니 참새들이 스스로 날아 드네
鄕里驚嗟孝感深	마을에선 그 효성에 깊이 감동하고
皇天報應表純心	하늘께서 갚아 그 참 마음 표창했네
白頭重作三公貴	늙어서는 삼공의 자리로 귀하게 되니
行誼尤爲世所欽	마땅히 더욱 세상에선 부러움 받았네

[贊]

晉有王祥	진 나라의 왕상은
生魚母嗜	어머니가 생선을 좋아했네
天寒川凍	춥고 냇물이 얼어서
網釣難致	그물도 못 치고 낚시도 못해
解衣臥冰	옷 벗고 얼음에 눕자
自躍雙鯉	쌍 잉어가 저절로 뛰어 올랐네
懇懇孝誠	효성이 간절한데
奚止此耳	어찌 이에서 그치랴
抱柰夜號	사과나무 안고 울며 밤을 새우고
羅雀朝饋	참새 잡아 아침상에 올렸네
後拜三公	뒤에 三公이 되어
名標靑史	이름을 靑史에 높이었네

<오륜행실도 권1, 효자·24>

5) 민손단의(閔損單衣)

薄薄蘆衣不禦寒	얇고 얇은 갈대 솜 옷은 추위를 막을 수 없어
嚴顔明察御車難	수레도 잘 몰지 못함을 아버지께서 살펴 아셨네
一言誠感千金重	말 한마디 성실하여 감동주니 千金의 가치로다
群弟皆完後母完	여러 형제와 繼母가 모두 기뻐했네

<사가시집 권31·4>

이 시는 모든 구절이 민손의 행실을 그렸다. 기구와 승구에서는 추위에 떨면서 말을 몰다가 민손의 옷이 유난히 얇은 옷임을 알버지가 알게 된 사연을 적었다. 전구에서는 아버지의 태도에 대한 민손의 말이 훌륭했다는 점을 지적하고 결구에서 가족이 모두 평화롭게 되었다고 끝을 맺었다. 앞의 시들과는 다르게 시인의 평이 없다.

여기서 민손의 무슨 말이 이렇게 가정의 평화를 가져오게 되었는지에 대하여 다음 인용한 글을 보면 알 수 있을 것이다.

이 시를 보면서 계모와 전실 소생의 갈등은 우리나라 가정의 오래 묵은 갈등 요인임을 일 수 있다. 콩쥐팥쥐전의 주제와도 흡사한 이 민손 고사는 계모가 민손을 춥게 갈대솜으로 옷을 만들어 입혀서 이 사실을 안 아버지가 계모를 버리려 하자 민손이 아버지 앞에 꿇어 앉아 "어머니께서 계시면 자식 하나만 춥지만 어머니께서 가시면 아들 셋이 외롭게 됩니다."라고 했다. 이는 계모가 들어와서 낳은 자식들 둘도 외롭게 된다는 말이다. 자기 하나만 춥게 지내면 계모가 들어와서 낳은 자식들은 모두 잘 지낼 수 있다는 말이다. 민손의 착한 마음에 아버지는 물론 계모까지도 감동했다는 이야기이다.

"민손자자건(閔損字子騫) 공자제자(孔子弟子) 조상모(早喪母) 부취후처(父娶後妻) 생이자(生二子) 모질손(母嫉損) 소생자의면서의(所生子衣棉絮衣) 손이로화서(損以蘆花絮) 부동월(父冬月) 영손어거(令損御車) 체한실인(體寒失靷) 부찰지지(父察知之) 욕견후처(欲遣後妻) 손계부왈(損啓父曰) 모재일자한(母在一子寒) 모거삼자단(母去三子單) 부선기언(父善其言) 이지모(而止母) 모역감회(母亦感悔) 수성자모(遂成慈母)"

[詩]

身衣蘆花不禦寒	버들꽃 솜옷으로는 추위를 막을 수 없지만
隆冬寧使一身單	추운 겨울 차라리 이 몸만 춥게 지내리
仍將好語回嚴父	이렇게 좋은 말로 아버지 마음 돌이키니
子得團圝母得安	동생들도 편안했고 어머니도 편안하네
孝哉閔損世稱賢	효자로다 민손이여 세상에서 칭찬하니
德行由來萬古傳	德行이 이에서 만고에 전하리라

繼母一朝能感悟　계모도 하루 아침에 깨달아 감동하여
從玆慈愛意無偏　이로부터 사랑하여 치우침이 없었네
<오륜행실도 권1, 효자·1>

[贊]
後母不慈　계모가 자애롭지 못하여
獨厚己兒　유독 자기가 낳은 애들만 후하게 하니
弟溫兄凍　동생은 따뜻하지만 형은 어는구나
蘆絮非棉　갈대 솜은 목화 솜이 아니기 때문
父將逐母　아버지가 계모를 버리려 하니
跪白于前　꿇어 앉아 아버지께 말씀드렸네
母今在此　어머니가 지금처럼 여기 계시면
一子獨寒　자식 하나만 추우면 되지마는
若令母去　만약에 계모를 가게 한다면
三子俱單　세 자식이 모두 춥습니다
父感而止　아버지가 감동하여 계모를 안보내니
孝乎閔子　효자로다 민손이여
<오륜행실도 권1, 효자·1>

6) 유씨효고(劉氏孝姑)

旅窓姑病幾經旬　여행길에 시어머니 병들어 수십일 지나니
齧蚋驅蚊極苦辛　모기를 잡아 씹고 몰아내며 애를 썼네
刲股和羹渾細事　팔을 잘라 국에 넣어 드린 일도 있으니
如劉孝婦古無人　이 같은 孝婦는 옛날에도 없었네
<사가시집 권31·4>

시어머니를 봉양하는 며느리의 이야기 고사다. 이 시도 시 전구(全句)가 며느리의 덕행으로 그려졌다. 여행길에 병든 시어머니를 공경하기가 참으로 어려운 일이다. 여행 중이니 길에 버리고 갈 수도 있을 것이다. 그러나 효부 유씨는 시어머니의 병을 온 정성을 다 하여 열심히 돌본다. 좀 이야기가 엽기적이기는 해도 우리는 이 이야기에서 그 엽기적인 것에 초점을 맞

추지 말고 유씨의 효성이 어느 정도 인지 가늠할 줄 알아야겠다.

　기구는 시어머니의 병환이 깊다는 이야기이고, 승구와 전구에서 유씨 부인이 시어머니를 공경하는 방식을 구체적으로 그렸다. 결구에서 시인의 평을 붙이고 있다. 이는 시 ③, 시 ④와 같은 구조다.

　이 고사도 『오륜행실도』의 기록을 인용한다. 이 고사에서는 『오륜행실도』의 기록에 찬이 없다.

　　"유씨신낙인(劉氏新樂人) 한태초처(韓太初妻) 태초홍무칠년(太初洪武七年) 천화주설가(遷和州挈家) 행유사고녕씨심근(行劉事姑甯氏甚謹) 고재도우질(姑在道遇疾) 유자비혈화탕이진(劉刺臂血和湯以進) 고질유비(姑疾愈比) 지화주(至和州) 태초졸(太初卒) 유종소이급식양고우근(劉種蔬以給食養姑尤謹) 우이년(又二年) 고환풍불능기(姑患風不能起) 시성서(時盛暑) 유주야시측(劉晝夜侍側) 구문승(驅蚊蠅) 고체부저(姑體腐蛆) 생우위설저(生又爲齧蛆) 저불부생(蛆不復生) 급고병독(及姑病篤) 설유지여지(齧劉指與之) 결유호호신명(訣劉號呼神明) 규고육화죽이진고(刲股肉和粥以進姑) 복소월여이졸(復甦越月而卒) 유빈사측욕환장구묘(劉殯舍側欲還葬舅墓) 애호범오년(哀號凡五年) 불능귀사(不能歸事) 문태조황제(聞太祖皇帝) 견중사(遣中使) 사유의일습(賜劉衣一襲) 초이십정(鈔二十錠) 관위송상귀장(官爲送喪歸葬) 정문복가(旌門復家)"

　　　　　　　　　　　　　　　　　　　　<오륜행실도 권1, 효자·58>

　[詩]
刺血和湯姑疾甦　피를 내서 국에 타서 시어머니 소생시키니
夫亡無食種園蔬　남편이 죽음에 채소로 끼니를 했네
蛆生姑體偏能齧　시어머니 몸에 구더기를 씹어 죽이며
盛夏蚊蠅更爲驅　한 여름 모기와 파리 쫓고 또 쫓아
朝廷特爲返姑喪　나라에서 특별히 시어머니 장례 비용을 대니
始得還鄕葬舅傍　비로소 고향에 돌아와 시아버지 곁에 모셨네
旌表門閭兼寵賫　旌門을 세워 표창하고 임금님 은총 내리니
古來孝婦實無雙　예로부터 따진대도 이런 효부 없도다

　　　　　　　　　　　　　　　　　　　　<오륜행실도 권1, 효자·58>

7) 전진형수(田眞荊樹)

> 同氣連枝是弟兄　한 나무 다른 가지가 한 핏줄 형제간인데
> 分財一夕事堪驚　재산을 나눔에 하루 저녁 일 놀라겠네
> 珍重堂前紫荊樹　집 앞에 진중한 보랏빛 가시나무
> 分來憔悴合來榮　나누면 시들고 합하면 꽃이 피네

<사가시집 권31 · 4>

이 시는 기구에서는 형제간 한 부모님의 자손이라는 것이 나무의 뿌리가 하나임과 같다는 비유를 했다. "한 나무 다른 가지가 한 핏줄 형제간인데"라는 말은 형제는 한 부모 밑의 자손이라는 것이, 마치 나무가 다른 줄기를 가지고 있어도 결국 한 뿌리에서 나온 것과 같은 것임을 말한 것이다.

승구, 전구, 결구에서는 사람은 형제간에 부모의 재산을 나누려 하지만 나무는 나누어 놓으면 뿌리에서 잘려나가 죽어 버린다는 말이다. 이 집 앞의 나무를 형제들이 마직으로 나누어 가지려고 했다. 형이 밤새도록 고민이 되어 아침에 일어나 보니 나무가 시들어 있었다는 이야기다. 곧 형제간의 재산을 나누는 일은 옳지 않다는 비유다.

이 시의 결구에서 "나누면 시들고 합하면 꽃이 피네"라고 하여 형제간의 재산을 나누는 것이 합당하지 못함을 지적했다.

이 시는 기구, 승구에서 형제간에 재산을 나누는 일에 대해서 썼고, 전구와 결구에서 나무에 비유하여 형제간에 재산을 나누는 일이 부당함을 지적했다. 이 시의 구조는 기구와 승구가 한 구조 전구와 결구가 한 구조로 이분(二分) 구조로 짜여 있다.

이 시의 고사는 이제현의 『효행록』에 기록이 있다.

> "전진전경전광(田眞田慶田廣) 형제삼인(兄弟三人) 욕분재산(欲分財産) 당전유자형일주(堂前有紫荊一株) 화엽무성(花葉茂盛) 야의작분위삼(夜議斫分爲三) 효즉초췌(曉卽憔悴) 진내읍왈(眞乃泣曰) 수본동근(樹本同根) 문분상여차(聞分尙如此) 인하불여야(人何不如也) 형제유시(兄弟由是) 불부분언(不復分焉)"

이어서 찬이 붙어 있다.

田眞二弟	전진에게 두 아우 있었으니
慶廣其名	그 이름은 경과 광이더라
旣分財産	이미 재산은 나누었는데
家有紫荊	집에는 아직 박태기 나무가 남았다네
議破爲三	셋으로 가르자고 의논하고서
樹乃夜悴	밤새껏 나무로 시달리더니
曰木猶然	나무는 한 뿌리로 같은거라 하는데
況吾昆季	하물며 우리들이 형제인 바에랴
本是同氣	본시 한 몸에서 태어난 동기간인데
何忍離居	어찌 차마 헤어져 살리오
骨肉卒合	형제가 마침내 화합하니
根柯再蘇	뿌리도 가지도 다시 살아나누나

<익재집 효행록 pp. 45 - 46>

8) 증삼효친(曾參孝親)

養親惟在悅乎親	봉양에는 어버이 기뻐하시게 하려 했네
日向山中爲採薪	해 뜨면 깊은 산골에 들어 땔나무 했네
齧指動心因孝感	무명지 물어뜯음 느낌으로 안 건 효성의 감동이니
踰垣投杼更何人	북 던지고 담 뛰어 넘는 일 또 누구리

<사가시집 권31 · 4>

이 시에는 두 개의 고사가 들어 있다. 이 시의 소재가 두 개의 고사라는 말이다. 하나는 증삼이 부모님을 공경하느라고 열심히 땔나무를 했다는 고사이고, 다른 하나는 어머니의 신병에 일이 생긴 것을 멀리 떨어져 있으면서도 민감하게 알아 차렸다는 고사다.

기구와 승구에서 땔나무 하는 일과 같은 거친 일도 어버이 봉양을 위해 열심히 했다는 고사를 시로 표현하였고, 전구와 결구에서는 효자와 그 어버이의 관계를 말한 고사를 시로 표현했다. 이렇게 단순하게 보면 시 ⑦과 흡사한 구조로 볼 수 있다. 그러나 시 ⑦의 구조와 좀 다른 부분도 있다.

다른 부분은 전구와 결구의 고사가 어버이와 효자의 관계임에는 틀림이 없지마는 한 가지 고사가 아니라 다른 두 가지 고사를 사용했다는 점이다.

제3구절 "성지동심인효성(齧指動心因孝感)"에 얽힌 고사는, 증삼의 어머니가 집에 혼자 있을 때 낯선 사람이 찾아와서 이 사실을 아들에게 알리려고 무명지를 물어뜯었더니 들에서 땔나무를 하던 증삼이 갑자기 가슴이 뛰어서 집에 달려 왔다는 이야기다. 이는 아들 증삼이 얼마나 어머니와 잘 감응하는지를 나타내는 증삼의 효성을 말하는 고사다. 또 제 4구절의 "유원투저갱하인(踰垣投杼更何人)"에 얽힌 고사는, 증자의 어머니가 평소에 아들의 어짊을 믿었다. 증자와 성명이 같은 사람이 살인을 했는데, 이름은 같으나 다른 사람이 살인을 한 사실을 가지고, 세 사람이 연이어 아들이 사람을 죽였다고 증자 어머니께 말하니, 마침내 베를 짜던 북통을 집어 던지고 곧 하던 일을 멈추고 베틀에서 내려왔다. 이를 본 참소자가 무슨 벼락이 자신에게 떨어질지를 모를 정도로, 하도 급해서 담을 넘어 도망갔다는 고사다. 이는 증삼의 어미니가 북을 던지고 베틀에서 내려오는 장면이 세 번씩이나 끈질기게 참소하는 사람을 꾸짖는 자세다. 다시 말하면 증삼의 어머니는 증삼을 굳게 믿는다는 말이다. 참소자가 야단맞을 것이 두려워서 급히 담을 넘어 도망가는 것을 보면 알 수 있다.

제3구절과 제4구절을 비교하면 증삼이 어머니에 대한 감응은 그 효성으로 하여 이렇게 민감하며, 어머니가 아들을 믿는 것도 그 효성이 미쳐서 아들과 같이 굳게 믿는다는 것을 나타낸다.

병풍의 이 장면이 중요한 것은 자녀의 몸은 부모로부터 물려받은 것이라는 점에 있다. 이에 대하여는 다음 인용하는 찬 끝 부분에 잘 그려져 있다.

이수경에 의하면 병풍에 그린 이 장면은 고사와 그림이 맞지 않는다고 했다.106)

이는 『삼강행실도』의 「증삼양지(曾參養志)」와 그림이 걸맞지 않는다는 말이다. 서거정의 「효자도십영」의 장면은 『효행록』이나 이제현 찬의 24효와는 일치하는 그림이다. 이제현 찬의 『효행록』의 기록은 이렇다.

"증삼이효행칭(曾參以孝行稱) 재야습신(在野拾薪) 홀심동(忽心動) 거반이고기모(遽反以告其母) 모왈유객지설지(母曰有客至齧指) 사여지지(使汝知之) 효성여차(誠孝如此)"

---

106) 李洙京,「朝鮮時代 孝子圖 硏究」 서울대학교 대학원 석사논문, 2001. p. 37.

이어서 찬이 붙어 있다.

曾子乾乾	증자는 끊임없이 노력하여
事親養志	어버이 마음 잘 알아서 봉양하였네
在野負薪	땔나무 해 오려고 들에 간 사이
有客來止	낯선 손님이 찾아 왔다네
心動遽歸	가슴이 뛰어서 급히 달아 와 보니
緣母齧指	어머니가 손가락을 깨문 연고라
誠乃天道	진실한 효성은 하늘도 알려 주시니
孝爲行原	들에 가도 효도할 수 있는 것을
彼痛此覺	저쪽에서 아파하면 이쪽에서 느끼는 것은
一體所分	한 몸에서 나뉘어진 까닭이라네
豈惑三告	세 번의 무고엔들 어찌 의심을 하랴!
投杼踰垣	북을 던지니 담을 넘어 도망했다네

<익재집 효행록 pp.18 - 19>

9) 곽거매자(郭巨埋子)

白頭親欲堂中養	늙으신 어버이를 잘 봉양하고자
黃口兒從地下埋	어린 아이를 땅 속에 묻는데
忽得千金滿一釜	갑자기 千金이 든 솥을 얻으니
分明天鑑亦昭回	분명 하늘이 밝게 보시고 갚으신 거야

<사가시집 권31 · 4>

이 시는 기구와 승구, 전구에서는 고사를 그렸고, 결구에서는 시인의 평을 붙인 것이 시 ③, 시 ④, 시 ⑥과 같은 구조다.

기구 승구 전구는 모두 고사를 시로 만든 것이다. 이 시에 고사인 병풍에 있어서 이 장면은 다음과 같은 기록이 있다.

"곽거가빈양모(郭巨家貧養母) 유자삼세(有子三歲) 모상감식여지(母常減食與之) 거위처왈(巨謂妻曰) 빈핍불능공급(貧乏不能供給) 자탈모선(子奪母饍) 가공매지(可共埋之) 처종지(妻從之) 굴지삼척(掘地三尺) 견호아금일부(見黃金一釜) 상유서운(上有書云) 천사효자곽거(天賜孝子郭巨) 관부득탈(官不得奪) 인부득취(人不得取)"

이어서 찬이 붙어 있다.

郭巨家貧	곽거가 집은 가난하여도
養親竭力	홀어머니 봉양에 힘을 다 하였네
母憐幼孫	어머니는 어린 손자 가엾다시며
母分其食	매 끼니 나눠주시네
謂兒若在	이와 같이 아이만 생각하시면
恐母或飢	행여 배 주리실까 걱정이 되니
呼妻掘地	아내 불러 땅을 파고 나서
擧將埋之	그 녀석 들어다 묻으려 했네
得金滿釜	난데 없는 황금이 한 솥된다니
上有刻書	옛 책에도 이렇게 새겨 있다네
天賜孝子	효자에게 내리신 하늘 선물
人勿奪諸	아무도 가져가지 말지어다.

<익재집 효행록 pp.12 - 13>

이 이야기와 아주 흡사한 이야기가 우리나라의 고사에도 있다. 그 고사가 손순득종(孫順得鍾)이다. 중국 곽거의 경우는 아들을 묻으려고 판 구덩이에서 큰 솥을 얻었다고 했는데, 우리나라 손순의 경우에는 아들을 묻으려고 판 구덩이에서 큰 종을 얻었다는 점이 다르다. 그 이야기를 인용한다.

손순득종(孫順得鍾)

손순신라흥덕왕시인(孫順新羅興德王時人) 거경주(居慶州) 양모지효(養母至孝) 유소아매탈모식(有小兒每奪母食) 순위기처왈(順謂其妻曰) 아탈모식(兒奪母食) 아가득모난재구(兒可得母難再求) 부아귀굴지욕매(負兒歸掘地欲埋) 홀득석종(忽得石鍾) 심기처왈(甚奇妻曰) 득물태아지복아(得物殆兒之福也) 불가매야(不可埋也) 내부아여종이환(乃負兒與鍾而還) 가현종어량(家懸鍾於樑) 당지성(撞之聲) 문왕궁(聞王宮) 왕사인심지(王使人審之) 구진(具奏) 왕사미오십석(王賜米五十石)

<동국신속삼강행실효자도 권1·1>

10) 양향액호(楊香搤虎)

何物寧馨一女兒	무엇이 이 어린 딸보다 향기로우리
能騎虎背救親危	능히 호랑이를 타고 어버이를 구했네
紛紛人子何顔面	사람의 자식들아 무슨 낯으로
不及高堂定省時	어버이 자리를 돌보지 않느냐

<사가시집 권31 · 4>

이 시는 고사를 통해서 시인의 의견을 강하게 내비친 시다. 이렇게 시인의 목소리를 크게 낸 시가 이 10편의 시 중에는 없었다. 아마도 마지막 그림에 붙인 시래서 더 그랬는지도 모른다.

기구에서 어린 딸이 소중함을 말하고, 승구에서 그 어린 딸이 호랑이에게 물려가는 아버지를 구한 고사를 그렸다. 구조상 이 시의 내용은 기구와 승구에서 모두 끝났다. 그렇다면 전구와 결구는 이 장면에서 만 해당하는 결말이 아니라 이시 10편의 결론인 것이다.

이 시의 고사를 다음에 인용한다.

　"양향남향현(楊香南鄕縣) 양풍녀야(楊豊女也) 수부전간확속(隨父田間穫粟) 풍위호소서(豊爲虎所噬) 향년보십사(香年甫十四) 수무촌인(手無寸刃) 직액호경(直搤虎頸) 풍인획면(豊因獲免) 태수맹조지(太守孟肇之) 사자곡(賜資穀) 정기문려언(旌其門閭焉)"

이어서 시가 붙어 있다.

[詩]

父遭虎噬愴心顔	아버지 범에 물려 모두 당황했는데
命在當時頃刻間	목숨은 그 때에 경각에 달렸었네
虎頸搤持寧顧死	호랑이 목을 조르며 죽음을 돌보지 않아
致令嚴父得生還	아버지로 하여금 살아나게 하니
幼齡體弱氣軒昂	어리고 연약한 몸이나 기상은 충천
父命能令虎不傷	아버지 목숨을 호랑이가 상하게 하지 못했구나
靑史尙留名姓在	아름다운 역사에는 성명이 남아 있으니

至今誰不道楊香　지금도 누구인들 楊香을 말하지 않으리
＜五倫行實圖 卷 一, 孝子·30＞

이와 같은 고사로 우리나라에는 「누백포호(婁伯捕虎)」라고 하여 최루백(崔婁伯)의 고사가 전한다.107)

③ 결론

우리 생활에 큰 영향을 끼치고 있는 효도에 대하여 서거정이 쓴 시 중에는 「효자도 십영」이라는 작품이 있다. 이 작품은 10폭 효자도 병풍을 보고 쓴 시다. 이 효자도에 대한 논문은 미술사학을 전공하는 이경수(李洙京)의 「조선시대 효자도 연구」가 있다. 효자도를 보고 지은 시를 가지고 쓴 논문은 이 논문이 처음으로 여겨진다.

서거정의 「효자도 십영」은 1)유은천근 2)동영대전 3)백유읍장 4)왕상부빙 5)민손단의 6)유씨효고 7)전진형수 8)증삼효친 9)곽거매자 10)양향액호 이렇게 열 장면이다. 이제현의 『익재집 효행록』에 9장면이 있는데, 여기에 없는 장면은 6)유씨효고 한 장면이다. 6)유씨효고는 『오륜행실도』에 있는 장면이다. 이렇게 정리를 해 보면, 서거정의 「효자도 십영」은 『효행록』을 바탕으로 하고, 『오륜행실도』를 참고로 하여 그린 병풍이라는 것을 알 수 있다.

서거정의 「효자도 십영」의 시 순서는 『효행록』이나 『오륜행실도』와는 다르다. 그 순서는 차이가 많다. 서거정이 본 병풍이 무엇을 참고로 한 그림이었는지 알 수 없다.

이 병풍의 그림들은 고사를 제재로 사용하였다. 고사가 하나씩만 인용되어 있는 장면은 「유은천근」인데 서거정의 「효자도 십영」에서 읊은 장면은 『효행록』과 동일하다. 그러나 유은의 고사로는 「유은몽속」도 있다. 「유은몽속」은 『삼강행실도』에 나오는 장면이다. 이것만을 가지고 생각해 보면 서거정의 「효자도 십영」은 『효행록』이 더 많은 영향을 끼친 것으로 볼 수 있다.

서거정 시의 첫 번째인 「유은천근」은 단일한 고사를 그린 것만은 사실이다.

---

107) 『東國三綱行實孝子圖』 卷 一·1

두 번째 시인 「동영대전」은 분명하게 한 가지 고사를 가지고 그린 그림이다. 효성이 지극한 동영을 직녀가 내려와서 도와주고 승천하는 그림이다.

세 번째 시인 「백유읍장」은 기구와 승구는 어머니의 질문이고 전구는 백유의 대답이고 결구는 시인의 평이다. 이 고사의 주인공인 백유(伯兪)는 『효행록』에는 한백유(韓伯瑜)라고 쓰여 있다. 발음은 같은데 한(韓)이라고 우리나라 사람으로 되어 있고 유자가 다른 글자로 적혀 있다.

네 번째 「왕상부빙」 시도 시의 끝에 시인의 평을 붙인 것이 세 번째 시인 「백유읍장」과 흡사한 구조를 가지고 있다.

다섯 번째 시인 「민손단의」는 계모와 전실 소생의 갈등을 그렸다. 이 시는 시인의 평이 없다. 전구에 이 시의 주제인 민손이 한 말을 칭찬했다. 아버지께서 계모를 내어 쫓으려 하자 민손은 계모가 없으면 두 아들이 춥다고 하여 계모가 있어서 자기 하나만 추우면 된다고 했다.

여섯 번째 시인 「유씨효고」는 시 3), 시 4)와 같은 구조를 가졌다. 시인의 평이 끝에 붙어 있는 점이 서로 같다.

일곱 번째 시인 「전진형수」는 부모의 재산을 가르지 말아야 한다는 교훈을 가르치고 있다. 이 시의 구조는 기구와 승구가 한 단위이고 전구와 결구가 한 단위인 2분 구조로 되어 있는 점이 특징이다.

여덟 번째 시인 「증삼효친」은 효선이 지극하면 부모와 서로 멀리 떨어져 있어도 감응함을 그린 시다. 이 시도 시 7)과 흡사한 구조를 가지고 있다. 이 장면은 『효행록』의 그림과 같은 장면이다. 『삼강행실도』에는 「증삼양지(曾參養志)」라고 되어 있다. 「증삼양지」는 증삼이 아버지를 봉양하는 고사를 그린 그림이고, 「증삼효친(曾參孝親)」은 어머니와의 감응을 그린 그림이다. 『효행록』과 『삼강행실도』의 그림 장면이 일치하지 않는다.

아홉 번째 시인 「곽거매자」는 시 3)이나 시 4), 시 6)의 구조와 같다. 결구에 시인의 평이 붙어 있다. 이와 같은 내용의 고사로 우리나라에 「손순득종」이 있다. 곧 아들이 어머니의 음식을 빼앗아 먹어서 묻으려고 하다가 이상한 종을 얻었다는 이야기다.

끝으로 열 번째 시인 「양향액호」는 시인의 의견을 강하게 표현했다. 아마도 마지막 시래서 그런 것 같다. 이 시의 화자는 사람들을 향해서 외치고 있다.

이상으로 서거정의 「효자도십영」을 살펴 보았다. 효성이 강하면 하늘도 도와준다는 감천(感天)의 시가 「유은천근」, 「동영대전」, 「왕상부빙」, 「유씨효고」, 「곽거매자」 등 가장 많은 주제이고, 효자의 마음은 특별하다는 이야기의 시가 「백유읍장」과 「민손단의」, 「증삼효친」, 「양향액호」 등이고, 「전진형수」만 효자는 자연의 변화까지도 잘 감지한다는 고사를 가지고 있었다.

이렇게 「효자도십영」을 통해서 인간과 자연이 어우러져 살고 있는 동양적인 사고의 일단을 보았다. 특히 이 「효자도」는 줄거리를 소개한 글 다음에 또 시를 싣고, 찬까지 붙이고 있는 점으로 보아 얼마나 당대에 유행했었는가를 익히 알 수 있기도 했다.

2) 제화시의 제재 – 「사가 서거정 제화시의 제재」

① 서론

『사가집(四佳集)』에서 제화시(題畵詩)는 유난히 많이 눈에 띈다. 병풍에 붙인 시는 장편 및 연작이 많고 한 폭의 그림에 붙인 시도 숫자가 많다. 『진산세고(晋山世稿)』나 『사숙재집(私淑齋集)』『허백당집(虛白堂集)』 등의 경우보다 제화시가 많다.

서거정(徐居正)은 관각문인(官閣文人)이다. 문치(文治)의 기틀이 잡히는 바 이 시기에 문형(文衡)으로 그 몫을 당해냈다. 중국 『문선(文選)』에 대한 『동문선(東文選)』, 『통감(通鑑)』에 대한 『동국통감(東國通鑑)』, 그리고 『여지기승·광기(輿地紀勝·廣記)』에 대한 『동국여지승람(東國輿地勝覽)』의 찬집 사업이 이 시대에 이루어 졌으며, 서거정의 업적이 크다. 뿐만아니라 『동문선』의 낙수(落穗)인 『동인시화(東人詩話)』, 『동국통감』과 『동국여지승람』의 부산물 『필원잡기(筆苑雜記)』 등은 당시의 문화상을 시사하는 바 크다. 이와 같은 문학 및 세사(世事)에 대한 그의 폭넓은 관심이 빚은 결과라고 보는 수많은 제화시는 그 당시의 미술 풍속도를 느낄 수 있게 한다.

그림과 시는 서로 상보적인 입장이 될 수 있다. '시화일치(詩畵一致)'의 생각은 뿌리가 깊다. 그림에서 표상하지 못하는 생동감과 냄새와 음악성

등은 시로써만 표현이 가능하다. 또 그림에 얽힌 사설적 이야기나 역사적
내력 등도 그림에는 모두 담을 수 없는 내용이다. 시와 그림의 만남은 서
로의 결함을 보충하는데 의의가 있다.

사상과 그림도 밀접한 관계에 있다. 이 당시의 관념이 강하게 지배하는
그림은 유학의 영향이 크리라 생각한다. 이런 견고한 사상의 틀은 규격적
인 그림을 그리게 하여 독창성에 장애 용인이 되지 않았을까.

제화시를 고찰함에는 그 시의 문학적인 면보다 그 시에 얽힌 그림과의
관계 또는 그 시를 통한 그림의 실상 등을 필자 나름대로 찾아보려 하였
다. 동양화에 손방인 필자가 이 결함을 메꾸려고 『동양미술사(東洋美術史)』
『마도연구(馬圖硏究)』『진경산수도연구(眞景山水圖硏究)』『견도연구(犬圖
硏究)』『어해도연구(魚蟹圖硏究)』 등의 미술을 전공하는 이의 논문을 참
고하고, 『대동야승(大東野乘)』이나 『왕조실록(王朝實錄)』 등과 같은 역사
에 관계되는 책들도 살피기는 했다.

이 시기는 북종화(北宗畵)와 남종화(南宗畵)가 확연히 드러나지는 아직
않았던 시대라고 본다. 다만 도화원(圖畵院)의 화원(畵員)의 그림과 아마
츄어 문인의 그림은 작가의 개성으로 차이가 있으나 그림의 특징이 분명히
드러나지는 않았다. 주로 중국의 산수를 가보지도 않고 그린 관념 산수가
유행하여 꿈 이야기나 글을 보고 그림을 그린 경우도 있는 시대다. 그러나
이 때도 문인이 그린 그림 중에는 우리나라의 경치와 우리 백성의 삶을
생생히 화폭에 담은 경우가 있다고 믿어진다. 우리 미술 발달의 한 중요한
시기라는 점에서 이 시기의 제화시 고찰은 의의가 있다고 본다.

우선 『사가집』에 실린 제화시를 추리고 그것들을 인물·산수·세사·동
식물의 4부분으로 제재별 구분을 해 보려고 한다. 당시의 인물도를 보고
지은 시에서 자연과 인간의 관계, 그림의 주제 처리 방식을 살펴보려 한다.
제산수화시(題山水畵詩)를 통하여 관념 山水의 경지를 넘어선 실경(實景)
의 기운이 엿보이나를 살펴보려 한다. 제세사시(題世事詩)를 통하여 그 당
시 생활과 그림과 시의 한계를 밝혀보려 한다. 이런 시들을 보면 그림은
그리 미적이지는 못했을 듯한 감도 있다. 왜냐하면 사건을 주로 표현하려
니 사실에 홀려 미적 구도나 색채를 적용하지 않은 듯하다. 이런 행사를
그린 그림에서는 그림의 미적 조화보다 그 사건을 사실적으로 표현 기록하
는데 의의가 있다고 본다. 그렇다면 이런 그림의 영향으로 자연 속에서 인

간이 주인공으로 표상되는 실마리가 풀리지 않았을까 상상해 본다. 동식물
을 제재로 그린 그림에 붙인 시를 통하여 당시 화가의 의식을 조금이라도
살펴볼 수 있을 것이다. 그러나 이런 모든 그림이나 생각은 관념적 틀에서
그리 벗어나지는 못할 것으로 본다.

② 본론

이 시대에 강희안(姜希顔)은 자신이 그림을 그리면서도 그림을 말기(末
技)라고 천시하였다. 성종(成宗) 3년 6월에 사헌부(司憲府) 대사헌(大司
憲) 김지경(金之慶) 등과 사간원(司諫院) 대사간(大司諫) 성준(成俊) 등
은 성종에게 간언(諫言)을 하여 당시 성종이 아끼던 화가 최경(崔涇)의
품계(品偕)가 오르는 것을 방해하였다.

선왕(先王)이 계실 때에도 또한 받들어 어용(御容)을 그린 이가 있었지
마는, 당상관(堂上官)이 된 사람이 있다는 말은 들어보지 못했습니다. 세종
(世宗) 때에 안견(安堅)이 그림을 잘 그려서 당시에 제일이었지만 4품(品)
에 지나지 않았으니 지금 최경(崔涇)에게 중상을 내리고자 하심에, 물건을
많이 내리시는 일은 옳은 줄 아오나 어찌 당상관에야 이르게 하리오108)
이와 같은 시대에 서거정같은 신분으로 제화시가 200여편이나 된다는
것은 주목할 만하다. 이는 서거정이 그림에 관심이 많았을 뿐만 아니라 시
와 그림과의 오묘한 예술적 관계를 간파한 결과가 아닌가 싶다.
소식(蘇軾)이 왕유(王維)의 시화(詩畵)를 보고 "시중유화(詩中有畵) 화
중유시(畵中有詩)"라고 한 것은 '시화일지(詩畵一指)'라는 신위(申緯)의
이론에 근원이다.109) 동양 미술의 시와 관련을 맺어서 '시화일치(詩畵一
致)'와 '사화동원동체론(書畵同源同體論)'으로까지 발전된 경우를 보게 된
다.110)

---

108) 成宗實錄, 卷十九○3. "司憲府大司憲金之慶等 司諫院大司諫成俊等 來啓曰 臣
等合司而來 冀回天意 在先王時 亦有奉畵御容者 未聞有爲堂上官者 世宗朝 安
堅工畵 爲時第一 而不過爲四品 今欲重賞崔涇等 可賜之物多矣 何至以堂上官".
109) 孫八洲, 申緯硏究, 1983, pp. 287∼290.
110) 金永基, 朝鮮美術史, 金龍圖書株式會社, 1947, p. 208.

이는 시서화(詩書畵) 삼절(三絶)이라는 칭함 속에서도 묵객(墨客)의 기예(技藝)를 기리는데 묶어서 생각하던 습관과 통한다. 시(詩)와 화(畵)가 하나라는 생각은 시와 화는 근본이 같으니 충분히 서로 상보적(相補的)이라는데 그 의의가 있다고 본다. "시는 유성화(有聲畵)요, 화는 무성시(無聲詩)"라는 뜻이다. 따라서 시와 그림을 한자리에 만나게 한다면 시에 없는 색채와 선의 구도와 그림에 없는 소리와 향기와 내력을 동시에 느끼고 이해할 수 있게 하여 향유자로 하여금 폭넓은 공감을 할 수 있게 하는 효과를 얻을 수 있다. 제화시에는 음악성 등의 소리를 가미하고 보다 동적인 표현을 필요로 하게 된다.

가. 인물

제인물화시(題人物畵詩)에는 「미인도(美人圖)」에 붙인 것으로 「제미인상춘도(題美人賞春圖)」「제미인피서도(題美人避暑圖)」「제행화미인도(題杏花美人圖)」와 「여인도(麗人圖)」「미인도(美人圖)」가 있다. 코믹한 것으로 「제미인우추장부도(題美人遇醜丈夫圖)」와 「제추장부료음미인도(題醜丈夫邀飮美人圖)」가 있다.

題美人避暑圖

珠盤和露黃金果　주옥 소반에 갓따온 황금빛 참외
銀椀點氷白玉漿　은 대접엔 얼음 띄운 백옥같은 식혜
紈扇小風淸似水　비단부채 살랑살랑 맑은 기운 물같아
閑調錦瑟和霓裳　한가한 비파 곡조 색동치마에 어울리네

<사가집 목판본 권52·25>

이 시는 미인이 피서하는 광경을 그린 그림을 보고 지은 시다. 그런데 미인의 얼굴 모습이나 자태에 대한 묘사가 없다. 그저 그 미인을 둘러 싸고 있는 주변 배경을 보다 동적이고 음악적이게 묘사했다. "한조금슬화예상(閑調錦瑟和霓裳)"이라는 표현은 음악과 채색의 조화를 "화(和)"로 처리하여 환상적인 경지로 입체적인 아름다움을 표상했다. 이 그림의 주인공은 미인이라기보다 피서하는 그 정경이라고 할 수 있다. 이 시를 보면 미인이 주인공이라는 생각이 들지 않는다. 이 그림의 미인이 우리나라 사람

의 얼굴인지 중국 사람의 얼굴인지 알 수 없다. 이 시를 통하여 그림에서
풍겨나오는 조촐하여 맑은 상은 느낄 수 있다. 「몽도원도위귀공자작십수(夢
桃源圖爲貴公子作十首)」가 한유(韓愈)의 「도원도(桃源圖)」라는 글을 다
시 시로 고쳐 지은 것과 같은111) 점과는 사뭇 다르다. 그러나 다음 시는
관념의 색체가 짙다.

麗人圖

曲江春日麗人行	曲江 봄날 고운 이들의 행렬
睡波梳粧照晚晴	졸다 깨어 치장하고 저녁 빛에 잠겨라
只許暫時腰後見	다만 잠시 허리 뒤에 보이는 것은
杜陵飢客眼空明。	굶주린 杜甫의 눈만 괜히 빛날 뿐.

<사가집 목판본 권4·10>

이 시를 보면 「여인도」는 두보의 「여인행(麗人行)」에 나오는 미인을 그
린 그림처럼 느껴진다. 두보의 「여인행」에는 "삼월삼일천기신(三月三日天
氣新) 장안수변다려인(長安水邊多麗人)"112)이라는 구절이 있는데 이 시의
기구와 같다. "곡강춘일려인행(曲江春日麗人行)"에서 "여인행(麗人行)"은
두보 시의 제목이다. "춘일(春日)"은 "三月三日"을 "곡강(曲江)"은 "장안
수변을(長安水邊)"을 각각 줄여 표현한 말이다. 승구의 "조만청(照晚晴)"
은 「여인행」에서 천기신(天氣新)과 기후가 같다.

이 시의 전구와 결구는 「여인행」 중 "배후하소견(背後何所見) 주압요겁
온칭신(珠壓腰衱穩稱身)"의 구절과 같다. 구슬로 장식한 허리띠가 허리에
꼭맞아 가난한 두보의 눈빛만 공연히 빛나게 할 뿐이다. 이 시의 결구는
그림에 그려 있지는 않은 장면이라고 본다. 「여인도」에 미인을 구경하는
두보도 그렸다면 이 그림의 제목부터 달라져야 할 것이다. 그림을 보고 두
보의 「여인행」을 떠올렸다는 증명이다. 이 시는 승구의 일부분만이 그림을
실례로 묘사한 부분이다. "수파소장조만청(睡波梳粧照晚晴)"으로 고운 사
람의 염태(艶態)까지 내재시킨 그림이다. 동적 수법과 상상까지 곁들여 표
현한 시다. 이 그림의 주인공은 미인인데, 미인에 대한 묘사가 적다. 그 상

---

111) 拙著, 徐居正 詩文學硏究 p. 153.
112) 杜詩諺解, 卷十一·16. 麗人行 參照.

황을 둘러싼 두보시와 얽힌 이야기 뿐이다. 이는 그림에 주인공 즉 인간에
관심이 있는 것이 아니라 그 배경과 얽힌 이야기에 더욱 관심이 있다는
증명이다.

　　남녀를 함께 그린 풍류의 그림도 있다. 「제추장부료음미인도(題醜丈夫
邀飮美人圖)」와 한짝인 「제미인우추장부도(題美人遇醜丈夫圖)」가 있다.

題醜丈夫邀飮美人圖

　　鷹眼虯髥黑面怒　　매눈에 꾸불꾸불한 수염 검은 얼굴 화를 내며
　　擧觥時復撫雙壺　　술잔 잡고 때론 다시 두 술병을 어루만져
　　回頭轉矚麤豪甚　　머리 돌려 살펴 보는 거친 호기 심한데
　　笑隔花枝有美姝。　　저만치서 웃고 있네 꽃가지에 숨은 미인.

<四佳集 木板本 卷四十四·9>

　　이 시를 보면 불균형의 미를 느끼게 한다. 주로 추장부(醜丈夫)에 대한
묘사로 기승전구를 할애했다. 미인은 꽃가지 저편에 숨어서 미소 짓고 있
는데 호기 찬 사나이는 술을 마시다가 눈을 부리려 미인을 찾는다. 일종의
풍속도와 같은 감흥이 있다. 조선조 초기에 이런 상황 묘사의 포착이 있었
다는 뜻 깊은 자료다. 이 그림은 관념화의 경지와는 다른 일면이 보인다.
인간이 이 그림의 주인공이다. 그림에다 삶의 여유와 웃음을 담았고 그것
을 시로 다시 써서 지금에 남긴 사실이 있다. 이는 김홍도(金弘道) 이후의
풍속도에나 나옴직한 코믹한 장면이라고 여겨진다.

　　짐승을 타고 있는 인물 그림은 「제노부기우도(題老婦騎牛圖)」 「제목아
기우도(題牧兒騎牛圖)」 「설중기려도(雪中騎驢圖)」가 있다.

題牧兒騎牛圖

　　牧兒騪騎小黃犢　　목동이 안장 없이 누른 송아지 올라타고
　　草綠坡南次取行　　푸른 언덕 남쪽에서 줄줄이 소를 모네
　　駟馬高車天上事　　호화론 수레는 하늘나라 일이라
　　一蓑煙雨足平生。　　도롱이에 안개비면 평생이 넉넉해.

<사가집 목판본 권45·26>

욕심 없는 삶을 그려 동경의 염을 표백했다. 기승구에는 그림이 그대로
묘사 되었고 전결구에 자신의 관념적 감상을 썼다. 그림을 통하여 자신의
심정을 토로한 점이 이 시의 특징이다. 이 시의 주인공은 사람이라기보다
소를 타고 있는 그 정경이다.

부녀자와 노인을 그린 그림에 붙인 시로는 「촌부도(村婦圖)」 「제촌로도
(題村老圖)」 「제야로독서도(題野老讀書圖)」 「제마원화송하로인도(題馬遠
畫松下老人圖)」 등이 있다.

「제마원화송하노인도」는 변각지경(邊角之景)으로 유명한 남송(南宋) 마
원(馬遠)의 그림을 보고 지은 시다. 마원(馬遠)은 필획(筆劃)이 강강중후
(剛强重厚)하며 우람한 산수(山水)를 그리던 북종화(北宗畫)의 화가다.

村婦圖

白襪芒鞋茜色裙	하얀 버선 짚신에 붉은 색 치마
新梳短髮亂愁雲	새로 빗은 짧은 머리가 엉키어 구름일 듯
生來不覺有明鏡	맑은 거울 있다는 건 알지도 못하고
笑整荊釵照水盆。	웃으며 비녀 고쳐 꽂네, 대야물에 비쳐가며.

<사가집 목활자본 권7·11>

한 폭의 풍속화를 보는 듯하다. 소박한 시골 아낙의 몸치장을 그린 그림
을 보고 지은 시다. 시에 동적인 감흥을 가미하여 그림으로 이룰 수 없는
경지를 표상했다. 서거정의 애민 정신도 깃들어 있다고 하겠다. "형차포군
(荊釵布裙)"이라면 촌부(村婦)의 전형적인 묘사다. 이 그림의 주인공은 아
무래도 중국 사람은 아닐 것같다.

인물을 제재로 한 그림에는 중국 고사에 나오는 인물과 그 이야기를 그
린 그림이 숫자상 많다. 「제자릉도(題子陵圖)」 「제죽림칠현도(題竹林七賢
圖)」 「연명귀거도(淵明歸去圖)」 「도잠귀경(陶潛歸徑)」 「도령귀전(陶令歸
田)」 「이백문월(李白問月)」 「이백화음(李白華陰)」 「두보경화(杜甫京華)」
「두보취타(杜甫醉駄)」 「장양청사호도(張良請四皓圖)」 「필호위기(匹皓圍
碁)」 「임화정방학도(林和靖放鶴圖)」 「화정간매(和靖看梅)」 「백아탄금도
(伯牙彈琴圖)」 「백아아양도(伯牙峩洋圖)」 「백아고금(伯牙鼓琴)」 「자기
지음(子期知音)」 「공명초려(孔明草廬)」 「한유람관(韓愈藍關)」 「가도멱구

(賈島覓句)」「모보방귀(毛寶放龜)」「이원귀반(李愿歸盤)」 등이 있다.

伯牙羲洋圖

流水高山合自然　흐르는 물 높은 산이 자연스레 어울려
道存目擊不言傳　道있는 줄 눈으로 보나 말론 전할 수 없네
世人豈識知音處　세속 사람이 어찌 알리오 知音의 장소를
不在焦桐不在絃。불에 끄을은 오동나무 없으니 거문고도 없네.
<사가집 목판본 권20 · 24>

관념이 짙은 시다. 도를 앞세워 교화를 생각했다. 설교하는 도덕 강조의 지시적 내용이다. 시가 이러하니 그림도 관념적 표현일 것이라고 추측된다. 도덕적 경지를 그린 그림이기에 직관적 감각보다 의미 파악이 우선이다. 이럴 때 제화시(題畫詩)는 그림에 대한 설명을 담당하기도 한다.

신선을 제재로 그린 그림도 있다. 「제팔선양기도(題八仙養氣圖)」「항아도(姮娥圖)」「월중항아도(月中姮娥圖)」「나부선도(羅浮仙圖)」 등은 이런 종류의 그림들이다.

羅浮仙圖

羅浮山下梅花樹　羅浮山 아래 매화 나무
縞袂相逢思轉迷　흰 옷 입고 만나보니 생각만 아득해
惆悵酒醒人不見　슬프다 술 깬 사람 볼 수 없는데
參橫月落翠禽啼。샛별 뜨고 달 질 때에 비취새는 목메여.
<사가집 목판본 권14 · 11>

새벽녘에 하얗게 매화는 피어 있고 흰옷 입은 신선은 붉은 동안(童顔)이다. 결구(結句)에 샛별이나 달 그리고 비취새 등은 그림에 그려져 있지는 않은 것 같다. 이 그림의 분위기를 이렇게 상징한 것이다. 적막한 침잠의 세계에 동안(童顔)의 신선이 매화꽃 속에 파묻혀 있다. 승구(承句)에서 서거정(徐居正)이 그림을 대할 때 받은 감흥을 "사전미(思轉迷)"라고 했다. 매화와 신선과 서거정(徐居正)이 이 한자리에 만난 이 시는 서정이 짙다. "추창(惆悵)"과 "취금체(翠禽啼)"를 통하여 알 수 있다.

이상 인물을 제재로 삼아 그린 그림을 보고 지은 서거정(徐居正)의 시를 살펴 보았다. 대체로 관념적인 그림에 붙여 지은 해설적인 시가 숫자상 많았다.

한편 웃음이 깃든 풍속도를 보고 지은 시도 종류가 두 가지였다. 「제추장부요음미인도(題醜丈夫邀飮美人圖)」와 「촌부도(村婦圖)」는 분명히 색다른 점이 있다. 특히 인물 그 자체가 그림의 주인공으로 그려진 그림으로 여겨지는 경우는 회화의 발달면에서도 중요한 지적이다.

그림에 붙인 시는 그림만을 단순히 묘사하지 않고 그림을 통하여 느낀 감상이나 그림에 얽힌 사연 고사(故事) 등을 풀이하여 주는 경우가 많았다. 제화시(題畫詩)를 보고 그림을 재생하기보다는 그림을 통한 시적 재창조의 경지를 개척한 사실을 볼 수 있다.

임금이나 그 당시에 살았던 귀인(貴人)에 대하여 그린 초상화를 보고 지은 시는 적다. 인물화이면서 세속적이고 평민적인 요소나 신선 또는 중국 고사(故事)의 인물에 대한 그림에 관계되는 시를 볼 수 있는 것도 이 시대 인물도의 한 특징이라고 지적하여 둔다.

나. 산수(山水)

이 시기까지만 해도 관념 산수(山水)의 틀에서 벗어나지 못한 것이 사실이다. 그러나 배선옥(裵璇玉)의 지적처럼 한편 우리다운 개척의 노력이 전혀 없었던 것은 아니다.

자신의 조국과 백성들에게 눈을 돌리기도 하고, 또 중국적인 양식에서 벗어나려고 했던 화가도 있었다. 비록 그들이 당시의 회화(繪畫) 풍조(風潮)를 과감히 개혁하지는 못했지만 개선을 위해 노력했던 점은 높이 살만하다.113)

산수(山水)를 제재로 한 그림을 보고 지은 시에는 산수도(山水圖)라는 제목으로 된 것이 많다. 「현릉산수도(玄陵山水圖)」「제강경우산수도(題姜景愚山水圖)」「고중추소장최경화산수팔첩(高中樞所藏崔逕畫山水八疊)」「제산수도이수(題山水圖二首)」2편 「제산수도팔첩(題山水圖八疊)」「산수도

---

113) 裵璇玉, 實景 山水圖 硏究, 誠信女子大學 1984, p. 4.

이수(山水圖二首)」·「제산수도(題山水圖)」·「사영천군증산수도(謝永川君贈山水圖)」·「제안견산수도팔수(題安堅山水圖八首)」·「강경순소장일본고승화산수팔경(姜景醇所藏日本高僧畫山水八景)」·「제일암도인소장산수도(題一菴道人所藏山水圖)」·「제최호군화십수(題崔護軍畫十首)」 등이 있다.

8폭 병풍에 그린 산수의 내용을 살펴 보면 최경(崔涇)이 그린 것은 첨봉(尖峯)·안행(雁行)·초요(岧嶢)·기암(奇巖)·산중(山中)·풍우(風雨)·양산(兩山)·신설(新雪)과 강부만박(江阜晚泊)·추소호월(秋宵好月)·어주만경(漁舟晚景)·강호비안(江湖飛雁)·계산취우(溪山驟雨)·산시경풍(山市輕風)·청산백운(靑山白雲)·현애비폭(懸崖飛瀑)·만포귀주(晚浦歸舟)·고산적설(高山積雪) 등이 있다. 일본고승(日本高僧)이 그린 것은 매오잔춘(梅塢殘春)·운림장하(雲林長夏)·해안천장(海岸千檣)·도구장풍(渡口長風)·노저군홍(蘆渚群鴻)·연강만죽(煙江萬竹)·호정추월(湖亭秋月)·강촌제설(江村霽雪) 등이다. 이 두 화가의 공통점은 정(靜)의 세계와 침잠의 유심(幽深)함을 그렸다는 점이다. 그러나 비교해 보면 높은 산과 나르는 새, 폭포 등을 그려 그림에 변화를 준 경우가 최경(崔涇)의 그림이고, 평지를 그리고 새도 물에 있는 새를 그려 그 산수(山水)의 제재가 다양하지 못한 것이 일본고승(日本高僧)의 경우다. 이런 그림들은 한결같이 관념 산수(山水)로 보인다.

雁　行

數行雁字咄書空	몇 줄 기러기 떼 공중에서 글을 읽네
弟弟兄兄落晚風	형제들이 짝을 지어 저녁나절 떠나누나
借問爲誰傳信字	물어보자, 누구의 소식 전하느냐고
望鄕人在畫樓中。	고향을 그리는 이 누각에 있는데.

<사가집 목판본 권52·22>

기러기라면 으레히 형제·안부·편지 등의 고정된 시상을 떠올려 된 시다. 이런 뜻에서 그림도 그와 같이 고정된 관념의 표상이 아닐까. 직관적 느낌이 아닌 내용을 읽는 그림인 듯한 점이 이 시에 강하기 때문이다. 한 폭의 산수도(山水圖)에 날아가는 기러기가 그려졌으니 이 그림은 기러기가 주제는 아니다. 산수도(山水圖) 연작의 한 폭이다.

題山水圖二首(其一)

數峯高絶處	여러 봉우리 높은 곳에
一寺架岩開	절 하나 바위 위에 지어 놓았네
路出山腰去	길은 산허리에 기어 나 있고
人從樹杪來	사람은 나무 줄기에 가리워 가네
懸泉白於雪	폭포는 눈보다 더 희고
遠岫靑似苔	먼 산은 푸르기가 이끼로세
誰畫江南景	누가 江南의 경치를 그렸기에
令人首屢擡。	사람으로 하여금 머리를 자주 쳐들게 한담.

<사가집 목판본 권13 · 27>

제 1구에서 6구까지 그림을 묘사하였다. 서거정(徐居正)은 이 경치를 중국의 자연으로 알고 있다. 우리의 산수(山水)를 그리지 않고, 가보지도 않은 중국 산수(山水)를 그린 관념 산수도(山水圖)는 이 시대에 흔히 있던 바다.114) 그러나 강남(江南)이라면 이상 세계의 대명사일 수도 있다.

春景을 그린 그림에 붙인 시로는 「제춘경소화(題春景小畫)」와 「제운산군소장춘산도(題雲山君所藏春山圖)」가 있다. 특히 하경도(夏景圖)를 보고 지은 제화시(題畫詩)가 없다. 추경도(秋景圖)에 붙인 시는 「추산평원도(秋山平遠圖)」「추산도위일본은상인작(秋山圖爲日本闇上人作)」「추강독조도이수(秋江獨釣圖二首)」「제추강조선도(題秋江釣船圖)」 등이 있다. 동경(冬景)을 그린 그림을 보고 붙인 시는 「제동경소화(題冬景小畫)」「제안견산수도동경(題安堅山水圖冬景)」 등이 있다.

題春景小畫

白雲黃鶴護樓臺	白雲과 黃鶴이 지키는 누대
松老如龍竹似苔	소나무는 용처럼 구불고 대나무는 푸르네
知是山中春已暮	이 산속 봄이 이미 저문 줄 알아
落花無數滿溪來	떨어진 꽃 무수히 시내에 가득히 떠내리네.

<사가집 목판본 권14 · 11>

---

114) 裵璇玉, 實景 山水圖 硏究, 誠信女子大學, 1984, p. 3.

계절감을 느낄 수 있는 것은 "춘이모(春已暮)"와 "낙화(落花)" 뿐이다. 제 2구는 꼭 봄이 아니래도 그럴 수 있는 것이고 제 1구의 "백운(白雲)"은 여름을 감각하게 한다. 자연의 사실적 그림이라기보다 봄을 선경(仙境)에 비유하여 관념화시킨 의미가 짙다. "낙화(落花)"라면 으레히 "도화류수묘연거(桃花流水杳然去)"를 연상하는 따위 등이다.

「추산평원도(秋山平遠圖)」를 읽으면 산수(山水)가 우리나라인 듯이 생각된다. 특히 그림과 시가 만나는 자리는 정(靜)인 그림을 보고 동(動)을 불어 넣을 수 있는 시의 성격에 있다. 이렇게 하여 그림은 시를 만나서 살아 움직이게 된다. 115)

그림에 힘을 표현하여 감흥을 강하게 하려는 의도로 눈·비·바람·구름 등의 움직임을 그린다. 「만학도(滿壑圖)」에 붙인 시로는 「제귀공자만학운연도(題貴公子滿壑雲煙圖)」 「안견만학정류도(安堅滿壑淨流圖)」가 있다. 또 구름 그림에 붙인 시에는 「영천공자증운산도 시이사지(永川公子贈雲山圖 詩以謝之)」가 있다. 눈 그림에 붙인 시는 「제상설도(題賞雪圖)」 「풍설도(風雪圖)」가 있고, 비·바람을 그린 그림에 붙인 시는 「풍우도(風雨圖)」 「제일암상인소장풍우도(題一菴上人所藏風雨圖)」가 있다.

風雪圖

老樹槎牙葉盡枯　　늙은 나무 삿대처럼 잎은 다지고
滿山飛雪白糢糊　　산에 가득 눈 내리니 하얗게 아물아물
蹇驢詩興能多少　　주춤대는 詩興이 다소 있지만
白酒紅爐憶也無。　독한 술 이글거리는 화로 생각만 나네.

<사가집 목판본 권20·20>

선경후정(先景後情)이다. 제 1·2구는 그림에 대한 묘사고, 제 3·4구는 작자의 느낌이다. 그림에서 의미를 찾아내어 감흥을 다잡았다. 정겨운 우리의 산수(山水)를 그린 그림이라고 생각한다.

「산수도(山水圖)」에 붙인 시에서는 「청산백운도(靑山白雲圖)」에 대한 시도 빼놓을 수 없다. 「제청산백운도(題靑山白雲圖)」가 3편 「청산백운도(靑山白雲圖)」가 한편 있다.

---

115) 李丙疇, 詩聖杜甫, 1982, pp. 302~306.

靑山白雲圖

雲自天然白	구름은 저절로 희게 생겼고
山曾獨也靑	산은 본래 비할 데 없이 푸르네
吾家在何處	내 집은 어느 곳에 있을까
隱隱見柴扃。	은은히 보이는 사립 닫은 곳.

<사가집 목판본 권21 · 18>

구름은 희고 산은 푸르다는 단순한 표현에서 그림 자체의 관념성을 엿볼 수 있다.

이런 그림에서도 힘을 찾아보기 어렵다. 본래 침잠의 靜을 추구하던 선비들의 시래서 그럴까.

「산수도(山水圖)」를 보고 지은 시 중에서 분명히 중국의 경치를 그린 그림이라고 확인할 수 있는 작품이 있다. 「적벽도(赤壁圖)」,「주문공무이정사도용문공운(朱文公武夷精舍圖用文公韻)」,「제이평중소장삼경도(題李平仲所藏三逕圖)」가 그렇다.

赤壁圖

赤壁東風一餉間	赤壁에서 동풍 불 때 점심먹는 사이
英雄勝敗復堪嘆	영웅들의 勝敗가 다시 놀랍네
江東人物周公瑾	강동의 인물은 周瑜요
天下兇姦老阿瞞	천하의 흉악한 간웅은 曹操로세
炎鼎潛移顔已厚	끓는 물에 빠졌으니 염체도 없고
火舡新窘瞻應寒	배가 불타 군색해져 쓸쓸한 하늘
蘇仙行樂唯堪想	蘇軾의 즐김만 오직 남아서
月小山高水激湍。	달은 작고 산은 높은데 물결만 출렁출렁.

<사가집 목판본 권22 · 23>

「적벽도(赤壁圖)」그 그림도 중국의 자연이다. 이 시도 제 1구에서 7구까지 赤壁에 얽힌 역사 이야기로 써졌다. 경치는 제 8구 뿐이다. 그림에 그릴 수 없는 것을 시에 써야 하기라도 하듯 철저히 그림에 표현되지 않는 상황들을 썼다.

「산수도(山水圖)」를 보고 지은 시에서 얻을 수 있는 점은 인물(人物)을

그린 그림을 보고 지은 시에서 보았던 것보다, 우리나라다운 특징이나 진
보적 경향이 거의 없는 실정이다. 관념 산수(山水)가 지배적이다. 특히 중
국 경치를 보지도 않고 그린 그런 그림에 붙인 시들도 또한 역사적 사실
의 소개에 힘을 기울인 사실을 볼 수 있다. 그림에서 나타내지 못하는 사
항을 시를 통하여 나타낸 점은 인물도의 경우와 같다.

다. 세사(世事)

이 때는 유학(儒學)의 기틀이 잡히어 조선조 문치(文治)의 틀이 거의
굳어가던 시기다. 유학적 도덕율을 강조한 삶이 지배하던 시대다. 그림을
보고 지은 시에도 이런 생활의 모습이 드러난다.

「효자도십영(孝子圖十詠)」은 10장면의 연속적 그림이다. 류은천근(劉殷
天芹)·동영화전(董永貨錢)·백유읍장(伯兪泣杖)·왕상부빙(王祥剖氷)·민
연단의(閔捐單衣)·유씨효고(劉氏孝姑)·전진형수(田眞荊樹)·증삼효친(曾
參孝親)·곽거매자(郭巨埋子)·양향액호(楊香搤虎)가 그것이다.

郭巨埋子

白頭親欲堂中養	머리 하얀 어버이를 잘 모시자 하여
黃口兒從地下埋	어린 자식 땅 속에 묻으려 했네
忽得千金滿一釜	갑자기 나타난 千金이 가득한 쇠솥
分明天鑑亦昭回。	분명 하늘이 보살피신 또 하나의 진리라네.

〈사가집 목판본 권31·4〉

제 2·3구는 그림에 그려진 모습이다. 제 1·4구는 상황 설명이다. 여기
에 그려진 인물이나 배경보다 그 그림이 나타내는 뜻이 중요하다. 이야기
를 그림으로 옮긴 사건의 관념적인 그림이며 이 그림을 보고 지은 시도
이야기에 담긴 정신에 더 촛점을 맞추었다.

연음(讌飮)의 장면을 그림으로 남긴 경우가 있다. 그 연의 자리가 궁중
일에 관계되는 경우는 「회우정야연도시용제공운(喜雨亭夜宴圖詩用諸公韻)」
이 있다. 이 때의 사정을 심수경(沈守慶)은 『견한잡록(遺閑雜錄)』에서 상
세히 전하고 있다.

세종(世宗)께서 양화도(楊花渡) 희우정(喜雨亭)에 여러날 머무르셨다. 문종(文宗)은 동궁(東宮)으로 따라왔고 안평대군(安平大君)도 또한 따랐다. 하루 저녁에는 안평대군(安平大君)과 성삼문(成三問) 임원준(任元濬) 등이 강에 가서 술을 놓고 달을 감상했다. 이 때 동궁(東宮)께서 동정귤(洞庭橘) 두 소반을 보내 왔는데, 그 소반에 써 있기를 "전단 향기는 코에 맡기 좋고, 귤의 살은 입맛에 맞다. 동정귤(洞庭橘)를 제일 좋아 하노니, 코에는 향기 입에는 단맛."이라는 글로써 시를 지어 올리라 명하였다. 안평대군(安平大君)과 성임(成任)이 각각 지어올렸는데 안평대군(安平大君)은 그 사실과 시를 손수 썼다. 그림 잘 그리는 안견(安堅)에게 그리게 하니, 명사(名士)들이 이어 화답하는 이가 심히 많았다. 서거정(徐居正)도 또한 화답했는데 그가 지은 『필원잡기(筆苑雜記)』에 이르기를 "동궁(東宮)이 동정귤(洞庭橘)을 근신(近臣)에게 보내며 그 소반 안에 써서 가로되…"라고 했고, 성현(成俔)이 지은 『용제총화(慵齊叢話)』에도 또한 이 일이 실려 있는데, 『필원잡기(筆苑雜記)』와 같다. 서거정(徐居正)과 성현(成俔)은 안평대군(安平大君)과 같은 시대의 사람이면서 이와같이 기록이 다른 것은 무슨 까닭인가. 이는 다름이 아니라, 세조(世祖) 때에 안평대군(安平大君)의 일을 꺼려서 이른바 근신(近臣)이라고 한 것이 아닐까.116)

이 그림은 궁중과 관련되는 연회도(宴會圖)로는 좋은 자료로 보인다.

벼슬자리에 있는 이들이 연회를 베푼 경우 그림으로 그리고 그 그림에 붙인 시로는 「제전첨제랑관서호연음도(題典籤諸郎官西湖宴飮圖)」 「제금오제현회음도(題金吾諸賢會飮圖)」 「제금오제현연회도(題金吾諸賢讌會圖)」 「공랑연회도사수(工郎讌會圖四首)」 「공조랑청연회도(工曹郎廳讌會圖)」 「제미원연회도사수(題薇垣讌會圖四首)」 「제은대연회도(題銀臺宴會圖)」 등이 있다.

당시의 사림과 놀이판의 실상을 실감있게 볼 수 있는 그림이며, 이런 그림은 미적인 구도나 조화보다는 사실적 기록의 성격이 더 강했던 것이 아닌가 한다. 이런 그림과 유사한 것으로 추측되는 그림이 『송강집(松江集)』 「부록이(附錄二)」에 「성산계류탁열도(星山溪柳濯熱圖)」라고 전한다. 117)

---

116) 沈守慶, 遺閑雜錄, 大東野乘 卷六十三.
117) 鄭澈, 松江全集, 大東文化硏究所刊, 1964, p.801.

工曹郎廳讌會圖

古說星郎重　옛날에도 郎官들은 중요했댔네
諸君總俊髦　이들은 모두 뛰어난 인물
昔時杜工部　옛날 工部를 지낸 杜甫와
今日何水曹　오늘 水曹에 있는 何遜은
遭遇千年盛　만남이 천년만이라도
才名一代高　재주로운 명성은 한 때에 제일
風流開讌會　풍류로운 잔치를 열어
氣象頗麤豪。　기상이 자못 호탕하구려.

<사가집 목판본 권51 · 36>

　수조(水曹)도 공조(工曹)에 소속된 직책이다. 지금 연희에 참석한 이들을 두보(杜甫)와 하손(何遜)에 비유했다. 공조(工曹)의 놀이래서 이 낭관(郎官)들을 칭송했다. 여럿이 모인 그 분위기를 그리는 것이 중요하다. 인물 개개인의 묘사는 없고 그 전체 상황이 관심거리다.

　이 때는 계(契)가 많았던 듯싶다. 궁중에 관련된 작품으로는 「제동궁가례도감랑청계음도(題東宮嘉禮都監郎廳契飮圖)」가 있다. 벼슬한 이들의 모임으로는 「예조육랑장어동계음도(禮曹六郎藏魚洞稧飮圖)」 「제호조제랑계음도(題戶曹諸郎契飮圖)」 「제추부계음도(題秋部稧飮圖)」 「추부랑관계음도(秋部郎官契飮圖)」 『동국통감(東國通鑑)』을 편집하고 나서 모임인 「제제랑계음도(題諸郎契飮圖)」 「제을축계음도(題乙丑契飮圖)」 「경기열군태수계음도(京畿列郡太守契飮圖)」 「제송죽계도후(題松竹契圖後)」 「제송죽계도(題松竹契圖)」 「제서원경려계회도(題西原卿閭契會圖)」 「장예원랑관계음도(掌隷院郎官契飮圖)」 「제승문원랑관계회도(題承文院郎官契會圖)」 「제병조랑관계음도(題兵曹郎官契飮圖)」 등이 있다. 이런 그림들은 당시의 풍속 또는 생활의 한 모습을 생생이 보여 준다.

題東宮嘉禮都監郎廳契飮圖

歲在強圉愭洽春　때가 억지로 온화한 봄을 어르더니
始開春宮嘉禮局　처음 東宮에서 기쁜 예식 열렸네
提調列相國桂石　提調와 재상들은 나라의 기둥과 주춧돌
獨我不才參末席　나 혼자 재주도 없이 말석에 끼었네

僚佐諸君盡可人	심부름하는 모든 이들도 다 쓸만한 이들이니
姿儀醞藉美如玉	자태와 위의가 의젓하여 아름답다.
杯酒從容滿座春	술잔 잡고 조용히 자리에 그득한 봄기운에
風流文雅皆第一	풍류와 글솜씨는 모두가 제일이라
珍重金蘭托契深	진중한 깊은 사귐 모임은 깊어지고
髣髴傳神絹一幅	그 정신 전하는 듯 방불한 비단 한 폭
六逸七賢難與共	六逸과 七賢은 함께하기 어려우나
飮中八仙宜伯仲	술마심엔 여덟 신선과 서로 다투네
何不畫我於其傍	어찌 나를 옆에라도 안 그렸으리
看我白頭詩酒狂。	나를 보니 흰 머리에 시와 술로 미쳤구나.

<사가집 목판본 권50 · 24>

육일(六逸)은 조래산(徂徠山)에 살면서 날로 침음(沈飮)하던 세외(世外) 초일(超逸)의 인물들이다. 죽계육일(竹溪六逸)이 이들이다. 이들과 주대(周代)의 칠현(七賢)은 어울리기 어렵다는 말이다. 그러나 술앞에는 모두 음중팔선(飮中八仙)과 맞수들이다.

이 그림 속에 서거정(徐居正)도 한몫 끼었다는 자부가 있다. 자기가 그려진 모습을 보니 시와 술로 미친 듯이 즐기는 모습이다. 동궁(東宮)의 가례(嘉禮)를 준비하고 집행한 직책을 맡았던 이들이 그 예식을 끝내고 친목을 도모하여 수고를 서로 위로하는 잔치 자리다. 그림만으로는 알 수 없는 내막을 상세히 썼다.

여러 낭관(郎官)들이 답청(踏靑)을 즐긴 사실을 그림으로 그린 것에 시를 붙였다.

題諸郎踏靑圖三首(其二)

蘭亭已遠曲江非	蘭亭은 이 멀고 曲江도 아니련만
人物風流又一時	세상에서 풍류로운 또 한때로세
自有題詩如杜甫	이에 지은 글은 杜甫의 시와 같고
可無落筆似羲之	써 놓은 글씨는 王羲之같네.

<사가집 목판본 권46 · 15>

 분명히 우리의 상황, 우리의 생활, 우리 땅의 경치를 그린 그림이다. 제
1구가 이를 증명한다. 이런 그림에 써놓은 글과 글씨가 매우 돋보였던 것
같다. 이를 두보(杜甫)와 왕희지(王羲之)에 비하고 있다. 이런 행사를 이
렇게 그림과 글로 남긴 것은 시와 그림이 생활의 한 부분으로 생각했던
탓일 것이다. 생활에 예속된 실용적 예술관이 회화에 적용되었던 사실을
세상 사를 제재로 한 그림에 붙인 시속에서 느낄 수 있다.

題景愚耕耘圖

春耕夏耨不曾閑　　봄 갈이 여름 매기 바쁘기도 해라
幸苦都存畎畝間　　쓰라린 괴로움 모두 밭이랑 속에 있네
玉食九重天萬里　　좋은 밥에 구중심처 하늘같은 저 먼 곳
若爲移獻比難艱。　만약에 이 어려움 옮겨 온다면.

<사가집 목판본 권14·6>

 이 시는 서거정(徐居正)이 40대인 1460여년 경에 지어졌다. 『사가집(四
佳集)』이 편년체이기에 짐작할 수 있다. 이 그림은 강희안(姜希顔)의 작
품이다. 이 그림은 바로 우리 백성의 삶을 그렸다. 현실이 유리된 관념적
인 그림이 아니라 실제적 삶을 그린 그림이다. 이 시에서는 그림에 없는
점, 그림에 나타낼 수 없는 점을 썼기 때문에 이 시를 가지고는 그림을 상
상해 낼 수는 없다. 시가 백성의 어려움을 표면화시켜 강조하고 농민을 위
로하는 뜻이 내재하여 있다. 서거정(徐居正)으로 하여금 이 그림이 농민의
노고를 생각하게 했다면 농사짓는 모습이 매우 힘겹게 묘사된 그림은 아닐
까 상상해 본다. 이 그림은 자연이 주가되고 인물이 배경으로 그려진 그림
의 경지는 넘어서서, 자연과 맞싸우는 인물의 그림이라고 여겨진다. 후대에
그려지는 인물이 중심이고 자연이 배경인 경우에 비한다면 강희안(姜希顔)
의 이 그림은 당시에 괄목할 만한 그림이라고 본다. 이 시 속에서 자연과
맞선 농민의 고통이 느껴지기 때문이다. 이는 남종화의 한 특징을 갖추고
있다고 보겠다.[118]
 세사(世事)를 제재로 한 그림에 붙인 시에는 유교적 교훈성이 강조된

---

118) 尹喜淳, 朝鮮美術史硏究, 서울 新聞社出版局, 1948, p. 30. "文人畵·寫意的·
　　水墨 淡彩·非製飾的粗放·士大夫文人·平山土山平遠·米點皴 披麻 解索."

것에서부터 고통으로 삶을 파 일구는 농민의 생생한 사생까지 다채로운 삶의 모습이 담겨 있다. 그러나 서거정(徐居正)은 언제나 궁중을 맴돌던 인물이므로 그의 눈에 비친 그림들은 연음(宴飮)을 위주로 한 「계음도(契飮圖)」도 큰 몫을 차지하고 있다. 「계음도(契飮圖)」에서는 미적 구도나 조화를 찾기에 앞서 우리는 그 역사적 사실과 당시의 삶의 생생한 모습을 찾아 볼 수 있다.

라. 동식물(動植物)

동식물을 함께 곁들여 그린 그림에 붙인 시는 「화초비금도십수(花草飛禽圖十首)」가 있다. 이 시는 견제이월(鵑啼梨月)·앵전류풍(鶯囀柳風)·당영자고(棠迎鷓鴣)·죽장비취(竹藏翡翠)·작탁포도(鵲啄葡萄)·연략파초(燕掠芭蕉)·행오금합(杏塢錦鴿)·연당수압(蓮塘繡鴨)·구면홍료(鷗眠紅蓼)·안불백로(雁拂白蘆) 등의 각 장면으로 구성 되었다. 여기에 그린 새들은 의미가 있는 늘상 그림에 제재가 되는 새들이다. 「화수주수도십수(花樹走獸圖十首)」는 춘방면사(春芳眠麝)·오화수묘(午花睡貓)·한원괘수(寒猿掛樹)·교토장림(狡兎藏林)·율초비유(栗梢飛鼬)·연방힐서(蓮房黠鼠)·죽근유아(竹根蹓兒)·송령호손(松嶺胡孫)·우배감수(牛背撼樹)·령각촉지(羚角觸枝) 등으로 되었다. 이외에도 「제율수비원도(題栗樹飛猿圖)」「노안도(蘆雁圖)」「제고목죽림쌍작도(題古木竹林雙雀圖)」「매죽금합명작도(梅竹錦鴿鳴雀圖)」 등이 있다.

이상을 검토해 보면, 까치와 포도, 두견과 배꽃·달, 앵무새와 버드나무, 해당화와 자고새,

대나무와 비취새, 대뿌리와 대밭쥐, 대나무숲과 참새, 제비와 파초, 살구와 비둘기, 매화와 비둘기·참새, 연꽃과 오리, 연밥과 쥐, 갈매기와 붉은 여뀌, 기러기와 갈대꽃, 봄사슴, 꽃그늘과 조는 고양이, 토끼와 숲, 밤나무와 쪽제비, 원숭이와 겨울나무, 밤나무와 원숭이, 대나무와 원숭이, 소나무와 원숭이, 가지에 뿔이 걸린 양 등 서로 관념상 조화를 이루는 것들끼리 짝지워서 어떤 생각을 나타내려 그렸다. 이는 동식물에 대한 선입관적 고정 관념 때문이다.

식물만 독립해서 그린 것에 붙인 시를 보면 강희안의 「강경우화병팔폭(姜景愚畫屛八幅)」이 있다. 이 그림에는 황귤(黃橘)·율목(栗木)·서과

(西瓜) · 가자(茄子) · 석류(石榴) · 홍시(紅柿) · 첨과(甜瓜) · 황과(黃瓜) 등을 그렸다. 중국에서 우리나라에 사신으로 왔던 김식(金湜)은 「제무송부 원군윤공소장대명봉사금대복식소화십첩병풍십수(題茂松府院君尹公所藏大 明奉使金大僕湜所畫十疊屛風十首)」에 보면, 매화(梅花) · 설죽(雪竹) · 잡초(雜草) · 포도(葡萄) · 절죽(折竹) · 죽(竹) · 석창포(石菖蒲) · 난(蘭) · 송(松) 등을 그리고 이 그림에 청산백운(靑山白雲)을 끼어 넣고 있다. 소 재의 궁핍에서 이질적 요소를 넣었는지 아니면 멋으로 한 것인지는 모르나, 강희안이 그린 그림의 제재가 우리나라에서 산출되는 것이 대대수인 점을 보면 강희안의 그림은 한국적 취향이 짙음을 알 수 있다. 119)

甜 瓜

山下吾家一兩區	산 아래 우리집 이쪽 저쪽에
秋風瓜蔓走龍鬚	가을 바람에 참외 넝쿨 용의 수염같네
呼兒欲摘筠籃去	아이 불러 따고자 대광주릴 찾았더니
仔細相看是畫圖	자세보니 이 바로 그림이구려.

<사가집 목판본 권10 · 14>

서거정은 강희안의 그림이 마치 실물 같은데 감탄했다. 우리나라의 참외 밭을 그대로 묘사한 그림이라고 본다.

동물만을 그린 그림에 붙인 시로는 「제화병구수위옥여작(題畫屛九首爲 玉如作)」이 있다. 이 시에는 록(鹿) · 예(麑) · 원(猿) · 미(獼) · 후(猴) · 묘(猫) · 토(兎) · 무명수(無名獸)에다가 서과(西瓜)와 가과(茄瓜)가 덧붙 어 있다. 여기서 무명수(無名獸)는 상상의 관념적 동물이 아닌가 싶다.

식물에서 제일 많이 제재로 등장한 것은 대나무다. 도화원(圖畫院)의 화 원(畫員) 시험에서 묵죽(墨竹)을 제일로 쳤다고 한다. 또 사군자(四君子) 중 묵죽(墨竹)과 란(蘭)을 특히 좋아했다는 주장도 있다.120) 제화죽시(題 畫竹詩)를 보면 「화죽(畫竹)」2편 「제춘죽도(題春竹圖)」「제청천화죽이수 (題菁川畫竹二首)」「강청천화죽(姜菁川畫竹)」「설죽(雪竹)」「절죽(折竹)」 「제경우화죽(題景愚畫竹)」「손칠휴화죽일지증이군평복주서고풍일편별이군

119) 金榮里, 朝鮮時代 犬圖硏究, 弘益大學校, 1984, p. 13.
120) 安輝濬, 韓國繪畵史, 1980, p. 213.

잉희칠휴(孫七休畫竹一枝贈李君泙僕走書古風一篇別李君仍戲七休)」 등
이 보인다.

題景愚畫竹

京中寸地貴於金	서울의 땅 한뼘은 금보다 더 귀하여
無地容成綠竹陰	綠竹이 우거질 자리는 없네
偶向畫中時一見	우연히 그림 속에서 한번 만나보니
故牽情興到江南。	일부러 내마음을 끌어 江南에 이르려네.

<사가집 목판본 권4·34>

대나무 그림에 대한 직접과 묘사보다 그 그림에 대한 고마운 가치와 생
각되는 세태가 반영되어 있다. 이 그림에서도 강희안의 그림이 사실적인
것을 알 수 있다. 땅에 심어 자란 대나무 대신 이 그림이 있어 좋다는 표
현이 그것이다.

다음으로 많이 쓴 제재는 고목이다. 「취제영천소화가성가벽고목(醉題永
川所畫可成家壁古木)」「제고목화병팔첩(題古木畫屛八帖)」「고목도(古木
圖)」「제고목도(題古木圖)」「노목도(老木圖)」2편 「안견화목도(安堅畫木
圖)」「화고목사(畫古木辭)」 등이 있다.

畫古木辭

嗟爾挺挺之奇姿兮	아! 빼어난 기특한 자태여
何獨立乎千仞之岡也	어찌 천길 묏부리에 홀로 섰느냐
志凌雲而冲霄兮	뜻은 구름을 뚫고 하늘에 닿아
日自夫蒼蒼也	스스로 창창하다네
何無桃李之姸姿兮	어찌 桃李의 고운 자태는 없고
偃蹇而昂藏也	기개가 높고도 씩씩한 지
蓋材大而難用兮	대개 재목이 크면 쓰이기 어려워
自古而然也	예로부터 그런 것이니
夫旣爾之尤兮	이미 너의 매우심함이여
亦何怨乎天也。	또한 어찌 하늘을 원망하리.

<사가집 목판본 권1·14>

古木이 높은 뜻을 품은 큰 인재에 비유되어 있다. 재목이 너무 크면 쓰이기 어려운 법, 쓰이지 않고 살아남아 즐거운 나무가 '櫟(樂)'이라지만 이 글에서는 못쓰임을 한탄하면서도 스스로 위안하고 있다. 그림을 그대로 묘사한 부분에 이어 그 정신을 기렸다.

이외에도 해당화를 그린 그림에 붙인 시는 「제해당화도(題海棠花圖)」가 있다. 매화에는 「화매(畫梅)」와 「화매이십운봉교제(畫梅二十韻奉敎製)」가 있다. 포도만을 그린 그림을 보고 지은 시는 「강청천화포도이폭채자휴소장(姜菁川畫葡萄二幅蔡子休所藏)」이 있다. 소나무를 그린 그림을 보고 지은 시에는 「경순친소송죽이폭제시기상이증자심(景醇親掃松竹二幅題詩其上以贈子深)」과 「제화송병풍팔수(題花松屛風八首)」가 있다. 난초를 그린 그림을 보고 지은 시로는 「난죽도(蘭竹圖)」와 「윤담수기란죽화족이폭(尹淡叟寄蘭竹畫簇二幅)」이 있다. 중국 사람들이 좋아하는 모란 그림을 보고 지은 시를 찾을 수는 없다.

동물만을 그린 그림을 보고 지은 시에는 말에 대한 시가 가장 많다. 「희이도옹소장화마이수(戱李賭翁所藏畫馬二首)」「팔준도행(八駿圖行)」「제총마도(題驄馬圖)」2편 등이 있다. 이 말 그림은 「팔준도(八駿圖)」가 유명하다. 이에 대한 언급이 『해동잡록(海東雜錄)』에 「팔준도명(八駿圖銘)」과 더불어 자세히 소개되어 있다.[121]

題驄馬圖

慷慨乘驄客	강개하여 총마를 올라 탄 나그네
蜚騰一代賢	날 듯이 앉은 모습 당대의 인물
豸曾惟獨角	豸는 오직 등이 불쑥 나왔고
鶻亦不空拳	鶻도 또한 빠르지는 못해
面似冰霜凜	얼굴은 마치 찬 서릴 능지를 듯
腸如鐵石堅	창자는 돌과 쇠처럼 굳세어라
紀綱當自振	기강을 마땅히 스스로 떨치며
名節要須全。	명예와 절조를 반드시 보전하네.

＜사가집 목판본 권46·18＞

121) 權鼈, 海東雜錄, 大東野乘, 卷十九.

제 1 · 2구는 말에 탄 인물이 총마에 걸맞는 훌륭한 인재라는 뜻이고 제 3 · 4구는 치(豸)나 골(鶻)도 총마에는 비교가 안된다는 것이다. 그림에 그려 있지 않은 점을 시에 썼다. 제 5구는 말의 표정이니까 생생한 말의 모습이다. 그러나 제 6 · 7 · 8구에서 말의 창자 · 기강 · 명예와 절조 등은 그림에선 그려내지 못하는 내면이다.

이외에 동물을 그린 그림에 붙인 시로는 오리를 제재로 한 「제화압(題畫鴨)」「죽계부압도(竹溪浮鴨圖)」와 고양이를 제재로한 「화묘일백사운(畫猫一百四韻)」「제화묘(題畫猫)」 매를 제재로 한 「화응이수(畫鷹二首)」 참새를 제재로 한 「제예조벽상화작(題禮曹壁上畫雀)」 등이 있다.

『사가집』에는 어해도(魚蟹圖)에 붙은 시는 볼 수 없다.

동식물의 그림에 붙인 시를 통하여 당시의 그림에 생기가 있고 시인의 남은 운치로 그려진 그림이 간혹 있었던 실상을 볼 수 있다.[122)

③ 결론

이상으로 서거정의 제화시에 나타난 화(畫)의 제재를 살펴 보았다. 200여편의 제화시(題畫詩)를 제재별로 정리해 보니 동식물이 50여편 인물과 산수가 각각 40여편 세사가 30여편이나 된다.

그림을 천시하던 시대에 서거정과 같은 관각문학가로서 제화시를 이와 같이 많이 남긴 사실에 주목하고, '시화일치'에 바탕을 둔 '시화상보'의 관점에 초점을 맞추어 제재를 살펴 보았다.

인물도에서 돋보인 것은 「미인도(美人圖)」였다. 「제미인피서도시(題美人避暑圖詩)」에 보면 미인에 대한 묘사는 없고 주변 배경에 대한 묘사만 있다. 이 시로보면 미인이 주제가 아니라 피서가 주제다. 그림에서 나타낼 수 없는 동적이고 음악적인 묘사에 치중했다.

「여인도(麗人圖)」는 두보(杜甫)의 시를 그린 그림을 보고 지은 시같다, 마치 「몽유도원도(夢遊桃源圖)」처럼. 「제추장부요음미인도(題醜丈夫邀飲美人圖)」는 코믹한 상황 묘사의 그림의 특징적이다. 추장부(醜丈夫)가 주

---

122) 金安老, 龍泉談寂記, 大東野乘, 卷十三, 參照.

인공인 이 그림은 풍속도적인 감흥조차 느끼게 하여 매우 색다르다.

짐승을 타고 있는 인물 그림은 「목아기우도(牧兒騎牛圖)」에 붙인 시가 돋보인다. 그림을 통하여 자신의 심정을 시로 표백했다. 이 그림도 소를 타고 있는 그 정경이 그림의 주제다.

「촌부도(村婦圖)」는 소박한 시골 아낙이 치장하는 장면을 포착한 그림으로 관념적이라기보다, 사실적이래서 풍속화를 보고 지은 시같이 짐작된다. 이외에 인물을 제재로 한 그림에는 중국 고사에 나오는 인물을 그 이야기와 더불어 그린 그림이 많다. 「백아양아양도(伯牙羍洋圖)」는 도를 앞세워 교화를 생각한 관념적 그림이다. 신선을 제재로 그린 「나부선도(羅浮仙圖)」 같은 시는 그림에 그려 있지 않은 정경을 시적 분위기를 위하여 써 넣었다.

인물도에 붙인 시는 대체로 관념적인 묘사와 해설적 시가 주류를 이루고 있으며 임금이나 그 당시 귀인에 대한 초상화 등을 보고 지은 시는 없다.

제산수도시(題山水圖詩)에는 여러 폭의 병풍 그림을 보고 지은 시가 여러 편 있다. 최경(崔涇)이 그린 산수도(山水圖)의 제재는 일본승(日本僧)의 경우보다 더 다양함을 보여 준다. 「제산수도이수(題山水圖二首)」에서는 좋은 경치는 그저 중국의 경치로 미루어 생각하는 경향이 있는 것을 알 수 있다. 「제춘경소화(題春景小畫)」에서 보면 봄을 관념화시킨 그림으로 보인다. 「추산평원도(秋山平遠圖)」는 우리나라 산수를 그린 표적이 여실히 시에 나타난다. 여기서도 시를 통하여 그림의 부족한 점을 보완하는 역할을 제화시가 담당하고 있는 실상이 보인다.

분명히 중국의 경치를 그린 그림에 붙인 시라는 확증이 가는 경우가 있다. 「적벽도(赤壁圖)」의 경우에 적벽(赤壁)에 얽힌 역사로 시를 지었다.

서거정의 생활이 잘 보이는 제세사시(題世事詩)는 유학적 문치(文治)의 기틀이 굳어가던 이 시대의 실상도 잘 드러나 있다. 「효자도십영(孝子圖十詠)」은 효성에 대한 중국 고사를 관념적으로 처리한 그림으로 얼마나 미적 가치가 있을까 생각하게 한다. 「제동궁가례도감랑청계음도(題東宮嘉禮都監郎廳契飮圖)」는 동궁(東宮)의 가례(嘉禮)를 준비 집행하는 직책을 맡았던 이들이 그 예식을 끝내고 친목을 도모하여 그 동안의 수고를 위로하는 잔치자리를 그린 그림에 붙인 시다. 「공조랑청연회도(工曹郎廳讌會圖)」는 벼슬하는 이들끼리 갖는 잔치자리를 그림으로 그리고 거기에 시를 붙인 경우다. 이렇게 중요한 모임이면 그림으로 그려 남기고 또 거기에 시를 지어 기렸던 당시 삶의 모습을 엿볼 수 있다.

「제제랑답청도삼수(題諸郎踏靑圖三首)」를 보면 행사에 그림을 남기고 또 시를 지었다는 사실을 알 수 있다. 이 때는 예술 활동이 생활의 한 부분이었으며, 생활에 예속된 효용적 예술관이 적용되었던 시대다. 「제경우경운도(題景愚耕耘圖)」는 실제적 삶을 그린 그림이라고 생각할 수 있게 시가 써졌다. 이 시는 농민의 어려운 점을 부각시켰다. 이 그림은 사실적인 것처럼 생각이 들게 시가 지어졌다.

유교적 교훈성이 강조된 그림에서부터 삶을 파일구는 농민을 생생하게 사생하듯 한 것에 이르기까지 다채로운 삶의 모습이 담겨져 있다. 인물에 중점을 둔 것이라기 보다 그 상황을 그리고 있는 특징을 그 시에서 찾을 수 있다.

동식물을 제재로 한 그림은 동식물의 아름다움에 끌려 화필을 잡았다기 보다 그것들이 표상하는 도덕적 의미나 관념 등에 따라 그린 점을 알 수 있다. 자연 사물 중에서 일정한 격식의 틀을 만들어 놓고 있다. 예를 들면 원숭이 그림은 밤나무, 추운 겨울 나무, 소나무, 대나무 등 강직한 것들하고만 함께 그렸다. 「화죽(畫竹)」과 「고목도(古木圖)」는 가장 많이 사용된 제재다. 이런 그림에 붙인 시는 강인성 고고함 등을 찬양하였다. 이 제재를 통한 내면 세계를 표상했다. 동물에서는 말 그림이 제일 많다. 이 또한 말에 대한 관념적 예찬이 주류를 이루고 있다. 이 시기에는 「어해도(魚蟹圖)」를 보고 지은 시가 없다.

대체로 행사를 작품화하거나 유학적 관념을 표상한 그림이 많은 시대에, 강희안의 그림은 우리나라의 산수를 그리고, 우리나라 백성의 삶의 모습을 그려서 특징적인 점을 발견할 수 있다.

13. 시를 통한 인물의 비교
- 동고 이준경과 남명 조식의 관계

① 서론

　지금까지 남명(南冥) 조식(曺植)에 대한 연구는 남명학연구소(南冥學研究所)의 활발한 연구에 의해서 많이 천착(穿鑿)되었다고 생각한다. 생애, 학문, 사상, 문학, 윤리, 종교, 철학, 영남학파와의 관련, 교육철학 등에 관한 광범위한 연구물들이 많다. 이번 이 기획은 남명(南冥)과 시대를 같이 했던 학자, 정치가 등 그 당시 사회와 국가 또는 그 후대까지도 영향을 끼친 분들과 남명과의 관계를 밝혀서 남명의 시대적 위상을 확실히 하려는 의도인 것으로 생각한다.

　남명과 동고(東皐)의 관계에 대해서는 『남명집(南冥集)』과 『동고유고(東皐遺稿)』에 각각 기록이 전하는 것을 토대로 하여 우선 『남명집(南冥集)』과 『동고유고(東皐遺稿)』에서 그 분들 자신의 기록을 비교 검토하고, 성장 배경과 수학(修學), 환로(宦路), 「무진봉사(戊辰封事)」와 「병인봉사(丙寅封事)」, 동고가 남명에게 선물한 『심경(心經)』을 둘러싸고 있는 두 분의 관계를 살펴보려고 한다.

　성장 환경과 과정이 다르고, 가계가 달라서 공부한 환경이 다르다. 한때 함께 공부했다고는 하나, 두 분은 걸어오신 길이 달랐다. 그래서 학문이 다르고 사상이 다를 것이다. 특히 사상이 다른 것에 대하여 「무진봉사」와 「병인봉사(丙寅封事)」, 동고가 남명에게 선물한 『심경(心經)』을 통해서 서로 같은 점과 다른 점을 비교 검토하려고 한다.

　「무진봉사」와 「병인봉사」를 비교 대상으로 선정한 이유는 봉사(封事)라는 글이 임금께 자신들의 간곡한 생각을 진정(陳情)하는 것이라는 점을 생각해서다. 아마도 이 글 속에는 두 분 각각 자신들의 곡진한 사상이 들어 있을 것이라는 생각을 할 수 있을 것이다. 동고가 남명에게 선물한 『심경』을 통해서 동고의 권고와 남명이 개진한 마음을 읽을 수 있을 것이라고 생각한다.

　동고에 대한 연구물들도 많이 있다. 가계(家系), 당쟁과 신진 사류와의 갈등, 동고의 국방 정책, 학문, 사상, 문학 등 많은 연구 업적들이 있다. 이 선행 논문들은 남명과 동고를 비교하는데 많은 도움을 주었다.

　이 논문에서 성장 배경과 수학, 환로는 김충렬의 「생애를 통해서 본 남명의 위인」과 김성준의 「동고 이준경과 그 가계 - 정치세력을 중심으로」를 많이 참고 하였다. 남명의 경우 동고보다 깊이 있는 선행 논문들이 많이 나왔다는 점을 지적하여 둔다.

② 본론

가. 『남명집』과 『동고유고』

　『남명집』과 『동고유고』에는 남명과 동고가 서로 주고받은 글이 실려 있다. 먼저 그 목록을 보이면 다음과 같다.

『南冥集』		『東皐遺稿』		備考
文目	出典	文目	出典	
		與曺楗仲植書	東皐遺稿卷九 · 10書	
謝李原吉送曆詩	校勘國譯南冥集 p.87			
答李相國原吉書	校勘國譯南冥集 p.376	附南溟(冥)書	東皐遺稿卷九 · 10書	同一文
		與曺楗仲書	東皐遺稿卷九 · 10書	
書李君原吉所贈心經後 (南溟'冥'心經跋)	校勘國譯南冥集 pp.413 - 414	南溟(冥) 心經跋	東皐遺稿卷九 · 10 - 11書	同一文

		與曹南冥讀書 于楂山	東皐遺稿卷十一 ・4年譜	
		以心經一帙 贈友人曹楗仲	東皐遺稿卷十一 ・8年譜	
		二月聞曹南冥 訃歎曰	東皐遺稿卷十二 ・16年譜	

『남명집』에는 「사이원길송력(謝李原吉送曆)」과 「답이상국원길서(答李相國原吉書)」 그리고 「서이군원길소증심경후(書李君原吉所贈心經後)」가 전한다. 「사이원길송력(謝李原吉送曆)」은 다음과 같이 동고가 달력을 보내 온 것에 대한 감사의 七言絶句다.

<table>
<tr><td>이원길이 책력을 보낸 것에 감사함</td><td>謝李原吉送曆</td></tr>
<tr><td>동계(東溪)를 향해서 새 책력 부치지 마오</td><td>莫向東溪寄曆新</td></tr>
<tr><td>오행(五行) 도는 것 산골 사람은 기억 못한다오</td><td>山人不記五行辰</td></tr>
<tr><td>오직 창 너머에 매화가 있어</td><td>隔窓唯有梅花在</td></tr>
<tr><td>눈 헤집고서 해마다 이른 봄을 알린다오</td><td>擺雪年年報早春</td></tr>
</table>

<교감국역 남명집 p.87>

이와 관련하여 『남명집』과 『동고유고』에는 다음과 같은 글이 실려 있다. 먼저 『국역동고유고』를 보면 다음과 같다.

깊은 골목에서 멀리 보내신 대감의 편지를 받았습니다. 아울러 여러 가지 약재를 받자왔는 바, 약 분별하심이 진실로 은근했습니다. 비록 병증은 고치지 못했으나, 그 고인을 버리시지 않은 뜻은 실로 지금 세상에는 없는 것입니다. 그날 밤중까지 깜박이는 등잔불이 완연히 꿈속을 말하는 것 같아서 안타까운 마음 금하지 못했습니다.

두 해에 걸쳐 보내주신 책력이 두 해 동안 면목으로 남아 있으니 어찌 저에게 많은 보화를 주신 것뿐이겠습니까?

생각하옵건대 깊은 산 속에서 상대하는 것은 다만 사슴과 산돼지뿐입니다. 잇달아서 조심하도록 경계하셨는데 진중하고 지극하신 뜻이신

바 비추한 사람을 멀리하는 마음이 없으심에 더욱 감사합니다. 저도 또한 공에게, 위로 솟은 소나무와 같이 높게 보여서 아래에서 끌어당기는 등덩굴 같은 것이 없게 하시기를 청합니다. 이것으로 한 말씀드립니다. 늦게야 눈병 있으심을 다시 알아 못내 놀랍고 한탄스러웠으나, 영공께서 일찍부터 장님 아니었음이 한스럽습니다. 살피시기 바라오며 삼가 사과합니다.123)

이에 대하여 『남명집』에는 이렇게 번역을 해서 실었다.

멀리 이 궁벽한 마을까지 보내주신 귀한 서찰을 반갑게 받았습니다. 아울러 보내 주신 여러 가지 약재도 잘 받았습니다. 약재를 보내 주신 것이 참으로 정성스러우니, 병통을 고치지는 못하더라도 옛 친구를 저버리지 않는 마음은 실로 요즘 세상에 없는 일입니다. 그날 밤중 꺼져가는 등불이 가물거릴 때, 공께서 아련히 꿈속에서 말하는 듯하여 그리운 마음을 금할 길이 없었습니다. 두 해에 걸쳐 보내온 책력(冊曆)이 두 해의 모습으로 남아 있으니, 어찌 저에게 백붕(百朋)124)을 주신 것일 뿐이겠습니까?
삼가 생각하건대, 저는 깊은 산 속에 살다보니, 만나는 것이라고는 사슴이나 멧돼지 같은 산 짐승들뿐입니다. 이어 십분 자신의 몸을 돌보고 아끼라고 말씀해 주시니, 진중하고 지극한 뜻으로 멀리하는 마음이 없으신 점에 더욱 감사드립니다. 저 또한 공께서는 소나무처럼 위로 우뚝하게 치솟아, 사람들이 등넝쿨처럼 아래서 타고 올라오지 못하게 하시기를 부탁드립니다. 이 한 마디 말씀을 드립니다. 뒤늦게 눈병을 얻으셨다는 사실을 알고서 놀라움과 탄식을 금치 못했습니다. 다만 영공(令公)의 눈병이 일찍 낫지 않는 것이 한스럽습니다. 삼가 잘 보살피시기를 바라며, 감사의 말씀을 드립니다.125)

이 두 번역의 원문은 다음과 같다.

---

123) 東皐學硏究所 譯, 『國譯東皐遺稿』 上卷 p. 303.
124) 百朋 : 붕(朋)은 화폐의 단위로 5패(貝)가 1 붕(朋)이다. 여기서 '백붕(百朋)'은 매우 많은 돈을 가리킨다.
125) 南冥學硏究所 編譯, 『校勘國譯 南冥集』 p.138.

幸承勻札 遠及窮巷 幷蒙多般藥餌 撥藥良勤 雖未能醫得病 痛其
不虔 故之意 實今世所無也 當日中宵 殘燈明滅 渾似說夢 不禁依
依 兩年來曆 留作兩年面目 奚啻惠余百朋 伏念深山應接秖 是鹿家
追誠十分慎嗇 益謝珍重至意 不有遲心 僕亦請公 上竦如松 毋使下
援如藤用 是爲覩 更認晩得眸眛 不勝驚歎 獨恨令公瞽病之不早也
伏惟領照謹謝

이 원문은 똑같다.

이 편지의 내용을 살펴보면 다음과 같이 정리할 수 있을 것이다.

① 幸承勻札[126] 遠及窮巷 幷蒙多般藥餌 시골에 있는 남명선생에게
약재를 구해 보내 주었다.

② 兩年來曆 留作兩年面目 책력을 두 해에 걸쳐서 보내 주었다.

③ 追誠十分慎嗇 益謝珍重至意 不有遲心 이어 십분 자신의 몸을 돌
보고 아끼라고 하시면서, 진중하고 지극한 뜻과 가까이 친하게 하시는 것
에 더욱 감사했다.

④ 更認晩得眸眛 不勝驚歎 獨恨令公瞽病之不早也 뒤늦게 눈병을 얻
으셨다는 사실을 알고서 놀라움과 탄식을 금치 못했습니다. 다만 영공(令
公)의 눈병이 일찍 낫지 않는 것이 한스럽습니다.

남명은 동고가 건강을 염려해서 이렇게 약재를 보내 준 것, 일상에 필요
한 달력을 보내 준 것에 감사하면서, 남명도 동고의 건강을 염려하는 마음
이 간절하다.

이 편지에 보이는 달력을 두 해에 걸쳐 보내 주었다는 것이 남명이 앞
의 시를 동고에게 보낸 직접적인 동기가 되는 것 같다. 이런 글을 통해서
지금 우리들은 두분의 각별하신 사이를 짐작하게 된다.

이 편지와 관련하여 『동고유고』에는 「여조건중식서(與曺楗仲植書)」라는
다음과 같이 짧막한 편지가 실려 있다.

한 말씀으론 흡족하지 못한데, 구름 같은 날개가 펄럭이는구료(날개
가 있다면 구름을 타고 훨훨 날아가련만 ....) 땅에 기는 벌래와 황
곡 같아서, 슬프게 사모한들 어찌하겠소.[127]

---

126) 勻札은 정승의 편지라는 뜻.

이 편지의 내용은 남명(南冥)을 만나 보고 싶지만 현실적으로 가지 못하는 사정을 말하고 있다. 가지 못하는 사정이 무엇인지는 기록에 없다. 남명(南冥)의 편지는 비교적 내용을 짐작할 수 있도록, 온전하게 남아 있으나 동고(東皐)의 경우는 그렇지 못하다.

다음으로 『남명집』에는 「서이군원길소증심경후(書李君原吉所贈心經後)」가 실려 있다. 이는 『남명심경발(南冥心經跋)』과 같은 글이다. 원문은 『남명집』이나 『동고유고』가 모두 똑 같다. 여기서는 『교감국역 남명집』의 번역을 인용한다.

나의 벗 광릉(廣陵)128) 이원길이 이 책을 주면서 스스로, "나는 비록 착하지 못하지만 남이 착하도록 도와주려는 생각은 진실로 얕지 않다. 이 '마음'을 잘 미루어 나가면 비록 나라 일을 저울눈처럼 분간하는 것도 평범하고 자잘한 일일 것이다."라고 하였다.

내가 처음 이 책을 받고는 황송하고 두려워서 마치 산더미를 짊어진 듯 하였다. 내가 항상 스스로 경계하여, "언행(言行)을 신의 있게 하고 삼가 하며, 사악(邪惡)함을 막고 정성(精誠)을 보존하라. 산처럼 우뚝하고 못처럼 깊으면, 움 돋는 봄날처럼 빛나고 빛나리라."129)라는 말을 벽 위에 써서 걸어 두었으나, 마음은 늘 초(楚)나라와 월(越)나라 사이처럼 아득히 멀어져 있는 경우가 많았다.

　　마음은 죽고 육체만 걸어 다닌다면 금수(禽獸)가 아니고 무엇이겠는가? 그렇다면 내가 이군(李君)을 져버린 것이 아니라 바로 이 책을 져버린 것이며, 이 책을 져버린 것이 아니라 바로 내 마음을 져버린 것이다. 「마음을 져버리면 마음이 죽은 것이니」 슬프기로는 마음이 죽은 것보다 더 큰 것이 없다. 죽지 않는 약을 구했으면 먹는 것이 급한 일인데, 이 책이 아마 마음을 죽지 않게 하는 약이리라. 반드시 먹어서 그 맛을 알고 좋아해서 그 즐거움을 알아야, 오래 갈 수도 있고 편안할 수도 있으며, 아침 저녁으로 일상 생활에서 쓰기를 스스로 마지않을 것이다. 노력하여 게으르지 않도록 하라. 안자(顔子)와 같이 되는

127) 李浚慶, 『東皐遺稿』 卷九·10 書, 「與曺健仲植書」 "一言未洽 雲翮翩翩　壞虫 黃鵠 悲慕奈何"
128) 廣陵 : 이준경의 본관이 광릉(廣陵)인데, 광릉은 곧 지금의 광주(廣州)이다.
129) "　　"안의 말은 남명의 좌우명이다.

길이 바로 여기에 있느니라.

　　가정(嘉靖) 신묘(辛卯:1531)년 10월 일에 하성(夏城)130) 조건중
(曺楗仲)이 쓰다.131)

　이 「남명심경발」에 대해서는 다음 『심경』 항목에서 세찰하려고 한다.

　지금까지 거론한 글 이외에 『동고유고』에는 년보에 남명과 동고가 유산
에서 독서했다는 기록과, 동고가 남명에게 『심경』을 선물했다는 기록과, 남
명의 부음을 듣고 동고가 애도한 다음과 같은 글이 실려 있다.

　　　2월에 남명의 부음을 듣고 탄식하며,
　　　"내 친구 건중은 나보다 두 살 아래인데 먼저 세상을 떠나니 내 어
　　찌 오래 살 수 있겠느냐." 하였다. 선생은 일찍이 말하기를 "건중은 맑
　　고 높은 기상과 절의로 후인을 계도(啓導)하고 풍속을 경계시켰으니,
　　옛날에 비기어 보아도 이와 같은 사람은 드물 것이다. 그러나 벼슬에
　　나가 있는 날이 많지 않은 것이 한스럽다." 하였다. 이때에 이르러 영
　　위를 만들어 놓고 곡을 하고, 제문을 지어 아들 덕열로 하여금 덕산에
　　가게 하였다.132)

　이를 보면 평소에 남명과 동고의 친분 관계를 짐작할 수 있을 것이다.
서로 인격적인 존경을 했던 두 분임을 알 수 있다.

---

130) 夏城 : 하산(夏山)이라고도 하는데, 창녕(昌寧)의 옛 이름으로 남명의 본관이기도
　　　하다.
131) 南冥學硏究所 編譯, 『교감국역 南冥集』 p.199. "友人廣陵李原吉 以是書遺之
　　　其自言曰 吾雖不善 而與人爲善之意 則誠不淺也 推是心也 分國鎦銖庸細事矣
　　　余(予)初得之 辣然惕然 如負丘山 常自警云 庸信庸謹 閑邪存誠 岳立淵冲(沖)
　　　燁燁春榮 雖寫揭壁中 而心常楚越者多矣 心喪而肉行 非禽獸而何 然則非負李
　　　君 則(卽)負是書 非負是書 卽負吾心 哀莫大於心死 求不死之藥 惟食爲急 是
　　　書者 其惟不死之藥乎 必食而知其味 好而知其樂 可久可安 朝夕日用 而不自己
　　　也 努力無息 希顔在是 嘉靖 辛卯 十月日 夏城 曺楗仲書"

132) 東皐學硏究所 編譯, 『國譯 東皐遺稿』 上卷 p. 432. "二月聞曺南冥訃歎曰 吾
　　　友楗仲 少我二年 而先逝我 安長留 先生嘗言 楗仲淸高氣節 啓後警俗 比古罕
　　　稀 而惟恨仕進之無多日 至是 爲位而哭 述祭文 使子德悅去德山"

나. 성장 배경과 修學

1) 가계

남명(1501 - 1572)은 창령(昌寧) 조씨(曺氏)다. 창령 조씨는 신라의 성으로 비조(鼻祖)인 계룡(繼龍)은 진평왕(眞平王)의 사위다. 왜적을 물리친 공으로 창령부원군(昌寧府院君)에 봉해졌다. 벼슬이 태사(太師)에 이르렀다.[133]

창령 조씨는 신라 시대에는 월성(月城)에서, 고려 시대에는 송도(松都)에서 대대로 살았지마는 조선 시대에 들어서는 처음에는 잠시 서울에 살다가 증조(曾祖)인 안습(安習)에 이르러 지금의 경상남도(慶尙南道) 합천군(陜川郡) 삼가면(三嘉面) 판현(板峴)으로 락향(落鄕)했다.[134] 남명의 조(祖)인 영(永)은 봉사(奉事)[135], 증조(曾祖)인 안습(安習)은 생원(生員)을 했다. 남명의 고조(高祖)인 은(殷)은 인용교위정(仁勇校尉正)[136]이고, 오대조(五代祖)인 천길(天吉)은 좌우위보승중랑장(左右衛保勝中郎將)[137]이었다.

남명의 오대조(五代祖)는 삼형제(三兄弟)이지만 고조, 증조, 조는 모두 독자(獨子)이다. 그러나 남명(南冥)의 조부(祖父)는 오남일녀(五男一女)를 두었다. 남명(南冥)의 부(父) 언형(彦亨)은 맏아드님이다. 남명(南冥)의 아버지 언형(彦亨)(1469 - 1526)과 숙부(叔父) 언경(彦卿)은 모두 대과(大科)에 올랐다. 특히 아버지는 생원과(生員科)와 정시(庭試)에 모두 장원(壯元) 장원(壯元)을 했다. 기묘사화(己卯士禍)(1519) 당시 이조(吏曹) 좌랑(佐郎)으로 인사권(人事權)을 가지고 있었다. 사화 후에도 계속 벼슬을 했으나 사예(司藝), 사성(司成), 판교(判校)[138] 등에 머물면서 삼품(三品)에 그쳤다. 김충렬(金忠烈)에 의하면 "정시(庭試) 장원(壯元)으로 조야(朝野)의 성망(聲望)을 한 몸에 받았던 언형(彦亨)은 23년 동안 청환(清宦)을 두루 겪으면서도 위계(位階)가 삼품(三品)에 지나지 않았고, 그것도

---

133) 金忠烈, 「生涯를 통해서 본 南冥의 爲人」『大東文化研究』第17輯
134) 金忠烈, 「生涯를 통해서 본 南冥의 爲人」『大東文化研究』第17輯.
135) 從八品.
136) 고려시대 武官의 正九品 上의 官階. 성종 14년(995)에 제정 되었다. 조선 시대에 들어서서 敦勇校尉로 잘못 불리워 진듯하며 職級은 正六品이다.
137) 고려 시대 京軍인 六尉의 하나로 각 尉에는 保勝 十領이 있는데, 각 領에는 五品 벼슬인 中郎將이 二人 配屬되어 있다.
138) 司藝는 正四品, 司成은 從三品, 判校는 正三品이다.

마지막에는 모함을 받아 관직(官職)이 삭탈(削奪) 되기에 이르렀으며 죽은 뒤에야 아들 식(植)의 항소(抗疏)로 신원(伸冤) 되었다."[139]라고 했다.

남명이 손수 지은 아버지의 묘갈명(墓碣銘) 병서(幷序)에 보면 "자손에게 남겨준 것이 분수에 만족하라는 것 뿐이었다"[140]고 술회(述懷)하면서 아버지께서 병을 얻어 돌아가신 사연을 다음과 같이 기록했다. "액운(厄運)을 만나 제주목사(濟州牧使)에 임명 되자마자 병이 심해져서 취임하지 못하였는데, 마침내는 병을 핑계로 어려운 일을 회피하였다는 죄에 걸려 관작을 모두 삭탈 당하였다. 장례를 지내고 난 다음에 임금에게 원통함을 호소하자, 판교 이하의 관작을 회복한다는 명이 내려졌다."[141]

남명의 어머니는 인천(仁川) 이씨(李氏)다. 아버지는 충무위(忠武尉)[142] 국(菊)이고, 조부(祖父)는 극성(克誠), 증조부(曾祖父)는 현령(縣令)을 지낸 주(怞)다. 특히 어머니의 외증조부(外曾祖父)는 세종(世宗) 때 유명한 장군이며 영의정(領議政)을 지낸 최윤덕(崔潤德)이다.[143]

남명의 어머니는 어려운 가계(家計)를 잘 이끌어 간 것 같다. 송인수(宋麟壽)의 「유인이씨묘갈명 병서(孺人李氏墓碣銘 幷序)」에 보면 다음과 같은 기록이 있다.

> 판교공(判校公)이 부인보다 먼저 돌아가니, 벼슬에 있을 때에도 염치를 지키고 삼가해서 살림을 꾸릴 수가 없어서 가난하기가 한사(寒士)와 같았었다. 벼슬이 통정에 올랐을 때에도 다만 말 한필뿐이었다. 죽으로 끼니를 때우니 실로 부인의 도움이었다.[144]

이는 아버지가 계실 때에도 가난해서 어머니가 가계를 이끌었다는 기록

---

139) 金忠烈, 「生涯를 통해서 본 南冥의 爲人」 『大東文化硏究』 第17輯
140) 曺植, 「先考 通訓大夫 承文院 判校 墓碣銘 幷序」 『교감국역 南冥集』 南冥學硏究所 飜譯, 1995. p.207.
141) 曺植, 「先考 通訓大夫 承文院 判校 墓碣銘 幷序」 『교감국역 南冥集』 南冥學硏究所 飜譯, 1995. p.207.
142) 조선 시대 군사 조직의 하나, 충무위는 後衛다.
143) 어머니 외가에 대해서 當時 大司憲 宋麟壽가 지은 墓碣에 상세히 기록하여 자랑한 듯하다.
144) 宋麟壽, 「孺人李氏墓碣銘 幷序」 『圭菴集』 卷二 · 33, "判校公先夫人卒 在官廉愼 不爲身計 貧如寒士 陞階通政 只有一馬 鬻爲章服 實夫人有助焉."

이라고 해석이 된다. 남명의 어머니는 이렇게 훌륭하게 가정을 지키면서 남명을 가르쳤다.

동고(1499 - 1572)는 광주(廣州) 이씨(李氏)다. 동고의 집안은 가계가 혁혁(赫赫)한데, 이에 대하여는 김성준이 「동고 이준경과 그 가계 - 정치 세력을 중심으로 -」라는 논문에서 자세히 서술하고 있다.[145]

동고의 육대조(六代祖)는 집(集)으로 절의(節義)가 유별했으며, 오대조 (五代祖)는 지직(之直)으로 참의(參議)를 지낸 청백리(淸白吏)이며, 고조 부(高祖父) 인손(仁孫)은 우의정(右議政)이었으며, 증조부(曾祖父) 극감 (克堪)은 형조판서(刑曹判書)를 지냈고 광성군(廣城君)에 봉(封)해졌다. 조부(祖父) 세좌(世佐)는 의정부좌우찬성(議政府左右贊成)을 지냈으며 광 양군(廣陽君)에 봉했졌으며, 아버지 수정(守貞)은 세자시강원(世子侍講院) 사서(司書)를 지냈고 갑자사화(甲子士禍)의 와중(渦中)에 참형(斬刑)을 당했으며, 영의정(領議政)에 추증(追贈)되었다.

동고의 어머니는 평산(平山) 신씨(申氏)로 정오품(正五品) 벼슬인 상서 원(尙瑞院) 판관(判官)을 지낸 신승연(申承演)의 따님이자 좌의정(左議 政)을 지낸 신자수(申自守)의 증손녀다. 동고의 어머니는 연산군(燕山君) 4년(1504)에 시아버지와 남편을 모두 잃고, 어린 두 아들을 데리고 괴산으 로 유배를 가게 되었으나 두 아들을 훌륭하게 길러 낸 분이다.

兩家門의 벼슬 比較表

祖　上	南　冥	東　皐
五 代 祖	左右衛保勝中郎將	參議
高　祖	仁勇校尉正	右議政
曾　祖	生員	刑曹判書
祖　父	奉事	議政府左右贊成
父　親	判校	世子侍講院 司書 贈領議政

---

145) 김성준, 「동고 이준경과 그 가계 - 정치 세력을 중심으로 -」『동고학논총』제일집, 1997. 동고학연구소 간행.

이상의 표를 보면 남명의 가계와 동고의 가계가 차이가 있음을 알 수 있다. 이런 가계의 차이는 바로 남명과 동고의 삶을 형성하는 요인이 되었을 것이다. 다시 말하면 남명은 지리산 자락에서 학문을 하면서 제자를 길렀고, 동고는 서울을 떠나지 않으면서 임금님 주변에서 나라의 정치를 도맡아 하는데 그 요인이 되었다고 할 수도 있을 것이다.

2) 성장 배경

남명이 태어난 곳은 그의 외가(外家), 경남(慶南) 합천(陜川) 삼가(三嘉) 토동(兎洞)이다. 김충렬(金忠烈)의 「생애를 통해서 본 남명의 위인」이라는 논문에 의하면 다음과 같이 기록했다.

> 남명(南冥)의 집터는 풍수상(風水上)으로 명당(明堂)이었다고 한다. 술사(術士)가 점(占)치기를 신유년(辛酉年)에 여기서 태어나는 아기는 커서 성현(聖賢)이 될 것이라고 했다는 것이다. 그래서 남명의 어머니는 일부러 친정에 와서 해산을 했는지도 모르지만, 출산(出産) 당일 집 앞의 팔각정(八角井)에 무지개가 서고 령롱(玲瓏)한 광채(光彩)가 산실(産室)에 가득했다고 하니 상서(祥瑞)로운 징조가 아닐 수 없다.146)

남명이 태어났을 때를 기록한 연보를 보면 다음과 같이 묘사했다.

> 연보(年譜)에 의하면, 외조부(外祖父)가 직접 대나무를 때서 미역국과 밥을 지었다고 하며, 방안에서 들려오는 울음소리가 하도 홍량(洪亮)해서 일편 기뻐하며 술사(術士)의 이야기를 되새기면서 성현(聖賢)이 조문(曺門)으로 갔구먼 하고 한편 서운해하기도 했다는 것이다.147)

동고는 서울 연지동에서 태어났다. 동고의 경우도 탄생에 얽힌 설화가 있다. 이광수가 지은『새시대를 이끌어간 정치인 – 동고 이준경선생 일대기』에 보면 다음과 같이 기록했다.

---

146) 金忠烈, 「生涯를 通해서 본 南冥의 爲人」 成均館大學校 大東文化研究院. pp. 8 - 9.
147) 金忠烈, 「生涯를 通해서 본 南冥의 爲人」 成均館大學校 大東文化研究院. p.9.

유명인의 출생을 말할 때면 의례 태몽이라던가 그에 얽힌 이야기가 있게 마련인데 동고의 경우도 예외가 아니다. 그의 모친인 신씨 부인이 동고를 낳던 날 아침부터 저녁까지 자색의 기운이 하늘의 한복판에서 집을 향해서 뻗쳐 있었다고 한다. 세상에 나와서 첫울음 소리도 매우 큰 편이었던 모양이다. 그의 문집에 기록된 연보에 따르면, 그 우는 소리가 마치 큰 종이 울리는 것과 같았다고 했으니.....148)

「생애를 통해서 본 남명의 위인」에서 김충렬은 "어머니의 가계 – 부유한 공신의 외손녀"라고 항목을 설정하고 남명의 어머니가 훌륭한 분임을 기록하고 있다.149) 『동고유고』의 년보에 보면 연산군 7년(1501 : 동고 2세)과 9년(1503 : 동고 5세)에 모부인이 동고를 교육한 것에 대하여 기록한 것을 보면 동고의 어머니도 훌륭한 분으로 여기고 있는 것이 당시 세태의 반영인 듯 싶다.150)

남명은 성장 과정에서 부모의 영향이 컸던 것으로 생각할 수 있다. 송인수(1499 – 1547)의 『규암집』에 보면 다음과 같은 글이 있다.

선생은 세속에서 벗어나서 성인을 배우고자 했다. 문득 과거 시험 공부를 파하고, 경(敬)과 의(義)를 공부하는데 힘썼다. 한번 마음을 정하면, 한 때 사람들이 모두 하는 그런 방향으로 진퇴를 하지 아니하고, 그 스스로 수양하는 경지를 탐구했으니, 대개 부모의 교육이 그러해서 그랬던 것이다."151)

이 글을 보면 남명이 학자가 된 연원(淵源)이 부모(父母)에게 있었음을 알 수 있다. 특히 이 글이 남명(南冥) 어머니의 묘갈(墓碣)인 점을 생각하면 남명에 있어 어머니의 교훈이 어떠했는지를 알 수 있게 하는 대목이라고 생각한다.

---

148) 이광수, 『세시대를 이끌어간 정치인』 수원대학교 출판부, 1993. p.10.
149) 김충렬, 「생애를 통해서 본 남명의 위인」, 성균관대학교 대동문화연구원, p.4. 또 pp.7 – 8에는 "어진 어머니의 은덕"이라는 항목도 있다.
150) 동고학연구소 역, 『국역 동고유고상』 년보상, p.391.
151) 송인수, 「유인이씨묘갈명 병서」 『규암집』 권이 · 33, "선생탈연 욕학성인 편파시거 용력경의 긴퍄득정 불이일시추향위진퇴 구기자수지지 개부모지교연야."

남명은 26세 때 아버지의 상(喪)을 당했다. 동고는 6세 때 아버지의 상을 당했다. 남명의 아버지는 제주 목사를 제수 받고 병이 들어 부임하지 못하자 병을 핑계로 어려운 일을 회피한다는 죄목으로 관작을 삭탈 당했다. 물론 장례 후에 바로 복권이 되었지마는 당시 남명의 집안이 어려움에 처했을 것이라는 짐작은 할 수 있다. 동고의 아버지는 무오사화(戊午士禍)와 관련하여 참화(慘禍)를 당했다. 두 분이 모두 가정이 어려운 처지에 놓여 있을 때 유년기(幼年期)를 보냈다.

項 目	南 冥	東 皐
誕生地	시골 外家	서울 親家
誕生說話	있음	있음
經濟力	가난함	참담함
父 親	26세에 돌아가심	6세에 돌아가심
母 親	현명한 분	현명한 분
兄 弟	三兄弟 중 중간	兄弟 중 둘째

두 분이 모두 장남(長男)이 아니고, 유년(幼年)의 삶이 평탄(平坦)하지 못했다는 점을 알 수 있다.

3) 수학(修學)

남명은 5세 때 아버지가 과거에 장원하여 벼슬길에 나아가게 되어 서울로 이사해서 살게 되었다. 년보에는 7세 때에 취학했다고 했다. 김충렬은 「생애를 통해서 본 남명의 위인」에서 이렇게 서술하고 있다.

> 지금 남명의 사사(師事) 관계는 전혀 밝혀져 있지 않으나, 어릴 때의 친구 관계를 미루어 보면, 가정에서만 배운 것 같지는 않고, 이윤경(李潤慶) 형제가 어려서 황효헌(黃孝獻)(1491 - 1532)을 사사(師事)한 것으로 보아 남명도 어린 시절을 황효헌한테서 배우지 않았나 생각된다.152)

152) 金忠烈,「生涯를 通해서 본 南冥의 爲人」成均館大學校 大東文化研究院. p.11.

이런 서술과 함께 "독학으로 정신력과 경륜을 기르던 시기"라고 해서 17, 8세 때 아버지의 임지(任地)에서 독학하던 시절의 사정을 설명했다.

『동고유고』를 보면 년보에 중종(中宗) 2년(1507) 동고 9세 때 상주(尙州)로 부임하는 외할아버지를 따라가서 거기에 살고 있는 황효헌에게 공부했다고 되어 있다.[153] 김충렬이 남명도 황효헌에게서 배웠을 것이라고 추측했다. 동고가 서울로 돌아 온 것은 16세(1514) 때 풍산(豊山) 김씨(金氏) 관부인(館夫人)에게 장가들었을 때였다.[154] 바로 이 전시기(前時期)가 동고에게는 영남권(嶺南圈) 학문에 접하는 중요한 때였다는 생각이 든다. 그런데 황효헌이 1507년부터 7, 8년간 영남에 살았다는 기록은 찾을 수 없다. 그렇다고 이『동고유고』의 기록을 부정할 근거도 없다.

남명의 스승에 대해서는 잘 알 수가 없다. 송인수(1499 - 1547)가 남명에게 『대학(大學)』을 선물했는데, 그 선물 받은 책의하(冊衣下)(웃갑)에 쓴 것을 보면 남명 스스로도 스승에 대하여 밝히고 있지 않다. 이는 겸양의 기록일 수도 있지마는 남명 자신의 기록이라는 점에서 참고가 될 수 있다고 생각한다.

"나는 애초부터 타고난 자질이 매우 둔한데다 스승과 벗들의 규계(規戒)도 없어서, 오직 남에게 오만한 것으로 고상함을 삼았다."[155]

또 김충렬도 남명의 스승에 대하여 앞에서 인용한 것처럼 "지금 남명의 사사(師事) 관계는 전혀 밝혀져 있지 않으나"[156]라고 말하고 있는 것을 볼 수 있다.

여기서 남명과 동고의 만남에 대해서 살펴 보고자 한다.『동고유고』년보 중종 8년(1513) 동고 15세 조에는 다음과 같은 기록이 있다.

남명과 같이 유산(楢山)에서 독서를 하였다. 하루는 남명에게 장난으로 웃으며 장래의 포부를 말하기를 ㉠'그대의 천성으로는 도를 지키며 암혈(巖穴)에서 말라 죽는 것이야 가능하리라. 이는 나도 할 수 있다.'하자 남명이 묻기를 '그렇다면 그대는 어떤 포부를 가지고 있는가?' 하였다. 대답하기를 ㉡'나는 나라의 원로로 어진 임금을 만나 백성을

153) 東皐學研究所 譯,『國譯東皐遺稿上』年譜上, p.393. 中宗 2年條 參照.
154) 東皐學研究所 譯,『國譯 東皐遺稿上』年譜上, p.394. 中宗 9年條 細註 參照.
155) 南冥學研究所編譯,『교감국역 南冥集』이론과 실천, 1995. p.195.
156) 金忠烈,「生涯를 通해서 본 南冥의 爲人」成均館大學校 大東文化研究院. p.11.

윤택하게 하고 사직을 편케하는 것으로 즐거움을 삼을 것인 즉, 그대
는 꼭 나와 같지는 않으리라.'하였다. 남명도 그말로써 자기를 알아주
는 벗으로 생각했다.157)

이 글에서 유산(楢山)이 어디인지 알게 되면 남명과 동고가 어디에서
공부를 함께 했는지 쉽게 알 수 있다. 이 때 정황으로 보아 추측컨대 유산
은 상주 안동 합천 근처의 어느 장소일 것으로 생각한다.
동고의 이런 말은 남명의 다음 말과도 관련이 있어 보인다.

나는 애초에 타고난 자질이 매우 둔한데다 스승과 벗들의 규계(規
戒)도 없어서, 오직 남에게 오만한 것으로 고상함을 삼았다. ㉮사람에
게만 오만하였을 뿐만 아니라 세상에 대해서도 오만한 마음이 있어서,
부귀와 재리(財利)를 보면 마치 지푸라기나 진흙처럼 멸시하였다. 사
람됨이 가벼워 진실하지 못하고, 호쾌히 휘파람을 불기도 하고 팔을
걸어 붙이기도 하였으며, 항상 세상사를 잊고 살듯한 기상이 있었다.
이 어찌 돈후(敦厚)·주신(周信)·박실(朴實)한 기상이겠는가? 날마다
소인이 되는 쪽으로 달려가면서도 스스로 모르고 있었다. ㉯약관(弱冠)
에 문과(文科) 한성시(漢城試)에 합격하고, 다시 사마시(司馬試) 초시
(初試)에도 합격하였으나 복시(覆試)에서는 다 낙방하였다. '과거 시험
이 애초에 장부가 자신을 세상에 드러내는 방법이 되지 못하는데 하물
며 소과(小科)임에랴!'라고 생각하고는 드디어 사마시(司馬試)는 포기
하고, 동당시(東堂試)에만 나아가 세 차례 일등에 합격했다. 그 뒤 합
격하기도 하고 떨어지기도 하면서 나이 서른을 넘겼다. 또 문장이 과
문(科文)의 형식에 맞지 않는다는 생각을 하여, 다시 평이하고 간실(簡
實)한 책을 구하여 보았다. 그래서 처음으로 『성리대전』을 가져다 읽
었다.158)

---

157) 東皐學研究所 譯, 『國譯 東皐遺稿上』 年譜上, p.393. 中宗 8年條 參照. "中宗
八年 先生十五歲 與曺南冥 讀書于楢山 一日戲笑言志 謂南冥曰 君之所性 可
能守道 枯死巖穴 是則吾可爲矣 南冥曰 君若何居 答曰 吾則國之元老 遇君澤
民 安社爲悅 而君未必如吾也 南冥亦以其言 爲知己之友 先生已能 自知能知人
如此<東皐遺稿 卷十一·四 年譜>
158) 南冥學研究所編譯, 『교감국역 南冥集』 이론과 실천, 1995. pp.195 - 196.

밑줄친 동고의 ㉠말과 남명의 ㉮말, 동고의 ㉡말과 남명의 ㉯말은 서로
관련성을 가지고 있다. 남명의 야인(野人)다운 성품을 이렇게 지적한 것
같은 생각이 든다.

동고(東皐)와 남명의 수학(修學)에 대한 논의(論議) 하나를 인용하여
살펴본다. 진영업(陳永業)의 「남명 조식의 "경(敬)" "의(義)" 이념(理念)
에 나타난 교육 사상에 관한 연구」에 보면 남명과 동고의 수학의 관계에
대하여 이렇게 서술했다.

> 이처럼 남명이 7세 때 가정에서 수학(修學)하기 시작하여 18세 전
> 까지의 수학(修學) 과정(過程)에 대해서는 현존(現存)한 기록(記錄)이
> 보이지 않는다. 따라서 누구에게 학업(學業)을 받았는지는 알 길이 없
> 으나 어려서 이윤경(李潤慶)(1498 - 1562) 이준경(李浚慶)(1499 -
> 1572) 형제와 이웃하여 살며 친하게 지냈는데 「덕천사우록(德川師友
> 錄)」이준경 조(條)에 '선생은 어려서부터 공과 친하게 지내며, 서판(書
> 板)을 나란히 하고 함께 독서(讀書)를 하였다.'는 기록이 보인다.159)

이 논의는 필자의 조사와 다른 점이 있다. 남명은 5세 때 아버지가 과
거에 합격을 해서 서울에서 벼슬을 하게 된 관계로 서울로 이사를 온다.
이 때 동고는 7세로 서울에 살지 않고, 괴산으로 어머니의 귀양길을 함께
하고 있다. 남명이 언제 합천으로 내려 갔는 지는 잘 알 수는 없으나 동고
가 9세부터 상주(尙州)에서 사는데, 남명도 합천으로 내려간 뒤부터 東皐
(東皐)와 황효헌(黃孝獻)에게 수학(修學)함으로써 서로 서판(書板)을 나
란히 독서를 했다고 생각할 수 있을 것이다. 이를 바탕으로 계산해 보면
아무리 빨라도 남명 7세 동고 9세에나 서로 만나서 한 스승을 모셨을 가
능성이 있다.

그런데 여기에 문제가 있다. 남명과 동고의 스승인 황효헌이 1507년부터
1514년 사이에 상주(尙州)나 합천(陜川) 근처 어디에도 살지 않았다는 점
이다. 남명과 동고가 만날 수 있었다고 해도 스승인 황효헌은 만날 수 없
었다. 적어도 기록에는 그렇다.

---

159) 陳永業, 「南冥 曺植의 "敬" "義" 理念에 나타난 敎育思想 硏究」慶尙大學校
敎育大學院, 1999. p.15.

필자는 비슷한 시기에 영남에 있던 학자 중에서 황희(黃喜)의 후손 중에서 황맹헌(黃孟獻)과 황여헌(黃汝獻) 형제(兄弟)를 조사해 보았다. 황여헌은 1515년에 울산(蔚山) 군수(郡守)로 부임해서 오랫동안 군수를 역임했고, 황맹헌은 1520년에 선산(善山) 부사(府使), 1524년에 경상도(慶尙道) 관찰사(觀察使)를 했다. 이로 보면 아무에게서도 배울 수 없었다.

교육에 영향을 준 분들에 대한 비교표

교육에 영향을 미친 분		南 冥			東 皐		
		나이	可 否	성장지	나이	可 否	성장지
아버지		7	가	서울		부	
어머니			부		5	가	서울
					6 - 8	가	괴산
스 승	黃孝獻	? - 13	가	합천?	9 - 15	가	尙州
	李延慶		부		16	가	서울
教育機關(學宮)			부		17	가	서울

이상에서 언급한 것도 그렇지마는 남명과 동고는 수학(修學) 과정에서 상당한 차이를 보이고 있다. 서로 한 스승 밑에서 공부를 했다고 하지만 그것은 잠시였다. 동고가 5세 때에는 서울에 살았지만 6세 때는 괴산으로 귀양을 갔었고 8세 풀려날 때까지 괴산에 있었다. 9세부터는 외할아버지의 부임처인 상주(尙州)에 가서 공부를 했는데, 이 때 영남 학문과 접하는 계기가 되었다. 남명과 동고는 상주 황효헌 문하에서 함께 공부를 한 것 같다. 남명은 상주와 가까운 고향에서 마음을 수양하는 공부를 했고,[160] 동고는 객지에서 과거를 보는 공부를 했다. 남명은 과거에 실패를 해서 벼슬길에 나아가지 못했고, 동고는 혼인을 하러 16세에 서울에 올라온 뒤에는 이연경(李延慶)[161]에게 나가 공부하면서, 학궁(學宮)에 들어가서 공부도 했

---

160) 김충렬, 「생애를 통해서 본 남명의 위인」, 성균관대학교 대동문화연구원, pp.11 - 14. 남명은 독학으로 정신력과 경륜을 길렀으며 로장학에도 심취했다고 연구 결과를 밝히고 있다.

161) 李延慶은 東皐의 四寸 兄으로 東皐보다 十一歲가 위이다. 修學에 있어 東皐에게 많은 영향을 주었다고 年譜에 기록되어 있다.

으며 과거에 합격하여 벼슬길에 나서게 되었다.

남명의 입장에서 보면 과거 성적이 좋지 못했던 것이 학문적인 성취를 걷우는 데는 도움이 되지 않았을까 하는 생각을 할 수도 있다고 본다.

다. 환로(宦路)

1) 남명

남명의 환로에 대해서 알아보려면 남명이 벼슬을 사양하거나 감사하는 글을 남긴 것을 검토하면 좋을 것이다. 『남명집』에는 이런 종류의 소(疏)가 2편 있다. 「을미사직소(乙未辭職疏)」는 1555년 11월에 올림 글인데, 단성(丹城) 현감(縣監)을 사직하는 소다.

> 선무랑(宣務郎)162)으로서 단성(丹城) 현감에 새로 제수(除授)된 조식은 진실로 황공하여 머리를 조아리면서 주상 전하께 글을 올립니다. 엎드려 생각하옵건대, 선왕(先王)께서는 제가 변변치 못한 사람이라는 것을 모르시고 처음에 참봉에 제수하셨습니다. 그리고 전하께서 왕위를 이으신 뒤에, 주부(注簿)로 제수하신 것이 두번이었는데,163) 지금 또 제수하여 현감으로 삼으시니 떨리고 두렵기가 언덕과 산을 짊어진 것과 같습니다.164)

이 글은 남명이 55세 때에 지은 것인데 남명은 이 때까지 벼슬길이 소상하게 밝혀져 있다. 참봉으로부터 시작해서 주부 그리고 단성 현감이 모두이다. 「을미사직소」가 현감을 사직하는 글인만큼 남명은 이런 벼슬길에 나아가지 않고 사직했던 것으로 생각한다. 이 후 66세 때 명종을 뵙게 된다. 그러나 벼슬을 내리려는 것이 아니라 당시 시국에 대한 의견을 듣기

---

162) 文官의 從六品 官階.
163) 南冥學研究所 編譯, 『교감국역 南冥集』 이론과 실천, 1995. p.241. 註 參照. "실록에 따르면 南冥은 명종 7년 7월에 成守琛, 趙昱, 成悌元, 李希顔 등과 더불어 주부에, 다시 같은 해 10월에 典牲署 주부에 임명된 바 있고, 또 다시 다음 해인 명종 8년 4월에도 禮賓寺 주부가 된 적이 있다.
164) 南冥學研究所 編譯, 『교감국역 南冥集』 이론과 실천, 1995. p.241.

위한 부름이었기에 간언을 올리는 것으로 끝난다.165)

또「무진봉사」에 보면 다음과 같은 글도 있다.

　　　신이 홀로 깊은 산중에 살면서 … 생략 … 무슨 은택에 감격해서 탄식
　　하여 눈물 흘리기를 그치지 못하겠습니까? 사귐은 얕은데 말이 심각하여
　　실로 죄가 있습니다. 다만 생각하건대, 이 땅의 곡식을 먹어 온 지 여러
　　대째 된 백성이고, 더구나 세 조정의 징사(徵士)166)가 되었습니다.167)

　이렇게 남명은 스스로 징사(徵士)로 자처하면서 봉사(封事)를 올리고
있다. 또 같은 글에서 임금과 신하로서 긴밀한 의를 맺은 적이 없다고도
말하고 있다.168)

　이상을 정리하면 남명은 벼슬길에 해당이 별로 되지 않았지마는 나라를
위하는 충성과 애국 애민적인 삶을 살았던 것으로 판단 된다.

2) 동고

　동고는 벼슬길이 혁혁(赫赫)하다. 중종(中宗) 16년 23세 때 생원(生員)
초시(初試) 합격(合格), 24세 생원시(生員試) 합격(合格), 중종 27년 34
세 때 홍문관(弘文館) 정자(正字), 35세 홍문관 저작(著作), 승정원(承政
院) 주서(注書), 40세 홍문관(弘文館) 부수찬(副修撰), 41세 예문관 응교
(藝文館 應敎), 42세 홍문관 응교(應敎), 43세 홍문관 직제학(直提學),
44세 승정원(承政院) 동부승지(同副承旨), 45세 한성부(漢城府) 우윤(右
尹), 47세 형조참판(刑曹參判), 48세 평안도(平安道) 관찰사(觀察使), 51
세 한성부(漢城府) 판윤(判尹), 54세 형조판서(刑曹判書), 55세 병조판서

---

165) 김충렬,「생애를 통해서 본 남명의 위인」, 성균관대학교 대동문화연구원. p.37. "어
　　렵게 이루어진 왕과의 직대" 참조
166) 學問과 德行이 있어 임금이 직접 詔書로 부르지만 벼슬하지 않는 선비를 일컫는
　　말이다.
167) 南冥學硏究所 編譯,「교감국역 南冥集」이론과 실천, 1995. p.254.
168) 南冥學硏究所 編譯,「교감국역 南冥集」이론과 실천, 1995. p.254.「戊辰封事」
　　"신이 홀로 깊은 산중에 살면서 굽어서 민정을 살피고 우러러 천상을 보며, 탄식하
　　고 울먹이다가 잇달아서 눈물을 흘린 적이 자주 있습니다. 신은 전하께 조금도 임
　　금과 신하로서의 긴밀한 의를 맺은 적이 없는데, 무슨 은혜에 감격해서 탄식하며
　　눈물 흘리기를 그치지 못하겠습니까?"라는 南冥 자신의 기록이 보인다.

(兵曹判書), 56세 이조판서(吏曹判書), 57세 58세 병조판서, 60세 우의정
(右議政), 62세 좌의정, 67세 영의정, 73세 영의정 사임

　이상이 간략한 동고의 벼슬길이다. 남명과 비교하면 상당한 차이를 보이고
있다. 이는 과거 합격 불합격으로 출발점이 다른 원인도 있겠지마는, 가계의
배경과 보고 자란 환경의 차이 등에서 오는 복합적인 결과라고 생각한다.

라. 「무진봉사」와 「병인봉사」

　「무진봉사」와 「병인봉사」는 남명과 동고가 각각 68세 때 임금께 올린
충정 어린 글이다. 이 글이 모두 말년에 임금께 올린 시국 해결책이라는
점에서 주목할 만하다고 생각한다. 봉사(封事)가 본래 임금께 직접 전달이
되도록 봉(封)해서 올리는 글인만큼 그 내용의 간곡함은 모두 아는 바이지
만 남명과 동고의 경우는 임금의 신임을 받고 있는 사람들의 진정(陳情)이
라는데 더 의의가 있다고 생각한다.

　임금께 올리는 글을 쓰는 자리에 함부로 말할 수가 없는 일이고, 자기의
진실한 마음을 표백하지 않을 수가 없는 일이고, 평소 가지고 있던 철학이
담기지 않을 수 없는 글일 것이라는 생각이 든다. 실로 이 글을 읽으면서
이 분들의 사상의 핵심이 표현되었음을 알 수 있었다.

1) 남명의 「무진봉사」

　남명의 핵심 사상은 '경'인데 이 「무진봉사」에는 앞부분에 경(敬)에 대
한 언급이 있다.

　　그 이치를 궁구하고 몸을 닦으며, 가슴속에 본심을 간직하고 밖으로
자신의 행동을 살피는 가장 큰 공부는 곧 반드시 경(敬)을 위주로 해
야 합니다. 이른바 경(敬)이란 것은 정제하고 엄숙히 하여, 항상 마음
을 깨우쳐서 어둡지 않게 하는 것입니다. 한 마음의 주인이 되어 만사
에 응하는 것은, 안은 곧게 밖은 방정하게 하는 것입니다. 공자께서 이
른바 '경(敬)으로써 몸을 닦는다.'라는 것이 이것입니다. 그러므로 경
(敬)을 주로하지 않으면 이 마음을 간직할 수 없고, 마음을 간직하지
못하면 천하 이치를 궁구할 수 없으며, 이치를 궁구하지 못하면 사물
의 변화를 다스릴 수가 없습니다.169)

누구나 자기 수양의 가장 큰 공부는 경(敬)이라는 주장이다. 경(敬)으로
해야 항상 바르게 깨어 있을 수 있다고 했다. 경(敬)을 수신(修身)의 방법
으로 써야 한다는 말이다. 주경(主敬)해야 존심(存心)할 수 있고 존심(存
心)해야 궁리(窮理)할 수 있으며 궁리(窮理)해야 제사물지변(制事物之變)
할 수 있다는 입론(立論)은 바로 경(敬)을 수신(修身)에서 가장 중요하게
생각한다는 말이다.

임금의 경우 경(敬)을 어떻게 적용할 수 있는가? 이에 대하여 「무진봉
사」에서는 다음과 같이 주장했다.

> 엎드려 보건대, 주상께서는 상지(上智)의 자질을 타고 나셔서 백성
> 을 다스리고자 하시는 마음이 있으니 이것은 진실로 백성과 사직(社
> 稷)의 복입니다. 그런데 백성을 잘 다스리는 도는 다른데서 구할 것이
> 아니오라, 요점은 임금이 선을 밝히고 몸을 정성되게 하는 데에 있을
> 뿐입니다. 이른바 선을 밝힌다는 것은 이치를 궁구함을 이름이요, 몸을
> 정성되게 한다는 것은 몸을 닦는 것을 말합니다.170)

경(敬)을 임금께 적용하면 임금은 명선(明善)과 성신(誠身)을 해야 한
다는 주장이다. 명선(明善)은 궁리(窮理)를 말한 것이고, 성신(誠身)은 수
신(修身)을 말한 것이다. 임금이 수신하고 궁리를 잘 해야 나라가 바로 선
다고 본 것이다. 수신을 잘 하려면 명선해야 하고 명선을 하면 경에 이른
다는 것이다. 명선과 궁리는 경의 실천 덕목이다.

남명은 결론적으로 임금께 이렇게 말한다.

> 전하께서 과연 경으로써 몸을 닦으면서, 하늘의 덕에 통하고 왕도를
> 행하셔서 지극한 선에 이른 뒤에 그곳에 머무신다면, 밝음과 선을 밝
> 히는 일과 몸을 정성스럽게 하는 일이 모두 진전이 있어, 자신을 닦고
> 남을 다스리는 일이 아울러 극진해질 것입니다.171)

남명은 결론적으로 수신을 경으로 해서 명선과 성신을 실천하면 수기치

---

169) 南冥學硏究所 編譯, 「교감국역 南冥集」 이론과 실천, 1995. p.249. 「戊辰封事」
170) 南冥學硏究所 編譯, 「교감국역 南冥集」 이론과 실천, 1995. p.249. 「戊辰封事」
171) 남명학연구소 편역, 「교감국역 남명집」 이론과 실천, 1995. p.250. 「무진봉사」

인(修己治人)하는 일이 극진할 것이라고 했다.

지금까지의 많은 논의들이 남명 사상을 '경의(敬義)'로 이해했다.[172] 남명의 「패검명(佩劍銘)」에서 '내명자경 외단자의(內明者敬 外斷者義)'라고 한 구절은 남명 사상을 경의(敬義)로 보는 좋은 제시어(提示語)가 되었다. 이런 주장에 대해서 옳고 그름을 말하려는 것은 아니다. 다만 남명의 사상을 경의(敬義)로 볼 때 남명의 생애와 그 뒤 끼친 영향이 더욱 잘 드러나고 설명하기가 편하다는 점이다.

그러나 지금 이 「무진봉사」만을 가지고 말한다면 '주경(主敬)'이라고 할 수밖에는 없다. 이 글에서 남명은 시급한 개선책을 주장하는데 서리(胥吏)들의 부정을 지적한 점이다. 서리들의 부정을 지적하기에 앞서서 취인(取人)을 잘 해야 한다는 주장이 있는데 이는 서리의 부정을 말하려는 준비 입론(立論)이라고 볼 수 있을 것이다.

> 그러나 사람을 취하는 것은 솜씨로 하지 않고, 반드시 몸으로써 합니다. 몸이 닦이지 않으면 자기 마음속의 저울과 거울이 없음으로, 선악을 분별치 못하여 사람을 쓰고 버리는데 실수하게 됩니다.[173]

이렇게 취인(取人)이 중요하다고 먼저 논의를 세우고 나서 서리(胥吏)의 부정을 말했다.

> 예로부터 권신으로서 나라를 마음대로 했던 일이 있기도 하였고, 척리(戚里)로서 나라를 마음대로 했던 일이 있기도 하였으며, 부인과 환관으로서 나라를 마음대로 했던 일이 있기도 하였습니다. 그러나 지금처럼 서리가 나라일을 마음대로 했던 일이 있었다는 것은 듣지 못했습니다.[174]

이렇게 일단 서리를 고발하고 나서 서리들이 하는 일이 중요하다고 논의를 폈다.

---

172) 金鎭現, 「南冥 曺植의 倫理思想 硏究」 慶尙大學校 大學院, 2001. 碩士學位論文. 金忠烈, 「南冥學의 要諦 - 敬義」 南冥學硏究論叢 第一輯. 등 多數의 論文이 있다.
173) 南冥學硏究所 編譯, 『교감국역 南冥集』 이론과 실천, 1995. p.250. 「戊辰封事」
174) 南冥學硏究所 編譯, 『교감국역 南冥集』 이론과 실천, 1995. p.251. 「戊辰封事」

군민(軍民)에 대한 모든 정사와 국가의 기밀이 모두 서리의 손에서 나옴으로, 실과 곡식을 관청에 바치는 데에도 뒷길로 돌려 바치지 않으면 통하지 아니합니다. ... 생략 ... 심지어는 각자 자신이 맡고 있는 고을을 자기 물건처럼 생각하여, 문서를 만들어서 교활하게 자기 자손 대대로 전합니다. 지방에서 바치는 것을 일체 가로막고 물리쳐서 한 물건도 상납할 수 없습니다. 그러므로 공물을 바치러 갔던 자가 그 온 가족의 가산을 다 팔아도 그것이 관청으로 들어가지 않고 개인에게로 돌아갑니다. 그래서 백 곱절이 아니면 받지를 않습니다. .. 생략 ... 나라는 한갓 빈 그릇만 안고 다 썩어서 뼈만 앙상하게 서 있으니 온 조정 사람은 마땅히 목욕 재계하고 함께 쳐야 할 것입니다. ... 생략 ... 그런데 서리(胥吏)가 도둑이 되고 온갖 관리가 한 무리가 되어 심장부를 차지하고 앉아 국맥(國脈)을 모두 결단내니, 그 죄가 신에게 제사 지내던 희생(제물?)을 훔쳐내는 것뿐만 아닌데도 법관이 감히 묻지도 못하고 사구(司寇)도 감히 따지지 못합니다. 혹 한낱 사원(司員)이 조금 규찰코자 하면 견책과 파면이 그들의 손아귀에 있습니다.175)

이상의 고발을 보면 매우 현실적으로 상황을 잘 알고 구체적으로 서리의 비위(非違)를 지적햇다. 이는 남명이 향리(鄕里)에서 현실적이고도 구체적으로 당하고 있는 사실이기 때문에 이렇게 서리릐 잘못을 낱낱이 꿰고 있다고 생각할 수 있다. 지금 생각하면 임금께서 남명을 만나고자 하는 것도 아마도 이런 백성들의 고충(苦衷)을 듣고 싶은 마음에서였는지도 모를 일이다.

남명은 이어서 임금께 이에 대한 대책을 밝혔다.

전하께서 크게 성을 내시어 하늘의 기강을 한번 떨치시고, 재상과 얼굴을 맞대고 그 까닭을 추궁해야 할 것입니다.그리하여 임금께서 결단하시기를 순임금이 사흉(四凶)을 제거하시던 것과, 공자가 소정묘(少正卯)를 베던 것과 같이 하시면 능히 지극히 악을 미워하는 법을 다 할 수 있을 것이고, 백성들이 마음속으로 크게 두려워하도록 할 수 있을 것입니다.176)

175) 南冥學研究所 編譯, 「교감국역 南冥集」 이론과 실천, 1995. p.252. 「戊辰封事」
176) 南冥學研究所 編譯, 「교감국역 南冥集」 이론과 실천, 1995. p.253. 「戊辰封事」

남명(南冥)의 수습 대책은 임금께서 단호하게 벌을 내려서 강력한 조치를 취하기를 건의하고 있다.

남명은 「무진봉사」 말미에서 다음과 같이 말함으로써 수미(首尾)가 상응(相應)하는 글을 끝낸다.

> 임금의 덕을 밝히지 않고 다스려지기를 구하는 것은 배 없이 바다를 건너는 것 같아서, 다만 저절로 빠져 죽을 뿐입니다.177)

이 말은 경(敬)으로 수신을 하여 임금으로서 명선(明善), 성신(誠身)하라는 말임을 알 수 있다. 임금이 스스로 수신하지 않으면 아무것도 이룰 수 없다는 점을 말한 것이다.

2) 동고의 「병인봉사」

「병인봉사」는 동고가 68세 때 영의정의 신분으로 임금께 올린 충정(衷情) 어린 글이다.

이 글의 시작은 하늘과 인간과의 관계성부터 밝히면서 음양과 오행의 조화에 의해서 인간의 삶이 이룩된다고 했다.

> 대개 하늘이 사람에게 준 형체는 비록 다르나, 음양(陰陽)의 이(理)와 오행(五行)의 기(氣)가 날줄과 씨줄로 놓이고 서로 뒤섞여 하늘이 되고 사람이 됨으로 이른바 무극(無極)의 진(眞)과 二·五의 정(精)이 미묘하게 합해서 응결되었다 하는 것입니다.178)

이와 같이 천지 조화에 대하여 설명하는 것으로 봉사(封事)를 시작했다. 이어서 임금의 지시한 말을 예로 들면서 동고의 사상을 밝히고 있다. 바로 중화(中和)179)를 말했다.

177) 南冥學硏究所 編譯, 『교감국역 南冥集』 이론과 실천, 1995. p.255. 「戊辰封事」
178) 李浚慶, 「丙寅封事」 『國譯東皐遺稿』 水原大學校 東皐學硏究所 p.59.
179) 『中庸』 "喜怒哀樂之未發 謂之中 發而皆中節 謂之和 中也字者 天下之大本也 和也者 天下之達道也"

위 아래가 함께 닦아 인심을 화평(和平)케 하고 일을 처리함에 중도(中道)를 얻을 뿐이다. … 생략 … 이로써 中을 이루면 치우치고 기울어져 잃는 경우가 없을 것이며, 이로써 和를 이루면 만물이 모두 마땅함을 얻을 것입니다.[180]

또 임금께서 하는 일에도 중화(中和)가 중요함을 말하고 있다.

임금의 덕에 대해서도 유추해 보면 또한 그렇다. 만약 저절로 아는 성인 생지지성(生知之聖)이 아니라면, 비록 타고난 자질이 아무리 훌륭하더라도, 그 복잡한 정무 만기(萬機)를 하루 아침에 모두 中에 합치시키고 和함에서 발하게 할 수는 없다. 이른바 중화(中和)란 또 주위의 도움을 받지 않고 자신의 타고난 자질이나 재능에만 맡겨 한걸음에 다다를 수 있는 것이겠는가.[181]

여기서 동고 사상의 핵심인 중화(中和)가 밝혀졌다. 고대혁의 「동고 이준경의 교육관 연구」에서는 동고의 교육관을 『소학』의 가르침에 따라 『가례』를 지키며 사는 것이라고 했다.[182] 유학은 당시 사대부들에게는 가져야만 하는 사상이었다. 동고는 유학 사상 중에서도 특히 『중용』의 중화를 강조하고 있는 것을 볼 수 있다. 이에 대해서는 유석영의 「일강구목소(一綱九目疏)에 관한 연구」[183]에 잘 천착(穿鑿)된 바 있다. 중종 36(1541)년 동고 43세 때 4월 홍문관(弘文館) 부제학(副提學) 이언적(李彦迪), 직제학(直提學) 이준경(李浚慶), 응교(應校) 유진동(劉辰仝), 부응교(副應校) 송세형(宋世珩), 교리(校理) 권철(權轍), 이황(李滉), 부교리(副校理) 김반천(金牛千), 부수찬(副修撰) 이홍남(李洪男), 박사(博士) 박공량(朴公亮), 저작(著作) 민기(閔箕), 정자(丁字) 홍담(洪曇) 등 11명이 연명(聯名) 상소했다.

---

180) 李浚慶, 「丙寅封事」『國譯東皐遺稿』水原大學校 東皐學研究所 p.61.
181) 李浚慶, 「丙寅封事」『國譯東皐遺稿』水原大學校 東皐學研究所 p.63.
182) 고대혁, 「동고 이준경의 교육관 연구」『동고학논총』p.28. "평생토록 임종에 이르기까지 『소학』을 손에서 놓지 않았으며, 『소학』의 가르침에 따라 과거와 문장을 희롱하는 세태에 휩쓸리지 않고 자신을 굳게 지켜 나갔다. 동고의 주자 『가례』의 실천과 『소학』 중시 교육은 사림파의 교육적 리상을 적극적으로 계승하고 있다."
183) 柳錫永, 「一綱九目疏에 關한 研究」『東皐學論叢』第一輯, pp. 69-88. 柳錫永은 『그 때나 지금이나』水原大學校 東皐學研究所, 1997.

이 상소문의 일강(一綱)은 중화(中和)이고, 구목(九目)은 궁금불가불엄(宮禁不可不嚴), 기강불가불정(紀綱不可不正), 인재불가불변(人才不可不辨), 제사불가불근(祭祀不可不謹), 민은(民隱)184) 불가불휼(不可不恤), 교화불가불명(敎化不可不明), 형옥불가불공(刑獄不可不公), 사치불가불금(奢侈不可不禁), 간쟁불가불납(諫爭不可不納) 등 9 가지 항목이다.

여기서 일강(一綱), 곧 가장 벼리가 되는 한가지를 중화(中和)라고 한 것에 주목하고자 한다. 11명이 연명으로 상소한 것을 동고 개인의 사상이라고 보기 어렵지 않느냐는 의견이 있을 수도 있겠지만 당시 11명 홍문관 학자들의 주장이기에 반드시 동고의 사상이 아니라고 할 이유도 없다고 생각한다. 개인의 사상은 그 시대가 공유하는 사상일 수도 있을 것이다.

앞서 언급한 대로 「병인봉사」에서 또한 중화(中和)를 거론했음은 동고 사상의 핵심이 중화(中和)라고 해도 무방하다고 생각한다.

동고는 「병인봉사」에서 임금으로써 중화(中和)를 실천하는 것은 언로(言路)를 잘 터야 한다고 했다.

　　　　옛 성왕들은 허물을 듣는데 힘써, 그 절박하고 곧은 것을 꺼려하지 않고 위태함에 대한 말과 혼란과 패망에 대한 논의를 날마다 귀담아 들으신 것은, 대개 그 본성을 보존하여 다스림을 이루고, 이로써 中을 세우고 和를 극진히 하고자 하는 생각에서이다.185)

　　　　옛사람이 또 말하기를 '준엄하고 과격한 말은 나라의 원기가 된다.' 하였습니다.186)

이렇게 언로(言路)의 중요함을 말한 뒤에 東皐(東皐)는 이제야 말씀 드리고 싶은 것을 말하게 된다.

　　　　전하께서 왕위에 계신 지 거의 20년이 넘었으나, 순회세자(順懷世子)께서 중도에 돌아가시고 동궁의 자리가 오래도록 비었습니다.187)

184) 『國語』 註 參照, "隱은 痛也라."
185) 李浚慶, 「丙寅封事」 『國譯東皐遺稿』 水原大學校 東皐學硏究所 p.64.
186) 李浚慶, 「丙寅封事」 『國譯東皐遺稿』 水原大學校 東皐學硏究所 p.66.
187) 李浚慶, 「丙寅封事」 『國譯東皐遺稿』 水原大學校 東皐學硏究所 p.68.

이렇게 말머리를 시작했다. 동고가 정작 「병인봉사」에서 하고 싶은 말이 이제 시작된다. 이제 봉사는 더욱 문제의 핵심에 접근한다.

> 종친 중 영특한 자를 뽑아 예우를 달리하여 안팎에 성상께서 마음두시는 곳이 있음을 알게 하소서[188]

라고, 송(宋)나라의 인종(仁宗)과 고종(高宗)의 예를 들어서 어서 후사(後嗣) 정하기를 말하고 있다. 이렇게 동고는 「병인봉사」에서 임금의 대통을 이을 사람을 미리 정해 두라는 중대한 문제를 말씀 드린다.

남명은 서리들의 부정(不正)을 말씀 드리면서 경(敬)을 주장했고, 동고는 임금 자리를 물려 줄 사람을 미리 선정해 두라는 말씀을 드리면서 중화(中和)를 역설했다. 남명의 「무진봉사」와 동고의 「병인봉사」는 이렇게 서로 다른 자기 입장에서 임금께 올린 간곡한 글이다.

마. 『심경』

동고는 중종 26(1531)년 33세 때에 남명에게 『심경』을 선물했다. 이 때 남명은 31세였다. 동고는 『심경』을 선물하면서 편지를 보냈다. 그러나 편지는 없어지고 그런 사연을 기록한 다음과 같은 글만 전한다.

> 선생께서 『심경』 한 질을 남명선생께 선물할 때에 이 편지가 있었으나 잃어 버려서 전해 오지 않는다. 남명선생이 동고선생께서 선물하신 뜻을 감사하게 여기고 『심경』 끝에다 발문했음으로 다음에 붙였다.[189]

그런데 『동고유고』 연보에 다음과 같은 기록이 있어서 동고가 남명에게 『심경』을 선물한 뜻을 알 수 있다.

> 『심경』 한 질(帙)을 친구 조건중(曺楗仲)에게 증정하였다. 편지는 대략 '내 비록 선(善)하지는 못하나, 다른 사람과 사귀는데 선(善)하고자 하는 뜻은 진실로 얕지 않다.'고 하였다.[190]

---

188) 李浚慶, 「丙寅封事」 『國譯東皐遺稿』 水原大學校 東皐學硏究所 p.69.

189) 「여조건중서」 『동고유고』 권구·10 서 "세주해설 선생이심경일질증남명 시유차서 이일불전 남명감선생신지유의 서심경후발 고부좌" 『국역동고유고』 상권 p. 304. 참조

이 기록에 의하면 동고가 남명에게 『심경』을 선물한 것은 서로 선하게 살고자 하는 열망이 담겨 있음을 알 수 있다. 이 글에서 선하다고 하는 뜻은 무엇일까? 이는 도덕적인 인간, 구체적으로 말해서 유학적인 인간을 의미하는 것이라고 생각할 수 있을 것이다. 왜냐하면 『심경』이 유학적인 삶의 도덕적인 규범을 적은 책이기 때문이다.

그러면 『심경』이란 어떤 내용의 책인가? 『심경』은 우리 나라에서 나온 그 주석 및 해설서만해도 5 종에 이른다.191) 이는 『심경』이 그만큼 많이 읽혔다는 증거라고 볼 수 있을 것이다. 또 한 가지 주목할 것은 이 책들의 출판 시기이다. 모두 남명과 동고의 이 사건 곧 동고가 남명에게 『심경』을 선물한 사건 이후의 일이라는 점이다. 이는 학문적 유행의 한 형태를 보는 것은 감이 있다. 특히 동고가 남명에게 『심경』을 선물한 이후에 최초의 주해서인 이덕홍(李德弘)의 『심경부주석의(心經附註釋疑)』 4권 1책이 간행되는데 이는 어려운 구절을 퇴계(退溪)에게 문의해서 완성한 것이다.

퇴계가 『심경(心經)』을 구해 본 경로에 대하여는 그의 「심경후론(心經後論)」에 잘 기록되어 있다.

> 황(滉)이 젊었을 때 서울에 가서 공부하였는데, 이 때 처음으로 여관에서 이 책을 보고 구해 읽었다. 나는 비록 중간에 신병으로 공부를 폐하여 '늦게 깨닫고 이루기가 어렵다.'는 탄식을 하고 있었으나 당초에 이 일에 감발(感發)하여 흥기(興起)한 것은 이 책의 힘이었다.192)

190) 李浚慶, 『東皐遺稿』 卷十一・8 年譜. 또는 『國譯東皐遺稿上』 年譜上, p.397. 中宗 26年條 參照. "以心經一帙 贈友人曺健仲 書略曰 吾雖不善 而與人爲善之意 誠不淺也"
191) 『심경』의 여러 해설서에는 ①『심경밀험』 1책, 정조 때 정약용 지음, 각절마다 설명을 붙여 해석함. ②『심경발휘』 4권 2책, 선조 때 정구 편집 제가의 설을 첨가하여 그 뜻을 풀이함. ③『심경부주석의』 4권 1책, 이덕홍 지음, 어려운 글자와 난해한 글귀를 이황에게 묻고 그가 답한 것을 기록한 책, 숙종 때 송시열과 박세채 등이 왕명에 의하여 교정 출간했다. 『심경질의』라고도 한다. ④『심경질의고오』 1책, 간행연대 미상, 선조 때 조호익이 지음, 이황의 제자 이덕홍의 『심경질의』와의 견해차를 자기 의견을 붙여 편집했다. ⑤『심경표제』 3권 1책, 선조 때 이함형이 지었다. 『심경』의 난해한 자구에 대하여 주석한 것이다.
192) 退溪學研究院 譯, 『退溪全書』 10 p.19.
李滉, 「心經後論」 『退溪先生文集』 卷 四十一・11. "滉少時 遊學漢中 始見此書於逆旅 而求得之 雖中 以病廢 而有晩悟難成之嘆 然而其初感發興起 於此事者 此書之力也"

　동고가 남명에게 『심경』을 선물한 시기가 1531년인데, 퇴계가 「심경후론」을 쓴 해가 1566년이고, 이 때 퇴계가 젊었을 때라고 했음으로 1531년을 전후한 시기가 아닐까하고 짐작할 수 있을 것이다.

　이와 같은 시기를 참고해서 본다면 우리 나라에 『심경』이 전해져서 적어도 공부를 하게 되는 시기가 이 때쯤인 것 같다. 친구에게 책을 선물한다는 것은 그저 흔한 아무데서나 구할 그런 책은 아닐 것이며, 또 『심경』에 대한 연구가 모두 1531년으로부터는 거의 30년 정도는 지난 뒤에 일어나는 일인만큼 1531년에 동고가 남명에게 『심경』을 선물한 사건은 우리 나라 심학(心學)의 연원(淵源)을 따지는 데 있어서 중요한 단서가 될 수 있을 것으로 생각한다.

　아래 표는 『심경』의 내용을 요약해 본 것이다. 심(心), 인(仁), 의(義)에 대한 항목이 각권에 골고루 제일 많이 서술되어 있다. 남명(南冥)이 항상 수양(修養)의 덕목으로 삼았던 경(敬) 그리고 예(禮), 지(智)와 같은 사단(四端)에 해당하는 덕목, 그리고 계(戒), 근(謹), 신(愼), 독(獨)과 같은 수신(修身)의 덕목 등이 기록되어 있다. 이를 보면 『심경』은 유학적 삶의 규범을 설명하고 있음을 알 수 있다.

德目	卷一	卷二	卷三
心	1, 2	15, 19, 21	23, 24, 25, 26
仁	10, 11	19. 20	22, 23
義	5	19, 20	22, 23, 27
敬	11, 13	16	
戒 謹	3, 4		
信	4, 13		
忿 欲	6	18	
愼獨	12	14	
禮		19, 20	
智		19. 20	
善	7		
誠	4		

直	5		
知 行	8		
固執	9		
省	13		
思			25
17項	19(13)	14(8)	10(6)

다음 표는 심경이 어느 책에서 발췌한 글을 싣고 있는가를 조사한 것이다. 이 표를 보면 역시 유학 경전(經典)에서 모두 인용했음을 알 수 있다. 특히 『맹자(孟子)』와 『주역(周易)』에서 많이 인용했음을 알 수 있는데, 이것은 구체적인 수양의 덕목을 찾는데 있어 『맹자』가 가장 적합했기 때문이라고 생각한다. 『맹자』는 가장 구체적으로 수양 덕목을 해설하고 실천 위주로 서술한 책이기 때문이다.

冊名	項目數			計
	卷一	卷二	卷三	
孟子		3	6	9
周易	5			5
論語	3			3
樂記		3		3
中庸	2			2
大學		2		2
詩經	2			2
書經	1			1
計	13	8	6	27

이런 『심경』의 내용은 동고가 남명에게 『심경』을 선물하면서 서로 선하게 살고 싶어서라고 말한 대목과 통한다.

남명이 지은 「심경발」에 보면 다음과 같은 말이 있다.

"나는 비록 착하지 못하나, 남과 더불어 착함을 하려는 뜻인 즉 진실로 엳지 않다. 이 마음을 미루어 나가면 나라 일을 저울 눈처럼 분간하는 것도 또한 자잘한 일이라."193)

"나는 비록 착하지 못하지만 남이 착하도록 도와주려는 생각은 진실로 얕지 않다. 이 '마음'을 잘 미루어 나가면 비록 나라 일을 저울 눈처럼 분간하는 것도 평범하고 자잘한 일일 것이다."194)

이 두 번역을 보면 밑줄친 부분의 번역이 다름을 알 수 있다. 이는 "분국치수 용세사의(分國錙銖 庸細事矣)"를 국역하는 과정에서 차이가 난 것이다. 그런데 치수(錙銖)라는 말은 치천수지(錙天銖地)의 준말로, 하늘과 땅처럼 넓고 큰 것의 무게를 달아 본다는 뜻으로, 아주 큰 일도 세밀한 부분까지 살필 수 있다는 자신감 같은 것, 또는 능히 할 수 있는 아주 작은 일로 여긴다는 말이다. 이런 의미를 알고 국역을 하면 아주 큰 나라의 일을 지세히 분간하는 것도 자질구레한 일상의 일을 하는 것으로써 할 수 있다는 말로 풀이할 수 있을 것이다. 따로 큰 힘을 들이지 않아도 능히 나라의 일을 잘 할 수 있다는 말로 이해하는 것이 좋을 것이다. 국역이 잘못되었다는 뜻이 아니라 분명하게 의미를 살피자면 '나라의 큰 일도 세밀하게 분간하는 것이 그렇게 어렵지 않다.'는 말로 그 의미를 알 수 있기를 바라는 마음에서 설명을 붙여 본다.

그러니까 동고가 남명에게 하고 싶은 말, 또는 남명이 동고의 편지에서 가장 인상 깊었던 말이 바로

"나는 비록 착하지는 못하지만 남이 착하도록 도와주려는 생각은 진실로 얕지 않다. 이 '마음'을 잘 미루어 나가면 나라의 큰 일도 세밀하게 분간하는 것이 그렇게 어렵지 않다."고 한 말이라고 생각한다. 이 말에서 중점적으로 하고 싶은 말은 "나는 비록 착하지는 못하지만 남이 착하도록 도와주려는 생각은 진실로 얕지 않다."는 말이라기 보다, "이 '마음'을 잘 미루어 나가면 나라의 큰 일도 세밀하게 분간하는 것이 그렇게 어렵지 않다."는 말이라고 생각한다. 이는 동고의 당시 입장이나 포부로 볼 때 더욱 그러하다고 생각한다. 동고가 남명에게 권하고 싶은 것은 유학적 수신과 이를 바

193) 李浚慶, 『東皐遺稿』 卷九·10-11, 書, "吾雖不善 而與人爲善之意則誠不淺也 推是心也 分國錙銖庸細事矣"
194) 南冥學硏究所 編譯, 『교감국역 南冥集』 p.199.

탕으로 한 백성 교화일 것이다. 유학의 본분이 수기안인(修己安人)이기에 그렇다고 본다. 이렇게 생각할 때 동고는 남명에게 『심경』을 선물하면서 은근히 정계에 나올 것을 권하고 있는지도 모를 일이다. 그러나 남명은 『심경』을 선물 받고 붙인 「심경발문」에서 이렇게 말했다.

> 내가 처음 이 책을 받고는 황송하고 두려워서 산더미라도 짊어진 듯 하였다. 항상 스스로 경계하기를, "항상 미더웁게, 항상 조심해서, 간사함을 막고 정성됨을 보존하라. 뫼처럼 우뚝하고 못처럼 깊어서 빛남이 봄처럼 꽃다워라." 하였다. 이것을 적어서 벽에 붙여 두기는 했으나 마음은 이것과 초월 같은 적이 많았다. 마음을 잃고 고깃덩이만 다녔으니 금수가 아니고 무엇인가.195)

이는 남명이 벼슬에 나아갈 뜻이 있다는 말은 아닌 것 같다. 스스로 수양을 더 해야겠다는 결심을 보인 것이라고 생각이 된다. 지금까지의 삶을 반성하고 더욱 열심히 수신하겠다는 의지의 일단을 보인 글이라고 생각할 수 있다. 이를 보면 동고가 『심경』을 선물한 뜻을 알면서도 또한 남명의 뜻을 밝힌 서로간의 의견 교환이라고 생각할 수 있을 것이다.

남명은 "이 책이 아마 마음을 죽지 않게 하는 약이리라."196)고 하면서 마음 수양을 다짐하고 있다.

③ 결론

남명과 동고를 그 분들이 남긴 문집(文集), 성장 배경과 수학, 환로, 임금님께 올리는 글 중에서 나름대로 충심을 표현했다고 보는 「무진봉사」와 「병인봉사」, 동고가 남명에 선물한 『심경』을 가지고 비교 검토 하였다.

『남명집』에 동고에 대한 기록 보다는 『동고유고』에 남명에 대한 기록이 더 많이 전하고 있었다. 그러나 그 내용을 보면 같은 사실을 기록했음을

---

195) 南冥學硏究所 編譯, 『교감국역 南冥集』 pp.413 - 414. "余(予)初得之 竦然惕然 如負丘山 常自警云 庸信庸謹 閑邪存誠 岳立淵冲(沖) 燁燁春榮 而心常楚越者 多矣 心喪而肉行 非禽獸而何"
196) 남명학연구소 편역, 『교감국역 남명집』 pp.413 - 414. "시서자 기유불사지약호"

확인하였다. 「남명심경발」은 내용이 글자 하나 틀리지 않고 똑 같았다.

이 두 문집을 비교하여 얻은 결론은 동고가 남명에게 약재, 력, 『심경』 등을 보냈고, 남명은 선물을 한 기록은 없지만 그 때마다 감사의 편지를 보냈음을 알 수 있었다. 동고는 남명에게 『심경』을 보내면서 벼슬길에 나올 것을 권고하기도 했지만 남명은 수신에만 힘쓰라는 것으로 이해 한다고 했다. 동고는 남명의 죽음에 애도하고 아들을 덕산으로 보냈다.

두 분의 가계는 달랐다. 남명의 선대는 합천에 살면서 그리 큰 벼슬은 하지 못했다. 그러나 동고의 경우는 그렇지 않다. 대대로 높은 벼슬을 했다. 이 분들의 성장 배경은 다른 점과 비슷한 점이 있다. 다른 점은 탄생이 남명은 시골 동고는 서울이라는 점과 동고의 아버지가 6세에 돌아가신 것에 비하여 남명의 아버지는 26세에 돌아가셨다는 점이다. 같은 점은 성장할 때 두분 다 경제적으로 모두 어려웠다는 것과 어머니가 모두 현명하신 분이라는 점, 형제 중에 서열이 맏이 아니라는 점 등이다. 이렇게 다른 가계의 출신이었기 때문에 결국 남명은 초야의 학자가 되었고, 동고는 나라의 살림을 도맡아 하게 되었을 것이다.

수학 시기에 남명은 아버지의 영향을 받았을 것으로 짐작할 수 있다. 그러나 동고의 경우는 그 역할을 이연경(李延慶), 탄수선생(灘叟先生)이 했다. 남명과 동고는 합천과 상주에 있을 때 황효헌에게 나아가 공부했을 것으로 짐작했다. 남명은 학궁에 가지 않았지만 동고는 학궁(學宮)에서 공부했다. 결국 남명은 과거에 실패하고 뜻을 바꾸지만, 동고는 과거를 통해서 벼슬길에 들어선다.

남명(南冥)은 평생 가장 높은 벼슬이 현감이었지만 동고는 영의정이었다. 그러나 남명(南冥)은 임금의 부름을 받았다.

남명이 올린 「무진봉사」에서 남명은 자기 사상의 중요한 항목인 '경'을 주장했다. 이는 「병인봉사」에서 동고가 자기 사상의 중요한 요목인 '중화'를 주장한 것과 같다. 「무진봉사」에서는 서리들의 부정을 밝히면서 임금이 단단히 결심을 해서 단호하게 대처하라고 권고했다. 동고는 「병인봉사」에서 중화를 주장한 데 이어서 인재를 잘 골라 써야 한다는 논리를 통하여 결국 임금의 뒤를 이을 준비를 해야 한다는 국가의 대통을 잇는 일에 대하여 간언(諫言)했다.

두 분이 모두 나라를 위한 자신들의 역할을 현재 자기 입장에서 성실하게 하고 있음을 볼 수 있었다. 동고는 1531년(33세) 때에 남명에게 『심경』을 선물했다. 이 시기는 퇴계가 『심경』을 구해 읽은 해와도 그리 멀지 아니한 것으로 추정된다. 동고는 이 책을 선물하면서 유학의 정신인 수기치인을 전한 것으로 생각 되었다. 남명은 『심경』을 선물로 받으면서 스스로 수양에 힘 쓸 것을 다짐했다. 이 두 분은 이렇게 서로 가는 길이 달랐지마는 사상과 학문적인 측면에서는 그렇게 먼 것만은 아니라는 점이 서로 통한다. 동고가 남명에게 『심경』을 선물한 사실은 우리 나라 심학의 연원과 발달을 탐구하는데 있어 한 단서가 된다고 볼 수 있다.

당시 최고의 사상, 학문, 정치력의 지도자급 인사의 대비를 통해서 동고가 영남학파와 접하는 사실을 확인하였고, 우리 나라 학문과 사상의 맥락에 있어 일단을 볼 수 있었던 일이었다고 생각한다.

제Ⅲ부

두보시의 영향

1. 백사 이항복의 「한식사선묘시차두자미칠가 (寒食思先墓詩次杜子美七歌)」

　백사 이항복의 시문학에 대하여 필자의 「백사 이항복의 시문학론」197) 이외에 아직은 그리 활발한 연구가 있는 것같지 않다. 새 자료를 발굴하고 학계에 거론하여 반응을 기다리면서 그 시인의 시문학적 특징과 가치를 알아 본다는 것도 중요한 일이라고 생각한다. 이런 작업을 통해서 문학사는 더욱 발전할 수 있기 때문이다. 이런 취지에서 필자는 1994년 「백사의 무술조천록 고」198)를 이어서 발표한 바 있다. 이를 통하여 백사의 시에 접하면서 『백사집』에 실려 있는 시들을 읽어 학계에 알리고자 하는 의욕이 더욱 강하게 일어남을 억제할 수 없었다.

　문학 작품이 독자에게 공감을 주고 감수성을 자극하여 삶을 더욱 가치 있게 한다면 가치가 있다고 생각한다. 이렇게 독자와 호응 관계를 성립하게 될 때는 작품으로서 문학성을 검토할 필요가 있다고 생각한다. 더구나 작품의 특징을 발견한다면 그것은 더욱 문학적 가치를 높일 수 있을 것이다. 어느 특정의 논자가 그렇게 생각한다면 보편성을 잃게 되겠지마는 이런 논문을 통하여 보편성을 획득할 수도 있을 것으로 기대하는 바도 있다. 작품 발굴과 해석의 의의를 이점에 두고자 한다.

　이런 논리 전개상의 의도를 담고 있는 것이 이 논문이다. 우선 동양 시문학에서 시성의 칭을 얻고 있는 두보의 시와 그 형식과 내용면에서 충분히 대를 이루고 있다는 표면적인 사실만으로도 발굴 분석의 가치가 있다고 생각한다. 「백사 이항복의 시문학론」에서 말했던 것처럼 백사의 시문학관은 당시 보편성을 얻고 있다. 예를 들면 서거정식의 관각적 경직성보다는 개성을 인정하고 시문학만의 특별한 가치를 인정하는 논리를 편 것 등이다. 이런 선행 연구를 바탕으로 논의하는 과정에서 앞으로 작품의 가치를 더욱 세밀히 검토 하려고 한다.

---

197) 東岳語文論集 第輯 PP.
198) 畿甸語文學 第9,9合倂號 PP. 701 - 724.

이 작품을 선정하게 된 이유는 이 제목에서 처럼 두보의 시와 관련을 가지고 있다는 사실과, 그러나 내용은 시인 자신의 체험이기 때문에 시대성을 얻고 있다는 점이다. 이는 문학의 특수성과 보편성을 충분히 가지고 있는 작품으로 일견 해석할 수 있을 것으로 본다. 게다가 작품의 양과 질에 있어서도 문학 예술로서 가치가 있다고 믿는다. 이 작품과 관련되는 두보의 시와는 다르게 병서(幷序 : 이의 앞에 그 시에 대한 설명을 한 글)가 있어서 창작의식도 잘 밝혔다. 이렇게 이해하기도 쉽고 시대성도 있으며 문학 예술로서 보편성과 특수성을 갖추고 있는 작품을 검토 한다는 것은 한국 시문학사를 더욱 풍부하게 하는 일이 될 것이다.

1) 창작의식

이 작품의 창작의식은 이 시의 병서에 잘 나타나 있다. 먼저 병서를 읽어 보고 그 의미를 검토 하려고 한다. 인용한 글 중에서 (　)안 넣은 글은 이본에 기록한 것을 옮긴 것이다.

寒食思先墓次子美七歌　幷序

余少時	내가 어렸을 적에
嘗賦柳子	일찍이 한식날 선영을 생각했다,
寒食思先墓詩	라는 시를 었으나
當時癡少	당시에 어리석고 어렸으며
務合科程規範	과거 시험을 보는 교육 과정에 힘쓰느라고
不復深究詩意	시의 뜻을 다시 깊이 궁구하지 못했었다.
今年春	금년 봄에
客寓月城	나그네가 되어 개성에 부쳐 살면서
悼念存歿	가족이 살았는지 죽었는지에 대해 추도하니
仍感良時	이 좋은 계절에 느낌이 있었다.
乃知古人	이에 두보가
一吟一詠	하나하나 읊고 노래한 것을 알고 보니
無非情景俱到	마음이 폭 빠지는 정경이 아닌 것이 없었다.

偶吟子美七歌	두보의 칠가에 짝하여 읊으면서
追步其韻	그 운에 따라 노래를 지으니
因竊自傷	때문에 가만히 속이 상하는데
賦命奇孤	타고난 운명이 기구하고 외로우며
生又不辰	살만한 시대가 아니어서
生纔九齡	태어 나면서 겨우 9세에
嚴父見背	아버지를 여의었고
甫過成童	내가 어린이를 면하면서
慈母繼殞	어머니도 이어 돌아가시니
靈根旣蹶	조상이 이미 기우러지고
具爾分飛	우리들은 모두 나뉘어 흩어지니
孑然單形	의지할 데 없는 혼자 몸으로
獨携雙影	아무도 돌봐 주는 사람이 없었다.
棲依無所	붙이어 살 데가 없어서
仰給人餘	사람들이 남기어 주기만을 바라면서
少失門庭之訓	어려서도 가정의 교훈을 잃어 버렸으며
長無師友之益	커서도 스승이나 벗의 도움이 없었다.
狂奔浪走	이리 뛰고 저리 뛰면서
如獸自長	마치 짐승이 스스로 자라 듯이 자랐으나
幸竊早科	요행이 일찍이 과거에 합격하여
厚誣時輩	얼굴 두껍게도 그 때의 무리들을 속여서
官日遷而俸日益	벼슬은 날로 옮기었고 봉급도 날로 더하여
顏愈厚而心愈戚	더욱 얼굴이 두꺼워져서 마음은 더욱 울적했다.
追念少時	어렸을 때를 더듬어 보니
獨依孀母	홀로 청상의 어머니에 의지하여
白髮憂傷	흰 머리털은 근심에 상하였고
困窮萬狀	모든 것이 다 곤궁하였다.
(每當秋閨冬夜	늘 가을이나 겨울 밤을 당하여
更漏漫漫	물시계의 물이 뚝뚝 떨어 질 때에
不眠推枕	잠을 자지 못하고 벼개를 높이시며
撫頂而戒曰	내 이마를 어루만지면서 훈계하시기를
家世素貴	집안의 대를 이음이 번성하지 못해서

一朝蕩亡	하루 아침에 모두 망하였다.
將無以樹立	장차 가계를 세워서
振吾宗者	우리 종중을 떨칠 수가 없구나.
唯汝在	오직 네가 있어서
汝若能記吾訓	너라도 만약 나의 훈계를 기억할 수만 있다면
不自失墜	저절로 실추되지는 않으리니
雖死猶有兒也	비록 죽더라도 오히려 아이가 있음이로다.
且九原可開	또 구천에 간다고 해도
吾有辭於先大夫矣	내 너의 아버지에게 드릴 말씀은 있겠구나.
旣又屈指而計日	그리고 또 손꼽아 계산을 해보고 말씀하시기를
天假吾年	하늘이 빌려준 내 나이로는
及見汝顯揚	네가 출세하는 것을 볼 수 있을 것이니
則汝爲孝矣	그렇게 한 즉 너는 효도를 하는 것이다.
仍復潸然	이에 다시 가만히
涕下如是者八年而)	눈물을 흘리셨는데 이렇게 하기를 8년이었네.)
豈期風樹搖搖	어찌 바람에 나무가 흔들리는 걸 기약하리오
菁華荏苒	아름다운 꽃망울이 차츰 변하여도
兒未齊戶	어린애여서 집안을 가즈런히 하지 못하나
親年不待	어버이의 연세는 기다려 주지 않는구나
天降之酷	하늘이 내린 혹독함에
遂遭大罰	드디어 큰 벌을 당했으니
天乎神乎	하늘이여 신령이시여
其忍視(是)乎	그 참아 이러하십니까?
而踰時改歲	그런데 때를 넘겨서 해가 바뀌어
以至于今	지금에 이르니
又頑然獨生	또 완연히 혼자 살아 남았구나
而不得死者	그리하여 죽지 못한 것이
抑何如人耶	아, 무슨 사람이라 하리
每一入夢	늘 한번 꿈만 꾸어도
儀形警欬	거동과 형체와 윗사람에게 기척함을
十不記一(二三)	열 중에 하나도 기억하지 못한다
而猶不得其眞	그리하여 오히려 그 참을 얻지 못하니

嗚呼天地有盡	오호라, 천지가 다 하였구나
此恨無窮	이 한스러움은 무궁하리라.
俸祿雖厚	봉록이 비록 후하고
豊柔滑甘之具	풍요하고 부드럽고 매끄럽고 달콤한 것들이
雖日陳於前	비록 앞에 날마다 벌려 있으며
衣冠呼唱之榮	차림새와 존경을 받는 영광스러움이
雖日耀於里	비록 마을에서 날마다 빛난다 해도
入門上堂	문에 들어 마루에 오르면
誰爲喜而	누가 기뻐할 이 있으며
將誰孝哉	누구에게 효도하리
天可問耶	하늘에게 물어 보자구나.
嗚呼痛哉	아아, 슬프도다.
從玆以往	이를 좇아서 지나 온 세월이
首尾十餘年	벌써 십년이 되었구나
衰門多釁	쇠약한 가문에는 죄가 많아서
老天無祐	늙마에도 하늘이 돕지 않는구나
諸妹曁兄	여러 누이들과 모든 형님들이
接迹而亡	도적이 왔던 데에는 다 죽었으니
晩與季氏	만년에는 동생도 모두
零丁孤苦	찾을 수 없어 외롭고 괴롭구나
相依爲命	서로 의지하여 목숨이 되어
共架同爨	함께 일하고 한솥에 밥을 먹으면서
庶幾嗣續	거의 족속을 이어
之不廢	폐하지 않을 듯했더니
不幸遭亂	불행하게 난리를 만났구나.
(延秋夜啓	연추문을 밤에 열고
弟隨羈絏	동생은 말고삐잡고
於西塞	서쪽 변방으로 따라 갔고
兄負木主	형님은 신주를 지고
而東奔	동쪽으로 쫓기게 되었구나
乃於壬辰十月猝)	임진년 10월에 갑자기 일어난 일이로다.

兄遇賊溺水死	형님은 도적을 만나 물에 빠져 돌아가시니
其年十二月	이 해 12월이었다.
少女遭疫死江都	어린 딸은 역질을 만나서 강도에서 죽었는데
聞女臨亡	딸이 죽었다는 소식에는
猶忍氣擧目	간신히 기운을 차려 눈을 뜨면서
呼爺願見者	아비를 부르며 만나 보기를 원한다고
三而逝	세번이나 그렇게 하고서 갔다는 구나
吁爲人父	아, 사람의 아비가 되어
而尙忍聞是耶	어찌 참아 이 소식을 들으랴!
先季(年)七月	지난해 7월에는
贊儐落南	어른을 모시고 남쪽으로 내려 갔는데
踰冬及春	겨울이 지나 봄이 되었어도
事了無期	일이 끝나기는 기약이 없었다
鄕音日惡	시골의 소리도 날로 험악해 져서
來輒可懼	와서야 문득 놀라게 되었다
同堂親姪	우리 씨족의 아저씨와 조카들이
接迹而亡	도적을 만났던 사람들은 모두 죽었단다.
(平生所嬌姪女	평생 아립답던 질녀는
因産而逝	아이를 낳다가 죽었으며
甥又求食遑遑	그 남편은 또 먹을 것을 구하기에 바삐 다니다
逢盜死途中)	도적을 만나 길거리에서 죽었단다.
歷數一家	일가를 자주 찾아다니면서
在世者幾何	세상에 사는 자가 얼마나 되오
而回視先墓之傍	그런데 선영의 옆을 돌다가 보니
宿草新墳纍纍相望者	옛이거나 새 무덤이 줄줄이 이어 있어
非齊斬則朞功也	함께 죽지 않은 것이 곧 가까운 친척들일세
死而有知	죽어서도 알아 보고
倘能相遇	아마 서로 만나겠지
九重泉路	저 세상의 길이
乃余之樂土	이제는 나의 낙토로다
而一朝長辭	그리하여 하루 아침에 길이 글을 쓰노라니

將庶幾其拭目	장차 거의 그 흙 속을
於土中矣	자세히 들여다 보아야겠구나
嘗聞死生命也	일찍이 듣기를, 죽고 사는 일은 천명이라니
幸而未至乎死也	요행이도 아직은 죽지를 않았구나
則其死者已矣	곧 죽은 이는 끝이 나서
無所逮及	다달을 데가 없으니
唯盡誠追遠	오직 정성을 다 하여 추원할 뿐이다
幸有墓四序	다행하게 산소는 4번 찾아 볼 수 있으나
展掃祭祭	자리를 펴려니 쓸쓸하고 외롭구나
奉奠顧聘	제사를 봉행하며 함께 할 이를 돌아 보니
無他兄弟相助者	형제로서 서로 도울 다른 이가 없구나
常恐我死之後	항상 내가 죽은 뒤에 두려운 것은
此事遂廢	이 일이 드디어 폐하여 져서
香火寥寥	분향하는 이도 적막해 지고
頹然爲一丘墟	무너져 하나의 빈 언덕이 될까일세
到今猶未及死	지금까지는 오히려 죽지 않았는 데도
闕然廢省者	버려두고 성묘를 폐한 것이
又復六年	또 다시 6년이로다.
諺曰生子無良	항간에서 말하기를
不如孤居	무자식 상팔자라 하느니
信哉言也	이 말이야말로 믿을만 하구나
自亂雖來	비록 난리가 온 때부터
村隣散亡	마을 사람들이 흩어지고 죽어서
無人看守	돌 볼 사람이 없다고는 하지만
松楸毀傷	소나무와 가래나무가 손상 시키며
蒭(芻)牧不禁	꼴을 베는 걸 금하지 아니 하고
又往歲	게다가 지난 해에는
野火無戒	들 불을 조심하지 않아서
燒及塋草	선영의 띠를 불타게 했으니
平時拱木	평상 시에 산소 주위의 나무들도
亦皆剝落	또한 모두 쓰러지고 꺾어 져서
孰謂有後之墓	누가 자손이 있는 묘라고 말하겠는가
乃至於斯也耶	마침내 이 지경에 이르게 되었구나

卽今芳春載陽	지금 아름다운 봄이 햇볕을 내리 쬐니
節屆禁火	불조심할 절기가 되었구나
雨露旣濡	비와 이슬이 이미 촉촉하나
心焉怵惕	마음은 두렵고 근심스럽다
況南人之俗	하물며 남쪽 사람들의 풍속에는
禮重祀事	예로서 제사를 중히 여긴다
東隣西舍	동네 모두가
裹飯包魚	밥을 싸고 물고기를 품어 오는데
髻童在前	다박머리 아이들이 앞에 서고
黃犬隨後	누렁이도 뒤를 따른다
蚩氓賤隸	아무 것도 모르는 백성들과 천한 종들도
各自上父母丘隴	각자 부모의 무덤에 제물을 올려서
以寓追遠之意	조상님 생각하는 뜻을 새기는구나
而舊鬼新魂	그리하여 오래된 귀신과 새 넋이
無不焄蒿悽愴	향내를 맡고 신비롭게 되어서
冥感遠降	명부에서 감응하여 멀리 내려와
享子孫誠意者	자손의 성의를 누리는 자가
此獨何人	이 홀로 누구리오
坐臥自如	앉거나 눕거나 마음대로 하며
猶言猶食	일변 이야기도 나누고 음식도 먹으며
猶蹈履平地上	평지 위를 거니는 듯하니
自列於人數中耶	자연스레 사람들 가운데에 늘어서 있구나
因風引頸	바람이 불면 목을 길게 빼고서
西望長號	서쪽을 바라 보고 길게 부르며
擧足頓地	발을 들고 땅에 조아리며
洩哀于歌	슬픔을 노래에 실어 보려니
歌不成聲	노래가 소리를 이루지 못하고서
終天而止矣	해가 저물어 멈추는구나.
歌曰	노래에 이르기를

<백사집 권2·11 - 14>

이 병서를 보면 이 노래 창작의식은 남쪽을 순시하는 중에 조상을 숭배하여 제사를 모시며 성묘를 하는 남쪽 사람들의 풍습을 보고 문득 느끼어 부른 것이라고 설명 했다. 병서는 본래 창작의식을 기록하는 것이 보통이다. 이런 시인의 창작의식을 통해서 작품의 성격을 비교적 분명하게 알 수 있다. 추원보본(追遠報本 : 조상을 생각하여 그 근본을 잊이 아니하고 은혜를 갚는 일)은 오랜 유학적 풍속이다. 난리통에 잠시 소홀하게 되었던 조상 숭배의 정신을 일깨우는 의도가 있다고 볼 수도 있을 것이다. 그러나 이런 교훈적인 의미보다 더 앞서는 것은 시인 자신이 조상의 산소를 정성껏 돌보지 못하는 양심상 거리낌을 더 강도 있게 표현하고자 한 것이라고 생각한다. 어쩌면 이런 작품을 통해서 스스로 마음의 위안을 구하고 있는지도 모를 일이다. 지금 이 병서를 읽는 우리들은 백사가 조상에 대한 남다른 효성을 가지고 있었다는 사실을 입증하는 자료로 볼 수 있다. 이보다 더 중요한 것은 당시 사람들의 보편성을 얻고 있다는 것이다. 이는 유학 중심 사회에서 사람들이 가지는 보편적인 의식이다. 충효를 금과옥조로 믿는 사람들의 시대 정서를 잘 대변하고 있다.

이 병서의 내용은 애절하다. 이 병서에는 삶의 곤궁함과 외로움이 넘친다. 여기다 일본 도적의 침입이라는 역사적 사실조차 가세하여 한층 추원보본의 정서를 강조한다. 효도와 충성은 통하는 것이고 효도 중에서도 추원보본의 정성은 핵심이다. 이 시인은 이 병서에서 이와 같은 시인의 의식과 두보가 먼저 지은 것이 창작의식을 불타게 했다고 말하고 있다. 이런 2가지 요소를 가지고 볼 때 앞에 것은 정서적 의식이고 뒤의 것은 역사성을 가지고 있는 의식이라고 볼 수 있을 것이다. 시인은 이와 같이 복합적 원인에 의하여 창작을 하게 된다. 이런 창작의식이 지금 우리들에게 주는 의미는 무엇인가? 전쟁은 창작의식을 풍부하게 하는 한 요인이 될 수도 있다는 것을 알 수 있다. 단순히 전쟁이라는 사건이 중요한 것은 아니다. 전쟁을 어떻게 체험하고 소화했는가 하는 것이 창작의식에 미치는 영향을 측정할 수 있을 것이다. 작가의 역량이 그가 체험한 것을 시로 만드는데 하는데 크게 영향을 준다고 할 수 있다. 이런 점에서 백사는 좋은 시인적인 감수성을 가지고 있었다고 평가할 수 있을 것이다.

병서의 가치는 이렇게 시인의 가치와 작품의 수준을 알아 보는데 매우 중요한 단서를 준다. 두보의 시를 본따서 운(韻)을 밟아 가면서 개성 있는 정서를 표현한 것을 보면 백사의 시 창작 능력을 알 수 있다. 언어의 선택과 그 작업을 통해서 창작한 작품을 볼 때 개성 있는 정서적 표현을 알 수 있다. 이는 형식은 같으면서 다른 정서와 내용을 담는 창작적 능력을 가름할 수 있는 기준이 될 수 있을 것이다. 또 한가지 시인의 가치와 작품의 수준을 판가름 하는 것은 역사적 사실을 얼마나 호소력 있게 지금 독자들에게 전달하고 있느냐는 것이다. 고전은 지금 살아서 우리들에게 영향을 주어야 한다. 이런 작품만이 고전으로서의 가치를 얻을 수 있다. 이런 기준으로 볼 때도 이 병서는 정서적 개성을 통해서 백사의 시인으로서의 가치와 능력을 높이 평가할 수 있게 한다. 같은 자료로 만든 음식이 맛이 다르듯이 이 시도 이런 효과를 충분히 나타내고 있다. 이런 점은 백사에 대한 여러가지 풍자적이고 해학적인 일화들과도 같은 맥락에서 이해할 수 있다. 풍자와 해학은 문학성을 잘 알 수 있게 하는 수사 기법 중의 하나다. 이런 점과 이 시의 병서에 나타난 감수성은 같은 차원에서 논의할 수 있을 것이다.

병서는 산문이다. 그러나 이렇게 단락을 나누어 놓고 보면 율격(律格)이 내재(內在)해 있음을 알 수 있다. 그래서 번역에서 운률(韻律)을 주게 되었고 대우(對偶 : 서로 짝을 맞추는 일)도 나타낼 수 있게 된 것이다. 이런 점은 백사의 글이 산문(散文)과 운문(韻文) 중에서 어떤 성격을 가지고 있는가를 짐작하게도 한다. 그러나 한가지 조심할 것은 한문은 그 글의 성격상 율문적 요소가 강하다는 사실을 잊어서는 안된다. 조급하게 결론을 내려서 백사는 산문보다 율문에 더 문학성이 있다는 식의 평가는 위험하다고 보는 것이다. 그러나 보편성에서 보더라도 한문은 율격이 강하다고 할 수 있을 것이다. 이 병서는 이런 결론을 끌어 내는데는 좋은 재료가 될 수 있다고 생각한다.

이 병서에 나타나는 사건들을 가지고 역사적인 사실의 진부를 따지는 것은 그리 바람직하지 못하다고 보겠다. 대체로 문학은 사실과는 거리가 있다. 그러나 당시의 사실을 이해하는 감수성의 분야에서는 매우 구상화되어 있다고 말할 수 있다. 어쩌면 추상화한 과학적이고 측량적인 기록보다 더 진실에 접근하는 글이 될 것이다. 우리는 이 병서를 통해서 당시 백사의 심정을 이해하고 공감해 보는 것이 중요한 우리들의 몫이라고 생각한다. 이런 논의를 통해서 우리는 경험의 폭을 넓혀서 세계를 바라보는 안목을 향상시키고 사고의 깊이와 이해의 정도를 확산할 수 있다. 이런 점은 우리 삶에 고전이 기여하는 부분이다. 이 병서를 번역하여 독자들에게 널리 읽히고 싶은 욕심도 결국 인간의 삶의 질을 향상시킨다는 목적에서 벗어나지 못한다고 말하고 싶다.

두보에 대해서는 그 시의 운을 밟아서 이 시를 지었다는 말에 이어서 시대가 마음에 들지 않는다는 말을 덧붙이고 있다. 속이 상하고 타고난 운명이 기구하다고 했다. 이 말이 바로 두보 시의 창작의식과 일치하는 부분이다. 두보는 자신의 시에 대하여 병서를 쓰지는 않았다. 그러나 그 시를 읽어보면 그 시대에 잘못 태어난 자신을 한스러워 한다. 시에 흐르는 정서는 서로 비슷하다. 이런 점들이 두시의 운을 밟게 한 이유가 될 수 있을 것이다.

2) 형식

이 시는 노래의 형식을 가지고 있다. 제목에서도 '가(歌)'라고 밝혔다. 가라고 한 것은 「시경서」에 '시영언가언지(詩言志歌永言 : 시는 뜻을 말한 것이고 노래는 말을 길게 느린 것이다)'이라는 말에서 알 수 있듯이 유장한 표현이라는 의미를 가지고 있다. 응축된 시어를 사용하지 않았다는 말이다. 이는 두보의 시 「건원중우거동곡현작가칠수(乾元中寓居同谷縣作歌七首)」와 같은 유형의 시제다. 이 두시를 읽게 된 것이 창작의식을 일으켰다는 병서의 말과 같이 두보와 시로써 견주려는 창작의식도 있다고 생각한다.

형식은 두시와 매우 흡사하다. 먼저 두시를 인용해서 백사의 시와 형식적인 면에서 대비해 보고자 한다. 대비라는 의미는 같은 점과 다른 점을 알아 본다는 말이다. 이런 작업의 의미는 백사 시문학의 특징이나 의식, 가치를 알 수 있을 것이다. 세대를 초월해서 인간의 보편적인 정서를 노래한 작품이야말로 현대에도 살아 있는 작품이다. 이런 작품의 가치를 여기서 천착해 보려는 뜻이 담겨 있다.

乾元中寓居同谷縣作歌七首

有客有客字子美　　나그네 나그네 자는 자미니
白頭亂髮垂過耳　　흰 머리털이 엉클어져 귀 아래 느러졌네

歲拾橡栗隨狙公	이 해도 원숭이를 따라 도토리나 밤을 줍는데
天寒日暮山谷裡	춥고 해저문 산골짝 속이로다
中原無書歸不得	중원에서는 소식이 없어 돌아갈 수 없으니
手脚凍皴皮肉死	손발이 얼어 터져 살점이 죽는구나
嗚呼一歌兮歌已哀	아아, 첫번째 노래여 노래가 이미 슬프니
悲風爲我從天來	슬픈 바람이 나를 위하여 하늘에서 내려 오네.

長鑱長鑱白木柄	긴 삽이여 긴 삽이여 하얀 자루니
我生托子以爲命	내 삶을 그대에게 의탁하여 목숨으로 삼노라
黃精無苗山雪盛	곡식은 싹도 없고 산에는 눈만 풍성하며
短衣數挽不掩脛	짧은 옷을 자주 잡아 올리니 종아리만 드러나네
此時與子空歸來	이 때 너와 함께 할 일 없이 돌아 오니
男呻女吟四壁靜	남녀의 신음 소리199)에 네 벽이 고요하네
嗚呼二歌兮歌始放	아아, 두번째 노래여 노래가 이제 풀리니
閭里爲我色惆愴	마을 사람들이 나를 위하여 얼굴 빛이 슬프구나.

有弟有弟在遠方	아우여 아우여 먼 땅에 있으니
三人各瘦何人强	3사람이 각자 여위였으니 누가 강건하랴
生別展轉不相見	살아서 이별해 불안 해도 보지 못하니
胡塵暗天道路長	오랑캐 먼지에 하늘이 어둡고 길이 지루하구나
東飛鴐鵝後鶩鶬	거위가 동으로 나는데 뒤에 무수리 좇으니
安得送我置汝傍	어찌 나를 보내어 네 옆에 둘 수 있겠는가
嗚呼三歌兮三發	아아, 세번째 노래여 세번 부르노라니
汝歸何處收兄骨	너는 어디에 가서 형의 뼈를 거두리.

有妹有妹在鍾離	누이여 누이여 종리(鍾離) 고을에 있나니
良人早歿諸孤癡	남편은 일찍 죽고 여러 자식은 어리구나
長淮浪高蛟龍怒	회수(淮水) 물결이 높고 교룡이 노하나니
十年不見來何時	10년을 보지 못하니 어느 때나 올까
扁舟欲往箭滿眼	쪽 배 타고 가고자해 화살이 눈에 가득하니
杳杳南國多旌旗	아득한 남국에는 정기가 가득하도다.

---

199) 呻吟은 굶어서 앓는 소리.

| 嗚呼四歌兮歌四奏 | 아아, 네번째 노래여 노래를 네번째 부르니 |
| 竹林猿爲我啼淸晝 | 대숲 속의 원숭이가 맑은 낮에 우는구나. |

四山多風溪水急	사방 산에 바람이 많고 계곡 물이 빠르니
寒雨颯颯枯樹濕	찬 비가 서늘하니 죽은 나무가 젖는구나
黃蒿古城雲不開	황호 옛 성에 구름이 걷히지 아니하니
白狐跳梁黃狐立	흰 여우는 뛰고 누른 여우는 섯구나
我生胡爲在窮谷	나는 어찌 하여 깊은 산골짝에 있는지
中夜起坐萬感集	밤중에 일어나 앉으니 만감이 서리는구나
嗚呼五歌兮歌正長	아아, 다섯번째 노래여 노래가 정작 기니
魂招不來歸故鄕	넋을 불러도 오지 아니하고 고향으로 가는구나.

南有龍兮在山湫	남쪽의 용이 산 못에 있으니
古木巃嵸枝相樛	고목이 높고 가지 서로 얼켰구나
木葉黃落龍正蟄	나뭇잎이 낙엽져 용은 참으로 숨었으니200)
복蛇東來水上遊	모진 뱀201)이 동으로 와서 물 위에서 노는구나
我行怪此安敢出	내 가다 이를 괴이히 여겨 어찌 감히 나가서
拔劒欲斬且復休	칼을 빼어 베고져 하다가 또 다시 마는구나
嗚呼六歌兮歌思遲	아아, 여섯번째 노래여 노래의 뜻이 기니
溪壑爲我回春姿	시내와 골이 나를 위하여 봄을 불러 내었구나.

男兒生不成名身已老	남아가 공명을 이루지 못하고 몸이 늙으니
三年飢走荒山道	3년을 거친 산길에 굶주리며 다니노라
長安卿相多少年	장안의 높은 이들은 젊은이가 많으니
富貴應須致身早	부귀는 응당 몸에 일찍 다다라야 하느니라
山中儒生舊相識	山 중에 유생들 전부터 서로 아는 이들이니
但話宿昔傷懷抱	오직 옛날 일을 이야기 하며 회포에 젖노라
嗚呼七歌兮悄終曲	아아, 일곱번째 노래여 슬피 노래를 마치고
仰視皇天白日速	하늘을 우러러 보니 하얀 해가 빨리도 가는구나.

<두시언해 권25・26 - 29>

---

200) 龍蟄은 唐 玄宗이 남쪽에 있는 것을 말했다.
201) 복蛇는 史思明을 가리킨 말이다.

有父有父先趾美	아버지여 법도(法度)202)가 훌륭하신 아버지여
兒生九齡父死耳	나는 9세에 아버께서 돌아 가셨네
兒時癡弱不耐經	어릴 때는 못나고 약해서 삶을 견뎌내지 못하고
只得從母啼閨裏	다만 어머니만 의지하고 규중에서 울기만 했네
諸兄相逝獨孑然	형님들도 돌아가시고 외톨이가 되어
三十三年頑未死	33년간을 억지로 살아 왔지
嗚呼一歌兮聲悲哀	아아, 첫번째 노래를 부르니 소리가 슬프고 슬퍼
昊天罔極魂不來	은혜가 너무도 큰데 넋은 돌아오지를 않네.

有母有母親刀柄	어머니여 친히 칼자루를 잡으신 어머니여
半世孤燈賦薄命	반평생 외로운 등불 아래서 고생만 하셨네
有子不肖不得力	자식이 있으나 못나서 힘이 되지 못하니
布裙懸鶉露兩脛	누더기 삼베 치마는 짧아서 종아리가 들어났었네
流光荏苒不相待	세월은 변하여 서로 기다리지 못하고
身後宗姻式貞靜	조상 앞에 가실 때에도 곧고 고요하셨네
嗚呼二歌兮哭聲放	아아, 두번째 노래를 부르니 곡성이 나와
行路爲之喟然悵	길 가는 사람이 나위해 한숨 쉬며 슬퍼하네.

有兄有兄性義方	형님이여 성품이 의롭고 방정한 형님이여
當亂樹立猶屈强	난리를 당하여도 뜻을 세움에 굽힘이 없었네
弟隨龍馭狩龍灣	동생은 임금님 따라 용만으로 순수203)를 가니
引領相望號聲長	학수고대하며 부르는 소리가 길기도 해라204)
山氓傳呼有寇至	산 백성이 전하는 말이, 도적이 다다라
兄獨不屈死路傍	형님만 굽히지 않고 길거리에서 돌아 가셨다네
嗚呼三歌兮情激發	아아, 세번째 노래를 부르니 감정이 격해라
三年僅得收遺骨	3년만에야 겨우 유골을 수습할 수 있었네.

有女有女生別離	딸이여 딸이여 억지로 생리별한 딸이여
時當乳下弱而癡	헤어질 때 젖도 안 떨어져 약하고 어리석었네

---

202) 趾에는 禮儀, 法度, 道德의 뜻이 있다. 班固의 「幽通賦」에 姜本支乎三趾라하고
　　그 註에 善日 趾 禮也라고 했다.
203) 일정한 변방을 임금이 순시하는 일
204) 引領而望이라는 말과 같으며 鶴首苦待의 뜻이다.

父執母手撫女語	아비와 어미가 손을 잡고 어루만지며 말하길
未死重逢會有時	죽지 않으면 다시 만나 모일 날이 있을 것이다
人傳將死尙呼爺	남들이 전하기를, 임종에 아버지를 불렀다니
老淚黙灑中兵旗	늙은이가 병영 안에서 눈물을 남몰래 씼노라
嗚呼四歌兮不忍奏	아아, 네번째 노래 부르니 참아 부를 수 없어
至今孤魂哭朝晝	지금 외로운 넋이 아침이나 낮에도 곡을 하리라.

有姪有姪遭亂急	질녀여 질녀여 난리를 만나 위급해진 질녀여
立別門前涕沾濕	바로 헤어지는 문에서 눈물이 흐르네
亂後生逢如夢寐	난리 후에 살아서 만나렸더니, 그립고 그리워도
甥得加冠女成立	네 남편은 승진을 했고, 딸도 어엿이 자랐었는데
甥今逢盜死途中	네 남편은 도둑을 만나 길에서 죽고
女又夭折悲慟集	딸 또한 피지도 못하고 죽었으니 슬픔 어이하리
嗚呼五歌兮川路長	아아, 다섯번째 노래를 부르니 황천길이 멀어
魂其念我來殊鄕	넋이여 내 생각을 해서라도 선계로 가거라.

我家丘壟臨東湫	내집이 있는 언덕은 동쪽으로 폭포에 임했는데
別來墓木皆成樛	묘목을 가져 오니 모두 구부러진 나무였네
六年不歸棄如遺	6년간을 돌아 보지 않고 버려 두었으니
先靈夜夜空來遊	선조의 영혼들이 밤마다 와서 오락가락했겠네
去歲野火燒白楊	지난 해 들불에는 백양나무가 불탔는데
隣人撲滅僅得休	이웃 사람이 두드려 꺼서 겨우 불을 잡았다네
嗚呼六歌兮道逶迤	아아, 여섯번째 노래를 부르니 길이 험난하여라
東雲入望猶含姿	동쪽 구름이 망월을 삼킨 자태와 같구나.
年年寒食松楸老	해마다 한식에는 소나무와 가래나무[205]가 쇠니
香火寥寥古墓道	성묘하는 사람이 없는 옛 무덤 길이로다.
家家追遠競是日	집집마다 조상 산소 경쟁하듯 찾아보는 이날
悽愴焄蒿爭及早	분향[206]하러 다투어 일찍 가는구나
遊子天涯哭向西	떠돌이는 하늘가에 서쪽을 향해 哭하노니
舊山無人樹連抱	옛 산에는 없 나무만이 얼켜 있구나

---

205) 楸下라고 하면 祖上의 무덤이 있는 곳에 있는 나무를 말한다.
206) 焄蒿悽愴이라고 하면 향냄새가 나서 사람의 기분을 신비하게 만드는 일을 말한다.

鳴呼哀歌兮終七曲　　아아, 슬픈 노래를 불러 일곱곡을 마치니
感念公私傷運速　　　일중에 생각하니 운명은 속히도 상하네.
<백사집 권二 · 14 - 15>

이렇게 두 시를 대비해 보면 모두 제7구에서는 칠언을 지키지 않고 8자로 지었다. 그런데 두시에서는 제3, 4, 7수에서 변화를 주고 있다. 백사의 경우는 모두 8자를 정확하게 지키고 있다. 이것을 보면 일단 두시보다 백사의 시가 더 정형성을 지키고 있는 것을 알 수 있다. 중국 사람이 자기들의 어조로 부르는 노래와 남의 나라 소리로 노래를 부르는 것은 차이가 있는 사실을 볼 수 있다. 이런 점에서 두보는 자유로운 형식을 구사하기에 더욱 좋은 조건을 가지고 있을 것이다. 백사의 경우는 이런 자유로움보다는 정형성을 지킴으로써 노래 형식을 만들려고 했을 것으로 짐작할 수 있다. 이런 점이 중국 사람이 지은 가와 우리나라 사람이 지은 노래의 차이점이라고 볼 수 있을 것이다.

그 넘는 한 개의 글자도 7수의 시 중에서 제1수, 제2수, 제5수가 각각 애(哀), 방(放), 장(長)으로 같은 글자를 쓰고 있다. 제3수는 발(發)자로 같기는 해도 두보의 시에서는 칠언(七言)을 지키고 있고, 백사의 시에서만 8자를 쓰고 있다. 제4수는 두보의 시는 제7, 8구 모두 8자인데 백사의 시에서는 제7구에서만 주(奏)자로 운을 맞추었다. 제6수는 두보의 시에서는 상성(上聲) 지운(紙韻)인 지(遲)자를 썼고, 백사는 거성(去聲) 치운(寘韻)인 이(邇)자를 썼다. 통운(通韻 : 고시에서 사용하는 압운의 일종으로 비슷한 운끼리 통하는 것을 말한다)은 된다. 제7수에서 두보의 시는 제1구를 9字로 썼는데, 백사는 정형을 지켰다. 제7구의 운은 같은 곡(曲)자를 썼다.

압운(押韻)은 제1수에서 제7수까지 잘 지키고 있다. 한두 개의 변형은 있어도 그리 드러나지 않을 정도로 압운을 잘 지키고 있다. 노래는 고시(古詩)와 차이를 두기가 어렵다. 노래로 부르면 노라고, 시로 읽는다면 시다. 압운뿐만이 아니라, 각구마다 두보의 시의 운을 그대로 많이 쓰고 있다. 이 두편의 시를 놓고 형식을 말하면 각구, 그리고 특히 제7구에서 압운을 지키고 있다고 말할 수 있다. 이 시를 무릎을 치면서 시창(詩唱)을 해 보면 그 흐르는 곡의 애조를 느낄 수 있다. 형식에서 오는 같은 정서를 맛볼 수 있다. 백사가 두보의 시를 읽고, 아니면 같은 정조가 엄습해 오자

평소에 읽어서 알고 있던 두보의 시의 운을 밟아 자연스럽게 노래했을 것으로 짐작할 수 있다. 제7구를 특히 한자 늘인 것도 실은 이 시가 7수이기 때문은 아닐까 생각해 본다. 다음에 인용하는 병서의 앞부분은 바로 이런 창작의식을 잘 설명하고 있다.

> 내가 어렸을 적에
> 일찍이 한식날 선산을 생각했다,
> 라는 시를 얻으나
> 당시에 어리석고 어렸으며
> 과거 시험을 보는 교육 과정에 힘쓰느라고
> 시의 뜻을 다시 깊이 궁구하지 못했었다.
> 금년 봄에
> 나그네가 되어 개성에 부쳐 살면서
> 가족이 살았는지 죽었는지에 대해 추도하니
> 이 좋은 계절에 느낌이 있었다.
> 이에 두보가
> 하나하나 읊고 노래한 것을 알고 보니
> 마음이 푹 빠지는 정경이 아닌 것이 없었다.
> 두보의 칠가(七歌)에 짝하여 읊으면서
> 그 운에 따라 노래를 지으니

3) 내용

일단 전체적인 내용을 일별해 보면 제1수는 아버지를 9세 때 여의고 어머니와 외롭게 살아온 자신의 슬픔을 노래했다. 제2수는 고생고생하면서 어머니와 살던 모습을 그리고, 지금은 이미 돌아가셨음을 가슴 아파한다. 제3수에서는 형님에 대한 노래를 불렀다. 일본 도적떼들에게 돌아가신 억울한 사연을 노래했다. 3년만에야 겨우 유골을 수습할 수 있었다는 사실이 당시의 어려운 나라 사정을 잘 말해 준다. 제4수에서는 딸을 노래했다. 부모와 생이별을 하고 객지에서 죽은 딸을 슬퍼한다. 제5수에서는 질녀의 기

구한 운명을 노래했다. 난리 통에 당한 가족적인 변란을 그렸다. 제6, 7수
에서는 조상의 산소를 돌보지 못한 참담함을 노래했다.

　　이 시의 내용은 이 시를 해설한 병서에 잘 적혀 있다.

> 때문에 가만히 속이 상하는데
> 타고난 운명이 기구하고 외로우며
> 살만한 시대가 아니어서
> 태어 나면서 겨우 9세에
> 아버지를 여의었고
> 내가 어린이를 면하면서
> 어머니도 이어 돌아가시니
> 조상이 이미 기우러지고
> 우리들은 모두 나뉘어 흩어지니
> 의지할 데 없는 혼자 몸으로
> 아무도 돌봐 주는 사람이 없었다.
> 붙이어 살 데가 없어서
> 사람들이 남기어 주기만을 바라면서
> 어려서도 가정의 교훈을 잃어 버렸으며
> 커서도 스승이나 벗의 도움이 없었다.
> 이리 뛰고 저리 뛰면서
> 마치 짐승이 스스로 자라 듯이 자랐으나
> 요행이 일찍이 과거에 합격하여
> 얼굴이 두껍게도 그 때의 무리들을 속여서
> 벼슬은 날로 옮기었고 봉급도 날로 더하여
> 더욱 얼굴이 두꺼워 져서 마음은 더욱 울적했다.

　　이상의 내용을 압축한 것이 바로 제1수다. 이런 내용을 두보의 시의
가락에 맞추어 노래로 만들었다.

　　제2수를 설명한 부분을 인용해 보면,

> 어렸을 때를 더듬어 보니
> 홀로 청상의 어머니에 의지하여

흰 머리털은 근심에 상하였고
모든 것이 다 곤궁하였다.

늘 가을이나 겨울 밤을 당하여
물시계의 물이 뚝뚝 떨어 질 때에
잠을 자지 못하고 벼개를 높이시며
내 이마를 어루만지면서 훈계하시기를
집안의 대를 이음이 번성하지 못해서
하루 아침에 모두 망하였다.
장차 가세를 세워서
우리 종중을 떨칠 수가 없구나.
오직 네가 있어서
너라도 만약 나의 훈계를 기억할 수만 있다면
저절로 실추되지는 않으리니
비록 죽더라도 오히려 아이가 있음이로다.
또 구천에 간다고 해도
내 너의 아버지에게 드릴 말씀은 있겠구나.
그리고 또 손꼽아 계산을 해보고 말씀하시기를
하늘이 빌려준 내 나이로는
네가 출세하는 것을 볼 수 있을 것이니
그렇게 한 즉 너는 효도를 하는 것이다.
이에 다시 가만히
눈물을 흘리셨는데 이렇게 하기를 8년이었네.)
어찌 바람에 나무가 흔들리는 걸 기약하리오
아름다운 꽃망울이 차츰 변하여도
어린애여서 집안을 가즈런히 하지 못하나
어버이의 연세는 기다려 주지를 않는구나
하늘이 내린 혹독함에
드디어 큰 벌을 당했으니
하늘이여 신령이시여
그 참아 이러하십니까?
그런데 때를 넘겨서 해가 바뀌어
지금에 이르니

또 완연히 혼자 살아 남았구나
그리하여 죽지 못한 것이
아, 무슨 사람이라 하리
늘 한번 꿈만 꾸어도
거동과 형체와 윗사람에게 기척함을
열 중에 하나도 기억하지 못한다
그리하여 오히려 그 참을 얻지 못하니
오호라, 천지가 다 하였구나
이 한스러움은 무궁하리라.
봉록이 비록 후하고
풍요하고 부드럽고 매끄럽고 달콤한 것들이
비록 앞에 날마다 벌려 있으며
차림새와 존경을 받는 영광스러움이
비록 마을에서 날마다 빛난다 해도
문에 들어 마루에 오르면
누가 기뻐할 이 있으며
누구에게 효도하리
하늘에게 물어 보자꾸나.
아아, 슬프도다.
이를 좇아서 지나 온 세월이
벌써 십년이 되었구나

부모가 다 살아 계시지 못한 한스러움을 이렇게 설파하고 있다. 이는 우리 민족 정서에 흐르는 한의 한 모습이다.
제3수는 형님에 대한 노래다.

쇠약한 가문에는 죄가 많아서
늙마에도 하늘이 돕지 않는구나
여러 누이들과 모든 형님들이
도적이 왔던 데에는 다 죽었으니
만년에는 동생도 모두
찾을 수 없어 외롭고 괴롭구나

서로 의지하여 목숨이 되어
함께 일하고 한솥에 밥을 먹으면서
거의 족속을 이어
폐하지 않을 듯했더니
불행하게 난리를 만났구나.
연추문을 밤에 열고
동생은 말고삐잡고
서쪽 변방으로 따라 갔고
형님은 신주를 지고
동쪽으로 쫓기게 되었구나
임진년 10월에 갑자기 일어난 일이로다.
형님은 도적을 만나 물에 빠져 돌아가시니
이 해 12월이었다.

형님뿐만이 아니라, 일본 도적떼들이 벌린 난리를 당하여 가족이 뿔뿔히 흩어진 사실을 기록했다. 시보다 더 자세히 그 내막을 기록했다.
제4수는 딸의 죽음을 슬퍼한 노래다.

어린 딸은 역질을 만나서 강도에서 죽었는데
딸이 죽었다는 소식에는
간신히 기운을 차려 눈을 뜨면서
아비를 부르며 만나 보기를 원한다고
세번이나 그렇게 하고서 갔다는 구나
아, 사람의 아비가 되어
어찌 참아 이 소식을 들으랴!

딸에 대한 설명은 짧다. 자식에 대한 기록을 장황하게 할 수 없는 시대적인 풍조일 수 있다. 그러나 짧기는 해도 딸의 죽음에 대한 애절한 마음은 딸이 죽으면서 아버지를 3번이나 불렀다는 사실만으로도 그 정황이 충분히 전달 된고도 남는다.
제5수는 질녀의 가족이 당한 서러운 한을 노래했다.

지난해 7월에는
어른을 모시고 남쪽으로 내려 갔는데
겨울이 지나 봄이 되었어도
일이 끝나기는 기약이 없었다
시골의 소리도 날로 험악해 져서
와서야 문득 놀라게 되었다
우리 씨족의 아저씨와 조카들이
도적을 만났던 사람들은 모두 죽었단다.
평생 아립답던 질녀는
아이를 낳다가 죽었으며
그 남편은 또 먹을 것을 구하기에 바삐 다니다
도적을 만나 길거리에서 죽었단다.

　　질녀의 가족이 죽음을 당하게 된 참혹한 사실을 알게 된 동기와 그 실
상을 자세하게 기록했다.
　　제6, 7수는 조상의 산소를 돌보지 못하는 죄스러움을 노래했다.

일가를 자주 찾아다니면서
세상에 사는 자가 얼마나 되오
그런데 선영의 옆을 돌아다 보니
옛이거나 새 무덤이 줄줄이 이어 있어
함께 죽지 않은 것이 곧 가까운 친척들일세
죽어서도 알아 보고
아마 서로 만나겠지
저 세상의 길이
이제는 나의 낙토로다
그리하여 하루 아침에 길이 글을 쓰노라니
장차 거의 그 흙 속을
자세히 들여다 보아야겠구나
일찍이 듣기를, 죽고 사는 일은 천명이라니
요행이도 아직은 죽지를 않았구나
곧 죽은 이는 끝이 나서

다달을 데가 없으니
오직 정성을 다 하여 추원할 뿐이다
다행하게 산소는 4번 찾아 볼 수 있으나
자리를 펴려니 쓸쓸하고 외롭구나
제사를 봉행하며 함께 할 이를 돌아 보니
형제로서 서로 도울 다른 이가 없구나
항상 내가 죽은 뒤에 두려운 것은
이 일이 드디어 폐하여 져서
분향하는 이도 적막해 지고
무너져 하나의 빈 언덕이 될까일세
지금까지는 오히려 죽지 않았는 데도
버려두고 성묘를 폐한 것이
또 다시 6년이로다.
항간에서 말하기를
무자식 상팔자라 하느니
이 말이야말로 믿을만 하구나
비록 난리가 온 때부터
마을 사람들이 흩어지고 죽어서
돌 볼 사람이 없다고는 하지만
소나무와 가래나무가 손상 시키며
꼴을 베는 걸 금하지 아니 하고
게다가 지난 해에는
들 불을 조심하지 않아서
선영의 띠를 불타게 했으니
평상 시에 산소 주위의 나무들도
또한 모두 쓰러지고 꺾어 져서
누가 자손이 있는 묘라고 말하겠는가
마침내 이 지경에 이르게 되었구나
지금 아름다운 봄이 햇볕을 내리 쬐니
불조심할 절기가 되었구나
비와 이슬이 이미 축촉하나
마음은 두렵고 근심스럽다
하물며 남쪽 사람들의 풍속에는

예로서 제사를 중히 여긴다
동네 모두가
밥을 싸고 물고기를 품어 오는데
다박머리 아이들이 앞에 서고
누렁이도 뒤를 따른다
아무 것도 모르는 백성들과 천한 종들도
각자 부모의 무덤에 제물을 올려서
추원보본의 뜻을 새기는구나
그리하여 오래된 귀신과 새 넋이
향내를 맡고 신비롭게 되어서
명부에서 감응하여 멀리 내려와
자손의 성의를 누리는 자가
이 홀로 누구리오
앉거나 눕거나 마음대로 하며
일변 이야기도 나누고 음식도 먹으며
평지 위를 거니는 듯하니
자연스레 사람들 가운데에 늘어서 있구나
바람이 불면 목을 길게 빼고서
서쪽을 바라 보고 길게 부르며
발을 들고 땅에 조아리며
슬픔을 노래에 실어 보려니
노래가 소리를 이루지 못하고서
해가 저물어 멈추는구나.

선영을 돌보지 못하여 망극하게도 불까지 났었다는 사실과 동네 사람들도 이제는 모두 선영에 성묘를 하니 자신도 한식을 맞아서 성묘를 해야겠다는 결심을 기록하고 있다.

결국 이 노래의 핵심은 추원보본이고, 이는 효다. 일본 도적떼들이 벌린 난리 때문에 효를 지키지 못한 서러운 한스러움을 노래로 시원하게 풀어 헤치고 있다. 여기서 문학은 창작을 통해서도 정서를 맑게 씻어 준다는 사실과 한을 풀어 준다는 점을 알 수 있다.

4) 특징과 가치

난리라는 사회적인 격동의 틈바구니에서 가족이라는 평화로운 삶의 형태가 얼마나 슬프게 변질하는가 하는 문제를 다루고 있다. 시인 자신의 정서를 선배 시인의 정서에 맞추어 가면서 자신만의 독특한 정서적 체험을 풀어 놓았다. 여기서 우리는 창작의 한 형식을 볼 수 있다. 이른바 표절이라는 것과 창작의 차이가 무엇이며, 문학 작품이라는 것이 무엇인지 현대에 빠져서 사는 우리들에게 생각을 해 볼 수 있는 기회를 제공하는 노래라고 생각한다. 창작은 기발하고 독창적인 것만을 말해서는 안된다. 창작은 인간의 삶에 기여해야 한다. 인간의 삶에 기여 하려면 선배들과의 관련성 없이는 아무리 독창적이라고 해도 그 가치를 인정하기가 어렵다. 그 이유는 여기에서 거론한 시에서 보듯이 이런 인간다움이 결여된 현대의 메마른 정서를 생산하게 될 수밖에는 없다는 사실이 이를 증명한다고 생각한다. 인간의 삶은 선배들의 삶을 통해서 더욱 풍부해 진다. 이런 깨우침을 주는 이 노래는 훌륭한 문학 작품이다.

또 한가지 측면은 이 작품이 가지고 있는 역사성이다. 그 당시의 사실성만을 말하는 것이 아니라, 전쟁이라는 것이 인간을 얼마나 황폐하게 만들며, 인간을 고통속으로 몰고 가는가 하는 보편적인 발견이다. 이런 발견은 바로 이런 작품을 통해서 더욱 가치를 발휘한다. 이 작품은 이런 가치를 발휘하는 역사성을 지니고 지금 다시 태어나고 있다는 사실이다. 역사는 지나간 것이 아니라 지금 우리 속에서 살고 있다. 이런 점을 실제로 깨닫게 하는 작품이기 때누에 이 작품에는 역사성이 있다고 말하는 것이다.

가족의 소중함이나 정서적인 안정감은 이 작품을 통해서 절감하는 바다. 부모와 자식이 함께하는 가족이라는 공동체의 평화로움이 얼마나 소중한 것인가? 이 작품을 읽으면서 새삼 깨닫게 하는 부분이다.

두보의 시를 읽고서 느낌이 생겨 이 시를 지었다는 창작 의식에 대한 고백은 가치 있는 작가의 목소리다. 그 형식에서 착실하게 운을 밟은 것만 보아도 작가의 성품을 짐작할 수 있다. 선배 작가와 대비를 할 수 있게 병서를 친절하게 써 주었다는 것도 고마운 일이 아닐 수 없다.

2. 백강 이경여의 합차공부술회

1) 서론

 백강(白江) 이경여(李敬興)(1585 - 1657)는 병자호란(丙子胡亂)을 몸소 일선에서 체험하고, 국치(國恥)를 설욕(雪辱)하고자 북벌(北伐)의 계획을 품고 효종(孝宗)과 의기(義氣)가 통했으나 뜻을 이루지 못하고 부여(扶餘) 백강(白江)에 퇴휴(退休)한 사람이다. 여기서 다루려고 하는 「합차공부술 회북정량시운(合次工部述懷北征兩詩韻)」은 백강이 자신의 일생을 그리면서 국치(國恥)의 실상도 생생하게 그려 남긴 작품이다. 여기에는 두보(杜甫)(712 - 770)에 비기는 시적(詩的) 욕심도 있고, 두보가 고뇌하는 그런 심각함도 있다. 당시 비슷한 입장에 대한 대비도 있고, 시대와 나라가 다른 차이에서 오는 다른 정서도 있다.
 「백강집(白江集)」을 검토해 봄으로써 이경여에 대한 이해를 돕고, 당시에 그의 고통의 핵심이 무엇이었는지를 알아서 지금 우리의 삶에 도움을 얻어 내고자하는 뜻이 있다. 여기서 거론 하는 「합차공부술회북정운(合次工部述懷北征韻)」에 대한 이해를 돕는 많은 정보를 얻기 위해서도 일차적으로 「백강집」의 검토는 필요하다고 생각한다.
 차운(次韻)에서는 이경여가 두보의 운(韻)을 어떻게 사용하고 있으며 어떻게 자신의 시적인 재능을 발휘하려고 노력했는지를 알 수 있도록 분석하고자 한다. 한시를 짓는데 있어서 사용하는 운자(韻字)의 많고 적음은 시인의 역량에 달려 있다고 보기도 한다. 현학(衒學)과 박식(博識)으로 무장이 되어 있어야만 많은 운자(韻字)를 동원할 수 있다.
 제재(題材)에서는 두 시의 시대적 국가적 차이를 살펴서 차운을 한 의도를 밝혀 보려고 한다. 두보의 「자경부봉선현영회(自京赴奉先縣詠懷)」는 755년에, 그리고 「북정(北征)」은 757년에 만들어진 작품이다. 이경여의 이 시는 병자호란이 일어난 1636년 이전부터 자신의 초년(初年)과 벼슬길에 대한 기록과 1636년 당시의 참혹한 상황과 그 수탈의 야만적인 행위를 생생하게 보여 주고 1645년 심양에서 돌아올 때와 귀양살이가 잘 그려져 있는 것으로 미루어 귀양살이 중의 작품인 듯하다. 서로 두 시의 제재는 시대와 국가의 차이 때문에 다르다고 해도 그 바탕에 흐르는 정서는 서로 많은 점이 유사하다.

전개에서는 시 내용의 흐름을 살펴보려고 한다. 두 사람의 시가 서로 어떻게 내용의 흐름이 닮았는지를 검토함으로써, 차운이라는 형식이 어떤 의미가 있는지 보편적으로 그 실상을 알 수 있는 어떤 틀이 만들어 질 것으로 생각한다.

이렇게 이경여의 「합차공부술회북정량시운(合次工部述懷北征兩詩韻)」의 고찰을 통해서 두보와 이경여의 시적인 공통점과 차이점을 알아 보고 17세기 병자호란 시기의 시문학의 일면을 알아 보는데 의의가 있을 것으로 생각한다.

2) 『백강집』

1981년에 『백강집』과 『한포재집(寒圃齋集)』을 합간(合刊)했다. 이 책 앞에는 「백강한포재량선생문집합간서(白江寒圃齋兩先生文集合刊序)」가 백강선생외예(白江先生外裔) 안동(安東) 김창현(金彰顯)이 쓴 것이 있고, 「백강선생문집해제(白江先生文集解題)」를 1980년 11월 상한(上澣)에 은진(恩津) 송공호(宋貢鎬)가 썼다. 이어서 「백강한포재문집영인에 즈음하여」 라는 글이 1981년 4월 상한이라고 해서 한포재선생후손인 천수(天洙)에 의한 기록이 있다. 본래 『백강집』은 1684년 송시열(宋時烈)의 서(序)가 붙어 간행 된 것이다. 백강선생이 돌아간지 27년만의 일이다.

『백강집』은 15으로 되어 있고 그 중에서 제5권까지 시집이다. 이 글에서는 제5권까지 있는 시집 중에서 「합차공부술회북정운」에 관해서만 거론하려고 한다. 이경여의 시는 모두 426편이 전한다. 칠언률(七言律)과 오언률(五言律) 그리고 칠언절이 주류를 이룬다. 『백강집』을 보면 가장 두드러진 특징이 두보와 이백의 시에 차운을 한 것이 다른 사람의 경우보다 그 비율이 높다는 것이다. 두보의 시에 차운을 한 것이 33편, 이백의 시에 차운을 한 것이 14편이다. 특히 두보의 경우 한편의 시가 2수, 4수, 7수, 9

수, 11수, 25수까지 있고, 여기서 거론하려고 하는 「합차공부술회북정양시운」은 155운의 장편이다.

　이 차운들은 모두 옥주에 있을 때에 지은 것으로 문집에는 기록되어 있다. 우리나라 사람에게 시를 지어도 주고 차운도 한 것은 최명길에게 81편, 김상헌에게 17편, 두 사람에게 함께 준 것이 3편 있다. 이런 시들은 모두 심양(瀋陽)에 있을 때에 외롭고 슬픈 심정을 서로 위로한 것들이다. 이외에는 백헌(白軒) 이경석(李景奭)(1592 - 1671)에게 준 8편 동회(東淮) 신익성(申翊聖)에게 지어 준 7편이 눈에 뜨인다.

　『백강집』에는 특히 만(挽)이 110편이나 있다. 백강의 사회적 활동을 보는 것 같다. 역시 정치가로서의 면모를 실감하게 한다. 이 많은 만 중에도 곡시(哭詩)가 없다는 것이 이경여의 정치적인 수완을 이해할 것도 같다. 사람들과의 일정한 거리감의 유지가 정치가로서의 생명임을 알 수 있게 한다. 특히 「하사부락천장만(河師傅洛遷葬挽)」은 이경여의 어릴적 스승이 하락(河洛)(? - 1592)이 아닌가 주목하게 한다.

南冥門下道無傳　　曺植(1501 - 1572) 門下에 道가 전하지 않더니
獨有河公繼昔賢　　오직 河公께서 옛 성현을 이으셨네
癸未抗章回白日　　癸未(1583)年에 올린 글은 임금님도 가납하셨는데
壬辰投命掩黃泉　　壬辰(1592)亂에 목숨을 바치셨구나
羈魂幾惱洛陽夢　　東周의 꿈 고뇌하는데 넋이 얽매었다가
旅櫬初成瀨水遷　　이제사 영원한 터 잡으셨구나
正氣至今連翼軫　　正氣는 지금도 하늘에 닿았으니
騎箕何處御風烟.　　우리나라 도우시러 風烟을 몰아 오시네.

<백강집 권4 · 12>

　이 시를 보면 이경여의 학통이 조식에서 비롯됨을 알 수 있다. 조식 ⇒ 하락 ⇒ 이경여로 이어짐을 알 수 있다. 이 시를 읽으면 나라에 대한 우국의 정서가 짙음을 볼 수 있다. 나라의 란세를 극복하고 태평한 세상을 꿈꾸는 마음이 가득하다. '임진(壬辰)에 투명(投命)하여 엄황천(掩黃泉)했다'는 것도 그렇고 '정기(正氣)'가 '익진(翼軫)'에 닿았다는 것과 '기기(騎箕)'가 되어 '풍연(風烟)'을 몰아 온다는 표현들이 모두 나라를 음우(陰佑)

하는 정신을 담고 있다. 남명의 제자들은 임란(壬亂) 때 많은 수가 의병 (義兵)으로 활동했다. 그 줄기가 이렇게 병자호란(丙子胡亂) 때에도 구국 (救國)의 깃발을 올렸다고 생각한다.

『백강집』에는 친척과 가족에게 준 시들이 31편이나 보인다. 난세에 몇 차례의 유배 생활을 하면서 헤어짐과 만남에 대한 소감을 쓴 것들이다. 진도(珍島)에 유배되었다가 방환(放還)할 때 백강에 있는 집에서 손자를 만나본 기쁨을 적은 시를 보면 인간적인 정감이 묻어 남을 볼 수 있다.

喜子婦抱兒來見

生男有室人皆願	아들 두면 가정 꾸미길 사람이 다 바라는 것
父母常思得配良	부모는 항상 생각했다, 너희가 좋은 부부 되기를
香播芝蘭初出谷	대를 이은 첫손자를 얻고 나서는
禮成棗栗早升堂	祠堂에 고하여 예를 올렸네
分離海上三年隔	바다를 隔하여 3년을 헤어졌다가
邂逅途中一日忙	가는길 만나는 날 하루가 짧구나
白首抱孫飜倒劇	白首에 손자를 안으니 잘못 된 일 너무 많아
提携忘却此投荒.	손잡는 걸 잊고서 귀양살이 하다니.

<백강집 권5·28>

이 시를 보면 가족적인 정감이 있는 이경여를 대할 수 있다. 자기가 귀양살이로 진도에 가 있는 동안 손자가 태어나서 상경하는 길에 만나보는 기쁨이 생생하다. 만나는 시간이 겨우 하루밖에 없다는 것이 못내 안타깝고, 초라한 백수의 신세로 손자를 안고 보니 너무나 잘못된 일이 많았다는 인간적인 반성이 들기도 한다. 그 동안 형편이 여의치는 않았지마는 그래도 연락이라도 있도록 했었으면 하는 후회를 해보는 정적인 이경여를 이 시는 보여 주고 있다.

스님들과도 6편의 시를 남기고 있다. 이는 유학을 하는 선비로서도 대개 누구의 문집에서나 대하는 것이다. 그 양에 있어서도 그리 주목할 만하지는 않은 것으로 생각한다.

『백강집』을 통해서 다루고자하는 중점과 관련을 시켜서 요약하면 옥주 (沃州)에서 귀양살이를 할 때에 두보와 이백을 필두로 해서 당시(唐詩)에 심취했었다는 사실을 알 수 있는 점이고, 최명길과 김상헌과 특히 많은 시를 주고받은 것도 심양(瀋陽)에서 함께 괴로움을 달래면서 맺은 인연인 것으로 정리할 수 있다.

3) 차운(次韻)

두보의 「자경부봉선현영회」나 「북정(北征)」은 모두 입성(入聲) 제이부(第二部) 질(質), 물(物), 월(月), 갈(曷), 힐(黠), 설운(屑韻)을 쓰고 있다. 이경여는 그의 시 「합차공부술회북정량시운」에서 시의 제목 밑에 다음과 같은 주석을 달았다. "량시중거기첩압자이타자자대지(兩詩中去其疊押字以他字代之)" 즉 운자(韻字)가 겹치는 것은 중복을 하지 않았다는 설명을 달고 있는 것이다. 그런데 '월(月)'자(字)만은 중복이 아닌데도 빼 놓았다. 이것은 두가지로 생각할 수 있다. 이경여의 의도적인 것인지, 아니면 부주의로 빠진 것인지? 그 빠진 귀절을 보면 「자경부봉선현영회」에서 "비무강해지 소쇄송일월(非無江海志 瀟灑送日月)"이다. 본래부터 벼슬에 뜻이 있어서 몸과 마음을 조심해 살았다는 이야기다. 이경여의 경우는 이미 벼슬길에 접어 들어서 뜻을 펴다가 파직도 당해 본 경험이 있는데다가, 전쟁을 당해서 백성들의 고통을 잘 알고 있는 상황에서 나온 시다. 그렇다면 '월(月)'운(韻)을 빼 놓아도 이경여의 작가적 의식을 표현함에는 아무런 모자람이 없는 것이다. 의도적인 결과로 생각할 수 있을 것이다.

중복으로 빼놓은 운자(韻字)는 「자경부봉선현영회」에서는 '월(月)'을 비롯해서 '절(折)'자(字)와 '졸(卒)'자(字)가 두번 빠져 있다. '절(折)'은 "소괴위인부 무식치요절(所愧爲人父 無食致夭折)"이라는 구절이고, '졸(卒)'은 "기지추화등 빈구유창졸(豈知秋禾登 貧窶有倉卒)"이라는 구절과 "묵사실업도 인념원수졸(黙思失業徒 因念遠戍卒)"이라는 귀절이다. 이 세 귀절은 모두 조선조 당시 이경여의 경우와는 너무나 많은 거리감을 가지고 있는 사건들이다. 韻字(韻字)의 중복을 피한다고 한 의도의 일면을 짐작할 수 있다.

「북정」에서는 상당히 많은 글자가 중복을 피해서 빠졌다. '실(室)' '출(出)' '슬(瑟)' '렬(裂)' '철(轍)' '열(悅)' '졸(拙)' '몰(沒)' '혈(穴)' '골(骨)' '졸(卒)' '물(物)' '결(結)' '열(咽)' '설(雪)' '절(折)' '갈(褐)' '일(日)' '률

'혈(慄)' '활(闊)' '갈(渴)' '졸(卒)' '할(割)' '탈(奪)' '월(月)' '절(絶)' '절(折)' '렬(烈)' '활(活)' '궐(闕)' '결(缺)'등 모두 31자가 빠져 있다. 「북정」의 경우는 두 편의 시를 가지고 한 편의 시로 만들자니까, 중복되는 것을 피하기 위하여 뺀 것으로 생각할 수 있다. 그래서 시상이 반드시 관계가 없는 것만 빠진 것은 아니다. 가령 "도인망취화 가기향금궐(都人望翠華 佳氣向金闕)" 같은 귀절은 이경여의 시 "지차봉성수 축여숭화랄(持此奉聖壽 祝與嵩華埒)"에서도 같은 시상이다.

「자경부봉선현영회」와 「북정」은 35운이 중복되어 빠져 있는데 이경여는 빠진 운의 배수인 70운을 첨가하여 「자경부봉선현영회」 50운과 「북정」 70운 모두 120운에 35운을 더하여 155운의 「합차공부술회북정량시운」을 지었다. 이는 우선 운자의 수에 있어서 두보의 시보다 많음을 볼 수 있다. 옥주(沃州)에서는 비교적 시에 몰두하면서 시간을 보낸 것으로 생각된다. 이런 시기에 두보와 이백의 시를 공부하고 한번 맞서 보겠다는 의지가 대단했다.

이 155운중에는 '설(說)'자(字) 운이 중복되어 있다. 중복된 곳은 「북정」에서 차운을 한 곳인데 "비무위천노 숙시부암설(非无渭川老 孰是傅岩說)"과 "종연천조송 차사난중설(終然天祚宋 此事難重說)"이라는 귀절이다. 다른 운자들은 중복을 피하면서 유독히 '설(說)'자(字)만 중복한 까닭은 무엇인지? 앞 구절에서 '부암설(傅岩說)'은 하나의 고사로서 은(殷)나라 고종(高宗)의 재상(宰相)을 말한다. '부설(傅說)'이라고도 하고 '부암(傅岩)'이라고도 한다. 앞에 이렇게 한 용어로 된 운자를 쓰고 보니 다음에는 의미 전달상 피치 못하는 경우가 생긴 것 같다.

4) 제재

두보의 「자경부봉선현영회」가 지어진 시대적인 상황에 대해서 이병주는 그의 저서 『시성두보(詩聖杜甫)』에서 다음과 같이 말했다.

벼슬을 얻지 못하고 가난에 지친 두보는 빈곤을 견디다 못해 못내는 가족을 장인이 골살이를 하고 있는 봉선현(奉先縣)으로 소개를 시켰다. 그런데, 이해(천보 14년 : 755) 11월에 지금의 북경 지방 절도사인 안록산(安祿山)이 반란을 일으켜, 천하를 주름잡던 대당제국의 위세는 여지없이 허물어 졌다.

바로 「자경부봉선현영회(自京赴奉先縣詠懷)」의 중요한 제재는 삶에 지친 두보(杜甫) 가족의 전쟁속에서의 삶이다. 물론 이 시를 읽으면 두보(杜甫)가 가지고 있는 그의 포부와 당시 정치와 사회를 바라보는 그의 시각이 있고, 실의에 빠져 있는 현재 자신의 삶도 그려져 있다. 헤어져 있는 처자를 만나러 가는 길에서 보는 자연의 경치도 제재로 등장하고, 가서 만나본 가족의 참상도 제재가 된다.

「북정」은 두보 자신이 시의 제목 아래에 다음과 같이 주석을 달았다.

지덕이재(至德二載)에 보(甫)가 자적중(自賊中)으로 귀봉상(歸鳳翔)하여 알숙종(謁肅宗)하여 수좌습(授左拾) 유시(遺時)에 보(甫)의 가(家)가 재부주(在鄜州)러니 유묵제(有墨制)로 허자성시(許自省視)하시거늘 팔월(八月)에 보(甫)가 북귀부주(北歸鄜州)하니라.

<두시언해 권1 · 1>

위의 글을 보면 두보가 벼슬에 있으면서 특별한 휴가를 얻어서 귀향하는 것으로 되어 있다. 이 「북정」은 기행에 실려 있지마는 술회의 색채가 짙은 작품이다. 이경여가 두 시를 함께 차운 한 것도 이런 시각에 촛점을 맞춘 것이라는 생각이 든다.

이병주는 그의 저서 『시성두보』에서 「자경부봉선현영회」에 대해서 다음과 같이 정리해 놓았다.

① 평생의 큰 뜻, 稷과 契에 자신을 비유
② 民生을 걱정, 사회의 피폐에 대한 근심
③ 堯舜과 같은 세상에서도 자기의 뜻을 펴지 못함을 서글퍼함
④ 여산을 떠날 때의 정경
⑤ 현종이 화청궁에 자주 납심을 비판
⑥ 어지러운 궁중의 씀씀이를 비판
⑦ 양귀비를 둘러 싼 后戚들의 사치를 비판

⑧ 도중 행보의 어려움
⑨ 더부살이 하는 처자의 곤궁을 눈물로 새김
⑩ 평민 걱정, 애국 애민

위의 정리를 다시 더 요약하면 ①②③은 영회의 시작으로 자신의 처지와 심정을 노래했고, ④⑧은 가는 길의 정경을 묘사했고, ⑤⑥⑦은 당시 궁중의 부패를 고발했고, ⑨는 만난 처자(妻子)의 모습을 생생하게 그려 놓았고, ⑩은 마지막으로 평민의 어려움을 걱정하여 애국 애민의 사상을 드높인 노래로 정리할 수 있다. 이런 구조는 「북정」에서도 비슷함을 볼 수 있다.

① 기행의 일자와 목적
② 연군의 정, 임금을 하직
③ 피난 사는 집을 찾아가면서 본 정경
④ 집에 와서의 사연
⑤ 國事에 대한 의논
⑥ 수복을 서두르라는 충고
⑦ 난을 평정시킨 사실을 드높임
⑧ 민심의 방향, 조국의 만세

①②는 여행의 출발로 임금을 하직하는 연군의 정을 노래했고, ③은 기행의 길에서 본 정경을 묘사했고, ④는 집에 와서 본 처자의 모습을 묘사했고, ⑤⑥⑦은 나라의 정치에 대한 의견과 충언 그리고 임금을 드높인 대목이며, ⑧은 역시 조국의 만세로 이 시를 끝맺고 있다.

이렇게 정리를 해 놓고 보면 「자경부봉선현영회」나 「북정」은 모두 5가지의 시적 제재를 순서는 좀 다르다고 해도 노래한 것임을 알 수 있다. 그 첫째가 각각 그 시의 시작으로 자신이 시를 쓰게 되는 심정, 시작의 동기를 말하고, 둘째로 여행중에 본 것에 대한 묘사, 즉 자연 경관에 대한 묘사가 있고, 셋째로 나라의 형편 즉 민생이나 궁중의 정치에 대한 비판과 평가가 있고, 네째로 찾아가서 만난 처자의 참상이 그려져 있고, 마지막으로 임금님 만세의 목청을 돋운 것을 볼 수 있다.

두보의 이 두 시의 제재는 기행, 자연, 당시 정치 현상, 처자의 참상, 충성심으로 요약할 수 있다. 이경여도 이와 같은 제재를 노래하고 싶은 심정으로 붓을 들었을런지 모를 일이다. 두보가 살면서 고뇌하고 노래한 것과 같은 현실 앞에 직면했을 것도 같다. 병자호란으로 피폐한 민생을 보는 이경여의 마음은 안록산의 난리로 피폐해진 당나라의 현실과 당시 오랑캐로 치부해 놓았던 청으로부터 침략을 당하여 피폐해 진 나라를 보는 시각이 같을 수 있을 것이다. 두보의 이 두 시를 읽으면서 창작의식을 일깨웠을 것 같다.

이경여는 두보의 「북정」과 「자경부봉선현영회」를 기행시로 보기보다는 술회로 보고 차운을 한 것 같다. 기행은 인생의 길도 하나의 기행에 비유할 수 있을 것이다. 이경여의 이 시의 제재는 자신이 지금 귀양 중에 있으면서 지금까지 살아온 것에 대한 회포가 주류를 이루고 있다. 시의 맨 머리에는 처음 벼슬길에 들어서기 전부터 품었던 뜻도 썼고, 벼슬길에서의 어려움도 묘사했고, 좋은 시대에 훌륭한 임금님을 만났던 기쁨도 그렸다. 파직을 당했던 이야기도 나오고, 복직을 해서 남쪽 지방을 순회한 사실도 썼다. 병자호란의 참상과 명나라가 망해가고 청이 일어서는 것에 대해서 명나라에 의리를 지키려고 하는 의지도 보인다. 이제 벼슬길에서 놓여나서 늘으막에 진도(옥주)에서 귀양살이를 하면서 외로움을 두보와 이백의 시로 달래려고 한 흔적이 있다. 『백강집』에 전하는 두보와 이백 시의 차운은 모두 옥주에서의 작품이다.

이경여의 「합차공부술회북정양시운」의 중심 제재는 이경여 자신의 삶이라고 할 수 있고 이 삶은 술회의 형식으로 표현 되었다고 볼 수 있다. 더 구체적으로 말하면 병자호란과 명과 청의 틈바구니에서 우리 나라의 현실을 고뇌한 것이라고 할 수 있다.

5) 전개

두보의 「자경부봉선현영회」는 시작부터 자신의 본 뜻을 이렇게 풀어놓았다.

> 杜陵有布衣　　두릉에 사는 벼슬 못한 딸깍발이
> 老大意轉拙　　늙어갈수록 더욱 맛대가리가 없어

許身一何愚　　몸가짐이 어찌 이리 우직하다지
竊比稷與契.　　제법 순임금의 명신 직과 설에 비기었네.

<이병주, 시성두보 P.79>

『백강집』 권1, 7～11쪽까지에 실려 있는 「합차공부술회북정량시운」은 이렇게 시작한다.

早恥子夏儒　　일찍이 子夏의 儒學을 부끄러워 했는데
晚好溫公拙　　늙으막에는 司馬光의 古拙함을 좋아하네
敢望孔門回　　감히 孔子님의 제자 顔回를 우러를 뿐
无意虞庭契.　　舜의 司徒 契과 같은 인물이 될 뜻은 없었네.

두 시가 모두 처음부터 자신의 뜻을 당당하게 밝혔다. 자하(子夏)와 사마광(司馬光)(1019 - 1086), 안회(顔回)와 설(契)이 등장한다. 자하(子夏)에게는 부끄럽고 안회(顔回)는 우러를 뿐이고 설과 같은 인물이 될 것은 마음도 먹지 않았다고 했다. 늙으막에 옥주에서 귀양살이를 하면서 생각해보니 사마광이 제일 좋다. 사마광은 왕안석(王安石)의 신법(新法)에 반대하다가 벼슬길에서 물러나게 되어 『자치통감(資治通鑑)』을 편찬했다. 사마광의 이러한 삶이 지금 이경여(李敬興)에게도 걸맞는다.

본래부터 벼슬에는 뜻이 없고 다만 학문(學問)에는 뜻이 있었으나 이룩한 것이 없고 이제는 다만 사마광과 같은 처지에서 시나 짓게 된 자신을 돌아 보게된 처지가 되었다. 자하(子夏)는 공자(孔子)님 제자 십현(十賢) 중에서도 문학에 가장 재능이 뛰어 났었다고 전한다. 『시경(詩經)』『역경(易經)』『춘추(春秋)』를 후세에 전한 분이라고 한다. 아마도 이경여는 일찍이 문학에 뜻이 있었던 것으로 생각할 수 있다. 그 결과 사마광과 같은 처지가 되어 지금 그의 길을 걷고 있는 것인지도 모를 일이다.

이러한 생각을 가지고 있는 그이기에 그의 행동은 이러하였다.

升堂奉晨昏　　堂에 올라서는 昏定晨省을 奉行하였고
讀書慕忠烈　　책을 읽을 때에는 忠烈을 사모하였다
案有伊洛訓　　책상에는 程이와 周敦頤의 가르침만 있었지
篋无安期訣.　　책 궤짝에는 安期生의 秘訣은 없었다.

오직 송학(宋學)에만 전념을 했지 다른 학문이나 욕심은 전혀 없었다는
고백이다. 안기생(安期生)은 진(秦)나라의 사람으로 신약(神藥)을 먹고 신
선이 되었다는 인물이다. 장생불사(長生不死)의 욕심은 없었다는 말이다.
또는 도교(道敎)에 한눈을 팔지 않았다는 말도 된다. 이렇게 송학(宋學)을
추구한 나머지 수기치인(修己治人)의 목적을 달성하기 위하여 벼슬길에
나아가게 된다.

忽秉太史筆	갑자기 史官의 붓을 잡게 되어
思追董狐節	董狐의 直筆을 따르려 했다
靑蒲以諫名	바른 諫官으로써 이름을 날릴 뿐
雲路心已絶.	벼슬길에는 마음이 없었다.

이것이 이경여가 벼슬에 임하는 기본 자세였다. 맡은 바 임무를 바르고
성실히 수행하여 임금을 돕는 것일 뿐 벼슬이 높아지기를 원하지는 않았다.
앞에서 말한 바 송학(宋學)을 높여서 충렬(忠烈)과 효(孝)를 정신적인 지
주로 삼고, 이런 자세로 벼슬길에 임했으니, 세상은 그렇게 뜻대로만 되는
것은 아니었다. 그래서 그는 파직도 당하게 된다.

佩符去朝端	신표를 차고 조정의 末席에 나가
黎庶困徵發	백성만 徵發하여 괴롭혔다.
心驚眼前瘡	마음만 놀라고 눈 앞엔 상처
綏解肘下結.	인끈이 풀려서 나를 결박했네.

파직을 당한 잘못이 어디까지나 자신에게 있다고 했다. 이렇게 자기의
책임으로 돌리는 자세가 선비의 참모습이다. 풀려나서 다시 벼슬길에 나오
게 된 이경여는 임금님 만세를 소리 높이 외쳤다.

壽觴置未央	壽를 비는 술잔을 未央宮에 올리니
祥雲繞金闕	상서로운 구름이 대궐을 에워싸네
運啓赤伏興	운세가 열리니 가난하고 힘없는 이도 일어나고
澤洽蒼生活.	은혜가 흡족하니 백성이 살게 됐네.

임금님의 만수무강(萬壽無疆)을 빌고, 백성들이 모두 그 은택을 입어 잘 살게 된 것을 감축하고 있다. 그러나 세상은 그렇게 태평을 구가하게 가만 두지를 않았다. 작가는 새로운 세력으로 일어나고 있는 청(淸)의 세력을 경계하면서 명에 대한 의리에 대하여 이렇게 표현했다.

運籌期滅胡   운세를 점처 봄은 오랑캐를 멸하고자 함이요
請纓思繫越   終軍이 長纓을 자청한 건 越나라를 묶어 두려 함이다
全遼暗妖氛   온 遼지방이 妖邪한 기운으로 어지러우니
誓挽銀河雪.   맹세코 銀河의 눈을 끌어 오리라.

명나라에 의리를 지키겠다는 의지가 당당하다. 쇠퇴의 길을 걷고 있는 명나라를 과거의 의리 때문에 도와야겠다고 생각하고 군대까지 파병을 한 사실이 있었다. 이러한 일들이 더욱 신흥의 청(淸)을 자극하여 병자년(丙子年)의 부끄러운 일을 겪게 되었다고 생각한다.

忍言丙子歲   참아 丙子의 해를 입에 올리면
獨當强弩末   그 강한 침입을 홀로 막았다
行宮奉天城   임금님을 남한산성에 받들어 뫼시니
三板危一髮.   城이 무너질까 위기일발이었다.

나라의 변고를 사실대로 말하기보다는 민족의 체면을 생각하여 시를 지었다. "강노말(强弩末)"은 아무리 강한 쇠뇌라도 쏘아서 날아가다가 마지막에 힘이 빠지면 아주 약한 천도 못 뚫는다는 뜻을 가지고 있는 말이다. 이 말속에는 미리 신흥 청나라의 멸망을 고대하는 의미를 담고 있다. "삼판(三板)"이라는 말은 "성지불침자(城之不沈者)"를 말하는 것으로 곧 성이 함락될 뻔한 것으로만 말했다. 그러나 이 때의 참상에 대해서 다음과 같이 묘사했다.

戰士凍逼肌   戰士는 살갗이 얼어 오고
朝臣雪盈襪   신하들은 버선에 눈이 가득했다
廟議請約質   廟堂의 의견은 請約하자는 게 바탕이며
敵情要屈膝.   敵의 情勢는 무릎을 꿇으라고 강요한다.

이제는 한계에 와 있는 전쟁의 상황을 읽을 수 있다. 보급도 잘 되지 않아서 전사(戰士)들의 의복도 변변하지 못하고 신하들은 이리 뛰고 저리 뛰면서 방비에 임하느라고 버선에 눈이 가득 들어가는 지경에 이르렀다. 우리 조정의 의논은 주로 화친을 주장하는 쪽으로 기울고 있는데 적은 항복을 하라고 독촉을 한다.

龍顔帶深憂　　임금님은 깊은 시름에 잠기셔서
問策顧邇列　　우리를 돌아보시고 계책을 물으시나
勞軍忘寢膳　　수고로운 군사는 寢食도 잊었고
擧趾蒙沐櫛.　　거의가 모두 路宿을 하게끔 되었구나.

"목즐(沐櫛)"이라는 말은 '목우즐풍(沐雨櫛風)'의 준말이다. 비바람에 노출되어 비로 목욕을 하고 바람으로 머리를 빗는다는 말이다. 이렇게 망극할 수가 없다. 모두 어찌할 방법이 없다. 임금님의 잘못인가? 신하의 잘못인가? 백성의 잘못인가? 다만 신하된 자로서 송구할 뿐이다. 나라의 위태로움에 발을 구를 뿐이다. 힘없는 나라의 비극이 이렇게 절실히 묘사된 것은 이 시가 사실적인 기록의 효과를 가지고 있기 때문이다.

명나라의 힘이 쇠약해지니 이자성(李自成)(1605 - 1645)이 반란을 일으키어 1644년 경사(京師)를 함락, 황제가 자살을 하게 되었다. 이경여는 이 사실을 이렇게 읊었다.

秦籠次第收　　秦과 籠지방이 차례로 넘어가고
席卷平幽碣　　幽州와 碣石山까지 적에게 떨어지니
可憐後嗣王　　가련하신 뒤 이을 임금님은
亡國竟自殺.　　亡國에 마침내 自殺하시다.

이 시에서 '수(收)'자(字)와 '평(平)'자(字)를 쓴 것은 그래도 청나라의 손에 넘어간 것이 아니라는 의미가 있는 것으로 해석된다. 이자성의 반란군에 나라가 기울어지자 당시 황제는 자결을 했다. 명나라의 피폐한 국력을 이로써 알아 볼 수 있다.

1645년 이경여는 김상헌과 최명길(崔鳴吉)과 함께 심양으로부터 귀국하게 되는데 이 때의 심정을 이렇게 읊었다.

生還仗洪造　　큰 造化에 의지하여 살아서 돌아오니
感激神明徹　　感激이 神明에 사무친다
夢寐不曾到　　夢寐에도 일찍이 이르지 못했더니
棟梁責櫨楔.　　큰 기둥감들이 주두나 문지방이 되었구나.

　　귀국의 기쁨만이 아니라 나라를 걱정하는 간절한 마음이 들어 있다. 나
라의 기강이나 인재를 등용해서 쓰는 제도들이 제대로 되어 있지 못함을
한탄했다. 이어서 봉림대군(鳳林大君)의 귀국을 기뻐했다.

威德感殊俗　　위엄 있으신 德望이 오랑캐를 감동시키어
東還荷聖恤　　우리 나라로 돌아오시니 聖上의 矜恤을 더 하였네
銘肝肉白骨　　肝과 살과 뼈 속에 새기어
萬死何曾歇.　　만 번을 죽더라도 어찌 마치리.

　　우리 대군(大君)의 인덕을 찬양하고 임금님의 괴로움을 대신하고서, 이
런 일은 뼈 속에 깊이 새기어 영원히 잊을 수 없다는 각오를 드세웠다.
'헐(歇)'자(字)는 마친다는 뜻이니, 영원히 잊을 수 없다는 말이다.
　　이경여는 강빈(姜嬪) 죄사(罪死)에 역쟁극간(力爭極諫)하다가 진도(珍
島)로 귀양을 가게 되었다.

艱關千里餘　　험한 변방 천여리 길에
碧波波汩汩　　푸른 파도가 거세구나
沃州三戶郡　　珍島는 작은 고을이니
城頹半藤葛.　　城은 허무러져 藤과 칡넝쿨이 절반이로다.

　　인적조차 드믄 옥주는 성이 무너져 내렸다. 귀양살이할 장소의 외로움을
말하면서 국방에 대한 근심 또한 배어 있음을 볼 수 있다. 귀양살이에서도
희망을 잃지 않아서 다음과 같이 끝마무리로 접근하고 있다.

死灰倘生烟	꺼진 재에도 아마 불기는 살아 있겠으니
詎恨星霜闊	어찌 恨하랴, 세월이 감을
瞻彼滄溟外	저 푸른 바다 밖을 쳐다보니
老宿繞綵靄	늙은 나를 三色 구름이 어워싸고 있네
持此奉聖壽	이런 마음으로 聖壽를 받드니
祝與嵩華垺	南海의 神과 嵩山 華山이 울타리 되누나
寒谷天日照	찬 골짜기에도 해가 비치어
微枕鬼神察	미천한 나에게도 鬼神이 살핀다
幾時謝樊籠	어느 때 이 곳을 벗어나
歸采故山蕨.	고향산에 돌아가서 고사리 캐랴.

이 시의 끝은 두보의 시와는 다르다. 두보는 나라 걱정과 임금님 만세로
시를 마감하는데 비하여 이경여는 자신의 이야기로 끝을 맺었다.

이제는 귀양살이의 여유도 보이고 미래에 대한 희망도 있다. 그러나 가
장 커다란 꿈은 무엇이겠는가? 고향 산천에 돌아가서 충성을 다 하면서
사는 것이다.

끝으로 「자경부봉선현영회」의 마지막을 대비해 본다.

默思失業徒	가만히 직업을 잃은 무리를 생각하고
因念遠戍卒	인하여 멀리 출정한 병정을 생각하니
憂端齊終南	남산과 가지런한 근심의 실마리는
澒洞不可掇.	잇달고 잇달아서 걷잡을 수가 없다.

<이병주, 시성두보 P.81>

근심은 같으나 그 근심의 내용이 다르다. 두보의 근심은 나라와 백성인
데 대하여 이경여의 근심은 빨리 귀양에서 풀려나는 자신의 문제인 것이다.
그러나 대동소이한 결론인 것은 "고향산에 돌아가서 고사리 캐랴."라는 말
이 바로 나라에 충성을 맹세하는 말이기 때문이다.

6) 결론

『백강집』 중에는 시집이 5권이 있다. 이 시들 중에서 진도에서 지은 것들은 두보와 이백의 시에 차운한 것이 많고 심양에서는 최명길과 김상헌에게 주고받은 것이 많다. 평상시에 지은 것들은 만시(輓詩)가 많다. 이경여의 시집을 통해서 보면 그의 시를 이상과 같이 정리해서 말할 수 있다.

그의 학통은 조식으로부터 전해오는 애국 애족의 사상을 실천하는 유학자로 볼 수 있고, 난리와 귀양살이 중의 작품이래서 그런지 가족에 대한 애착도 강한 것을 알 수 있다.

이 논문에서 검토한 「합차공부술회북정양시운」에서는 입성 제2부의 운자로 통운을 해서 155운의 장편을 지은 것을 알게 되었다. 본래 두보의 「자경부봉선현영회」가 50운이고 「북정」이 70운이어서 모두 120운인데 이경여는 운자의 중복을 피한다고 35운을 사용하지 않고서 다시 그 배수인 70운을 첨가하여 모두 155운의 장편을 만들었다.

운자를 피한 이유는 시의 내용이 달라서 그렇게 한 것 같은 부분도 있고, 워낙 많은 운자를 사용하기 때문에 중복이 되어서 빼 놓은 것으로 생각할 수도 있다. 이경여는 이렇게 두보와 운의 숫자로 일단 대결을 해 본 것으로 볼 수 있다. 그리고 내용에 있어서도 두보와는 달리 가장 가까운 가족과의 관계에 대해서 더 많은 분량을 읊고 있다.

두보의 두 시의 제재는 기행, 자연, 당시의 정치현상, 처자의 참상, 충성심으로 요약할 수 있다. 이경여는 자기의 당시까지의 삶을 제재로 삼았다. 두보의 시가 기행의 일시적인 시간을 제재로 삼은데 대하여 이경여의 경우가 더 긴 삶의 시간을 제재로 삼고 있는 점이 다르다. 그러나 소리굽쇠가 한 개 옆에서 울리면 다른 한 개도 덩달아 울리는 것과도 같이 두보의 두 시를 통해서 이경여의 시심도 공명한 것이라고 생각할 수 있다.

155운이나 되는 시를 다 차례로 거론을 할 수가 없어서 커다란 사건 중심으로 시의 전개를 살펴 보았다. 시작은 두보의 시와도 같은 자신의 포부로 기록했지만 점차 공부한 기준, 벼슬살이의 모습 등을 묘사하면서 두보의 경우와 다른 것을 알 수 있다. 자신이 파직을 당한 사실이며, 다시 복직이 되어 임금님을 찬양한 것들은 직접적으로는 두보의 시와는 다른 양상을 지니고 있지마는 그렇게 노래하게 되는 동기에는 두보의 시가 작용했을 것이라는 생각이 든다.

그가 살던 당시 쇠망해 가는 명나라와 신흥 세력으로 떠오르는 청나라의 틈바구니에서 어떻게 자신을 지키면서 청나라의 침입을 막았는지를 소상하게 묘사한 시이기에 다른 시와는 다른 가치가 있다고 생각한다. 병자호란의 참상도 사실적으로 그렸고, 명나라의 쇠퇴도 사실에 입각하면서 그렸다. 그러나 우리 나라의 경우나 명나라의 경우를 묘사할 때에는 자존과 체통을 앞세우면서 청을 오랑캐로 보는 시각을 보여 주고 있다. 심양에서 최명길과 김상헌과 함께 고통을 당하면서 더욱 돈독한 우의를 다진 것으로 생각할 수 있는데, 귀국의 기쁨과 대군(大君)의 귀국을 읊으면서 감동하고 있는 것을 볼 수 있다.

정치적인 입장의 차이로 귀양을 가게 된 것이 이 시가 나오게 되는 직접적인 동기가 될 것이다. 두보의 경우에는 시를 우국과 충성 임금님 만세로 끝맺는데 비하여 이경여는 자신의 귀양살이가 끝날 것을 희망하는 임금님만세로 끝을 맺고 있다. 두보의 경우보다는 자신의 입장을 더 많이 노래하고 내 세운 감을 받는다. 시의 보편성과 사적인 묘사의 문제는 비평을 해야할 것으로 생각한다.

이 시의 해석과 분석을 통하여 이경여가 살았던 시대의 역사적인 사실도 알 수 있었지마는 이경여 자신의 생각과 삶의 구체적 모습을 더 선명하게 알 수 있었다. 이런 시의 검토는 역사적인 자료로서의 가치도 있겠지마는 전쟁과 민족의 고난 극복의 지혜와 교훈도 얻을 수 있다는 점이 보람있는 점이라고 생각한다.

제IV부
중인시사의 태동

1. 연원

　중인시사(中人詩社)의 연원은 시사, 시단, 가단, 계회, 9노회, 죽림고회 등에서 찾을 수 있다. 문헌에 보이는 최초의 죽림고회는 이인로, 오세재, 임춘, 조통, 황보항, 함순, 이담지 등 7인이 모였다.

　이들이 모이게 된 원인은 『파한집』에서는 시를 잘 지어, 시로써 서로 사귀고 맺음을 터서 모이게 된 것으로 기록하고 있다. 이는 이인로가 직접 말한 것이다. 가장 직접적이고 큰 이유는 이인로의 말대로 모두 시를 잘 짓고 시로써 서로 뜻을 주고 받을 수 있는 사실에 있었을 것이다. 시를 짓자면 한문을 알아야 하고 그 중에서도 내노라는 시인으로서의 긍지와 자부에 따르는 작품 수준이 있어야 할 것이다. 이에 모일 수 있는 사람은 그리 많지 않다. 여기서 엘리트로서의 긍지가 있었을 것이다.

　『고려사』의 기록을 보면 김부식의 아들 김돈중이 정중부의 수염을 촛불로 그을은 일이 있고 왕이 인지재에 갔을 때도 못된 생각을 품었으며, 왕이 화평재에 갔을 때 무신 반란의 모이가 확정되었다. 이렇게 불만에 싸여 있던 무신이 반란을 일으켜 정권을 잡고 문신을 잡아 죽이게 되었다. 이 사실을 『역옹패설』에서 이제현은 이렇게 기록하고 있다.

　　　　불행하게도 의왕 말년에 무인이 변란을 일으키게 되니 갑자기 좋은 냄새와 나쁜 냄새가 한 가지 냄새로 여겨지고 옥과 돌이 모두 불타 버린 바 되었다. 그 몸을 호랑이 아가리에서 빼낸 자는 달아나 깊은 산 속에 숨어서 매미가 허물을 벗듯 벼슬살이의 표시인 의관을 벗고 스님들이 입는 가사를 입고서 그 여생을 마쳤다.

　이와 같은 무신의 탄압에 문신들은 목숨을 구하기 위하여 전전긍긍했을 것이며, 죽림고회의 모임도 이런 사회 현상과 무관하지 않을 것이다. 그렇다면 이들이 모이게 된 원인은 외적인 압박을 느낀 문인 집단의 결속의 의미도 있었을 것이다. 이와같이 어떤 집단이 형성될 때는 그 집단에 상대되는 집단, 즉 탄압내지 간섭 집단이 있게 마련이다.

죽림고회는 외적으로는 무신들의 정변으로 인한 문신들의 결속의 현상의 한 모습일 수 있으며, 내적으로는 과거에 누리던 영광에 대한 스스로의 자부와 긍지를 찾아보려고 노력하는 엘리트 의식의 발로에서 발생 원인을 찾을 수 있을 것이다. 여기에는 중인시사가 양반에 대한 상대적 결속 의지에서 발생원인을 찾는 점과, 중인 스스로 그 부류 또는 그 이하의 신분 사회에 대한 강한 엘리트 의식이 있었다는 사실과 무관하지 않다는 생각이 든다.

조선 전기로 넘어 오면서 이와같은 상황은 많이 변화되어 문인들의 모임은 전혀 다른 성질을 띠게 된다.

변계량(1369 ~ 1430)의 『춘정집』에 보면 「맹세의 글」과 「친구 계모임의 글」이 보인다. 이와같은 계모임은 매우 자연스러운 발생으로, 나이가 비슷하고 직종이 같은 데에 종사하거나, 사는 지역이 같아서 늘 만나거나, 스승이 같아 같이 배운 경우 벗으로서 서로 조직될 수 있다고 본다. 그 계모임 글도 이런 결속의 맹세를 다짐하는 내용으로 되어 있고 다른 어떤 목적은 보이지 않는다.

친구의 계모임

人倫有五	인륜에는 다섯이 있는데
朋友居一	붕우유신이 그중 하나다
友以輔仁	벗끼리도 써 어진 덕을 닦으니
是取三益	이것이 3가지 좋은 벗을 취함이라
結契同心	한마음으로 맺고 맺으니
名曰金蘭	이름하여 ‘금란계’라
于始于終	시작해서 죽을때까지
永久不諼	길이길이 잊지 말라
所渝此語	이 말을 어긴다면
神其不與	신이 그와 함께 하지 않으리

<춘정집, 권11 · 22>

『논어』「안연편」에 “증자 가로되 군자는 글로써 모여서 벗을 삼고 벗으로써 어짊을 더하느니라”라고 하는 구절이 있다. ‘어짊을 더한다’ 함은 이와같은 뜻으로 친밀한 벗끼리 서로 도와서 어진 덕을 닦는다는 뜻이다. ‘3

악'은 『논어』 「계씨편」에 "도움이 되는 세 벗과 손해가 되는 세 벗이 있으니 벗이 곧고, 벗이 아량이 있고, 벗이 많이 들어 아는 게 많이 들어 아는 게 많은 이라면 도움이 되는 벗이요, 벗이 편벽되고, 벗이 착하고 부드럽고, 벗이 아첨을 하면 손해가 되는 벗이라." 또 그 「집주」에는 "벗이 곧으면 곧 그 허물을 듣고, 벗이 아량이 있으면 즉 성실하게 되고, 벗이 들은 게 많으면 곧 밝음에 나아가느니라"라고 풀이하였다. 곧 벗이 곧으면 그 벗에게서 나의 허물을 들어서 내 허물을 고칠 수가 있어 내 이익이요, 벗이 사정을 살필 줄 알고 의리가 있어 나를 그렇게 대하면 나에게서 벗에 대한 고마운 마음이 싹터서 내가 성실하게 되니 나에게 이익됨이 있고, 또 벗이 많이 들어서 지식이 많으면 벗을 통하여 내가 들어서 배우니 내가 밝게 되어서 이익이 된다고 하는 뜻이다.

벗으로의 모임이며 그 목적이 '3익우'의 정신으로 어진 덕을 닦으면서 영원히 변치 않는데 있다. 그 구성원이 누구며 몇이나 모인 모임인지는 알 수 없지만 그 모인 목적만은 분명히 드러난다.

정극인(1401 ~ 1481)의 『불우헌집』에 보면 「태인 향약계의 시」와 「총마계」, 「장미담장계 모임그림」 등의 시가 보인다.

「태인 향약계의 시」는 정극인이 세조 원년(1455)에 단종이 몰려남을 통분하여 벼슬을 버리고 태인에 돌아온 뒤에 지은 것이다. 정극인은 태인에 낙향하여 송연손(송세림의 아버지) 등과 힘을 모아 향약을 만들고 계모임을 조직하여 향토 발전에 힘썼다. 지금도 구태인에는 여산 송씨 후손이 살고 있으며 동진강가에는 정자와 재실이 있어 당시에 있었던 일을 말해 주는 듯하다. 그 후손의 증언은 송세림이 지은 「호남가」가 있었다는 것이고 이는 송순에서 정철에 이어지는 국문시가의 맥락으로 보는 견해도 있다.

이 향약 계회의 정신은 '성신(誠信)'이다. 유학에 바탕을 둔 정신으로 특히 신(信)을 이야기 한 것은 상하 관계뿐이 아닌, 서로의 이웃 관계를 중요시 여긴 점이라고 생각할 수 있다. 「태인향약계시」의 내용도 「금란계문」과 비슷한데, "길하고 경사스러운 일에는 반드시 축하하고, 근심과 환란에는 반드시 서로 돕는다"와 같은 말은 단순한 친목 이상의 삶의 결속과 상부상조를 강조한 점이 있다. 지금에 우리가 하는 부모의 돌아가심을 위한 '상포계', 자녀의 결혼을 위한 계등이 이때부터 있었던 것으로 짐작이 된다. 이런 모임은 같은 지역에 사는 이들의 공동체 생활을 위한 조직이다. 정극인이 지은 국문시가는 바로 이런 정신과 일맥 통한다고 본다.

「총마계」는 「병서」가 있어 그 사정을 알 수 있다.

> 공이 사헌부 감찰로 있었는데 감찰 동료는 모두 25명이었다. 무릇 지평 이상 대사헌 이하의 관원이 미비함이 있어 혹 출근에 미치지 못하면 부탁하여 써 잠시 물러나서 차를 끓여 요기를 하는 고로 감찰이 '차 마시는 시간'이라는 말로 들어가서 임금께 아뢰었다. 그 동료 관원의 지위가 높고 오래된 자는 '방주'라 부르고 아울러 먼저 이른 자는 '선생(先生)'을 삼아서 8도를 나누어 관장하게 하고 이해와 부지런하고 게으름으로써 자료를 삼아 지평 이상을 논하여 상주했다.

이것을 보면 '총마계'는 사헌부의 지평 이상 대사헌 이하의 관원이 그 구성원이며 이 맺음을 통하여 법조문에 해당되지 않는 자질구레한 일상 관직 생활의 어떤 질서 체계를 세우고 있다. 이 시의 내용은 오직 단결과 굳은 맹세로 나라에 충성하는 것이다. 『점필재집』에는 '솔과 대의 계'라는 이름도 보인다. "소나무 대나무의 높은 모범"이라는 시구를 보면 그 모임의 성격이 지조와 절개를 높이 사는 모임 같다.

'총마계'는 젊은 엘리트 관료의 모임에 적합한 명칭인 듯 싶고, '송죽계'도 나라에 충성을 바치는 이들의 모임 같다. 이러한 관료들의 모임인 '총마계', '송죽계' 등은 그 모인 목적이 뚜렷하다. 서거정(1420 ~ 1488) 『사가집』에는 모임의 그것에 붙인 시가 22수 전한다. 이 사실은 관료 사회의 동료 모임이 상당히 있었다는 뜻이 될 것이다.

김종직의 『점필재집』에는 '오노회(五老會)'도 기록에 있다. 이와 비슷한 기록은 이현보(1467 ~ 1555)의 『농암집』에 '9노회'에 대한 기록이 있다.

> 계사년(세종12년,1431)의 모임은 우리 아버지께서 만드신 것이다. 칭하기를 '9노'라 하니 구성원의 명수가 우연히 맞았다.

이들이 모여서 한 일은 어떤 것인가. 술과 춤 시짓기 등이 그들의 활동이다. 이현보는 자기 아버지의 뒤를 이어 자신이 70세가 넘었을 때 이와같은 모임을 다시 만들었다.

이상으로 보면 고려 무신 정권 중에 생긴 '국립고회', 조선 초부터 친목과 시짓기를 하는 '동년계', 같은 직장 동료들의 모임인 '금란계' '향약계' '총마계' '송죽계' '구노회' 등이 잇엇다는 사실을 확인할 수 있다.

조선 초 개국에서 사대부의 역할이 컸고 그 논공행상으로 생활의 여유가 시작했다. 이런 장소와 주인으로서의 역할이 크게 작용하여 생긴 것으로 한명회(1415~1487)의 압구정을 들 수 있다. 여기는 시를 지을 수 있는 모임의 거점이 되며 이 주인은 많은 사람들이 모이는데 한 역할을 하게 된다. 한명회의 경우 스스로 시를 짓지는 않았지만 세조의 시를 얻어 낼 수 있었고 따라서 당대의 문인이면 누구나 이에 차운을 해야 하는 사정이 있었다.

앞서 말한 '죽림고회'를 비롯한 여러 계와 '구노회' 등은 인물 중심으로 모인데 대하여 이 압구정에서의 모임은 장소에 근거를 두고 모인 것이다. 인물 중심의 모임은 그 인물이 가면 끝나지만은 장소에 근거를 둔 것은 후대에까지 그 맥이 끊이지 않아 권문해(1534~1591)에게까지 이어진다.

이런 누정을 중심으로 모이는 일은 호남가단에서도 볼 수 있다. 호남에 산재한 누정은 면앙정, 식영정, 서하당, 환벽당, 소쇄원 등의 제가단을 한꺼번에 일컫는 말이다. 여기에서는 시(詩)와 가(歌)가 모두 불리워졌는데 이런 가단 형성의 원인을 정익섭님은 다음과 같이 들고 있다.

①자연 환경의 요인 ②시 동호인의 참여와 활동 ③휴식 또는 풍류 도락장으로서의 효용성 ④내방(來訪) 거리의 근접성

이는 16세기 말 호남 일대에서 시와 풍류를 즐기던 사실이다. 이상의 원인은 모두 그 누정의 중요성을 강조한 것으로 보인다. 자연 환경, 내방끼리의 근접성. 휴식 또는 풍류 도락장으로서의 효용성이 그 누저어이 어디에 위치했느냐는 것과 관계 깊은 것이고, 시 동호인의 참여와 활동만이 그곳에 모이는 사람이 누구냐는 것과 관련을 가지고 있다. 면앙정의 경우 여기에 모인 인물들은 많다. 소세양(1486~1562), 신잠(1491~1554), 성수침(1493~1564), 윤순(1493~?), 오겸(1496~1582), 송인수(?), 임억령(1496~1568), 이황(1501~1570), 양산보(1503~1557), 김인후(1510~1560), 정만종(1513~1549), 박순(1523~1569), 기대승(1527~1572), 고경명

(1533 ~ 1592), 윤두수(1533 ~ 1601), 정철(1535 ~ 1593), 임제(1549 ~ 1587), 이들은 대개 벼슬을 한 관료들이며 윤순(1493 ~ ?)만이 벼슬을 하지 않은 인물이다. 송순은 선조가 내리는 녹봉도 사양하고, 고향에 내려와서 태평한 세월을 보내며, 장기와 바둑을 두고 활쏘기로 소일했다고 한다. 이때 면앙정 인근의 친구와 지나가는 스님과 노래하고 웃으며 평민과도 어울린다. 이는 임진왜란전 가단의 한 모습이다.

이상에서 본 바와 같이 임진왜란 전에는 직종이 같거나, 나이가 비슷한 이들끼리 조직한 계나 회가 있었던 것이고, 그 구성원의 규모로 보나 그 누린 횟수의 기간으로 보아 고려 보다 발전된 형태의 모임이었다.

한편, 중인들 중에서 이 시대에 문필로 이름을 남긴 이들이 없지는 않았다. 그러나 그들은 독자적 활동은 했지만 시단이나 가단을 형성할 만큼 힘이 미치지 못하였다. 중인들의 모임이 문헌에 드러나는 것은 임진왜란 후의 일이다.

2. 발생시기

중인이 서리와 서얼까지도 포함한다면 홍유손, 어숙권, 어무적 등을 들수 있으나 이들이 살았던 시대에는 그들의 세력이 미미하여 어떤 단체를 만들만한 힘은 없었다. 유희경(1545~1636)과 백대붕의 출현으로 이들을 중심한 단체의 움직임이 있었으니 임진왜란 후의 이 시사(詩社)가 중인으로서는 처음 있는 일이었다.

곧 유희경 및 백대붕 같은 이들이니 당시 '풍월향도(風月香徒)'라고 불렀다. 향도라는 것은 서류(庶流)의 계(契)의 이름이다. 학사와 선생이 예를 갖추어 사귀니 왕왕 수창하고 읊으며 서로 물어서 '삼대풍요'의 남김이 자욱하니 아 어찌 이리도 흥성한가.

우리는 이 글에서 '풍월향도'라는 서류들의 계가 있었고, 이 계의 주요 인물은 유희경과 백대붕이고, 이 계에는 서류들뿐만이 아니라 양반들도 예를 갖추어 참여하였다는 것을 알 수 있다. 그들이 한 일은 시를 주고 받으며 읊고 서로 문학등에 대한 담론을 했던 것을 알 수 있고 『삼대풍요』라는 책이 있었는지 아니면 요·순·우의 풍요와 같은 태평성대의 노래가 불리워졌다는 말인지는 알 수 없지만 그 시문이 후대에까지 남았다고 전한다.

이 시기에 풍월향도의 계층에서 『6가잡영』이라는 시문집을 내는데 이 책은 정남수와 남응침이 편찬하였다. 6가는 최기남, 정남수, 남응침, 김효일, 최대립, 정예남 등이다. 『6가잡영』은 중인시집으로는 맨 처음이 되는 책이다. 이 책을 편집한 정남수는 벼슬이 태의동추(太醫同樞)에 오른 중인이요, 남응침은 태의였고, 최기남은 동양위 신익성의 서리였고, 김효일은 금루관, 최대립은 역관(譯官), 정예남은 의학교수였다. 6가의 신분은 모두 중인들이다.

풍월향도가 중인뿐만이 아니라 사대부들도 참여한 것은 사실이지만 그 주동 구성원은 중인 이었고, 여기에 빌미가 된 1688년의 『6가잡영』도 있는 만큼 중인 시사의 출현을 우리는 여기서 잡고자 하는 것이다.

이에 대하여 천병식은 그의 「조선후기위항시사연구」에서 이렇게 말하였다.

> 침류시가가 위항인과 사대부들이 함께 참여하는 시사이기는 하지만 그 중심이 위항인들에 의하여 결성되었다는 점과 그 활동이 주로 위항인에 이하여 추진되었다는 점에서 조선 후기 위항시가로서의 존재 의의는 충분히 인정된다고 하겠다.
> 그러나 본격적인 시사는 임준원이 맹주로 활약한 낙하시사(洛下詩社)의 결성에서 찾아야 할 것이다. 낙하시사는 구자균의 『조선평민문학사』에서 '낙사'란 명칭으로 사용되었다.

라고 하면서 시사의 효시를 낙사(洛社)에 두고 있다. 그러나 정후수는 그의 논문 「중인시사 활동의 의의」에서 침류대 시사를 그 효시로 잡고 있다.

> 중인들이 본격적으로 시사를 결성한 것은 17세기 초 유희경·백대붕·박계강·어무적·정옥서·서기·박인수·권천동·공덕건 등에 의해서였다. 그들은 정업원(淨業院) 아래에 있는 유희경의 누대인 침류대에서 시모임을 열고 시첩까지 남겼다.

시사의 필요 조건이 장소와 인물, 그리고 설립 목적의 확실성 등에 있다면 이 침류대시사도 이런 조건을 잘 갖추고 있다. 장소는 유희경의 침류대이고 인물은 주로 중인 중심인데 사대부의 출입도 있었던 것이 사실이다. 사대부의 출입이라는 것은 신분 상승을 위한 중인의 자랑이 될 것이다. 그러나 사대부들에게는 그리 자랑할 거리가 되지 못한 관계로 사대부들의 문집속에서는 중인들과의 차운과 화답을 찾기에 쉽지 않다. 이점만 보아도 침류대 모임에 사대부의 출입을 자랑한 것은 이해가 되는 일이다. 그렇다면 실질적 참여와 운영 인물은 중인이었을 것이다. 이들이 모인 목적은 확실하여 시로써 서로 사귀고 풍류를 즐기는 것이었다.

계나 회 또는 가단과도 다른 점은 우선 주동 인물이 중인이라는 사실이다. 그리고 임란전 보다 더욱 참여 인원이 많고 그 목적성이 확실하다. 그

후이긴 하지만 『6가잡영』과 같은 시집이 나올 정도다. 이와같은 이유에서 중인시사의 시작을 침류대(枕流臺) 모임에 두고자 한다. 한가지 시사라는 용어가 쓰인 것은 아니라는 것이 남지만 그 모임의 성격으로 볼 때 시사라고 해도 좋다고 생각한다.

이 시대 양반 사대부들의 시단으로 이안눌에 의한 '동악시단(東岳詩壇)'이 있었다.

> 선생(동악(東岳))께서 날마다 당대의 명사인 오봉(이호민), 석주(권필), 하곡(홍서봉)의 여러분과 함께 단에 모이고 다락에 모이어 술을 마시며 시를 짓고 즐기니 사람들이 모두 우러러 신선과 같고, 글을 외는 소리가 마치 옛날 음악의 조촐함과 같다고 했다. 그 다락을 가리켜 '시루(詩褸)'라 일컬었고, 그 단을 '시단(詩壇)'이라 이름했다.

동악시단 또는 동악시루라고 하여 동악시사라고는 할 수 없는지, 여기에는 그 단(壇)과 그루(褸)가 중심이지만 침류대는 그럼 대인가. 요즈음 문단이라는 것은 또 무엇인가. 그 용어의 쓰임은 그 내용이 무엇을 의미하느냐가 중요한 것 이라고 생각한다.

이 동악시단도 임진왜란후의 시사로서 사대부들의 모임이다. 시대가 같고 신분이 다르다는 그런 점에서 시사와 가히 쌍벽을 이루었다 할 만하다. 시사는 임진왜란을 지나서 목릉성세(穆陵盛世)의 한 홍성으로 나타나는 현상인데 시를 짓는 인적 자원의 충분과 전대에 축조된 누정이 중심이 되어 생긴 풍류 문학의 백미로 출발하게 된다.

3. 발생과 발달의 원인

시사 출현의 원인을 천병식은 다음과 같이 정리 하였다. 먼저 사회적 動因(동인)과 내부적 요인으로 나누고 사회적 동인을 "첫째 委巷人(위항인)의 신분제약으로 인한 사회 진출의 통로가 폐쇄당한 점을 지적할 수 있겠다. 둘째 위항시인들이 직업적인 여건으로 문필과 밀접한 연관성을 지닐 수가 있었다는 점을 지적할 수 있겠다. 셋째 위항인들이 직업과 관련하여 부를 축적하여 경제적 지위를 향상시켰고, 이를 바탕으로 생활 여건이 호전되자, 대사회적 영향력을 행사할 수 있게 된 점을 들 수 있겠다. 넷째 정조의 우문정책(右文政策)의 결과로 문풍이 크게 진작되어 문예 부흥을 일으키는 계기가 되었으며 이것이 또한 위항시사 활동이 보다 활발하게 전개 될 수 있는 한 계기가 되었을 것이다. 다섯째 위항 문학을 성립케 한 요인으로 18세기에 들어와 일어난 신흥 예술의 발달을 들 수 있겠다. 여섯째 양반 사대부들의 충동과 잡아 끌어 올림을 지적할 수 있겠다."라고 하고 내부적 동인을 "첫째 동류의식의 발로를 지적할 수 있겠다. 둘째 사대부 지향의 욕망을 들 수 있겠다. 셋째 후세에 시명(詩名)을 남기기 위함이었다. 넷째 시와 그림과 글씨 삼절(三節)의 많은 예능인을 배출한 점을 지적할 수 있겠다."라고 했다.

위항시사 출현의 사회적 동인은 내부적 동인에 대한 외적 동인인데 사회속에서의 이 중인들이 처한 신분상 위치, 직업 등과 그 당시의 정책, 사조 등이 위항시사를 만들지 않을 수 없게 영향을 주었다는 주장이다. 그리고 내적 동인은 중인이 스스로 가지고 있는 생각으로서 중인 시사가 생기게 된 원인인데 동류의식, 신분상승을 위한 희망, 시로 이름을 날리고 싶은 욕심, 가지고 있는 재주 등을 들고 있다. 이와같은 요인들이 모두 중인 시사가 형성되는데 영향을 준 그 원인이 되는 것만은 사실이다.

정후수는 『주역』의 괘 풀이에서 "막히면 트인다"라는 동인괘(同人卦)가 부괘(否卦)의 다음이 되는 이치와 같이, 중인이 사회적으로 막힘으로 이들이 시사를 만들 수밖에 없었다고 그 철학 적인 원인을 말하고 이어서 그 요인을 첫째 직업적인 필연성, 둘째 경제적인 지위 확보, 셋째 차별 대우 사상의 쇠미등을 들고 있다.

중인 시사의 출현과 발달 요인은 매우 광범위하고 여러 현상들과 관련을 가지고 있어서 한마디로 규명하기는 어렵다고 본다. 그러나 이를 종합 정리하여 하나의 도표로 그리면 다음과 같이 정리 요약할 수 있을 것이다.

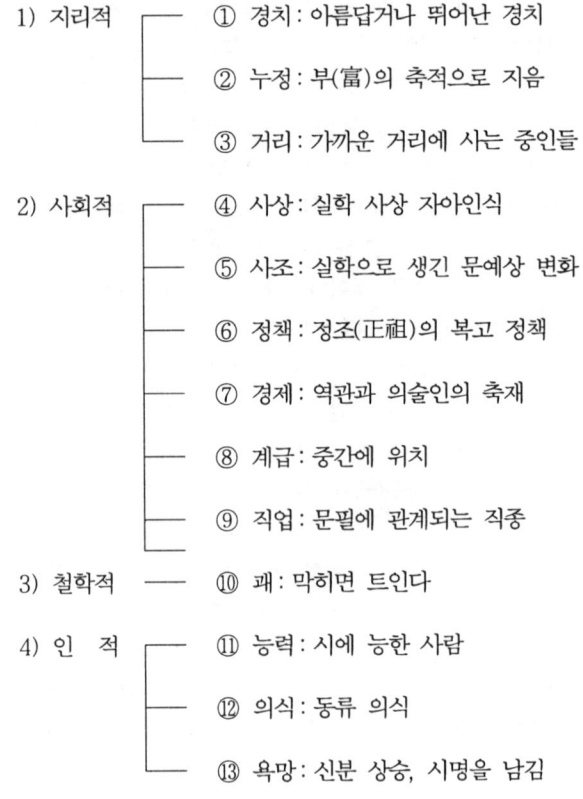

1) 지리적 ── ① 경치 : 아름답거나 뛰어난 경치

── ② 누정 : 부(富)의 축적으로 지음

── ③ 거리 : 가까운 거리에 사는 중인들

2) 사회적 ── ④ 사상 : 실학 사상 자아인식

── ⑤ 사조 : 실학으로 생긴 문예상 변화

── ⑥ 정책 : 정조(正祖)의 복고 정책

── ⑦ 경제 : 역관과 의술인의 축재

── ⑧ 계급 : 중간에 위치

── ⑨ 직업 : 문필에 관계되는 직종

3) 철학적 ── ⑩ 괘 : 막히면 트인다

4) 인 적 ── ⑪ 능력 : 시에 능한 사람

── ⑫ 의식 : 동류 의식

── ⑬ 욕망 : 신분 상승, 시명을 남김

시사를 하려면 우선 시를 지을 만한 장소가 있어야 하고 구성원이 있어야 하며 모인 목적이 있어야 한다. 이런 조건이 갖추어지는데, 여러 가지로 영향을 미치는 것이 철학적이고, 사회적인 요인이다.

장소는 경치가 아름다운 곳이어야 하고 거기에는 대게 누정을 짓게 되고, 누정에는 근거리에 있는 이들이 모여 들게 된다. 게다가 여기 모이는 사람들이 능력이 서로 비슷하고 의식과 욕망이 같다면, 그들의 모임은 더욱 결속되고 지속성이 있게 될 것이다. 중인 시사에 있어 능력이란 시짓는 능력이니, 중인들 중에도 역관과 의술에 종사하고 있는 이들이 제일 시짓기에 재주가 있었다. 그리고 이 모인 중인들의 욕망이라는 것은 신분 상승과 시로써 이름을 남기고자 하는 것 등이 된다.

삼청동노래

白蓮峰作龍虎盤	백련봉에 용과 호랑이 반석이 있으니
中有三淸古玉壇	그 중에 삼청동 고옥단이 있네
壇前鬱鬱松樹林	단 앞에는 빽빽한 소나무 숲이고
洞陰六月靈風寒	동네 그늘 유월이면 좋은 바람 서늘하네
少年携酒此來往	젊은 이가 술을 들고 여기에 오니
與游者誰皆吾黨	노니는 이 누구든지 다 우리 친구
蕉翁落筆雲煙動	산속 늙은이 글을 지으니 구름 안개가 일고
林老放歌巖谷響	숲속 노인 노래 부르니 바위골이 울리네
數十年來非舊觀	수십 년 되는 동안 옛과 다른 도관이며
萬松濯濯偸斫殘	오래된 소나무만 외로이 남았구나
坐令伸岳日燋悴	앉은 듯 아름다운 산은 햇살에 타버린듯
骨立雲根剝蒼翠	우뚝 선 구름 뿜는 바위는 푸른 숲을 찢었네
小民干法不容誅	백성이 법을 어겨도 벌을 주지 않으니
直恐元氣終週枯	천지의 기운이 끝내 메마를까 그게 두렵구나
哀壑無光水流急	애잔한 골짜기엔 빛이없고 물흐름이 빠르며
山鬼谷深風號呼	산은 도깨비 같고 골은 깊어 바람이 부르짖네
同游故人後誰在	함께 놀던 친구는 다시 누가 있는가
獨見靑山今不改	홀로 청산은 보니 지금도 그대롤세
人間俯仰已如許	인간을 두루 살피니 이미 이쯤 되었으니
滄海桑田豈虛語	창해가 뽕밭 된단 말이 어찌 헛되리
欲飛不飛松上雲	날고자 해도 날 수 없는 소나무 위의 구름아
知我此懷惟有汝	나의 이 회포를 알 이는 오직 너 뿐이로다

<소대풍요 권8 · 15>

이 시는 홍세태(1651 ~ 1724)의 지음이다. 처음 네 구는 삼청동 고옥단의 경치가 아름다움을 그렸다. 대개 경치 좋은 곳을 잡아 누정을 짓고 거기에 사람들이 모인다. 제5구부터 제8구까지는 삼청동 고옥단에 모이는 사람들을 말했다. 젊은 이가 술을 들고 오니 다 우리 친구라고 하여 노소의 구별이 없음을 말했다. '우리당'은 한 패 라는 뜻이다.

'초옹(蕉翁)'은 최승태의 호가 설초라서 그리 부른 것이고 '임노'는 임준원의 성을 따서 부른 말이다. 모두 자연에 묻혀 자연과 더불어 사는 신선 같은 사람들이다. 이는 물론 그 시단에 드나드는 사람임을 입증한 것이다. 제9부터 제20구까지는 옛날 그대로가 아니라 세상이 많이 변했음을 노래하면서 인생의 무상함을 읊고 있다. '도관'은 도교의 예배당이다. 경치 좋은 곳에는 도교의 예배당인 도관이 있었다. 그래서 모두 살벌하게만 되어 있다. 이 살벌한 세상이 바로 현실적으로 중인들이 보는 세상이다. 그러나 나라는 인심이 후하고 잘 되어 간다고 해야만 하니 이는 양반들이 노래하는 자연 예찬과 같다. 외로움과 고통의 삶이 있는 시다.

이 시의 끝은 날고자 해도 날 수 없는 소나무 위의 구름이 바로 꿈을 꾸되 그 꿈을 펼 수 없는 중인들의 가슴에 맺힌 한스러움으로 비유되어 있다. 소나무는 홀로 푸름을 지키는 지조의 나무로 상징화되어 있고, 꿈과 구름이 그 부드러움과 형상의 뭉실뭉실함으로 비유되어 있다.

이 시는 시사의 장소와 그 구성원에 대한 현실적 묘사를 통해서 우리에게 시사의 성격을 일러주는 바 크다.

사대부와 교류하여 스스로의 신분을 높이고, 같은 동료들에게 자신의 위치를 과시하려고 하였다. 중인들이 가지고 있는 공통의식이란 바로 억눌림을 당하는 처지에 있는 이들이 갖는 동류의식이라고 할 수 있다. 사회 제도상 신분이 중인이기 때문에 그들의 결속은 더욱 견고하고, 그들의 맹세는 더욱 굳었다. 시대부가 변할수록 이 동류의식은 더욱 견고해져서 신분 상승을 위한 사회적 운동도 단체로 일으키게 된다.

사회적 요인에서 사상은 실학 사상의 확산과 그 영향을 말한다. 실학 사상의 대두로 경제성에 대한 자각, 차등 대우에 대한 반성에 토대를 둔 인간성의 문제에 관한 인식이 높아져서 시사의 발달에 영향을 주게 되었다. 특히 갑오경장 이후, 계급의 타파는 중인과 사대부가 함께 참여하는 『대동시선』과 같은 시집 편찬이 될 정도로 시문학에서 신분문제가 완화되었다.

정책은 정조의 '문풍복고(文風復古)'를 들 수 있다. 이로 말미암아 서얼 출신이 문체를 다시 고문(古文)으로 돌이키는데 한 역할을 담당하게 하니 이런 것이 모두 중인들의 시사 모임에 영향을 주어 고무시켰던 것이다.

사조는 18세기 신흥 예술 사조를 의미한다.

> 신분제약에서 오는 위축감과사회의 부조리에서 오는 저항심은 위항인들에게 인간성의회복과 삶에 대한 새로운 인식을 요구하게 되었으며 당시에 대두된 신흥 예술속에서 그들의 삶과 예술이 긴밀하게 연관되어 있음을 발견하게 된 것이다.

신흥 예술 사조란, 사상에 있어 실학정신이 예술 일반에 적용된 것으로, 그림에 있어 실경산수, 시가에서 악부의 출현과 판소리계 소설의 유행, 시조에 있어 창의 변화 등 여러 요소를 의미한다. 이런 변화는 실로 삶에 있어 새로운 인식을 갖게 하였으니 중인들의 시사활동에 영향을 주고 그 결사에 촉진을 하며 더욱 강화시키는 역할을 한 것이다.

중인들 중에서 역관과 의술을 가진 이들은 상당한 부도 누리고 있었다. 이들의 경제적 여유가 누정을 짓는 데도 큰 도움이 되었으며 소대풍요와 같은 중인들의 시집 편찬에도 역할을 하게 된다. 정후수는 이에 대하여 다음과 같이 설명하고 있다.

> 역관은 외국을 드나들며 장사를 통하여 부(富)를 축적할 수 있는 기회를 충분히 지녔으며, 서울 아전의 서리도 그러했다. 곧 임준원 같은 인물은 아전으로서 치부한 대표적인 예라고 할 수 있다.

계급은 사회속에서의 위치와 그 스스로 인식하는 계급의 두 가지 측면이 있다. 사회속에서는 중인을 말 그대로 중간에 위치한 신분으로 보았다. 그들의 마음은 상승 욕구가 있으면서, 실제로는 사대부에 붙어 사는 삶을 살았다. 이와같은 중인과 양반과의 관계에 대한 설명으로 "사대부들은 중인을 자기 밑에 두고 자기들의 행정력을 맡도록 하고, 중인은 중인 나름대로 그들을 통하여 지위를 확보할 수 있었던 것이다."라고 하여 간략히 나타내고 있다.

중인이 그 이하의 신분과 사귀려고 하고 노력한 흔적은 없다. 이것은 바로 중인이 신분 상승을 위하여 매우 노력한 반증이 될 것이다. 문필은 중인들의 신분 상승 욕구를 풀어주는 한 역할도 했다. 중인과 사대부가 만나는 매개체가 시였기 때문이다.

중인은 직업상 시오 가까이 접할 수 있는 사람들이었다. 역관은 물론이고 서리들도 사무를 보기 위한 글과 관계를 맺고 있었다. 따라서 중인들이 시사를 형성하는 데는 그들이 직업상 문필을 가까이 할 수밖에 없는 현실도 영향을 주었을 것이다.

철학적인 측면으로 『주역』의 괘로 보면 "다른 사람과 힘을 합해야 막힌 길을 뚫고 나갈 수 있다는 논리다." 곧 동인괘가 비괘의 다음이 되기 때문이다.

중인은 신분상 사회 진출이 막힌 사람들이다. 그러기 때문에 이것이 뚫리게 되려면 시사를 만들어서 '동인(同人)'으로 변화시켜야 한다는 논리다.

율시(律詩)의 구절 짜는 법

율시는 그 시가 어떤 경우에 지어지느냐에 따라서 구절을 짜는 법이 다르다. 율시의 구절 짜는 법을 절구나 고시에 전용한다고 해도 문제 될 것은 없지만 대체로 이 방식은 율시에서 지켜지는 격식이다.

회갑잔치나 과거에 합격한 것을 축하하는 자리에 가서는 영우시법(榮遇 詩法)으로 시를 짓고, 경사스럽고 기뻐서 야단스럽게 빌며 기대하고 바라는 것을 노래할 때에는 송미시법(頌美詩法)으로 시를 짓는다, 임금의 잘못을 풍자로써 깨우치려 할 때에 풍련시법(諷鍊詩法)을 쓰고, 서로 이별을 할 때에는 증행시법(贈行詩法)으로 시를 지어서 이별의 슬픔을 달랜다. 경치 좋은 산천에 올라서는 등림시(登臨時)를 짓고, 세상에 많이 널리 있는 자연물을 보고서 흥취가 일었을 때에는 영물시(詠物時)를 쓴다. 여인이 궁중에 갇혀 있어서 밖이 그리우면 그 답답하고 애절한 심사를 궁사시법(宮 詞時法)으로 드러낸다. 꼭 궁중의 여인이 아니라고 해도 그 여인의 처지를 생각하여 지으면 궁사시가 된다. 궁중에서 임금님과 시로써 겨루게 되면 신하들은 큰 영광으로 여기게 되는데 이때는 웅장하고 화려하며 부티가 나는 갱화시법을 쓴다. 남의 상가에 가서는 곡만시를 지어서 고인과의 관계를 도탑게 하고 위로한다.

한시를 짓는 경우를 크게 나누어 보면 궁중에서와 일반 백서들의 경우로 생각할 수가 있다. 궁주의 경우는 궁사시와 갱화시가 있고, 백호성의 경우는 영광스러운 경우에 영우시나 송미시가 있고, 슬픈 경우는 곡만시(哭輓時)가 있다. 자연의 경치와 관련이 생기면 등림시나 영물시를 짓게 되고, 이별을 할 때에는 증행시를 지어 슬픔을 달랜다. 신하로서 나라의 잘못을 참을 수 없어서 임금을 간할 때에는 풍간시를 지어 목숨을 걸고 충성을 보인다.

한시는 생활 문학이다. 생활 속의 여러 경우에 따라서 그 시의 체격이 다르게 마련이다. 이제 하나씩 각 시법을 더욱 구체적으로 살펴보자.

1. 영우시법

이 시의 체격은 존엄(尊嚴), 전아(典衙), 부귀(富貴), 온후(溫厚) 한 것을 기본으로 한다. 존엄하다는 것은 천하게 여기지 않고 높고 귀하게 여기는 것이고, 전아하다는 것은 법식에 딱 맞아서 그릇됨이 없는 것을 말한다. 그리고 부귀는 부티가 나면서 귀해야 한다는 것이고, 온후는 따뜻한 기분이 들면서 두텁다는 것이다. 영우시를 읽으면 이와같은 기분이 들어야 한다. 경사스러운 잔치자리에 가서 지은 시가 좀스럽고 천하며 이소리 저소리 주책없이 한다면 그 시는 차라리 짓지 않는 것이 나을 것이다.

이제현이 문형이 된 것을 축하하는 잔치에

高門盛事復何言	높은 가문의 盛事(성사)에 다시무얼 말하리
靑髮提衡且莫論	젊어서 文衡(문형)이 된 것, 이것은 말할 것도 없네
一宴共歡三座主	한 잔치에 三座主(삼자주)가 함께 기쁘니
四觴齊壽兩家尊	네 술잔으로 두 댁 어른께 獻壽(헌수)를 드리네
讓前讓後蟬冠擁	앞뒤에서 다퉈가며 선관이 옹위하며
迎北迎南鳳蓋飜	예서 제서 환영하니 임금님 행차에 깃발이 펄럭이네
賓從林林無可選	빽빽이 모인 손님 고를 것도 없이
盡敎桃李間蘭蓀	복숭아와 오얏 사이에 난초와 해초가 섞이게 되었네

<동문선 권15, 윤혁>

이 시는 이제현이 문형이 된 것을 축하가기 위하여 베푼 잔치자리에서 윤혁이 지은 것이다. 이제현의 가문을 높이고 그가 젊은 나이에 문형이 된 것을 축하하고 있다. 시가 존험하다. 잔치자리에서도 어른을 모시어 법도를 소홀하게 하지 않았다. 전하한 격식을 맞추고 있다. 임금님이 내린 음식을 말하고, 임금님의 행차의 모습을 묘사함으로써 부귀 영화를 한껏 자랑하고 있다. 끝으로 여기에 모인 모든 사람들 중에서 이제현은 마치 오얏나무가 복숭아 나무 사이에 있는 난초나 해초와 같다고 했다. 이제현의 영광을 더욱 드러내어 그의 위상을 높였다.

이 시법의 표현 방식은 한가(閑暇), 미려(美麗), 청세(淸細)해야 한다. 위의 시도 보면 서두름이 없고 여유와 한가가 있다. 장면묘사를 곱게 하면서 구체적 사례를 들어서 자세하게 묘사하고 있다. 실감이 나게 하고자 하는 방식으로 생각할 수 있다.

이 시법은 가지(賈至)의 「조조대명궁(早朝大明宮)」과 같은 시들에서 보이는 시의 기(氣)가 웅장하고 기이가 있어야 한다. 구절의 뜻이 엄정(嚴整)하여 궁중에서 음악을 연주하는 듯해야 한다. 궁상스러운 천한 기운은 없어야 한다. 그러나 너무 뜻이 교만해지거나 잘난 체를 해도 안된다. 법도에 맞게 그 영광스러움을 그려야 하는 것이다.

2. 송미시법

　이 시는 경사스럽고 기쁘며, 잘되도록 빌며, 기대하고 바라는 것으로써 그 뜻을 삼는다. 시속에 경희(慶喜)와 번도(煩禱), 그리고 기망(期望)의 의미가 들어 있어야 한다. 전아(典雅)하고 혼후(渾厚)하여 용사(用事)는 요약을 해야 하지만 너무 요약을 하다보면 그 뜻을 알 수 없게 되기도 하는데 이것은 경계해야 한다. 송미시법은 마땅히 친절해야 하기 때문이다.

　이 시법은 나름대로 독특한 편법을 갖는다. 제1연은 공평하고 곧아야 한다. 공연히 찬송을 한다고 해서 공평함을 잃는다면 오히려 욕되게 되는 수가 있다. 그리고 합당한 뜻으로 시상을 일으켜 서술해야 한다. 제2연은 용사(用事)를 쓰되 본래 제목으로 삼은 일을 실제로 설명해야 한다. 제3연은 설명을 바꾸어서 변화를 꾀해야 한다. 혹 앞연에서 용사를 쓰지 않았다면 이 연에서 용사를 써야 한다. 증거를 끌어서 시를 지는다면 시가 공소(空疏)하지 않을 것이다. 결연에 서는 기망(期望)의 뜻이 많아야 한다. 대개 송덕(頌德)은 남에 비하여 어떠하다는 뜻이 들어가는 것을 귀하게 여기기 때문이다.

　　　　조카 문목(文牧)이 사마시에 수석을 한 것을 기뻐하며
　積善吾家慶未央　　선을 쌓아온 우리집에 경사가 그지없어
　後生頻見擅詞場　　후생들이 자꾸만 詞場(사장)에서 드날리네
　憐渠戰藝先多士　　어여뻐라, 너는 재주다툼에서 뭇선비의 앞장인데
　怪我乘초滯遠方　　어인일로 나는 사신이 되어 멀리 와 있나
　喜淚也從雙袖汚　　기쁜 눈물이 두 소매를 적시니
　歸心空逐尺書忙　　돌아갈 마음은 편질 보니 더하구나
　殷勤報導攻文字　　은근하게 이르노니, 공부를 열심히 하여
　且趁春風折桂芳　　새봄에는 정작 장원을 차지해라
　　　　　　　　　　　　　　　　<동문선 권12 최선>

이 시는 최선이 그의 조카 문목이 사마시에 장원한 것을 기뻐하며 지은 시다.

제1연에서는 공평하게 합당한 뜻으로 시상을 일으킨다. 조카가 사마시에서 장원을 한 것은 우리 가문의 영광이다. 첫구절부터 조카에 대한 자랑이 대단하다. 제2연은 이 시의 제목이 된 사실을 설명해야 한다. 제2연에서 사정을 자세히 보여주고 있다. 조카가 장원한 소식을 머나먼 중국에서 듣게 되었다. 가까이서 축하를 해주지 못하는 사정을 서술하였다. 제3연은 변화를 꾀한 부분이다. 기쁨의 눈물을 흘려서 칭송을 하고, 기쁜 소식을 보내준 것을 감사했다. 결연에서는 기대하고 바라는 점을 썼다. 더욱 공부를 열심히 하여 새봄에는 과거에 장원하기를 기대하고 부탁했다. 이 시는 송미시법의 편법을 그런대로 잘 지키고 있다.

3. 풍간시법

풍간(諷諫)의 풍(諷)은 풍(風)과 통한다. 풍(風)은 『시경』의 風, 아(雅), 송(頌)에서 비롯된다. 여기에서 풍(風)의 뜻은 백성 사이에 널리 퍼진 노래라는 의미가 있다. 지금의 민요와 같은 노래라는 뜻이다. 이 풍은 왜 필요하였을까? 임금이 백성들의 삶의 모습을 알기 위하여 필요하였다. 백성들이 사는 모습과 그들의 생각을 알아야 백성을 잘 다스릴 수가 있기 때문이었다. 풍을 『시경』에 뽑아 실은 것도 백성들의 마음을 헤아려서 그들을 잘 교화하려는 목적에서였다.

풍의 출발은 임금이 백성들의 마음을 알 목적으로 된 것이다. 그런데 시대가 바뀌면서 풍은 신하가 임금을 위하여 하고 싶은 말을 할 때에 쓰이게 되었다. 임금에게 충성심의 표현으로 하는 풍은 풍(諷)의 의미가 가미되어 임금을 좋은 임금으로 만들려는 의도를 담은 말로 변하게 되었다.

이에 대하여 정약용의 말을 들어 보면,

"임금을 사랑하지 않고 나라를 걱정하지 않는 것은 시가 아니며, 시대를 근심하지 않고 풍속을 분개하지 않는 것도 시가 아니며, 좋은 점을 찬송하고 나쁜 점을 풍자하며, 선(善)을 권장하고, 악(惡)을 징계하는 뜻이 없는 것은 시가 아니다."라고 했다.

임금과 나라, 그리고 백성, 선과 악에 대한 확실한 의미 부여가 없이는 시가 될 수 없다는 정약용의 주장이다. 이와같은 생각은 비단 정약용뿐만이 아니라 당대(當代)에는 누구든지 당연하게 생각하는 견해였다.

1) 시상(詩想)

풍간시는 이것을 저것에 비유하여 일에서 느낀 것을 글로 푼 것이다. 비유하는 본체가 있고, 그 본체를 나타내는 객체가 있다. 실제 작품속의 말은 본체에 대한 묘사는 없고, 객체에 대한 묘사만 있다. 표면적으로는 어떤 사실을 그려내지마는 그 속에는 도덕적인 의미가 내포되어 있다. 그러기 때문에 충후(忠厚)하고 간측(懇惻)해야 한다. 진실성의 여부가 중요하다. 또 성정(性情)의 바름을 잃지 말아야 한다. 원망하고 헐뜯는 말이 없어야 하고, 유익한 말이 있어야 한다. 풍간시는 임금을 바르게 하고 마침내 백성을 교화하여 살기 좋은 나라를 건설하려는 의도에서 지어지는 것이 보통이다.

패랭이꽃

世愛牧丹紅	세상 사람들은 모란의 붉음을 좋아하여
栽培滿院中	뜰에 가득히 심어 두건만
誰知荒草野	누가 알랴, 거친 들판에도
亦有好花叢	또한 좋은 꽃들이 있을 줄을
色透村塘月	색깔은 시골 연못 달에 스미고
香傳隴樹風	향기는 언덕나무 바람에 풍겨오네
地偏公子少	궁벽한 곳이래서 公子(공자)가 드므니
嬌態屬田翁	아리따운 자태를 田翁(전옹)에게 붙이네.

<동문선, 정습명>

이 시는 패랭이꽃을 노래했다. 세상 사람들은 모란을 좋아하여 뜰에 가득 심어 관상하지만 거친 들판에도 이에 못지않는 꽃이 있다는 주장을 폈다. 경련(頸聯)에서 패랭이꽃을 "빛깔은 연못 달에 스미고, 향기는 언덕나무 바람에 풍긴다."고 했다. 패랭이꽃의 빛깔은 고운 달의 빛과 같고, 향기는 바람에 실려 코를 간지럽힌다는 찬송이다. 이 시에서 패랭이꽃은 모란보다도 좋은 꽃이다. 그러나 궁벽한 곳에 있으니 아무도 알아주는 사람이 없다. 이 시에서 패랭이꽃은 시인 자신이라고 할 수 있다. 자기를 알아주지 않는 세태를 풍자했다.

이 시를 보면 원망하거나 본성의 바름을 잃은 말은 없다. 충성스럽고, 간절하며, 말이 유익하다. 풍간시의 시상으로서 합당하다고 할 수 있다.

2) 편법(篇法)

일에 대한 느낌을 물(物)에 비유하여 풍련(諷鍊)함으로써 풍속을 교화하고, 임금을 바르게 하며 세상을 풍자하여 위정자의 잘못을 깨우치게 하는 풍간시는 나름대로의 독특한 편법을 갖는다.

수련(首聯)에서는 제목에 대한 일을 물(物)에 비유한다. 즉 어떤 사물에 나타내고자 하는 일을 비유함으로써 시의 대상을 명백하게 제시한다. 이 제시가 분명해야 풍간의 성격이 잘 드러나기 때문이다. 함련(含聯)에서는 일에 비유된 물(物)의 현재 청황(淸況)을 설명하고, 경련(頸聯)에서는 물(物)에 비유된 일을 풍자한다. 결연은 그 시가 의도하는 본래의 뜻에 따라 도덕적인 목적을 달성하는 말로 끝맺는다.

청상과부

七十老孀婦	칠십이나 된 청상 과부가
單居守空壺	혼자 살면서 빈 방을 지켰네
慣讀女史詩	女史(여사)의 시도 익히 읽었고
頗知妊似訓	자못 태임 태사의 가르침도 아는데
傍人勸之嫁	주위에선 시집 가라고 하면서
善男顔如槿	善男(선남)의 얼굴은 무궁화 같단다
白首作春容	흰 머리러 청춘을 모양내니
寧不愧脂粉	어찌 화장품이 부끄럽지 않으리.

<동문선, 유몽인>

수련(首聯)에는 제목에 대한 일을 물(物)에 비유했다. 유몽인이 스스로 칠십 먹은 청상과부에게 자신을 비유했다. 나는 이미 주인을 섬겼던 몸이라는 말로 이 시의 제목에 대한 제시가 분명하다. 함련(含聯)에서는 일에 비유된 물(物)의 현재 정황을 설명했다. 이 청상과부는 부도(婦道)를 잘 닦은 인물임을 설명했다. 이 말속에는 공연히 지분거리지 말라는 뜻도 담겨 있다. 이것이 모두 물(物)의 현재 정황인 것이다. 경련(頸聯)에서는 물에 비유된 일을 풍자했다. '홀어미에게 시집을 가라는 주위의 권고'가 세태를 풍자한 것이다. 결연에서는 이 시의 본래의 의도대로 썼다. 나이에 걸

맞지 않는 화장을 하자니 화장품에 내가 오히려 부끄럽다는 이야기로 본래 자기의 결심을 말하고 있다.

　유몽인은 이 시로 하여 죽음을 당했다고 전한다. 이와같이 풍간의 시는 바른 말을 생명으로 하기 때문에 필화를 일으키기도 한다.

4. 등림시법

등림시(登臨時)를 그 편법(篇法), 시상적(詩想的)인 측면에서 살펴보고자 한다. 이렇게 함으로써 영사시(詠史時)와 회고시(懷古時)의 구별도 분명해질 것이다.

등림(登臨)은 등림산천(登臨山川)의 준말이다. 곧 등산(登山), 임천(臨川)이 합하여 된 말이다. 문장은 사람들이 지은 글만이 아니고, 천지문(天之文)은 일(日)·월(月)·성(星)·신(辰)이요, 지지문(地之文)은 산(山)·천(川)·초(草)·목(木)이니만큼, 인간이 산천(山川)의 무늬를 본받아 정(情)을 풀어 쓰는 것을 시라고 한다. 산천(山川)은 꼭 산과 냇물만이 아닌 모든 자연을 대상으로 하는 말이다.

자연의 장엄하고 영원함에 비하여 인간의 나약함과, 무궁한 시간 속에 유한한 인생을 생각할 때 어찌 슬픔이 없겠는가. 이런 인간의 슬픔은 아름답고 깨끗하며 조촐하여 일부러 꾸민 조작의 여러 사물과는 다른 순수함이 있다. 산천(山川)에 등림(登臨)하여 눈을 씻고 마음을 비워 삶을 풍요로이 누렸던 조상들의 슬기를 배우는데 이 등림시의 이해가 필요할 것이다.

한시의 시격을 편법과 시상의 특징적인 면으로 이해하는 것은 한시의 이해와 감상 그리고 분석 비평에 기초가 되리라고 생각한다.

1) 편법(篇法)

당(唐)에 발달한 율시는 각각 시의 체격에 맞게 그 편법이 굳어져 갔다. 그 내용에 가장 알맞은 형식을 만들어서 아름다운 작품을 만들고자 하는 예술적 본성의 발로라고 본다.

처음에는 제목을 삼는 장소를 지적해서 보여주어야 한다. 장소를 지적할 때 지명이 나온다.

落日扶蘇數點烽　　해지니 부소산 봉우린 봉화불같고
天寒白馬怒濤洶　　추운날 백마강은 성난듯하네
奈何不用成忠策　　어찌타 成忠(성충)의 계책 쓰지를 않고
却恃江中護國龍　　강속에 나라지킴 용만 믿었나.

<이십일도회고시, 백제 기2, 류득공>

부소(扶蘇)와 백마(白馬)는 지명이다. 백제(百濟)의 땅 어디에 등림하고 있나 분명히 밝혔다 지명을 이야기 한 것은 등림시에서 그 등림(登臨)한 곳을 밝힌 것인데 이 시에서는 그 장소를 밝힘은 물론 전장을 상징적으로 묘사하고 있다.

직접 지명은 아니라 해도 그 제목에서 가리키는 곳이 어디인지 분명하게 밝혀주는 것이 보통이다.

高峯山齋

古郡無城郭　　해묵은 고을이라 성은 무너져
山齋有樹林　　산 속 재실엔 나무만 무성해
蕭條人吏散　　쓸쓸타, 사람은 모두 떠나고
隔水搗寒砧　　물건너 다듬이 소리만 처량하구나.

<고죽유고, 전·2, 최경창>

고봉(高峯)이라는 지명(地名)이 시에 그대로 나오지는 않지만 첫 구를 읽으면 고봉(高峯)을 묘사한 것임을 짐작할 수 있게 하는 한편 제2구에 산재(山齋)를 넣었다. 사실 이 시에서는 고봉(高峯)이든 아니든 산재(山齋)가 더 중요한 제재가 된다.

등림시에서 처음은 '소제지처(所題之處)' 밝힐 뿐만이 아니라 시인의 뜻에 좇아서 그 제목의 장소를 다른 말로 풀어내기도 한다.

松江의 산소를 지나며

空山木落雨蕭蕭　　가을 산엔 낙엽이 우수수 하는데
相國風流此寂寥　　선생의 풍류는 고요만하네
悵怏一杯難更進　　슬프다, 한잔 술 다시 올릴 수 없으니

昔年歌曲卽今朝　　지난날 부르신 노래 지금을 이름인가.
<석주집, 권7 권필>

　　송강(松江)의 산소를 말하는데, 일찍이 송각이 지은 시를 인용하여 낙엽
이 비처럼 내린다고 시인이 그때의 느낌을 묘사하였다. '수의서설(隨意敍
說)'은 이렇게 하는 것이다.
　　이상에서 보듯 등림시는 처음에는 앞으로 묘사할 대상 바로 그 장소를
직접 간접으로 나타내고 있다.
　　그 다음으로 '합용실경(合用實景)'을 한다. 제일 먼저 그 장소를 나타내
고 그 실제 경치를 묘사하는 것은 앞에 든 시들에서 기구(起句)와 승구(承
句)를 보아서도 곧 알 수 있는 것이다. 그 다음에는 세상살이를 서술하기
도 하고 이제와 옛을 탄식하기도 하며, 이치를 따져보기도 한다. 이것이 '감
금회고(感今懷古)'하는 뜻이다. 만약에 앞에서 인생을 묘사하였거나, 탄식
을 했다면 그 다음에는 경치를 묘사하여 허실을 서로 짝짓게 하기도 한다.
　　맨끝에는 본래의 제목으로 돌아가서 감개하는 뜻이 생겨나게 하는 것이
보통이다.
　　이렇게 보면 등림시는 편법이 먼저 등림산천을 쓰고 다음에 감금회고를
하여 한갓 성정(性情)만을 읊는 다른 시격에 비하여 더욱 깊은 맛이 있다
고 할 수 있다.
　　본래 등림시의 편법은 율시가 그 기본이다. 실제로 이색(李穡)의 「부벽
루(浮碧樓)」를 읽어보자.

부벽루

昨過永明寺	어제 영명사(永明寺)를 지났는데
暫登浮碧樓	잠시 부벽루(浮碧樓)에 올랐다
城空月一片	빈 성(城)에는 달 한 조각
石老雲千秋	오래된 바위엔 천년을 흐르는 구름
麟馬去不返	기린 말은 가서 돌아오지 않으니
天孫何處遊	천손(天孫)은 어느곳에서 노닐고 있는지
長嘯倚風燈	길이 파람불며 바람부는 돌계단에 기대어 보니
山靑江自流	산은 푸른데 강은 잘도 흐른다.

<목은시집, 권2, 이색>

수련(首聯)은 '소제지처(所題之處)'나 '수의서설(隨意敍說)'을 하는데 이 시에서 '작과영명사(昨過永明寺) 잠등부벽루(暫登浮碧樓)'는 '소제지처(所題之處)'를 잘 밝혀주고 있다.

함련(含聯)에서는 '합용실경(合用實景)'을 하는 법인데, 이 시에서 '성공월일편(城空月一片) 석로운천추(石老雲千秋)'는 실제 경치를 잘 묘사하고 있다. 성(城)과 석(石)의 모습을 간결하면서도 서정적으로 묘사하며 회고(懷古)의 정(情)이 감돌도록 했다.

경련(頸聯)에서는 '설인사(說人事), 감금탄고(感今歎古), 의론(議論)'을 하는 것이 보통인데 이 시에서 '인마거부반(麟馬去不返) 천손하처유(天孫何處遊)'는 바로 세상일과 그 변화를 서술하여 감탄금고(感歎今古)하는 뜻을 담고 있다.

함련(含聯)에서 경(景)을 쓰고 경련(頸聯)에서 정(情)을 그려 실(實)과 처(處)를 맞추는 것이 정해진 방식인데 더러는 제2연에서 정(情)을 쓰고 제3연에서 경(景)을 써서 처실(處實)을 맞추기도 한다. 「부벽루(浮碧樓)」에서는 실을 제2연에 허를 제3연에 묘사하였다.

결련(結聯)에서는 '취제생의(就題生意) 발감개(發感慨)' 하는 것이 보통이다. 이 시를 보면 '장소의풍등(長嘯倚風燈) 산청강자류(山靑江自流)'라고 하여 등림(登臨) 부벽루(浮碧樓)한 그 본래의 뜻을 나타내면서 가장 자연스러운 자연의 모습을 묘사한 것처럼 보일지 모르지만, 실은 '산청강자류(山靑江自流)'에는 이렇게 자연스럽지만은 못한 왕조의 변화와 세태의 변화가 애닯은 사연으로 얼룩져 있음을 알아야 한다.

이상에서 살펴 본 등림시(登臨詩)의 편법을 요약해 보면 다음과 같다.

起聯… 所題之處(제목으로 삼은 바의 곳을 쓰거나 뜻에 따라 서술함)
含聯… 合用實景(실제 경치를 합해 쓴다)
頸聯… 說人事, 感歎今古, 議論(사람의 일을 설명하고, 이제와 예를 감탄하고, 의론을 함)
結聯… 就題生意, 發感慨(제목에서의 뜻을 나타내고, 감개함을 펴냄)

율시의 편법은 이상의 격을 지켜 각연을 짜는 것이 원칙이나 더러는 허실을 위하여 함련(含聯) 경련(頸聯)의 시상(詩思)가 바뀌기도 한다. 그러나, 수연(首聯)과 결연(結聯)의 시상(詩思)는 바꿀 수 없는 것이니, 등림시의 편법은 어느곳에 올라서 회고하고 감탄하며 인생을 다시 한번 느끼는 서정이 짙은 시격이라고 할 수 있다.

제2연과 제3연이 허실이 바뀔 수 있는 것은 대우(對偶)를 이루고 있는 이유이다.

2) 시사(詩思)

등림시의 시사의 전개는 편법에서도 살핀 바와 같이 먼저 등림산천을 쓰고 나중에 감금회고하는 방식을 취하고 있다. 등림산천은 실경(實景)이고, 감금회고(感今懷古)는 처정(處情)이다. 정(情)과 경(景), 허와 실이 잘 맞추어졌을 때, 좋은 시라고 하는 것은 근체시의 기본이다. 한시를 이해하는데 정경(情景)과 처실(處實)을 놓친다면 시로서의 아름다움을 잘 알아낼 수 없는 까닭에 자연 경치를 어떻게 묘사했으며, 그 묘사가 인생을 어떻게 잘 말하고 있어서 서로 짝을 이루고 있나 하는 것을 밝혀 율시를 이해해야 할 것이다. 대우(對偶)에 있어 처실(處實)·정경(情景)은 기본적이면서도 꼭 지켜져야 할 시적 조건이다.

◇등림산천(登臨山川)
등림산천(登臨山川)은 등산(登山)과 임산(臨川)의 합성어이다. 산(山)은 높으니까 오르고, 물은 낮은데로 흐르니까 다달아 보게 마련이다. 산(山)에 오르고 물에 다달으면 어떻게 성정(性情)이 움직여서 시가 탄생될까. 우선 높은데서 내려다 보는 것이 등산(登山)의 의미이고, 넓게 트인 횡적(橫的) 무한을 만끽하는 것이 물에 임하여 시를 짓는 뜻이다. 높은데서 내려다 보면서 호연(浩然)해 지는 훈련을 하고 넓은 수평적 무한에서도 호연한 기상은 길러진다.

호연한 기상을 길러 수양을 하며, 지난 일을 회고하고 지금을 감탄하면서 시간 속에 자신의 좌표를 점검해 보기도 한다.

율시에서 자연묘사의 아름다움은 이 등림시의 한 장점이다.

　　　　새벽에
曉望星垂海　　새벽에 바라보니 별은 바다에 드리우고
樓高寒襲人　　다락이 높아 추위가 엄습하네
乾坤身外大　　하늘과 땅은 내몸 밖에선 크고
鼓角坐來頻　　북과 피리 소리 자주 들려오네
遠岫看如霧　　먼산을 바라 보니 안개가 낀 듯
喧禽覺已春　　시끄런 새소리에 봄이 옴을 알겠네
宿酲應自解　　어제 취한 술은 응당 깨려니와
詩興漫相因　　詩興(시흥)은 끊임없이 서로 잇닿네.

<읍취헌유고, 권3 · 5, 박은>

'효망성수해(曉望星垂海)'는 횡(橫)으로 질펀히 보이는 장면을, 하늘의 별이 수직으로 바다에 떨어지는 동적(動的)인 묘사로 하여 횡(橫)을 종(縱)으로 풀었다. 참신한 묘사의 묘미가 있다. '누고한습인(樓高寒襲人)'은 종(縱)으로 높이 솟은 다락을 한기가 스며든다고 횡(橫)으로 풀었다. 이렇게 하여 짝을 오묘하게 맞추었다. 임천(臨川)의 실경(實景)을 묘사함에 그 공간의 광범위함을 미화하였다.

이상의 실경(實景)에 대하여 '건곤신외대(乾坤身外大) 고각좌래빈(鼓角坐來頻)'이라고 허를 대(對)로 놓았다. 어디선가 한없는 공간에서 들려오는 북과 피리소리, 이는 군대의 신호다. 텅빈 공간에 울리는 고각(鼓角)으로 하여 더욱 공명이 되는 소리를 들을 수 있다. 인간 세상의 단면을 묘사하여 시인의 공허한 감각을 표현하고 있다.

제3연의 실경(實景)은 제2연이 허이기 때문에 온 것이다. 수련(首聯)은 술은 자고나면 저절로 깨지만은 시흥(詩興)은 오히려 더욱 새로워지고 끊임없이 꼬리에 꼬리를 문다고 하여 개방적 맺음을 하고 있다.

시의 상이 시원하고 탁 트인 감을 주며 스케일이 큼을 알 수 있다. 임천(臨川)의 의미가 잘 살아있는 시다.

이와 비슷한 시상(詩思)의 시를 하나 더 읽어 비교해 보자.

　　　　밤에 後臺에 앉아
煙沙浩浩望無邊　　안개같은 모래벌은 浩浩하여 가이 없는데
萬仞臺臨不測淵　　천길 臺는 측량 못할 깊은 못에 다달랐네

山木俱鳴風乍起	산 나무가 모두 우니 바람이 잠깐 일고
江聲忽厲月孤懸	강 소리 문득 거세니 달이 홀로 달려 있네
平生牢落知誰藉	平生의 군군함은 누구를 믿음인지
投老迂疏只自憐	늙으막에 더듬거리니 스스로 가련쿠나
擬着宮袍放舟去	임금님 은혜로 배를 놓아서
騎鯨人遠問高天	이태백을 멀리 하늘에 가 물으리

<호음집, 권3·15, 정사룡>

　이 시도 임천(臨川)의 묘사를 수연(首聯)에서 '煙沙浩浩望無邊 萬仞臺臨不測淵'이라고 했다. '안개같은 모래벌이 호호(浩浩)하여 가이없다.'는 것은 횡(橫)으로 그 광활함을 묘사한 것이고, '천길 대(臺)는 측량할 수 없이 깊은 못에 다달았네'라는 것은 종(縱)으로 그 낙차가 큼을 말했다. 이렇게 수연(首聯)에서 임천(臨川)의 의미를 시원하고 막힘없는 공간으로 묘사했다.

　제2연에서도 같은 실경(實景)으로 '산목(山木)'과 '바람', '강성(江聲)'과 '月'을 조화롭게 묘사했다. 그러나 제1연의 자연에 비하여 情이 담긴 상징적 묘사다. 따라서 관점에 따라서는 처정(處情)으로 볼 수 있다. 이 제2연에서 시인이 나타내고자 하는 심상(心像)은 무엇인가. 무한한 공간 속에서 느끼는 인생의 외로움, 공허감 같은 것은 아닐까? 그 해답이 제3연으로 이어지면서 풀리고 있다.

　이상에서 보면 임천(臨川)은 실경(實景)에서 말하는 것이며, 실경(實景) 묘사는 등림시에서 빼놓을 수 없다는 것을 알 수 있다.

　임천(臨川)에서 뿐만 아니라, 등루(登樓)에서도 같은 실경(實景)이 묘사되었다.

가을 다락에 올라

秋色蒼然雁際橫	가을 하늘 기러기 떼 줄지어 날 때
西風吹動異鄉情	서풍이 건듯부니 나그네는 쓸쓸타
人煙遠簇魚鱗瓦	기왓골엔 저녁연기 아득히 끼이고
山勢平分獸角城	산의 세력 나뉜 곳이 성문 위구나
未有新詞酬勝地	시지어 좋은 경치 갚지 못하고
空將微祿負平生	한갓 벼슬살이로 평생을 저버리네
登高不爲重陽近	높은데 오른 것은 重陽節이라서가 아니고

直北歸雲示漢京　　바로 북으로 가는 구름 서울 가기에.

<연천집 권1 · 46, 홍석주>

등고(登高)의 의미를 서울을 바라는데 두어 우국을 표백한 시다. 시의 결(結)이 그렇다고 해도 수연(首聯)에서 추색창연안제횡(秋色蒼然雁際橫) 서풍취동이향정(西風吹動異鄕情)'이라고 실경(實景)과 처정(處情)을 같이 구성했다. 이는 등림시의 변칙적인 편법이다. 그러나 이 시의 흐름이 대체로 등림시격을 지키고 있기에 수련이 그렇지 않다하여 등림시에서 제외할 수는 없다고 본다.

제2연에서 실경묘사가 돋보인다. '인연원족어린와(人煙遠簇魚鱗瓦) 산세평분수각성(山勢平分獸角城)'에서 등림(登山)하여 내려다 본 경치가 묘사되어 있다. 등림(登山)은 임천(臨川)과 달라서 시인의 시각이 위에서 아래로 묘사된 부분이 반드시 있게 마련이다.

등림산천(登臨山川)은 수련(首聯)의 '수의서설(隨意絞說)'에 해당한다. 등림산천(登臨山川)의 실경(實景)묘사는 수련(首聯)에서 찾아볼 수 있는 시 창작의 한 방법이다.

◇감금회고(感今懷古)

등림산천(登臨山川)에서 실경(實景) 묘사는 한시에서 나타나는 보편성이다. 이에 대하여 감금회고(感今懷古)는 등림시에서만이 보이는 시사(詩思)의 한 특징이다. 절구(絶句)로 보면 전(轉)에 해당하는 제3연에서 감금회고(感今懷古)를 하여 처(處)와 정(情)으로 처리하는 솜씨는 등림시의 생명이 무엇인가를 잘 말해 주고 있다고 볼 수 있다.

13일에 碧亭에서 기다리면서

曉月空將一影行　　새벽달에 그림자와 걷나니
黃花赤葉政含情　　국화와 단풍이 더욱 정겹네
雲沙目斷無人問　　한없는 모래펄엔 물을 사람 없어
倚遍津樓八九楹　　난간을 돌면서 서성이누나.

<소재집 권6 · 16, 노수신>

절구이지만 시사(詩思)의 흐름이 등림시격을 갖추고 있다. 전(轉)과 결(結)에서 이제를 느끼고 과거를 회고하는 의미가 배어 있다. 율시(律詩)가 아니므로 결(結)에서 회고(懷古)를 말하였으나, 전(轉)과의 관련에서 이루어졌음도 사실이다.

이 시도 앞구는 실과 경이고 뒷구는 처(處)와 정(情)이다. 일반적으로 등림시의 편법이 이러하다. 절구(絶句)가 율시(律詩)를 끊어 나타낸 형태라고 보는 점이 이런 경우에 적절한 것으로 생각한다.

노량에 살려네

江上漁村舊聚居	강가 모여살던 옛 어촌에
遺民此日是周餘	남은 사람 오늘엔 얼마 없구나
山川鬱鬱紆疇昔	山川엔 옛이 서리어 있고
風月依依竟自如	바람은 살랑살랑 제멋에 겨워
坐客不禁周顗淚	자리한 나그네는 亡國의 서러움
令人却厭武昌魚	저마다 이 고장 싫어졌다네
十年問舍棲難定	10년이나 살 데를 정하지 못하니
何處田園可稅車	어느곳에 이 봇짐을 풀어 놓을가.

<지천집 권2·19, 황정욱>

수련(首聯)과 함련(含聯)에서 임천(臨川)을 말하고 경연(頸聯)과 미연(尾聯)에서 감금회고(感今懷古)했다. 시가 저절로 서정이 깔리고 슬픔으로 얼룩졌다. 등림시에서 경력과 미연(尾聯)이 갖는 특수성이라고 볼 수 있다. 다른 시격(詩格)과의 시사적(詩思的) 차이도 여기에서 두드러진다.

이 시에 주의(周顗)는 진(晉)나라 안성인(安城人)으로 자(字)는 백인(伯仁)인데 나라가 망함에 신정(新亭)에서 울었다고 한다. 따라서 주의루(周顗淚)는 망국의 눈물을 대유했다. 무창(武昌)은 중국 호북생(湖北省)의 부명(府命)인데 땅이 험하고 메말라서 도읍지로써 백성을 잘 살게 하고 나라를 편안하게 할 만한 곳이 못된다. "차라리 건업(建業)의 물을 마실지 언정 무창(武昌)의 고기는 먹지 못하겠네. 차라리 건업(建業)에 돌아가 죽을지언정 무창(武昌)에 머물러 살지는 못하겠네"라는 노래가 있다. 여기서 무창어(武昌魚)는 전쟁으로 황폐해져서 살기가 어려운 고장이 되었다는 뜻이다.

이 시는 망국의 서러움과 전쟁의 황폐함을 그리면서 '사람은 흩어졌어도 자연은 그대로임'을 말하고 있다. 이것이 감금회고(感今懷古)의 전형적인 시상의 흐름이다.

감금회고는 자연의 무한에 대한 인생의 유한(有限)을 서러워하는 것이 주류지만은 탄시우국(歎詩憂國)도 거기게 용해되어 있음을 알 수 있다. 유명한 두보(杜甫)의 「등악양루(登岳陽樓)」를 보자.

昔聞洞庭水	옛날 동정호(洞庭湖)란 말에
今上岳陽樓	지금 악양루(岳陽樓)에 올랐네
吳楚東南坼	오(吳)와 초(楚)가 동남(東南)으로 갈리고
乾坤日夜浮	하늘과 땅이 밤낮 떠있네
親朋無一字	친한 벗도 한자 편지 없으니
老去有孤舟	늙어는 가는데 배 한척 뿐이구나
戎馬關山北	싸우는 말이 관산(關山) 북쪽에 있으니
憑軒涕泗流	난간에 기대어 눈물을 뿌린다.

<우주두율, 두보>

이 시를 편법으로 볼 때 수연(首聯)은 소제지처(所題之處)를 분명히 했다. 함연(含聯)에서 실경(實景)을 그리고 경연(頸聯)에서 설인사(說人事)를 하고 결연(結聯)에서 발감개(發感慨)를 하고 있다. 등림시격(登臨詩格)에 꼭맞게 지어졌다.

동정호와 악양루가 '소제지처(所題之處)'요, '오(吳)와 초(楚)가 동남(東南)으로 갈리고, 하늘과 땅이 밤낮 떠 있다.'는 것이 실경(實景) 묘사이며, '친한 벗도 한자 편지 없으니, 늙어 가는데 배 한척뿐이다'는 것이 '설인사(說人事)'요, '싸우는 말이 관산(關山) 북쪽에 있으니, 난간에 기대어 눈물을 뿌리'는 것이 '발감개(發感慨)'다.

시사(詩思)로 볼 때도 수련(首聯)과 함련(含聯)에서 등림산천(登臨山川)을 썼고 경련(頸聯)과 미련(尾聯)에서 감금회고(感今懷古)하고 있다. 감금회고(登臨山川)에서 느끼는 자연은 장엄한 아름다움인데, 세상 인생살이는 쪼들리고 궁상스러움속에서 싸움질이다. 탄시우국(歎時憂國)이 배어 있지 않은 것이 아니지만 대자연의 아름다움에 대한 인생의 속됨을 탄식하고 슬퍼하는 점이 두드러진다.

편법과 시사의 흐름을 이해할 때 성격을 알고시를 이해하는 것이 얼마나 편리하며 또 작자의 의도에 접근하는 것인가를 알 수 있다.

등림시격은 기본적으로 율시에서 편법과 시사의 흐름이 정해진 창작상의 기초기법이지만은 앞에서도 보다시피 절구에서도 그 전용된 시격을 찾아볼 수 있다. 여기서는 장편(長篇)의 고시(古詩)에서도 이와같은 시격이 적용된 예를 하나 들어본다.

「월영대(月影臺)」는 서거정(徐居正)이 마산(馬山)에 있는 월영대에 올라 최치원(崔致遠)을 회고하며 지은 고시다.

월영대

月影臺前月長在	월영대 앞에 달은 항상 있건만
月影臺上人已去	월영대 위에 사람은 이미 갔구나
孤雲騎鯨飛上天	고운(孤雲)은 고래타고 하늘에 올라
白雲渺渺尋無處	흰구름 아득하다 찾을 곳 없네
孤雲孤雲眞儒仙	고운(孤雲)이여, 참다운 선비 신선이여
天下四海聲名傳	온세상 천하에 명성만이 전하누나
高騈幕下客如織	고병의 막하에는 재주꾼이 빽빽했지만
才氣穎脫黃巢檄	「토황소격서(討黃巢檄書)」로 재주를 뽐내었네
孤雲學士詩告別	고운학사(孤雲學士)의 이별시에는
文章感動中華國	'문장(文章)이 중국 천지를 감동시켰다'고 했네
東還時運何崎嶇	돌아온 뒤 시운(時運)이 어찌나 기구했는지
雞林黃葉寒颼颼	계림(雞林)의 누른 잎은 추위에 으스스 해
英雄失志知何爲	영웅은 뜻을 잃어도 무엇을 할까 알아서
永與綺皓相追隨	영원히 상산사호(商山四皓)를 뒤따랐다네
伽倻山中藏鳴湍	가야산 여울물 소리에 숨기도 했고
海雲臺上騎笙鸞	해운대 올라 생활 불며 난새도 타고
江南山水牢寵畢	강남(江南)에 산수(山水)를 마음대로 누리며
江南風月無閑日	강남(江南)의 풍월(風月)에 쉴 날이 없었네
一自孤雲去不還	고운(孤雲)은 한번 간 뒤에 돌아오지 않건만
萬古自如唯江山	만고에 변함없는 것은 오직 강산(江山)뿐
今人空自說孤雲	요즘 사람 공연히 고운(孤雲)을 멋대로 말하나

幾人得見孤雲墳	몇 사람이나 보았나 고운(孤雲)의 무덤을
飛昇已作上界眞	승천하여 이미 신선이 된 뒤
桑田滄海今千春	뽕밭이 바다로 변한지 천년만일세
我來擧酒酹西風	내가 와서 술을 들어 서풍(西風)에 한잔 올림은
欲喚孤雲一笑同	고운(孤雲)을 모시고 함께 웃어 보고자.
摩挲短碣立斜陽	자그만 갈석(碣石)을 어루만지며 석양에 서니
孤雲不來空斷腸	고운(孤雲)은 오지 않아 속절없이 애만 끓누나

<사가집 목판본 시집보유 권1·6, 서거정>

이 시는 「등금능봉황대(登金陵鳳凰臺)」를 그대로 늘여 놓은 것이다. 이런 점만 보아도 서거정이 얼마나 시를 벌여 길게 늘이는 재주가 뛰어난가를 짐작할 수 있다. 첫구절부터 이백(李白)의 의양(依樣)이 짙다. 원영대를 금능봉황대(金陵鳳凰臺)에 비김이다.

고시는 형식과 내용의 자재로움이 폭넓다. <월영대>가 이승에서 저승에 간이를 불러 함께 놀기를 갈망하는 시라면 형식에 있어 아무래도 자유로운 고시가 알맞다.

월영대는 조선시대 김원현(金原縣) 서해변(西海邊)에 있으며, 최치원이 노닌 곳인데 마모된 석각물(石刻物)이 있다고 한다. 여기에 붙인 시는 정지상(鄭知常)을 비롯하여 김극기(金克己)·채홍서(蔡洪誓)·안축(安軸)·박원형(朴元亨)·정이오(鄭以吾)의 시가 『동국여지승람(東國輿地勝覽)』에 나란하다.

이 시는 고시이면서도 최치원이 노닐던 월영대에 올라 옛날을 회상하여 감금회고(感今懷古)하는 시다. 이 시를 등림시격에 맞추어 분석해 보고 그 틀에 있어 전통성과 독창성을 밝히려 한다. 서거정은 글을 중요하게 생각한 분이기 때문에 나름대로의 독창성을 발휘하여 시격의 폭을 넓혔을 것으로 생각한다.

본래 등림시격에서는 앞에서 본 대로 실경(實景)을 주로 다루는데 서거정은 「월영대」에서 인사(人事)를 주로 다루었다. 성정(性情)보다 서사(叙事)에 힘쓰는 것이 등림시의 일반적인 경향인데 「월영대」는 인사를 통한 성정의 표현에 더 비중을 두었다. 이 시에서는 서거정의 사경(寫景)은 실사(實寫)가아닌 관념적 표상임을 지적하여 둔다. 경(景)에 정(情)을 갈무리하다 보니, 그 표상이 실사에서 벗어난 것일 수도 있겠다.

이 시의 압운(押韻)은 해구용운법(海句用韻法)으로 쓰고 있다. 거(去)와 처(處)는 거성(去聲)이고 전(傳)은 평운(平韻) 선운(先韻), 격(檄)은 입성(入聲) 양운(錫韻), 국(國)은 입성(入聲) 직운(職韻), 수(戍)는 평성(平聲) 우운(尤韻), 수(隨)는 평운(平韻) 지운(支韻), 난(鸞)은 평성(平聲) 한운(寒韻), 일(日)은 입성(入聲) 질운(質韻), 산(山)은 평성(平聲) 산운(刪韻), 분(墳)은 평성(平聲) 문운(文韻), 춘(春)은 평성(平聲) 진운(眞韻), 동(同)은 평성(平聲) 동운(東韻), 장(腸)은 평성(平聲) 장운(陽韻)이다.

「월영대」의 편법은 앞 2구와 끝의 2구를 제외하고, 절구처럼 4구가 한 의미단락으로 중첩되어 이루어졌다. 앞 2구와 끝 2구를 떼어 하나의 절구가 될 수도 있으나, 이는 의미상으로 이 시 전체의 내포인 무상감과 최치원과의 일치가 그대로 드러나는 부분이기에 한번 가정해 본 것이다. 이 시를 단락을 나누어 그 의미의 얼개를 살펴보고자 한다.

제1단락은 월영대를 소제지처(所題之處)로 했다는 밝힘이다. 이는 우선 등림시격에 꼭 맞는다. "석문동정수(昔聞洞庭水) 금상악양루(今上岳陽樓)"와 같은 수법이다. 제2단락은 과거 최치원에 대한 현재의 실상이다. 감금회고하는 시격의 특색을 그대로 답습하고 있다. 여기는 실경(實景)의 자리다. 그러나 최치원에 대한 현재의 실상을 놓음으로 인사에 치중하여 엮어진 시임을 알 수 있다.

흥기(興起)의 실마리며, 없는 것에서 있는 것으로 옮겨가는 창조의 과정을 밟기 위한 서두다.

제3단락은 최치원의 접근을 위하여 그의 과거의 공적을 회상한다.

우리는 죽은 이와의 조응을 위하여 그의 남긴 자취를 더듬어 일차적으로 구체화한다. 이런 구체화를 통하여 정(情)이 우러나고 그 정(情)을 통하여 동질성을 확보하고 공명되던 영적인 교류를 이룩한다. 영적교류에서 오는 쾌감은 독자가 바라는 중요한 점이다. 이것이 도취감이고 성취감이며 문학작품을 읽는 목적이다. 서거정이 월영대에 오른 이유가 무엇이며 거기서 어떠하였기에 「월영대」 시를 지었을까를 생각해 보면, 서거정은 월영대를 통하여 최치원을 만나고 그것을 우리에게 전해주기 위하여 「월영대」 시를 썼다. 우리는 「월영대」 시를 통하여 서거정도 만나고 최치원도 만난다. 이것이 조응을 통한 화해의 영적 교류이다. 그런데 이 시는 이런 조응의 과정이 잘 그려져 있다.

제4단락은 제3단락과의 대련(對聯)이다. 제3단락은 중국에서의 공적이고 제4단락은 우리나라에서의 고생이다. 해외에서 명성을 떨친 이가 우리나라에서는 가시밭길임을 생각하여 영광보다는 비애가 주는, 더욱 친밀한 정서를 유발시켰다.

제5단락은 그의 풍류를 읊었다. 자연과 더불어 산 최치원 자신의 아름다운 삶이 이 제5단락에 오붓하다. 여기서 서거정과 최치원이 만난다. 동질성을 찾아 접근함이다. 이 공명(共鳴)의 제5단락이 이 시의 절정이다.

제6단락은 전환의 단락이다. 만나지 못하는 거기에 반전이 있다. 무상감을 피력했다. 서거정이 최치원을 만나려는 노력이 무산됨은 변화를 위한 전환이기 때문이다.

제5단락에서 자연을 즐긴다는 공통분모를 찾아 조응을 시도했으나, 실패하고 제7단락에서 술이라는 매체를 통하여 만나고자 한다. 그러나 이것도 제8단락에서 한갓 허무로 돌아간다. 무상감이 여기에 감돈다. 이 시는 조응과 화해의 전개 방식을 통해 인생의 모습을 보여주고 있다.

여기서 하나 덧붙일 것은 '오백년 도읍지를 필마로 돌아드니' 하는 시조도 그 감금회고(感今懷古)의 정(情)으로 보면 등림시격을 의양한 시조임을 알 수 있을 것이다.

등림시의 편법(篇法)을 보면 수련(首聯)에서는 '제목으로 한 바의 장소'를 쓰거나 '작자의 뜻에 따라 설명' 하기도 한다.

함련(含聯)에서는 허(虛)와 실(實)에 있어 실(實)을, 정(情)과 경(景)에 있어 경(景)을 쓰는 법인데, 실제로 경치를 그리되 회고의 정이 감돌게 한다.

경련(頸聯)에서는 함련(含聯)에 대하여 사람의 일을 설명하거나 생각해서 옛날을 탄식하기도 하고 의론을 쓰기도 한다. 앞연에서 자연을 그렸으니 여기서는 세상살이를 쓴다. 허정(虛情)에 대한 실경(實景)을 수놓은 방식이다. 더러는 실경(實景)과 허정(虛情)의 순서가 바뀌기도 한다.

결련(結聯)에서는 '제목에서 나타낸 뜻을 살려서 감개한 것을' 써야 한다. 다시 처음으로 돌아가되 의미를 살려서 회고의 정이 있어야 한다.

다음 등림시의 시사는 처음에는 등산(登山) 임천(臨川)을 읊고, 뒤에 감금회고하는 흐름을 지켜야 한다.

등림산천은 실경이고 감금회고는 허정이니 편법과 일치하는 바다. 대개 등산(登山)이나 임천(臨川)은 활달한 호연지기의 표백이 주류이며, 이런 무한한 자연에 대한 인생의 유한(有限)이 바로 감금회고(感今古懷)의 정(情)으로 나타난다. 제2연이 실(實)이면 제3연은 허(虛)인 것이 보통인데 더러는 허실(虛實)이 바뀌는 경우도 있다. 이렇게 하여 등림시는 상이 시원하고 탁트인 감을 주며 스케일이 크다.

여기에서 우리는 영사시(詠史詩)와 회고시(懷古詩)의 구별이 분명히 됨을 알 수 있다. 영사시(詠史詩)는 영물시인데 물(物)이 바로 역사이고 회고시는 등림(登臨)하여 감금회고하는 시임을 알 수 있다.

영물시는 탁물신의(托物伸意) 하는 것이므로 제1연에는 물(物)의 출처를 밝히는데 회고시는 등림(登臨)임으로 그 장소가 제1연에 나온다. 이렇게 편법이 다름은 물론이고 시사(詩思)의 흐름도 다르다. 영물시는 시인이 물(物)을 통하여 자신의 시심(詩心)을 표백하는 것이나, 등림기에는 감금회고가 짙다.

감금회고는 자연의 무한에 대한 인생의 유한을 서러워 하는 것이 보통이지만 나라를 근심하기도 하고 자신의 무력을 한탄하기도 한다.

등림시법은 본래 율시의 격이지만 절구에는 물론 고시(古詩)에까지 그 편법이나 시사(詩思)의 흐름이 적용된 예가 있음을 밝혔다. 따라서 이 시법(詩法)은 한시의 한 일반적 시격으로 자리잡은 경향임을 볼 수 있다.

5. 영물시법

이 영물시(詠物詩)는 한위(漢魏) 이래로 잡체(雜體)들과 섞이어 더러 보였었다. 당(唐) 이후로 오칠언근체시(五七言近體詩)가 나타나 이 영물시(詠物詩)가 많이 지어졌다. 청(淸)나라의 강희제(康熙帝)가 1,400여 수를 모아 『영물시선(詠物詩選)』을 만들었는데 여기에다가 우리나라 시인의 영물시를 모아 붙이고, 오칠언(五七言) 근체시(近體詩)만 모아서 『중동영물율선(中東詠物律選)』을 1920년대 권순구(權純九)가 편집해 내었다. 이보다 먼저 1861년에 류재건(柳在建)이 편집 간행한 『고금영물근체시(古今詠物近體詩)』가 있다. 이 책도 『중동영물율선』과 마찬가지로 중국과 우리나라 시인의 시를 함께 실었는데, 위항시인(委巷詩人)의 작품이 다수 들어가 있는 것이 특징이다. 이 책은 『중동영물율선』보다는 작품의 수록 수량이 매우 많고 또 물(物)도 상당히 다종이다.

서거정의 『사주집(四住集)』에선 「영물사십삼수(詠物四十三首)」라는 연작시가 있으며, 월산대군(月山大君)의 『풍월정집(風月亭集)』권2에는 「봉갱어제영물십이수」와 「봉갱어제영물십수(奉賡御製詠物十首)」가 있는 것으로 보아 임금까지 즐겨 짓던 시격(詩格)으로 보인다. 특히 조선 말기에 들어서는 이항시인(里巷詩人)까지 이에 참여했다.

이 글은 이렇게 야단스럽던 시격(詩格)인 영물시를 바르게 읽고자 하는 데에 초점을 맞추고, 무엇을 물(物)이라고 하며, 또 영물시의 짜임을 실제로 작품을 통해 구체적으로 분석하고, 영물시다운 결구(結構)를 따져 보려 한다. 이것은 영물시의 성격과 체격을 알아 그 독해에 이바지 하고자 하는 뜻이다.

1) 물(物)

영물시는 물(物)을 노래한 것이다. 물(物)은 무엇을 가리키는 것인가.

       대저 사람이 기거(起居)하고 음식(飮食)·비탄(悲歎)·득실(得失)
하는 것이 또한 물(物)이다. 어찌 유독 강산(江山)·풍월(風月)·곤충
(昆蟲)·초목(草木) 만 물(物)이리오. 그러나 저들이 강상(江山)·풍
월(風月)·곤충(昆蟲)·초목(草木)만 취하여 영탄(詠歎)하는 것은, 그
것이 기거(起居)·음식(飮食)·비탄(悲歎)·득실(得失)의 정(情)을
형용하는 까닭이다.

물은 형태를 가지고 있어야 한다는 입언이다. 이 물은 한유(韓愈)의 말
대로 불평에서 소리가 나며, 정(情)이 형태를 가진 물로 형상화할 때 시가
된다고 보았다. 그러니 모든 형태를 가진 것은 영물시의 제재가 될 수 있
다고 보았다.

       대저 위에는 일월(日月)·운하(雲霞)·풍우(風雨)·상설(霜雪)이
있고 아래로는 산천(山川)·초목(草木)·조수(鳥獸)·충어(蟲魚)가 있
다. 이것이 천지(天地)의 큰 도화(圖畫)다. 사람도 또한 도화 중의 일
물(一物)이니 도화중의 물로 도화중의 물을 영(詠)하니 그 말을 성률
(聲律)이 도화의 생용(笙鏞)이다.

물(物)과 도화를 같은 것으로 인식하고 있다. 물은 형상화 된 것을 의미
한다. "도화 중의 물로써 도화 중의 물을 영(詠)한다"는 말은 시인이 물을
제재로 시를 짓는다는 뜻이다. 이 인용문의 끝에 있는 말 "그 말의 성율(聲
律)이 도화의 생용(笙鏞)이다"의 뜻은 시의 음악성과 회화성을 모두 말한
것이다. 시는 색(色)의 공환(空幻)이 아니어야 하고 색(色)의 상(相)을 이
루어야 하기에 "유성화(有聲畫)"가 시며 "무성시(無聲詩)"가 형용이니 곧
그림이라는 말과 같은 뜻이다. "화중유성(畫中有聲)"이면 곧 시가 되는 것
이다. 시와 음악과 그림은 이렇게 서로 밀접한 관련을 갖고 있다고 보았다.
  가 형태가 없는 정(情)·성(性)을 어떻게 형상화시켜서 감각하게 하여
드러내 보이느냐 하는 것이 기술적인 과제라면 이상의 주장들은 모두 분명
한 이치를 밝히는 것이라고 여겨진다.
  『중동영물율선』이나 『고금영물근체시』를 보면 물(物)의 종류를 구체적으
로 들고 있다. 참고 하길 바란다.

2) 탁물(托物)·신의(伸意)

영물시는 탁물해서 신의하는 것이다. 여기에 조건이 있다. "영물사출(詠物寫出)"과 "기극조교(忌極調巧)"가 조건이다.

우선 탁물에 대해서 생각해 보자. 탁물은 물에 의탁한다는 또는 무렝 붙인다는 뜻이다. 물은 영물시의 더하고 덜함이 없는 제재이다. 영물시라는 명칭이 이것을 입증한다.

탁물을 좀 더 구체화시킨 표현이 있다. "무사물성(撫寫物性)"과 "픱초물상(逼肖物象)" "각루운월(刻鏤雲月)" "조롱화조(嘲弄花鳥)" 또는 "인물탁가(因物托訶)" 등의 표현이 그것이다.

"인물탁가(因物托訶)"는 탁물(托物)대신 인물(因物)이고 신의(伸意) 대신 탁가(托訶)인데, 탁물(托物)보다야 인물(因物)이 물(物)에 더 집착한 듯한 표현이지만 신의(伸意)가 탁가(托訶)보다는 더 주관적 뜻이 강하다. 탁가(托訶)라면 순전히 물(物)중심이지 어디 시인의 뜻이 작용할 여지가 있는가 말이다. "인물탁가(因物托訶)"는 너무나 물(物)에 치우친 감이 드는 영물 태도다. "각루운월(刻鏤雲月)"이나 "조롱화조(嘲弄花鳥)", 각루(刻鏤)와 조롱(嘲弄)은 신의나 탁사를 다른 것으로 바꾼 말이고 운월(雲月)과 화조(花鳥)는 탁물이나 인물을 나타내는 말로 보면 될 것이다. 이런 표현은 영물시가 너무나 놀이판 중심의 부담없이 읊어버리는 공들이지 않은 시로 보여서 언짢다. 물론 시야 소기(小技)에 불과한 것이고 우리 조상들이야 시가 본업은 아니었지마는 너무 얕잡아 본 느낌이 든다. 그러나, 영물시의 조건에 "기극조교(忌極調巧)"라는 조심이 있음을 상기하면 곧 수긍이 가는 말이기도 할 것이다. "무사물성(撫寫物性)"과 "픱초물상(逼肖物象)"은 물(物)을 물성(物性)과 물상(物象)으로 분석해서 심화시킨 본보기적 설명이라고 생각한다. 영물시는 물상뿐 아니라 물성에까지 잘 그려내야 한다는 뜻이다. 물상이야 눈에 보이는 것이니 별 어려운 점이 없이 묘사 형용할 수 있으나 물성은 관조와 깊은 통찰의 안목을 가져야만 발견되는 것이다.

탁물과 신의의 관계를 살펴보자. 영물시는 물이 먼저이지 신의가 먼저는 아니다.

"일물(一物)을 명(命)하여 제목을 삼아 그 물(物)의 성향(聲香)과 색상(色相), 또 말로 할 수 있는것 모두 다를 반드시 일구(一句) 일편(一篇)

속에 묘사 형용하는데 완전히 그 시를 제공하는 것이기에 영물이라고 한
다"는 주장이다. 오직 물에만 관심을 가지고 지어진 시라는 뜻이다.

"다른 견흥(遣興)이나 서회(舒懷)의 작품은 교섬(巧纖)하고 공밀한 것
이 지나쳐서 풍아의 아취를 겸할 수 있어 매우 호사스러운 까닭으로 시를
업으로 하는 이가 다 어렵게 여기는 것이다."

곧 영물시는 교섬하고 공밀하게 짓지 않는다는 암시다. "기극조교(忌極
調巧)"의 뜻과 한가지다. 그저 다른 수식없이 물의 성질과 모양을 충실하
고 진실하게 묘사 형용하는 시라는 입언(立言)이다.

물(物)을 교섬 공밀하게 묘사 형용한 경우를 살펴보자.

여름날에

輕衫小簟臥風欞   대자리 홑적삼에 시원한 마루
夢斷啼鶯三兩聲   꾀꼬리 울어싸서 꿈을 깨워라
密葉翳花春後在   뷘 잎에 가려진 꽃 늦도록 남고
薄雲漏日雨中明.   열구름 새는 햇살 빗속에 밝아.

<이병주역, 한국한시선 48면, 이규보>

이 시는 너무 공교롭고 정묘(精妙)한 물색생태(物色生態)이므로 영물시
의 본령을 지나치고 있는 것으로 본다. 일종의 견흥(遣興)으로서 아름다운
시다. 여기에 영물시의 한계가 있다.

달 밤

今夜鄜州月   오늘 鄜州(부주)의 달을, 그미는
閨中只獨看   규중(閨中) 깊이서 오직 홀로 보겠지
遙憐小兒女   생각하노니, 귀염둥이 딸애는
未解憶長安   아직도 내 그리움을 모를 게라
香霧雲鬢濕   향기로운 안개에 구름같은 머리가 젖고
淸輝玉臂寒   푸른 달빛에 하얀 어깨가 시릴 아내
何時倚虛幌   어느날 빈 휘장에 기대어
雙照淚痕干   눈물이 마른 자욱을 바라 본다냐.

<두시언해, 중간본 권12·4>

달밤도 물(物)이지마는 이 시에서는 물을 먼저 생각하고 물을 그린 것이 아니라 달밤은 그저 동기 유발에 지나지 않는다. 이 시는 서회(舒懷)가 강하게 드러나 있다. 이런 점으로 본다면 증행시(贈行詩)에 가깝다. 사실 두보(杜甫)가 적진에 감금되어 아내를 그리는 사연을 공중에라도 날려 보내는 뜻이 아닐까. 달에게 전해주는 것은 아닐까. 이런 시는 영물시라고 하기엔 석연치 않은 점이 있다.

부벽루

昨過永明寺	엊그제 영명사 지나던차라
暫登浮碧樓	잠시 부벽루(浮碧樓)에 올라를 보니
城空月一片	성위엔 조각진 달이 비추고
石老雲千秋	바윗돌 해묵어 천년이로세
麟馬去不返	인마(麟馬)는 가고서 오지를 않아
天孫何處遊	천손(天孫)은 어디라 노니는 건가
長嘯倚風磴	바람결 의지해 파람하다니
山青江自流	메뿌린 검풀고 가람은 흘러.

<이병주역, 한국한시선 72면, 이색>

이 시는 옛 것에 느낌이 미처 이제 회고(懷古)하는 시다. 시제목(詩題目)과 그 제재(題材)는 부벽루이지만 부벽루를 묘사 형용한 것이 아니라 거기에 얽힌 옛 정(情)이 우선한다.

영물시(詠物詩)는 탁물(托物)·인물(因物)하여 신의(伸意)·탁가(托訶)하는 것이기에 영우시(榮遇詩)처럼 존엄(尊嚴)·전아(典雅)·부경(富景)·온후(溫厚) 하지도 않고 갱화시(賡和詩)처럼 신기(神奇)하고 웅건(雄健) 장려(壯麗)하지도 않고 송미시(頌美詩)처럼 혼후(渾厚)하지도 않으며 풍련시(諷鍊詩)처럼 충후(忠厚) 간측(懇側)한 풍유(諷諭)가 있는 것도 아니다. 말하자면 담담하게 물에 충실하여 그리는 것이라고 볼 수 있다.

시인이 물을 보았을 때 그 물이 참 자기와 닮았다고 여겨지면 더욱 창작의욕이 높아질 것이다.

서대초

笑汝書帶草	너 書帶草(서대초)야 참 우습구나
何曾一字知	어찌 일찍도 글 한자를 알아서
似我竊虛名	나처럼 헛된 이름만 노리느냐
相對頗相宜	대하고 보니 꽤나 같네그려.

<사가집 권20 · 28, 서거정>

물과 공명(共鳴)하여 시는 발아한다. 이 시가 잘 된 시는 아니지만 우리가 물과 접하여 어떻게 시를 쓰게 되나를 잘 설명해 주기엔 충분하다. 옛 사람들의 시는 생활과 거리가 가까웠기에 이런 시가 지어질 수 있고 또 읽혔다.

영물시 중에는 시인의 감정이 배제되고 오직 물의 묘사와 형용에 힘쓴 시가 많다.

한가위 달

何處見淸輝	어디에서 밝은 달을 보았나
登樓正年時	누(樓)에 오른 건 한낮부턴데
莫辭終夕看	밤이 올 때까지 떠나지 않았네
動是隔年期	움직이면 일년 기약이기에
冷濕流螢草	싸늘한 습기에 풀은 반딧불처럼 보이고
光凝睡鶴枝	나뭇가지엔 조는 학처럼 빛이 엉기었네
不禁鷄唱曉	새벽 닭이 울음 울자
輕別下天涯	하늘 가장자리로 가벼이 떨어지네.

<중동영물율선, 권상 · 26, 왕원지>

1, 2, 3, 4구에서 한가위 달을 기다리는 심정을 그렸다. 보름달은 이 정도 기다려지는 달이라는 뜻이다. 5, 6구의 형용이 달빛을 영롱하게 묘사하고 있다. 5구는 이슬방울이 풀잎에 묻었고, 그 이슬방울에 달빛이 비치어 마치 반딧불이 풀 위에 날아다니는 것같이 보인다고 그렸다. 6구는 달빛이 나뭇가지에 비쳐 나뭇가지가 하얗게 보인다는 것을 나뭇가지에 학이 앉아 졸고 있는 것으로 묘사했다. 빛이 학이 되고 달빛에 이슬방울이 반딧불로 비유되

었다. 7, 8구는 달을 가볍게 그렸다. 이 시 전체가 달빛을 아름답게 표현하려 하였는데 가벼운 느낌이 든다. 달은 공중에 떠 있는 것이고 밝은 것이니 이런 느낌이 들만하다. 이 시는 시인의 뜻이 별로 개입되지 않은 순수한 물의 아름다움만을 그렸다 이렇게 물에 충실한 시가 영물시의 본령이다.

나 비

花頂復花底	꽃위에서 다시 아래로
翩繽淸霞是	어지러이 날아 밝게도 보이네
纖鬚金縷卷	가는 수염은 금실을 말아 올린 듯
團翼粉華勻	둥근 나래엔 분치장이 골고루
變化終誰夢	변화하면 마침내 누구 꿈속에?
芳菲憁汝春	꽃다운 향기가 모두 너와 어울리네
蛛絲迷院落	잠시라도 몸을 가벼이 굴지 마라

<중동영물율선, 권하·117, 이의사>

1, 2구는 날아다니는 모습, 3구는 나비의 더듬이, 4구는 날개, 5구는 장자의 꿈 고사(故事), 6구는 향기를 독차지하며 사는 모습, 7, 8구는 거미줄에 걸릴까 몸조심하라는 부탁까지 곁들여 나비의 생태를 그려내고 있다. 이 시에도 작자의 숨결이 거의 없다. 순수한 물의 묘사 형용으로 그친 시다.

여물시 중에는 또 이렇게 겉모습과 생태 또는 그 물성(物性)을 담담하게 그려내는 것 뿐만 아니라, 시인이 아는 설화(說話)같은 것을 그 비슷한 물에 빗대어 풀이한 것도 있다. 일종의 연상작용으로 물의 의미를 다시 해석한 시라고 볼 수 있다.

희고 붉은 작약

紅間白時白間紅	붉은 꽃 사이에 흰 꽃이 섞여
奇姿異態一園中	기이한 생김생김 한 꽃밭에 가득
人間初見西施白	세상에 처음 서시(西施)의 하얀 미색을 보았더니
海外誰傳利市紅	해외(海外)엔 누가 이시(利市)의 붉음을 전하였나
由來富貴花王亞	예로부터 부귀(富貴)로 꽃중의 버금이요
畢竟才名藥使同	마침내 재주는 약으로도 쓰이네
見說楊州多美種	양주(楊州)에 좋은 종자 많이 있다니

若爲歸去賞春風　　돌아가면 봄바람이 감상해야지.
<사가집 권31 · 22, 서거정>

　『사림광기(事林廣記)』에 진랍국은 배를 타고 북풍(北風)을 따라 10일을 가야 도달할 수 있는데, 그 나라에서는 늘 혼인을 함에 있어서는 남자가 여자 집으로 가니 참 우스운 일이다. 그 나라 사람은 딸을 낳아서 9세에 이르면 곧 스님에게 나아가 경(經)을 읽고 주문을 짓는다. 그리고 손으로 음부를 찔러 처녀를 손상 시키고 취하여 이마에 붉은 점을 찍는다. 그 어미도 또한 이마에 점을 찍는데 이것을 이시(利市)라고 부른다. 이와같이 하고서 그 딸이 결혼을 하는데 사람들이 기뻐하고 즐긴다. 무릇 딸이 10세가 되면 곧 결혼한 사람이 그 아내를 나그네와 동침시키고 기뻐서 말하기를 '내 아내가 예쁘다'라고 한다고 한다. 류후촌(劉後村)의 「봉매시(蜂媒詩)」에도 '전두(纏頭)가 마치 이시(利市)처럼 붉다.' 구절이 있다.
　백작약(白芍藥)과 홍작약(紅芍藥)이 섞이여 펴 있는 모습을 하얀 미인의 이마에 붉게 그린 利市로 보고 지었다. 이 시의 스스로 붙인 주를 보면 영물시가 그 모양에 빗대어 다른 이야기도 끌어다 쓸 수 있음을 알 수 있다. 서거정의 시는 화려하다. 이 시도 부첨(富贍)과 화려의 시사가 무르익었다. 이런 작시 태도도 영물시의 한 부분을 차지함을 알 수 있다.
　아무리 담담하게 영물한다고 해도 시인의 성정(性情)이 녹아들지 않을 수 없다.

봄밤에 기쁜 비

好雨知時節　　호우(好雨) 절기를 알아
當春乃發生　　봄이 옴을 모두 피어나게 한다.
隨風潛入夜　　바람을 따라 가만히 밤에 드니
潤物細無聲　　물을 적시나 가늘어 소리가 없다
野徑雲俱黑　　들 길은 구름에 다 어둡고
江船火獨明　　강 배엔 불이 홀로 밝다
曉看紅濕處　　새벽에 붉게 젖은 땅을 보니
花重錦官城　　꽃이 금관성(錦官城)에도 많이 피었겠지
<두시언해 중간본 권12 · 24>

 1구에서 절기를 안다는 말과 8구에서 금관성(錦官城)을 그리는 뜻은 고향을 생각하는 심사다. 2구의 발생(發生)의 뜻과 6구의 화독명(火獨明)은 고향이 그리워 좀이 쑤시는 들뜬 마음을 이렇게 삭히고 있다는 표백이다. 2, 3구에서 남모르게 스며드는 향수를 비유하였다. 이 시는 봄비의 모습을 잘 묘사하면서도 거기에 시인의 마음을 잘 얹어 빚어내고 있다. 서회(舒懷)가 없지 않으나 물을 잘 그려낸 속에 갈무려져서 드러나지 않고 있다. 사경(寫景)에는 경중함의(景中含意)가 있어야 하며 사의(寫意)에는 의중대경(意中帶景)이 정칙이다. 아무리 단수한 사경이라 해도 그 시가 깊으면 깊을수록 함의가 깊이 재워져 있다. 두시(杜詩)의 맛이 이런 깊이에 있음은 이미 잘 알려진 바다. 이 시에는 낭만의 보인다. 두보의 생활 중에는 좀 여유를 가진 때인 성도(成都)시대였다. 그래서 이 시에는 '희(喜)'자까지 제목에 보이는 야단이다.

 물이 그러니까 그런 느낌이 들어 짓는 경우가 있다. 칠석(七夕)은 만남의 절기다. 그래서 칠석(七夕)을 노래한 시들은 기분을 내기가 일쑤다.

         칠 석
   天上神仙會　하늘에서 신선이 모임은
   年年此日同　해마다 이 날이었네
   一宵能有幾　한 밤으로도 기밀이 있으니
   萬古亦無窮　만고(萬古)엔 또 무궁하여라
   月色蛩音外　귀뚜리 소리를 감싼 달빛에
   河聲鵲影中　까치 그림자가 잠긴 은하수 물소리
   雖無文乞巧　비록 글이 공교하긴 바라지 않으니
   得句語還工　얻는 시마다 오히려 교묘해라
                          <사가집 권1·22, 서거정>

 이 시는 1, 2, 3, 4구에서 만남의 기쁨과 사연을 노래했다. 견우 직녀를 신선에 비유하여 속세와 다른 별천지를 표현하였다. 이 시는 특히 5, 6, 7, 8구가 좋다. 5구에서 달빛을 귀뚜리 소리와 조화시켰고 6구에서 은하수 물소리와 까치 그림자를 조화시켰다. 칠석(七夕)에 얽힌 사연을 말하면서 또 사경(寫景)이 미려(美麗)하다. 달 밝은 밤 귀뚜라미가 요란히 울고 높은

하늘엔 얼룩진 은하수가 드리워 졌다. 7구의 걸교(乞巧)는 칠석(七夕)을
일컫는 말이다. 그러나 여기서는 짐짓 영물시의 특징을 말하면서 시가 잘
지어진다는 너스레로 그 기분을 한껏 내고 있다. 서거정은 본래 문식(文
飾)을 그리 좋아하지 않는 인물이다. 영물시 또한 "기극교(忌極巧)"를 그
특징으로 하니 서거정의 입맛에 맞는 시격이다. 이 시는 그러니까 나는 그
렇다는 물 위주의 자기 표백이다.

금강산

雪立亭亭千萬峯	눈 기둥인양 우뚝한 천만(千萬) 봉우리
海雲開出玉芙蓉	구름바다 열리면 옥부용(玉芙蓉)이 피어난듯
神光蕩漾滄溟近	신령한 빛 드넓어서 바다와 같고
淑氣蜿蜒造化鍾	맑은 기운 용처럼 꿈틀꿈틀 조화란 다 모았네
突兀岡巒臨鳥道	우뚝한 뫼부리엔 새 길만 나고
淸幽洞壑祕仙蹤	맑고 그윽한 골짜기엔 비선(祕仙)의 자취
東遊便欲凌高頂	동쪽으로 문득 높은 마루턱에 오르고자
俯視鴻濛一盪胸	굽어보니 아득한 기운 가슴이 탁트인다.

<중동영물율선, 권상·32, 권근>

물(物)이 그러니까 시인도 그렇다. 금강산(金剛山)이 대자연의 신비로
되어 있으니 이를 보는 시인도 또한 호탕한 마음이 생긴다. 이런 시들은
모두 물(物)을 그대로 충실히 묘사하면서 물로부터 받는 감흥을 적을 뿐
아니라, 시인의 감정으로 물을 재구성 창조할 수도 있다.

　물(物)은 날마다 우리와 상접(相接)하는 것이고 사람은 그 최영(最
靈)인 위치다. 그런 까닭으로 다 사람을 위하여 쓰이는 바 되는 데에
오직 그 뜻이 있는 것이다. 시인은 물을, 시를 위하여 쓰는 바이니 시
를 위하여 쓰인다는 것을 생각해 보면 더 할 말이 없지만은 그러나 저
물(物)은 그 공(功)으로써 쓰임이 있으며 시인은 성정(性情)으로써 쓰
이는 것이니 쓰임은 다 마찬가지다.

　이 말은 물(物)을 시인이 이용한다는 뜻이다. 물(物)이 시에 사용되고
공(功)이 있고 시인은 성정(性情)을 쓰고 있으니 물(物)이나 시인이 쓰임

에는 모두 한가지라는 말이다. 이와같이 물(物)을 시인의 마음이 움직임에 따라 취사선택 가영(歌詠)한 시가 있다.

김택영은 중국에 망명했었다.

수선화

名花來萬里	좋은 꽃이 萬里에 오니
莘苦奈君何	그 고생이 어떠한가, 그대여
根淨能無着	뿌리는 깨끗하여 내릴 수 없고
香淸不在多	향기는 맑아서 많지를 않네
惱餘江入夢	근심한 나머지 강에 들고자 하는 꿈에 있고
歎處月當歌	달맞아 노래하니 탄식하는 곳이네
門戶羅浮近	문은 매화가 가까운데
時看縞袂過	때로는 흰 소매로 지나를 가네.

<중동영물율선, 권하·96, 김택영>

김택영을 알면 이 시가 곧 자기 자신을 표백한 것임을 알 수 있다. 1, 2구에서 제 고향이 아닌 타향살이 꽃임을 말하고 3, 4구에서 그 고귀한 성격을 그렸다. 선비란 몸이 걸지 않고 되기에 란(蘭)에 비유한다. 5, 6구에서 남은 꿈에 고뇌하면서도 자연을 맞대하면 기뻐하는 자신을 표백했다. 7, 8구는 김택영만이 한국 사람이 아니라 그 외에도 문 앞에 흰 꽃이 핀 수선화가 많이 떠감을 읊고 있다. 나라 잃은 유랑 민족의 서러움이 배어 있는 시다. 영물시는 그 시인의 사정을 자세히 알고 나서야 그런 경치 속에 감취진 뜻을 알 수 있는 경우도 있다. 이 시는 자신을 물에 투영시킨 경우다.

가난으로 시름 썹은 두보가 지은 시를 보아도 이런 경우를 알 수 있다.

베짱이

促織甚微細	베짱이는 아주 작은 것이지만
哀音何動人	슬픈 소리가 어찌 그리 사람을 감동 시키나
草根吟不穩	풀 뿌리에서 울어제끼는 것은 편하지 못해
牀下意相親	밤에 침상 아래로 기어 들다니
久客得無淚	오랜 나그네가 눈물이 없으리오
故妻難及晨	늙은 아내가 새벽까지 견디기 어렵다네

悲絲與急管　　슬픈 현악기와 격렬한 관악기 소리라도
感激異天眞　　감격스러움은 이 베짱이 소리만 못하리.
<두언 초 권17·37>

가난하니까 베짱이 소리가 시름으로 들린다. 물(物)을 시인의 느낌으로 여과시키고 있다. 시인이 물(物)을 어떻게 보느냐에 따라서 물(物)이 변화하여 표출된다.

3) 편법(篇法)

물(物)의 모양이나 그 내면에 따라서 뜻을 펴는 영물시는 특별한 편법을 갖는다.

수련(首聯)에서는 제목을 설명하고 그 물(物)의 출처를 명백하게 한다. 그 시가 무엇을 영(詠)했느냐 하는 것을 분명하게 제시해 주는 것이다. 이 제시가 분명해야 그 물(物)의 외형이나 내면이 잘 드러날 것이기 때문이다.

2연에는 영물의 체(體)를 쓰고 3연에서는 영물의 용(用)을 쓴다. 체는 바탕이요 용은 변화다. 체는 근본적인 성격 또는 정신이므로 변화가 있을 수 없다. 용은 변화이기에 용사(用事)를 붙이기도 하고 의론을 하기도 하며 인사(人事)를 설명하기도 한다. 용사는 저것을 끌어다 이것을 증거하며, 옛 걸 가져다 지금 것을 풍영(諷詠)하는데 흔적이 없도록 하여 다만 그 그림자만 사출(寫出)해 내는 수법이다. 비록 과거에 널리 쓰여 죽은 용사(用事)라도 현재에 살려 쓸 수는 있으나 그 뜻을 바꾸거나 변화시켜서 새롭게 해야 하는 것이다. 의론은 일을 기술함에 분명함을 밝히는 것이 그 요점이다. 일에는 크게 나라의 일로부터 작게는 가사(家事)·신사(身事)·심사(心事)에 이르기까지 다양하다. 심사를 작시의 용에 해당하는 의론조에 밝힌 점은 심리적 창작 기법을 일찍이 써 왔음을 시사하는 것 같다. 한시(漢詩)가 관조를 넘어서서 물아일체(物我一體)로 용화(鎔化)되는 기법상(技法上) 발달된 시임을 알 수 있다. 인사(人事)는 별별 인간 세상의 일들이다. 이런 모든 것을 이끌어다가 체(體)를 밝히는 용(用)으로 사용하였다. 이로 보아서 2연과 3연은 또 상호 보완적인 위치를 갖는다.

결구는 더 발전적인 개방으로 끝맺거나 그 시의 본 뜻에 따라 끝맺는다. 개방적인 결구는 시인의 상상이 한걸음 더 진보하여 표출되는 경우이고 본 뜻의 범위로 맺는 경우는 그 시가 본래 가지고 있는 2, 3연의 뜻으로 마무리 짓는다. 이런 영물시를 실제로 읽어보자.

모 란

東風花信欲闌珊	꽃소식 실은 샛바람에 마음이 설레어
次第尋探到牧丹	이참저참 찾다가 모란을 만났네
熟睡第醒傾國色	술집은 곯아 떨어졌네 미인도 함께
風流甲觀領仙班	갑관(甲觀)엔 풍류로움 신선을 거느린 이
芳名姚魏傳家有	꽃다운 이름은 요(姚)·위(魏)의 가문에 전해오고
妙筆黃徐換骨難	묘한 글귀는 黃·徐의 환골(換骨)되긴 어렵다
尤物坐令人愛惜	모란은 사람의 아낌을 받으니
鸞膠直欲續春殘	너와 친구되어 봄의 설렘을 이어 볼까.

<사가집 권4, 서거정 영물사십삼수 중에서>

이 시는 수련(首聯)이 제목의 뜻을 암영(暗詠)하고 있다. 화려하고 탐스러운 봄에 어울리는 꽃을 노래하였다. 2연은 꽃에 얽힌 사연을 시에서 말하고자 하는 내용과 융합시켰다. "천향국색(天香國色)"은 모란의 별명이다. 당(唐) 현종(玄宗)의 풍류판을 연상하게 하는 대목이다. 모란의 모습에서 얻어 낸 시상이다. 3연은 용(用)의 연이다. 2연에 대하여 변화를 주고 발전을 시킨 연이다. 요(姚)·위(魏)·황(黃)·서(徐)는 사람을 가리킨다. 요씨(姚氏)와 위씨(魏氏)는 모란 중에서도 색화(名花)의 지배자들이다. 용사(用事)를 하였으나 용사가 너무나 진부하여 시가 생동감이 적다. 결구는 "취본제결(就本題結)"의 수법을 써서 수연(首聯)과 함께 수미상응(首尾相應)의 구성을 하였다.

다음 시는 제목은 영물시처럼 되어 있으나 그 편법이 어긋나게 짜여졌다.

봄 제비

萬事悠悠一笑揮	유유한 세상일 웃어 넘기고
草堂春雨掩松扉	보시시 봄비라 사립 닫았네
生憎簾外新歸燕	얄궂다 발 밖의 새로운 제비

似向閑人說是非   날보고 시비를 뇌이잔 건가.

<이병주역, 한국한시선 178면, 이식>

첫구에서 제목을 설명하거나 물(物)의 출처를 분명히 밝혀야 하는데 이 시는 시인 자신의 심정 표백으로 시작하고 이다. 결구도 첫구와는 걸맞지 않으면서도 이 시 자체의 한계로 휘갑했다. 이 시는 영물시라기 보다 풍자적 수법을 쓴 시다. 서회(舒懷)를 하되 이런 수법을 써서 참신하게 한 것은 좋다. 그러나 영물시로서의 편법이나 시격은 갖추지 않고 있다.

物을 읊음
青花蓓蕾子   싱싱하게 만발한 꽃잎
風暖自芳菲   바람이 따뜻해 향기가 피네
微物亦有思   微物도 또한 생각이 있는 법인데
王孫游不歸   王孫은 가서 오지를 않네

<생육신전 권5·28, 김시습>

이 시도 제목은 영물이지만 편법으로 보아도 영물이 아니고 시격이 서회(舒懷)나 또는 등림시 같다.

특히 격식을 잘 따지고 잘 지키던 우리 조상들이 왜 이런 시를 썼는지 알 수 없다. 그들이 시격을 몰랐을 리는 만무하다. 그렇다면 일종의 변격이나, 영물시의 폭을 넓힌 시도가 아닐까도 추측해 본다.

영물시가 고정된 시상을 바탕으로 이루어지는 것이 대부분이기에 현대 우리에게는 진부한 느낌이 드는 것도 사실이다. 목단(牧丹)이라면 미인(美人)을 생각하고 풍류판을 상상하는 것이 상식이며 양귀비를 떠올린 이런 시짓는 태도는 현학(衒學)을 자랑삼음에는 공이 크다. 박학(博學)이 시에 기여하는 바다.

이런 고정 관념화된 시상을 살펴보면 서일(瑞日)과 경설(慶雪)은 태평 성대, 경치가 때때로 비가 오는 것을 묘사한 것은 농사가 잘됨, 그래서 편안히 지냄을 표백할 때 쓰이는 것이다. 폐허가 되고 빈 성곽(城郭)은 전대(前代)를 한탄하는 것이고, 옛 사당과 황폐한 들은 선철(先哲)들의 자취를 상상하는 것이고, 깊은 숲 골짜기는 석사(碩士)가 마땅히 머무르는 곳이며,

깨끗한 산장(山莊)은 일사(逸士)가 한적하게 살만한 곳을 나타내는 것이다. "춘산추학(春山秋壑)"에서는 근로하고 행가(行歌)하며, "효월조운(曉月朝蕓)"에는 낚시질로 소일하고, 새벽 등불에 종소리는 부처님의 세계요, 천년 묵은 나무에서 학이 춤추는 묘사는 신선 세계를 말함이다. 송백(松栢)은 "세한부개가엽(歲寒不改柯葉)"을 나타내며, 요이(姚李)의 가훼(佳卉)는 벼슬길의 영화나 선비를 나타내며, 매(梅)는 설중(雪中)에서 얻고 국(菊)은 상하(霜下)에 피는데 각각 지조와 절개, 장수(長壽)의 꽃이고 애연(愛蓮) 주돈이(周敦頤)의 말대로 은사(隱士)의 애란(愛菊), 군자(君子)의 애연(愛蓮), 부경(富景)의 애목단(愛牧丹)으로 고정화 되었다. 기린·봉황·거북·용은 임금과 태평성세와 관련되는 것이며, 말·소·닭·개 등은 백성이 번성하는 모습을, 제비가 가고 기러기가 오는 것 등 은 추위와 더위가 서로 섞바뀜을, 말매미가 울고 메뚜기가 뛰는 것은 계절에 따라 물이 변화함을 나타내는 것이다.

이런 고정 관념화는 전대의 대가가 영물한 것을 그래도 따라 쓰다보니 너나없이 그리 된 경우가 많다. 도잠(陶潛)의 국(菊)이 그렇고 주돈이(周敦頤)의 연(蓮)이 그렇다. 또는 옛날부터 전해 오는 이야기에 힘입어 그런 경우도 있다. 전거(前擧)한 목단(牧丹)에서 3연의 용사가 그런 예다.

풍웅고화(豊雄高華)를 내세우던 실학(實學) 이후의 시에는 차차 이런 고정 관념은 사그러들고 새로운 용사(用事)를 구사하기에 비지땀을 흘린 흔적이 아로새겨 돋보인다.

그러나 『동인시화(東人詩話)』에서도 참신한 용사(用事)는 높이 평가 했었다.

옛날 시인이 物에 의탁해서 상황을 취한 것에는 말이 매우 꼭 들어 맞는 것이 있다. 소식(蘇息)의 <영해당(詠海堂)> 시에서 '붉은 입술 술을 머금어 뺨에 무지개 피고, 푸른 소매 걷어 올리니 붉은 살 비쳐 나네'라고 하여 부인(婦人)을 꽃에 비유하였으나, 최항(崔恒)의 <영흑두(詠黑豆)> 시에 '흰 눈동자는 세속의 뜻을 흘기는 것 같고, 검은 몸은 오히려 원수를 갚고자 하는 마음'이라고 하여 문인(文人)과 열사(烈士)를 검정콩에 비유했다. 용사(用事)가 기이하고 특별하다.

이상의 예문을 보면 꽃을 부인에 또는 장부(丈夫)에 비유하거나, 검정콩을 문인열사(文人烈士)에 비유한 것이 용사가 매우 기특한 것으로 되어 있다. 검정콩을 문인열사에 비유한 것은 참신하다. 용사란 이렇게 자연물에 새로운 의미를 부여하는 것이다. 그러나 시의 황당무계를 없애기 위하여 용사는 반드시 유래처(有來處)를 두어야 한다고 믿었다. 이런 용사의 예는 조수(趙須)의 「영송(詠松)」 시에 "풍동조성재반강(風動潮聲在半岡)" 이라고 하여 솔바람을 파도 소리에 비유한 것이 있고 한유(韓愈)의 시에서도 "신월사마겸(新月似磨鎌)" 이라고 하여 초승달을 벼베는 연모인 낫에 비유한 것이 있다. 이런 새로운 시상도 뒷사람이 자꾸만 점화(點化)하다 보면 죽은 묘사가 된다.

시를 평할 때에는 시적 형상화의 의미를 이렇게 이해하고서 시를 평하는 태도를 말했다. 시를 분석함에는 그 형상화의 그림을 찾아내야 하고 시의 깊은 의미를 발굴해야 한다는 뜻이다. 시에서 분명하게 미적(美的) 가치를 찾아내는 일이 비평자의 일임을 토로했다.

영물시를 어떻게 하면 바르게 읽을 수 있을까. 어떤 편법을 썼는가. 영물시가 다른 시격과 다른 점은 무엇인가. 이런 문제를 해결하면 우리가 지금 영물시를 읽는데 도움이 될 것으로 생각하였다.

물은 형태를 가진 것이라고 보았다. 온 세상을 그림으로 보고 사람도 하나의 그림으로 보아 그림이 노래한다고 했다. 이것은 시가 회화성과 음악성을 동시에 갖추고 있다는 뜻이다.

시가 물의 불평에서 나오지만은 거기에 형태가 없는 성정(性情)을 어떻게 형상화시켜서 감각하게 하느냐 하는 데에 영물시의 요구가 있다고 보았다.

영물시는 탁물해서 뜻을 펴는 것이다. 탁물해서 신의하는 조건은 물상에다 마음을 얹어 그 물상과 더불어 그려내야 하고 지나치게 공교롭거나 섬세한 것은 피한다. 탁물하는 방법은 물의 성질을 잘 그려내고 물상에 아주 급접된 표현을 해야 한다. 그러니까 물(物)의 성(性)과 상(象)을 진실하게 묘사해야 한다는 뜻이다. 탁물과 신의의 관계를 살펴보면 탁물이 우선이고 거기에다 신의를 했던 실상이 보였다. 신의하기 위하여 탁물하는 것이 아니다. 영물은 물의 성향(聲香)과 색상 등속을 묘사 형용하는데 완전히 그 시를 바치는 것이기에 다른 일은 거기에 끼일 여지가 없다는 주장이었다.

너무 교섬(巧纖)하고 공밀(工密)한 이규보의 「하일즉사(夏日卽事)」같은 시는 영물시라고 할 수 없으며 또 서회(舒懷)가 짙은 두보의 「월야」같은 시도 영물이 아니고 오히려 증행시에 가까우며 이색(李穡) 「부벽루(浮碧樓)」는 등림시라고 보아 영물에서 제외시켰다. 이것은 수많은 시들 중에서 한 표집으로 거론한 것에 불과하다.

영물시에는 오직 물(物)의 묘사와 형용에 힘쓴 시가 우선이었다. 송의 왕원지(王元之)의 「중추월(中秋月)」, 조선조 이의사(李義師)의 「영접(詠蝶)」 같은 시는 오직 물의 겉모습 생태 또는 물성(物性) 등을 담담하게 그려낸 것이다.

또 영물시에는 이런 물성과 물상의 묘사 형용에 그치지 않고 일종의 연상작용으로 물의 의미를 재조성한 시가 있었다. 이런 시는 서거정의 「영백홍작약(詠白紅芍藥)」 같은 시로써 이사(利市)의 내력과 변방 민족의 풍속을 서술했다.

영물이라고 해도 시인의 성정(性情)이 전혀 배제될 수는 없었다. 아무래도 물지최영(物之最靈)인 시인의 성정(性情)이 가미되는데 두보의 「춘야희우(春夜喜雨)」는 경중함의(景中含意)가 깊은 무게있는 영물시였다.

또 영물시는 물(物)이 강한 자극을 주기에 거기에 끌려가서 시인이 반응을 한 시가 있었다. 서거정의 「칠석(七夕)」이나 권근의 「금강산」은 칠석과 금강산에서 받는 감흥이 너무 크기에, 압도되어 노래한 영물시였다.

영물시는 또 물을 시인 마음대로 요리하여 시인의 심성에 끌어다 맞춘 시가 있었다. 조국을 잃어버린 망명객 김택영은 「수선화(水仙花)」에서 자신의 처지를 표백했고 가난했던 두보는 「베짱이」에서 눈물을 흘렸다. 이런 경우는 시인의 느낌이 우선 한 영물시였다.

영물시는 영물시로서 독특한 편법을 갖는다. 수련(首聯)에서는 제일설명(題日說明) 물(物)의 출처(出處)를 명백(明白)하게 한다. 2연은 영물의 체(體)를 쓰고 3연에서는 여물의 용을 쓴다. 결구는 개방과 고정의 두 방법을 쓴다. 이와 같은 결구의 특징을 잘 갖추고 있는 서거정의 「영물사십삼수(詠物四十三首)」 중 「목단(牧丹)」을 분석해 적용시켰다. 대체로 영물시는 고정된 상(像)을 자주 시화(詩化)하는 용사(用事)상의 한계성 때문에 진부한 느낌이 든다고 보았다. 그러나 『동인시화(東人詩話)』에 보이는 여러 사실들은 나름대로 고정된 시사를 깨고 새로운 용사를 높이 산 흔적이 엿보인다.

　영물시는 목적 의식없이 접물(接物)허요 생긴 감흥을 물상(物象)과 물성(物性)에 충실하면서 시인의 성정(性情)을 실어 펴는 수수한 시라고 볼 수 있다.

　이런 뜻에서 시조에 보이는 영물시법을 가진 작품을 동궤로 보고 싶은 생각이 들며, 현대시의 순수를 영물시와 접맥시키고 싶은 충동도 일고 있는 야릇이 있다.

▌參考文獻▐

桂山 金星元, 『原本 小學集註 全』, 明文堂, 1978.

고대혁, 「동고 이준경의 교육관 연구」 『東皐學論叢』 제2집, 1998

高裕燮, 朝鮮美術文化史論叢, 서울新聞社 出版局, 1949.

權江淑, 朝鮮王朝時代의 魚蟹圖研究, 祥明女子師範大學, 1983.

權相老, 韓國地名沿革考, 동국문화사

金甲起, 韓國文學研究 第12輯, 韓國題詠詩研究, 1989. 韓國文學研究所.

金明姬, 『許蘭雪軒의 文學』集文堂, 1987.

金成俊, 「東皐 李浚慶과 그 家系 - 政治勢力을 中心으로」 『東皐學論叢』 第1輯,

金榮里, 朝鮮時代의 犬圖에 관한 研究, 弘益大學校, 1984.

金英美, 朝鮮時代의 馬圖研究, 弘益大學校, 1984.

金麟厚, 河西集.

金鍾太, 東洋繪畫思想, 一志社, 1984.

金鎭現, 「南冥 曺植의 倫理思想 研究」 慶尙大學校 大學院 碩士, 2001

金忠烈, 「生涯를 通해서 본 南冥의 爲人」 成均館大學校 大東文化研究院,

南冥學研究所 編譯, 「교감국역 南冥集」 이론과 실천, 1995.

老子, 學古房, 1982.

論語, 學古房, 1982.

唐宋八家文鈔.

大學, 學古房, 1982.

陶潛, 陶靖節集.

東皐學研究所, 「東皐遺稿」, 國譯本 上下, 水原大學校, 東皐學研究所, 1986.

東國三綱行實圖 乾坤 合本, 高麗印刷株式會社, 檀紀4291. 影印本

杜詩諺解, 民族文化推進會 影印, 1976.

濂洛上下

文永午, 「東皐 李浚慶의 文學觀」, 『東皐學論叢』1輯, 1997.

民俗苑, 『五倫行實圖』影印本

民族文化推進會, 홈페이지(http://www.minchu.or.kr) 韓國文集叢刊에서

        國譯東文選, 1977. 三版修訂 發行.

        國譯新增東國輿地勝覽 3, 민문고, 1989.

        國譯新增東國輿地勝覽, 1987. 重版, 民文庫.

        『國譯 惺所覆瓿藁』, 민문고, 1989.

民推國譯本, 『谿谷先生集』

裵璇玉, 實景山水畫研究, 誠信女子大學, **1984.**

白江集, 國立圖書館 所藏

扶餘郡誌出版委員會, 扶餘郡誌, 1964. 三和印刷株式會社.

四佳集, 晋山世稿, 私淑齋集. 虛白堂集.

四部叢刊, 第34冊, 「朱文公校昌黎先生集」

徐居正, 東人詩話, 1982, 二友出版社.

        東人詩話, 三友出版社 影印, 1984.

        四佳集, 오성사

        「四佳集」

宣承慧 · 董其昌, 「繪畫理論硏究」, 서울대 석사학위논문. 1996

成守琛, 「聽松先生集」

孫燦植, 「朝鮮朝道家의 詩文學硏究」, 1995.

孫八洲, 申緯硏究, 太學社, 1984.

        「申緯全集」太學社, 1983.

宋純,   「俛仰集」

「新增東國輿地勝覽」

宋麟壽,「圭菴集」

宋昌順, 「金鰲新話의 深層心理硏究」, 수원대학교 교육학석사논문, 1991.

詩經

詩學要標

申欽, 象村集, 標點影印韓國文集叢, 1994.

安輝濬, 韓國繪畫史, 一志社, 1980.

梁山甫等. 瀟灑園事實.

溫知學會, 溫知學會第一次學術發表紙, 1994. 10. 1. 扶餘靑少年修鍊院.

王朝實錄, 明宗～宣祖

유석영, 「그때나 지금이나」 도서출판 세란, 1997.

이광수, 새시대를 이끌어간 정치인. 수원대학교 출판부, 1993.

李敏寧, 瑞山郡誌, 국립도서관소장, 1927.

李民樹譯, 「五倫行實圖」乙酉文化社, 1972.

李丙疇, 「東皐 李浚慶의 詩文學 考察」, 「東皐學論叢」1輯, 1997.

        古典의 散策, 民族文化文庫刊行會, 1985.

        東皐李浚慶의 詩文學考察, 1987. 10. 發表

        杜詩諺解抄, 1982, 集文堂.

        詩聖杜甫, 文賢閣, 1982.

        詩聖杜甫, 民音社

        安堅夢遊桃源圖解說, 海仁文化舍, 1969.

        韓國漢詩選, 探究堂, 1965.

李俸珪, 「『心經附注』에 대한 조선성리학의 대응 ─ 李滉과 宋時烈을 중심으로」 泰東古典研究, 第12輯.

李樹健, 「朝鮮朝 嶺南學派의 형성과 그 전개」 韓國의 哲學 第21號.

李洙京, 「朝鮮時代孝子圖硏究」, 서울대학교 대학원 석사논문, 2001.

李安訥, 東岳集, 上同.

李齊賢, 『益齋集孝行錄』, 慶州李氏益齋公派宗會刊行, 1995.

李鍾燦, 韓國의 禪詩, 二友出版社, 1985.

　　　　漢文學槪論, 三友出版社, 1981.

李浚慶, 東皐遺稿 國譯本上ㆍ下 水原大學 東皐硏究所, 1986.

　　　　『東皐遺稿』

李滉, 『退溪先生文集』

章士嚴, 南權仁兄有道, 1994. 12. 10. 書簡

莊語, 學古房, 1982.

張維, 『谿谷先生集』

鄭瞳旿, "瀟灑園의 造景植物" 1976.

　　　　"梁山甫의 瀟灑園에 대하여" 1973.

鄭珉, 「權韠」,『朝鮮朝漢詩作家論』, 東岳語文學會, 1993.

丁益燮, 「湖南歌壇硏究」 進明文化社, 1975.

鄭澈, 松江集.

趙光祖, 『靜菴乾生續集』

趙南權, 答靑山章士嚴先生, 1995. 5. 14. 書簡

趙南權譯, 『趙龍門先生文集』

趙昱, 『龍門先生集』

趙鍾業, 韓國詩話總編, 東西文化社, 1984.

拙共著, 韓國漢文學槪論, 1991. 寶晉齋.

拙著, 『俛仰亭宋純硏究』開文社, 1983.

　　　　『徐居正詩文學硏究』開文社, 1985.

　　　　『朝鮮前期漢詩批評』, 새문사, 1992.

　　　　『東洋古典의 世界』國學資料院1999

　　　　『白沙李恒福의 文學硏究』2002

　　　　『한시가 있어 이야기가 있고』 새문社, 2001

周易

中庸

眞德秀, 『心經』

陳永業, 「南冥 曺植의 "敬" "義" 理念에 나타난 敎育思想에 關한 硏究」 慶尙大學校敎育大學院 碩士, 1999

프로이트, 김성태 譯, 『精神分析學入門』, 三省出版社, 1991.

『꿈의 解釋』, 신문출판사, 1976.
筆苑雜記, 大東野乘, 燃藜室記述. 朝鮮王朝實錄.
韓國人文科學院, 한국근대읍지 3, 한국인문과학원, 1991.
韓國地理志叢書, 읍지(충청도편①②), 아세아문화사, 1984.
許敬震, 『許筠詩硏究』, 평민사, 1984.
          『許筠의 詩話』, 民音社, 1982.
          『許筠』, 평민사, 1983.
허권수, 『南冥 曺植』 지식산업사, 2001.
許筠, 『許筠全書』, 亞細亞文化社, 1983.
洪贊裕 譯, 洪萬宗 著 『詩話叢林』 通文館, 1993.

▌저자 이종건 ▌

동국대학교 대학원 석사 박사
창원대학교 교수
온지학회 회장
국제어문학회 회장
한국시조학회 부회장
현재 수원대학교 교수

▪ 저서

면앙정 송순 연구 / 서거정 시문학 연구 / 조선 전기 한시 비평
한시가 있어 이야기가 있고 / 백사 이항복 시문학 연구
한자 한문의 원리와 이해

조선 시대 한시 비평
– 조선 전기를 중심으로 –

초판1쇄 발행   2007년 3월 29일
초판2쇄 발행   2007년 7월 25일

저자   이종건
발행   제이앤씨

132-040 서울시 도봉구 창동 624-1 현대홈시티 102-1206
등록·제7-220호 / 전화 (02) 992-3253(代)   팩스 (02) 991-1285
e-mail   jncbook@hanmail.net / URL http://www.jncbook.co.kr

ISBN 978-89-5668-498-7 93810 /   정가 35,000원